KIM FABER & JANN
Todlan

Buch

Der schreckliche Terroranschlag in Kopenhagen wirft immer noch seinen Schatten auf den Ermittler Martin Juncker: Während er im Fall eines toten Anwalts zu ermitteln beginnt, erhält seine Frau Charlotte einen anonymen Hinweis: Der Anschlag sechs Monate zuvor hätte verhindert werden können – und Martin soll in die Vertuschung verwickelt gewesen sein.

Als Journalistin konfrontiert Charlotte ihren Mann, doch der bestreitet alles. Insgeheim fürchtet er um sein eigenes und Charlottes Leben, wenn sie die Story weiterverfolgt. Einzig Martins ehemalige Kollegin Signe will der Reporterin helfen, doch ihr Antrieb ist ein persönlicher …

Als Charlottes Informant brutal ermordet wird, beschließt Signe, dass es an der Zeit ist für die Wahrheit. Und so kommt sie einer unglaublichen Verschwörung auf die Spur, die bis in die höchsten Kreise der dänischen Politik reicht und in die auch Martin Junckers Mordopfer verwickelt ist …

Die Autorin

Janni Pedersen ist Moderatorin und Kriminalreporterin bei TV2, einem der meistgesehenen Fernsehsender Dänemarks. 2018 wurde sie als beste Nachrichtensprecherin des Jahres ausgezeichnet.

Kim Faber ist Architekt und Journalist bei »Politiken«, einer der größten dänischen Tageszeitungen.

Das bekannte Journalistenpaar hat mit »Winterland« einen explosiven und packenden Kriminalroman über Terror, Gewalt, Trauer und Einsamkeit geschrieben. Ihr Erstlingswerk ist der Auftakt der Reihe um das dänische Ermittlerduo Martin Juncker und Signe Kristiansen, gefolgt vom Roman »Todland«, der ebenfalls die dänische Bestsellerliste im Sturm eroberte.

Alle Bänder der Juncker & Kristiansen-Krimireihe:
Winterland (Juncker & Kristiansen 1)
Todland (Juncker & Kristiansen 2)
Blutland (Juncker & Kristiansen 3)

Besuchen Sie uns auch auf www.instagram.com/blanvalet.verlag und www.facebook.com/blanvalet.

KIM FABER & JANNI PEDERSEN

TOD LAND

Kriminalroman

Deutsch von Franziska Hüther

blanvalet

Die Originalausgabe erschien 2020 unter dem Titel » Satans Sommer«
bei JP / Politikens Hus, Kopenhagen.

Zitat Seite 5: *Machiavelli, Der Fürst.*

Zitat Seite 251: Jack London: *Wolfsblut.* Aus dem amerikanischen Englisch
von Isabelle Fuchs. Anaconda Verlag, Köln 2012, S. 7.

Penguin Random House Verlagsgruppe FSC® N001967

1. Auflage 2021
Copyright der Originalausgabe © Kim Faber & Janni Pedersen and JP / Politikens
Hus A/S 2020 in agreement with Politiken Literary Agency
Copyright der deutschsprachigen Ausgabe © 2021 by
Blanvalet in der Penguin Random House Verlagsgruppe GmbH,
Neumarkter Str. 28, 81673 München
Redaktion: René Stein
Umschlaggestaltung: www.buerosued.de
Umschlagmotiv: mauritius images / ClickAlps RM / Massimiliano Broggi;
www.buerosued.de
BL · Herstellung: sam
Satz: Buch-Werkstatt GmbH, Bad Aibling
Druck und Einband: CPI books GmbH, Leck
Printed in Germany
ISBN 978-3-7645-0729-9

www.blanvalet.de

Es ist viel sicherer, gefürchtet als geliebt zu sein.

NICCOLÒ MACHIAVELLI

Montag, 31. Juli

Kapitel 1

Wenn man bedenkt, dass ihm zweimal in den Kopf geschossen wurde, sieht der Mann auf dem Weg erstaunlich gut aus.

Die heftigen Gewitterschauer der letzten Nacht haben das Blut aus den Eintrittswunden in den braunen Kies gespült. Eine der beiden Wunden liegt exakt in der Mitte der Stirn, zwei Zentimeter über der Nasenwurzel, und sieht dem zinnoberroten Bindi hinduistischer Frauen zum Verwechseln ähnlich. Die andere befindet sich an der rechten Schläfe auf Höhe der Augen, die halb geöffnet, blutunterlaufen und erloschen sind.

Der Tote liegt auf dem Rücken, ein Arm ruht auf dem Bauch, der andere liegt wie achtlos hingeworfen in einem Winkel von etwa dreißig Grad neben dem Körper. Das rechte Bein ist gestreckt, das linke dagegen in einem unnatürlichen Winkel gebeugt. Er muss wie ein Kartenhaus zusammengeklappt sein, denkt Polizeikommissar Martin Junckersen, der von allen aber nur Juncker genannt wird.

Im Kies sind keine Schleppspuren zu sehen, allerdings könnte der Regen sie auch weggewaschen haben. Wahrscheinlich ist der Mann also an einem anderen Ort getötet und anschließend mitten auf dem Weg deponiert worden. Aber würde man dabei das Bein in eine derart ungelenke Position bringen? Nein, der Mann liegt genau an der Stelle, wo er umgefallen ist. Er wurde hier getötet, schließt Juncker.

Es sei denn, er hat Selbstmord begangen. Aber es ist keine Waffe zu sehen. Sie könnte natürlich unter der Leiche liegen, oder jemand hat sie entwendet, nachdem sich der Mann selbst erschossen hat. Letzteres ist Juncker vor einigen Jahren tatsächlich mal in einem Fall untergekommen. Damals hatten er und seine Kollegen einzig anhand von Schmauchspuren an der Hand des Toten feststellen können, dass es sich um Selbstmord gehandelt und irgendjemand im Anschluss die Waffe gestohlen hatte.

Außerdem sind es zwei Schusswunden. Und auch wenn es theoretisch sicher möglich ist, dass der erste Schuss nicht tödlich war und der Lebensmüde daher ein zweites Mal auf sich schießen musste, scheint dieses Szenario gelinde gesagt reichlich unwahrscheinlich.

Es ist erst Viertel vor acht, doch die Kühle der Nacht ist bereits in den blauen Himmel verschwunden. Das Thermometer ist auf über zwanzig Grad geklettert, und gerade einmal eine Dreiviertelstunde nach der Morgendusche hat sich Junckers Rücken in ein Flussdelta aus Schweißströmen verwandelt, die sich als dunkle Flecken auf Hemd und Unterhose abzeichnen. Der Umstand wird noch durch den hermetisch geschlossenen Schutzanzug aus Kunststoff verschlimmert, in dem er steckt.

Sein Magen meldet sich ungehalten und klingt wie das Knurren eines verwöhnten Schoßhunds. Juncker seufzt und schluckt ein paar Mal, um die leichte Kartonrotweinübelkeit zurückzudrängen, die inzwischen zum festen morgendlichen Begleiter geworden ist.

Der etwa drei Meter breite Kiesweg teilt den Kildeparken, Sandsteds einzige größere Grünanlage, in seiner gesamten Länge. Unter den Einwohnern der kleinen

Provinzstadt im Südosten Seelands heißt der Kildeparken ausnahmslos der »Kitzler«, da sich dort seit eh und je so mancherlei in den Büschen abspielt. Hier ist Juncker vor fünfundvierzig Jahren von seiner ersten Freundin in die Geheimnisse des Zungenkusses eingeweiht worden, und noch heute erinnert er sich an den frischen, leicht süßlichen Geschmack ihrer Lippen und das Unbehagen, das er beim beharrlichen Versuch ihrer feuchten Zunge empfand, sich zwischen seine zusammengebissenen Zähne zu drängen. Hier geschah es auch, dass einen Monat später eben jene Freundin – um Lichtjahre erfahrener als er – sein erigiertes Glied geschickt zu einem sehr schnellen und explosiven Erguss brachte.

Fünfzig Meter entfernt stehen zwei uniformierte Polizisten und sprechen mit dem städtischen Gärtner, der den Toten gefunden hat. Juncker, der sich am liebsten in den Schatten der mächtigen Buchen und Kastanienbäume verkriechen würde, richtet den Blick wieder auf die Leiche und geht auf dem Gras neben dem Kiesweg in die Hocke.

Die beiden Schusswunden sind klein, beinahe unschuldig anzusehen. Der Rechtsmediziner Gösta Valentin Markman, der sich gerade in seinem Wagen auf dem Weg von Kopenhagen nach Sandsted befindet, hat Juncker einmal erklärt, dass der Durchmesser einer Schusswunde aufgrund der Elastizität der Haut so gut wie immer etwas kleiner als der des Projektils ausfällt. Juncker beugt sich vor und studiert das Schussloch in der Stirn. Kaliber .22, schätzt er, jedenfalls irgendwas aus der Kleinkramabteilung. Die Nase des Opfers zeigt gerade zum Himmel, und soweit Juncker erkennen kann, gibt es keinen Blutfleck unter dem Kopf und demnach vermutlich keine Austrittswunde. Dasselbe gilt für die Wunde in der Schläfe, beide Projektile müssen also nach wie vor im

Schädel stecken, was auf einen Munitionstyp mit einer geringen Mündungsgeschwindigkeit hindeutet.

Vielleicht ist der Täter Mitglied in einem Schützenverein, überlegt Juncker. Die meisten Sportwaffen haben nämlich just jenes Kaliber .22. Es wäre definitiv eine Möglichkeit, zumal es in der Stadt tatsächlich einen recht großen Schützenverein gibt. Andererseits ... es könnte auch die Arbeit eines Profis sein. Ausgeführt von einem Minimalisten. Einem »Weniger ist mehr«-Typ.

Juncker richtet sich auf und stöhnt über den stechenden Schmerz in den neunundfünfzig Jahre alten und reichlich eingerosteten Kniegelenken. Er sollte zu einem Arzt gehen und sie untersuchen lassen. Er sollte so vieles von einem Arzt untersuchen lassen. Seine Prostata beispielsweise. Aber er hat gelesen, dass eine rektale Untersuchung für die Untersuchung des Drüsenumfangs fast schon obligatorisch ist. Und der Finger eines Arztes in seinem Hintern? Nein, danke, erst mal nicht.

Die Leberwerte dagegen? Hierfür braucht es schließlich bloß eine Blutprobe. Ja, bald. Vielleicht. Er schiebt die Verfallsgedanken beiseite. Drüben am Eingang hebt eine Frau das rot-weiße Absperrband an und schlüpft darunter hindurch in den Park. Beim Anblick von Nabiha Khalids entschlossenem Marsch über den Rasen zuseiten des Kiesweges muss Juncker unwillkürlich schmunzeln. Der Rücken der zweiunddreißigjährigen Polizeiassistentin ist durchgedrückt, der Kopf hocherhoben, und der kräftige pechschwarze Pferdeschwanz wippt hinterdrein. Sie behauptet steif und fest, in ihrem Pass stünde eins siebenundsechzig, doch Juncker hat den Verdacht, dass sie sich bei der Messung bis zum Äußersten gestreckt hat und in Wahrheit keinen Zentimeter größer ist als die eins vierundsechzig, die früher einmal als Mindestanforderung für

Bewerberinnen in der dänischen Polizei galten. Sie grüßt die beiden uniformierten Beamten. Der eine reicht ihr einen weißen Anzug und Plastiküberzüge für die Schuhe. Sie zieht die Schutzausrüstung über und geht auf Juncker und die Leiche zu. Als sie näher kommt, sieht er ein begeistertes Blitzen in ihren dunklen, fast schwarzen Augen, das zu verbergen sie sich nicht im Geringsten bemüht.

Noch bis vor wenigen Monaten hat Nabiha gemeinsam mit Juncker eine kleine Polizeistation in Sandsted besetzt. Sie war im letzten Jahr mit dem vorrangigen Ziel eingerichtet worden, die Probleme mit dem Asylheim für unbegleitete Minderjährige anzugehen, das ein Stück außerhalb der Stadt lag, doch der Zustrom von Flüchtlingen hat seither deutlich nachgelassen, und das Heim wurde im April geschlossen.

Da die Polizei nach einem Terroranschlag in Kopenhagen am dreiundzwanzigsten Dezember ressourcentechnisch am Limit arbeitete, entschied man kurz darauf, auch die Polizeistation in Sandsted zu schließen, woraufhin Juncker und Nabiha zur Abteilung für Gewaltkriminalität der Hauptdienststelle in Næstved versetzt wurden.

Zwar hat Nabiha Juncker bei den Ermittlungen im Doppelmord an einem verheirateten Paar in Sandsted assistiert, der, wie sich später herausstellte, mit dem Terroranschlag in Verbindung stand. Doch dieser Fall hier wird nun ihr erster Mordfall als ordentliche Ermittlerin.

»Guten Morgen«, begrüßt sie ihn mit einem strahlenden Lächeln.

Juncker brummt etwas, das mit ein wenig gutem Willen als »Moin« gedeutet werden kann.

»Na«, sagt sie und reibt sich erwartungsvoll die Hände. »Was haben wir denn hier?« Sie macht einen Schritt auf die Leiche zu.

»He, Moment …« Juncker legt ihr eine Hand auf die Schulter.

»Entspann dich. Ich hatte nicht vor, ganz an ihn ranzutreten. Ich bin doch nicht blöd.« Sie funkelt ihn wütend an, und wieder einmal kann er nur staunen, wie mühelos sie von einem Moment auf den anderen von gut gelaunt zu zornig und wieder zurück switchen kann.

»Dann ist ja gut«, meint er.

Sie positioniert sich leicht breitbeinig, verschränkt die Arme vor der Brust und betrachtet die Leiche. Der Mann trägt eine beige Leinenhose sowie ein schwarzes kurzärmeliges Polohemd, dazu hat er einen ebenfalls schwarzen Pullover um die Schultern gebunden. Die nackten Füße stecken in einem Paar Bootsschuhen. Auch wenn er vermutlich seit mehreren Stunden tot ist, hat seine Haut noch immer eine nussbraune Farbe mit einem satten, intensiven Teint, der darauf hinweist, dass er die Wintermonate an einem weit südlicheren Breitengrad als Sandsted verbracht hat. Das kräftige, fast stahlgraue Haar ist halblang, wie bei einem Künstler, und zurückgekämmt.

»Sieht aus wie ein verdammt gut gealtertes Model«, murmelt Nabiha. »Der stinkt nach Geld.« Sie wirft Juncker einen Blick zu. »Als Erstes müssen wir ihn wohl identifizieren?«

Juncker wischt sich mit dem Handrücken den Schweiß von der Stirn, öffnet den Reißverschluss des Schutzanzugs und fischt sein Handy aus der Tasche. 08.30 Uhr. Die Techniker und Markman sollten in einer halben, spätestens einer Dreiviertelstunde hier sein.

»Das können wir uns sparen«, meint er dann.

»Wieso?« Nabiha runzelt die Stirn.

»Weil …« Er steckt das Handy wieder weg. »Weil ich weiß, wer er ist.«

Kapitel 2

Es ist eine Art Ritual geworden. Ein kleines Spiel. Sie fährt mit dem rechten Zeigefinger über die Klinge des unfassbar teuren und ebenso scharfen japanischen Santokumessers. Vorsichtig. Es braucht so wenig, denkt sie mit einem Schaudern. Nur minimalen Druck gegen die Schneide, bevor sich der dünne Stahl zunächst durch die Oberhaut, dann durch die Lederhaut und die Unterhaut arbeitet, bevor das Messer Muskeln und Adern und zuletzt den Knochen erreicht.

Sie legt es auf den Tisch, öffnet einen der Küchenschränke, nimmt Vorratsgläser und Packungen heraus und stellt alles dazu. Streut ein paar Handvoll Mandeln auf das Schneidebrett, greift erneut zum Messer und beginnt zu hacken – methodisch, gründlich, von links nach rechts und dann wieder zurück.

Polizeikommissarin Signe Kristiansen, Ermittlerin für Mordfälle bei der Kopenhagener Abteilung für Gewaltkriminalität, hat eigentlich noch nie verstanden, was der tiefere Sinn hinter selbst gemachtem Müsli sein soll. In der Küche zu stehen und Feigen und Rosinen und Cranberrys klein zu hacken, um das Ganze anschließend mit Haferflocken in Butter und Honig zu rösten, wo sich die Regale in den Supermärkten doch biegen vor Müsli und Granola von ausgezeichneter Qualität?

Es erschließt sich ihr ehrlich nicht. Und dennoch … Sie

wacht jeden Morgen um vier Uhr auf, ganz egal, wann sie ins Bett gegangen ist. So ist es seit jenem Januartag im Wald bei Sandsted, jenem Tag, an dem ihr ein Mensch das Leben gerettet hat, den sie aus tiefster Seele hasst.

Die ersten Male blieb sie noch neben ihrem Mann Niels liegen – der immer schläft wie ein Baby –, starrte in die Dunkelheit und versuchte, wieder einzuschlafen. Doch die Gedanken wuselten in ihrem Kopf herum wie Wanderameisen und ließen sich nicht zurückdrängen, daher ist sie dazu übergegangen aufzustehen, sobald sie wach wird.

Anfangs hat sie sich ins Wohnzimmer gesetzt und versucht, ein Buch zu lesen, doch es klappte nicht, sie konnte sich nicht konzentrieren. Also begann sie damit, Essen zuzubereiten. Neben Müsli auch Pesto und Salsa und Chutney und Marmelade. Sie, die sich vorher noch nie groß mit Hausarbeit beschäftigt hat. An neun von zehn Tagen macht Niels das Abendessen, und in der Regel fallen ihr die Staubflusen erst auf, wenn sie groß wie Steppenläufer in einer texanischen Prärie über den Boden rollen.

Aber es tut ihr gut, etwas mit den Händen zu tun. Es dämpft den Lärm im Kopf. Außerdem redet sie sich ein, dass ihre außergewöhnliche Betätigung als Hausfrau dazu beitragen kann, einen Teil der Minuspunkte auszugleichen, die sie in all den Jahren bei der Mordkommission auf dem Familienkonto angehäuft hat.

Sie arbeitet methodisch und konzentriert, unterbrochen von Pausen, während derer sie einfach am Esstisch sitzt und die Stille im Haus genießt –, bis sie ein Rumoren aus dem Schlafzimmer und schlurfende Schritte im Flur hört. Sie braucht nicht auf die Uhr zu schauen. Niels steht jeden Morgen um Punkt halb sieben auf, und wenn er in der

Küche erscheint, hat sie den Kaffee in der Stempelkanne schon bereit.

»Guten Morgen«, sagt sie mit Honig auf den Stimmbändern.

»Guten Morgen«, antwortet er in neutralem Ton, setzt sich und greift zur Zeitung, die sie aus dem Briefkasten geholt hat.

Früher haben sie sich morgens immer mit einem Kuss begrüßt, doch diese Gewohnheit ist längst eingeschlafen und im besten Falle durch ein Lächeln, in den meisten Fällen durch gar nichts ersetzt worden.

Um Viertel vor sieben weckt sie den zwölfjährigen Lasse und anschließend Anne, die zwei Jahre älter ist und heftig pubertiert. Die Familie frühstückt immer gemeinsam – und immer weitgehend schweigend. So auch an diesem Morgen. Bis Signe sich räuspert.

»Wie wär's, wenn wir heute Abend ...«

Niels lässt die Zeitung sinken, und die Kinder blicken von ihren Handys hoch.

»Wie wär's, wenn wir heute Abend mal essen gehen? Habt ihr Lust?«

Um den Tisch breitet sich eine Stimmung aus, die am besten mit mildem Erstaunen zu umschreiben ist. Die Kinder schauen zu ihrem Vater.

»Tja, ich weiß nicht ... gibt es etwas zu feiern?«

»Nein, nein. Aber ich bin gerade dabei, den Fall abzuschließen, an dem ich schon eine Weile arbeite ...«

»Die ganzen Sommerferien«, präzisiert Niels.

»Äh, ja ... also, es ist ja nicht so, dass ich es lustig fand zu arbeiten, während ihr im Urlaub wart, aber ich kann schließlich nichts dafür, dass ein Vergewaltiger beschlossen hat, sein Opfer ausgerechnet Ende Juni umzubringen, oder?« Sie holt tief Luft. »Ich dachte nur, es wäre nett. Wir haben lange nichts mehr zusammen unternommen.« Wenn er jetzt mit noch so einer bissigen Bemerkung daherkommt, knalle ich ihm eine, denkt sie.

Niels faltet die Zeitung zusammen.

»Lasst uns essen gehen«, sagt er und steht auf.

Signe lächelt ihm zu.

»Und dann hoffen wir eben, dass …« Niels lässt den Satz unbeendet.

Signe öffnet den Mund, hält sich aber zurück und wendet sich ab, damit er ihren Ärger nicht sieht.

Um Viertel vor acht machen sich die Kinder auf den Weg in die Schule und Niels zur Arbeit. Signe besteht darauf, ihrem Mann einen Kuss zu geben, der diesen mit leicht abwesendem Gesichtsausdruck, allerdings beinahe freundlich erwidert.

Sie betritt ihr Büro, wirft gereizt ihre Tasche neben dem Schreibtisch auf den Boden und flucht über den Berufsverkehr. Vor fünf Jahren hat es nicht viel mehr als die Hälfte der Zeit gebraucht, um von Vanløse nach Teglholmen zu kommen. Sie schließt die Tür hinter sich, ist jetzt nicht in der Stimmung für Small Talk mit Kollegen, die den Kopf hereinstecken, nur um mal eben guten Morgen zu sagen. Signe leitet eine der drei Sektionen für Mord innerhalb der Kopenhagener »Abteilung für Gewaltkriminalität«. Seit im Zuge der Reform vor einigen Jahren die ehemalige Mordkommission mit den anderen Abteilungen für Gewaltverbrechen verschmolzen wurde, lautet so die offizielle Bezeichnung. So richtig durchgesetzt hat sie sich allerdings noch nicht, sodass gemeinhin meist »Mordkommission« oder auch einfach nur das Kürzel »MK« verwendet wird.

Signe teilt sich ihr Büro mit den Leitern der beiden anderen Mordsektionen, aber die sind noch nicht erschienen. Sie setzt sich hinter den Schreibtisch und starrt in die Luft.

Warum endet es immer auf dieselbe Weise? Jedes Mal, wenn sie versucht, die Hand auszustrecken und einen der Risse in ihrer und Niels' Beziehung zu kitten, stößt er sie weg. Ja, sie arbeitet viel. Und ja, es kommt häufig vor, dass sie Verabredungen entweder absagen müssen oder Niels und die Kinder ohne sie gehen. Aber was erwartet er von einer Ermittlerin? Rechnet er ernsthaft damit, dass die Leute anfangen, sich montags bis freitags zwischen acht und sechzehn Uhr umzubringen und die Ermittlungen auf tagsüber beschränkt werden, damit sie geregeltere Arbeitszeiten bekommt?

Signe schaltet den Computer ein. Dann öffnet sie einen Ordner auf dem Desktop, scrollt zu einem Dokument mit dem Titel »Bericht« und klickt darauf.

Eines Nachts im Juni hatte ein vierunddreißigjähriger Mann eine achtundzwanzigjährige Frau in einem Nachtclub in der Kopenhagener Innenstadt angesprochen. Sie hatten getanzt, und in einem unbemerkten Moment hatte der Typ einen ordentlichen Schuss Ketamin in den Drink der Frau gekippt. Als sie etwas später an der Theke gegen den Schlaf kämpfte, erzählte der Mann dem Thekenpersonal, seine Freundin leide an Diabetes und benötige Insulin, woraufhin er mit ihr im Schlepptau den Club verließ. Während er mit ihr durch die Kopenhagener Straßen ging, vergewaltigte er die praktisch bewusstlose Frau mehrfach – die Übergriffe wurden verschiedentlich beobachtet, ohne dass jemand eingriff –, bis die gewaltsame Tournee am Hafenbecken vor der Königlichen Bibliothek endete, wo der Mann sie ins Wasser schmiss.

So weit zumindest Signes Theorie.

Die Leiche der Frau wurde eine Woche später von einer Gruppe Pfadfinder bei der historischen Festungsinsel Middelgrundsfort gefunden, weit von der Stelle am Hafenbecken entfernt, wo man einen der Ohrringe der Frau entdeckt hatte. Signe und ihre Kollegen nahmen daher an, dass der Täter sie dort ins Wasser geworfen hatte.

Wie die Obduktion ergab, hatte sie zu diesem Zeitpunkt noch gelebt; die Frau war also ertrunken. Laut Bericht hatte sie massive Verletzungen sowohl im Vaginalbereich als auch im Anus sowie ausreichend Ketamin im Körper, um ein mittelgroßes Pferd zu betäuben – tatsächlich findet die Substanz unter anderem in der Veterinärmedizin Verwendung. Im Zuge der technischen Untersuchungen wurden darüber hinaus trotz der langen Verweildauer im Wasser DNA-Spuren am Körper der Frau gefunden, welche mit der DNA zweier älterer, unaufgeklärter Vergewaltigungsfälle übereinstimmten. Der eine lag zwei, der andere drei Jahre zurück.

Die Polizei hatte ein unscharfes Bild von einer Überwachungskamera des Nachtclubs veröffentlicht, auf dem der Mann zu sehen war, der den Aussagen von Gästen zufolge die Frau im wahrsten Sinne des Wortes abgeschleppt hatte. Mehrere Zeugen hatten sich daraufhin gemeldet und den Vierunddreißigjährigen identifiziert, der mit seiner Frau in einem Reihenhaus im Kopenhagener Vorort Rødovre lebte.

Vor dem Haftrichter gab der Mann zu, sowohl mit der ertrunkenen Frau wie auch den Frauen aus den früheren Fällen Geschlechtsverkehr gehabt zu haben, allerdings sei es in allen drei Fällen auf freiwilliger Basis geschehen – ungeachtet der Tatsache, dass die beiden ersten Male auf einem Friedhof in Nørrebro sowie im Ørstedsparken stattgefunden hatten. Bezüglich der dritten Frau gab der Mann an, sie sei am Leben gewesen, als er sie am Kai zurückließ.

Vergewaltigungen enden eher selten damit, dass das Opfer getötet wird, daher kommt es auch selten vor, dass bei einem Fall sowohl die Sektion für Mord als auch die für Sexualverbrechen involviert ist. Warum also musste es ausgerechnet während ihres Dienstes geschehen?, fragt sich Signe. Nicht dass der Fall an sich belastender gewesen wäre als die Mordfälle, mit denen sie sonst zu tun hat. Doch von allen möglichen Kandidaten wurde im Februar ausgerechnet Troels Mikkelsen zum Leiter der Sektion für Sexualverbrechen befördert – jener Mann, der sie vor bald drei Jahren im Anschluss an eine Weihnachtsfeier vergewaltigt hat. Den sie seither erbittert hasst und der in der Hauptsache dafür verantwortlich ist, dass ihrer Ehe mit Niels Schiffbruch droht. Wovon Niels nichts ahnt.

Als Troels Mikkelsens Beförderung öffentlich gemacht wurde, empfand sie es als himmelschreiende Ungerechtigkeit.

Das Gefühl wurde durch ein anderes Problem nur noch verstärkt, nämlich den Umstand, dass sie gerade erst begonnen hatte, ihr Trauma zu verarbeiten: Ausgerechnet Troels Mikkelsen war es gewesen, der ihr Anfang Januar bei der Verfolgung von zwei Terroristen das Leben gerettet hatte.

So viel nämlich schuldet sie dem Schwein. Nicht weniger als ihr Leben.

Doch damit nicht genug. Zu ihrer großen Frustration hat sie sich nach zwei Monaten enger Zusammenarbeit eingestehen müssen, was ihr schon zuvor durchaus bewusst war: dass er ein äußerst fähiger Ermittler ist. Und dass er, wenn man ganz ehrlich ist … na ja, recht charmant sein kann. Dass er es mehrfach geschafft hat, die Mauer aus Hass, die sie zwischen ihnen errichtet hat, zum Bröckeln zu bringen, und sie in erschreckenden Momenten daran erinnert, weshalb sie sich in dieser Dezembernacht vor fast drei Jahren mit ihm in Vesterbro ein Hotelzimmer genommen hat – und Troels Mikkelsen anschließend sie mit Gewalt.

Aber nun ist es glücklicherweise bald überstanden. Morgen wird sie sich mit der Staatsanwältin und Troels Mikkelsen treffen, und wenn sie ihren Bericht abgibt, ist der Fall, was sie betrifft, abgeschlossen.

Sie hat das Dokument soeben gespeichert, als die Tür zu ihrem Büro aufgerissen wird. Bereits in dem Bruchteil einer Sekunde, den es braucht, ehe sich eine Gestalt in der Türöffnung materialisiert, weiß sie, wer es ist. Der Einzige in der Abteilung für Gewaltkriminalität, der nicht anklopft, ist deren Chef Erik Merlin.

»In Nørrebro wurden Schüsse abgefeuert«, sagt er. »Auf dem Roten Platz. Vorläufig werden ein Toter und ein Schwerverletzter gemeldet.«

»Okay. Ich fahre hin«, antwortet sie, ohne nachzudenken. Auch wenn sie Bandenkriminalität hasst. Keiner hat etwas gesehen, keiner will mit der Polizei reden, es ist vollkommen unmöglich, eine auch nur annähernd normale Ermittlung durchzuführen.

Vor allem aber hasst sie den Gedanken, dass eine Schießerei mit Sicherheit Überstunden bedeutet und sie Niels gleich eine Nachricht schicken muss, um ihre Verabredung für heute Abend abzusagen.

Kapitel 3

Das Haus liegt in einem von Sandsteds ältesten Wohnvierteln. Es ist in einem Stil erbaut, den Juncker im Stillen immer als »Funktionalismus auf Steroiden« bezeichnet hat. Zwei imposante Stockwerke, reine, um nicht zu sagen, sterile Linien und riesige Fensterpartien. Auf monströse Weise überdimensioniert, wenn man bedenkt, dass die vierhundert Quadratmeter von bloß zwei Personen bewohnt werden.

Die Frau, die verschlafen die schlichte dunkelblaue Haustür mit Klinke aus Edelstahl öffnet, ist hochgewachsen und schlank, eine unterkühlte Blondine. Und in Junckers Alter. Wenn er sich recht entsinnt, hat sie einen Monat nach ihm Geburtstag. Sie ist barfuß und trägt einen rosafarbenen Hausmantel; ein Kleidungsstück, das Juncker zum letzten Mal damals an seiner Mutter gesehen hat, die sich meist bis zum Vormittag in einen solchen Mantel zu hüllen pflegte.

Vera Stephansen ist die Ehefrau von Ragner Stephansen, einem der Partner in der einst von Junckers inzwischen verstorbenem Vater gegründeten Kanzlei. Sie sieht wesentlich jünger aus, als sie ist, und gleicht noch immer einer Kreuzung aus Alfred Hitchcocks Lieblingsblondinen – Kim Novak, Tippi Hedren und Grace Kelly. Einige Sekunden starrt sie den Mann vor sich stirnrunzelnd an.

»Martin? Juncker?«, fragt sie dann mit einer Stimme, die schwer ist von Verwunderung und Schlaf, jedoch auch einem Hauch von Freude. Zumindest bildet er sich das ein. Sie wirft einen schnellen Blick auf ihre Uhr, die locker an einem dicken goldenen Armband um ihr schmales Handgelenk hängt. »Das ist ja eine Überraschung. Entschuldige bitte, aber du hast mich im Bett erwischt.« Sie lächelt. »Was kann ich für dich tun? Komm doch rein.«

Er tritt in den Flur oder besser gesagt in das Vestibül, was wohl eine treffendere Bezeichnung für den Raum sein dürfte, der sich mit einer Deckenhöhe von an die acht Meter durch beide Stockwerke des Hauses erhebt. Eine breite Treppe führt ins Obergeschoss mit diversen Schlafzimmern und beinahe ebenso vielen Badezimmern, wie Juncker von früheren Besuchen weiß. Sie geht ein paar Schritte Richtung Wohnzimmer, und Juncker folgt ihr. Dann bleibt sie stehen und wendet sich um.

»Ich weiß gar nicht, ob Ragner zu Hause oder ob er schon auf der Arbeit ist. Du weißt ja, wir haben getrennte Schlafzimmer, und ich habe ihn heute Morgen noch nicht gehört.«

Juncker nickt. »Wollen wir uns nicht ins Wohnzimmer setzen?«, fragt er. Sie erhascht seinen Blick, ehe er ihn abwenden kann. Dann legt sie ihm eine Hand auf den Unterarm.

Juncker tut sich schwer mit Körperkontakt, wenn der Betreffende ihm nicht sehr nahesteht, und will den Arm bereits zurückziehen, kann die Bewegung jedoch gerade noch bremsen. Denn er kennt sie. Oder besser gesagt: kannte sie. Doch das ist sehr, sehr lange her.

»Juncker, stimmt etwas nicht?« Ihre Stimme ist heiser. Sie lässt seinen Arm los.

»Wollen wir uns nicht ins Wohnzimmer setzen?«, wiederholt er.

»In Ordnung.« Ihre Füße gleiten lautlos über den weißen Marmorboden, während seine Gummisohlen bei jedem Schritt quietschen. Sie nimmt auf einer schwarzen Ledercouch Platz, die eine halbe Weltreise von der Tür entfernt steht, bei einer großen Fensterpartie zum Garten. Juncker setzt sich ans andere Ende der Couch.

»Warum bist du hier, Juncker? Bist du im Dienst?«

Er nickt langsam.

»Geht es um Ragner?«

Auch wenn das Wohnzimmer klimatisiert ist, schwitzt er.

»Ja.« Er zwingt sich, sie anzusehen. Bereit, ihre Reaktion zu registrieren, als er die nächsten zwei Sätze sagt: »Es tut mir sehr leid, dir sagen zu müssen, dass er tot ist.«

Sie sackt in sich zusammen und presst die Zähne aufeinander, wie er an ihren Kiefermuskeln erkennen kann.

»Tot? Wie? Wo?«, fragt sie, ihre Stimme kaum mehr als ein Flüstern.

»Wie es aussieht …«, setzt er an, unterbricht sich jedoch selbst. Denn es ist Schwachsinn. Es gibt keinen Zweifel, kein ›Wie es aussieht‹. »Er wurde umgebracht.«

Sie runzelt die Stirn. »Ermordet?«

Wie die meisten Polizisten – zumindest die mit einem gewissen Grad an Erfahrung – verwendet Juncker ungern die Begriffe ›Mord‹ oder ›ermordet‹, denn es obliegt dem Gericht festzustellen, ob tatsächlich alle Tatbestandsmerkmale eines Mordes vorliegen. Wörter haben eine Bedeutung, denkt er, und dann, wie inzwischen immer häufiger: Du wirst alt. Du *bist* alt.

»Ja«, sagt er. »Umgebracht.«

Sie wendet sich ab und blickt in den Garten. Eine Träne

rollt ihr über die Wange, die sie mit leicht zitternder Hand fortwischt. Falls sie ihre Reaktion nur spielt, ist es eine glänzende Darbietung. Vera Stephansen ist ein Mensch, der sich unter Kontrolle hat, und es hätte ihn gewundert, wäre sie in Tränen ausgebrochen.

»Wo ist er?«

»Er wurde heute Morgen gefunden. Im Kitz … im Kildeparken.«

»Im Park? Wieso? Was hat er dort gemacht?«

Juncker zuckt mit den Achseln. »Ich hatte gehofft, dabei könntest du mir helfen.«

Vera schüttelt den Kopf. »Ich habe keine Ahnung.« Sie schaut ihn verzweifelt an, nun laufen ihr doch die Tränen übers Gesicht, doch dann dringt länger kein Laut mehr aus ihrer Kehle.

Er steht auf, geht in die Küche und holt eine Rolle Küchenpapier, reißt einen Streifen ab, reicht ihn ihr und setzt sich wieder. Sie tupft die Tränen weg und schnäuzt sich.

»Wann?«

»Das wissen wir noch nicht. Wie es aussieht, hat er heute Nacht während des Regens dort gelegen, daher ist es möglicherweise gestern Abend oder im Laufe der Nacht passiert. Wir wissen es nicht genau. Erst wenn der Gerichtsmediziner und die Techniker den Lei…«

»Wie wurde er …?«, unterbricht sie ihn.

»Er wurde erschossen.«

»Wo? Ich meine, wo wurde er …« Sie stockt.

Juncker wägt seine Worte ab. »Man hat ihm in den Kopf geschossen«, sagt er dann. »Zweimal.«

»Ist er … sieht es …?«

»Tatsächlich nicht. Es hätte schlimmer sein können. Sehr viel schlimmer.«

Sie steht auf und tritt ans Fenster. Tupft sich erneut die Augen ab. Blickt in den Garten. Ballt die Fäuste. Entspannt sie wieder. Als sie sich umdreht, beben ihre Schultern vor ersticktem Schluchzen. Doch sie hat sich noch immer unter Kontrolle.

»Wir haben gestern gemeinsam zu Abend gegessen. Ragner kam spät oder jedenfalls etwas später vom Büro, gegen acht. Ich hatte Spaghetti Carbonara gekocht. Wir haben uns eine Flasche Wein geteilt, oder eher anderthalb sind es wohl geworden. Dann ging er in sein Arbeitszimmer, er hatte noch einiges für heute vorzubereiten. Er musste ins Gericht.«

Vera verstummt und sackt in sich zusammen.

»Wohnen Mads und Louise noch in Sandsted?«

»Mads schon. Gar nicht weit von hier. Louise und ihr Mann sind nach Klampenborg gezogen. Hast du ihn mal kennengelernt?«

»Louises Mann? Nicht, dass ich wüsste.« Er steht auf. »Soll ich versuchen, Mads zu erreichen?«

»Nein, das mache ich. Ich muss nur eben mein Handy holen, es liegt oben am Bett. Entschuldige mich bitte einen Moment.«

Juncker schaut sich im Wohnzimmer um. Seit er zuletzt hier war, sind einige Jahre vergangen, aber es hat sich nicht viel verändert. Ein Museum für klassisches dänisches Möbeldesign. Junckers Wissen auf diesem Gebiet hält sich in Grenzen, doch er erkennt zwei von Poul Kjærholms klassischen Loungesesseln in schwarzem Leder und Arne Jacobsens weltberühmtes Ei.

Vera kommt zurück und setzt sich aufs Sofa.

»Er ist auf dem Weg.«

»Hast du ihm gesagt …?«

»Nein.«

Sie warten schweigend. Ein einziges Mal bricht sie die Stille, um zu fragen, wie lange es her ist, dass er Mads zum letzten Mal gesehen hat. Juncker kann es nicht sagen. Mindestens fünf Jahre, schätzt er und fragt nach Mads' Alter. »Achtunddreißig«, antwortet sie mit kaum hörbarer Stimme.

Die Minuten verstreichen. Junckers Blase fühlt sich an, als würde sie jeden Moment platzen. Er bezahlt den Preis, den es kostet, Regel Nummer 2 des alternden Mannes zu brechen: *Gehe niemals an einem brauchbaren Busch vorbei, ohne auszutreten.*

Inzwischen sollte er es eigentlich wissen. Er hätte im Park pinkeln sollen. Doch es gibt definitiv keinen Grund, nun auch noch Regel Nummer 1 zu brechen: *Gehe niemals an einer funktionierenden Toilette vorbei, ohne sie zu benutzen.*

»Du, Vera, dürfte ich mal deine Toilette benutzen?«

»Natürlich. Die Tür neben der Treppe.«

Juncker nimmt an, dass ein Immobilienmakler in einer potenziellen Verkaufsbroschüre den Abtritt, der sich hinter der Tür auftut, als »geräumiges Gäste-WC« beschreiben würde. Tatsache ist, dass dieser Lokus genügend Platz bietet, um darin Tischtennis zu spielen. Er eilt zu der Designertoilettenschüssel, öffnet den Hosenschlitz und gibt damit den Startschuss für die obligatorischen bilateralen Verhandlungen zwischen seiner Prostata und seinem Gehirn, den Grenzübergang zwischen Blase und Harnröhre wenigstens zeitweilig zu öffnen. Dabei erstaunt es ihn wieder einmal, wie paradox es doch ist, dass er meint, so dringend pinkeln zu müssen wie noch nie zuvor in seinem Leben, während es gleichzeitig eine beinahe übermenschliche Kraftanstrengung erfordert, auch nur ein einziges Tröpfchen herauszupressen.

Nach einer Minute einigen sich die Parteien immerhin

auf eine kurzzeitige Öffnung, sodass die Blase teilweise entleert wird. Was allerdings derart langsam und mit einem so dünnen und schwachen Strahl vonstattengeht, dass er den Wasserspiegel in der Schüssel beinahe lautlos durchbricht, ohne dabei sehr viel mehr als eine feine Kräuselung der Wasseroberfläche hervorzurufen. Er hat – auf die harte Tour – lernen müssen, dass häufig eine Nachgeburt in Form einer nicht unbeträchtlichen Anzahl Milliliter Urin folgt. Die, wenn er nicht wartet und sie hier abliefert, in Kürze in seine Unterhose freigegeben werden. Also wartet er. Wohlweislich, wie sich zeigt.

Zurück im Wohnzimmer setzt er sich auf denselben Platz. Nach einigen Minuten hören sie die Haustür gehen, und beide stehen auf. Der Mann, der ins Wohnzimmer kommt, ist groß, beinahe ebenso groß wie er.

»Juncker? Was machst du denn hier?« Er wendet den Blick zu seiner Mutter. »Mama, ist etwas passiert? Wo ist Vater?«

Sie tritt zu ihrem Sohn und legt ihm beide Hände auf die Schultern. »Mads, dein Vater«, ihre Stimme bricht. Sie räuspert sich. »Dein Vater ist tot.«

Wie er es bereits bei Vera getan hat, als er ihr die Nachricht überbrachte, beobachtet Juncker aufmerksam die Reaktion des Sohnes. Mads Stephansen reißt die Augen auf. Öffnet den Mund, bringt jedoch keinen Ton heraus. Dann schluckt er ein paar Mal, und seine Augen füllen sich mit Tränen.

»Tot?«, fragt er. »Aber wie …?«

Seine Mutter fasst ihn sanft am Ellbogen und zieht ihn zur Couch. »Komm, setz dich.«

Mads lässt sich führen und nimmt dicht neben seiner Mutter Platz. Er ist durchtrainiert, mit einem sonnengebräunten Teint und kräftigem dunklem Haar. Klare blaue Augen und markantes Kinn. Ein attraktiver Mann. Eingepackt in moderat zerschlissene Jeans, ein lindgrünes Polo-Shirt und ein schwarzes Leinensakko.

Vera greift beide Hände ihres Sohnes und hält sie fest. Sie wirft Juncker einen Blick zu.

»Dein Vater wurde getötet. Mit zwei Schüssen. Im Kildeparken. Vermutlich spät gestern Abend oder auch erst in der Nacht. Wir wissen es noch nicht genau«, sagt er.

Mads lehnt sich mit ungläubigem Blick zurück. »Getötet? Also ermordet?«

Juncker nickt.

»Es tut mir leid, Mads. Aber ich muss dir leider ein paar Fragen stellen. Du arbeitest nach wie vor in der Kanzlei, richtig?«

»Ja.« Er trocknet sich die Augen. »Ich bin Juniorpartner.«

»Hast du Einblick in manche der Fälle, mit denen dein Vater zu tun hatte?«

»Ich bin selbst an einigen davon beteiligt.« Er steht auf. »Ich brauche ein Glas Wasser.«

»Na klar.«

Mads geht in die Küche. Als er zurückkommt, setzt er sich wieder neben seine Mutter und nimmt ihre Hand. Mit einem Nicken signalisiert er Juncker fortzufahren.

»Hat irgendeiner der aktuellen Fälle Anlass zu Drohungen gegen deinen Vater gegeben? Oder gegen die Kanzlei? Ist dir bekannt, ob er Feinde hatte?«

»Wie du weißt, ist er ein sehr erfolgreicher Anwalt, der seine Fälle in aller Regel gewinnt. Mit so etwas macht man sich natürlich … ›Feinde‹ ist so ein starkes Wort. Aber es gibt sicher einige Leute, die nicht allzu viel für ihn übrighaben.«

Juncker nickt und denkt, dass es erst recht zutrifft, wenn man außerdem ein arroganter Mistkerl ist.

»Aber dass ihn jemand so sehr gehasst hat, dass er ihn umbringen würde, also, das kann ich mir nur schwer vorstellen.«

»Okay. Wir benötigen Zugriff auf mehrere Computer der Kanzlei, darunter auf jeden Fall der deines Vaters und seiner Sekretärin sowie wahrscheinlich auch die einiger anderer Mitarbeiter. Außerdem müssen wir verschiedene Kunden- und Bankkonten einsehen. Mit wem sollen wir uns deswegen in Verbindung setzen?«

»Laust Wilder. Er ist Partner. Na ja, das weißt du ja. Er war derjenige, der deinen Vater damals ausgezahlt hat. Allerdings …«

»Ja?«

»Wir sprechen hier vermutlich von einer großen Menge vertraulicher Dokumente. Darauf können wir nicht so einfach Zugriff …«

Juncker unterbricht ihn mit einer Handbewegung. »Falls nötig, besorgen wir einen Durchsuchungsbeschluss.« Er steht auf. »Es tut mir wirklich furchtbar leid für euch. Ich melde mich, sobald wir mehr wissen, aber jetzt lasse ich euch erst mal in Ruhe. Ich finde selbst zur Tür.«

Vera fängt seinen Blick und hält ihn fest. So lange, dass Juncker zum Schluss ein warmes Kribbeln in der Magengegend spürt.

»Juncker?« Ihre Stimme ist immer noch heiser.

»Ja?«

Sie fährt sich mit ihrer zierlichen Hand über die Stirn, wie um irgendetwas wegzuwischen. Eine Erinnerung. »Ach, nichts.«

Juncker geht zur Tür. Bleibt stehen und dreht sich um.

»Übrigens, Mads, ruf bitte nicht in der Kanzlei an. Und auch sonst bei keinem der Mitarbeiter. Auch nicht Wilder.«

»Okay.«

»Und noch etwas. Vera, du warst gestern Abend und die ganze Nacht hier, richtig?«

Sie nickt.

»Und du, Mads?«

»Ich war zu Hause.«

»Und das kann deine Frau … tut mir leid, ich habe vergessen, wie sie heißt.«

»Line.«

»Line, richtig. Sie kann das bestätigen?«

»Natürlich.«

»Gibt es noch andere, die verifizieren … die vielleicht bestätigen können, dass du zu Hause warst?«

Mads runzelt die Brauen. »Stehe ich … stehen wir unter Verdacht?«

»Es sind Routinefragen, die ich stellen muss. Weiter nichts. Gibt es also außer Line noch andere?«

»Unseren Sohn, Aksel.«

»Der wie alt ist?«

»Er ist gerade zwölf geworden. Er hat seinen Großvater sehr gerngehabt, was auf Gegenseitigkeit beruhte. Es wird nicht leicht, ihm sagen zu müssen, dass er tot ist.«

»Nein, das ist keine schöne Aufgabe. Also dann, vielen Dank fürs Erste. Ich werde noch mit weiteren Fragen über Ragner auf euch zurückkommen. Aber das hat noch etwas Zeit.«

Er nickt ihnen zu und verlässt das Wohnzimmer. Hinter sich hört er Mads aufschluchzen, davon abgesehen herrscht vollkommene Stille. Er spürt eine leichte Unruhe. Bist du in diesem Fall befangen?, fragt er sich, bevor er die dunkelblaue Haustür hinter sich schließt.

Kapitel 4

»Meine Fresse, ist das heiß.«

Mikkel Grantoft Nielsen steht auf und öffnet ein Fenster. Charlotte Junckersen folgt ihrem jungen Chef mit dem Blick. Oder um ganz genau zu sein: Sie folgt seinem Hintern mit dem Blick. Er kommt zurück und setzt sich an den Besprechungstisch, für den eine kreative Seele tatsächlich noch irgendwie Platz in dem kleinen Redaktionsraum der *Morgentidende* gefunden hat, wo die Investigativgruppe tagt. Der Raum ist vollgestopft mit Schreibtischen, Bürostühlen und zwei schwer beladenen Leiterregalen voller Aktenordner. Selbst unter normalen Wetterverhältnissen ist das Raumklima eine Herausforderung. Herrscht wie jetzt eine Hitzewelle, ist es kaum auszuhalten.

Der zuletzt hinzugekommene Tisch gehört Charlotte. Im Laufe des Frühjahrs war es für sie zunehmend zur Gewissheit geworden, dass sie nicht länger die Leitung der für den Parlamentssitz Schloss Christiansborg zuständigen Redaktion innehaben wollte. Die Trennung von Martin, das plötzliche Alleinsein (auch wenn sie diejenige war, die es sich so gewünscht hatte), die Trauer über das Verlorene und die Desillusion über seinen Verrat – das alles setzte ihr mehr zu als gedacht. Die Motivation und die Energie, rund um die Uhr zu ackern, wie es von einer Politik-Redakteurin erwartet wurde, waren verschwunden. Diese Entwicklung hatte sich überraschend schnell eingestellt und war, das spürte sie, unabwendbar. Sie hatte ganz einfach nicht mehr die Kraft für die Nachrichtenhektik.

»Das tut mir leid zu hören«, hatte Chefredakteur Magnus Thesander gesagt, als sie eines Tages Ende April in seinem Büro saß und ihm erzählte, wie es ihr ging. »Du hast großartige Arbeit geleistet, und das weißt du auch selbst, oder?«

Sie hatte genickt. Aber sie brauche eine Luftveränderung, um etwas mehr Zeit für sich selbst zu haben, erklärte sie. Nach sechs Jahren Dauersprint.

»Das heißt also? Wo möchtest du hin?«, wollte er wissen.

Investigativgruppe, hatte sie geantwortet.

»What? In den Jungsclub?« Thesander hatte ein überraschtes Gesicht gemacht.

Keiner der übrigen fünf Mitglieder der Investigativgruppe ist über fünfunddreißig. Für sie gibt es keinen anderen Gott als die Vierte Gewalt. Wenn sie schlafen, träumen sie süße Träume von machiavellistischen Verschwörungen, falls sie keine Albträume vom dänischen Informationsfreiheitsgesetz haben. Und ungeachtet ihres jungen Alters haben sie sich allesamt die desillusionierten Sichtweisen sehr viel älterer Männer bezüglich der Welt im Allgemeinen sowie Politikern, Beamten und Unternehmern im Besonderen angeeignet. In den Augen der fünf Journalisten sind sämtliche Angehörigen dieser drei Bevölkerungsgruppen von vornherein ein Haufen verbrecherischer Hochstapler, die nichts anderes im Sinn haben, als alles an sich zu raffen – Macht oder Geld, in den meisten Fällen beides –, sowie hart arbeitende Journalisten zu belügen und zu betrügen, wenn sie nicht gerade mit Ersterem beschäftigt sind.

Äußerlich ähneln die fünf einander: fit und durchtrainiert, mit offenen Gesichtern und klarem Blick und in aller Regel weitgehend einheitlich uniformiert mit Jeans, teuren, stets großzügig aufgeknöpften Hemden, schwarzen oder dunkelblauen Blazern und blank polierten Schuhen. Kurz gesagt: junge Männer. Strebsame junge Männer. Obwohl die *Morgentidende* das erklärte Ziel hat, ›in sämtlichen Redaktionen und Chefgruppen ein ausgewogenes Verhältnis beider Geschlechter anzustreben‹.

»Ja.« Charlotte hatte gelächelt. »In den Jungsclub. Da möchte ich arbeiten.«

»Warum?«

»Weil ich Lust habe, etwas tiefer in die Fälle zu tauchen. Und weil ich glaube, dass ich etwas beitragen kann.«

Thesander wiegte den Kopf hin und her.

»Dass du das kannst, daran besteht kein Zweifel. Mit deiner Erfahrung. Aber was deinen Wunsch angeht, freier über deine Zeit verfügen zu können … die jungen Leute in der Investigativgruppe arbeiten wirklich viel. Sie schuften. Das ist dir klar, oder?«

»Natürlich. Aber sie hängen nicht wie auf Christiansborg in der täglichen Deadline fest, oder? Ich bin ja kaum einen Tag vor sieben oder acht, wenn nicht noch später, von der Arbeit weggekommen. In der Investigativgruppe können sie trotz allem etwas freier entscheiden, wie und wann sie arbeiten, richtig?«

»Tja, das wohl schon.«

Charlotte fing den Blick des Chefredakteurs ein und versuchte, ihn festzuhalten. »Was dann? Gibt es ein Problem?«

»Was? Nein, nein!« Thesander schaute weg, schüttelte heftig den Kopf und wedelte zur Sicherheit noch abwehrend mit den Händen. »Nein, gar kein Problem. Außer ...«

»Dass ich eine Frau bin. Und über fünfunddreißig.«

»Ja, das heißt ... Herrgott, nein, natürlich nicht. Überhaupt nicht.«

Jetzt wedelte der Chefredakteur so heftig mit den Händen, dass Charlotte fürchtete, der Mann würde von seinem Stuhl abheben. »Nein, es ist nur, weil die Investigativgruppe auf fünf Mann ausgelegt ist ...«

Thesander überdachte einen Augenblick seine Wortwahl. »Ich meine natürlich nicht ›Mann‹ wie in ›Männer‹, sondern ›Mann‹ wie in ...«

»Wie in ›Frau‹«, schlug Charlotte vor.

»Ja. Oder ... ›Personen‹. Die Gruppe ist für fünf Personen ausgelegt. Das meine ich. Und ich kann nicht einfach eine extra Stelle aus dem Hut zaubern.«

»Oh, ob du nicht doch eine findest? Sonst musst du mit dem Hut in der Hand nach oben zur Geschäftsführung«, hatte sie erwidert und ihn daran erinnert, dass sie die Stelle als Politik-Redakteurin damals nur unter der Voraussetzung angenommen hatte, dass sie selbst bestimmen könnte, was sie stattdessen tun wollte, sollte sie der Aufgabe einmal müde sein.

»Das weißt du noch, oder?«

Magnus Thesander hatte genickt, und einige Wochen später war der zusätzliche Schreibtisch in den bereits überfüllten Redaktionsraum der Investigativgruppe getragen worden.

Mikkel Grantoft Nielsen wischt sich den Schweiß von der Stirn, schnauft wie ein Pferd und schaut in die Runde seiner drei Kollegen. Es ist die erste Redaktionssitzung nach den Sommerferien. Zwei sind noch im Urlaub.

»Ich hatte heute Morgen eine kurze Besprechung mit Thesander. So eine Art Vorbesprechung, bevor die Saison richtig losgeht.« Sein Handy brummt. Er greift danach, wirft einen Blick aufs Display und legt es wieder weg. »Wir haben unter anderem über unsere Zielsetzung gesprochen.«

Im Raum herrscht Stille, abgesehen vom nervtötenden Summen einer dicken Schmeißfliege, die wie ein Kamikazepilot immer wieder frontal gegen die Scheibe desjenigen Fensters donnert, das nicht geöffnet ist.

»Die offizielle oder die inoffizielle?«, fragt Charlotte.

Mikkel lächelt freudlos. »Was glaubst du wohl?«

Sie nickt. »Okay.«

Die offizielle Zielsetzung der Investigativgruppe lautet, in kurzen Worten, tiefschürfenden, themensetzenden Enthüllungsjournalismus von höchster Qualität zu betreiben. Die inoffizielle kann noch knapper ausgedrückt werden: Jetzt holt euch verdammt noch mal diesen Journalistenpreis!

Das letzte Mal, dass die Zeitung die prestigeträchtigste Auszeichnung des dänischen Journalismus erhalten hat, liegt sechs Jahre zurück. Ein Journalist aus der Kulturredaktion war auf die hervorragende Idee gekommen, die Geschichten von fünf Migrantenfamilien anhand deren privater Fotoalben zu erzählen. Sein Coup resultierte in einer erstklassig geschriebenen Artikelserie, die auch entsprechend wohlverdienten Ruhm erntete.

Seither ist die Zeitung verschiedentlich für den Preis nominiert worden, jedoch stets leer ausgegangen, und dieser Umstand sticht wie spitze Steinchen in den Schuhen der Redaktionsleitung. Das weiß Charlotte zur Genüge. Es wird niemals laut gesagt, doch in den späten Abendstunden diverser Fortbildungsseminare hat sie immer wieder Redaktionskollegen unterschiedlichen Besoffenheitsgrades jammern hören, dass ihre stärkste Konkurrenzzeitung einen Preis nach dem anderen einheimst – zuletzt durch die Aufdeckung eines weitreichenden Betrugsskandals in einem der größten Kreditinstitute des Landes –, während die *Morgentidende* nie über eine Nominierung hinauskommt.

Die Mitglieder der Geschäftsleitung sind mit anderen Worten bereit, jeweils ihren rechten Arm und mehrere tausend Abonnements für den Journalistenpreis zu geben, und zwar möglichst verliehen für guten, altbewährten Enthüllungsjournalismus, der den ein oder anderen Betreffenden die politische Karriere kostet. Mindestens einen hochstehenden Beamten. Gerne einen bedeutenden Politiker, einen Kopenhagener Bürgermeister beispielsweise. Am allerliebsten einen Minister.

»Was genau hat Thesander gesagt?«, erkundigt sich Charlotte, wohl wissend, dass der Chefredakteur selten präzise Anweisungen erteilt.

»Tja, was hat er gesagt?« Mikkel kratzt sich die Stoppeln seines dekorativen Dreitagebarts. »Er hat unter anderem deine und Jakobs Serie gelobt.«

Charlottes erster Einsatz in der Investigativgruppe war eine Reihe von Artikeln über die lausigen Hygienestandards in mehreren Kopenhagener Krankenhäusern. Die Serie erschien im Laufe des Sommers in der Zeitung. Charlotte hatte mit ihrem blutjungen Kollegen Jakob Hulsted zusammengearbeitet, und die Artikel fanden ein breites Echo, füllten fünf Titelseiten, wurden mehrfach in anderen Medien zitiert und sorgten auch online für reichlich Klickzahlen. Doch Charlotte ist sich durchaus bewusst, dass es in der Saure-Gurken-Zeit nicht allzu viel braucht, um auf der Titelseite zu landen, schließlich lechzen sämtliche Medien während des Sommerlochs nach spannenden Themen und zitieren daher bereitwillig alles, was bloß entfernt danach riecht. Ihre und Jakobs Artikel waren nicht schlecht, aber ihr ist vollkommen klar, dass sich dadurch nichts auch nur im Ansatz verändern wird. Und eben darum geht es letzten Endes. Dies und nichts anderes zählt, wenn am großen Tag die abschließende journalistische Rechnung ansteht.

Jedenfalls für einen Chefredakteur bei einer der größten Zeitungen des Landes.

»Das ist ja nett von Thesander. Hat er sonst noch was gesagt?«

»Na ja, er wollte natürlich wissen, was wir in Planung haben.«

»Und du hast geantwortet …?«

Mikkel rutscht unruhig auf dem Stuhl hin und her.

»Tja, was habe ich geantwortet? Dass wir weiter zu den Absprachen zwischen dänischem Militär und den Amerikanern bezüglich der Lieferung neuer Kampfflugzeuge recherchieren. Ihr wisst schon, dieser Tipp, laut dem irgendeine irrsinnig hohe Summe an Schmiergeldern gezahlt worden sein soll. Ich habe Thesander gesagt, dass wir noch keinen ernsthaften Durchbruch verzeichnen konnten, ich aber große Erwartungen hätte. Dann habe ich diese Sache mit der Überfischung in der Ostsee erwähnt, an der Janus seit einer Weile sitzt. Und dass wir drei, vier weitere vielversprechende Tipps haben, die wir uns näher anschauen werden, mit denen ich ihn jetzt aber noch nicht belästigen möchte.«

»Das heißt, alles in allem …«

Der Redaktionschef starrt Charlotte beinahe trotzig an. »Das heißt, alles in allem haben wir einen Dreck. Um es mal so zu sagen.«

Charlotte kennt Mikkel nicht sonderlich gut. Er wurde vor drei Jahren von einer ihrer Konkurrenzzeitungen abgeworben. Sie hat noch niemals enger mit ihm zusammengearbeitet, doch er ist, das bezweifelt sie nicht, ein ausgezeichneter und fleißiger Journalist. Und anpassungsfähig. Mit den richtigen Managementkursen auf dem Lebenslauf. Sonst würde er nicht da sitzen, wo er jetzt sitzt.

Doch er geht ihr auf den Zeiger. Mit seiner pfadfinderhaften Schwarz-Weiß-Sicht auf Politiker und Machthaber. Wenn Charlotte in ihrer beinahe dreißigjährigen Laufbahn als Journalistin eines gelernt hat, dann die Erkenntnis, dass sich das Leben – auch das in den Korridoren der Macht – praktisch immer in Grauzonen abspielt. Dass das Wasser niemals klar ist, sondern immer trüb.

Außerdem kann sie seine Nervosität darüber, dass sie in den Club gelassen wurde, förmlich riechen. Eine routinierte Reporterin, die ihn wie einen blutigen Anfänger aussehen lässt.

Meine Güte, steht der unter Druck, denkt sie. Es leuchtet förmlich aus ihm heraus: Besorgt mir eine gute Story. Eine Story, die für Furore sorgt. Eine fette Schlagzeile.

»Das wird schon, Mikkel. Solche Dinge kommen in Wellen«, sagt sie.

»Ja. Das Problem ist nur, dass wir uns schon viel zu lange in der Senke eines Wellentals befinden, das elend tief ist.« Er schaut Charlotte an. »Damit möchte ich deine und Jakobs Artikel nicht schlechtmachen, sie waren …«

»Ist schon in Ordnung. Ich weiß, was du meinst«, erwidert sie. Und denkt: Grünschnabel.

Als die Besprechung eine Viertelstunde später zu Ende ist, macht sie sich auf den Weg in die Kantine, um sich einen Kaffee zu holen. Sie hat sich gerade eingeschenkt, als ihr Handy klingelt. Es ist Teresa vom Empfang.

»Hier war gerade ein Fahrradbote mit einem Päckchen für dich«, sagt sie. »Du kannst es gleich in der Postabteilung abholen, sobald sie es gecheckt haben.« Sämtliche Post an die Zeitung und deren Mitarbeiter wird aus Sicherheitsgründen geöffnet und untersucht.

Zehn Minuten später legt sie das Päckchen auf ihren Schreibtisch. ›An Charlotte Junckersen‹ steht mit ungelenken Buchstaben darauf. Mikkel und Jakob sind in der Mittagspause, daher ist sie allein im Büro. Mit einer Heftklammer ratscht sie das braune Klebeband auf, das straff um die Pappschachtel gewickelt ist. Darin liegen ein Smartphone und zwei zusammengefaltete Din-A4-Blätter.

Sie faltet das erste Blatt auf und stutzt, fährt mit dem Zeigefinger über den Text. Tatsächlich. Der Brief wurde auf einer Schreibmaschine geschrieben. Sie kann sich nicht erinnern, wann sie das letzte Mal etwas erhalten hat, das auf der Maschine geschrieben wurde. Wer um alles in der Welt benutzt so eine heute noch?

Charlotte Junckersen. Ich habe etwas dass Sie mitsicherheit sehen wollen.

Rechtschreibung und Kommasetzung gehören anscheinend nicht zu den Kompetenzen des Absenders. Sie liest weiter.

Wir können über das Handy komuniziren. Pin 123465. Darauf ist eine App namens Signal installiert. Benuzen Sie die, sie verschlüsselt. Ich habe eine Gebrauchsanweisung bei gelegt. Meine Nummer steht unter A im Telefonbuch des Handys. Wir komunizieren nur über Nachrichten. Schreiben Sie wenn Sie interessiert sind.

Sie faltet das zweite Blatt Papier auf. Liest einen Moment. Dann schaltet sie das Handy ein, verschafft sich schnell einen Überblick darüber, wie die Verschlüsselungsapp funktioniert, und zwei Minuten später sendet sie die erste Nachricht.

12.27 Uhr Was will ich sehen? Erzählen Sie mehr
12.29 Uhr Es geht um den Terror Anschlag. Hätte verhindert werden können
12.30 Uhr Wie?
12.30 Uhr Wollen Sie darüber schreiben?
12.32 Uhr Das kommt ganz darauf an, was Sie mir zu erzählen haben
12.35 Uhr Es ist zu früh. Weis nicht ob ich Ihn trauen kann
12.37 Uhr Wenn Sie mir nicht trauen, weshalb haben Sie sich dann an mich gewandt? Um es gleich vorwegzusagen, ich stürze mich nicht in Storys, bei denen ich nicht weiß, wer die Quelle ist. Habe kein Problem damit, Sie zu anonymisieren, aber ich muss wissen, wer Sie sind

Es vergeht beinahe eine Viertelstunde, bis die nächste Nachricht aufpoppt.

12.51 Uhr Morgen 9 Uhr. Skudehavnsvej 6

Charlotte schaltet ihren PC an, öffnet Google Maps und tippt ›Skudehavnsvej 6‹ ins Suchfeld. Die Straße liegt, wie sie bereits wusste, in Nordhavn. Aber sie wusste nicht, dass die Adresse zur Kaffeebar Havnelyst gehört.

12.55 Uhr Abgemacht

Wie alle Journalisten erhält sie in regelmäßigen Abständen merkwürdige Tipps – per Mail oder Telefon, manchmal aber auch per Brief – von Leuten, die todsichere Beweise dafür haben, dass der Ministerpräsident in Wahrheit ein russischer Spion ist, oder die dokumentieren können, dass sich sämtliche Mitglieder des Königshauses in einer thailändischen Privatklinik einer Geschlechtsumwandlung unterzogen haben und einem uralten Zombiegeschlecht angehören.

Sie fischt ein Päckchen blaue Kings und ein Feuerzeug aus ihrer Tasche und steht auf, um auf die Raucherterrasse zu gehen. Das hier kommt sicher auch von irgendeinem verschwörungsbesessenen Spinner, so ist es in neunzehn von zwanzig Fällen – wenn nicht öfter. Andererseits … der Betreffende hat sich die Mühe gemacht, eine Nachricht zu schreiben, ein Handy zu kaufen, eine Verschlüsselungsapp zu installieren, alles in eine Schachtel zu packen und sie per Boten herzuschicken.

Ach, was soll's, es ist lange her, dass sie in Nordhavn vorbeigeschaut hat, und noch länger, dass sie in einer Kaffeebar war.

Und sollte es sich als falscher Alarm herausstellen … sie hat ohnehin keine Pläne für morgen.

Kapitel 5

»Und Nummer wie viel ist das jetzt also?«

Die Luft im Kildeparken steht still. Juncker schielt zu dem glatzköpfigen Mann an seiner Seite. Markman reicht ihm kaum bis zur Schulter.

»Nummer? Was meinst du?«

Der Rechtsmediziner grinst, und ein feinmaschiges Netz aus Falten legt sich um die braunen Augen und die stattliche Hakennase.

»Ich meine, wie viele wurden in Sandsted und Umgebung umgebracht, seit du in deinen Geburtsort zurückgekehrt bist ... wann war es noch mal, vor acht Monaten?«

Markman stammt ursprünglich aus dem südschwedischen Schonen und spricht ein einzigartiges Kauderwelsch aus Schwedisch und Dänisch ohne jede Systematik, allerdings mit einem starken schonischen Akzent.

»Neun Monate«, murmelt Juncker.

»Schön, dann eben neun Monate.« Das Grinsen des kleinen, schmächtigen Mannes wird noch etwas breiter. »Erst war da dieser Bent Larsen, hieß er nicht so? Und seine Frau. Als Nächstes der junge Kerl aus dem Flüchtlingsheim, der nach dem Brandanschlag gestorben ist. Und dann sind doch auch noch zwei Terroristen hopsgegangen, oder?«

Juncker bemüht sich, den Rechtsmediziner zu ignorieren. Den er seit Jahrzehnten kennt. Den er als den Besten auf seinem Gebiet respektiert. Den er schon fast als seinen Freund betrachtet. Und der unverdrossen weiterstichelt.

»Und nun dieser Kollege hier.« Er nickt zu dem weißen Zelt, das über der Leiche von Ragner Stephansen errichtet wurde, und zählt die Opfer an den Fingern ab.

»Ja, damit komme ich auf … sechs. Sechs Tote im Zuge deiner Ankunft. In einem kleinen Kuhkaff mit wie vielen Einwohnern? Fünf-, vielleicht sechstausend?« Er knufft Juncker fröhlich mit dem Ellbogen in die Seite. »Das ist ja das reinste Barnaby.«

»Zwei von ihnen sind genau genommen nicht hier, sondern in Kopenhagen gestorben«, korrigiert Juncker ihn kühl.

»Aber lebensgefährlich verletzt wurden sie hier, nicht wahr?« Markman wird ernst. »Und da habe ich deinen Vater noch gar nicht mitgerechnet. Allerdings ist der ja eines natürlichen Todes gestorben, nicht wahr?«

Juncker erwidert Markmans Blick. Flüchtig. Er nickt.

»Ja, so ist es.«

»Du bist ja ein richtiger Todesengel, Juncker. Da solltest du wohl besser nicht damit rechnen, in nächster Zeit zum Ehrenbürger der Stadt ernannt zu werden.« Markman setzt sich eine hellgraue Baseballkappe auf, die er in der Hand gehalten hat. »Verflucht, ist das heiß«, stöhnt er und blinzelt in die brennende Sonne. »Und du kennst den Typ im Zelt, habe ich gehört?«

»Ja. Er ist der ehemalige Partner meines Vaters.«

»Den du gut gekannt hast?«

»Na ja, den ich gekannt habe. Er ging in die Klasse meines großen Bruders, aber ich habe nie eine persönliche Beziehung zu ihm gehabt. Mein Vater übrigens auch nicht, soweit ich weiß.« Juncker schaut auf sein Handy. Die beiden Kriminaltechniker, die im Zelt nach allen möglichen Spuren auf und um die Leiche herum suchen, sind jetzt seit einer knappen Stunde an der Arbeit. Bald müssten sie fertig sein.

Ein Mann kommt auf sie zu.

»Juncker. Markman«, grüßt er und lächelt – ein wenig steif und förmlich.

»Hallo, Skakke«, antwortet der Rechtsmediziner, während Juncker sich damit begnügt, seinem Chef zuzunicken.

Der stellvertretende Polizeiinspektor Jørgen Skakke ist Leiter der Abteilung für Gewaltkriminalität an der Hauptdienststelle in Næstved. Er und Juncker haben in der zweiten Hälfte der Neunziger als verhältnismäßig junge Ermittler zusammen in der damaligen Eliteeinheit der dänischen Kriminalpolizei gearbeitet, dem sogenannten ›Reiseteam‹, das den verschiedenen Polizeidirektionen im Land bei besonders schwierigen Mordfällen beisprang, und anschließend bei der Auflösung der Einheit im Jahr 2002 in der Mordkommission der Kopenhagener Polizei. In Junckers Augen ist Skakke, um es freundlich auszudrücken, nicht der beste Ermittler, den die Welt je gesehen hat, dafür aber ein furchtbarer Paragrafenreiter. Juncker ist sicher, dass Skakke nicht gerade Jubelrufe ausgestoßen hat, als die Polizeistation in Sandsted geschlossen und Juncker nach Næstved versetzt wurde.

»Wissen wir, wer der Tote ist?«, fragt Skakke.

»Ja. Rechtsanwalt Ragner Stephansen. Ehemaliger Partner meines Vaters. Ragner ging zu Schulzeiten mit meinem Bruder in eine Klasse.«

»Hm. Stellt das ein Problem dar? Der Umstand, dass du ihn kennst?«

»Nein. Jedenfalls nicht für mich. Ich habe ihn im Laufe der Jahre auf einigen Abendgesellschaften bei meinen Eltern getroffen, aber das war's auch.«

Skakke mustert ihn. Juncker kann förmlich sehen, wie es hinter seiner Stirn arbeitet.

»Das ist grenzwertig. Abendgesellschaften, sagst du? Und sonst nichts?«

Juncker erwidert seinen Blick. »Nein, sonst nichts.«

»Na schön. Es ist ja nicht so, dass wir uns vor verfügbaren Leuten kaum retten könnten. Seit dem Terroranschlag ist der Überstundenberg schließlich nur immer weiter gewachsen ...« Sein Blick wird abwesend, fokussiert sich dann aber wieder auf Juncker. »Du bist also mit im Team. Aber nicht als Ermittlungsleiter.«

Juncker zuckt mit den Schultern. »Wenn du es sagst, ist es so.«

»Gut.« Skakke schaut sich um. »Wo ist Nabiha?«

»Die klingelt in der Nachbarschaft an den Türen. Zusammen mit Kryger. Anders Jensen und Hovmand sind losgezogen, um zu sehen, was sich in der Gegend an Überwachungskameras findet.«

»Okay.« Er wendet sich an den Mediziner. »Markman, haben Sie ...«

»Noch nicht. Aber ich schätze, die Techniker werden jeden Moment fertig, dann kann ich mich an die Arbeit machen.«

»Er wurde mit zwei Kopfschüssen erschossen«, sagt Juncker.

Skakke nickt bedächtig. »Rechtsanwalt, sagst du? Und die Kanzlei war hier in der Stadt? Das heißt, viele der Fälle stammen aus der Umgebung?«

»So war es jedenfalls, als mein Vater noch Teilhaber der Kanzlei war.«

»Dann ist es wohl sinnvoll, wenn wir so schnell wie möglich Teile der Kanzlei sowie den Zugriff auf Computer und Dokumente versiegeln. Ist ja nicht auszuschließen, dass der Schuldige in einem der Fälle zu suchen ist, mit dem die Kanzlei beschäftigt war.«

»Als ich Stephansens Frau und Sohn von dem Todesfall unterrichtet habe, habe ich den Sohn bereits darüber informiert, dass wir Zugriff auf gewisse Computer und vermutlich auch andere Dokumente benötigen. Mads Stephansen ist Juniorpartner. Ich habe ihn außerdem gebeten, in der Kanzlei nichts über den Tod seines Vaters verlauten zu lassen, auch wenn es illusorisch sein dürfte zu glauben, dass sich das Gerücht noch nicht in ganz Sandsted verbreitet hat.«

»Brauchen wir einen Durchsuchungsbeschluss?«

»Möglicherweise. Ich könnte zur Kanzlei fahren und mit Laust Wilder sprechen, er ist neben Ragner Eigentümer der Kanzlei, dann werden wir schnell sehen, ob sie bereit sind, mit uns zusammenzuarbeiten. Was ich durchaus denke.«

»Wenn sie sich querstellen, lassen wir es unter ›Gefahr im Verzug‹ fallen«, meint Skakke und bezieht sich damit auf einen Passus der Strafprozessordnung, der es der Polizei ermöglicht, eine Durchsuchung durchzuführen, ohne auf einen Durchsuchungsbeschluss zu warten, falls zu befürchten steht, dass in der Zwischenzeit Beweismittel verloren gehen.

»Alles klar«, antwortet Juncker. »Wir sollten wohl auch so schnell wie möglich ein paar Finanzleute dransetzen?«

»Auf jeden Fall. Wir stellen drei Mann von der Abteilung für Wirtschaftskriminalität ab, um die Unterlagen der Kanzlei zu prüfen. Darum kümmere ich mich, und dann rede ich mit dem Staatsanwalt, dass er uns einen

Durchsuchungsbeschluss beim Richter besorgt. Und organisiere ein paar Hunde und weitere Leute, damit wir den Park durchkämmen können. Eine Tatwaffe wurde nicht gefunden, richtig?«

»Nein.«

»Okay. Wir sehen uns in etwa einer Stunde. Gegen halb zwölf.«

Es ist viele Jahre her, dass Juncker zuletzt durch die Eingangstür und die fürstliche weiße Treppe mit dem weinroten Hochflorläufer hinaufgegangen ist, nach oben in den ersten Stock, zur *Rechtsanwaltskanzlei Wilder & Stephansen*. Oder wie sie einst hieß: *Junckersen & Stephansen*.

Er öffnet die schwere Eichenholztür. Zu Zeiten seines Vaters trat man in einen langen Gang, der zu den Büros der Anwälte führte. Rechts befand sich ein kleiner Empfang. Nun führt die Tür direkt in einen großen Raum, der mit einem Tresen, hellen Büromöbeln, Designerregalen und vier niedrigen Ledersesseln um einen weißen Marmortisch möbliert ist. An der einen Wand hängt ein abstraktes Gemälde, von dem Juncker ziemlich sicher ist, dass es von einem renommierten dänischen Künstler stammt, sowie eines von Egill Jacobsens bekannten Maskenbildern. Sollte es ein Original sein, dann weiß selbst er, der weiß Gott kein großer Kunstkenner ist, dass hier jemand richtig tief in die Tasche gegriffen hat.

Das Einzige im Raum, was Juncker von früheren Besuchen her wiedererkennt, sind die hohen Holzpaneele in dunkler Eiche und die vier imposanten Bogenfenster, die zur Sandsteder Fußgängerzone zeigen, der Torvegade.

An einem der beiden Schreibtische sitzt eine zierliche Frau mit dunklem Haar, Eichhörnchengesicht und verweinten Augen. Die Nachricht von Ragners Tod ist ihm wie erwartet vorausgeeilt. Juncker stellt sich vor und bittet um ein Gespräch mit Laust Wilder.

»Einen Augenblick«, sagt die Frau und verschwindet durch eine Tür, die sie hinter sich schließt. Einen Moment später ist sie zurück. »Bitte schön«, sagt sie, lässt die Tür offen stehen und setzt sich wieder hinter ihren Schreibtisch. Juncker wird mit einem Mal klar, dass es das alte Büro seines Vaters ist, das er da betritt. Laust Wilder steht auf und kommt ihm mit ausgestreckter Pranke entgegen.

»Martin«, begrüßt er ihn mit lauter, tiefer Stimme, bevor er Junckers Hand packt und sie schüttelt wie ein Terrier, der sich in eine tote Ratte verbissen hat. Juncker versucht, die Hand zurückzuziehen, doch der Anwalt hält sie fest und schüttelt noch einige Sekunden weiter, ehe er loslässt.

Soweit Juncker sich erinnert, haben sie einander ein- oder vielleicht zweimal getroffen, vor Jahren, als sein Vater seinen Anteil der Kanzlei an Wilder verkaufte. Und dann erneut auf der Beerdigung seines Vaters.

»Willkommen«, sagt Wilder und tritt einen Schritt zurück. »Auch wenn es natürlich ein ... tja, ein furchtbarer Anlass ist.« Er weist mit der Hand auf einen Besprechungstisch. Sie nehmen Platz.

»Erkennst du das alte Büro deines Vaters?«, fragt er.

»Ja. Aber es hat sich zweifellos verändert seit damals.«

»Oh, allerdings. Weiß man schon, was passiert ist?«, fragt Wilder.

»Wir wissen bis jetzt nur mit Sicherheit, dass Ragner Stephansen im Kildeparken mit zwei Schüssen getötet wurde. Über den Zeitpunkt und die näheren Umstände können wir aktuell noch nichts Genaues sagen«, antwortet Juncker und wundert sich im Stillen darüber, dass er in Situationen wie diesen immer wie ein Roboter klingt, der eine Pressemitteilung vorliest, verfasst von einem fünfundachtzigjährigen Juristen, der den Großteil seines Lebens in seinem Büro eingesperrt war.

Wilder nickt nachdenklich. Er ist etwa fünfzig und trägt einen hellgrauen Anzug mit Weste, ein strahlend weißes Hemd und eine hellblaue Seidenkrawatte. Er sieht aus, als sei er soeben aus der Umkleidekabine eines exklusiven Herrenmodegeschäfts gestiegen, und Juncker ist schleierhaft, wie jemand in dieser verfluchten Hitze derart frisch aussehen kann. Er zupft an seinem zerknitterten Leinenjackett, um dem Kleidungsstück immerhin den Ansatz einer Form zu geben.

»Wie kann ich, oder besser, wie können wir helfen?«, fragt der Anwalt.

»Wie gesagt wissen wir im Moment ganz allgemein sehr wenig, und was das Motiv des Täters angeht, überhaupt nichts. Aber wir müssen untersuchen, ob die Tat möglicherweise in Verbindung mit der Arbeit des Toten und damit der Kanzlei stand. Daher ...«

»Daher möchtet ihr Zugriff auf ... ja, auf was?«

»Mindestens auf Ragners Computer und den seiner Sekretärin, gegebenenfalls auch weitere, das wird sich zeigen. Außerdem auf verschiedene Bank- und Kundenkonten. Mit anderen Worten eine ganze Menge. Wir haben nicht vor, etwas zu beschlagnahmen, jedenfalls vorläufig nicht, aber wir benötigen Zugriff, um die Daten auf unsere eigenen Festplatten zu kopieren.«

Der Anwalt legt die Hände vor dem Gesicht zusammen, die Fingerspitzen gegeneinandergedrückt, die Zeigefinger an den Lippen. Wohl die gekünsteltste Form von Gestik, die Juncker sich vorstellen kann.

»Wie du dir sicher denken kannst, liegt eine Menge vertrauliches Material auf unseren Computern, das wir mit Rücksicht auf unsere Klienten nicht einfach herausgeben können. Daher fürchte ich, dass dies erst mit einem Durchsuchungsbeschluss geschehen kann. Das sage ich nicht, weil ich nicht mit der Polizei zusammenarbeiten möchte, sondern weil unsere Klienten es mit Recht von uns erwarten können und werden.«

Juncker nickt.

»Das ist völlig in Ordnung. Dann verfahren wir zunächst nach Paragraf 769, Absatz 3 Strafprozessordnung. Dort heißt es …«

»›Sofern der Zweck der Untersuchung gefährdet ist, da ein Durchsuchungsbeschluss abgewartet werden müsste, ist die Polizei befugt, die Durchführung der Durchsuchung zu beschließen.‹ Danke, ich kenne die StPO. Also können wir wohl nichts gegen die Durchsuchung tun.«

»Nein, könnt ihr nicht.« Juncker schenkt Wilder ein freundliches Lächeln. »Wir reichen den Durchsuchungsbeschluss in spätestens vierundzwanzig Stunden nach und werden wohl mit zwei, drei Mann hier aufschlagen. Gibt es irgendeinen Raum, wo wir hinkönnen?«

»Wir haben zwei Konferenzräume. Ihr könnt einen davon nehmen.«

»Klingt gut. Es versteht sich von selbst, dass niemand etwas aus der Kanzlei entfernen darf, weder Dokumente noch elektronische Geräte.«

»Ich werde die Mitarbeiter informieren. Kann ich sonst noch etwas tun?«

»Wir sind natürlich sehr interessiert an den Fällen, mit denen Ragner gearbeitet oder in die er involviert war, besonders die neueren. Meinst du, du könntest uns eine Liste mit den Fällen des … sagen wir des letzten Jahres erstellen? Mit einer kurzen Zusammenfassung jedes einzelnen Falles?«

Der Anwalt macht ein gequältes Gesicht. »Hm, ja, dem sollte wohl nichts im Wege stehen.«

»Danke. Ich werde dafür sorgen, dass zwei uniformierte Beamte Ein- und Ausgänge bewachen.«

Wilder sieht noch gequälter aus. »Ist das wirklich nötig? Ich meine, es gibt doch wohl keinen Grund zu glauben …«

»Ich glaube überhaupt nichts. Es ist eine reine Sicherheitsmaßnahme, bis wir auf etwas festerem Grund bezüglich der Frage nach dem Tatmotiv stehen. Ist das ein Problem?«

»Nein, vermutlich nicht. Es scheint nur so dramatisch.«

»Kann schon sein. Aber der Anlass lässt sich wohl auch als ziemlich dramatisch bezeichnen, oder nicht?«

»Das ist natürlich richtig.« Wilder steht auf, doch Juncker hebt den Arm. »Ich habe noch schnell ein paar Fragen. Bezüglich deiner eigenen Beziehung zum Verstorbenen.«

Der Anwalt setzt sich wieder. »Lass hören.«

»Wie war er so? Sowohl als Kollege wie auch als Mensch?«

Wilder nimmt erneut die Positur mit den vor dem Gesicht aneinandergelegten Händen ein. Er denkt nach. Gründlich.

»Er war ein ausgezeichneter Anwalt. Scharfsinnig. Und im Gegensatz zu vielen Anwälten heutzutage, die sich auf ein bestimmtes Gebiet spezialisieren, ein Allrounder. Ragner besaß ein wirklich unglaubliches Wissen in sehr vielen Bereichen. In dieser Hinsicht war er sehr oldschool. Gleichzeitig war er der Erste, wenn es darum ging, die Kanzlei in sämtlichen Bereichen up to date zu halten, sowohl in Bezug auf IT-Ausstattung und so weiter, aber auch in puncto unserer Mitarbeiter. Ich habe unheimlich viel von Ragner gelernt.«

»Und als Kollege?«

Wieder überlegt Wilder, ehe er spricht. »Man konnte durchaus bei ihm anecken. Für Unfähigkeit hatte er nichts übrig. Aber ich kann ihn nur als großartigen Kollegen beschreiben.«

»Wart ihr Freunde?«

»Nein, das kann man nicht sagen. Wir haben uns ein paar Mal in privatem Zusammenhang getroffen, aber Freunde? Nein. Keinem von uns war daran gelegen, Freundschaft und Geschäft zu vermischen.«

»Ist dir bekannt, ob er Feinde hatte?«

»Hm ... Feinde. Ragner gewann einen sehr großen Teil der Fälle, die er übernahm. Es ist unmöglich, ein so erfolgreicher Anwalt zu sein, wie er es war, ohne jemandem auf die Zehen zu treten. Ob man die Betreffenden nun als ›Feinde‹ bezeichnen kann? Ich denke, das ist Definitionssache.«

»Gut, dann war's das erst mal. Aber wir sehen uns möglicherweise im Laufe des Tages wieder, und ich freue mich auf die Liste mit einer Übersicht über eure aktuellen Fälle. Jetzt würde ich gern mit Ragner Stephansens Sekretärin sprechen, falls sie hier ist.«

»Sara Jensen? Ja, sie ist hier. Dem sollte also nichts im Wege stehen. Komm mit.«

Das Büro der Sekretärin liegt ein Stück weiter den Gang hinunter. Die Tür steht offen, aber Wilder klopft dennoch an. Die Frau hebt den Blick von ihrem Computerbildschirm.

»Sara, das hier ist Martin Junckersen von der Polizei. Er ermittelt im Todesfall von Ragner und würde gern mit dir sprechen.«

Die Frau steht auf und kommt um den Tisch. Auch ohne die schwarzen spitzen Stöckelschuhe wäre sie eine verhältnismäßig große Frau. Mitte vierzig, schätzt Juncker.

Mit dramatischem Augen-Make-up und rabenschwarzem Haar, das straff zurückgekämmt und zu einem Zopf geflochten ist. Sie trägt ein ärmelloses Rollkragenoberteil und einen eng anliegenden grauen Rock, der in keiner Weise versucht, ihre Sanduhrfigur zu verbergen. Sie streckt die Hand aus. Juncker starrt neidisch auf ihren muskulösen Arm.

»Sara Jensen. Was kann ich für Sie tun?« Sie lächelt professionell freundlich und macht, im Gegensatz zu der Frau am Empfang, nicht den Eindruck, als habe der plötzliche und gewaltsame Tod ihres Chefs sie über die Maßen getroffen.

»Wie Laust bereits sagte, würde ich Ihnen gern einige Fragen zu Ragner Stephansen stellen.«

Sie nickt. »Wir können uns in Ragners Büro setzen. Dort gibt es einen kleinen Konferenztisch.« Sie öffnet die Tür. »Kann ich Ihnen etwas zu trinken anbieten?«

»Nein, danke.«

»Okay.« Sie setzt sich.

»Wie lange sind Sie schon Stephansens Privatsekretärin?«

Sie denkt einen Augenblick nach. »Das müssen inzwischen über sieben Jahre sein.«

»Also könnte man sagen, dass Sie ihn gut kannten, richtig?«

»Ja, durchaus. Wenn man so lange zusammenarbeitet, dann …«

»Natürlich.« Juncker nickt. »Wie würden Sie ihn beschreiben?«

»Als charmanten Mann. Sehr charmant.«

»Und als Arbeitgeber?«

»Ragner stellte hohe Ansprüche an seine Angestellten. Doch niemals höher als die, die er an sich selbst stellte.«

»Wenn Sie also seine Stellung hier in der Kanzlei charakterisieren sollten, ich meine, die Art, wie seine Angestellten ihn betrachtet haben, wie würden Sie diese dann beschreiben?«

»Er war beliebt.«

»Beliebt, aha. Also gab es niemanden, der sich, wie soll ich sagen, eingeschüchtert durch ihn fühlte? Kein Mitarbeiter oder früherer Mitarbeiter, der einen Groll gegen ihn hegte?«

»Nein. Nicht, dass ich wüsste.«

»Nun wäre es natürlich möglich, dass Sie als seine Privatsekretärin nicht alles darüber erfahren haben, wie die anderen Mitarbeiter zu ihm standen, oder?«

»Das stimmt natürlich. Aber ich glaube dennoch, dass ich einen recht guten Eindruck davon habe, wie die Stimmung hier in der Kanzlei ist.«

»Wie sieht es dann mit Klienten und gegnerischen Parteien der Fälle aus, die er im Laufe der Jahre geführt hat? Gab es hier jemanden, der wütend auf ihn war? Der ihm drohte?«

»Wenn man ein guter und erfolgreicher Anwalt ist, lässt es sich nicht vermeiden, dass ab und zu jemand eine gewisse ... Wut verspürt.«

Dieselbe Platte wie bei Mads Stephansen und Laust Wilder, denkt Juncker.

»Aber keine ernst zu nehmenden Drohungen, von denen Sie wüssten?«

»In der Zeit, die ich als Ragners Sekretärin gearbeitet habe, wurde er in keiner Weise bedroht, die ihm Sorgen bereitet hat. Lassen Sie es mich so ausdrücken. Jedenfalls nicht, dass es mir zu Ohren gekommen wäre.« Sie schaut Juncker an. »Sie sind Mogens Junckersens Sohn, richtig?«

»Ja. Mein Vater hat die Kanzlei vor vielen Jahren gegründet.«

»Also kannten Sie Ragner sicher auch?«

»Ich bin ihm ein paar Mal begegnet. Aber das Verhältnis zwischen ihm und meinem Vater war rein professionell. Sie waren nicht befreundet.«

»Sie sind also nicht befangen, was die Ermittlungen in dem Mordfall angeht?«

»Mein Chef hat entschieden, dass ich es nicht bin.«

»Und diese Entscheidung hat nichts damit zu tun, dass die Polizei, soweit ich weiß, seit dem Terroranschlag letztes Jahr noch immer stark unter Personalknappheit leidet?«

»Die Entscheidung beruht allein auf einer Einschätzung meiner Beziehung zum Verstorbenen.«

»Na dann.« Sie verschränkt die Arme. »Kann ich sonst noch etwas für Sie tun?«

Keine ganz gewöhnliche Büromaus, denkt Juncker, als er fünf Minuten später wieder unten in der Fußgängerzone steht.

Im Kildeparken haben die Techniker inzwischen den Tatort in einem Radius von circa fünf Metern um die Leiche herum abschließend untersucht.

»Und, was habt ihr für mich?«, fragt Juncker Peter Lundén. Er hat bereits in etlichen Fällen mit ihm zusammengearbeitet, zuletzt in Verbindung mit dem Doppelmord an den Larsens.

»Es ist fast wie beim letzten Mal«, antwortet Lundén säuerlich.

Das Haus, in dem Bent Larsen im Dezember ermordet aufgefunden wurde, stellte sich als beinahe steril heraus. ›Ich habe noch nie ein derart sauberes Haus untersucht‹, so hatte Lundén den Tatort damals beschrieben.

»Der Regen hat unseren Freund praktisch blitzsauber gewaschen. Aber wir haben drei Haare auf ihm gefunden, die nicht seine eigenen zu sein scheinen, sowie ein paar Flusen an der Jacke. Also mal sehen.«

»Schuhabdrücke? Oder andere Spuren?«

»Du siehst es ja selbst«, sagt Lundén und weist auf den Kies. »Das verdammte Wetter hat alles zerstört. Es gibt ein paar verwischte Spuren, die von Laufschuhen stammen könnten, bei der Leiche und weiter den Weg entlang Richtung Ausgang dort. Aber ob sie vom Täter stammen oder von einem Jogger, der hier vor dem Mord entlanggelaufen ist, lässt sich nicht sagen. Jedenfalls nicht, bevor die Leiche weggebracht wurde und wir sehen können, ob sich die Abdrücke unter ihr fortsetzen.«

»Und ihr habt keine Patronenhülsen gefunden?«

»Nein. Der Täter hat fein säuberlich hinter sich aufgeräumt. Oder mit einem Revolver geschossen.«

Markman kommt aus dem Zelt.

»Und, was sagst du?«, fragt Juncker.

»Nichts groß, was wir nicht bereits wüssten. Man hat ihm einmal in die Stirn und einmal in die Schläfe geschossen, und zwar zu neunundneunzigprozentiger Sicherheit mit Kaliber .22, wie du bereits vermutet hattest. Keine Austrittswunde, daher handelt es sich wahrscheinlich um Munition von geringer Mündungsgeschwindigkeit.«

»Aufgesetzter Schuss?«

»Zumindest der Schuss in die Schläfe. In der Wunde sind Schmauch- und Pulverpartikel. Der Schuss in die Stirn ist ein Nahschuss, abgefeuert aus einem halben Meter Entfernung, vielleicht etwas mehr.«

»Abwehrläsionen?«

»Nichts. Keine Zeichen eines Kampfes.«

»Und sonst?«

»Voll entwickelter Rigor. Verglichen mit der Körpertemperatur schätze ich, dass er zwischen dreiundzwanzig und ein Uhr nachts getötet wurde.«

Juncker tritt zur Zeltöffnung und schaut auf die Leiche.

»Warum zwei Schüsse?«, murmelt er.

»Was?«

»Ich sage, warum wurde zweimal auf ihn geschossen? Ist nicht jeder der Schüsse für sich genommen schon tödlich?«

»Dazu kann ich erst nach der Obduktion etwas sagen. Aber ja, das ist am wahrscheinlichsten. Zwei Schüsse, deutet das nicht auf einen Profi hin?«

»Vielleicht.«

Er entdeckt Nabiha, die an der Seite eines anderen jungen Ermittlers, Jesper Kryger, über den Rasen kommt. Sie grüßen Markman und die beiden Techniker.

»Wir haben bei praktisch allen Häusern und Wohnungen geklingelt, die an den Park grenzen«, berichtet Nabiha. »Natürlich waren nicht alle zu Hause, deshalb werden wir eine zweite Runde machen, vielleicht heute Abend zur Essenszeit.«

»Und?«

»Keiner hat etwas gehört, das nach einem Schuss klang. Oder überhaupt etwas gehört.«

Nicht weiter verwunderlich, denkt Juncker. Munition mit geringer Mündungsgeschwindigkeit muss nicht unbedingt sehr laut ausfallen.

»Jemand, der etwas gesehen hat?«

»Ja«, meldet sich Jesper Kryger zu Wort. »Ein Mann, der dort drüben in dem Mehrfamilienhaus im Kirkegårdsvej wohnt, im obersten Stock, er hat eine Person bemerkt, die aus dem Park kam und Richtung Fußgängerzone ging.«

»Weiß er noch, wie viel Uhr es da war?«

»Ja, er konnte nämlich nicht einschlafen und ging in die Küche, um sich ein Glas Milch zu holen. Dabei sah er auf die Uhr. Fünf vor halb eins.«

»Gut. Personenbeschreibung?«

»Nicht sehr viel. Dunkle Hose, dunkler Pullover mit über den Kopf gezogener Kapuze. Und ein Rucksack.«

»Konnte er die Größe einschätzen?«

»Nicht wirklich. ›So ganz normal‹, dazu konnte er sich schließlich durchringen.«

»Mann? Frau?«

»Nein, auch nicht. Er hatte das vage Gefühl, dass es vielleicht ein Mann gewesen sein könnte, aber dafür wollte er jedenfalls nicht die Hand ins Feuer legen.«

Hervorragend, denkt Juncker. Damit haben wir immerhin einen Anfang.

»Na schön, ihr versucht es dann mit einer weiteren Runde zwischen sechs und sieben, wenn die Leute zu Hause sind?«

»Machen wir«, sagt Kryger. »Sind Sie der Ermittlungsleiter?«

»Nein.« Zumindest nicht auf dem Papier, denkt er. »Ich fahre nach Næstved. Um sechs ist dort Briefing. Bei der Gelegenheit werde ich vorschlagen, dass wir in den nächsten Tagen genauso gut die Räume unserer ehemaligen Wache als unser ›Hauptquartier‹ benutzen können, der Großteil der Ermittlungen wird sich ja ohnehin hier in Sandsted abspielen, und soweit ich weiß, läuft der Mietvertrag noch zwei Monate. Wollen wir uns nicht einfach dort treffen?«

»Skakke hat mich gebeten, morgen für die Obduktion zum Rechtsmedizinischen Institut zu fahren. Sie ist um halb neun«, sagt Nabiha.

Die Information versetzt Juncker einen leichten Stich. Er hatte fest damit gerechnet, dass er bei der Obduktion zugegen sein würde. Als eindeutig Erfahrenster der Ermittler, die mit der Ermordung Ragner Stephansens befasst sind.

»Okay. Dann gute Fahrt.«

Nabiha schielt zu Juncker.

»Skakke meinte, dass es ja gut wäre, wenn ich mal die Erfahrung …«

»Jaja. Wie gesagt, gute Fahrt. Wir sehen uns dann, wenn du zurück bist.«

Beim Briefing in Næstved berichtet einer der Beamten aus der Abteilung für Wirtschaftskriminalität, der mit der Prüfung der Unterlagen in der Kanzlei betraut wurde, dass die von Laust Wilder versprochene Liste mit Ragner Stephansens Fällen noch nicht ganz fertig ist und vermutlich erst morgen Vormittag zur Verfügung stehen wird.

»Warum dauert das so lang?«, knurrt Juncker.

Der Beamte zuckt mit den Schultern.

»Habt ihr Zugriff auf Stephansens Computer erhalten?«

»Ja, und auf den seiner Sekretärin. Aber wir sind noch nicht dazu gekommen, uns den Inhalt anzusehen.«

Als Juncker die Hauptdienststelle verlässt, ist er kurz vorm Verhungern, also kauft er zwei Hotdogs an einer Tankstelle und stößt die gesamte dreißigminütige Heimfahrt nach Sandsted mit French-Dressing-Geschmack auf. Es ist kurz vor neun, als er die Tür zu seinem Elternhaus aufschließt. Er geht auf direktem Weg in sein Zimmer – das bereits sein Zimmer war, bevor er von zu Hause auszog –, schlüpft aus Jackett, Hemd und Hose und verharrt einen Moment, um an seinem halb nackten Körper herabzuschauen.

Während des letzten halben Jahres hat er abgenommen, allerdings nicht auf vorteilhafte Weise. Er war immer schon mager und schlaksig, doch bis vor einigen Jahren auch relativ muskulös und sehnig. Jetzt ist seine Muskelmasse im Schwinden begriffen. Er hebt den linken Arm und spannt den Bizeps an. Es ist zu wenig Muskelmasse vorhanden, um die Haut vollständig auszufüllen, und die überschüssige Haut hängt schlabbrig vom Oberarm. Um die Taille sind zwei Speckringe hervorgewachsen, ungefähr von der Breite aufgepumpter Fahrradschläuche, die mit einem Bierbauchansatz um den Platz ringen.

Zum Glück sieht man die Fettpölsterchen und den Muskelschwund noch nicht richtig, solange er bekleidet ist. Doch sie sind da, die unleugbaren Beweise des fortschreitenden Verfalls. Juncker seufzt.

»Morgen fange ich an zu trainieren«, sagt er ins Zimmer. Als ob er den Worten auf unerklärliche Weise mehr Gewicht verleiht, wenn er sie laut ausspricht. Außerdem wundert er sich schon längst nicht mehr darüber, dass er mit sich selbst spricht. »Ganz langsam erst mal. Zehn Liegestütze und zwanzig Sit-ups. Das reicht für den Anfang.«

Ganz langsam. Und auch erst morgen.

Er holt ein sauberes T-Shirt aus dem Schrank und geht in die Küche. Spült das benutzte Glas, das neben der Spüle steht, und schenkt sich großzügig aus dem Karton mit dem anständigen Roten aus Südafrika ein. Dann setzt er sich auf die Terrasse und genießt die relative Kühle, während die Sonne in einem Meer aus Golden und Orange versinkt. Er trinkt einen Schluck und spürt, wie der Alkohol zum Kampf gegen das Fett aus der Ladung Junkfood ansetzt, die in seinem Magen herumschwappt. Ruhe breitet sich in ihm aus, denn genau das bringt der Wein mit sich: eine verräterische Ruhe.

Als er im Dezember nach Sandsted und zu seinem Vater ins Haus zog, schien es wie die optimale Lösung für eine wahrhaftige Scheißsituation. Er hatte, um es freiheraus zu sagen, eine Anwältin gevögelt, die als Verteidigerin in einem laufenden Fall fungierte, an dem er selbst als Ermittler beteiligt war. In diesem eklatanten Bruch der Regeln für Interessenkonflikte hatte sein Chef vorschriftsgemäß reagiert: Juncker war eine Gehaltsstufe nach unten gerutscht und versetzt worden.

In den ersten Tagen, nachdem er Charlotte seinen Seitensprung gebeichtet hatte, hatte er geglaubt, sie würde ihm verzeihen. Herrgott, eine dumme, kurze Affäre und nichts, was etwas daran änderte, dass er seine Frau liebte und immer lieben würde. Doch er hatte sich geirrt. Nach einer Woche forderte sie ihn auf, sich erst einmal eine andere Bleibe zu suchen. Die Stelle als Leiter der gerade eröffneten Polizeistation in Sandsted versprach die sprichwörtlichen zwei Fliegen mit einer Klappe zu schlagen: Er konnte die Versetzung bewerkstelligen, während er gleichzeitig eine Unterkunft hatte – nämlich in seinem alten Elternhaus –, und bei dieser Gelegenheit gleich noch nach seinem Vater sehen, der allmählich dement wurde.

Doch der Verfall des Vaters entwickelte sich derart katastrophal, dass sich Juncker zum Schluss vollkommen machtlos fühlte.

Frühmorgens am sechsten Januar, etwas mehr als einen Monat nachdem er eingezogen war, schlich er sich ins Schlafzimmer des Vaters. Der alte Mann lag leise schnarchend auf dem Rücken. Junckers Mutter war zehn Monate zuvor verstorben, doch ihre Decken und ihr Kopfkissen lagen noch immer auf ihrem gewohnten Platz im Ehebett. Juncker nahm ihr Kissen, sammelte einen Moment den nötigen Mut, legte es aufs Gesicht des Vaters und drückte zu.

Es dauert überraschend lang, einen Menschen zu ersticken. Zwischen drei und vier Minuten. Selbst bei einem alten Menschen.

Seit jenem Tag hat Juncker während vieler einsamer Abende und Nächte seine Motive für den Mord an seinem Vater hin und her gewendet. Und zwar in diesem Fall tatsächlich den ›Mord‹. Denn es lag nichts Unachtsames oder Unüberlegtes in der Weise, in der er dem Vater das Leben nahm. Der Alte war kränker und kränker geworden und hatte sich immer weiter von dem Menschen entfernt, der er einmal war. Die Hürden für ein Pflegeheim, wo man mit seiner Demenz umgehen konnte, schienen unüberwindbar, und davon abgesehen weigerte sich Mogens Junckersen vehement, seine letzten Tage in einem Heim zu fristen.

Er litt, daran bestand kein Zweifel. Er vermisste seine Frau, und er war im Begriff, die Kontrolle über seine Körperfunktionen zu verlieren.

Deshalb, hat Juncker Hunderte Male gedacht, wenn er versuchte, sein schlechtes Gewissen zu besänftigen. Deshalb! Warum soll ein alter und zermürbter Mensch dazu gezwungen sein, ein Leben weiterzuführen, in dem er nicht länger sein will?

Doch es gab noch einen anderen Grund, den Juncker lange versucht hat, zu verdrängen und zu leugnen, sobald er sich in seine Gedanken drängte. Ein Grund, dem er nicht entkommen kann, sosehr er sich auch bemüht.

Jede Nacht träumt er denselben Traum. So banal vorhersehbar und vulgärfreudianisch, dass man sich beinahe ausschütten könnte vor Lachen. Würde ihn der Traum nicht wecken, und wäre er nicht eine der Hauptursachen dafür, dass er so schlecht schläft. Neben dem Umstand, dass er zu viel trinkt, sein altes Leben vermisst und mindestens dreimal pro Nacht pinkeln muss.

Im Traum geht Juncker ins Schlafzimmer des Vaters, nimmt das Kissen, legt es auf sein Gesicht und drückt zu. Der alte Mann kämpft um sein Leben, doch nach einigen Minuten werden die Bewegungen allmählich schwächer, bis der Körper vollkommen reglos ist. Vorsichtig entfernt Juncker das Kissen, und da liegt sein Vater mit offenen Augen und grinst ihn an. Dann flüstert er etwas, das Juncker nicht versteht. Der Alte hebt seine knöchrige Hand und winkt den Sohn näher. Juncker beugt sich vor, spürt eine Welle kalter, fauliger Luft und wendet dem Vater das Ohr hin. Mogens Junckersen flüstert erneut, und jetzt kann Juncker es hören. Ein Wort.

Schlappschwanz.

Nacht um Nacht.

Es ist eine Tatsache: Er hat seinen Vater umgebracht, weil Tyrannen den Tod verdienen.

Juncker schaudert, und die Härchen auf seinen Armen richten sich auf. Er leert das Glas und geht nach drinnen, um nachzuschenken. Vor der Tür zum Arbeitszimmer des Vaters bleibt er stehen. Seit jenem Vormittag, als er den Hausarzt anrief, um ihm mitzuteilen, dass Mogens Junckersen im Laufe der Nacht eingeschlafen war, hat er keinen Fuß mehr über die Schwelle gesetzt. Er steht eine Weile da, zögert. Macht zwei Schritte auf die Tür zu, legt die Hand auf die Klinke … und macht einen Rückzieher.

Dienstag, 1. August

Kapitel 6

Charlotte schaut sich um. Alle Tische vor der Kaffeebar Havnelyst sind besetzt. Die meisten der Gäste sind Lkw-Fahrer und Hafenarbeiter vom nahe gelegenen Container-terminal. Sie lehnt ihr Rad gegen einen Baum, schiebt die Sonnenbrille nach oben in ihre knallroten Haare und geht auf den Eingang zu. Ein kräftiger, schwarz gelockter Mann in orangefarbenem Overall und einem dunkelblauen T-Shirt, das von oben bis unten durchgeschwitzt ist, pfeift ihr hinterher. Ob es in Kopenhagen wohl weitere Orte wie Nordhavn gibt, wo Männer Frauen noch immer hinter-herpfeifen? Sie weiß nicht recht, ob sie wütend oder ge-schmeichelt sein soll.

Abgesehen von einer Kellnerin ist das schummrige Lokal leer. Charlotte bestellt einen Kaffee und setzt sich auf einen der hochlehnigen, mit schwarzem Leder be-zogenen Stühle, angelt ihr Handy aus der Tasche und schaut auf die Uhr. Drei Minuten nach neun. Sie nimmt einen Schluck von dem ätzend starken Kaffee, öffnet die Online-Ausgabe der Zeitung und beginnt, den Aufmacher zu lesen.

Ein Mann erscheint in der Türöffnung, die er beinahe vollständig ausfüllt. Einen Moment steht er blinzelnd da, dann entdeckt er Charlotte und kommt an ihren Tisch.

Er sieht aus wie die Parodie auf einen amerikani-schen Trucker. Gekleidet in zerschlissene Jeans und eine schwarze Lederjacke über einem rot karierten Holzfällerhemd. Dunkler Vollbart, Sonnenbrille und Baseballcap. Der muss doch eingehen vor Hitze, denkt sie.

»Charlotte Junckersen?«

»Die bin ich.«

Er zieht den Stuhl ihr gegenüber heraus und lässt sich schwerfällig darauf nieder. Dann lupft er die Kappe und wischt sich mit der Handfläche den Schweiß von der Stirn. Sie erhascht einen Blick auf sein rötliches raspelkurzes Haar, bevor er die Mütze wieder an ihren Platz schiebt. Charlotte vermutet, dass er in den Zwanzigern ist, doch es lässt sich schwer sagen, unter anderem wegen des Vollbarts, der falsch aussieht. Er schnauft. Sie kann seine Augen nicht sehen, hat jedoch das starke Gefühl, dass er sie eingehend studiert. Als versuche er, etwas von ihrem Äußeren abzuleiten. Dann schlägt er plötzlich mit beiden Händen auf die rot-weiß karierte Wachstuchdecke.

»So«, sagt er. »Kann ich Ihnen trauen, Frau Charlotte Junckersen?«

Sie lächelt. »Das will ich doch meinen, Herr …«

»Jetzt wurde Ihr Wunsch, mich zu sehen, erfüllt. Der Rest ist vorerst unwichtig.«

Sie zuckt mit den Achseln. »Schön. Aber was wollen Sie von mir?«

Er lehnt sich zurück. Die Stuhllehne knarzt. »Der Terroranschlag letzten Dezember.«

Charlotte runzelt die Brauen. »Ja, das haben Sie geschrieben. Was ist damit?«

»Er hätte verhindert werden können.«

»Ist das bei solchen Dingen nicht immer der Fall?«

»Sie verstehen nicht. Jemand wurde gewarnt, dass es passieren würde.«

»Jemand? Wer?«

»Forsvarets Efterretningstjeneste.«

»Was? Der militärische Geheimdienst?«

»Ja. Einige Leute beim FE haben einen Tipp bekommen, den sie nicht genutzt haben. Sie haben ganz schlicht und ergreifend nicht darauf reagiert.«

»Woher wissen Sie das?«

Er zieht einen USB-Stick aus der Brusttasche seines Hemds und legt ihn vor sich auf den Tisch. »Erst müssen wir eine Vereinbarung treffen. Sie dürfen vorerst mit niemandem über unser Treffen sprechen.«

»Das kommt ganz darauf an, was Sie mir zu erzählen haben. Wenn es etwas Illegales ist …«

Er unterbricht sie mit einer Handbewegung. »Das reicht mir nicht. Keine Vorbehalte. Ich will Ihr Wort, dass Sie weder etwas darüber schreiben noch Ihren Kollegen davon erzählen, ehe ich nicht mein Okay gegeben habe.«

Charlotte überlegt. Er könnte natürlich einer der üblichen Verschwörungsfritzen sein, doch sie hat eigentlich nicht das Gefühl. Sie glaubt ihm, dass er etwas weiß. Etwas Großes.

»In Ordnung. Ich werde den Mund halten.«

Er schiebt ihr den USB-Stick hin. »Sie sind mit Martin Junckersen verheiratet, richtig?«

»Ja. Das heißt, wir sind getrennt. Aber juristisch gesehen sind wir noch verheiratet.«

»Er war an den Ermittlungen zum Terroranschlag beteiligt, stimmt's?«

»Zum Teil, ja. Aber darüber weiß ich so gut wie nichts. Warum?«

Er zuckt mit den Achseln. »Schauen Sie sich die Datei an, die auf dem Stick gespeichert ist. Dann sprechen wir wieder.«

Charlotte nimmt den Stick und steckt ihn in ihre Tasche, bevor sie aufsteht.

»Und ich kann Sie nach wie vor übers Handy erreichen?«

»Ja. Aber nur per Nachricht.«

Kapitel 7

Juncker hat den Code für die Alarmanlage vergessen und flucht leise. Es ist, als ob der Kleber in seinem Elefantengedächtnis allmählich eintrocknet, sodass sich immer häufiger kleinere Stückchen von Informationen lösen und verschwinden. Er dreht sich um und blickt über den Marktplatz. Versucht, sein Gehirn durchzulüften. Mehr braucht es manchmal gar nicht, und tatsächlich, nach einer Minute taucht der Code im Dämmerlicht seiner Erinnerung auf. Er gibt die vier Ziffern ein und öffnet die Tür. Sie stößt gegen das Glöckchen, das damals, als hier noch eine Buchhandlung war, mit seinem Bimmeln neue Kundschaft ankündigte. Juncker hat sich nie dazu aufraffen können, es abzuhängen. Auch die deckenhohen weißen Bücherregale stehen noch immer gähnend leer an den Wänden.

Dreieinhalb Monate ist es her, seit die Polizeistation geschlossen wurde. Er schaut sich um und spürt, wie der Umstand, erneut in diesem Raum zu sein, einen Wurm nährt, der schon seit Monaten in ihm wächst und gedeiht.

Die Polizeistation war, neben Nabiha und Juncker, mit einem jungen Polizeischüler namens Kristoffer Kirch besetzt. An Neujahr wurde er von zwei Terroristen als Geisel genommen, die sich nach dem Bombenanschlag in einem alten Forsthaus wenige Kilometer außerhalb der Stadt versteckt hatten. Aus Gründen, die vermutlich für immer ungeklärt bleiben werden, töteten die Terroristen Kristoffer nicht, sondern ließen ihn durchgeprügelt und dem Erfrieren nahe in einer Scheune zurück. Er überlebte, war aber natürlich stark mitgenommen – nicht zuletzt psychisch. Zusätzlich zu dem Trauma infolge der Geiselnahme stellten die Psychologen fest, dass er an einer posttraumatischen Belastungsstörung litt, hervorgerufen durch die gewaltsamen Erlebnisse während seines Einsatzes als Soldat in Afghanistan.

Juncker hatte etwas in dieser Richtung vermutet, sich jedoch nicht überwinden können, den jungen Polizeischüler darauf anzusprechen. Stattdessen hatte er ihn auf dieselbe brüske und sarkastische Weise behandelt, mit der er so viele behandelt, und sein damaliges Verhalten quält ihn seither. Kristoffer ist noch immer auf unbestimmte Zeit krankgeschrieben und wohnt wechselweise bei seinen Eltern, die einen großen Hof in der Nähe von Herning haben, und bei seiner Freundin in einer Wohnung im Kopenhagener Stadtteil Østerbro.

Juncker hat sich zweimal mit ihm getroffen. Es ist bald Zeit für einen neuen Besuch, wie er am Umfang seines schlechten Gewissens merkt.

Das Glöckchen über der Tür klingelt. Jørgen Skakke grüßt ihn mit einem reservierten Nicken. Juncker nickt zurück. Sie setzen sich an den runden Besprechungstisch.

»Hören Sie, Juncker, ich dachte, Sie und ich sollten uns kurz unterhalten, ehe wir mit den Ermittlungen weitermachen.«

»Worüber?«

»Tja, über uns beide. Haben Sie ein Problem damit, dass ich Ihr Vorgesetzter bin, solange Sie bei uns sind?«

Du meinst, davon abgesehen, dass du ein Idiot bist und obendrein kein sonderlich guter Ermittler?, denkt Juncker.

»Nein, nein, überhaupt nicht. Wie kommen Sie darauf?«

Skakke zuckt mit den Schultern. »Ach, nur so ein Gefühl. Aber dann ist es ja gut zu hören, dass ich mich irre.« Er wendet den Blick ab und schaut aus dem Fenster. »Ich habe beschlossen, dass Anders Jensen die Ermittlungsleitung in diesem Fall übernimmt«, sagt er dann.

»Völlig in Ordnung. Anders ist sehr fähig.«

»Das ist er.« Skakke schaut wieder zu Juncker. »Da wäre auch noch etwas, das mir gestern Abend bei dem Briefing aufgefallen ist. Oder besser gesagt, etwas, das mich ein wenig verunsichert.«

»Und zwar?«

»Sie haben ein bisschen so gewirkt, als …«

Komm endlich zum Punkt, Mann. Juncker starrt Skakke ungeduldig an. »Ja? Was?«

»Na ja, als ob Sie nicht richtig an die Möglichkeit glauben, dass es sich bei dem Täter um eine dem Opfer nahestehende Person handeln könnte. Oder genauer gesagt, als ob Sie nicht glauben, dass es die Ehefrau oder der Sohn gewesen sein könnte. Ich brauche Sie wohl nicht daran zu erinnern, dass ein Viertel aller Tötungsdelikte in Dänemark …«

»Partnertötungen sind, ja. Und nein, daran brauchen Sie mich nicht zu erinnern. Genauso wie ich Sie nicht daran zu erinnern brauche, dass in nur sehr wenigen Fällen die Frau die Mörderin ist. Und selbstverständlich habe ich diese Option nicht ausgeschlossen. Ich finde nur, dass es zunächst vernünftig ist, die Ressourcen auf die Kanzlei und die Mitarbeiter zu verwenden.«

»Das heißt, Sie werden die Frau, Vera Stephansen hieß sie doch, heute noch befragen?«

»Ja, das hatte ich vor. Natürlich nur, wenn Sie damit einverstanden sind. Sie entscheiden schließlich.«

Skakke lächelt Juncker an, der das Lächeln nicht erwidert. »So ist es. Und den Sohn?«

»Mads heißt er. Ja, ihn auch. Und falls ich es heute nicht mehr schaffe, mache ich es gleich morgen als Allererstes. Heute werde ich wohl einige Zeit brauchen, um die Fälle der Kanzlei durchzugehen.«

»Na, dann ist doch alles gut.«

Soso, denkt Juncker, findest du also. »Es gibt ja auch noch eine Tochter«, bemerkt er.

»Richtig.« Skakke studiert das Display seines Handys. »Mit ihr müssen wir natürlich auch sprechen. Kümmern Sie sich darum?«

Juncker nickt. »Mache ich. Aber wenn ich mich recht erinnere, wohnt sie in Klampenborg, kann also gut sein, dass ich erst morgen dazu komme.«

»Das ist in Ordnung.« Skakke will mit irgendetwas heraus, das kann Juncker sehen.

»Ich habe Sie gestern gefragt, ob Sie das Opfer kannten, was Sie bejaht haben, allerdings, wie Sie sagten, nur sehr oberflächlich. Gilt das auch für seine Frau?«

Juncker überlegt einen Moment. Er will nicht von diesem Fall abgezogen werden. Seit den Mordfällen im Dezember war er lediglich an den Ermittlungen zu einer Reihe banaler Gewaltdelikte beteiligt, aber er ist Ermittler in Mordfällen. Mit Leib und Seele.

»Ja«, sagt er dann. »Das gilt auch für sie.«

»Und was ist mit dem Sohn?«

»Ihn kenne ich noch weniger als die Eltern. Ich hatte nur ein paar wenige Wortwechsel mit ihm.«

»Tja, ich frage ja nur, weil ich nicht möchte, dass wir irgendwelche Probleme wegen Befangenheit bekommen. Ich meine, bei Ihrer Vergangenheit ...«

Touché, denkt Juncker.

»Machen Sie sich keine Sorgen. Das wird nicht passieren.«

Kapitel 8

Die Sache mit den Schüssen auf dem Roten Platz verlief genau so, wie Signe befürchtet hatte.

Als sie am Tatort ankam, lag das eine Opfer unter einem weißen Tuch beim Eingang zur Cafeteria der Nørrebro-Sporthalle. Eine Blutlache war unter dem Stoff hervorgetreten, auf dem sich an mehreren Stellen große rote Flecken abzeichneten. Die Fenster und Türen der Cafeteria waren von etlichen Kugeln durchsiebt worden, geblieben war ein Muster aus Sternen und Schusslöchern, die bestätigten, was mehrere Zeugen aussagten: die Täter – zwei Personen auf einem Motorroller – hatten eine Automatikwaffe benutzt.

Das andere Opfer wurde schwer verletzt ins Traumazentrum des Rigshospitals gebracht, konnte jedoch nicht mehr gerettet werden und starb im Laufe der Nacht. Die Toten waren siebzehn und zwanzig Jahre alt, und beide hatten Verbindungen zur Brothas-Bande, die in der nahe gelegenen Wohnsiedlung Mjølnerparken ihre Basis hat.

Signe wurde von einem Gefühl der Hoffnungslosigkeit ergriffen, als sie gemeinsam mit einem Kollegen aus der Mordkommission vor dem rot gefleckten Tuch stand.

»Oh Mann, die sind doch nicht mehr ganz gebacken. Ein Drive-by-Shooting am helllichten Tag auf eine Cafeteria, in der haufenweise Leute sitzen … und Dutzende Kinder. Sind noch andere verletzt worden?«

»Nein. Und das ist das reinste Wunder.«

Die beiden Täter waren mit hoher Geschwindigkeit auf dem Fahrradweg Richtung Hillerødgade und Nørrebroparken davongebraust. Mehrere Zeugen hatten gesehen, wie sie die Stefansgade kreuzten, doch danach verlief sich die Spur im Sand. Der Roller wurde später auf dem Assistenzfriedhof gefunden und war, wie sich herausstellte, einem Maurerlehrling aus Rødovre gestohlen worden, der in keinerlei Verbindung zum Bandenkrieg stand. Wie üblich hüllten sich die Gangmitglieder in Stillschweigen, als die Polizei die üblichen Verdächtigen zur Vernehmung aufs Revier lud. Keiner sagte ein Wort, die meisten nannten nicht einmal den eigenen Namen.

Nach außen hin darf Signe sich natürlich nicht anmerken lassen, wie hoffnungslos die Ermittlungsarbeiten im Bandenkrieg ihrer Ansicht nach sind, doch die Lage ist derart verfahren, dass es wirklich an der Motivation der Polizeikräfte zehrt. Und Signe ist heilfroh, dass nicht sie diejenige ist, die sich vor die Kamera stellen und den Zuschauern vor den Bildschirmen zu Hause erklären muss, was vor sich geht und weshalb die Aufklärungsrate in diesen Fällen so erschreckend gering ist – das ist Merlins Job. Daher passt es Signe auch ausgezeichnet in den Kram, dass er jemand anderen auserkoren hat, die Ermittlungen zu leiten, damit sie derweil einen Punkt hinter dem Vergewaltigungs-Schrägstrich-Mordfall setzen kann.

Sie hat ihren Bericht des Falles in dreifacher Ausfertigung ausgedruckt. Eine für die Staatsanwältin Anne Marie Olsen, eine für sich selbst – und eine für ihn. Troels Mikkelsen. Sie schaut auf ihr Handy. Kurz vor elf. Erst sammelt sie die Papiere zusammen, dann atmet sie einmal tief durch. Wie immer, wenn sie gezwungen ist, sich längere Zeit in seiner Nähe aufzuhalten, muss sie sich mental darauf vorbereiten.

Auf dem Weg ins Büro der Staatsanwältin macht sie einen Abstecher in die Teeküche, öffnet den Kühlschrank und schnappt sich eine noch fast zur Hälfte gefüllte Packung Vollmilch. Sie weiß, dass auf dem Tisch in Anne Marie Olsens Büro eine Thermoskanne mit Kaffee stehen wird, nicht unbedingt aber auch Milch, und sie kriegt schwarzen Kaffee nicht herunter. Genauso wenig, wie sie es haben kann, aus Plastikbechern zu trinken. Sie öffnet den Küchenschrank und nimmt den weißen Coffeemug mit dem großen aufgedruckten schwarzen S heraus. Sie hat allen auf der Abteilung – von der philippinischen Reinigungshilfe Joy bis hin zu Erik Merlin – ein paar kräftige Ohrfeigen angedroht, sollten sie auf die Idee kommen, ihren persönlichen Becher auch nur zu berühren.

Troels Mikkelsen ist schon da. Sie gibt der Staatsanwältin die Hand und nickt ihm zu. Er nickt mit einem freundlichen Lächeln zurück. Signe rückt ihren Stuhl so weit von ihm weg, wie sie es sich ihrer Meinung nach erlauben kann, ohne dass es auffällig wirkt. Wie üblich kann sie ihn riechen. Er ist ein großer Anhänger des klassischen Duftes Aramis und glaubt offenbar, diese ikonische Erinnerung aus den Achtzigern würde seinen britischen Landadel-Look unterstreichen. Ihr wird jedes Mal speiübel, wenn der süßliche Geruch von ›Leder, Gras und Zimt‹ in ihre Nase dringt, und gerade wird sie förmlich von ihm eingehüllt.

»Schön, dass ihr beide kommen konntet«, beginnt Anne Marie Olsen. »Ich muss die Anklageschrift fertig machen und hätte daher gern euren Input. Vor allem in Bezug auf die Frage, ob neben einer Anklage wegen besonders schwerer Vergewaltigung auch die Grundlage für eine Anklage wegen Mordes gegeben ist. Oder ob wir nur auf Körperverletzung mit Todesfolge plädieren sollen.«

Anne Marie Olsen ist seit vier Jahren als Staatsanwältin bei der Anklagebehörde für Gewaltkriminalität tätig. Signe hat in mehreren Fällen mit ihr zusammengearbeitet und kann sie gut leiden. Sie ist unerschrocken und unprätentiös, und Signe schätzt ihr Urteilsvermögen sowie die Schärfe, mit der sie im Gerichtssaal agiert.

»Also, ich bin mir ja sicher, dass wir es mit einem Psychopathen zu tun haben«, fährt die Staatsanwältin fort. »Und ich bezweifle keine Sekunde, dass wir das Urteil für die Vergewaltigung bekommen. Oder die Vergewaltigungen, falls wir ihn auch für die beiden Fälle 2014 und 15 drankriegen können. Aber ich bin mir weniger sicher, ob wir genug für eine Anklage wegen Mordes haben. Was meinst du, Signe?«

Eine Stunde lang drehen und wenden sie die Argumente hin und her, bis Anne Marie zu dem Schluss kommt, dass es für die Mordanklage reicht. Troels Mikkelsen steht auf. Er legt Signe eine Hand auf die Schulter. Sie zwingt sich, ruhig zu bleiben.

»Ich wollte nur sagen, dass die Zusammenarbeit zwischen unseren Abteilungen meiner Meinung nach tadellos gelaufen ist. Ein Beispiel für die Zukunft.«

Signe lächelt steif. »Ja, es hat ... toll geklappt.«

Sie bleibt sitzen, bis Troels Mikkelsen den Raum verlassen hat. Sie hat nicht vor, mit ihm gemeinsam zurück zur Abteilung zu gehen. Anne Marie mustert sie prüfend.

»Ist alles okay, Signe?«

»Ja, alles gut, außer vielleicht, dass wir schon wieder einen von diesen hoffnungslosen Bandenfällen haben.«

»Oje, die sind echt nicht lustig.«

Signe steht auf und greift sich Troels Mikkelsens Plastikbecher, steckt ihn in ihren eigenen Porzellanbecher und nimmt beide mit, als sie geht.

Zurück in ihrem Büro schließt sie die Tür hinter sich, setzt sich an den Schreibtisch, zieht die unterste Schublade auf und holt eine altmodische grüne Geldkassette aus Metall hervor. Aus der oberen Schublade nimmt sie eine weiße Pappschachtel mit alten Visitenkarten, schüttet die Kärtchen in ihre Handfläche, nimmt den kleinen Schlüssel, der auf dem Boden der Schachtel liegt, und schließt die Geldkassette auf.

Darin liegen bereits zwei benutzte Plastikbecher mit Flecken von eingetrocknetem Kaffee. Sie steckt den Becher, den sie gerade von der Besprechung mitgenommen hat, in die beiden anderen und legt sie zurück in die Kassette. Neben den Bechern befinden sich auch zwei Plastiktütchen darin, die auf den ersten Blick leer erscheinen. Bei genauerem Hinsehen jedoch entdeckt man in dem einen Tütchen ein paar Haare, vielleicht acht oder zehn, und im anderen einige weiße Fussel, die an Schuppen erinnern.

Es *sind* Schuppen. Troels Mikkelsens Schuppen. So wie es auch seine Haare sind.

Kapitel 9

Der Redaktionsraum der Investigativgruppe befindet sich direkt unter dem Dach in einem alten, nicht isolierten Nebenhaus im Hinterhof. Charlotte legt die Handfläche an die Dachschräge. In etwa dieselbe Temperatur wie die Warmhalteplatte bei einem Büfett, schätzt sie und überlegt, ob sie nicht lieber nach Hause fahren und dort arbeiten soll. Aber da ist es garantiert genauso unerträglich.

Sie zieht den USB-Stick aus der Tasche und steckt ihn in den Anschluss ihres Computers. Mikkel und Jakob sitzen an ihren Schreibtischen und brüten jeweils über einem Aktenordner, während sie in regelmäßigen Abständen laut aufseufzen. Jakob hat sie einigermaßen freundlich gegrüßt, Mikkel sich auf ein Nicken beschränkt. Sie vergewissert sich, dass keiner der beiden ihren Bildschirm einsehen kann, dann klickt sie auf das Symbol für den externen Datenträger. Die einzige Datei auf dem Stick ist ein Bild. Das Foto eines Computerbildschirms. Auf dem Bildschirm sind zwei E-Mails zu sehen. Sie setzt ihre Lesebrille auf.

Morgen. Anschlagsziel ist ein Ort in Kopenhagen, weiß nicht wo. Gegen Mittag. Nur die beiden. Keine Ahnung, wo sie jetzt sind. Sie haben ihren Standort gewechselt. Hoffe, ich bin nicht aufgeflogen, steht in der ersten Mail. Und in der zweiten: *Danke, bin dran.*

Die erste Mail wurde am 22. Dezember um 23.18 Uhr

abgeschickt. Die zweite drei Minuten später. Also am Abend vor dem Terroranschlag. Sie lehnt sich zurück. Die beiden Mails könnten im Grunde alles Mögliche bedeuten, darunter allerdings zweifellos auch das, was ihr der junge Mann heute Morgen in der Kaffeebar erzählt hat: dass eine Person eine zweite vor dem für den 23. Dezember geplanten Terroranschlag warnt.

Sie beugt sich näher zum Bildschirm. Die Absender der beiden Mails stammen von zwei Gmail-Konten, die Adressen lauten peter.petersen666 und jens.jensen222, doch daraus wird sie nicht schlau. Sie schließt das Bild, zieht den USB-Stick heraus und steckt ihn zurück in ihre Tasche. Dann öffnet sie das digitale Archiv, in dem sämtliche Ausgaben der Zeitung seit deren erstmaligem Erscheinen vor über einhundert Jahren gesammelt sind. Ins Suchfeld gibt sie das Datum des 24. Dezembers ein – einen Tag, nachdem die Bombe auf dem Weihnachtsmarkt in der Kopenhagener Innenstadt explodiert war und neunzehn unschuldige Menschen in den Tod gerissen hatte.

Am Dreiundzwanzigsten hatte sie in der Redaktion zwei Artikeln für die Weihnachtstage den letzten Feinschliff verpasst, als sie einen gewaltigen Knall hörte. Sie erinnert sich bis ins kleinste Detail an die Ereignisse. Zunächst der Schock in den Sekunden nach der Explosion, gefolgt von der Angst, dass Angehörige und Freunde unter den Opfern sein könnten. Dann die hektischen Stunden, in denen sie versuchten, die Berichterstattung über die Katastrophe für die morgige Ausgabe der Zeitung geregelt zu kriegen.

Sie kann sich auch deutlich der Trauer darüber besinnen, dass so viele Menschen völlig sinnlos ihr Leben ließen, es sei denn, man war vollkommen geistesgestört. So wie sie sich auch an das unheimliche Gefühl erinnert, dass es in gewisser Weise zu erwarten gewesen war. Dass nun, mit mehreren Jahren Verspätung, Dänemark an die Reihe gekommen war.

All das, da ist sie sicher, wird sie niemals vergessen. Daher überrascht es sie, dass sie heute, nur ein gutes halbes Jahr später, rekapitulieren muss, was in den Tagen danach geschah.

Vielleicht liegt es daran, dass sie Journalistin ist. Dass sie und ihre Kollegen gezwungen sind, einen professionellen Abstand zu solch gewaltsamen Ereignissen aufzubauen, um gefühlsmäßig nicht völlig auszubrennen. Doch sie weiß von mehreren ihrer Freunde, die nicht in der Medienbranche arbeiten, dass es ihnen genauso geht. Sie können sich bis heute an das eigentliche Ereignis erinnern. Aber alles, was danach geschehen ist, wurde in der Regel vom täglichen Nachrichtenmahlstrom fortgespült.

Zwei Stunden lang sitzt Charlotte am Schreibtisch und überfliegt die Artikel. An mehreren hat sie selber mitgeschrieben. Am Vierundzwanzigsten hatte sich die Berichterstattung natürlich auf das eigentliche Ereignis konzentriert: die heftige Explosion, bei der die Polizei zunächst unsicher war, ob es sich um einen Terroranschlag handelte oder um eine neue Eskalation in einem sich zuspitzenden Konflikt zwischen verschiedenen kriminellen Banden.

Am ersten Weihnachtstag war die Zeitung von Berichten über die Opfer geprägt, mit kurzen Porträts und Interviews mit schockierten und trauernden Mitschülern und Arbeitskollegen – glücklicherweise jedoch nicht mit Angehörigen, wie sie zufrieden feststellt.

In den darauffolgenden Tagen verschob sich der Fokus auf die Verfolgung der Terroristen sowie den Umstand, dass zu Beginn keinerlei Spuren vorlagen, die einen Hinweis auf die Drahtzieher hätten geben können. Einige Artikel befassten sich zudem damit, dass sich am fraglichen Tag eine ganze Menge schwer bewaffneter Polizeikräfte auf dem Nytorv befunden hatte, die dort vor dem Kopenhagener Amtsgericht Wache hielten, in dem gerade eine größere Anzahl von Bandenmitgliedern dem Haftrichter vorgeführt wurde. Wie konnte es sein, dass die Polizisten nichts bemerkt hatten, als die Bombe in unmittelbarer Nähe zu ihnen deponiert wurde? Denn der Mann, der die Bombe platzierte, hatte sich keinerlei Mühe gegeben, ungesehen zu bleiben, wie die Bilder der Überwachungskameras zeigten. Hierfür eine überzeugende Erklärung abzuliefern fiel der Führungsebene der Polizei schwer. Ein anderer Artikel drehte sich um den für Terroranschläge recht ungewöhnlichen Aspekt, dass sich bislang keine der üblichen Terrororganisationen zu dem Anschlag bekannt hatte.

Und dann gab es natürlich, gleichmäßig verteilt in die Berichterstattung eingestreut, eine Reihe von Artikeln, in denen Politiker des gesamten politischen Spektrums mit Ausnahme der äußersten Linken regelrecht Schlange standen, um der Polizei Blankoschecks auszustellen. Sollte es an irgendetwas fehlen, ganz gleich an was, um das Unwesen des Terrors zu bekämpfen, so brauche man bloß Bescheid zu sagen, gaben die Politiker zu verstehen.

An Neujahr schaltete die Berichterstattung der Zeitung einen Gang zurück, teils da die Mitarbeiter nach den vielen Überstunden allmählich auf dem Zahnfleisch gingen, teils weil nicht wirklich etwas Neues passierte. Jedenfalls nichts, was die Behörden mit der Presse teilen wollten.

Dann aber kam der Polizeieinsatz bei Sandsted am 2. Januar, der natürlich reichlich Stoff für die Ausgabe des Folgetages lieferte – neben Berichten über den schlimmsten Schneesturm seit Menschengedenken, der über das Land gefegt war und die Aktion erheblich erschwert hatte. Aus den Artikeln ging hervor, dass es geglückt war, zwei Terroristen in einem einsam gelegenen Haus einige Kilometer außerhalb Sandsteds aufzuspüren. Der eine, der laut Angaben der Polizei als afghanischer Flüchtling ins Land gekommen war, wurde bei der Aktion getötet. Der andere – ein dänischer Konvertit, der für den IS in Syrien gekämpft hatte – war zunächst entkommen, wurde später jedoch von einer kleinen Gruppe Beamter gestellt, überwältigt und schwer verletzt ins Krankenhaus gebracht.

Am nächsten Tag gelang es den Journalisten, in Erfahrung zu bringen, dass der Konvertit Simon Spangstrup hieß, und die Zeitung brachte unter anderem ein längeres Porträt über ihn. Daran erinnert sich Charlotte recht deutlich, unter anderem, da sie seinerzeit erstaunt war, wie viel die Kollegen, die den Artikel verfasst hatten, in der Kürze der Zeit über den jungen Mann ausgegraben hatten.

Darauf folgte eine Reihe von Artikeln über die Gruppe, der die Terroristen angehörten. Hierbei handelte es sich um eine völlig neue Terrororganisation namens Ettel-al-Husseini-Brigade, die – zur Überraschung und zum Entsetzen aller – von ehemaligen IS-Kämpfern sowie Neonazis aus Dänemark und Schweden gegründet worden war.

Tatsächlich ist dies eines der Dinge, an die sich Charlotte aus der Medienberichterstattung am besten erinnert: die Fassungslosigkeit angesichts der Erkenntnis, dass Neonazis und Islamisten auf die Idee einer Kollaboration kommen konnten. Dass der Hass auf den Westen und die Juden so groß war, dass sogar Erzfeinde Frieden schlossen, um in gemeinsamer Sache eine westliche Demokratie dort zu treffen, wo es am meisten wehtat.

Am 7. Januar kam dann die Nachricht, dass Simon Spangstrup im Rigshospital gestorben war, obwohl es zuvor geheißen hatte, er sei außer Lebensgefahr. Daran erinnert sie sich ebenfalls – wie sie damals stutzte, als sie die Neuigkeit hörte. Denn in gewisser Weise schien es sehr praktisch, dass beide Täter tot waren und damit keiner von ihnen mehr vor Gericht aussagen konnte. Nun würden vermutlich bloß kleinere Fische angeklagt werden, in U-Haft sitzende Neonazis und Islamisten. Ihr journalistischer Instinkt hatte damals gemurmelt, dass irgendetwas an der Sache faul war, jedoch vermochte sie nicht genau zu sagen, was. Offiziell hieß es, Spangstrup sei an einem plötzlichen Herzstillstand gestorben, verursacht durch den geschwächten Körper infolge der vielen Schusswunden. Durchaus plausibel und unmöglich für einen Journalisten, es in Zweifel zu ziehen, es sei denn, man hatte wirklich ein starkes Blatt auf der Hand. Durch einen Insider zum Beispiel.

Charlotte lehnt sich zurück und verschränkt die Hände im Nacken. Summa summarum: nicht der kleinste Verweis in den Artikeln darauf, dass jemand gewarnt worden war und damit außer den Terroristen noch jemand von dem geplanten Angriff gewusst hatte.

Daran würde sie sich trotz allem erinnern. Denn hätte der Angriff tatsächlich verhindert werden können, wäre es die größte Story der dänischen Presse seit Jahrzehnten.

Mikkel steht auf und kommt zu ihr herüber. Hastig schließt sie die Seite mit dem Zeitungsarchiv. Er setzt sich auf die Schreibtischkante.

»Na, Charlotte, an was dran?«

»Nee, nicht wirklich.«

»Woran sitzt du gerade?«

Sie ist kurz davor zu erwidern, dass das nicht sein Bier ist. Aber erstens wäre es unangebracht grob, zweitens stimmt es nicht.

»Ach, nichts weiter, nur ein Tipp, den ich von einer alten Quelle aus Christiansborg bekommen habe«, lügt sie. »Etwas über die Ausgleichsregelung. Du weißt schon, diese Regelung, dass wohlhabende Kommunen ...«

»Jaja, ich kenne die Ausgleichsregelung«, unterbricht er sie und sieht aus, als könne er sich nichts Langweiligeres auf der Welt vorstellen. Was im Übrigen auch Charlottes Meinung ist.

»Hör mal, wir müssen schon zusehen, dass wir uns ein bisschen was Originelleres einfallen lassen«, sagt er.

Sie nickt. »Natürlich.«

Er bedenkt sie mit einem freudlosen Lächeln, steht auf und kehrt an seinen Schreibtisch zurück.

Charlotte packt ihre Sachen zusammen. Sie muss diesen Typ aus der Kaffeebar kontaktieren, aber sie will nicht, dass Mikkel sie auf einem Handy herumtippen sieht, das nicht ihr gehört. Daher beschließt sie, nach Hause zu fahren.

Sie will bereits in den Aufzug steigen, überlegt es sich jedoch anders, als die Türen aufgehen und ihr eine Wolke stickiger Luft entgegenschlägt. Der Fahrstuhl ist uralt und kann an einem guten Tag drei risikofreudige und nicht allzu beleibte Personen aufnehmen, doch dann stöhnt und ächzt er auch, als wäre er dem Ende nahe. Selbst an kühleren Tagen muss Charlotte mit ihrer Platzangst ringen, um sich hineinzuwagen. Da nimmt sie heute lieber die Treppe.

Sie kann nicht aufhören, darüber nachzugrübeln, welche Rolle ihr Noch-Ehemann wohl in dieser ganzen Sache spielt. Sie weiß, dass Martin aktiv an der Aktion beteiligt war, bei der die Polizei die beiden Terroristen unschädlich machte, nicht aber, ob er auch darüber hinaus in die Ermittlungsarbeiten involviert war. Auf einem Treppenabsatz bleibt sie stehen, um ihr Handy aus der Tasche zu holen.

Sie muss sehr weit in der Anrufliste zurückscrollen, ehe der Eintrag ›Martin‹ auftaucht.

Kapitel 10

»Und, wie lief's?« Juncker setzt sich Nabiha gegenüber an den Tisch.

»Gut, nehme ich an. Ich war ja vorher noch nie bei einer Obduktion dabei, daher habe ich keine Ahnung, wie es sonst ist. Aber Markman, na ja, er schien …« Sie zuckt mit den Achseln. »Es lief ganz normal, denke ich.«

»Und was ist mit dir? Wie ging es dir dabei?« Juncker hat schon etliche Obduktionen miterlebt. Über hundert wahrscheinlich. Selten berührt es ihn mehr, als jemanden ein blutig rotes Rinderhüftsteak zuschneiden zu sehen, aber er weiß, dass das erste Mal für junge Polizisten oft schwer ist.

Das trifft offenbar nicht auf Nabiha zu.

»Es war okay. Man muss sich halt an den Geruch gewöhnen.«

»Und kam etwas heraus, was wir noch nicht wussten?«

»Nicht wirklich.« Sie kramt in ihrem Rucksack und holt ein Notizbuch hervor. »Lass mich mal sehen. Also … zwei Schüsse in den Kopf, Kaliber .22, das wussten wir ja eigentlich schon. Der Schuss in die Stirn war ein Nahschuss, Markman meinte, aus maximal einem Meter Entfernung, der Schuss in die Schläfe ein aufgesetzter Schuss, Pulverreste und Schmauch in den Wunden, alles nichts Neues. Keiner der Schüsse hat Markman zufolge sonderlich umfassende Schäden verursacht, trotzdem waren beide für sich genommen tödlich. Die Projektile steckten im Gehirn, beide waren von der Hirnschale gebremst worden, es muss sich also um Munition mit geringer Mündungsgeschwindigkeit gehandelt haben. Das hatten wir, oder besser gesagt Markman und du, ja bereits vermutet. Wenn wir davon ausgehen, dass der Schuss in die Stirn zuerst kam, was wohl logisch wäre, dann hat das Opfer aufrecht gestanden. Nimmt man nun den Winkel, in dem die Kugel das Gehirn durchdrungen hat, ergibt sich, dass der Täter ungefähr so groß war wie das Opfer, jedenfalls höchstens einen halben Kopf kleiner.«

»Okay.« Juncker schmunzelt innerlich. An ihrem betont lässigen Tonfall kann er erkennen, dass sie sich bemüht, die Weise nachzuahmen, in der er selbst Bericht erstattet hätte. »Sonst noch was?«

»Keine anderen Verletzungen außer den Schusswunden. Er war kerngesund. Keine nennenswerte Arterienverkalkung. Alle inneren Organe okay. Allem Anschein nach gut in Form. Er hätte noch viele Jahre leben können. Aber da war wohl jemand anderer Meinung.« Sie klappt ihr Notizbuch zu. »Was jetzt?«

Juncker will gerade antworten, als sein Handy klingelt.

»Da muss ich kurz ran«, sagt er und geht hinaus auf den Bürgersteig. Es ist Charlotte.

»Wie geht's dir?«, fragt sie.

Juncker kann sich nicht erinnern, wann er zuletzt mit seiner Frau gesprochen hat. Jedenfalls ist es mehrere Monate her. Sein Herz schlägt schneller.

»Es geht mir … na ja … so …«

Er freut sich, ihre Stimme zu hören. Tage und Nächte des Vermissens spülen plötzlich über ihn hinweg, während gleichzeitig die Wut auf sie so heftig auflodert, dass er sich kaum beherrschen kann. Er atmet tief durch und versucht, sich selbst und seine Stimme unter Kontrolle zu bekommen.

»Was willst du?«, fragt er so kühl und distanziert, wie er irgend vermag.

»Ich würde gern mit dir sprechen.«

»Worüber?«

»Das möchte ich ungern am Telefon sagen.«

»Hat es etwas mit uns beiden zu tun? Also mit ...«

»Nein, es betrifft die Arbeit.«

Natürlich, denkt er bitter. »Deine oder meine?«

»Tja, ich würde fast sagen, die von uns beiden.«

»Charlotte, du weißt genau, dass ich nicht ...«

»Ja«, sagt sie, und Juncker kann hören, dass sie sauer wird. »Mir ist bewusst, dass du nicht mit mir über deine Arbeit sprechen darfst. Aber ich möchte trotzdem gern ein paar Dinge mit dir bereden. Können wir uns morgen treffen, dann würde ich zu dir nach Sandsted kommen.«

»Ich bin beschäftigt. Wir haben einen Mord ...«

»Ja, davon habe ich gelesen. Sandsted ist momentan ein ziemlich gefährliches Pflaster, was?«, erwidert sie munter.

Aufgesetzt munter, findet er, und überhört ihren Versuch, den Gesprächston aufzulockern.

»Es ist Ragner Stephansen.«

»Was, Ragner?« Charlotte klingt erschüttert, und diesmal scheint es echt. »Das wusste ich nicht. Wie furchtbar. Und Vera?«

»Sie steht natürlich unter Schock. Ich bin auf dem Sprung, um mit ihr zu sprechen.«

»Grüß sie von mir.« Sie schweigt einen Moment. »Aber ginge es trotzdem, wenn ich zum Beispiel morgen früh sehr zeitig käme?«

Ja, denkt Juncker, natürlich geht es, und er freut sich

schon, sie zu sehen. »Wenn du um sieben hier sein kannst, meinetwegen. Aber ich habe nicht alle Zeit der Welt.«

»Super. Dann um sieben bei dir. Ich bringe ein paar Croissants mit.«

»Meinetwegen nicht.« Er legt auf und geht wieder nach drinnen.

Nabiha schaut ihm neugierig entgegen.

»Privat«, knurrt er, bevor sie etwas sagen kann.

»Okay. War es …«

»Privat, habe ich gesagt.«

»Schon gut, schon gut, ich wollte ja nicht …« Ihre Augen sind zwei Stücke Kohle.

Juncker wischt sich mit dem Handrücken den Schweiß von der Stirn, allerdings ist seine Hand nicht minder schwitzig, sodass das Ergebnis gegen null geht.

»Und was jetzt?«, fragt Nabiha.

»Ich werde mit Vera Stephansen sprechen.«

»Soll ich mitkommen?«

Juncker überlegt. Es wäre nicht verkehrt, wenn sie zu zweit wären. Insbesondere angesichts Skakkes Frage bezüglich seiner möglichen Befangenheit in der Sache. »In Ordnung.«

»Steht sie unter Verdacht?«

»Vorläufig besteht kein Grund zu der Annahme, dass sie es war. Also, wollen wir?«

Es gibt wenige äußerliche Anzeichen dafür, dass Vera Stephansen trauert. Dass es kaum länger als einen Tag her ist, seit sie die Nachricht vom Tod ihres Mannes erhalten hat. Gekleidet in eine pfirsichfarbene Pluderhose sowie ein weißes T-Shirt und das hellblonde halblange Haar mit einem türkisfarbenen Tuch zurückgehalten, sieht sie aus, als sei sie direkt aus einer Broschüre getreten, die für ein

Timesharing-Projekt am Mittelmeer wirbt. Vielleicht sind ihre Augen etwas verweint, bemerkt Juncker, aber das ist auch alles. Sie macht gelinde gesagt nicht den Eindruck, als würde sie sich vor Gram verzehren.

»Wollen wir uns nicht auf die Terrasse setzen?«, schlägt sie vor und geht voraus, ohne eine Antwort abzuwarten. Die beiden Polizisten folgen ihr durch das riesige Wohnzimmer. Juncker hört ein leises »Alter Schwede«-Pfeifen von Nabiha. Die Terrasse ist, wie alles andere an diesem Haus, überwältigend. Der weiße Gartentisch bietet Platz für zwölf Personen. Darauf stehen eine Glaskaraffe mit Eiswasser und eine Anzahl Gläser bereit.

»Ich bin davon ausgegangen, dass ihr weder Wein noch Bier möchtet. Ihr seid ja im Dienst, richtig?«

»Genau«, antwortet Juncker.

Sie setzen sich.

»Wie geht es dir?«, erkundigt er sich.

»Wie es mir geht? Ehrlich gesagt fällt es mir schwer, irgendetwas zu spüren. Ich weiß nicht, vielleicht bin ich in einer Art Schockzustand. Klingt das komisch?«

»Komisch? Nein, es klingt völlig natürlich.«

»Schließlich habe ich meinen, ja, meinen Lebenskameraden verloren. Wir waren mehr als fünfunddreißig Jahre zusammen.« Ihr Blick schweift über den Garten. Dann wendet sie sich wieder Juncker zu. »Das ist eine lange Zeit.«

»Das ist wahr. Aber ist es in Ordnung, wenn wir dir jetzt einige Fragen über Ragner stellen?«

»Ja. Ich möchte natürlich alles tun, was in meiner Macht steht, damit ihr denjenigen, der das getan hat, fassen könnt.«

»Oder diejenige«, wirft Nabiha ein.

Vera dreht den Kopf und schaut sie leicht verdutzt an.

Als sei ihr erst jetzt aufgefallen, dass noch eine dritte Person anwesend ist.

»Natürlich. Oder diejenige.«

»Gut«, nickt Juncker. »Ich habe dich und Mads gestern gefragt, ob Ragner durch seine Arbeit Feinde hatte. Ich glaube, Mads hat bestätigt, dass es mit Sicherheit einige gab, die nicht allzu gut auf ihn zu sprechen waren. Sind dir irgendwelche Fälle eingefallen, die mit Drohungen gegen ihn geendet haben? Hat Ragner dir gegenüber je etwas Derartiges erwähnt?«

Sie denkt nach. Dann schüttelt sie langsam den Kopf. »Mir fällt beim besten Willen nichts ein. Das muss nicht bedeuten, dass es nicht vorgekommen ist, aber in dieser Hinsicht hat er mir gegenüber niemals etwas erwähnt.«

»Also keiner, der zu eurem Haus kam und ihn bedroht hat? Oder Drohbriefe, die an eure Adresse geschickt wurden?«

»Nicht, dass ich wüsste.«

»Okay.«

»Ragner hat zu Hause praktisch nie von der Arbeit gesprochen. Ich weiß wirklich so gut wie nichts darüber, was er tat, wenn wir nicht zusammen waren. Außer dass er natürlich sehr viel Golf gespielt hat.«

»Was mich zu der Frage führt: Wie lief es eigentlich zwischen euch?«

Sie sieht Juncker durchdringend an. »Tja, wie läuft es zwischen zwei Menschen, wenn man so viele Jahre verheiratet ist? Wie viele Jahre bist du schon mit Charlotte zusammen?«

»Nicht so viele wie ihr. Trotz allem.«

»Soweit ich mitbekommen habe, ist Charlotte nicht mit hierher nach Sandsted gezogen.«

»Das stimmt. Um genau zu sein, haben wir uns getrennt.«

»Das tut mir leid.«

»Danke. Aber um auf dich und Ragner zurückzukommen ...«

»Na ja, frisch verliebt waren wir wohl nicht mehr gerade. Aber wenn man zwei Kinder bekommen hat und überhaupt so viele Jahre gemeinsam, wie soll ich sagen, durch dick und dünn gegangen ist, tja, dann ...«

»Dann?«

»Tja, dann ist man, jedenfalls war es bei Ragner und mir so, der beste Freund des anderen.« Sie schaut Juncker beinahe trotzig an. Dann wendet sie den Blick Nabiha zu. »Das bedeutet, mein bester Freund ist gestorben.«

Eine Weile schweigen sie. Zwei junge Elstern kabbeln sich unter lautem Gezänk und Gekrächze auf dem weitläufigen, frisch gemähten Rasen.

»Er war ein guter Mann«, sagt sie dann.

Ein guter Mann? Nicht unbedingt die Worte, die Juncker spontan wählen würde, um Ragner Stephansen zu beschreiben. Arrogant, ja. Charismatisch, auch das. Dreist, rücksichtslos und rachsüchtig. Und, wie seine Sekretärin gesagt hat, manchmal auch sehr charmant.

»Hatte er ein Arbeitszimmer hier im Haus?«

»Ja, oben im ersten Stock.«

»Hast du etwas dagegen, wenn wir uns dort umschauen?«

»Natürlich nicht. Ich zeige es euch.«

Das Zimmer ist einfach möbliert, mit einem großen höhenverstellbaren Schreibtisch, einem Bürostuhl mit hoher Lehne, einem Tagesbett in schwarzem Leder und vier anthrazitfarbenen Regalen von der Art, wie sie auch in der Kanzlei stehen. An der dem Tagesbett gegenüberliegenden Wand hängt ein großformatiges Michael-Kvium-Bild mit den für seine Kunst typischen deformierten Körpern, die anscheinend in irgendeiner Art von Körperflüssigkeit baden. Vera bleibt in der Tür stehen.

»Das ist Ragners Laptop?«, fragt Juncker und deutet auf den Computer auf dem Schreibtisch.

Sie nickt.

»Den nehmen wir mit.«

»In Ordnung. Aber ich kenne das Passwort nicht.«

»Das finden unsere Experten heraus.«

»Gut. Dann lasse ich euch mal allein. Ich bin unten, falls ihr mich braucht.«

Juncker schaut sich um. Die Regale sind halb gefüllt, vor allem mit dicken Golfbüchern und Kunstbänden. Oben auf den Regalen steht eine Reihe hässlicher Preise von verschiedenen Turnieren, und an der Wand direkt über den Pokalen und Medaillen hängen vier eingerahmte Farbfotografien, die Ragner Stephansen in Gesellschaft seiner Golffreunde zeigen und anscheinend allesamt auf Plätzen in südlichen Gefilden aufgenommen wurden. Juncker studiert die Gesichter der Männer. Er kennt keinen davon – nur einen meint er schon mal irgendwo gesehen zu haben, ohne den Betreffenden allerdings genauer einordnen zu können.

Nabiha setzt sich aufs Tagesbett.

»Na, da sind wir wohl ziemlich bald durch. Viel mehr ist hier anscheinend nicht zu holen. Außer ...« Sie zeigt auf zwei Aktenordner in einem der Regalfächer.

Juncker öffnet den ersten, der voller persönlicher Dokumente ist – Abschlusszeugnisse, Taufschein, Heiratsurkunde und dergleichen. Der zweite enthält Rechnungen und Garantiebescheinigungen.

Zehn Minuten später kehren sie ins Wohnzimmer zurück, wo Vera auf sie wartet. Nabiha trägt Ragner Stephansens Laptop.

»So, wir wären dann fertig. Falls wir weitere Fragen haben ...«

»Weißt du ja, wo du mich findest.«

Vera begleitet sie zur Tür.

»Juncker, hast du eine Ahnung, wann man Ragners Leiche freigibt? Damit wir ein Datum für die Beerdigung festsetzen können?«

»Nein, leider nicht. Aber ich werde nachfragen. Derzeit spricht nichts dagegen, dass es relativ zügig geschieht. An der Todesursache bestehen ja keine Zweifel.«

Nabiha und Juncker gehen die ausgestorbene Straße durch das Wohnviertel entlang.

»Hat uns der Besuch hier überhaupt irgendetwas gebracht?«, fragt Nabiha.

»Wer weiß.« Juncker schaut sie an. »Wir werden sehen.«

Mittwoch, 2. August

Kapitel 11

Punkt sieben Uhr klopft es an der Tür. Juncker öffnet. Einen Moment stehen die beiden Ehepartner reglos da und schauen einander in die Augen. Es ist mehrere Monate her, seit sie sich zuletzt Angesicht zu Angesicht gegenübergestanden haben. Juncker freut sich wirklich, Charlotte zu sehen, doch er hat im Vorhinein beschlossen, seine Gefühle zurückzuhalten. Er will versuchen, in der Mitte des Weges zu bleiben und nicht im emotionalen Graben zu landen, so wie es die letzten paar Male geschehen ist, die sie sich im Anschluss an die Trennung gesehen haben.

»Guten Morgen«, sagt er mit neutraler Stimme.

»Guten Morgen.« Sie lächelt, nicht nur mit dem Mund, sondern auch mit den schräg stehenden grauen Augen. »Darf ich reinkommen, oder wollen wir hier Wurzeln schlagen?«

»Äh, ja, natürlich.« Er tritt zur Seite. Sie drückt sich mit ihrem hochgewachsenen, schlanken Körper an ihm vorbei und streift ihn dabei mit dem Ellbogen. Ihr Duft trifft ihn wie eine Faust in die Magengrube.

»Lass uns in die Küche gehen«, sagt er.

Sie nickt und geht entschiedenen Schrittes voran.

»Wie läuft es mit deiner neuen Arbeit? Du bist doch jetzt in der Investigativgruppe, oder?«, fragt er.

»Genau. Aber neu, na ja – es ist schon drei Monate her,

dass ich dort angefangen habe. Und es läuft ausgezeichnet. Möchtest du ein Croissant?«

»Nein, danke.«

»Wie du willst, ich aber schon.«

Während in Junckers Innerem Aufruhr herrscht, sieht seine Frau vollkommen gelassen aus. Bei näherem Hinsehen allerdings auch müde, denkt er, der viele Jahre Erfahrung darin hat zu entschlüsseln, wie es hinter der selbstsicheren Fassade wirklich aussieht.

»Apropos Investigativgruppe …« Sie beißt in ihr Croissant, und eine Wolke aus Krümeln landet teils auf dem Tisch, teils auf ihrem Schoß. »Mist«, murmelt sie mit vollem Mund und fegt mit derselben Bewegung die Krümel auf den Boden und eine Wespe von der Tüte. »Was ich mit dir besprechen wollte, betrifft nämlich die Arbeit.«

»Ja, das hast du gesagt. Worum geht's?«

Sie wischt sich mit dem Handrücken den Mund ab. »Um einen Tipp, den ich bekommen habe.«

»Aha. Worüber?«

»Über den Terroranschlag im Dezember. Und die Ermittlungsarbeiten.«

Juncker horcht auf. »Was soll mit den Ermittlungsarbeiten sein?«

»Jemand hat sich mit Informationen an mich gewandt, die darauf hindeuten, dass gewisse Dinge geschehen sind, die anscheinend kein Tageslicht vertragen.«

Er schaut weg. »Wer hat sich an dich gewandt?«

»Ach, Martin, du weißt genau, dass ich dir das nicht sagen kann.« Sie zuckt lächelnd mit den Achseln.

»Aber hat dir das einfach irgendwer gesagt, oder liegen dir tatsächlich Beweise vor? Ich bin im Moment ziemlich beschäftigt und habe eigentlich keine Zeit für …« ›Solchen Quatsch‹, will er eigentlich sagen, beißt sich aber gerade noch rechtzeitig auf die Zunge. Es wäre keine gute Idee, irgendetwas als »Quatsch« zu bezeichnen, das in Verbindung mit ihrer Arbeit steht.

Charlotte beugt sich vor und nimmt ihre currygelbe Tasche vom Boden. Sie pustet einige Croissantkrümel von dem Leder und kramt eine Weile darin herum. Dann zieht sie ein Blatt Papier heraus und legt es vor ihrem Mann auf den Tisch.

Juncker setzt seine Lesebrille auf und schaut auf den Ausdruck – das Bildschirmfoto mit den beiden E-Mails. Sein Herzschlag beschleunigt sich, und sein erster Reflex ist, das Papier sofort wieder wegzulegen, doch damit würde er zu erkennen geben, dass er die Mails nicht zum ersten Mal sieht. Also gibt er vor, das Bild sorgfältig zu studieren. Er spürt, wie Charlotte ihn mit Argusaugen beobachtet, hat aber keine Lust, ihrem Blick zu begegnen. Sein Hirn arbeitet auf Hochtouren, er muss sich sammeln – und die in ihm aufsteigende Unruhe kontrollieren.

»Aha, und was soll das sein?«, fragt er schließlich und bemüht sich, eine möglichst ausdruckslose Miene aufzusetzen.

»Tja, also so ganz spontan«, spöttelt sie, »sieht es aus wie das Foto eines Bildschirms mit einer E-Mail, in der eine Person eine andere davor warnt, dass irgendetwas in Kopenhagen geschehen wird – laut meiner Quelle ist damit der Terroranschlag gemeint. Und dann beantwortet eine zweite Person diese E-Mail mit dem Bescheid, dass sie sich darum kümmern werde. Würdest du es nicht auch so lesen?« Sie greift nach ihrer Tasche. »Darf ich eine rauchen?«

»Nein.«

»Und wenn ich ans Fenster gehe?«

»Nein.«

»Können wir uns dann auf die Terrasse setzen?«

»Nein.«

Charlotte schaut ihn an und schüttelt kaum merklich den Kopf.

»Erstens können sich die beiden E-Mails auf Gott weiß was beziehen. Zweitens ist heutzutage jeder Teenager in der Lage, ein paar Mails zu fälschen. Ist das alles, was du hast?«, fragt er.

Wenn Charlotte anfängt, ihre Nase in diese Sache zu stecken, werden alle Beteiligten glauben, *er* sei ihre Quelle. Und sie haben getötet, um es geheim zu halten. Sie werden nicht zögern, es wieder zu tun, denkt er und spürt ein Gefühl, das er sonst nur sehr selten hat: Angst.

»Ja, vorläufig«, antwortet Charlotte. »Kann ich es also so verstehen, dass du diese beiden E-Mails noch nie gesehen hast? Und auch noch nie davon gehört?«

»So ist es«, lügt er. Er weiß, dass es zuzugeben und sie gleichzeitig zu bitten, sich aus der Sache rauszuhalten, dem Versuch gleichkäme, ein Feuer mit Benzin zu löschen. »Alles, was ich weiß, ist, dass es uns gelungen ist, die Drahtzieher des Terroranschlags unschädlich zu machen, und dass dabei alles nach Vorschrift abgelaufen ist.«

Sie schaut ihn durchdringend an. Dann nickt sie langsam, nimmt das Blatt Papier und steckt es zurück in ihre Tasche.

»Okay, Martin. Dann will ich dir nicht noch mehr von deiner kostbaren Zeit stehlen«, sagt sie und steht auf. »Nein, bleib ruhig sitzen. Ich kenne ja den Weg hinaus.«

Er hört die Haustür ins Schloss fallen. Das Gespräch hinterlässt einen üblen Nachgeschmack. Verfluchter Mist. Das erste Mal, dass sie sich seit so langer Zeit sehen, und dann muss es so enden. Er weiß nicht so recht, ob er wütend oder traurig ist. Doch ganz egal, ob es nun das eine

oder das andere ist – was bildet sie sich ein, hierherzu-
kommen und ihn mit so einem Müll zu belasten? Das ist
das Letzte, was er im Moment gebrauchen kann. Er wirft
einen Blick auf die Uhr an der Wand. Zwanzig nach sieben. Er fühlt sich alt und verbraucht. Ausgemustert.

Kapitel 12

Wie fertig er aussah. Es geht ihm wirklich nicht gut, denkt Charlotte und tippt das Passwort in ihren Computer. Sie hebt den linken Arm und schnuppert an dem dunklen Fleck unter der Achselhöhle ihres T-Shirts. Zum Glück riecht er mehr nach Deo als nach Schweiß. Solange die Wirkung anhält. Sie ist so leicht bekleidet in die Redaktion gekommen, wie es ihr gerade noch zulässig erschien. Sie, die sonst immer findet, dass Männer, die in kurzen Hosen und Sandalen auf der Arbeit aufkreuzen, ein lächerliches Bild abgeben. Aber bei diesem Wetter würde sie ihnen vielleicht sogar einen nackten Oberkörper verzeihen. Sie selbst ist zum ersten Mal ohne BH zur Arbeit gegangen. Ziemlich grenzüberschreitend, aber definitiv angenehmer.

Charlotte ist allein im Redaktionsraum. Mikkel und Jakob arbeiten offenbar von zu Hause aus. Oder sie sind unterwegs, um Quellen zu interviewen. Wieder muss sie an Martin denken und spürt dabei einen zärtlichen Stich, der sie selbst überrascht. Ob er zu viel trinkt? Es sah fast so aus. Zittrige Hände. Dunkle Ringe unter den Augen.

Auch wenn er nicht angebissen hat, war der Ausflug nach Sandsted nicht vergebens. Er hat natürlich recht, wenn er meint, dass die beiden E-Mails ebenso gut gefälscht sein könnten und für sich genommen rein gar nichts beweisen. Doch sie ist ziemlich sicher, dass sie echt sind, denn sie kann ihren Mann immer noch lesen wie ein offenes Buch und ist überzeugt, dass er die beiden Mails schon mal gesehen hat. Oder zumindest davon gehört. Die Art, wie er ihrem Blick ausgewichen ist …

Sie nimmt das Handy, das sie von ihrer Quelle bekommen hat, und schickt eine Nachricht über die Signal-App.

13.21 Uhr Sieht interessant aus. Könnte aber auch Fake sein
13.26 Uhr Ist es nicht
13.27 Uhr Sagen Sie. Aber ich brauche einfach mehr Informationen. Sehr viel mehr
13.28 Uhr Fair. Wo sind Sie jez?
13.29 Uhr In der Redaktion
13.31 Uhr Können Sie in einer Stunde am selben Ort sein wie leztes Mal?
13.32 Uhr Ja
13.33 Uhr Bis gleich

Auch heute sind alle Tische vor der Kaffeebar belegt. Sie geht nach drinnen, das Lokal ist gähnend leer. Zwei alte Ventilatoren mühen sich in ihrer jeweiligen Ecke des Raumes damit ab, die miefige Luft umzurühren, ohne irgendetwas zu bewirken. Sie setzt sich an denselben Tisch wie bei ihrem letzten Treffen. Zwei Minuten später tritt er durch die Tür, auch heute wieder gekleidet wie ein Trucker. Das wenige, was von seinem Gesicht zu erkennen ist, ist puterrot. Er sieht aus, als würde er jeden Moment zerfließen.

»Die Hitze macht Ihnen wohl zu schaffen?«, bemerkt Charlotte, um gleich darauf den wohl überflüssigsten Kommentar, den sie seit Langem abgefeuert hat, zu bereuen.

Er zieht einen neuen USB-Stick aus der Brusttasche seiner Lederjacke.

»Für mich?«

»Ja.«

»Was ist das?«

»Das werden Sie sehen.«

»Weitere E-Mails?«

»Jep.«

»An die Sie nicht auf legale Weise gekommen sind, vermute ich.«

Er schweigt.

Charlotte nimmt den Stick. »Ich verstehe, dass Sie mir nicht verraten wollen, wie Sie heißen. Denn so ist es nach wie vor, richtig?«

Er nickt. »Nicht bevor ich sicher bin, dass Sie das Material, das ich Ihnen gebe, auch vernünftig verwenden.«

»Und dazu kann ich mich erst äußern, wenn ich mehr weiß. Aber es wäre wirklich schön, wenn ich nur ein bisschen mehr über …«

»Warum? Weil Sie neugierig sind?«

»Nein. Das heißt, natürlich bin ich auch neugierig. Das kommt sozusagen mit dem Beruf, oder?« Sie lächelt ihm zu. Seine Miene bleibt ungerührt. »Aber ehe ich auch nur in Erwägung ziehe, etwas über diese Sache zu schreiben, muss ich wissen, wer Sie sind und wie Sie an das Material gekommen sind. Und welche Motive Sie haben, es mir zu geben. Ich werde diese Informationen mit niemandem außer meinem Chef teilen, und wir garantieren natürlich, dass wir Ihre Identität in keiner Weise preisgeben werden.«

»Auch nicht gegenüber den Behörden, also der Polizei und letzten Endes den Gerichten, falls es dazu kommt?«

»Unter keinen Umständen.«

»Sie wären also bereit, ins Gefängnis zu gehen, um meine Identität zu schützen?«

»Ja. Und mein Chefredakteur ebenfalls.«

»Ganz sicher?«

»Wenn Sie nicht bluffen und wir Ihnen vertrauen, dann ja.«

»Na schön.« Der Informant steht auf und wendet sich zum Gehen, dreht sich jedoch noch einmal um. »Ach ja, eins noch: Sie können das Handy ein letztes Mal benutzen, dann möchte ich, dass Sie es an einem Ort entsorgen, wo es nicht gefunden werden kann. Und zerstören Sie die SIM-Karte. Ich kümmere mich darum, dass Sie ein neues bekommen.«

»Sie sind ganz schön paranoid, was?«

Er schiebt die Sonnenbrille auf der Nase herunter und blickt sie über die dunklen Gläser hinweg mit einem Paar tiefblauer Augen an.

»Ja.«

»Heilige Scheiße«, murmelt Charlotte, nachdem sie den Inhalt des USB-Sticks durchgesehen hat.

Ihre Wangen glühen. Sie setzt sich an den Esstisch. Auf dem Stick liegen zwei Bilder, und wie beim letzten Mal handelt es sich um Fotos eines Bildschirms, aufgenommen mit einer Kamera oder einem Handy. Auf den beiden Bildern sind insgesamt vier E-Mails zu sehen. Die erste wurde am 23. Dezember um 10.58 Uhr von der Adresse sbo034@fe.dk an hec009@fe.dk geschickt.

Odysseus hat mich gestern vor einem möglichen Anschlag gewarnt. Ging weiter an K, der übernommen hat. Ist jemand in Aktion getreten? Kann K nicht erreichen.

Vier Minuten später antwortet hec009: *Hab nichts gehört. Kann K auch nicht erreichen. Werde es weiter versuchen.*

Die nächste E-Mail von sbo034 wurde um 12.17 Uhr gesendet: *Nytorv!!! Katastrophe. Wo zur Hölle ist K? Dafür werden wir gehängt.*

Stopp. Hier kein Wort mehr, antwortet hec009 in der letzten Nachricht des E-Mail-Threads.

Ruhig bleiben, denkt Charlotte. Ganz ruhig. Es kann immer noch getürkt sein.

Auch wenn sie sich nur schwer vorstellen kann, weshalb jemand Interesse daran haben sollte, E-Mails mit einem solchen Inhalt zu fälschen.

Wenn sie die beiden ersten Mails mit den vier neuen vergleicht, scheint es, als sei Odysseus ein Undercover-Informant für den FE gewesen. Seine Mailadresse lautet peter.petersen666@gmail.com. Odysseus' Kontakt beim FE war die Adresse jens.jensen222@gmail.com, und am Abend des 22. Dezember teilt Odysseus ihm mit, dass am nächsten Tag zur Mittagszeit ein Terroranschlag in Kopenhagen verübt werden wird.

Der FE-Kontakt gibt die Warnung an eine Person namens K innerhalb des FE weiter, die dafür sorgen soll, dass die Information an die Polizei weitergeleitet wird. Doch das geschieht nicht. Am Vormittag, kurz vor dem Anschlag, wendet sich sbo034 erneut an hec009 und fragt, ob etwas in der Sache unternommen worden sei. Denn sbo034 kann K nicht erreichen. Das kann hec009 auch nicht.

Um kurz nach zwölf explodiert die Bombe, obwohl der FE gewarnt wurde, und sbo034 gerät in Panik. Woraufhin hec009 jede weitere Kommunikation per E-Mail abbricht.

Charlotte geht die Situation in Gedanken durch. Sie braucht die Bestätigung, dass die E-Mails tatsächlich von den Servern des militärischen Geheimdienstes stammen. Und sie muss wissen, wo der große rothaarige Mann die

Informationen herhat. Ob er selbst die Bildschirmfotos gemacht hat. Ob er mit jemandem zusammenarbeitet.

Sie geht in den Flur und holt ihre Tasche. Nimmt das Handy heraus und schickt ihm eine Nachricht.

16.22 Uhr Habe es gelesen. Haben Sie mehr?

16.25 Uhr Ja

16.29 Uhr Können Sie dokumentieren, dass das Material echt ist?

16.29 Uhr Ja wollen Sie darüber schreiben?

16.30 Uhr Ja. Unter den Voraussetzungen, die ich genannt habe

16.31 Uhr Ihre Zeitung ist einverstanden?

16.31 Uhr Ja

16.32 Uhr Auch wenn es bis ganz oben geht?

16.32 Uhr Dann erst recht

16.34 Uhr Wir treffen uns morgen. Um 9

16.36 Uhr Nicht heute?

16.37 Uhr Nein 9 Uhr Morgen im Café DGI byen.

16.38 Uhr Abgemacht

16.40 Uhr Werfen Sie das Handy jez weg und zerstören Sie die SIM-Karte

16.41 Uhr Warum? Die Nachrichten sind doch verschlüsselt

16.42 Uhr Tun Sie es einfach

16.42 Uhr Ok

16.43 Uhr Sofort

16.43 Uhr Ok

Der Østre-Anlæg-Park ist voller Leben. Die Leute genießen einen lauen Abend – Hundehalter, Jogger, Migrantenfamilien beim Picknick und Jugendliche, die den letzten Mittwoch der Sommerferien feiern, indem sie sich die Kante geben. Dennoch hat sie es geschafft, eine ungestörte Stelle am alten Burggraben nahe der Stockholmsgade zu finden. Sie schaut sich ein paar Mal um, bevor sie das Handy mehrere Meter weit hinauswirft. Die Wasseroberfläche ist von einer dicken Algenschicht bedeckt, die sich nun, da das Telefon darauf trifft, für einige wenige Sekunden in einem hübschen kleinen Kreis öffnet, ehe sich der grüne Teppich wieder über dem dunklen Wasser zusammenzieht.

Sie steigt die grasbewachsene Anhöhe hinauf und setzt sich auf eine Bank beim Kiesweg, lässt die SIM-Karte auf die Erde fallen, tritt darauf und bewegt den Absatz mehrfach gründlich vor und zurück. Dann klaubt sie die zerstörte Karte auf und wirft sie in den Mülleimer neben der Bank.

Mein lieber Schwan, das gibt eine abgefahrene Story. Charlotte spürt es bis ins Mark. Sie lehnt sich zurück, streckt die Beine aus und lächelt.

Donnerstag, 3. August

Kapitel 13

Zum wer weiß wievielten Mail checkt sie die Uhr auf ihrem Handy. Es ist 09.22 Uhr. Sie hat das Gefühl, als wäre ihr Puls mindestens zehn Schläge pro Minute schneller als gewöhnlich.

Sie schaut sich um. Abgesehen von ihr selbst und einem Pärchen, das beim Frühstück sitzt, ist das Café im DGI-Byen-Sport- und Konferenzzentrum leer. Wo zur Hölle bleibt er nur? Wenn er sie jetzt versetzt ...

Charlotte ist um Viertel nach fünf aufgewacht und konnte nicht mehr einschlafen. Eine Stunde lang wälzte sie sich im Bett hin und her, bevor sie aufgab und in die Küche ging, um sich einen Kaffee zu machen und die heutige Ausgabe der Zeitung zu lesen.

Der Hauptartikel war eine viel zu lange Reportage über die Sommertagung einer der politischen Parteien, und nach einer Viertelstunde schob sie die Zeitung entnervt zur Seite, mit einem Gefühl der Erleichterung, dass sie nicht länger als politische Redakteurin für Artikel über politischen Leerlauf und Luftspiegelungen in der Sommerhitze verantwortlich ist oder diese gar selbst schreiben muss.

Also tigerte sie wie ein wildes Tier im Käfig in der Küche umher. Um acht hielt sie es nicht länger aus und stieg auf ihr Fahrrad – mehr als zeitig, wenn man bedenkt, dass die Fahrt zum DGI Byen selbst in gemächlichem Tempo höchstens eine Viertelstunde dauert.

Seither wartet sie. Mit zunehmend ungutem Gefühl. Charlotte versucht, ruhig Blut zu bewahren. Er wirkt wirklich nicht wie ein Hochstapler, ganz im Gegenteil. Sie hat seine Handynummer auf einem Zettel notiert und überlegt, ob sie ihm eine Nachricht schicken soll, entscheidet sich aber dagegen. Entgegen seines Versprechens hat er ihr bislang keinen Ersatz für das Handy geschickt, das sie zerstören sollte, und es ist zu riskant, ihr eigenes zu benutzen. Falls ihm etwas zugestoßen ist, sollte ihre Nummer besser nicht auf seinem Display erscheinen.

Was soll sie tun, wenn er sich nicht an ihre Verabredung hält? Hat sie genug, um auf eigene Faust an der Story weiterzuarbeiten? Mit zwei E-Mail-Threads als einziger Dokumentation dafür, dass etwas vertuscht wurde? Und das von allen möglichen Stellen ausgerechnet beim militärischen Geheimdienst?

Nein, hat sie nicht. Nicht mal ansatzweise. Sie seufzt.

Achtunddreißig Minuten und eine Flasche Wasser später muss sie mit einem bitteren Geschmack im Mund einsehen, dass er nicht kommen wird. So beschwingt sie gestern Abend noch war, so niedergeschlagen ist sie jetzt.

Sie überlegt, was sie tun soll, kann jedoch keinen klaren Gedanken fassen. Also beschließt sie, in die Redaktion zu fahren. Sie steht auf und geht zu ihrem Rad, das an einer Mauer lehnt, neben einem Schild, das darauf hinweist, dass Fahrräder abstellen verboten ist.

Am Empfang trifft sie auf Chefredakteur Magnus Thesander.

»Na, ich habe von Mikkel gehört, dass du an was dran bist?«, begrüßt er sie und knufft sie linkisch gegen die Schulter.

Wie so viele in der Branche ist Thesander aufgestiegen, weil er ein guter Journalist ist, nicht weil er sich durch besondere Führungsqualitäten auszeichnet. Vor gar nicht allzu vielen Jahren war er daher Kollege von vielen Reportern, deren Chef er nun ist. Diese Situation versucht er zu gleichen Teilen dadurch zu kompensieren, indem er Konflikten aus dem Weg geht oder unbeholfen Körperkontakt mit seinen Untergebenen sucht – wie dem Klaps auf Charlottes Schulter oder verkrampften High Fives. Sie hat häufig erwogen, ihm ebenfalls einen ordentlichen Klaps zu verpassen, es bis jetzt allerdings bleiben lassen, da sie ihn trotz seiner Schwächen im Grunde gut leiden kann. Er ist ein anständiger Kerl mit einem messerscharfen journalistischen Urteilsvermögen.

›An was dran‹? Er muss sich auf ihre beiläufige Bemerkung gegenüber Mikkel beziehen, als sie ihm von dem angeblichen Tipp einer Quelle aus Christiansborg bezüglich der Ausgleichsregelung erzählt hat. Sieht aus, als sei ihre Notlüge nun in der Wirklichkeit angekommen.

»Ja, äh, da könnte was sein. Es ist aber noch viel zu früh, mehr darüber zu sagen. Aber … ich folge der Fährte.«

Das Fährte-folgen-Bild ist einer von Thesanders Lieblingsausdrücken, er nickt zufrieden, und sie geht weiter.

Auch heute ist sie allein in der Redaktion. Sie hat keine Ahnung, was die anderen treiben, und es ist ihr offen gestanden auch egal. Sie setzt sich an ihren Schreibtisch und starrt in die Luft. Überlegt, ob sie Martin noch mal anrufen und versuchen soll, ihn kleinzukriegen. Nein. Das gäbe nur Ärger. Selbst unter normalen Umständen würde er vollkommen dichtmachen, sollte er merken, dass jemand versucht, ihn zu etwas zu drängen – vor allem, wenn es mit seiner Arbeit zu tun hat. Und so, wie die Stimmung momentan zwischen ihnen ist …

Aber Signe vielleicht? Sie war ja sehr viel mehr in die Ermittlungen involviert als Martin. Wenn bei den Aufklärungsarbeiten irgendetwas unter den Teppich gekehrt wurde, wovon er weiß, weiß sie es bestimmt auch.

Charlotte kennt Signe nicht sonderlich gut. Auch wenn ihr Mann über viele Jahre und in großen Fällen mit ihr zusammengearbeitet hat, hat sie Signe nur drei, vier Mal getroffen. Es ist nicht Martins Art, privaten Umgang mit seinen Kollegen zu pflegen, nicht einmal mit denen, mit denen er enger zusammenarbeitet und die ihm möglicherweise näherstehen. Aber Charlotte hat dennoch einen guten Eindruck von ihr. Sie wirkt unverstellt und selbstbewusst, ohne den Drang, anderen etwas zu beweisen. Und Charlotte weiß, dass Signe bei Martin einen dicken Stein im Brett hat.

Eine Weile grübelt sie weiter, dann kommt sie zu dem Schluss, dass es im Grunde kein großes Für und Wider gibt, denn es ist schlicht und ergreifend ihre einzige Möglichkeit.

Sie greift zum Handy.

Kapitel 14

Juncker ist offensichtlich nicht der Einzige, der dieser Tage schlecht schläft. Dunkle Ringe unter den Augen, krumme Rücken und hängende Schultern prägen das Bild beim Morgenbriefing in der Hauptdienststelle in Næstved. Es sind die üblichen Zeichen der Erschöpfung, die typischerweise während einer Ermittlung auftritt, wenn den Leuten klar wird, dass sich die Sache hinziehen wird; wenn keine Aussicht auf einen schnellen Durchbruch besteht, sondern stattdessen lange Tage mit Überstunden und mies gelaunte Ehepartner zu Hause warten.

Jetzt braucht es einen Chef, der die Mannschaft anspornen kann. Sein ehemaliger Chef, Erik Merlin, ist Meister in dieser Disziplin. Juncker hat zahlreiche Male miterlebt, wie Merlin es verstand, ein Team, das fix und alle war, anzupacken und für frische Energie zu sorgen. Hätte er sich nicht entschieden, zur Polizei zu gehen, Merlin hätte ein erfolgreicher Trainer in praktisch jeder beliebigen Sportart werden können. Oder ein erfolgreicher Erweckungsprediger.

Auch Signe hat das Potenzial, eine gute Einpeitscherin zu werden. Falls sie denn irgendwann lernt, ihr Temperament zu zügeln. Er selbst dagegen? Nicht so richtig. Andere zu motivieren zählt nicht zu seinen Spitzenkompetenzen. Leider gilt das auch für Skakke, was sich im Augenblick als ungünstig erweist, da er der Chef der Mordkommission ist.

Juncker hat sich ganz ans Ende des Besprechungstisches gesetzt, in die Nähe der beiden Fenster des länglichen Raumes. Er schielt zu Nabiha, die neben ihm sitzt, und korrigiert sich selbst. Nicht alle im Raum sind übermüdet und abgespannt. Auch wenn er ihre Augen nicht sehen kann, möchte er wetten, dass sie vor Eifer glühen.

Den Großteil des gestrigen Tages hat er damit verbracht, zunächst Mads Stephansen zu befragen – er war noch immer schwer mitgenommen vom Tod seines Vaters, konnte aber kaum etwas hinzufügen, was er Juncker nicht bereits bei der Überbringung der schrecklichen Nachricht gesagt hatte. Anschließend fuhr Juncker nach Klampenborg, um mit Mads' Schwester Louise zu sprechen. Sie ist wie Vater und Bruder Rechtsanwältin, hat jedoch einen anderen Karrierepfad gewählt und arbeitet am Institut für Menschenrechte. Sie hat, wie sich zeigte, ein wasserdichtes Alibi für Sonntagabend und -nacht, als ihr Vater getötet wurde, da sie an einem Seminar in Stockholm teilnahm und erst Montagmorgen in Kastrup landete.

Louise Stephansen war natürlich betroffen vom Tod ihres Vaters, machte jedoch keinen Hehl daraus, dass sie nie ein enges Verhältnis zu ihm gehabt hatte.

»Wir waren schon immer sehr verschieden«, erklärte sie Juncker, der die Tochter recht schnell von der Liste möglicher Verdächtiger strich.

Der Ermittlungsleiter Anders Jensen, den eine üble Sommererkältung erwischt hat, ergreift das Wort.

»Guten Morgen«, schnieft er. »Wie ihr alle wisst, hat es uns einige Zeit gekostet, Stephansens aktuelle Fälle sowie die des letzten Jahres durchzugehen. Wir haben eine Liste erhalten und zunächst drei Fälle identifiziert, die wir uns näher angeschaut haben. Der erste«, er öffnet eine Mappe und zieht ein Blatt Papier heraus, »wurde vor etwa zwei

Monaten abgeschlossen. Der Dänische Naturschutzverband hatte Klage gegen einen adeligen Gutsherrn hier aus der Gegend wegen der Übertretung verschiedener Umweltgesetze erhoben. Ihr kennt ihn sicher aus den Medien: Arthur Löwenschiold heißt er. Früher verkehrte er im innersten Zirkel des Königshauses, doch nachdem er in mehrere dubiose Angelegenheiten verwickelt war, hat sein Glanz deutlich nachgelassen. Es bestand eigentlich kein Zweifel, dass er verurteilt werden würde, doch dann buddelte Ragner Stephansen eine Reihe von Verfahrensfehlern aus, die zur Einstellung des Verfahrens führten.«

Er beugt sich über den Tisch, nimmt mehrere Servietten vom Stapel neben der Thermoskanne und schnäuzt sich mit einem lauten Trompeten die Nase. Dann steht er auf und wirft die zusammengeknäulten Servietten in den Papierkorb. Skakke schaut ihn besorgt an.

»Geht es Ihnen gut?«, fragt er.

Jensen setzt sich, ohne zu antworten.

»Wie kann man sich denn bitte bei dieser Hitze erkälten?«, flüstert Nabiha.

»Er hat eine Grippe, und die entsteht durch Viren«, flüstert Juncker zurück. »Kann man sich durchaus auch bei hohen Temperaturen einfangen.«

»Entschuldigt«, sagt Jensen und fährt fort: »Na ja, es hat natürlich für eine Welle der Empörung in den Umweltorganisationen gesorgt, dass Löwenschiold für die so offensichtlich begangenen Straftaten nicht zur Rechenschaft gezogen wurde. Stephansen erhielt in diesem Zusammenhang eine Reihe von Drohungen, einige davon in Briefform, nach altmodischer Art mit der Post verschickt. Die haben wir natürlich auf DNA-Spuren untersucht, bis auf Weiteres aber ohne Erfolg. Auch per Mail kamen einige Drohungen.« Er schaut auf das Papier und liest vor:

»›Die Natur stirbt wegen Leuten wie dir. Du verdienst es nicht zu leben‹, und dergleichen mehr. Wir versuchen, die Mails zurückzuverfolgen und herauszufinden, wer sie geschickt hat.« Er klappt die Mappe zu. »Larsen, kannst du nicht ein paar Worte zu der Spur sagen, der wir gerade folgen?«

Carsten Larsen ist einer der Spezialisten für Wirtschaftskriminalität hier auf der Dienststelle. Ein kleiner, knochentrockener Mann mit dickem Brillengestell, dessen äußeres Erscheinungsbild aufs Haar dem stereotypen Bild eines Buchhalters gleicht. Larsen ist ausgebildeter Wirtschaftsprüfer, kein Polizist, und alles in allem ein tüchtiger Mann. Juncker kann ihn gut leiden.

»Mache ich. Um mich möglichst kurz zu fassen: Ragner Stephansen ist seit fünf Jahren als Rechtsanwalt und Berater für eine lettische Investmentbank tätig, *Latvia Invest*, die eine Reihe von Schweinemastbetrieben und -höfen hier in der Umgebung und in anderen Teilen Dänemarks aufgekauft hat. Wir haben mit unseren Kollegen in Lettland gesprochen, die ziemlich sicher sind, dass über die Bank russisches Schwarzgeld kanalisiert wird, allerdings waren lettische Polizei und Steuerbehörden bisher nicht in der Lage, es zu beweisen. Das lässt einen natürlich in Richtung Geldwäsche denken, und aus der Korrespondenz zwischen Stephansen und seinem Klienten geht hervor, dass ihm dieser Gedanke ebenfalls nicht ganz abwegig schien. Er hat jedenfalls eine Reihe von Vorbehalten geltend gemacht und damit gedroht, von seiner Beraterfunktion zurückzutreten, sollte die Bank nicht zu diversen Transaktionen Rechenschaft ablegen, insbesondere was den Ursprung des Geldes anbelangt. Nun soll man natürlich keine Vorurteile haben, aber man ist wahrscheinlich nicht völlig auf dem falschen Dampfer, wenn man vermutet, dass russische Gangster durchaus etwas pikiert sein und zur Waffe greifen könnten, wenn jemand anfängt, in ihren Finanzen herumzustochern und ihre Methoden zu hinterfragen. Wir halten uns also weiterhin an unsere Kontakte in Lettland, um herauszufinden, ob man in Riga und Umgebung etwas flüstern hört. Aber ihr wisst ja selbst, wie es in den früheren Ostblockstaaten läuft: In aller Regel ist es, als würde man mit dem Kopf gegen eine sehr solide Mauer rennen.«

»Deine These ist also, dass Stephansen eventuell von einem Auftragsmörder umgebracht wurde, angeheuert von der russischen Mafia, weil er die Nase zu tief in Dinge gesteckt hat, die ihn nichts angehen?«, fragt Jensen.

Larsen zuckt mit den Achseln. »Das wäre eine Möglichkeit. Die auch recht gut damit zusammenpasst, dass ihm ein weiteres Mal in den Kopf geschossen wurde, obwohl der erste Schuss bereits tödlich war, oder?«

Jensen nickt. »Stimmt. Aber Juncker, erzähl doch kurz vom letzten Fall.«

Juncker ist während der beiden Berichte immer tiefer in seinen Stuhl gerutscht. Jetzt richtet er sich auf.

»Vor ungefähr einem Jahr wurde ein Mann aus Sandsted wegen Körperverletzung gegen seine Lebenspartnerin angeklagt. Alles wies darauf hin, dass er sie jahrelang misshandelt hatte. In acht Fällen war sie in der Notaufnahme wegen verschiedener Verletzungen behandelt worden, geprellte Rippen, ein gebrochener Arm und dergleichen. Sie behauptete jedes Mal steif und fest, sie sei eine Treppe heruntergefallen oder gegen eine Tür gelaufen, all die üblichen Erklärungen eben. Beim neunten Mal stand ihr Leben auf der Kippe, weil eine gebrochene Rippe ihre Lunge punktiert hatte, und da endlich zeigte sie ihn an. Stephansen, der die Verteidigung des Mannes übernahm, fand allerdings einige Fehler, die die Polizei gemacht hatte. Ihr erinnert euch wahrscheinlich alle daran. Ein junger Beamter, noch ziemlich grün hinter den Ohren, hatte einige nahe Angehörige des Verdächtigten befragt und ihnen zu verstehen gegeben, dass sie für ihn als Zeugen gelten und sie aussagen müssen. Die Angaben, die sie gemacht hatten, wurden dann im Verfahren verwendet – was natürlich nicht geht, da gemäß Strafprozessordnung nahe Angehörige nicht zur Aussage verpflichtet sind, und das beanstandete Stephansen. Soll heißen, obwohl die Frau endlich genügend Mut zusammengenommen hatte, um ihren Partner anzuzeigen, und die Verletzungen, die er ihr zugefügt hatte, gut dokumentiert und schwer genug waren, um ihn für mehrere Jahre hinter Gitter zu bringen, machte der Staatsanwalt einen Rückzieher und verzichtete auf die Anklage. Er wollte nicht riskieren, mit Zeugen vor Gericht zu stehen, die dann einen Rückzieher machen. Stephansens Partner Laust Wilder hat mir erzählt, dass die Frau und ihr Bruder Stephansen nach der Einstellung des Verfahrens auf dem Parkplatz hier vor der Wache abpassten. ›Wie schlafen Sie nachts?‹, habe der Bruder gefragt, woraufhin Stephansen mit breitem Grinsen geantwortet haben soll: ›Ausgezeichnet, danke der Nachfrage.‹ Einige Wochen darauf beging die Frau Selbstmord. Wilder hat auch erzählt, dass der Bruder Stephansen nach dem Selbstmord der Schwester mehrfach auf der Straße abgefangen und ihm vielleicht nicht direkt mit dem Tod gedroht, aber doch deutlich zu verstehen gegeben habe, dass er in seinen Augen ein Stück Scheiße sei und ein übles Schicksal verdiene. Der Bruder heißt Peter Johansen – wenn wir hier fertig sind, statten Nabiha und ich ihm einen Besuch ab und schauen mal, was er zu sagen hat.«

»Wir sind fertig.« Anders Jensen steht mit einem Husten auf. »Also lasst uns loslegen. Und dann sehen wir uns morgen früh wieder hier.«

Der Mann, der die Tür öffnet, ist mittelgroß und hat ein jungenhaftes Gesicht. Mitte dreißig, schätzt Juncker und stellt Nabiha und anschließend sich selbst vor.

Peter Johansen bittet sie herein.

»Danke«, sagt Juncker. »Schön, dass Sie es einrichten konnten.«

»Ich muss ohnehin noch Überstunden abfeiern, es passt also gut.«

»Und Sie arbeiten bei …?«

»Ich bin Angestellter in einer Bank in Køge. Kommen Sie, wir gehen ins Wohnzimmer.«

Die Einrichtung ist geschmackvoll-neutral. Schwarze Ledercouch, zwei Sessel – IKEA-Klassiker – und ein schwarz lackierter Couchtisch. Ein Esstisch mit sechs Stühlen und ein weißes Regal voller Bücher.

»Sie lesen viel?« Juncker weist mit dem Kinn auf das Regal.

»Relativ. Vor allem Krimis. Und Biografien.«

»Leben Sie mit jemandem zusammen?«

»Nein, ich bin Single.«

Nabiha tritt zu einer Vitrine, die mit Pokalen, Silberbechern, Medaillen und Plaketten gefüllt ist.

»Sportler?«, fragt sie.

Er nickt. »Ich bin seit meiner Jugend Mitglied des SSC.«

»SSC?«

»Sandsteder Schützenclub. Einer der ältesten Clubs des Landes«, sagt er mit Stolz in der Stimme.

»Und Sie sind gut, hat es den Anschein.«

Er neigt bescheiden den Kopf. »Tja …«

»Wie gut?«

»Na ja, im Laufe der Jahre sind es mehrere Meisterschaften geworden. Und mit etwas Glück bin ich vielleicht sogar bei den nächsten Olympischen Spielen dabei.«

»Holla. Klingt spannend.«

»Wollen Sie sich nicht setzen?«, sagt Johansen und weist mit dem Arm auf die Sofagruppe.

»Sie haben also einige Waffen im Haus, nehme ich an?« Juncker zieht Notizblock und Kugelschreiber aus der Innentasche seines Jacketts.

Johansen nickt. »Ja. Mehrere Pistolen und ein Gewehr.«

Juncker bemerkt einen Anflug von Wachsamkeit in der Stimme des Mannes. »Die sich wo befinden?«

»Eingeschlossen in einem Waffenschrank. Ich habe eine kleine Werkstatt im Schuppen, dort hängt der Schrank. Alles gemäß Waffengesetz.«

»Das bezweifeln wir nicht. Und um welche Art Waffen handelt es sich?«

»Sie meinen …«

»Welches Kaliber?«

»Kaliber .22. Diese Größe wird ja meistens beim Sportschießen verwendet.«

Juncker nickt. »Richtig. Und mit diesem Kaliber wurde auch Ragner Stephansen erschossen.«

Johansen verschränkt die Arme vor der Brust. »Das habe ich gehört.«

»Wo haben Sie das gehört? Davon hat die Polizei nichts öffentlich verlauten lassen.«

»Ich weiß es aus dem Schützenclub. Einer Ihrer Kollegen hat mit unserem Vorsitzenden gesprochen, um zu fragen, ob in letzter Zeit Waffen verschwunden sind.«

»Ach ja«, nickt Juncker.

»Da werden Sie gut zu tun haben.« Johansen lächelt.

»Ich meine, wenn alle Mitglieder des Schützenclubs potenzielle Verdächtige sind. Wir sind über hundert.«

»Das sind sie aber nicht. Wir konzentrieren uns auf die, die ein Motiv haben.«

Jetzt verschwindet Peter Johansens Lächeln. »Und ich habe eines?«

Juncker ignoriert die Frage. »Sie hatten mehrere Zusammenstöße mit Ragner Stephansen. Verbale, meine ich.«

Der Mann lehnt sich auf der Couch zurück.

»Zusammenstöße? Das ist ein etwas heftiges Wort, finde ich. Aber es stimmt, ich habe Stephansen bei einigen Gelegenheiten gesagt, was ich von ihm halte.«

»Und das wäre?«

»Dass er eine durch und durch unangenehme Person ist. Oder besser gesagt, war.«

»Weil er dafür gesorgt hat, dass das Verfahren gegen den Partner Ihrer Schwester eingestellt wurde?«

»Ja, unter anderem. Da hatte sich Johanne endlich getraut, diesen Mistkerl, der ihr Leben jahrelang zur Hölle gemacht hat, anzuzeigen, und dann …«

Nabiha beugt sich vor. »Warum haben Sie den Mann nicht selbst schon früher angezeigt? Wenn Sie doch wussten, dass er Ihre Schwester schlug?«

»Sie können sich nicht vorstellen, wie oft ich Johanne deswegen bekniet habe. Aber sie wollte nicht. Sie hatte solche Angst vor ihm.«

»Das verstehe ich«, pflichtet ihm Nabiha bei. »Aber er wäre ja hinter Gittern gelandet, wenn sie ihn angezeigt hätte.«

Johansen schnaubt. »Aber für wie lange? Sie fürchtete, dass er nur ein paar Jahre bekommen würde, und hatte eine Todesangst davor, was er ihr antun würde, wenn er herauskäme. Davon abgesehen, was ist denn tatsächlich passiert, als sie ihn endlich anzeigte? Die Polizei hat gepfuscht, und er kam davon, oder etwa nicht? Und Johanne hatte eine solche Panik, dass sie es nicht ertragen konnte, weiterzuleben.«

Seine Augen füllen sich mit Tränen, und er schaut weg. Eine Weile sagt keiner etwas.

»Also ja, meiner Meinung nach war Ragner Stephansen ein Drecksack, um es freiheraus zu sagen.«

»Man könnte ja auch meinen«, sagt Nabiha, »dass er nur seine Arbeit gemacht hat. Dass jeder das Recht hat ...«

Peter Johansen unterbricht sie. »All dem stimme ich zu. Wir leben in einem Rechtsstaat, und jeder hat das Recht auf eine Verteidigung. Aber als ich das Gespräch mit Ragner Stephansen gesucht habe, hat er mir direkt ins Gesicht gelacht. Als wäre er auch noch stolz darauf, dieses Schwein freigepaukt zu haben, damit er weiter meine Schwester terrorisieren konnte.« Er schaut ihr in die Augen. »Ragner Stephansen war ein furchtbarer Mensch. Mit Blut an den Händen.«

»Sie haben ihn gehasst?«

Peter Johansen zuckt mit den Achseln. »Ja, ich nehme an, das habe ich.«

»Genug, um ihn umzubringen?«

»Natürlich nicht.«

Juncker blättert in seinem Notizblock.

»Sie haben gesagt ›unter anderem‹.«

»Was meinen Sie?«

»Sie haben vorhin gesagt, dass Ragner Stephansen eine unangenehme Person war. ›Unter anderem‹, weil er die Anklage gegen den Partner Ihrer Schwester zu Fall brachte.«

»Habe ich das gesagt? Na ja, aber ich meinte nicht mehr

als das, was ich bereits gesagt habe – dass er arrogant und gefühlskalt war. Einfach durch und durch unangenehm.«

»Hm, okay. Wo waren Sie Sonntagabend und in der Nacht auf Montag?«

»Hier.«

»Allein?«

»Ja, wie gesagt wohne ich allein. Und es ist nicht meine Gewohnheit, sonntagabends feiern zu gehen.«

Juncker steckt Notizblock und Kugelschreiber weg. »Dann wollen wir Ihnen nicht weiter die Zeit stehlen. Für den Augenblick. Es ist durchaus denkbar, dass wir mit weiteren Fragen auf Sie zurückkommen.«

»Tun Sie das ruhig.«

»Haben Sie etwas dagegen, wenn wir Ihre Waffen zur Untersuchung mitnehmen, um sie als Mordwaffen ausschließen zu können? Es ist reine Routine.«

»Nein, natürlich nicht. Ich habe zwar vor, in den nächsten Tagen zu trainieren, aber da kann ich auch eine Waffe aus dem Club leihen.«

»Und, wie lief es?«, fragt Nabiha, als sie wieder im Auto sitzen.

»Du warst doch selbst dabei«, erwidert Juncker.

Sie schüttelt ärgerlich den Kopf. »Hör mal, ich bin Anfängerin, was die Ermittlungsarbeit angeht. Ich möchte was lernen. Ist das so schwer zu verstehen?«

»Nein, wahrscheinlich nicht.« Kann sie nicht einfach schweigend zuhören und lernen? »Na, ich würde mal sagen, es lief fabelhaft.«

Sie bedenkt ihn mit einem resignierten Blick. Juncker steckt sein Handy in den Halter und ruft Anders Jensen an.

»Nabiha und ich haben gerade mit Peter Johansen gesprochen«, sagt er.

»Und, wie ist euer Eindruck?«

»Er hat ein eindeutiges Motiv. Johansen hält in keiner Weise damit hinter dem Berg, dass er Stephansen gehasst hat, und bezeichnet ihn als ›durch und durch unangenehme Person‹.«

»Und sein Alibi?«

»Sehr schwach. Er wohnt allein und gibt an, in der Nacht auf Montag zu Hause gewesen zu sein, aber das kann niemand bezeugen. Wie sich herausgestellt hat, ist er ein tüchtiger Schütze und Mitglied im SSC, dem hiesigen Schützenverein. Wir haben seine Waffen mitgenommen, die geben wir dann an die Kriminaltechniker in Ejby weiter. Er ist kurz gesagt ein ziemlich guter Verdächtiger.«

Einen Moment herrscht Schweigen am anderen Ende der Leitung.

»Ja, fast zu gut, oder?«

»Das könnte man natürlich so sagen. Aber soweit ich sehen kann, ist er bis jetzt das Beste, was wir haben. Meinst du, es reicht für eine Vernehmung?«

»Tja, da bewegen wir uns auf dünnem Eis. Ich bespreche es mal mit Skakke, dann kann er den Staatsanwalt kontaktieren.«

»Sollen wir ihn überwachen lassen?«

»Ja, lass uns das machen.«

»Sein Haus liegt vollkommen abgeschieden außerhalb der Stadt. Er wird es bemerken, wenn wir zu nah herankommen.«

»Okay, darauf werden wir achten. Ich kümmere mich darum.«

Juncker beendet das Gespräch. Nabiha schaut ihn mit gerunzelter Stirn an.

»Wieso wollen wir ihn überwachen? Was erwarten wir uns davon?«

Er zuckt mit den Achseln. »Schwer zu sagen. Vielleicht einen Hinweis darauf, wo sich die Tatwaffe befindet.«

Sein Handy klingelt. Er schaut aufs Display, nimmt das Telefon aus dem Halter und schaltet den Lautsprecher ab.

»Karo, hallo.«

Er hat seit Monaten nicht mehr mit seiner Tochter gesprochen. Genau genommen vielleicht sogar nur ein einziges Mal seit der Beerdigung seines Vaters im Januar. Karoline lebt in Aarhus, und nun kann man ja auch nicht gerade behaupten, dass sie ihn täglich mit Anrufen bombardieren würde, sagt er sich in einem hastigen Versuch der Selbstrechtfertigung.

»Hallo, Papa. Wie geht's?«

Ziemlich beschissen, denkt er. »Gut. Und dir?«

»Auch gut.«

»Das ist schön zu hören.«

Schweigen.

»Und ... äh ...« Juncker will sich nach ihrer Arbeit erkundigen, aber war da nicht irgendwas von wegen, dass sie den Job gewechselt hat? Von einem Restaurant in ein anderes? Oder war es etwas ganz Neues? Er kann sich nicht erinnern und hat keine Lust, seine Unkenntnis zuzugeben. »Bist du in Aarhus?«, fragt er stattdessen.

»Nein.«

»Wo dann? In Kopenhagen? Bei deiner Mutter?«

»Nein, ich bin in Sandsted.«

Juncker schafft es nicht, seine Überraschung zu verbergen. »Hier? Also ...?«

»Ja, Papa.« Er kann hören, wie sie lächelt. »Ich stehe draußen vor Omas und Opas Haus.«

»Okay. Du hast also ... Du willst also ...?«

»Dich besuchen, ja. Für ein paar Tage. Wenn es dir recht ist?«

»Äh, ja. Na klar. Nur … ich muss arbeiten, wir haben im Moment recht viel zu tun …«

Karoline lacht. »Im Moment? Der war gut, Papa.«

»Ha. Ja.«

»Hängt der Schlüssel im Carport, wo er immer hängt?«

»Müsste er eigentlich. Ich habe ihn jedenfalls nicht weggenommen.«

»Dann gehe ich einfach ins Haus. Wann kommst du von der Arbeit, was glaubst du?«

»Ich muss noch schnell nach Næstved und ein paar Dinge erledigen. Halb sieben sollte ich eigentlich schaffen. Es sei denn …«

»Ja, ja, *I know*. Es sei denn, es geschieht etwas Unerwartetes. Soll ich was fürs Abendessen einkaufen?«

»Das kannst du gerne machen.«

»Denn ich nehme mal an, dein Kühlschrank ist nicht unbedingt üppig gefüllt?«

»Ich fürchte, da liegst du richtig.«

»Alles klar, ich kümmere mich darum. Ruf an, falls du dich verspätest.«

Juncker steckt das Handy zurück in den Halter und lässt den Motor an. Er hasst Überraschungen. Doch er freut sich auch, Karoline zu sehen.

»War das deine Tochter?«, fragt Nabiha.

Juncker nickt.

»Und sie ist hier in Sandsted?«

»Ja.«

»Hast du sie lange nicht gesehen?«

Er nickt wieder.

»Du siehst deine Kinder generell nicht sehr oft, oder?«

»Wollen wir?«, sagt er, lässt die Kupplung kommen und fährt an.

Kapitel 15

Die Lust tobt so heftig in ihr, dass sie beinahe Angst vor sich selbst bekommt. Es ist der totale Kontrollverlust. Sie sitzt auf ihm, spürt ihn tief in sich drin, und es kommt von unten aus den Fußsohlen heraufgerollt, steigt durch die Waden, über die Innenseite der Oberschenkel, weiter hoch durch die Gebärmutter, das Rückenmark, den Nacken. Ins Gehirn. Und dann lodert alles in einem wollüstigen Flammenmeer auf.

Der Schrei muss von ihr kommen. Von ihm ganz sicher nicht.

Victor Steensen ist keiner, der schreit. Er stöhnt höchstens.

Signe sackt ermattet über ihm zusammen. Ihr Schweiß tropft auf seinen Körper, sein Gesicht, sie küsst die salzigen Tropfen von seinen Wangen und Lidern. Er lächelt und küsst sie auf den Mund. Sie gleitet von ihm hinunter. Spürt, wie die Verdunstungskälte ihren glühenden Körper abkühlt, ein angenehmes Gefühl in der Nachmittagshitze.

Sie kuschelt sich an ihn, schmiegt ihr Gesicht in seine Achselhöhle und zieht den Duft von Deo und Schweiß ein.

Warum? Warum nur ist es so gut mit Victor und nicht annähernd so gut mit Niels? Es ergibt keinen Sinn.

Victor hat sich vor vier Monaten scheiden lassen. Eine glückliche Scheidung, falls es so etwas überhaupt gibt. Zwei Karrieren, zwei Leben, beide jedoch parallel in ihrer jeweiligen Fahrspur verlaufend. Nicht dass er und seine Frau einander nicht hätten leiden können. Doch genau das war es: Sie konnten sich leiden, aber weder mehr noch weniger. Und sie hatten keine Kinder.

Vor zweieinhalb Monaten landeten Signe und Victor im Bett, und Signe hatte zum ersten Mal seit zweieinhalb Jahren einen Orgasmus.

Es war überhaupt nicht geplant. Nie hatte sie auch nur der Gedanke gestreift. Himmel, sie kannten sich ja schon so lange, hatten in mehreren Fällen zusammengearbeitet – unter anderem bei den Ermittlungen zum Terroranschlag. Sie waren gute Kollegen, und Signe hatte immer gefunden, dass Victor ein attraktiver Mann war. Und noch wichtiger: süß und charmant, hilfsbereit und sehr umgänglich. Aber mit ihm zu schlafen war ihr niemals in den Sinn gekommen.

Sie waren beide auf der Verabschiedung eines Kollegen aus der Mordkommission, mit dem auch Victor zusammengearbeitet hatte, bevor er zum polizeilichen Geheimdienst, dem PET, wechselte. Es war ein Freitagnachmittag, sie hatte zwei Gläser Wein getrunken, vielleicht drei, und war … beschwipst, allerhöchstens. Sie standen beisammen und unterhielten sich, an das Thema erinnert sie sich nicht mehr, und auf einmal fing er ihren Blick, wie ein wärmesuchender Lenkflugkörper, der ein feindliches Flugzeug anvisiert. Sie spürte ein Ziehen im Zwerchfell und wurde feucht. Ihr Herz hämmerte, und sie lief rot an. Da drehte er sich lächelnd um, ohne ein Wort zu sagen, und ging los, sie folgte ihm. Dabei betete sie, dass niemand bemerkte, wie sie die Feier zusammen verließen. Genauso wie sie betete, dass niemand sie beide in das Taxi einsteigen sah, mit dem sie zu der Wohnung in Valby fuhren, die ihm Freunde nach der Scheidung übergangsweise zur Verfügung gestellt hatten. Eine Stunde waren sie zusammen, und in dieser Zeit sprachen sie praktisch kein Wort miteinander. Auch nicht, als sie ihn verließ, um nach Hause zu fahren.

Auf dem Heimweg im Taxi war sie so glücklich wie seit Jahren nicht mehr. Bis sie aus dem Wagen stieg und sich das schlechte Gewissen meldete. Seitdem ist es ein steter Begleiter, abgesehen von den paar Malen pro Woche, die sie und Victor zusammen sind.

Sie schält sich aus seinen Armen und geht ins Bad, das wie alles in der Wohnung brandneu ist. Victor hat für ein kleines Vermögen neunzig Quadratmeter im Kanalviertel auf der Halbinsel Sluseholmen gekauft, einer der gefragtesten Wohngegenden der Stadt, mit zwei Balkonen und direktem Blick aufs Wasser, nur wenige hundert Meter Luftlinie von Signes Arbeitsplatz auf der Nachbarhalbinsel Teglholmen entfernt.

Es hört bald auf, sagt sie sich selbst. Obwohl es so fantastisch ist. Sie wird Niels nämlich nicht verlassen.

Signe Kristiansen ist nicht der Typ, der sich scheiden lässt. Denn sich scheiden zu lassen bedeutet aufzugeben. Und Signe gibt niemals auf. Niemals.

Sie kommt mit nassen Haaren und einem Handtuch um die Hüfte gewickelt ins Schlafzimmer. Victor liegt immer noch nackt im Bett, den Kopf auf die rechte Hand gestützt.

»Hast du Zeit für einen Kaffee? Ich habe Vollmilch gekauft«, sagt er.

»Kommt darauf an, wie spät es ist.«

»Keine Ahnung.«

Er verschwindet im Bad. Signe geht in den großzügigen Koch-Wohn-Bereich und wirft einen Blick auf ihr Handy, das auf der Anrichte liegt.

»Ja, das schaffe ich«, ruft sie, setzt Wasser im Kocher auf und kehrt ins Schlafzimmer zurück. Er kommt aus dem Bad.

»Schaffst du auch einen Gang zu Kvickly?«

Victor verwendet den Namen der Supermarkt-Kette gern als Umschreibung für eine schnelle Nummer zwischen den Laken. Platt. Aber auch ein bisschen witzig.

»Vergiss es.« Sie grinst und zeigt auf seinen Schwanz, der schlaff und rot ist. »Außerdem macht er nicht gerade den Eindruck, als ob er bereit wäre, sich zu großen Taten aufzuschwingen.«

»Da mach dir mal keine Sorgen. Der ist immer bereit.«

»Schön für dich. Aber ich hab trotzdem keine Zeit.« Sie schlüpft in Slip, T-Shirt und Rock. Normalerweise geht sie nie mit Kleid oder Rock zur Arbeit, trägt eigentlich immer Jeans, außer sie geht auf eine Feier. Aber im Moment ist es schlicht und ergreifend zu heiß.

Sie geht in die Küche und macht Kaffee. Nimmt die Tassen mit ins Schlafzimmer, wo Victor sich wieder hingelegt hat, setzt sich auf die Bettkante und starrt in die Luft.

»Woran denkst du?«, fragt Victor.

»An gar nichts.« Sie bläst auf ihren Kaffee.

»Ach, Signe.«

Sie lächelt. »Daran habe ich tatsächlich nicht gedacht. Ich meine, an das, was zwischen uns läuft. Aber …«

»Was dann?«

Ihr Blick wird abwesend. Dann wendet sie ihm das Gesicht zu und schaut ihm in die Augen. »Machst du dir nie Gedanken darüber, was nach der Aktion im Januar geschehen ist? Das ganze Nachspiel?«

Victor setzt sich auf, lehnt den Rücken gegen das Kopfteil und zieht die Tagesdecke über Beine und Unterleib. Er zuckt mit den Achseln.

»Manchmal. Aber es nimmt nicht so viel Raum ein. Es ist eben, wie es ist, und wir können nicht das Geringste daran ändern.«

Signe steht auf und tritt ans Fenster. »Ich denke daran. Nicht andauernd. Aber oft.«

Zwischen Weihnachten und Neujahr wurde Signe von einer anonymen Quelle kontaktiert. Der Betreffende willigte ein, sich mit ihr in der Tiefgarage unter dem Israels Plads zu treffen, hielt seine Identität jedoch verborgen. Hier erzählte er ihr von der neu gegründeten Terrororganisation, die für den Bombenanschlag verantwortlich war. Außerdem empfahl er Signe, ihre Aufmerksamkeit auf den FE zu richten.

Während der Ermittlungen im Sandsteder Doppelmord fand Juncker heraus, dass der getötete Bent Larsen allem Anschein nach als Informant für just den FE gearbeitet hatte und von dessen Mitarbeitern in besagte Terrororganisation eingeschleust worden war. Darüber hinaus zeigte sich, dass Larsens Kontaktperson dieselbe E-Mail-Adresse verwendete wie Signes anonyme Quelle. Allmählich kristallisierte sich für Signe, Juncker und Merlin ein möglicher Zusammenhang heraus: Bent Larsen hatte seinen Kontakt beim FE gewarnt, dass am 23. Dezember um die Mittagszeit an einem unbekannten Ort in Kopenhagen ein Terroranschlag verübt werden würde. Aus unbekannten Gründen fand diese Information jedoch keine Beachtung. Keine der Maßnahmen, die unter normalen Umständen in die Wege geleitet werden, wenn die Polizei einen solchen Tipp erhält, wurde ergriffen. Und um 12.08 Uhr explodierte die Bombe auf dem Nytorv.

Am dritten Januar stolperte Signe zufällig über eine Todesanzeige für einen Offizier, der beim FE gearbeitet hatte. Als sie den Todesfall etwas näher untersuchte, entdeckte sie, dass der Mann angeblich im Ørstedsparken einen plötzlichen Herztod erlitten hatte, kurz nachdem Signe wenige hundert Meter davon entfernt in der Tiefgarage mit ihrer geheimen Quelle gesprochen hatte. Der Tote hieß Svend Bech-Olesen, und Signe war überzeugt, dass er ihr Informant in der Tiefgarage unter dem Israels Plads war. Und dass ihn jemand aus ebendiesem Grund umgebracht, es jedoch nach einem natürlichen Tod hatte aussehen lassen.

Der Beweis, dass der Geheimdienst gewarnt worden war, befand sich auf Bent Larsens Computer, den Juncker im Haus des ermordeten Ehepaares gefunden hatte. Am selben Tag, als Signe Svend Bech-Olesens Todesanzeige in der Zeitung las, erschien eine grauhaarige Frau mit zwei muskelbepackten Leibwächtern vor Junckers Tür in Sandsted und verlangte, dass er ihr Bent Larsens Computer sowie die Kopie der Festplatte aushändigte, die sich ebenfalls in seinem Besitz befand. Juncker musste einsehen, dass ihm keine andere Wahl blieb, als ihrer Aufforderung Folge zu leisten.

Am Tag darauf wurden alle, die in die Sache involviert waren, zu einem Treffen bei der Landespolizei bestellt. Hier bekam jeder einzeln darüber Bescheid, dass der Fall ab sofort im Interesse der inneren Sicherheit strenger Geheimhaltung unterlag und damit unter die Zuständigkeit des PET fiel. Jedwede Weitergabe von Informationen würde rechtlich verfolgt werden. Außer ihr selbst und Juncker verpasste man auch Erik Merlin, Troels Mikkelsen sowie allen anderen einen Maulkorb, die irgendwie in dem Fall mitgearbeitet hatten.

Die Sache wurde kurz gesagt unter Verschluss genommen. Und zwar so gründlich, wie es im Rechtsstaat Dänemark irgend möglich ist.

Signe öffnet das Fenster, kommt zurück und setzt sich aufs Bett.

»Stört es dich kein bisschen, Teil eines Systems zu sein,

wo man fröhlich auf Vorschriften und Gesetze pfeift und Dinge vertuscht, an denen ganz eindeutig etwas faul ist?«, fragt sie.

Victor lacht auf, kurz und trocken. »Liebste Signe, ich arbeite für den Geheimdienst.«

»Ja, das weiß ich, vielen Dank. Und ich weiß auch, dass nicht alles vor der breiten Öffentlichkeit ausgestellt werden kann. Aber Menschen umzubringen, weil sie darauf aufmerksam machen ...«

»Moment mal. Du weißt doch überhaupt nicht, ob wirklich jemand ermordet worden ist, um irgendetwas in Zusammenhang mit dem Terroranschlag zu vertuschen. Oder hast du Informationen, die ich nicht habe?«

»Nein, eigentlich nicht. Ich habe dir ja erzählt, was passiert ist. Aber glaubst du wirklich, dass Svend Bech-Olesen eines natürlichen Todes gestorben ist, eine Viertelstunde, nachdem er mir erzählt hat, dass irgendetwas beim FE nicht nach den Regeln gelaufen ist? Glaubst du das wirklich?«

Er zuckt resigniert mit den Achseln. »Herrgott, Signe, du weißt doch nicht mal mit Sicherheit, ob es tatsächlich Svend Bech-Olesen war, mit dem du gesprochen hast, oder?«

Doch, tue ich, denkt sie. Aber sie sagt nichts.

»Und du weißt genauso wenig, ob Bech-Olesen ermordet wurde oder einfach eines natürlichen Todes gestorben ist.«

Doch, ich weiß, dass er ermordet worden ist, denkt sie, denn diese Sache stinkt dermaßen zum Himmel, dass sie nicht begreift, wie er den Geruch aushalten kann.

Sie seufzt. »Und du findest es auch kein bisschen merkwürdig, dass Simon Spangstrup, dieser Terrorist, ganz plötzlich im Krankenhaus abnibbelt, nachdem groß in die Welt hinausposaunt wurde, er sei stabil und außer

Lebensgefahr? Das findest du nicht das kleinste bisschen merkwürdig, oder wie?«

»Den Ärzten zufolge ist er gestorben, weil sein Körper geschwächt war. Shit happens.«

»Ja, ganz bestimmt. Und es ist völlig undenkbar, dass er etwas wusste, wovon man unter allen Umständen verhindern wollte, dass er es in einem dänischen Gerichtssaal ausplaudert?«

Er zuckt mit den Schultern.

»Wir wissen, dass Spangstrup Bent Larsen und die Frau umgebracht hat«, fährt Signe fort. »Wieso zur Hölle sollte er das tun, wenn nicht, weil er herausgefunden hatte, dass Larsen ein doppeltes Spiel trieb und den FE wegen des bevorstehenden Anschlags gewarnt hatte? Was hätte das wohl für ein Licht auf den militärischen Geheimdienst geworfen, wenn Spangstrup im Zeugenstand davon erzählt hätte? Meiner Meinung nach ist das eine ziemlich gute Erklärung dafür, warum der FE, oder wer auch immer dahintersteckt, ihn um die Ecke gebracht hat. Wenn man also in solchen Bahnen denkt, wie sie es offenbar tun.« Sie trinkt den letzten Schluck Kaffee und steht auf. »Wie auch immer, ich muss los.«

Sie ist sauer auf ihn. Zum ersten Mal.

»Mensch, Signe.«

»Was?«

»Setz dich doch noch mal.«

»Ich muss gehen.«

»Signe!«

Sie funkelt ihn wütend an. Dann setzt sie sich auf die äußerste Kante des Bettes.

»Signe, jetzt hör mal zu. Du weißt so gut wie ich, dass in unserer Welt manchmal Entscheidungen getroffen werden, die nicht ganz vorschriftsgemäß, aber notwendig sind, wenn wir unseren Job machen wollen, nämlich für unser aller Sicherheit zu sorgen. Es ist absolut möglich, dass das, was nach dem Terroranschlag passiert ist, einer dieser Fälle war. Darum vertraue ich einfach darauf, dass es einen guten Grund dafür gab, wie die Dinge gelaufen sind. Weder du noch ich kennen die gesamten Hintergründe. Das ist das eine. Das andere ist: Falls du recht hast – falls wirklich Menschen getötet wurden, um etwas zu vertuschen –, dann setzt du nicht nur deine Karriere aufs Spiel, wenn du anfängst, deine Nase da reinzustecken. Sondern auch dein Leben.«

Eine Weile schweigen sie. Er streckt die Hand nach ihrer aus. Sie blickt auf den Boden. Dann greift sie seine Hand. Drückt sie, beugt sich vor und küsst ihn.

»Okay, jetzt muss ich aber wirklich los. Es war schön bei dir«, sagt sie und steht auf.

Schon auf dem Weg die Treppe hinunter bereut sie ihren Ausbruch. Verflucht aber auch, dass sie sich in solchen Situationen nie beherrschen kann. Denn er hat ja recht, wenn auch nicht mit seiner Behauptung, dass die Sache nicht zum Himmel stinkt. Denn das tut sie. Sie weiß es, und er weiß es auch. Warum sonst hätte man ihnen befehlen sollen, die Klappe zu halten? Aber es stimmt, dass sie die Hintergründe nicht kennt.

Er hat auch recht damit, dass es offensichtlich nicht nur die Karriere, sondern auch das Leben kosten kann, wenn man sich mit dem *Deep State* anlegt, wie Verschwörungstheoretiker den angeblich im Geheimen agierenden Staat im Staate in den USA nennen.

Sie verspürt den heftigen Drang, kehrtzumachen und sich zu ihm ins Bett zu legen, denn auch wenn sie in dieser Angelegenheit unterschiedlicher Meinung sind, ist sie verrückt nach ihm. Er ist das Beste, was ihrer Seele und ihrem Körper seit Langem passiert ist, und obwohl sie weiß, dass es nicht ewig gehen wird, hat sie im Moment das Bedürfnis, mit ihm zusammen zu sein. Solange Juncker in diesem Kuhkaff festsitzt, ist Victor außerdem der Einzige, mit dem sie anständig über ihre Arbeit sprechen kann und dem sie vertraut.

Aber es geht nicht, kein Sex mehr für heute. Sie ist ohnehin schon zu spät.

Bevor sie hinaus auf den Bürgersteig tritt, sucht sie durch die Glastür das Gebiet vor dem Wohnhaus ab. Ihr Auto hat sie einige hundert Meter entfernt geparkt.

Sie ist fast am Wagen angekommen, als ihr Handy klingelt. Das Display zeigt eine unbekannte Nummer. Signe zögert kurz, nimmt das Gespräch dann aber an. Es ist Charlotte Junckersen.

»Charlotte! Lange her.«

»Ja, über ein Jahr. Mindestens.«

»Was kann ich für dich tun?«

»Ich würde gern etwas mit dir besprechen.«

»Okay? Worum geht's?«

»Das möchte ich nicht am Telefon sagen. Können wir uns treffen?«

Signe zögert. »Äh, ja, natürlich. Wann?«

»So schnell wie möglich. Kannst du heute Nachmittag?«

»Ich schaue eben in den Kalender. Warte kurz.« In zehn Minuten haben sie eine Besprechung, die sicher eine Stunde dauern wird, aber danach habe ich nichts mehr vor. »Ab halb fünf habe ich Zeit.«

»Dann lass uns fünf sagen. Kannst du zu mir kommen?«

»Klar. Bis dann.« Sie schließt das Auto auf, steigt ein und sitzt eine Weile mit den Händen am Steuer und gerunzelten Augenbrauen da.

Was Charlotte wohl will?

Kapitel 16

Die Chance auf einen Sechser im Lotto ist größer als die, an einem Donnerstagnachmittag um kurz vor fünf eine Parklücke in den ›Kartoffelreihen‹ zu finden.

Die 480 Reihenhäuser in den elf parallel angelegten Straßen an der Grenze zwischen Innenstadt und Østerbro wurden Ende des 19. Jahrhunderts als Arbeiterunterkünfte gebaut und ursprünglich von jeweils zwei bis drei Familien bewohnt. Doch nachdem die Häuser in den 1970ern umfänglich renoviert und die kleinen Wohneinheiten zu Einfamilienhäusern zusammengelegt wurden, hat sich das Viertel zu einer der mit Abstand teuersten Adressen Kopenhagens entwickelt. Hier zu wohnen kann man sich nur leisten, wenn man einen entsprechend dicken Geldbeutel mitbringt oder bereits vor vielen Jahren gekauft hat – oder, wie Charlotte Junckersen, das Haus geerbt.

In den Straßen parken mehrere Teslas, und der bevorzugte Klimaablass gut betuchter Autoenthusiasten ist ja nicht gerade ein Kleinwagen. Überhaupt fahren viele der Bewohner hier reichlich dicke Schlitten. Signe ist fünf der schmalen Sträßchen im Viertel hoch- und runtergefahren und hat das gesamte Gebiet mehrfach umkreist, ohne einen Parkplatz zu entdecken. Schließlich keilt sie ihr Auto fluchend zwischen einen Audi und einen der hier üblichen Gemeinschaftssandkästen, nicht weit von

Junckers und Charlottes Haus entfernt. Sicherheitshalber holt sie das Schild mit der Aufschrift ›Polizei‹ aus dem Handschuhfach und legt es gut sichtbar aufs Armaturenbrett hinter die Windschutzscheibe.

Eine Passantin in Signes Alter, die eine orangefarbene Batikbluse trägt und einen alten Cockerspaniel im Schlepptau hat, bleibt neben dem Auto stehen.

»Sie können hier nicht halten«, erklärt sie entschieden.

Signe schaut sie kühl an. »Doch, kann ich.«

»Nein, können Sie nicht. Hier ist …«

Signe unterbricht sie, indem sie auf das Schild hinter der Windschutzscheibe deutet.

»Oh.« Die Frau kneift die Lippen zusammen. »Das habe ich nicht gesehen.«

»Jetzt haben Sie es ja gesehen.« Signe lächelt steif und sperrt das Auto ab.

»Falls Sie zu Juncker möchten … ich meine, er ist ja auch Polizist, daher dachte ich, dass Sie vielleicht … Also, er und Charlotte wohnen im Augenblick nicht zusammen.«

»Danke, das weiß ich. Ich wollte eigentlich zu Charlotte.«

»Grüßen Sie sie von Sif. Wir haben Juncker beim Sommerstraßenfest vermisst.«

»Mache ich.« Herrje, jetzt halt schon die Klappe, denkt Signe, nickt Sif zu und geht zu Charlottes und Junckers Haus, dem drittletzten in der Reihe, bevor man die angrenzende Øster Farimagsgade erreicht.

Bei ihrem letzten Besuch war der kleine gefliest Vorgarten hinter der Hecke hübsch gepflegt, mit gefüllten Blumenkübeln und einer üppigen Kletterpflanze, die an der Mauer zwischen den beiden Küchenfenstern hinaufrankte. Jetzt stehen dort mehrere überquellende Mülltonnen, und ein Damenrad versperrt den Weg, sodass man sich daran vorbeiquetschen muss, um zur Haustür zu gelangen. In den Kübeln hängen die traurigen Reste der einstigen Blumenpracht, und die Kletterpflanze kämpft um ihr Leben. Signe drückt auf die Klingel, doch es macht nicht den Anschein, als ob sie funktionieren würde, also klopft sie gegen die Milchglasscheibe. Augenblicklich ertönen Schritte, und die Tür wird geöffnet.

»Hi, Signe. Komm rein.«

»Danke.«

Es entsteht ein Moment peinlicher Stille, während sich die beiden Frauen gegenüberstehen und jede für sich überlegt, ob sie einander gut genug für eine Umarmung kennen. Praktisch gleichzeitig kommen sie mit sich selbst überein, dass dem wohl so ist. Nachdem das nicht ganz entspannte Begrüßungsritual in dem engen Flur überstanden ist, gehen sie in die Küche.

»Möchtest du etwas trinken? Ein Glas Weißwein?«, fragt Charlotte.

»Nein, danke, ich bin mit dem Auto da. Aber ein Glas Wasser würde ich nehmen.«

Charlotte öffnet den Kühlschrank und nimmt eine Flasche Wein und eine Karaffe heraus. »Ich genehmige mir ein Gläschen«, sagt sie. »Es ist doch nach fünf, oder?«

Signe lächelt und nickt. Sie setzen sich einander gegenüber an den Esstisch. Wieder herrscht Stille zwischen ihnen, während beide darauf warten, dass die andere den Motor anlässt, damit sie vom Fleck kommen. Auch wenn Charlotte diejenige ist, die um das Treffen gebeten hat und damit streng genommen am Zug wäre, macht Signe den Anfang. Behutsam.

»Und, wie läuft's? Auf der Arbeit und so?«

»Es läuft toll. Ich arbeite nicht mehr auf Christiansborg,

sondern bin jetzt bei der Investigativgruppe. Enthüllungs-journalismus, du weißt schon.«

»Klingt spannend. Macht es dir Spaß?«

»Ja, sehr. Und du? Mit deiner Arbeit, meine ich?«

»Na ja, ganz okay. Ich vermisse Juncker, aber das lässt sich wohl schlecht ändern. Es dürfte eine Weile dauern, bevor er seine Rückversetzung nach Kopenhagen be-antragen kann.«

»Ja, wahrscheinlich. Und die Familie?«

Kein Pfad, den Signe einschlagen möchte. »Prima. Es geht allen prima.«

Charlotte nickt. Fingert am Stiel ihres Weinglases herum.

»Sprichst du eigentlich manchmal mit Juncker? Am Telefon, meine ich?«

»Selten. Ein paar Mal seit der Aktion im Januar. Da war er ja dabei. Aber das weißt du, oder?«

»Ja, so viel hat er gesagt. Wobei er mir noch nie sonder-lich viel von der Arbeit erzählt hat. Auch vor der Tren-nung nicht.«

Charlotte zieht eine Zigarette aus einem Päckchen, das in einer Schale auf dem Tisch liegt. Sie steht auf und geht zur Terrassentür, die in den kleinen rückwärtig gelegenen Garten führt, zündet die Zigarette an und bläst den Rauch durch die offene Tür. Signe lehnt sich zurück und macht die Beine lang.

»Warum hast du mich angerufen, Charlotte? Denn du wolltest wohl kaum mit mir über Juncker sprechen, oder?«

Charlotte nimmt ein paar schnelle Züge, bückt sich und drückt die Zigarette auf den Fliesen aus. »Nein. Und doch …« Sie kommt zurück und setzt sich wieder.

»Jetzt machst du mich neugierig.«

»Ich habe Juncker gestern in Sandsted besucht.«

»Oh. Wie ging es ihm?«

»Er sah ehrlich gesagt nicht so toll aus.«

»Wieso bist du hingefahren, wenn ich fragen darf?«

»Weil ich ihm ein paar Fragen stellen wollte. Wegen eines Tipps, den ich von einer Quelle erhalten habe. Ich habe ein paar Mails über etwas gesehen, das direkt vor und direkt nach dem Terroranschlag im Dezember passiert ist.«

»Von einer Quelle, die du getroffen hast?«

Charlotte nickt. »Ich habe Martin gefragt, ob er irgendetwas Verdächtiges mitgekriegt hat.«

»Was hat er geantwortet?«

»Dass es nichts gäbe. Alles sei vorschriftsgemäß gelaufen.«

»Okay.«

»Aber, Signe«, Charlotte beugt sich über den Tisch. »Ich kenne meinen Mann ziemlich gut. Und seine Körpersprache spricht manchmal Bände.«

»Und was hat dir seine Körpersprache erzählt?«

»Dass irgendetwas nicht ganz koscher ist.« Charlotte schaut Signe an. »Ist wirklich alles nach Vorschrift verlaufen?«

Signe schweigt. Angespannt. Sie denkt nach. Versucht, Zeit zu gewinnen. »Was meinst du genau?«

»Oberflächlich sieht alles gut aus. Die Täter wurden außer Gefecht gesetzt, wobei der eine getötet wurde, der andere später im Rigshospital gestorben ist, und ihre Organisation wurde aufgedeckt. Eine Reihe möglicher Mitschuldiger sitzt in U-Haft. Aber mal ehrlich, ist es nicht sehr praktisch, dass jetzt beide Terroristen tot sind? Dass keiner von ihnen mehr in einem Gerichtssaal erscheinen wird? Und ist Simon Spangstrup nicht unter etwas merkwürdigen Umständen gestorben? Es hieß, er sei stabil, und auf einmal stirbt er. Angeblich, weil sein Körper geschwächt war. Jetzt mal ganz im Ernst ...«

Es ist, als würde sie ihr eigenes Echo hören, denkt Signe.

»Weißt du irgendwas?«, fragt Charlotte.

Für einen kurzen Moment erwägt sie, die Deckung fallen zu lassen. Es hat etwas Symbolisches – fast scheint es wie ein Zeichen vom Himmel –, dass nur wenige Stunden, nachdem sie mit Victor über ihren Verdacht gesprochen hat, eine Journalistin dasselbe zu ihr sagt. Beinahe wortwörtlich.

Sie verspürt den heftigen Wunsch, eine Alliierte zu finden. Jemanden, der genauso wütend ist wie sie. Jemanden, mit dem sie über das alles sprechen kann. Denn es besteht kein Zweifel, dass Charlotte die beiden Mails gesehen hat. Vielleicht mehr.

»Weißt du selbst etwas, Charlotte? Es klingt so.«

Charlotte schaut ihr in die Augen. Zehn Sekunden verstreichen. Mindestens.

»Kann ich dir vertrauen, Signe?«

Sie schüttelt den Kopf. »Eigentlich nicht. Charlotte, Herrgott, ich bin Polizistin, keine Journalistin. *Du* kannst deinen Quellen garantieren, dass du ihre Identität niemals preisgeben würdest, falls sie anonym bleiben wollen. Das kann ich nicht.«

Die Enttäuschung steht Charlotte ins Gesicht geschrieben.

»Noch mal, wenn du etwas weißt ... wenn du Informationen darüber hast, dass etwas Illegales passiert ist ...«, sagt Signe.

Charlotte blickt sie nur stumm an.

Signe steht auf. »Tut mir leid. Aber ich kann dir einfach nichts versprechen, ohne Genaueres zu wissen.«

»Und ich muss meine Quelle beschützen, richtig?«, entgegnet Charlotte.

Signe nickt. »Da stehen wir also.« Sie macht eine resignierte Geste mit den Armen und schiebt den Stuhl unter den Tisch. »Tja, ich werde mal sehen, dass ich nach Hause komme. Ausnahmsweise vor achtzehn Uhr.«

Auf dem Weg zur Tür wendet sie sich um. »Sorry, Charlotte. Aber du weißt, wo du mich erreichen kannst.«

Im Auto sitzt sie eine Weile reglos mit den Händen am Lenkrad da. Wie lange kann sie es aushalten, nichts gegen diese Schweinerei zu unternehmen? Nicht sehr lange, merkt sie.

Was, wenn jemand willentlich nicht eingegriffen und die Warnung vor dem Terroranschlag ignoriert hat? Was, wenn jemand ein Interesse daran hatte, dass der Anschlag durchgeführt wurde und etliche Menschen ihr Leben ließen?

Es ist ein irrwitziger Gedanke. Aber kann es als vollkommen unmögliches Szenario ausgeschlossen werden?

Nein, denkt sie. Kann es nicht.

Kapitel 17

Im ersten Moment fällt ihm nichts auf. Erst als er seine siebenundzwanzigjährige Tochter umarmt, spürt er es. Er ist vorsichtig. Schielt auf seine Füße, traut sich nicht, direkt zu fragen. Es könnte fatal enden, falls er danebenliegt.

Karoline lacht herzlich über sein zaghaftes, verschämtes Herumdrucksen. Legt beide Hände auf ihren Bauch.

»Nein, Papa, ich bin nicht plötzlich fett geworden.« Sie nimmt seine Hand. »Du wirst Großvater.«

Er ist vollkommen überrascht über seine eigene Reaktion. Erst ist er wie gelähmt. Dann ist es, als ob sein Körper ohne Vorwarnung die Kontrolle übernimmt. Irgendetwas im Zwerchfell löst sich und steigt die Kehle hoch. Seine Augen füllen sich mit Tränen, und er muss fest die Kiefer aufeinanderpressen, um ein Schluchzen zu unterdrücken. Er wendet das Gesicht ab, denn er merkt, dass er anfangen würde zu weinen, wenn er seine Tochter ansieht.

»Mein kleines Mädchen«, murmelt er mit belegter Stimme.

»Bald großes Mädchen«, erwidert sie mit einem Lächeln. »Komm mit in die Küche, ich mache uns gerade etwas zu essen.«

Er folgt ihr. Noch immer etwas aufgewühlt und sonderbar wehmütig. Aber auch froh auf eine Art, die er nicht wiedererkennt. Nicht einmal von den beiden Malen vor vielen Jahren, als Charlotte ihm erzählte, dass sie schwanger war. Das hier ist anders. Wie und warum, weiß er nicht zu sagen, doch so ist es.

»Nein, komm, setz dich. Wir machen das Essen nachher zusammen«, sagt er zu ihr.

»Okay.« Sie nimmt am kleinen Esstisch Platz. Er findet, dass sie bereits einen anderen Gang hat als sonst. Anders aussieht. Etwas an ihrem Blick. Ihrer Haltung. Ach was, sicher bildet er sich das nur ein.

»Was hat deine Mutter gesagt?«

»Bis jetzt gar nichts. Ich habe es ihr noch nicht erzählt.«

»Was?« Juncker schaut seine Tochter verdutzt an. Nicht dass Karoline die Gewohnheit hätte, alles über ihr Leben mit ihren Eltern zu teilen. Eher im Gegenteil. Aber wenn sie sich entschließt, etwas zu erzählen, ist Charlotte in aller Regel die Erste, die es erfährt. »Wieso nicht?«

»Weil ich mich erst vor ein paar Tagen entschieden habe, es zu behalten.«

»Wie lange ist noch mal die Frist für eine Abtreibung? Bis zur zwölften Woche darf man, oder?«

»Genau. Danach muss man einen Antrag stellen. Und wirklich gute Gründe haben.«

»Und du bist in der ...«

»Gerade am Anfang der dreizehnten Woche.«

»Und trotzdem ist es schon ziemlich deutlich zu sehen. Also, wenn man erst mal darauf achtet.«

»Es ist von Frau zu Frau unterschiedlich, hat meine Frauenärztin gesagt. Ich bin offensichtlich früh dran, was das angeht.«

»Du musst es deiner Mutter erzählen.«

»Ja, natürlich, ich rufe sie morgen an.«

Er steht auf, geht zur Küchenzeile und nimmt sich ein

Weinglas aus dem Schrank. »Ich nehme an, du möchtest keinen Wein.«

»Nein. Ich habe ein Glas Saft auf der Anrichte stehen, bringst du es mir mit?«

Juncker schenkt sich Wein aus dem Karton ein. Er nimmt die beiden Gläser, setzt sich und trinkt einen großen Schluck. Sie mustert ihn, er schaut auf und begegnet ihrem Blick. Beide lächeln.

»Ich habe ganz vergessen zu fragen, wer der Vater ist? Ich wusste gar nicht, dass du einen Freund hast.«

»Es ist auch noch relativ frisch. Wir kennen uns erst seit einem halben Jahr.«

Kennen uns. Nicht ›sind zusammen‹, sondern ›kennen uns‹.

»Ja, das ist tatsächlich noch nicht so lang. Wie heißt er?«

»Er heißt Majid. Majid Khan.«

»Okay. Majid.« Juncker hebt das Glas, setzt es dann aber wieder ab, ohne zu trinken. »Er ist also …?«

»Er ist in Dänemark geboren, Papa. Er ist dänischer Staatsbürger. Seine Eltern sind Pakistaner.«

»Also sind sie …?« Er zögert erneut.

»Ja. Sie sind Muslime.«

Juncker kann sehen, dass sie wachsam ist. Sei vorsichtig, mahnt er sich selbst. Er zuckt mit den Schultern. »Das erklärt sich wohl fast von selbst, oder? Ich meine, wenn sie aus Pakistan kommen. Was macht Majid? Also, welche Ausbildung hat er? Arbeitet er?«

Karoline runzelt die Brauen. »Ja, stell dir mal vor, er arbeitet«, sagt sie spöttisch. »Er ist studierter Pharmazeut und stellvertretender Leiter einer großen Apotheke in Aarhus. Er ist einunddreißig. Etwa eins fünfundachtzig, würde ich schätzen. Schwarze Haare, braune Augen, aber das hast du dir bestimmt schon gedacht. Er hat drei

Geschwister, alle studieren. Der Vater ist Arzt, die Mutter immer schon Hausfrau. Die Eltern haben ein Reihenhaus in Brabrand. Majid wohnt in einer Eigentumswohnung in Aabyhøj. Er verdient gut. Ist beschnitten. Sonst noch was?«

Juncker macht eine abwehrende Handbewegung. »Ich wollte doch gar nicht ... Herrgott, Karo, ich bin bloß neugierig. Ist das so ungewöhnlich? Dass ich gern etwas über den Vater meines zukünftigen Enkelkindes erfahren möchte?«

Sie sinkt ein wenig zusammen. Dann schüttelt sie den Kopf. »Nein, ist es nicht. Es ist nur, du weißt schon ...« Sie beendet den Satz nicht. »Na ja, aber ich sollte mich wohl besser an die Fragen gewöhnen. Wollen wir nicht das Essen machen? Ich bin am Verhungern.«

Sie kocht Pasta und macht eine Tomatensoße, er mixt einen grünen Salat zusammen, das liegt gerade noch im Bereich seiner kulinarischen Fähigkeiten.

Dann decken sie den Tisch und essen schweigend. Bis Juncker fragt: »Wo habt ihr euch kennengelernt?«

»Im Restaurant. Er war mit ein paar Freunden dort. Drei Tage später war er wieder dort, diesmal mit zwei anderen Freunden. Dann hat er gefragt, ob er mich zum Essen einladen darf. Ich fand ihn süß, also habe ich Ja gesagt. Und dann haben wir angefangen, uns zu treffen. Und jetzt ...«

»Jetzt bekommt ihr ein Kind.«

»Ja, jetzt bekommen wir ein Kind.«

»Es ging recht schnell.«

»Ja.«

»Und du hattest gar keine ...« Er sucht nach dem richtigen Wort. Sie kommt ihm zuvor.

»Bedenken? Klar hatte ich die. Was glaubst du, warum ich dir erst jetzt davon erzähle?«

Juncker nickt. Und sagt sich, wie er es schon, solange er denken kann, jeden Morgen vor dem Spiegel zu sich selbst sagt: Es wird schon.

Und das wird es. Irgendwie.

Karoline wechselt das Thema. »Woran arbeitest du momentan?«

»An einem Mordfall. Hier in Sandsted sogar. Das Opfer ist Ragner Stephansen, der ehemalige Partner deines Großvaters. An ihn erinnerst du dich vielleicht?«

»Na klar. Er war doch sowohl auf Omas als auch Opas Beerdigung, oder?«

»Stimmt, das war er.«

»Mann, das ist ja furchtbar«, sagt sie. »In einem kleinen, langweiligen Ort wie Sandsted. Habt ihr eine Ahnung, wer ihn umgebracht hat?«

»Wir haben ein paar Verdächtige«, antwortet Juncker. Vielleicht ein bisschen sehr optimistisch.

»Arme Vera. Sie muss total fertig sein.«

Total fertig? Na ja ... »Ja, es ist ... unglücklich.«

Karoline steht auf, sammelt die Teller ein, trägt sie zur Spüle und macht den Abwasch. Sie gleicht ihrer Mutter, ist beinahe ebenso hochgewachsen, mit denselben regelmäßigen Zügen und den grünen Augen. Dieselben effizienten Bewegungen. Dieselbe rationale No-Nonsense-Haltung gegenüber dem Dasein im Allgemeinen und dem anderen Geschlecht im Besonderen. Doch auch mit einer Verletzlichkeit, die nicht allzu weit unter der Oberfläche schlummert.

»Warum bist du eigentlich hier?«, fragt Juncker und hört selbst, dass es vollkommen verkehrt rüberkommt, doch ehe er seine Worte umformulieren kann, dreht seine Tochter sich um und funkelt ihn streitlustig an.

»Warum? Weil ich gerne Zeit mit meinem Vater verbringen wollte, ist das so merkwürdig? Dass ich mit dir teilen möchte, dass ich ein Kind bekomme und du bald Großvater wirst? Ist das echt so verwunderlich?«

»Nein, nein. So habe ich es doch gar nicht gemeint. Was ich meine … Ich dachte nur … ob vielleicht mehr dahintersteckt. Ob du wegen irgendetwas traurig bist. Oder, wie soll ich sagen, unsicher?«

Sie setzt sich an den Tisch. »Wenn ich wegen etwas unsicher bin, dann, wie es mit dir und Mama weitergehen soll.«

Kein Thema, über das Juncker Lust hat zu sprechen. Jedenfalls nicht gerade jetzt. »Freut Majid sich, Vater zu werden?«, fragt er stattdessen.

»Sehr.«

»Und seine Familie?«

»Ich habe sie erst ein paar Mal getroffen. Aber ja, sie freuen sich darauf, Großeltern, Tanten und Onkel zu werden.«

»Wie sind sie so?«

»Was meinst du?«

»Na ja, sind sie …« Juncker zögert wieder.

»Sehr muslimisch, ist es das, was du zu sagen versuchst?«

Juncker lächelt. »Ja, das ist es wohl.«

»Nein, ich glaube nicht. Der Vater geht hin und wieder zum Freitagsgebet, laut Majid allerdings ziemlich selten, die Mutter trägt manchmal ein Kopftuch, wenn sie ausgeht, aber nicht immer. Beide stammen aus wohlhabenden Familien in Karatschi und haben sich in London kennengelernt, wo der Vater Medizin studierte. Sie sind nach Dänemark gezogen, weil der Bruder von Majids Vater mit seiner Familie hier wohnte. Sie wirken ziemlich modern. Und sprechen gut Dänisch.«

»Wollt ihr heiraten?«

»Darüber haben wir noch nicht richtig gesprochen. Es ist alles noch so neu.« Sie streckt sich und fächert sich Luft zu. »Wollen wir uns nicht auf die Terrasse setzen?« Sie steht auf. »Willst du einen Tee?«

»Nein, danke. Ich trinke noch ein Glas Rotwein. Ich bin übrigens nicht sicher, ob es Tee gibt. Und wenn welcher da ist, ist er garantiert uralt.«

Juncker geht nach draußen und setzt sich auf einen Gartenstuhl, der von Grünbelag erobert wird. Nach ein paar Minuten kommt Karoline mit einem weißen Becher in der Hand heraus.

»Ich habe ein paar alte Teebeutel gefunden«, sagt sie und betrachtet skeptisch die Gartenmöbel. »Hast du mal überlegt, sie sauber zu machen?«

Juncker brummelt etwas, das weder als Ja noch als Nein gedeutet werden kann. Er blickt über das Feld, das direkt hinter dem Garten beginnt. In seiner Kindheit war die offene, sanft gewellte Landschaft durch Wallhecken in sehr viel kleinere Felder mit unterschiedlicher Bepflanzung unterteilt. Hier spielte er mit seinen Freunden, hier schossen sie mit dem Luftgewehr oder Pfeil und Bogen auf Vögel, ohne jemals auch nur einen Spatzen zu treffen. Die Zäune aus Weidengestrüpp, Weißdornhecken und Brombeersträuchern sind längst abgeholzt, die einst auf fast jedem Feld zu findenden Mergelgruben, deren kalkreiches Gestein zur Fruchtbarmachung der sauren Böden diente, sind aufgefüllt. Die Erde wurde eingeebnet, gepflügt, gedüngt und in ertragreiches Ackerland umgewandelt. Wo man früher also auf ein romantisches Landschaftsgemälde blickte, erstreckt sich nun ein einziges weites Feld, mehrere hundert Meter zu jeder Seite. Dahinter befindet sich der Schweinemastbetrieb, zu dem der Grund gehört. Er gleicht einer

Fabrik, was er in Wirklichkeit auch ist. Die untergehende Abendsonne schimmert auf zwei hohen, metallisch glänzenden Silos, die über drei großen Stallgebäuden thronen, in denen vermutlich mehrere tausend Schlachtschweine ein wenig beneidenswertes Dasein fristen; etwa sechs Monate Eintönigkeit in der Box, die mit einer angsterfüllten Fahrt zu einem Schlachthof in Polen endet.

Gott weiß, ob der Mastbetrieb nicht auch im Besitz des lettischen Kapitalfonds ist, den die Kollegen von der Wirtschaftskriminalität gerade näher unter die Lupe nehmen, denkt Juncker.

»Wie ist Opa eigentlich gestorben?«, fragt Karoline völlig unvermittelt.

Juncker wendet sich verblüfft seiner Tochter zu und spürt, wie sein Puls steigt. Er nippt an seinem Wein und weicht ihrem Blick aus.

»Wie es aussieht, ist er still und ruhig gestorben. Im Laufe der Nacht. Ich habe ihn morgens tot im Bett gefunden.« Junckers Albtraumbild des wachsbleichen Gesichts, der offenen Augen, des höhnischen Grinsens und der Stimme, die ›Schlappschwanz‹ flüstert, taucht vor seinem inneren Auge auf. »Sein Antlitz war vollkommen entspannt. Er ist friedlich eingeschlafen.«

»Und was hat der Arzt über die Todesursache gesagt?«

»Ich glaube, auf dem Totenschein steht ›Herzstillstand‹.«

Sie nickt. »Wie ging es ihm zum Schluss?«

»Schlecht. Er wurde immer dementer. War aggressiv. Hat geschlagen. Fand sich nicht mehr im Haus zurecht. Fing an, sich in die Hose zu machen. Habe ich dir das nicht auf der Beerdigung erzählt?«

»Doch. Es kann nicht schön gewesen sein, seinen Vater auf diese Weise zu sehen.«

»War es auch nicht.«

»Aber rein körperlich war er doch gesund, richtig?«

»Tja … Er hat schließlich ein Leben gelebt, wo mit Essen, Alkohol und dicken Zigarren nicht unbedingt Zurückhaltung geübt wurde. Er war viele Jahre lang ziemlich übergewichtig.«

»Stimmt. Aber so gut wie nie krank, oder?«

»Nein. Aber er war nun mal ein alter Mann, ein gutes Stück in den Achtzigern. Da kann man wohl nicht viel mehr erwarten.«

»Hm, ja, wahrscheinlich.« Karoline blickt übers Feld und schirmt die Augen mit der Hand gegen die untergehende Sonne ab. »Also war es vielleicht gut, dass er gestorben ist.«

»Ja, das denke ich auch.«

Freitag, 4. August

Kapitel 18

»Das sieht ja total absurd aus«, sagt Signe zu dem Streifenpolizisten, der von den vier Beamten zuerst bei dem Pfad war, welcher mehr oder weniger in der Mitte von Kongelunden liegt, einem Waldgebiet im südlichen Teil der Insel Amager. Soweit sie sich erinnert, hat sie den jungen Mann, der etwas blass um die Nase ist, noch nie getroffen. »Das erste Mal?«

»Ich habe schon Leichen gesehen, aber so etwas noch nicht.« Er weist mit dem Kinn auf den Graben, der entlang des Weges verläuft.

»Nein, ich auch nicht«, bekennt sie. »Sie sind der Einzige, der bis ganz hierher gegangen ist, oder?«

»Ja. Meine Kollegen sind drüben beim Waldweg geblieben. Außerdem haben wir unsere Streifenwagen ein Stück entfernt geparkt, damit wir keine Reifenabdrücke zerstören, falls es welche gibt.«

Signe nickt anerkennend. »Gut mitgedacht. Aber da Sie keinen Schutzanzug anhaben, ist es trotzdem besser, wenn Sie jetzt zu den anderen zurücktraben. Die Leiche wurde von Schulkindern entdeckt, richtig?«

»Drei Kids aus einer Freizeitbetreuung. Sie haben einen Ausflug in den Wald gemacht. Es sind ja noch Sommerferien.«

»Ach ja, stimmt. Wie alt?«

»Zwölf oder dreizehn. Sie waren ein Stück den Weg

runter, aber nicht ganz bei der Leiche. Sie sind wohl etwa zehn Meter davor stehen geblieben, was man ja gut verstehen kann.«

»Waren Sie selbst nah dran?«

»Nein. Es war ja gewissermaßen unnötig zu checken, ob der Betreffende tot ist.«

»Da haben Sie recht.«

»Es gibt noch einen anderen Grund, warum man besser Abstand hält.«

»Und der wäre?«

»Ich glaube, die Leiche liegt auf einem Wespennest.«

»Wie bitte?«

»Wenn Sie etwas näher rangehen, können Sie sehen, dass ein ganzer Haufen von den kleinen Biestern um die Leiche herumschwirrt. Es sieht aus, als kämen sie von irgendwo unter der Leiche her. Sie ist wohl mehrfach gestochen worden, falls Wespen tote Menschen überhaupt stechen.«

»Das dürfte ihm wohl ziemlich egal sein. Aber trotzdem ein verdammt unglücklicher Umstand.« Signe überlegt. »Wo sind sie jetzt? Die Kinder und die Betreuer?«

»Da drüben, hinter der Absperrung.« Er deutet in die Richtung. »Einer der beiden Betreuer hat den Notruf gewählt.«

»Gut. Tun Sie mir einen Gefallen, wenn Sie zurück bei den anderen sind? Finden Sie raus, wie viele Kinder und Erwachsene es sind und wer was gesehen hat. Rufen Sie dann Erik Merlin an, er ist der Chef der MK. Richten Sie ihm von mir aus, dass wir mehrere Krisenpsychologen brauchen, und fragen Sie, ob er sich darum kümmern kann. Checken Sie auch kurz zusammen mit Ihren Kollegen, dass das Gebiet in einem Radius von einhundert Metern um die Leiche herum abgesperrt ist. Wir brauchen keine Schaulustigen oder zufälligen Passanten in der Nähe. Und rufen Sie noch ein paar Streifenwagen her.«

»Das kriege ich hin.«

»Super.« Er wirkt auf Zack, denkt Signe. Sie zieht ihr Handy aus der Tasche des Schutzanzugs. 09.27 Uhr. Wo bleiben die Ermittler? Und die Techniker? Und wie wollen sie das mit dem Wespennest machen? So eine Situation hatte sie tatsächlich noch nicht. Einen Ameisenhaufen ja, aber noch nie ein Wespennest. Sie geht etwas näher heran. Was der junge Beamte gesagt hat, war vollkommen richtig. Um die Leiche herum schwirrt es von verteidigungsbereiten Insekten. Der Tote trägt nichts als eine Unterhose am Leib und liegt, oder eher sitzt, mit dem Hinterteil in den matschigen Graben gepflanzt. Der Oberkörper lehnt mit dem Rücken an die eine Grabenwand, während die Beine mit den Füßen nach oben an der gegenüberliegenden Seite aufragen. Die Arme sind zu beiden Seiten ausgestreckt und ruhen auf dem Waldboden, als handele es sich um die Rückenlehne eines Sofas. Überhaupt sieht er aus wie jemand, der es sich auf einem komfortablen Möbelstück, einem Liegestuhl zum Beispiel, bequem gemacht hat.

Das heißt, wenn man außer Acht lässt, dass ihm in beide Knie geschossen wurde. Und dass ihm der Kopf fehlt.

Eine nicht besonders große und recht schmächtige Gestalt in weißem Schutzanzug nähert sich auf dem etwa anderthalb Meter breiten Waldweg.

»Markman. Das ging fix. Die Techniker sind noch nicht mal hier.«

Der Rechtsmediziner stellt seine Tasche ab und drückt Signes Arm. »Wenn dein Ruf mich ereilt, schöne Signe, dann weißt du doch, dass ich alles stehen und liegen lasse, um mich auf schnellstem Wege zu dir zu begeben.«

Signe gibt dem glatzköpfigen Schonen einen Kuss auf den Schädel. »Du bist mein Lieblingsarzt, Markman. Schade, dass du keine Privatpatienten nimmst.«

»Vielleicht sollte ich es mir überlegen.« Er betrachtet die Leiche. »Soso, da sitzt er ja. Und zwar ziemlich gemütlich, wie's aussieht.«

»Es gibt da bloß ein Problem«, sagt Signe. »Er hockt auf einem Wespennest.«

»Wespen? Pfui Teufel.«

»Hast du etwa Angst vor so einer kleinen Wespe, Markman?« Signe grinst den Rechtsmediziner an.

»Angst? Ich habe vor gar nichts Angst. Aber ich bin allergisch gegen Wespenstiche.«

»Ups, das ist schlecht. Aber lass uns auf die Techniker warten und dann gemeinsam überlegen, wie wir die Sache anpacken.«

Eine Viertelstunde später sind sie da, es sind Jens Lund und Asger Hansen. Signe hat schon in zwei, drei Fällen mit ihnen zusammengearbeitet. Sie schildert das Problem.

»Da wäre natürlich die Möglichkeit, dass wir die Leiche abtransportieren und einen Schädlingsbekämpfer holen, der die Wespen beseitigt, damit ihr zum Zug kommen könnt«, sagt sie.

»Ja, aber das ist keine gute Variante«, meint Jens Lund. »Wenn zwei Leute, die ihn wegtragen, und ein Schädlingsbekämpfer hier herumtrampeln, werden die meisten Spuren vermutlich zerstört. Um gar nicht davon zu reden, welchen Schaden es anrichtet, wenn alles mit Wespengift eingenebelt wird.«

»Stimmt, das ist nicht optimal. Aber wir könnten auch drei Imkeranzüge organisieren, ihr wisst schon, die mit Kopfschutz und allem. Und dann, falls nötig, unsere eigenen Schutzanzüge obendrüber ziehen«, schlägt Signe vor.

Markman stöhnt. »Das wird schrecklich heiß.«

Seine Miene drückt allerhöchste Abscheu aus. Signe weiß, dass Markman extrem penibel ist, was Hygiene angeht. Nicht zuletzt in Bezug auf andere, aber auch was ihn selbst betrifft, und beim Gedanken daran, in der Mittagshitze mehrere Schichten synthetischen Materials überzustreifen, sodass der Schweiß höchstwahrscheinlich nur so an seinem schmächtigen Körper hinabströmen wird, kriegt er garantiert die Krise.

»Hast du einen besseren Vorschlag, Markman?«

»Nein, verdamm mich, habe ich nicht.«

Es braucht zwei Stunden, die Imkeranzüge herbeizuzaubern, anderthalb Stunden für die Techniker, die Leiche und das Gebiet unmittelbar herum auf mögliche Spuren zu untersuchen, und eine halbe Stunde für Markman, um konstatieren zu können, dass sich reichlich wenig darüber aussagen lässt, wie der Mann umgebracht wurde, wenn ein so wichtiger Teil wie der Kopf fehlt.

»Bei der Obduktion morgen früh werde ich hoffentlich schlauer. Was sagst du zu neun Uhr?«

»Abgemacht. Und du kannst wirklich noch überhaupt nichts sagen?«, fragt Signe.

»Doch. Ich kann sagen, dass er nicht hier getötet, sondern der Leichnam hergebracht wurde. Was die Todesursache angeht, gibt es mehrere Möglichkeiten. Logischerweise stirbt man, wenn einem der Kopf abgeschlagen wird. Aber ob das die Todesursache ist, oder ob ihm zum Beispiel vorher in den Kopf geschossen wurde, darüber kann ich bei der Obduktion hoffentlich mehr sagen. Theoretisch könnte er auch durch die beiden Schüsse in die Knie, den Blutverlust oder durch den Schock gestorben sein. Aber das ist unwahrscheinlich.«

»Und der Todeszeitpunkt?«

»Schwer zu sagen. Der Rigor hat sich gelöst, und die Verwesung hat eingesetzt. Bei der Affenhitze geht es schnell. Ich schätze mal zwischen zwanzig und dreißig Stunden. Also, seit er gestorben ist. Wie lange er schon hier sitzt, keine Ahnung.«

Wer auch immer den Mann getötet und hier im Wald deponiert hat, war nicht sonderlich darauf bedacht, keine Spuren zu hinterlassen. Die beiden Techniker haben Schuhabdrücke von drei verschiedenen Paar Schuhen unmittelbar um die Leiche herum und einige Haare und Fasern auf ihr gefunden. Fußspuren, die vom Waldweg den Pfad hinunterführen, deuten darauf hin, dass sie beim Weg geparkt und den Mann die fünfzig Meter in den Wald hinein getragen haben. Es finden sich deutliche Reifenabdrücke an der Stelle, wo ihr Auto stand.

»Ich würde tippen, dass du nach einem SUV suchen musst. Oder einem Lieferwagen«, meint Jens Lund, bevor er sich zusammen mit seinem Kollegen daranmacht, Gipsabdrücke von den verschiedenen Spuren zu nehmen.

Signe steigt in ihr Auto. Sie hat zwei Kollegen darangesetzt, den Toten zu identifizieren. Der eine hat gerade angerufen und gesagt, dass keine der derzeit als vermisst gemeldeten Personen auf die Beschreibung der Leiche passt. Im Übrigen ist es – falls Markman recht hat, was den Zeitpunkt des Todes angeht – ohnehin zu früh, um auf die Vermisstenliste zu schauen. Bei vielen erwachsenen Menschen können locker zwei, drei Tage vergehen, bevor jemand anfängt, sie zu vermissen.

Sie überlegt, ob der Mord womöglich in Verbindung mit dem Bandenkrieg steht. Die Gangmitglieder haben ein Faible dafür, ihren Opfern in die Knie zu schießen; eine von vielen schlechten Eigenschaften, die sie sich von diversen Mafiaorganisationen abgeschaut haben. Dagegen gehört es nicht zu ihren Gewohnheiten, sich gegenseitig die Köpfe abzuschlagen.

Naheliegenderweise lässt sich nicht sagen, welche Haarfarbe er hatte, doch seine übrige, recht spärliche Körperbehaarung lässt vermuten, dass er irgendwo im rotblonden Bereich war, was gut mit seiner recht hellen Haut zusammenpassen würde. Falls er also Mitglied einer Gang ist, handelt es sich vermutlich nicht um eine der Einwandererbanden. Allerdings gehört er wohl auch kaum zu einer Rockergang. Signe hat noch nie einen Rocker gesehen, der nicht von Kopf bis Fuß tätowiert war, und der Mann hier hat nicht mal ein kleines Herz oder einen Delfin irgendwo unter die Haut gestochen.

Gerade kann sie nicht sehr viel mehr tun, als darauf zu hoffen, dass die morgige Obduktion etwas Licht ins Dunkel bringt, aber sie hat weiß Gott keine großen Erwartungen. Und ihr wird schlecht beim Gedanken daran, noch mehr von diesen Banden-Schwachmaten vernehmen zu müssen. Ganz egal, ob sie nun aus dem Migranten- oder dem Rockermilieu kommen.

Zum Teufel mit diesen Idioten.

Kapitel 19

Die zierliche Frau mit dem Eichhörnchengesicht vom Empfang der Anwaltskanzlei schaut von dem Angebotsprospekt hoch, in dem sie gerade blättert, und bedenkt Nabiha und Juncker mit einem Blick, der schon von Weitem deutlich zu erkennen gibt, dass die Grenze bald erreicht ist. Dass ihr Wohlwollen, der Polizei bald mit diesem, bald mit jenem zu assistieren, in Kürze erschöpft sein wird. Um nicht zu sagen: erschöpft *ist*.

»Ja?«, fragt sie mit beinahe zusammengepressten Zähnen.

Juncker wirft Nabiha einen Blick zu.

»Guten Morgen«, grüßt sie im selben beschwingten Ton wie die Leiterin der Frühgymnastik bei einem Pfadfindersommerlager.

Sie klingt, denkt er, als wäre es ihr nie besser gegangen. Was möglicherweise auch so ist. »Wir würden gern mit Sara Jensen sprechen«, sagt er.

»Haben Sie einen Termin?«

»Nope.« Nabiha lächelt ihr strahlendstes Lächeln.

»Ich weiß nicht, ob sie gerade Zeit hat.«

»Wissen Sie was, wir lassen's drauf ankommen. Würden Sie für uns nachfragen?«

Die Empfangsdame greift zum Hörer und drückt übermäßig hart auf vier Zifferntasten.

»Sara, hier ist Susanne. Martin Junckersen von der

Polizei und«, sie schaut zu Nabiha, »eine andere Beamtin möchten mit dir sprechen … Okay, ich schicke sie rein.« Sie legt den Hörer auf. »Es passt gerade.«

»Na, da haben wir ja Glück«, murmelt Nabiha.

Die Frau erhebt sich, doch Juncker bremst sie.

»Sie brauchen nicht mitzugehen. Ich weiß, wo ihr Büro ist.«

Die Privatsekretärin steht in der Tür zum Vorzimmer des Büros und erwartet sie. Sie trägt mehr oder weniger dasselbe Outfit wie beim ersten Mal, als Juncker sie getroffen hat, mit dem Unterschied, dass der Rock nun aus schwarzem Leder ist. Sie öffnet die Tür zu Stephansens Büro und bedeutet ihnen mit einer Handbewegung, sich an den runden Konferenztisch zu setzen.

»Und was kann ich heute für Sie tun?«

Juncker nickt Nabiha zu. Sie bückt sich, fischt einige Papiere aus ihrer Tasche und legt sie auf den Tisch. Sie blättert einen Moment und zieht zwei Bögen hervor.

»Das hier ist eine Anrufliste von Stephansens Handy über seine ein- und ausgehenden Anrufe. Wir können sehen, dass es ziemlich viele zu Ihrer Nummer und andersherum gibt«, sagt Nabiha.

Sara Jensen zuckt mit den Achseln. »Das ist wohl kaum verwunderlich, wenn man bedenkt, dass ich seine Sekretärin bin und eng mit ihm zusammengearbeitet habe.«

»Ich habe gerade ›ziemlich viele‹ gesagt, das war allerdings eine Untertreibung. Es sind nämlich *wirklich* viele Anrufe. Und das praktisch zu jeder Tages- und Nachtzeit.«

»Was soll ich sagen? Es war niemals ein Acht-bis-sechzehn-Uhr-Job, für Ragner zu arbeiten.«

»Nein, das glaube ich gern.« Nabiha lehnt sich zurück und mustert die Sekretärin. Einen langen Moment ist es mucksmäuschenstill im Büro.

»Waren Sie seine Geliebte?«

Sara Jensen starrt sie mit zusammengekniffenen Augen an. »Was hat das mit der Sache zu tun?«

»Waren Sie es?«

»Ich wüsste nicht, was Sie das angeht.«

»Eine ganze Menge. Hatten Sie ein Verhältnis mit Ragner Stephansen?«

Sie nickt mit einem Gesicht, als wäre sie drauf und dran, Nabiha eine runterzuhauen.

»Und wie lange ging es schon?«

»Drei Jahre. Bald vier.«

»Holla. Keine ganz kurze Zeit.« Nabiha schaut in die Unterlagen. »Wir können auch sehen, dass die Anzahl der Anrufe vor ein paar Wochen plötzlich rapide gesunken ist und sich bis zu seinem Tod auf diesem niedrigen Niveau gehalten hat. So wie wir auch sehen können, dass in diesem Zeitraum bei Weitem die meisten Anrufe von Ihnen kamen, nicht von ihm. Können Sie uns das erklären?«

Sara Jensen schweigt.

»Haben Sie sich gestritten?«

»Unser Verhältnis endete.«

»Und haben Sie oder er das Verhältnis beendet?«

»Er.«

»Und Sie waren nicht mit ihm einer Meinung, dass es vorbei sein sollte?«

»Nein.«

»Was war der Grund? Warum wollte er die Beziehung zu Ihnen nicht länger aufrechterhalten?«

»Er meinte, unsere Beziehung sei aussichtslos.« Sie betont ›aussichtslos‹, als handele es sich um eine Fäkalbakterie. »Und dass er es nicht länger ertragen könne, seine Frau zu hintergehen.«

»Ist es falsch zu sagen, dass Sie das wütend gemacht hat?«

»Wissen Sie was, zwei Jahre lang hatte er mir hoch und heilig versprochen, sich scheiden zu lassen, damit er und ich zusammen sein könnten, und dann hat er mich auf diese Weise verraten. Also ja, ich war wütend.«

»So wütend, dass Sie ihn umbringen wollten?«

Sie schaut Nabiha mit kaum verhohlener Verachtung an. »Natürlich nicht.«

Juncker nickt ihr zu.

»Ich denke, das war's erst mal«, sagt er. »Ach halt, eins noch. Wo waren Sie am Sonntag spätabends?«

Sara Jensen runzelt die Brauen. Dann nickt sie langsam. »Ah, ich verstehe. Nun, ich war zu Hause. Meine Schwester war zu Besuch. Sie lebt in Kopenhagen und ist gegen halb elf gefahren, soweit ich mich erinnere.«

»Das heißt, zwischen elf und eins …?«

»Habe ich geschlafen.«

»Allein?«

»Ja.«

»Okay. Danke für Ihre Kooperationsbereitschaft. Ich kann nicht ausschließen, dass ich noch mal mit Ihnen sprechen möchte. Daher würde ich Sie bitten, Sandsted in der nächsten Zeit nicht zu verlassen und uns, falls Sie dennoch wegmüssen, darüber zu informieren.«

»Ich gehe nirgends hin«, sagt die Sekretärin kühl.

»Die sollte man sich besser nicht zum Feind machen«, bemerkt Nabiha, als sie und Juncker wieder unten in der Fußgängerzone stehen.

»Nein, sie scheint eine … recht entschiedene Frau zu sein.«

»Und was jetzt?«

»Jetzt statten wir Vera Stephansen einen Besuch ab«, sagt Juncker und geht los. Die Straße ist menschenleer, abgesehen von ein paar Ladenbesitzern, die dabei sind, ihre Verkaufsstände aufzustellen.

»Was glaubst du, welche Art von Beziehung hatte Sara zu Stephansen?«, fragt Nabiha, während sie versucht, mit Juncker Schritt zu halten.

Eine SM-Beziehung, denkt er, aber fragt zurück: »Was meinst du?«

»Na ja, sie scheint nicht gerade der unterwürfige Typ zu sein. Keine, die sich dem Willen des Mannes fügt. Auch dann nicht, wenn der Mann ihr Chef ist.«

»Und?«

»Wenn man sich anzieht und schminkt wie sie, an einem stinknormalen Freitagvormittag, dann …«

»Dann was?«

»Dann hat man das Bedürfnis zu demonstrieren, dass man die Kontrolle hat. Dass man Macht über die Dinge hat.«

»Das heißt, was du zu sagen versuchst, ist …?«

»Ich glaube, dass sie ein sadomasochistisches Verhältnis hatten.«

»Okay. Und du meinst, sie war …«

»Oh Mann, Juncker. Sie bräuchte bloß noch ein Paar schwarze Lederstiefel anzuziehen, dann könnte sie direkt in einem BDSM-Film mitspielen.«

»Und mit so etwas kennt sich ein anständiges muslimisches Mädchen aus Mjølnerparken aus?«

»Erstens bin ich kein anständiges Mädchen. Zweitens wärst du überrascht, wenn du wüsstest, was man alles über das Leben lernt, wenn man in Mjølnerparken aufwächst.«

»Das bezweifle ich nicht.«

Aber ganz so einfach ist es nicht, denkt Juncker. Nur weil Sara Jensen nach außen hin als dominant erscheint, bedeutet das nicht, dass sie es auch im Verhältnis zu ihrem Chef war. Vor einigen Jahren hat er in einem Fall ermittelt, wo ein Mann in einem SM-Club ums Leben kam. Der Tote hatte deutliche Abdrücke am Hals, die darauf hindeuteten, dass er gewürgt worden war, daher wurde der Todesfall zunächst als »verdächtig« behandelt. Es stellte sich jedoch heraus, dass ein Blutgerinnsel im Herzen die Todesursache gewesen war. Bevor die Ermittlungen eingestellt wurden, hatte Juncker Gelegenheit, eine Handvoll Clubmitglieder zu befragen, und in dieser kurzen Zeit lernte er, dass die Grenzen oftmals fließend sind. Dass ein Mensch durchaus eine dominante Seite wie auch das Bedürfnis, sich zu unterwerfen, in sich vereinen kann.

Vielleicht war Stephansen am Arbeitsplatz der Dominante, und dann wurden nach Feierabend die Rollen getauscht.

»Man muss schon sagen, dass sie ein Motiv hatte, oder?«, fragt Nabiha und bleibt stehen.

»Ja, hatte sie. Aber wenn, dann ist der Verrat das Motiv – nicht der Umstand, dass die beiden ein Verhältnis hatten, welches auf Dominanz und Unterwerfung basierte, und in dem sie vielleicht die Herrin war. Falls es überhaupt so gewesen ist.«

»Das können wir doch gar nicht wissen. Wenn sie die Dominierende war und ihn bestrafte, wenn er nicht gehorchte, dann müsste man doch denken, dass es die ultimative Strafe wäre, ihn umzubringen, oder?«

»Schon, aber von einem toten Sklaven hat man nicht viel. Soweit mir bekannt, gibt es keinen Grund zur Annahme, dass Sklaven in SM-Beziehungen häufiger umgebracht werden als andere Leute. Und jetzt lass uns schauen, dass wir weiterkommen.«

Juncker kann Vera immer noch nicht richtig einschätzen. Sie sieht müde aus, doch wie beim letzten Mal kann man ihr jedenfalls nicht vorwerfen, ihre Trauer zur Schau zu stellen. Falls sie überhaupt trauert. Das Sommerkleid ist lachsfarben, die Sonnenbrille sitzt oben in ihrem hellen Haar, und wie gewöhnlich ist sie barfuß.

»Ihr seid's!«, sagt sie mit etwas mürrischem Ton, entscheidet dann aber dennoch, ein entgegenkommendes Lächeln aufzusetzen. »Kommt rein.«

»Tut uns leid, dass wir einfach so unangemeldet auftauchen. Wir haben ein paar Fragen.«

»Kein Problem. Setzen wir uns auf die Terrasse. Unter dem Sonnenschirm ist es schattig.«

Schatten hin oder her, das Licht draußen ist gleißend, und es wird nicht weniger grell durch den Widerschein vom kreideweißen Mauerwerk des Hauses. Vera rückt ihre Sonnenbrille an deren Platz auf der Nasenwurzel. Juncker stört es, dass er ihre Augen nicht sehen kann. Es beeinträchtigt die Befragung, aber er kann sie schlecht bitten, die Brille abzunehmen.

»Was möchtet ihr diesmal wissen?«

Nabiha richtet sich auf, doch Juncker legt ihr eine Hand auf den Arm.

»Es geht um dein und Ragners Zusammenleben. Um eure …«

Vera unterbricht ihn mit einer Handbewegung. Dann lächelt sie.

»Jetzt red nicht um den heißen Brei herum, Juncker. Du willst wissen, ob ich wusste, dass Ragner eine Affäre mit seiner Sekretärin hatte, stimmt's?«

Juncker nickt.

»Das habe ich mehr oder weniger von Anfang an gewusst, seit es vor vier Jahren begann. So etwas lässt sich in einer Kleinstadt wie Sandsted nicht geheim halten. Alle wussten es.«

»Okay. Und wie ging es dir damit?«

»Ich hatte keinerlei Problem damit.«

»Es war dir auch nicht unangenehm, dass die ganze Stadt davon wusste?«

»Nein. Warum sollte mir das unangenehm sein?«

Juncker zuckt mit den Achseln. »Ich kann mir schon vorstellen, dass es für viele Leute schlimm wäre.«

»Kann sein, aber nicht für mich. Ragners und meine Beziehung war schon seit vielen Jahren platonisch. Wir waren gute Freunde. Ich weiß nicht einmal mehr, wann wir zum letzten Mal miteinander im Bett waren. Aber es muss viele Jahre her sein.«

»Hm. Das heißt …«

»Um ehrlich zu sein, war ich eigentlich froh, frei zu sein.«

»Tatsächlich.«

Nabiha schielt zu Juncker. Dann rutscht sie auf ihrem Stuhl vor. »Wussten Sie, dass das Verhältnis zwischen Sara Jensen und Ihrem Mann vor einigen Wochen endete?«

Juncker hat den Eindruck, dass Vera überrascht ist. Verdammt aber auch, dass er ihre Augen nicht sehen kann.

»Nein, das wusste ich nicht.« Ihre Stimme ist neutral.

»Sara Jensen zufolge war Ihr Mann derjenige, der es beendet hat. Weil er es nicht länger ertragen konnte … wie hat sie es noch mal ausgedrückt?« Nabiha schaut zu Juncker.

»Seine Frau zu hintergehen«, soufliert er.

»Richtig, ›hintergehen‹ war das Wort, das sie benutzt

hat.« Nabiha nickt. »Aber wenn ich Sie recht verstanden habe, fühlten Sie sich überhaupt nicht hintergangen?«

»Nicht im Entferntesten.«

»Sie haben ihn also nicht gedrängt, seine Geliebte zu verlassen?«

»Ganz sicher nicht.«

»Interessant.« Nabiha lehnt sich zurück. »Haben Sie eine Ahnung, weshalb Ihr Mann dann mit ihr Schluss gemacht hat?«

»Nicht wirklich, außer dass es natürlich sein könnte, dass Ragner ihrer ganz schlicht und ergreifend überdrüssig wurde. So ist es früher schon anderen seiner Geliebten ergangen.« Sie schaut Juncker an. »Wollt ihr sonst noch etwas wissen?« Ohne eine Antwort abzuwarten, rückt Vera ihren Stuhl zurück und steht auf.

»Nein, im Augenblick nicht«, sagt er.

»Dann begleite ich euch zur Tür.«

Als Juncker und Nabiha auf dem Weg durch die Haustür sind, legt Vera Juncker eine Hand auf den Unterarm. Wie üblich bei unerwartetem Körperkontakt zuckt er leicht zusammen, was Nabiha aus dem Augenwinkel beobachtet, wie Juncker mitbekommt.

»Falls du weitere Fragen hast, komm einfach vorbei«, sagt Vera.

Er nickt.

Juncker und Nabiha gehen schweigend die Straße entlang.

»Glaubst du, sie hat die Wahrheit gesagt?«, fragt Nabiha nach ein paar hundert Metern.

»In Bezug worauf?«

»Na ja, dass es sie vollkommen kaltgelassen hat, dass ihr Mann vier Jahre lang mit einer anderen gevögelt hat.«

»Vielleicht. Es lässt sich nicht ausschließen.«

»Die entgegengesetzte Möglichkeit aber auch nicht.«

»Nein.«

Erneutes Schweigen, bis Nabiha es erneut bricht. »Du kennst sie ziemlich gut, hm?«

»Das ist vielleicht ein bisschen viel gesagt.«

»Sie muss echt heiß gewesen sein, als sie noch jünger war. Beziehungsweise, eigentlich ist sie es immer noch.«

»Tja, na ja …«

»Lief da was zwischen euch?«

»Was meinst du?«

»Das ist ja wohl nicht so schwer zu verstehen. Hattest du was mit ihr?«

»Wieso fragst du?«

»Weil es den Eindruck macht. Die Art, wie sie dich ansieht.«

»Wir waren zusammen in der Oberstufe.«

»Okay. Und?«

»Wir waren kurz zusammen. Ein halbes Jahr.«

»Und sie hat Schluss gemacht, stimmt's?«

»Das weiß ich nicht mehr.«

Nabiha grinst ihn von der Seite an. »Yeah, right. Ist das ein Problem?«

»Was?«

»Dass du in einem Mord an einem Mann ermittelst, mit dessen Frau du mal zusammen warst.«

»Vor vielen Jahren. Es hat keine Bedeutung.«

»Weiß Skakke davon?«

»Er weiß, dass ich sie beide gekannt habe.«

»Aber nicht, dass du mit ihr zusammen warst?«

»Ich weiß nicht mehr, ob ich das erwähnt habe«, lügt Juncker. »Im Übrigen braucht er das auch nicht zu wissen. Jedenfalls nicht im Moment.«

»Okay. Dieses Gespräch hat also niemals stattgefunden? Willst du das damit sagen?«

»So was in der Art.«

Sie nickt. »Hat Vera Stephansen nicht ein sehr gutes Motiv, ihren Mann umzubringen?«

»Das kommt ganz darauf an, ob wir ihr glauben. Wenn wir es nicht tun, dann ja.«

»Inzwischen gibt es eine ganze Reihe von Leuten, die eins haben. Ein Motiv, Stephansen umzubringen, meine ich.«

»Das kann man ruhigen Gewissens sagen«, stimmt Juncker ihr zu. »Ein großer Teil der Sandsteder Bevölkerung, um genau zu sein.«

Kapitel 20

Er ist um acht zu Hause. Karoline hat eine Gemüsequiche gebacken und Salat mit weißen Bohnen und Linsen gemacht. Sie essen auf der Terrasse.

Es kommt extrem selten vor, dass seine Tochter Fleisch isst, und Juncker weiß, dass Bemerkungen von ihm über die Freude an einem blutigen Rindersteak oder einem saftigen Schweinekotelett automatisch lange Vorträge über den enormen CO_2-Ausstoß nach sich ziehen, an dem die Fleischproduktion schuld ist, sowie über die Abholzung des Amazonasgebiets und die Umwandlung von Regenwald in Weideflächen, auf denen die Rinderherden grasen können. Die Sitzung endet jedes Mal mit unweigerlicher Sicherheit mit dem Kommentar, dass im Großen und Ganzen Dinosaurier wie er die Verantwortung dafür tragen, dass künftige Generationen mit Extremwetter und einem steigenden Meeresspiegel klarkommen müssen.

All das hat er jetzt keine Lust, über sich ergehen zu lassen, also unterdrückt er seine Enttäuschung darüber, den Umami-Geschmack von Fleisch entbehren zu müssen. Davon abgesehen schmecken sowohl Quiche als auch Salat erstaunlich gut.

»Hast du mit deiner Mutter gesprochen?«, fragt Juncker.

»Jep. Heute Vormittag.«

»Und, wie hat sie reagiert?«

»Sie hat angefangen zu weinen.« Karoline lächelt.

Juncker bekommt eine Gänsehaut. Doch die Freude währt nur wenige Sekunden, dann wird sie von der Trauer darüber getrübt, dass er und Charlotte diese Neuigkeit, eine der größten in ihrem Leben, nicht miteinander teilen konnten.

»Willst du nicht langsam anfangen, hier im Haus Ordnung zu machen?«

Karoline spricht mit vollem Mund. Juncker will sie gerade rügen, besinnt sich aber noch rechtzeitig.

»Es ist über ein halbes Jahr her, seit Opa gestorben ist«, fährt seine Tochter fort, »und soweit ich sehen kann, hast du bis jetzt praktisch keinen Finger hier gerührt. Außer das Geschirr zu spülen und ein bisschen sauber zu machen.«

Juncker hat den Weinkarton mit nach draußen genommen. Er schenkt sich ein Glas ein.

»Du hast wohl kaum vor, für den Rest deines Lebens in Sandsted wohnen zu bleiben, oder? Das Haus muss doch irgendwann verkauft werden. Tante Lillian muss ja ihren Anteil am Erbe kriegen, richtig?«

Juncker hört sehr selten von seiner jüngeren Schwester, die schon vor Jahren den Kontakt zu ihrem Vater abgebrochen hat.

»Ja, natürlich bekommt sie den. Aber es kann eine ganze Weile dauern, bis das Nachlassgericht den Erbfall fertig abgewickelt hat.«

»Deshalb kannst du doch trotzdem entscheiden, was du machen möchtest, oder?«

Juncker schaufelt ein Stück Quiche auf seinen Teller. »Ja, das kann ich natürlich.«

Er versucht, dem Blick seiner Tochter auszuweichen.

»Bereust du manchmal, was du getan hast?«

Juncker hat es immer schon gehasst, mit anderen als

seiner Frau über sein Gefühlsleben zu sprechen. Ganz besonders mit seinen Kindern.

»Was ich getan habe? Was meinst du?«

»Na, dass du Mama mit dieser Anwältin betrogen hast.«

Er hat keine Ahnung, wie viel Charlotte den Kindern erzählt hat – Kaspar ist jetzt seit bald zwei Jahren in Nordamerika, derzeit in Vancouver, soweit Juncker sich erinnert, wo er als sogenannter *ski bum* praktisch auf den Pisten lebt und sich mit diversen Nebenjobs über Wasser hält. Aber irgendetwas haben sie offenbar erfahren. Zumindest Karoline. Es fällt ihm schwer, sein Unbehagen angesichts der Tatsache zurückzuhalten, von seiner Tochter mit seiner eigenen Dummheit konfrontiert zu werden.

»Ja, das bereue ich.«

»Wie konntest du das tun?«

Jetzt sieht Juncker, dass seiner Tochter Tränen in den Augen stehen. »Ich weiß es nicht«, sagt er. »Ich weiß es einfach nicht.«

»Werdet ihr euch scheiden lassen?«

»Ich weiß es nicht, Karoline.«

»Falls ja, wie würde es dir damit gehen?«

Noch vor ein paar Monaten war er überzeugt, dass er weiterkämpfen würde, um Charlotte zurückzugewinnen. Dass es das Einzige war, was zählte. Doch in letzter Zeit hat sich eine bittere Wut in ihm eingenistet, die nur lockerlässt, wenn er sich halb besäuft und die Sentimentalität den Zorn betäubt. Scheiß auf sie, denkt er manchmal, es lebt sich eh besser allein. Aber das sagt er Karoline nicht. Auch weil er es nicht ernsthaft glaubt.

»Wie geht es *dir* damit, sollten deine Mutter und ich uns scheiden lassen?«

Sie starrt ihn mit tränenüberströmtem Gesicht an. »Was glaubst du wohl?«

Er hatte sich eingeredet, dass es die Kinder, weil sie erwachsen sind, nicht so hart treffen würde, sollten er und Charlotte sich trennen. Aber er hat sich geirrt.

Er verspürt den Drang, aufzustehen und zu seiner Tochter hinüberzugehen, um sie zu umarmen. Ihr zu sagen, dass er mit allem, was er noch in sich hat, dafür kämpfen wird, seine Ehe zu retten. Ihre Ehe.

Doch er bleibt sitzen. Eine Weile schweigen sie beide. Dann wischt sich Karoline die Tränen weg.

»Willst du noch?«, fragt sie.

»Nein, danke.«

Sie steht auf, sammelt Teller und Besteck auf einem Tablett zusammen und bringt es nach drinnen. Wenig später kommt sie zurück und setzt sich wieder.

»Warum ist die Tür zu Opas Arbeitszimmer eigentlich immer verschlossen?«

Juncker zuckt mit den Achseln.

»Die Tür zu Omas und Opas Schlafzimmer steht offen«, fährt Karoline fort. »Auch die Türen zu den anderen Zimmern. Es ist die einzige Tür im ganzen Haus, die verschlossen ist. Außer den Türen zu den Badezimmern.«

»Sie war schon immer verschlossen. Außer meinem Vater ging dort eigentlich nie jemand rein.«

»Du bist also nicht drin gewesen? Seit Opas Tod?«

»Ein einziges Mal. An dem Tag, als er starb und ich den Arzt anrufen musste. Warst du drin?«

»Nein. Ich wollte nur wissen, ob es vielleicht so eine Art hauseigene Version der Verbotenen Stadt ist. Ist es das?«

Juncker lächelt. »Nein, ist es nicht.«

»Bist du gar nicht neugierig? Zu sehen, was er all die Jahre da drin gemacht hat?«

Juncker denkt einen Moment nach. »Nein, eigentlich nicht.«

»Du hast überhaupt keine Lust, deinen Vater besser kennenzulernen?«

»Nein, offen gestanden nicht. In gewisser Weise finde ich, dass ich ihn mehr als ausreichend gekannt habe.«

»Du bist komisch. Ich wüsste gern mehr darüber, was in deinem Kopf vorgeht.«

Juncker schenkt sich nach. »Soll ich dir noch ein bisschen Saft holen?«

Samstag, 5. August

Kapitel 21

Signe ist spät dran. Sie hat einen Parkplatz im Blegdamsvej gefunden und joggt den Fredrik V's Vej hinunter, der zwischen Rigshospital und Fælledsparken liegt. Wie immer deprimiert sie der Anblick des langgezogenen Betonklotzes, der das Hauptgebäude des großen Krankenhauses darstellt. Es ist, als habe das System seinerzeit bei der Errichtung dieses Kolosses – sowie des kleineren, doch immer noch sehr großen Nebengebäudes – den Bürgern eine unmissverständliche Botschaft senden wollen: Dies ist eine Maschine. Ihr sollt wissen, dass ihr, wenn ihr hier eintretet, nicht länger Menschen seid. Ihr seid Patienten. Wesen, die zum einen Ende hineingestopft, drinnen behandelt, und zum anderen Ende wieder ausgespuckt werden. Lebendig oder tot.

Sie hat mal was über eine architektonische Stilart namens Brutalismus gelesen. Eine sehr treffende Bezeichnung für das Krankenhaus in Østerbro.

Der Obduktionssaal des Rechtsmedizinischen Instituts liegt in einem zweistöckigen Gebäude, in dem sich auch die krankenhauseigene Kapelle befindet. Der Obduktionssaal liegt im ersten Stock. Signe nimmt zwei Treppenstufen auf einmal. Es ist acht Minuten nach neun, als sie durch die Tür tritt.

»Signe! Wie schön, dass du es einrichten konntest.«

Jedem anderen Beamten gegenüber wäre Markmans Ironie ätzend. Signe gegenüber ist sie scherzhaft neckend.

Außer Puste erwidert sie sein Lächeln und begrüßt die anderen – den rechtsmedizinischen Techniker, einen Kriminaltechniker mit einer Kamera in der Hand und einen ihrer Kollegen aus der Mordkommission –, während sie sich einen blauen Kittel überzieht.

Mit den weiß gekachelten Wänden, dem grau gesprenkelten Boden mit den Abläufen, den Tischen aus Edelstahl, den Instrumenten, den Abspritzschläuchen und dem kalten Licht, das von den Armaturen an der Decke fällt, gleicht der längliche Raum einer Schlachthalle. Was er im Grunde ja auch ist, denkt Signe.

»In deiner Abwesenheit haben wir den Burschen gemessen und gewogen«, sagt Markman.

»Gemessen und gewogen? Wie das?«

»Die Größe und das Gewicht des Kopfes müssen wir natürlich schätzen.«

Signe schaut auf die Tafel an der Wand, auf der die Größe des Körpers sowie der inneren Organe des Obduzierten notiert werden. Die Leiche ist eins vierundsiebzig groß und etwa einhundertzehn Kilo schwer, liest sie. Dazu kommt dann noch Größe und Gewicht des Kopfes.

»Wie viel wiegt ein Kopf?«, fragt sie.

»Das ist natürlich verschieden. Im Durchschnitt etwa fünf Kilo. Wahrscheinlich mehr bei einem großen Kerl wie ihm hier.«

»Und welche Ausmaße hat ein Kopf vertikal?«

»Da gibt es logischerweise auch Unterschiede. Ich würde sagen, dass wir ungefähr dreiundzwanzig oder vierundzwanzig Zentimeter dazurechnen müssen.«

»Also um die einhundertfünfzehn Kilo und eins achtundneunzig groß. Ein ziemlicher Hüne.«

»Ja. Habt ihr ihn schon identifiziert?«

»Noch nicht«, antwortet Signe. »Es gibt keine Vermisstenmeldung. Jedenfalls keine, die annähernd auf seine Größe und sein Aussehen passt. Kannst du schon sagen, ob Enthaupten die Todesursache war?«

Markman geht zu dem Tisch mit der kopflosen Leiche, beugt sich vor und studiert den Brustkorb. Dann richtet er sich auf.

»Er scheint nicht sonderlich viel Blut verloren zu haben. Also hat er bei der Enthauptung wahrscheinlich nur wenig geblutet. Was dafür spricht, dass er bereits tot war, als man ihm den Kopf abschnitt. Hübscher Schnitt, übrigens. Sieht sehr professionell aus.«

»Das heißt, er ist woran gestorben?«

»Kann ich noch nicht sagen.«

»Schuss in den Kopf?«

»Absolut möglich.«

»Erdrosselt?«

»Hm, eher nicht, dann gäbe es wohl deutlichere Abdrücke am Hals.«

»Und an den zwei Schüssen in die Knie kann er nicht gestorben sein?«

»Wie ich am Fundort schon gesagt habe, theoretisch wäre es möglich. Aber auch sehr unwahrscheinlich. Bis ihr den Kopf gefunden habt, wird im Obduktionsbericht daher vermutlich stehen, dass die Todesursache im Rahmen der Obduktion nicht sicher feststellbar war.«

»Wieso hat man ihm eigentlich den Kopf abgeschlagen?«, denkt Signe laut.

Markman zuckt mit den Achseln. »Frag mich nicht. Das ist deine Abteilung, liebe Signe.«

»Ja, ich weiß. Es gibt zwei Möglichkeiten – also, wenn wir pure Grausamkeit ausschließen: entweder um die Identifikation zu verzögern oder um jemandem Angst einzujagen. Oder beides.«

»Klingt plausibel.«

Signe denkt weiter laut nach. »Aber selbst wenn jemand durch das Enthaupten verhindern wollte, dass wir den Toten sofort identifizieren, ist es ja nur ein kurzer Aufschub. Denn wir finden es heraus. Auch wenn seine Fingerabdrücke nicht registriert sind. Und sie haben ihn ja an einer Stelle abgelegt, wo er unter Garantie ziemlich schnell gefunden wird. In Kongelunden sind eine Menge Leute unterwegs, vor allem um diese Jahreszeit. Vielleicht *ist* die Enthauptung also irgendeine Art Warnung.« Sie geht zum Tisch. »Er sieht nicht aus wie ein Obdachloser. Er ist einigermaßen gewaschen, und seine Nägel, sowohl an den Händen als auch den Füßen, sind frisch geschnitten und sauber. Kannst du etwas mehr über den Todeszeitpunkt sagen?«

»Das schauen wir jetzt. Aber ungefähr ein Tag, bevor wir ihn gefunden haben. Lass uns loslegen.«

Signe ist bei vielen Obduktionen dabei gewesen, und der Ablauf war immer exakt derselbe. Es liegt etwas Rituelles in der Systematik, mit der zunächst eine gründliche »äußere Besichtigung« des menschlichen Körpers vorgenommen wird, ehe man ihn öffnet, die Organe herausnimmt und jedes für sich minutiös seziert, um sie zum Schluss zurückzulegen und den Torso wie ein überdimensioniertes Stück Handarbeit wieder zuzunähen. Und wie bei allen echten Ritualen haben auch die Hauptakteure der Obduktion ihre klar definierten Rollen, von denen niemals abgewichen wird.

Es ist Aufgabe des rechtsmedizinischen Technikers, die Leiche aufzuschneiden und die inneren Organe freizulegen, um anschließend die Eingeweide in sogenannten Paketen herauszuholen. Der Techniker öffnet auch den Schädel und nimmt das Gehirn heraus.

Das heißt, falls es einen Kopf gibt, dem das Gehirn entnommen werden kann. Der Rechtsmediziner untersucht nun jedes einzelne Element – Herz, Milz, Leber, Nieren, Bauchspeicheldrüse, Lunge, Magen, Darm – auf eventuelle Verletzungen oder Abweichungen von der Norm. Der Techniker wiegt die Organe. Der Rechtsmediziner fasst die Ergebnisse der Obduktion zusammen. Und der Techniker legt die Eingeweide wieder zurück an ihren Platz und näht den Y-Schnitt vom Hals zum Schambein zusammen.

Markman ist beim Magen angelangt, den er mit einem schnellen Schnitt öffnet. Er schüttet den Inhalt in eine Glasschale und studiert ihn eingehend. Hält die Schale dann an seine im Verhältnis zum Kopf recht stattliche Nase und schnuppert.

»Hm. Könnte gut sein, dass seine letzte Mahlzeit Pizza war. Und zwar dem Geruch nach zu urteilen die mit der Nummer vier auf der Speisekarte, zumindest bei der Pizzeria in der Nordre Frihavnsgade. Napoletano mit Kapern und Anchovis. Hoppla, was haben wir denn da?«

Er nimmt eine Zange, greift etwas damit, legt es auf ein Metalltablett und reicht es Signe. Es ist eine kleine Plastikhülse wie die, die man in einem Überraschungsei findet, bloß grau und kleiner.

»Sie lässt sich öffnen. Kriegen wir das hin, ohne mögliche Fingerabdrücke oder DNA-Spuren zu zerstören?«, fragt sie den Kriminaltechniker.

»Es ist höchst unwahrscheinlich, um nicht zu sagen praktisch undenkbar, dass sich darauf noch irgendwelche Spuren finden lassen, nachdem das Teil über einen längeren Zeitraum in Magensäure gelegen hat. Hast du noch eine Zange?«, fragt er Markman, der ihm ein weiteres Instrument reicht.

Bewaffnet mit den Zangen dreht er vorsichtig die beiden Hälften auseinander. Darin befindet sich ein kleines, zusammengerolltes Stück Papier.

»Hast du auch eine Pinzette, Markman? Oder besser zwei?«, fragt Signe.

Er nickt, geht zu einem der Stahltische, holt zwei Pinzetten und reicht sie ihr. Vorsichtig rollt sie den Zettel auf.

»Damit sollten Sie tatsächlich etwas vorsichtig sein. Auf dem Papier könnten noch Fingerabdrücke sein.«

»Natürlich«, sagt Signe.

»Und, steht was drauf?«, fragt Markman.

Signe beugt sich über den Tisch. »Ein paar Zahlen.« Acht, um genau zu sein. Eine Telefonnummer vielleicht. Sie holt ihre Tasche, nimmt Block und Kugelschreiber heraus und notiert die Zahlen.

»Moment«, sagt sie und geht auf den Gang. Dort tippt sie die acht Ziffern in ihr Handy. Es klingelt sechsmal, dann meldet sich eine Stimme.

»Hallo, hier ist Charlotte.«

Kapitel 22

»War es schön, deine Tochter wiederzusehen?«

Nabiha schielt zu Juncker. Sie sind auf dem Weg zu Mads Stephansens Haus. Er wohnt nicht viel weiter als fünf Minuten zügigen Fußmarschs vom Marktplatz und der alten Polizeistation entfernt.

»Ja, war es«, sagt Juncker. Auch wenn seine Beine erheblich länger sind als Nabihas, muss er sich schon ordentlich anstrengen, um mit ihr Schritt zu halten. Ihr Eifer ist ungebremst.

Er spürt, dass er das Bedürfnis hat, die Neuigkeit mit jemandem zu teilen. »Karoline ist schwanger.«

Nabiha bleibt ruckartig stehen. Fasst Juncker am Arm. Es ist in Ordnung, denkt er. Charlotte darf ihn berühren. Die Kinder dürfen es. Signe darf es. Und jetzt auch Nabiha.

»Du wirst Großvater?« Sie strahlt. »Wow, Glückwunsch, Juncker!«

Er wendet sich ihr zu. »Danke.«

»Freust du dich nicht?«

Der Versuch zu lächeln gelingt nur teilweise. Es zündet nicht richtig. Merkwürdig, denkt er. Denn er *ist* froh. Oder in Wahrheit vielleicht eher … bewegt.

»Doch, ich freue mich«, sagt er. »Sehr sogar.«

»Das ist toll. Ich habe mir oft gedacht, dass mein Vater, hätte er erlebt, wie ich ein Kind bekomme, wohl der glücklichste Mensch der Welt gewesen wäre. Aber …« Sie lässt seinen Arm los, starrt einen Moment gedankenversunken vor sich hin. Dann ist sie wieder bei der Sache. »War es geplant?«

»Nein, das kann man nicht behaupten.«

»Das macht nichts. Ein Kind ist ein Kind. Wer ist der Vater?«

»Einer, den sie in dem Restaurant kennengelernt hat, in dem sie arbeitet«, antwortet Juncker und geht weiter. »Vor einem halben Jahr.«

»Hui, das ging aber schnell. Na, was soll's, wird schon werden. Und wer ist er?«

»Er ist Pharmazeut. Stellvertretender Leiter einer Apotheke in Aarhus.«

»Und wie heißt er?«

»Majid. Majid Khan.«

Erneut bleibt sie abrupt stehen.

»Majid? Afghane?«

»Nein. Er ist Pakistaner.«

»Okay. Ein Paki.«

Er darf die Bezeichnung ›Paki‹ nicht verwenden. Genauso wenig wie ›Kanake‹. Sie dagegen schon. So ist das einfach.

Juncker weiß von den Malen, als er mit Fällen in Migrantenmilieus gearbeitet hat, dass dort ein Rassismus herrscht, der dem ethnisch dänischen Rassismus gegenüber Einwanderern und Flüchtlingen in nichts nachsteht. Die Araber verachten die Palästinenser, obwohl diese ebenfalls Araber sind. Die Palästinenser verachten die Afghanen. Welche wiederum die Albaner verachten. Welche die Pakistaner verachten. Welche die Somalier verachten. Welche die Palästinenser verachten. Es geht im Kreis. Und kreuz und quer.

Aber Nabiha ist keine Rassistin. Wenn sie eines ist, dann Zynikerin. Wie er selbst.

»Wie geht es dir damit?«, fragt sie.

»Dass er Pakistaner ist?«

»Scheiße, ja, dass er Pakistaner ist.«

In den anderthalb Tagen, die vergangen sind, seit er es erfahren hat, hat er praktisch an nichts anderes gedacht. Und sich gefragt, ob er nicht selbst einer von denen ist, die das politisch korrekte Wohlwollen lediglich auf der Zunge tragen. Ob er, wenn die äußere Schicht wohlmeinender Toleranz abgeschält wird, vielleicht nichts anderes ist als ein fremdenfeindliches Weichei.

»Wie wär's, wenn ich mal mit ihr rede?«, fragt Nabiha und setzt sich wieder in Bewegung.

Juncker zögert. Karoline ist in der Regel wenig geneigt, gute Ratschläge von anderen anzunehmen. Oder vielleicht irrt er sich. Vielleicht hat sie nur keine Lust, auf ihn zu hören. Aber was soll sie mit guten Ratschlägen? Sie hat den Punkt überschritten, an dem es eine Entscheidung zu treffen gibt. Sie wird ein Kind bekommen, und Majid ist der Vater. Punkt.

Nabiha liest offenbar seine Gedanken.

»Hör mal, ich werde ja nicht hingehen und ihr erzählen, wie sie ihr Leben leben soll. Sie bekommt ein Kind mit Majid und fertig, aus. Aber vielleicht kann ich sie auf einige der Entscheidungen vorbereiten, die sie früher oder später wird treffen müssen. Davon abgesehen würde ich deine Tochter einfach gern kennenlernen.«

Juncker nickt. »Tja, vielleicht wäre es …«

»Ich könnte euch doch heute Abend besuchen kommen. Ich kümmere mich auch ums Abendessen. Wie wär's, wenn ich was aus der orientalischen Küche zaubere?«

Daran ist wohl nichts Falsches, denkt Juncker, der das

Gefühl hat, dass sich die beiden Frauen gut verstehen werden. »Abgemacht.«

Das Haus ist traditionell rot verklinkert, groß, mit neuem Ziegeldach und weißen Sprossenfenstern. Alles sieht ordentlich und gepflegt aus, auch der Garten. Doch verglichen mit Vera und Ragner Stephansens protzigem Koloss von einem Haus wirkt dieses hier beinahe bescheiden.

Mads Stephansen muss die Einfahrt beobachtet haben, denn er öffnet, als Juncker und Nabiha noch auf den Stufen zur Haustür sind. Er trägt knielange dunkelblaue Shorts und ein weißes T-Shirt. Die nackten Füße stecken in einem Paar Flipflops.

»Kommt rein.« Er tritt zur Seite und schließt die Tür hinter ihnen. Juncker stellt Nabiha vor.

»Am besten, wir setzen uns in die Küche. Es gibt Kaffee und Tee, und Line hat Brot gebacken.«

Line Stephansen sitzt in einem alten Ohrensessel im Wohnzimmer, das an den großen offenen Koch-Ess-Bereich anschließt, und liest die Zeitung. Sie steht auf und kommt ihnen entgegen.

»Mein Beileid«, sagt Juncker und drückt ihr die Hand.

»Danke.«

Sie ist, soweit er sich an ihre bisher einzige Begegnung erinnert, Gymnasiallehrerin mit Dänisch als Hauptfach. Macht einen ruhigen und freundlichen Eindruck und sieht auf eine natürliche Weise gut aus.

»Euer Sohn, tut mir leid, ich habe vergessen, wie er heißt?«

»Aksel. Er ist beim Fußball. Sie haben heute Vormittag ein Spiel. Wollt ihr auch mit ihm sprechen?«

»Nein«, sagt Juncker. »Das ist nicht nötig. Jedenfalls im Moment nicht.«

»Gut. Dann werd ich mal nach oben gehen und euch das Erdgeschoss überlassen.«

»Danke. Ich habe nur eine Frage an Sie. Es ist reine Routine und nur, damit alles ordnungsgemäß abläuft. Wo waren Sie Sonntagabend und in der Nacht auf Montag?«

Im Gegensatz zu so vielen anderen sieht Line Stephansen nicht aus, als sei sie pikiert wegen der Frage.

»Völlig in Ordnung. Ich war hier. Zusammen mit Mads und Aksel.«

»Und etwas genauer zwischen dreiundzwanzig und ein Uhr?«

»Normalerweise gehen wir gegen elf ins Bett. Am Sonntag …?« Sie denkt einen Moment nach. »Ja, jetzt erinnere ich mich. Ich war müde und bin etwas früher schlafen gegangen. Ich bin eingeschlafen, kaum dass mein Kopf das Kissen berührt hat.«

»Okay«, sagt Juncker und spürt einen Anflug von Neid. »Danke.«

»Sollten Sie nicht auch fragen, ob ich bestätigen kann, dass Mads in diesem Zeitraum im Bett war?« Sie lächelt Juncker an. »Wir sehen und lesen eine Menge Krimis in diesem Haushalt.«

»Haha. Doch, das sollte ich. Können Sie?«

»Auch wenn es früher war als sonst, ist Mads zusammen mit mir ins Bett gegangen. Er hat noch gelesen, als ich eingeschlafen bin. Und jetzt möchten Sie sicher fragen, ob ich sicher sein kann, dass er die ganze Nacht im Bett gelegen hat. Also, ich habe einen ziemlich leichten Schlaf und werde immer wach, wenn Mads nachts aufsteht. Immer. Aber zum Glück schlafe ich schnell wieder ein.«

»Und ist er zwischen dreiundzwanzig und ein Uhr aufgestanden?«

»Nein. Er war um fünf auf, das weiß ich noch, weil es hell war und ich auf die Uhr auf meinem Handy geschaut habe. Aber vorher nicht.«

»Ich musste auf die Toilette«, erklärt Mads. »Das muss ich jede Nacht ein, zwei Mal.«

»Kenne ich«, murmelt Juncker. »Aber danke Ihnen, Line. Das war alles.«

»Falls Sie noch Fragen haben, ich bin oben.«

Sie geht zum Küchentisch. Auf einem Schneidebrett liegt ein großer ovaler Laib Brot, der mit einem Tuch bedeckt ist. Sie nimmt das Tuch weg.

»Ich stibitze mir das Endstück. In der weißen Thermoskanne ist Tee und in der schwarzen Kaffee. Mads, schneidest du euch ein paar Scheiben ab?«

Er nimmt das Brotmesser in die Linke, wendet das Brot und schneidet einige ab. »Esst ihr beide zwei Scheiben?«

»Ich schon«, sagt Nabiha.

»Nur eine für mich«, sagt Juncker, der mit den Nachwehen des gestrigen Rotweinkonsums kämpft.

Sie setzen sich an den großen Plankentisch, der mitten im Raum steht und mit zehn Designer-Holzstühlen bestückt ist. Juncker zieht seinen Notizblock und einen Kugelschreiber aus der Innentasche seines Jacketts, das er über die Stuhllehne gehängt hat.

»Wie geht es dir?«, fragt er.

»Tja, wie es mir geht? Der anfängliche Schock ist wohl mehr oder weniger gewichen. Trotzdem kommt es mir noch so unwirklich vor, dass er tot ist. Dass ich … dass wir ihn nie mehr sehen, ihn nie wieder hören, nie wieder mit ihm sprechen werden.«

Er hebt seine Tasse, setzt sie jedoch wieder ab, ohne zu trinken. Legt die Hände auf der Tischplatte übereinander und schaut auf sie hinab. Juncker fällt auf, wie sehr er seinem Vater äußerlich gleicht. Und wie sehr er sich in seinem Wesen von Ragner Stephansen unterscheidet. Auch wenn Juncker Mads nicht sonderlich gut kennt, wirkt er wie der komplette Gegensatz zu seinem Vater. Vielleicht haben wir in diesem Punkt etwas gemeinsam, denkt er.

»Worüber wollt ihr eigentlich mit mir sprechen?«, fragt Mads.

Juncker räuspert sich. »Es gibt nur wenige forensische Spuren in der Sache, und sie deuten in keine eindeutige Richtung. Wir wissen, dass dein Vater mit Schüssen aus einer Waffe Kaliber .22 getötet wurde. Solche Kleinkaliber benutzt man sehr häufig in Schützenvereinen. Wir haben übrigens keine Tatwaffe gefunden. Da es in der Nacht von Sonntag auf Montag so heftig geregnet hat, fanden sich nur wenige und undeutliche Spuren um die Leiche herum und keine, mit denen wir bislang etwas anfangen konnten. Die Techniker haben allerdings einige Haare gefunden, die nicht von deinem Vater stammen. Sie wurden nun zum DNA-Test geschickt, aber es dauert mehrere Wochen, bis wir die Ergebnisse bekommen.« Er schaut Mads an. »An dieser Front gibt es kurz gesagt nicht viel zu holen. Daher konzentrieren wir uns momentan darauf herauszufinden, wer ein Motiv gehabt haben könnte, deinen Vater umzubringen. Und dafür müssen wir natürlich mit denen sprechen, die ihn gut kannten.«

Mads nickt.

»Also, wie war er?«, fragt Juncker.

»Tja …« Er setzt sich aufrecht hin, und nun nimmt er einen Schluck aus seinem Kaffeebecher. »Wie er war? Charismatisch, kann man wohl sagen. Großzügig. Aber auch – das musst du auch gedacht haben, du hast ihn ja mehrmals getroffen – sehr dominant. Manchmal musste man wirklich die Ellbogen benutzen, um sich in seiner Gegenwart durchzusetzen. Er hat mich in vielerlei Hinsicht an deinen Vater erinnert, Juncker.«

»Vielleicht. Du hast meinen Vater wahrscheinlich besser gekannt als ich deinen. Wie war dein Verhältnis zu ihm? Und jetzt meine ich nicht, wie ihr an eurem gemeinsamen Arbeitsplatz zueinander standet, sondern wie er als Vater war.«

»Er war …« Mads überlegt. »In vielerlei Hinsicht war er ganz anders als Vater, als man vielleicht geglaubt hätte, wenn man ihn nur oberflächlich kannte. Auch wenn er immer wirklich viel gearbeitet hat und meine Schwester und ich als Kinder daher meistens mit meiner Mutter zusammen waren, hat mein Vater sehr darauf geachtet, etwas mit uns zu unternehmen, wenn er freihatte. Zum Beispiel war ich als Junge mehrmals mit ihm zelten und Kanu fahren. Bis ich so um die zwölf, dreizehn war. Vielleicht etwas älter.«

»Warum hat es aufgehört?«

Mads zuckt mit den Achseln. »Ich kam in die Pubertät. Und habe rebelliert, nehme ich an. Gegen den autoritären Vater. Es gab einige Jahre, wo wir nicht auf allzu gutem Fuß standen. Jedenfalls nicht wie früher. Aber so ist es wohl häufig zwischen Vater und Sohn, oder?« Er lächelt.

»Und auf der Arbeit?«, fragt Juncker. »Wir haben neulich gefragt, ob es Klienten oder gegnerische Parteien in Fällen gab, die möglicherweise einen solchen Groll gegen deinen Vater hegten, dass sie ihm tatsächlich Schaden zufügen wollten, und du hast gesagt – was uns übrigens auch schon andere gesagt haben –, dass ein guter Anwalt nicht vermeiden könne, anderen auf die Zehen zu treten. Jetzt hast du ein paar Tage Zeit gehabt, um darüber nachzudenken. Ist dir noch etwas eingefallen, was du uns bisher nicht erzählt hast?«

Mads kratzt sich die Bartstoppeln.

»Es ist kein Geheimnis, dass ich es nicht gerade toll fand, dass wir eine lettische Investmentbank, Latvia Invest, als Klienten hatten. Schließlich«, fährt Mads auf Junckers Nicken hin fort, »kursierten ja alle möglichen Gerüchte darüber, dass sie sowohl von der russischen als auch der lokalen lettischen Mafia zur Geldwäsche benutzt wurde. Aber mein Vater hat darauf beharrt, dass die Letten ein guter Klient und äußerst wichtig für den Umsatz und den Gewinn der Kanzlei seien. Und dass es nicht den Hauch eines konkreten Beweises dafür gebe, dass die Bank in dreckige Geschäfte verwickelt sein könnte. Womit er ja recht hatte, sowohl was das Finanzielle als auch die fehlenden Beweise anging. Ich fand nur, na ja, bei all den Machenschaften, die in dieser Ecke der Welt vor sich gehen, sollten wir uns möglichst weit weg davon halten.« Er hebt in einer resignierten Geste die Arme. »Ich kann es nicht beweisen, aber ich habe natürlich schon überlegt, ob mein Vater vielleicht irgendetwas entdeckt hat, das er nicht wissen sollte, und ein paar Mafiosi ihn deswegen zum Schweigen bringen wollten. Diese Möglichkeit zieht ihr demnach auch in Erwägung, verstehe ich das richtig?«

Juncker schüttelt den Kopf. »Mads, du weißt, dass ich dir keine Details zu den Ermittlungen erzählen darf, auf diese Frage kann ich dir also keine Antwort geben. Da ist übrigens noch eine Sache, die wir klären müssen. Anhand der Anruflisten können wir sehen, dass du am Sonntagabend zweimal mit deinem Vater telefoniert hast. Einmal um …« Er schaut zu Nabiha.

»21.32 Uhr. Und dann wieder um 22.47.«

»Worum ging es in den Gesprächen?«, fragt Juncker.

Mads lehnt sich zurück und blickt zur Decke. »Lass mich kurz überlegen. Ach ja, es ging um einen Fall, der am

Montag vor Gericht verhandelt werden sollte. Ein Zivilprozess. Es gab da ein paar Kleinigkeiten bezüglich der finanziellen Verhältnisse des Klägers, die ich kurz mit ihm besprechen musste. Die Verhandlung wurde übrigens verschoben, weil, na ja, das liegt wohl auf der Hand.«

»War es normal, dass ihr sonntagabends über Geschäfte gesprochen habt?«

»Weißt du, diese Sache mit der Trennung von Arbeit und Freizeit war nicht so richtig sein …«

»Wussten Sie, dass Ihr Vater ein Verhältnis mit seiner Privatsekretärin hatte? Über mehrere Jahre sogar?«, unterbricht ihn Nabiha.

Beide Männer starren sie verblüfft an.

»Äh, ja. Das wusste ich. Alle im Büro wussten es«, antwortet Mads.

»Und wie standen Sie dazu?«

»Dazu hatte ich eigentlich keine Meinung.«

»Ach, wirklich? Das kann ich mir nur schwer vorstellen.«

»Das ändert aber nichts daran, dass es so war. Ich weiß, dass meine Mutter es auch wusste und es ihr egal war. Das war das Wichtigste für mich.«

»Es hat Ihnen also nichts ausgemacht, dass Ihr Vater ein sexuelles Verhältnis mit einer Frau hatte, die nicht sehr viel älter ist als Sie selbst?«

»Wissen Sie was, Nahiba, richtig?«

Sie schaut ihn kühl an. »Nein. Na-bi-ha. Bi-ha, nicht hiba.«

»Tut mir leid. Nabiha, ich habe vor vielen Jahren aufgehört, eine Meinung dazu zu haben, wie meine Eltern ihr Leben leben oder gelebt haben. Sie haben getan, was sie wollten. Ich tue mit meinem Leben, was ich will. Und ich verbitte mir, dass sie sich einmischen.«

»Kennen Sie Sara Jensen gut?«

»Nicht privat. Aber sonst ja, natürlich, schließlich ist sie die Sekretärin meines Vaters. Wir sitzen am selben Arbeitsplatz.«

»Was halten Sie von ihr?«

»Was ich von ihr halte? Sie ist, wie soll ich es ausdrücken, niemand, der sich einfach fügt. Was, glaube ich, eine sehr wichtige Eigenschaft ist, wenn man eng mit meinem Vater zusammenarbeiten sollte. Nicht zuletzt als seine Sekretärin.«

»Wusstest du, dass er das Verhältnis mit ihr vor einigen Wochen beendet hatte?«

Mads runzelt die Brauen. »Nein, das wusste ich nicht.«

Juncker schaut zu Nabiha. Sie schüttelt leicht den Kopf.

»Dann glaube ich, dass wir keine weiteren Fragen haben. Jedenfalls nicht für den Moment. Danke für den Kaffee. Und das Brot. Deine Frau ist eine gute Bäckerin«, sagt Juncker und steht auf. Nabiha und Mads tun es ihm gleich.

»Haben Sie eigentlich jemals eine Kanutour mit *Ihrem* Sohn gemacht? Wie mit Ihrem Vater?«, fragt sie auf dem Weg in den Flur.

»Nein.« Er wirft ihr einen Blick zu. »Habe ich nicht.«

»Wie kann das sein?«

»Keine Ahnung.«

Kapitel 23

Signe hat Charlotte nicht gesagt, weshalb sie angerufen hat. Dass ihre Nummer im Magen einer geköpften Leiche gefunden wurde. Aber sie hat mit ihr vereinbart, dass sie sich später am Tag treffen.

»Ist etwas passiert?«, wollte Charlotte wissen.

»Ja«, antwortete Signe, beendete das Gespräch und ging zurück in den Obduktionssaal.

Die Obduktion der kopflosen Leiche braucht etwas weniger Zeit als gewöhnlich. Es gibt bekanntermaßen keinen Schädel, der geöffnet, und kein Gehirn, das untersucht werden müsste; die Zeit sparen sie also.

»Prima«, bemerkt Markman munter. »Mehr Leichen ohne Kopf, bitte. Jetzt habe ich einen ganzen Samstagnachmittag zur freien Verfügung.«

»Wo ist dein Liebster?«, erkundigt sich Signe. Markman wohnt mit einem etwas jüngeren Mann zusammen, ein ziemlich gut aussehender Architekt. Signe hat ihn ein einziges Mal auf einem Empfang vor einigen Jahren getroffen und ganz weiche Knie bekommen.

»London. Arbeit.«

»Fahren Sie jetzt nach Ejby zum Kriminaltechnischen Center?«, fragt Signe den Kriminaltechniker.

»Nein, ich hatte eigentlich vor, ins Wochenende zu gehen.«

»Kann ich gut verstehen. Aber wissen Sie was, dann

geben Sie mir die Plastikhülse und den Zettel, ich muss eh wegen eines anderen Falles nach Ejby, da kann ich das gleich mit abgeben.«

»Meinetwegen gern. Sie müssen nur quittieren, dass Sie es erhalten haben.«

Signe fährt nicht zum Kriminaltechnischen Center in Ejby. Jedenfalls nicht direkt. Sie fährt heim nach Vanløse.

Das Haus ist leer, wie sie bereits weiß. Niels ist mit Lasse und einem seiner Kumpel an den Strand gefahren, Anne ist bei einer Freundin. Sie setzt sich an den Esstisch in der Küche.

Ihre Kollegen *dürfen* einfach nicht herausfinden, dass die Nummer, die im Magen des Geköpften lag, zu Charlotte gehört. Sollte nämlich herauskommen, dass der Tote eine Verbindung zu Charlotte hatte, wird die Polizei natürlich wissen wollen, ob sie sich auch getroffen haben und wieso sie überhaupt in Kontakt standen. Und als Ermittlungsleiterin wird Signe nicht darum herumkommen, eine Durchsuchung von Charlottes Zuhause anzuordnen und ihr Handy und ihren Computer beschlagnahmen zu lassen. Charlotte hat ihr nicht erzählt, welche Art von Material sie von ihrer Quelle erhalten hat, aber irgendetwas hat er ihr ganz sicher gegeben, und wer weiß, ob sie es nicht bei sich zu Hause aufbewahrt. Falls ja, werden die Ermittler es höchstwahrscheinlich finden.

Signe könnte sie natürlich rechtzeitig warnen, damit sie das Material an einem anderen Ort verstecken kann. Auf jeden Fall aber wird die Polizei entdecken, dass sie und Charlotte miteinander gesprochen haben, wenn man die ein- und ausgegangenen Anrufe ihres Handys checkt. Worüber?, wird man natürlich fragen, und was soll sie darauf antworten?

Davon abgesehen ist es so sicher wie das Amen in der Kirche, dass irgendjemand an der Spitze der Polizei und der Geheimdienste zwei und zwei zusammenzählen wird, wenn er Wind davon kriegt, dass Junckers Frau in den Fall verwickelt ist. Und dann kann Signe sich gleich schon mal in einer der Glaskabinen bei der Passkontrolle am Flughafen einrichten. Oder, was der wahrscheinlichere Ausgang wäre, anfangen, sich nach einem völlig neuen Job umzusehen – falls sie nicht direkt wegen Gefährdung der nationalen Sicherheit angeklagt wird.

Ihr bleibt also keine Wahl. Es gibt nur eine Möglichkeit.

Auch wenn alle, die bei der Obduktion anwesend waren, von der Existenz der Plastikhülse wissen, ist sie ziemlich sicher, dass nur sie und der Kriminaltechniker, der die Fotos gemacht hat, die Nummer auf dem Zettel gesehen haben. Und sie setzt darauf, dass er sich nicht an die Nummer erinnern kann; sie jedenfalls könnte es nicht. Die anderen wissen nur, dass es acht Ziffern sind. Als sie nach dem Gespräch mit Charlotte in den Obduktionssaal zurückkam, war sie geistesgegenwärtig genug, den anderen zu sagen, dass keiner rangegangen sei, als sie versucht habe, die Nummer anzurufen, und dass sie es später noch mal versuchen werde.

Signe steht auf und holt einen kleinen Block und ein Paar Latexhandschuhe aus ihrer Tasche. Die Techniker dürfen auf keinen Fall ihre Fingerabdrücke finden. Wie bei allen Ermittlern in der Mordkommission sind auch Signes Fingerabdrücke registriert, was notwendig ist, falls einer von ihnen bei der Untersuchung eines Tatorts versehentlich einen Abdruck hinterlässt.

Sie zieht die Handschuhe an, fischt den kleinen Papierzettel aus dem Tütchen und rollt ihn auf. Charlottes Nummer scheint mit einem ganz gewöhnlichen blauen Kugelschreiber daraufgeschrieben worden zu sein. Signe nimmt einen Kuli derselben Farbe aus einer Tasse mit Schreibutensilien, die auf dem Esstisch steht.

Sie überlegt, welche Telefonnummer sie nehmen soll. Da wäre natürlich die Möglichkeit, eine x-beliebige aufzuschreiben und zu hoffen, dass der Betreffende eine reine Weste hat. Denn es werden erhebliche Ressourcen darauf verwandt werden, das Leben dieses Menschen bis ins kleinste Detail unter die Lupe zu nehmen. Aber sie könnte auch eine Nummer wählen, die die Ermittlungen in eine bestimmte Richtung lenkt. Die dazu beiträgt, die Verbindung zwischen dem geköpften Mann und dem, was im FE abgelaufen ist, zu verschleiern. Vielleicht eine Telefonnummer zu einer Instanz im Asylsystem. Einem Büroleiter in der Ausländerbehörde, der mit Asylanträgen zu tun hat zum Beispiel. Das würde die Aufmerksamkeit in Richtung Menschenhandel lenken. Nicht vollkommen abwegig, denkt Signe, und falls niemand sonst im Team diese Möglichkeit nennt, na ja, dann kann sie selbst es tun.

Sie googelt ›Ausländerbehörde‹ und ›Asylbüro‹ auf ihrem Handy. Wie sich zeigt, hat die Behörde sieben Büros. Nachdem sie fünf Minuten weiter im Netz gesucht hat, findet sie die Direktdurchwahl zu einer Frau, die eines der sieben Büros leitet. Sie nimmt den Block und reißt eine Seite heraus. Dann schreibt sie die Nummer der Büroleiterin mit dem Kugelschreiber, nimmt eine Schere und schneidet um die Nummer herum, sodass der Zettel in etwa dieselbe Größe bekommt wie das Original. Anschließend wirft sie das überschüssige Papier in den Mülleimer unter der Spüle und achtet darauf, es tief hineinzustopfen, sodass es vom übrigen Müll bedeckt ist. Sie nimmt ein Feuerzeug und zündet den ursprünglichen

Zettel über dem Spülbecken an. Dann steckt sie Hülse und Zettel in je ein Plastiktütchen.

Eine Weile sitzt sie da und starrt in die Luft. Es ist das erste Mal in ihrem Leben, dass sie so etwas tut. Sie hat hin und wieder ihren Polizeiausweis gezückt, wenn Kollegen von der Verkehrspolizei sie wegen zu schnellen Fahrens angehalten haben, aber das ist ein Verstoß, dessentwegen niemand auch nur eine Braue heben und der im schlimmsten Fall eine Verwarnung nach sich ziehen wird.

Was sie jetzt getan hat – und was sie vorhat, morgen beim Briefing auf Teglholmen zu tun –, ist eine ganz andere Liga. Es ist Fälschung von Beweismaterial. Es bedeutet den hochkantigen Rauswurf aus der Polizei, wenn es auffliegt. Es bedeutet eine Anklage gemäß einiger recht unangenehmer Paragrafen im Strafgesetzbuch.

Es bedeutet wahrscheinlich Gefängnis.

Aber sie hat keine Wahl.

Kapitel 24

Charlotte bestellt Kaffee, während Signe einen Tisch aussucht. Abgesehen von den beiden Bedienungen hinter der Theke haben sie das Lokal in der Ryesgade für sich, da alle anderen Gäste unter der Markise auf dem Bürgersteig sitzen.

Charlotte kennt die Gegend hier in Indre Nørrebro gut. Oder besser gesagt: kannte. Als sie vor vielen Jahren von zu Hause auszog – bevor sie auf der Hochschule für Journalismus angenommen wurde –, wohnte sie ein paar Jahre in einer kleinen und heruntergekommenen, dafür aber spottbilligen Wohnung in der Ravnsborggade. Das war noch zuzeiten, als Cafés sowie Restaurants und Vinotheken noch Kneipen und Wirtschaften waren und der Stadtteil von der Arbeiterklasse, mittellosen Studenten, Alkoholikern, Drogensüchtigen und anderen sozial schwächer gestellten Menschen bewohnt wurde.

Jetzt ist die Bevölkerung ausgewechselt. Praktisch sämtliche Wohnungen in der Gegend sind modernisiert und unmöglich zu bezahlen, wenn man nicht entsprechend fett verdient. Oder Eltern hat, die es tun. An der Modernisierung an sich ist im Grunde nichts auszusetzen, findet Charlotte, denn so lustig war es nun auch wieder nicht, mit Petroleum zu heizen und ein eiskaltes Klo im Treppenhaus mit dem Nachbarn zu teilen. Aber es ist alles so glatt geschliffen und unpersönlich, dass sie ein starkes Gefühl von Entfremdung empfunden hat, als sie vor ein paar Minuten den Sankt Hans Torv mit seinem Gewimmel aus mustergültigen, hübschen jungen Menschen überquerte. Die allesamt selbstbewusst und tinnitusverursachend laut miteinander reden – oder in ein Handy, das allem Anschein nach an ihrem Ohr festgewachsen ist.

Signe hat sich mit dem Rücken gegen die Wand auf eine Bank gesetzt, von der aus sie im Überblick hat, ob jemand in Hörweite kommt. Charlotte zieht einen Stuhl heraus und setzt sich ihr gegenüber. Signe schaut sie eindringlich an.

»So, Charlotte, und jetzt erzähl mir, warum wir deine Handynummer im Magen eines Mannes gefunden haben, dem in beide Knie geschossen und der Kopf abgeschlagen wurde?«

»Was?« Sie spürt einen eisigen Schauer das Rückgrat hinablaufen und reißt die Augen auf. »Geköpft? Und in die Knie geschossen?«

»Jep«, sagt Signe und sieht aus, als ob sie ihren Tonfall, der vielleicht ein bisschen arg abgebrüht klingt, noch im selben Moment bereut.

Er ist es, denkt Charlotte. Es ist ihre Quelle. »Das wusste ich nicht. Es wurde noch nicht öffentlich gemacht, oder? Dass der Mann …?«

»Nein. Wir haben keinen Grund gesehen, makabre Details zu veröffentlichen. Vor allem nicht, solange wir nicht wissen, wer er ist. Aber in diesem Punkt kannst du uns vielleicht helfen, oder täusche ich mich?«

Charlotte spürt, wie ihre Hände anfangen zu zittern. Sie streckt die Finger und ballt die Fäuste, damit es weggeht, doch es hilft nicht. Ihre Kehle ist trocken, und sie räuspert sich ein paar Mal.

»Wie sieht er aus? Ich meine, vom Körperbau?«

»Er ist groß. Bei der Obduktion wurde geschätzt, dass er mit allen Körperteilen intakt und am rechten Platz um die eins achtundneunzig groß und etwa hundertzwanzig Kilo schwer wäre.«

»Okay. Könnt ihr sonst noch etwas über sein Aussehen sagen?«

»Helle Haut. Körper- und Schambehaarung lassen vermuten, dass er rothaarig war. Keine Tätowierungen. Saubere und geschnittene Nägel. Überhaupt insgesamt gepflegt.«

»Er ist es«, murmelt Charlotte.

»Er? Wer er?«

»Ich habe dir erzählt, dass ich einen Tipp bekommen habe, demzufolge bei den Ermittlungen im Terroranschlag nicht alles ganz vorschriftsmäßig gelaufen ist. Den Mann, von dem ich den Tipp habe, habe ich zweimal getroffen, und auch wenn er beide Male eine Art Verkleidung trug, konnte sie nicht verbergen, dass er groß gebaut war. An die zwei Meter, würde ich sagen, und nicht direkt fett, aber ein ziemlicher Teddybär.«

»Und seine Haarfarbe?«

»Er hatte eine Kappe auf, aber ich konnte einen kurzen Blick auf seine Haare erhaschen.«

»Und?«

»Sie waren rot. Ganz eindeutig.«

Signe schweigt.

»Also ist er es, oder?« Charlotte spürt, wie ihre Hände immer stärker zittern.

»Sieht so aus.« Signe greift zum Zuckerstreuer, schüttet zwei ordentliche Spritzer in den Kaffee und rührt um. »Was weißt du über ihn?«

»Nichts.«

»Kein Name?«

»Nein.«

»Auch nicht, woher er seine Informationen hatte?«

»Nein. Erst wollte er ganz sicher sein, dass ich tatsächlich darüber schreiben würde. Und so weit war ich noch nicht, ich musste erst mehr darüber erfahren, wie er an die Informationen gekommen war. Wir waren vorgestern im DGI-Byen-Café verabredet. Dort hätte er mir mehr erzählen sollen, und wenn er es getan hätte, wollte ich mit ihm vereinbaren, dass ich darüber schreiben würde. Aber er ist nie aufgetaucht.«

»Nein, aus gutem Grund«, sagt Signe. Sie schaut aus dem Fenster. »Wie hat er beim ersten Mal Kontakt mit dir aufgenommen?«

»Auf der Arbeit wurde ein Päckchen für mich abgegeben. Darin lagen ein Handy und ein Brief, der auf einer Schreibmaschine geschrieben worden war. Im Brief stand, er hätte etwas, das ich sicher gerne sehen wolle. Dann folgte eine Anleitung, wie ich ihm verschlüsselte Nachrichten senden kann. Also habe ich ihm geschrieben und gefragt, was genau ich seiner Meinung nach so gerne sehen wolle. Das wollte er mir erst sagen, wenn er ganz sicher wäre, dass ich darüber schreiben würde. Ich habe natürlich geantwortet, dass ich ihm das nicht versprechen könne, bevor ich nicht mehr wisse, und gefragt, ob wir uns nicht treffen könnten. Das wollte er zuerst nicht, hat dann aber doch eingewilligt. Wir haben uns am nächsten Tag in einer Kaffeebar in Nordhavn getroffen, wo er mir einen USB-Stick gegeben hat. Mit, wie sich herausstellte, zwei E-Mails.«

»Welchen Inhalts?«

Charlotte überlegt einen Moment. Dann zieht sie das zusammengefaltete Blatt Papier aus der Tasche und reicht es Signe.

Sie wirft einen kurzen Blick darauf und legt es auf den Tisch.

Es ist dasselbe wie mit Juncker. Sie hat die beiden Mails auch schon mal gesehen, denkt Charlotte.

»Warum, glaubst du, hat er eine Hülse mit deiner Handynummer verschluckt?«, fragt Signe.

»Keinen Schimmer. Aber er war extrem vorsichtig. Ich durfte ihm nur schreiben, nicht anrufen, und das Handy, das er mir geschickt hatte, durfte ich nur ein paar Mal benutzen, dann sollte ich es wegwerfen und die SIM-Karte zerstören. Ich bin ja keine Expertin, aber kann man heutzutage nicht so ziemlich alles hacken? Unsere Computer, unsere Handys, die Playstation unserer Kinder. Vielleicht wollte er mich im Notfall erreichen können, und statt meine Nummer in seinem Handy zu speichern, hat er sie auf einem Zettel notiert.«

»Und ihn dann in eine Plastikhülse gesteckt, die er schnell verschlucken konnte, falls er in Schwierigkeiten gerät? Was ja, kann man sagen, passiert ist.«

»Er hätte meine Nummer natürlich auswendig lernen können. Das wäre noch sicherer gewesen.«

»Schon, aber es gibt schließlich Leute wie mich, die ein Gedächtnis wie ein Sieb haben. Ich würde mich nie darauf verlassen, mir eine Telefonnummer merken zu können. Ich weiß kaum meine eigene. Allerdings besteht auch noch die Möglichkeit, dass er wollte, dass wir deine Nummer bei der Obduktion finden. Falls ihm etwas zustoßen sollte.«

»Kann gut sein. Vielleicht geschah es auch aus Sicherheitsgründen, dass er mir als Erstes auf der Maschine geschrieben hat. Eine gute altmodische Schreibmaschine kann man trotz allem nicht hacken.«

»Nein. Hast du noch mehr Material? Weitere Mails?«

Charlotte lächelt.

»Bist du nicht an der Reihe, mir ein bisschen was zu erzählen? Es sah ehrlich gesagt aus, als hättest du die beiden Mails schon mal gesehen, oder irre ich mich?«

Signe schweigt eine Weile.

»Wenn ich dir etwas erzähle, kannst du nicht darüber schreiben.«

»Mein Gott, Signe, das ergibt doch keinen Sinn. Ich bin Journalistin. Und wenn ich herausfinde, dass irgendetwas Faules im Zusammenhang mit einer derart gravierenden Angelegenheit wie einem Terroranschlag auf dänischem Boden gelaufen ist, kannst du nicht ernsthaft glauben, dass ich nicht darüber schreibe.«

»Nein. Aber wir müssen uns zumindest darauf einigen, dass du es nicht sofort tust. Du musst warten, bis wir mehr Informationen haben. Es ist ungeheuer wichtig, dass nichts verfrüht an die Öffentlichkeit gelangt. Falls das passieren sollte ...« Sie lässt den Satz in der Luft hängen.

»Das ist völlig okay. Ich habe auch gar nicht vor, etwas zu schreiben, bevor wir mehr darüber wissen, was genau geschehen ist und auf wessen Kappe es geht.«

Charlotte reicht Signe das Papier mit dem Foto des anderen E-Mail-Threads. Eine Minute lang liest sie. »sbo034«, murmelt sie. »Muss Svend Bech-Olesen sein.«

»Wer?«

»Ein Mann, der an Neujahr tot im Ørstedsparken gefunden wurde, kurz nachdem er sich mit mir getroffen hatte. Ich erzähle es dir dann zu gegebener Zeit.«

Sie schaut auf und fängt Charlottes Blick.

»Hast du Kopien hiervon gemacht?«

Charlotte nickt. »Natürlich. Sowohl auf Papier als auch auf einem USB-Stick.«

»Und sie sind gut versteckt?«

»Ja. Die findet keiner.« Sie beugt sich vor und sagt mit gedämpfter Stimme: »Wir müssen rauskriegen, wer meine Quelle ist. Oder war.«

»Das wird schwer«, meint Signe. »Bis auf Weiteres gibt es anscheinend niemanden, der ihn vermisst. Und wir können logischerweise schlecht mit Porträtfotos nach ihm fahnden lassen. Wir haben natürlich unsere Antennen in verschiedenen Milieus ausgefahren, aber das hat herzlich wenig ergeben.«

»Glaubst du, sie haben ihn deshalb geköpft? Damit er nicht identifiziert werden kann?«

»Vielleicht. Die Obduktion hat jedenfalls mit ziemlicher Sicherheit ergeben, dass er bereits tot war, als sie ihn enthauptet haben. Aber na ja … ich glaube eher, dass es als Warnung gedacht war.«

»Was meinst du? An wen?«

»An die, die sich womöglich fragen, warum keiner auf die Warnung vor dem Terroranschlag reagiert hat, und anfangen herumzuschnüffeln. Leute wie uns zum Beispiel.«

»Und die Schüsse in die Knie?«

»Die Banden benutzen es als Bestrafung. Wenn jemand etwas Schlimmes getan hat, was aber nicht schlimm genug ist, um dafür getötet zu werden. Dann können die armen Teufel den Rest ihres Lebens im Rollstuhl verbringen oder auf Krücken herumhumpeln. Aber das passt in unserem Fall nicht, denn sie *haben* ihn ja getötet. Es könnte auch schlicht und ergreifend Folter gewesen sein. Ein Versuch, ihn dazu zu bringen, bestimmte Informationen preiszugeben. Zum Beispiel, wie er an die beiden Mails gekommen ist. Und mit wem er in Kontakt stand.«

»Das wäre also ich?«

Darauf gibt Signe keine Antwort.

Charlotte hat bei Begegnungen mit Kollegen, die ihr

Leben für eine Story aufs Spiel setzen – Kriegskorrespondenten beispielsweise –, immer gedacht, dass keine, absolut keine Story es wert ist, dafür zu sterben. Diese Haltung hat sie im Grunde genommen nach wie vor, gleichzeitig jedoch hat sie zum ersten Mal in ihrem Leben das glasklare Gefühl, eine Story in Händen zu halten, die sie unbedingt unter Dach und Fach bringen will. Nicht um jeden Preis. Aber nah dran.

Auch wenn sie wirklich Schiss hat.

»Wenn man sich vorstellt, dass es Menschen gibt, die bereit sind zu töten, nur um zu verheimlichen, dass jemand einen Fehler gemacht hat.«

»Ja, schwer zu glauben«, stimmt Signe zu.

Kapitel 25

Nabiha ist auf einen Sprung zu Hause gewesen und hat verschiedene Gewürze und Kräuter geholt, von deren Existenz Juncker nicht den Hauch einer Ahnung hatte. Sie hat außerdem darauf bestanden, alle anderen Zutaten fürs Abendessen einzukaufen.

Bevor sie sich nach dem Gespräch mit Mads Stephansen trennten, hatte sie wissen wollen, ob es wohl eine *Tajine* in der Küche seiner Eltern gäbe. Juncker hatte keinen Schimmer, was eine Tajine sein sollte. Nabiha erklärte, dass es ein Lehmgefäß mit einem spitzen Deckel sei, der an eine Wichtelmütze erinnere und vor allem in der nordafrikanischen Küche verwendet werde, woraufhin Juncker antwortete, er sei sich nach der kurz gefassten Beschreibung zu einhundert Prozent sicher, dass seine Mutter niemals eine solche Tajine in ihrer Küche gehabt habe. Dann aber vielleicht einen gusseisernen Topf? Doch, ja, das glaubte er schon.

Junckers Vermutung bewahrheitet sich: Karoline und Nabiha verstehen sich auf Anhieb. Er sitzt an dem kleinen Tisch in der Küche, während die beiden das Essen zubereiten. Nach über einem halben Jahr des Eremitendaseins in dem heruntergekommenen Haus, wo sich in fast jeder Ecke ein Gespenst eingenistet hat, ist es überwältigend, andere Stimmen zu hören als den ewigen Monolog, der sich normalerweise in seinem Kopf abspielt, wenn er Abend für Abend dahockt und sich mit Wein volllaufen lässt, bis ihm die Lichter ausgehen.

Bist du etwa gut gelaunt?, fragt er sich selbst, und muss die Frage zu seiner Überraschung bejahen. Gut gelaunt, aber auch angespannt.

»Auf welcher Schule warst du?« Karoline schneidet eine Zwiebel.

»Auf der Rådmansgades Skole. Und du?« Nabiha hackt glatte Petersilie und Koriander.

»Farimagsgades.«

»Ah. Da waren wohl nicht so viele Dunkelhäutige, oder?«

»Och, ein paar schon.«

»Woher kamen sie? Aus den Kartoffelreihen ja wohl kaum?«

»Ehrlich gesagt, keine Ahnung. Wie war es mit Weißen auf der Rådmansgades Skole? Davon kann es auch nicht gerade viele gegeben haben?«

»Nee, hat es auch nicht.«

Juncker hat Nabiha ein Glas Wein angeboten. Er weiß, dass sie Alkohol trinkt, aber sie hat es ausgeschlagen und hält sich wie Karoline an Sprudel. Sie schneidet Lammkeule in Würfel und brät sie mit gemahlenem Kreuzkümmel und einem Gewürz namens Ras el-Hanout in dem alten emaillierten Eisentopf an, den Juncker in einem der Schränke entdeckt hat.

»Und jetzt bist du also schwanger. Das ist echt toll.« Nabiha lächelt Karoline an, die das Lächeln erwidert. Nabiha schmeißt Gemüse und Kräuter in den Topf und gibt etwas Wasser sowie einen Suppenwürfel dazu. Dann nimmt sie den Karton mit Wein. »Den leihe ich mir kurz«, sagt sie und gießt einen ordentlichen Schuss dazu. »Keine Sorge, der Alkohol verdunstet«, meint sie an Karoline gewandt.

»Das sollte in Ordnung sein.«

»Er heißt Majid, hat dein Vater erzählt.«

»Stimmt. Er ist Pakistaner. Das heißt, er ist dänischer Staatsbürger, aber seine Familie stammt aus Pakistan.«

»Ja, das hat Juncker auch erzählt.« Sie setzt den Deckel auf den Topf. »Wollen wir uns nicht raussetzen? Das hier muss jetzt eh anderthalb Stunden köcheln.«

Draußen auf der Terrasse bemerkt Juncker, dass seine Tochter die weißen Gartenmöbel einigermaßen vom Grünbelag befreit hat. Sie setzen sich.

»Hast du seine Familie schon kennengelernt?«, fragt Nabiha.

»Ja, seine Eltern und seine Geschwister«, antwortet Karoline.

»Und, wie sind sie so?«

Karoline wirft ihrem Vater einen Blick zu, in dem deutlich geschrieben steht: *Aha, deshalb hast du sie also eingeladen.* Juncker weicht ihren wütenden Augen aus.

Nabiha bemerkt es ebenfalls. »Karoline, ich habe mich selbst eingeladen, es war nicht die Idee deines Vaters«, sagt sie.

»Ach so. Und warum willst du dann … nein, tut mir leid. So war es nicht gemeint. Ich freue mich, dich kennenzulernen. Es ist nur …« Sie seufzt. »Alle meine Freunde wollen ›nur mal fragen‹, ob ich auch wirklich ganz sicher bin, worauf ich mich da einlasse, wenn ich mich von einem muslimischen Mann schwängern lasse. Als ob von vornherein feststünde, dass es nur Probleme geben kann, wenn zwei Menschen aus unterschiedlichen Kulturen ein Kind zusammen bekommen. Die Leute haben dermaßen stereotype Vorstellungen. Jetzt mal ehrlich, wir leben im 21. Jahrhundert.«

»Das stimmt, die Vorstellungen sind oft stereotyp.«

Eine Weile sagt keiner etwas. Dann bricht Karoline das Schweigen.

»Hattest du mal einen dänischen Freund?«

»Ja, ich war mit einem weißen Dänen zusammen. Vor ein paar Jahren. Aber ich war nie schwanger.« Sie lehnt sich zurück und legt den Nacken auf die Rückenlehne des Stuhls. »Ich bin in Mjølnerparken aufgewachsen. Meine Eltern waren Flüchtlinge aus dem Libanon, sie kamen 1982 nach Dänemark, und drei Jahre später wurde ich geboren. Mein Vater war Kommunist und in einer Bewegung namens PFLP aktiv. Er und meine Mutter hatten in Beirut während des Bürgerkrieges schreckliche Dinge erlebt. Er starb 2002 an Krebs, doch vor seinem Tod, während er schwer krank war, hat er mir davon erzählt.«

Sie schluckt.

»Mein Vater war nicht religiös, und schon als ich klein war, legte er großen Wert darauf, mich auf dieselbe Weise wie meinen Bruder zu erziehen. Also ging ich zum Fußball. War überhaupt sehr jungenhaft. Hatte eine große Klappe in der Schule.«

»Was hat dein Vater gemacht?«

»Er hatte in Beirut Ingenieurswissenschaften studiert und fand einen Job als Maschinenarbeiter in einer Fabrik in Glostrup.« Sie lächelt. »Wisst ihr, was Nabiha bedeutet? Die Kluge. Mein Vater hat darauf bestanden, dass ich so heißen soll. Aber ich war ehrlich gesagt nicht besonders klug als Kind. Erst später habe ich gemerkt, dass man Bücher lesen muss, wenn man etwas werden will. Das war ungefähr zur selben Zeit, als ich angefangen habe, Kopftuch zu tragen.«

»Wieso das?«, fragt Karoline.

»Es war meine Art zu rebellieren. Erst war mein Vater stinksauer, aber er war schlau genug, um zu erkennen, dass es eben das war: Rebellion. Auf diese Weise konnte ich mich von meinen progressiven Eltern losreißen. Ich glaube, er verstand, dass er, wenn es andersherum gewesen wäre, wenn er also darauf bestanden hätte, dass ich ein Kopftuch trage, damit die gegensätzliche Reaktion heraufbeschworen hätte. Und damit lag er vollkommen richtig.«

»Wo ist deine Mutter in all dem?«

»Sie war die ganze Zeit da, direkt hinter meinem Vater. Zwar hatte er in vielerlei Hinsicht moderne Ansichten, was die Rechte von Frauen angeht, aber es bestand trotzdem kein Zweifel darüber, wer das Oberhaupt der Familie war. Jedenfalls nach außen hin. Allerdings wusste meine Mutter sehr genau, wie sie ihn dorthin lenken konnte, wo sie ihn haben wollte, wenn sie in einer Sache verschiedener Meinung waren.«

»Was macht sie?«

»Sie arbeitet seit Jahren bei Kvickly in der Nørrebrogade. Auch wenn mein Vater nun schon viele Jahre tot ist, trauert sie immer noch jeden Tag um ihn. Es ist wirklich rührend. Na, jedenfalls habe ich irgendwann in der Mittelstufe aufgehört, ein Kopftuch zu tragen.«

»Und warum hast du aufgehört?«

»Weil ich es Quatsch fand, dieses ganze Gelaber von wegen, dass Frauen ehrbar und anständig sein sollen, und wenn sie es nicht sind, stürzen sich die Männer wutentbrannt auf sie. Ich war ja gar nicht religiös. Ich habe nie daran geglaubt, dass da oben irgendein Gott sitzt und die ganze Show leitet.«

»Es gibt auch muslimische Frauen, die gläubig sind, aber kein Kopftuch tragen. So wie es auch Nicht-Gläubige gibt, die eines tragen. Als politisches Statement.«

»Ich weiß. Und meinetwegen können sich Frauen um

den Kopf binden, was sie wollen. Bloß soll mir keiner erzählen, was ich darf und was nicht. Das kann ich prima allein entscheiden.«

»Und worauf willst du mit all dem hinaus?«

»Als ich siebzehn war, kam ich mit Jesper zusammen. Er ging auf eine andere Schule, und wir haben uns auf einer Party bei einem gemeinsamen Freund kennengelernt. Meine Mutter fand es völlig in Ordnung, dass ich einen dänischen Freund hatte, und Jesper war oft bei uns zu Hause und durfte sogar dort übernachten, nachdem meine Mutter sich versichert hatte, dass ich die Pille nahm. Und ich bin mir zu einhundert Prozent sicher, dass mein Vater genauso wenig ein Problem damit gehabt hätte. Alles war mit anderen Worten Friede, Freude, Eierkuchen. Bis sowohl die Familie väterlicherseits als auch mütterlicherseits anfing, sich einzumischen. Die Brüder meines Vaters suchten meine Mutter auf und beschwerten sich, dass es angeblich die Ehre der Familie besudele, wenn ihre Tochter mit einem Mann ins Bett ging, ohne mit ihm verheiratet zu sein, und das auch noch mit einem Ungläubigen, einem Kafir. Meine Mutter forderte sie zunächst auf, sich da rauszuhalten, aber sie blieben hartnäckig. Ich wurde von meinen Cousins zur Rede gestellt, die drohten, es könne richtig übel ausgehen, wenn ich mich nicht von Jesper trennte. Es wurde nie direkt ausgesprochen, aber es bestand kein Zweifel, dass es wirklich gewaltsam enden konnte, wenn wir nicht einlenkten. Indem wir uns entweder trennten oder Jesper konvertierte und wir heirateten.«

»Wie ist es ausgegangen?«

»Das Ganze hat sich mehr oder weniger von selbst gelöst. Jesper und ich waren ein Jahr zusammen. Er hatte Schiss, ich ebenfalls, auch wenn ich vor allem wütend war.

Aber ich weiß nicht, ob es daran lag, dass es auseinanderging. Vielleicht wären unsere Gefühle auch ohne den Ärger mit der Familie abgeflaut. Wir waren ja noch ziemlich jung. Für meine Mutter hatte es zur Folge, dass sie nun zu mehreren ihrer Verwandten keinen Kontakt mehr hat.«

Karoline nickt und verliert sich in Gedanken, schweigt. Dann schaut sie Nabiha an. »Und die Pointe ist …?«

»Du solltest darauf vorbereitet sein, was passieren könnte. Und wissen, dass nicht alles so ist, wie es an der Oberfläche erscheint. Weder die Verwandten meines Vaters noch die meiner Mutter waren Bauern ohne jede Bildung, sondern mehrere von ihnen Akademiker und linksgerichtete Aktivisten. Trotzdem reagierten sie gemäß irgendeiner uralten Vorstellung eines Ehrbegriffs, der wahrscheinlich nicht mal sehr viel mit Religion zu tun hat.«

»Du findest also, ich sollte die Beziehung zu Majid beenden, oder was?«

Nabiha schüttelt heftig den Kopf. »Fuck, nein! Aber ich denke, es wäre eine gute Idee, wenn du, oder besser ihr, darüber nachdenkt, was ihr auf einige der Fragen antworten möchtet, die euch unter Garantie gestellt werden. Auch wenn Majids Verwandte moderne Menschen sind.«

»Wie zum Beispiel?«

»Ob du konvertieren wirst? Hast du das vor?«

Karoline zuckt mit den Achseln. »Ich bin nicht gläubig, also warum sollte ich?«

»Ja, warum? Es gibt auch tatsächlich keine Regeln, die verbieten, dass ein muslimischer Mann eine Christin oder eine Jüdin heiratet. Diesbezüglich können sie euch also nichts ankreiden. Umgekehrt muss ein Christ oder Jude konvertieren, wenn er eine muslimische Frau heiraten will.«

»Aber das kann uns ja egal sein.«

»Stimmt. Was euch hingegen nicht egal sein kann, ist der Umstand, dass die Scharia keinerlei Zweifel offenlässt, was die Kinder eines Muslims und einer nicht-muslimischen Frau angeht: Sie werden als Muslime geboren und müssen als Muslime erzogen werden.«

»Scharia? Also, Nabiha, wir sind schließlich in Dänemark, oder?«

Nabiha schaut Karoline lange an.

»Ja, sind wir. Und trotzdem gibt es Frauen hier im Land, die untertauchen mussten, weil sie gegen die Scharia verstoßen haben. Und einige mussten mit dem Leben bezahlen, weil sie darauf bestanden haben, dass das dänische Gesetz auch für sie und die Menschen, die sie liebten, gelten sollte. Weil es Männer gibt, die sich Frauen gegenüber wie Schweine verhalten.«

»Aber ist das Kapitel nicht langsam überstanden? Man hört doch kaum noch was von Ehrenmorden und solchen Dingen.«

»Hoffentlich hast du recht. Damit, dass es in die richtige Richtung geht. Aber überstanden? Frag doch mal Majid.«

»Ich kann mir ehrlich gesagt nur schwer vorstellen, dass seine Familie auf diese Weise denken könnte. Dass sie die Ehre der Familie höher stellen als …«

»Es ist ja auch gar nicht sicher, dass sie das tun. Ich sage nur, es wäre klug, wenn du dir überlegst, was du tun würdest, falls es sich so verhält.«

Nabiha ist vor einer Stunde gegangen. Karoline hat sich schlafen gelegt. Ohne gute Nacht zu sagen.

Juncker hat eine Wolldecke mit nach draußen genommen und sie sich um die Schultern gewickelt. Er kann den Gedanken nicht abschütteln, dass er seine Tochter hintergangen hat. Dass er, statt sich einfach zu freuen, einen Moment, der nie wiederkommen wird, mit Zweifel und Sorge verpestet hat.

In ihren Zwanzigern verliebte sich seine kleine Schwester Lillian in einen Mann, den ihr Vater nicht leiden konnte. Einzig und allein aus dem Grund, weil Mogens Junckersen der Ansicht war, der Mann, der eine Lehre gemacht hatte und bei einem Eisenwarenhändler arbeitete, sei nicht würdig, seine Tochter zu heiraten. An dieser Meinung hielt er stur sein Leben lang fest; er behandelte Junckers Schwager mit einer Mischung aus Kälte und Verachtung, bis Lillian das herablassende Verhalten ihres Vaters gegenüber dem Mann, den sie liebte – und der im Übrigen, findet Juncker, stets ein sehr sympathischer Mensch und unbestreitbar liebevoll und fürsorglich gegenüber Frau und Kindern gewesen ist –, nicht mehr ertragen konnte.

Die vergangenen fünfzehn Jahre wollte Lillian nichts mehr mit dem Alten zu tun haben. Vater und Tochter haben sich praktisch überhaupt nicht mehr gesehen, und Mogens Junckersen hatte keinen Kontakt zu seinen Enkelkindern.

So darf es niemals enden, denkt Juncker und steht auf, um nach drinnen zu gehen. Mit einem Gefühl, dass er im Laufe der Nacht seinem Vater in die Augen sehen und ihn flüstern hören wird.

Schlappschwanz.

Sonntag, 6. August

Kapitel 26

Juncker beschließt, zu Fuß zu gehen. Es ist ein schöner Morgen, wie so viele in den letzten Wochen, mit einer Temperatur um die zwanzig Grad. Die Luft ist noch frisch nach dem nächtlichen Regen, und die Wespen, die den Aufenthalt im Freien wenn auch nicht unerträglich, so doch nervig machen, sind anscheinend noch nicht aktiv geworden.

Juncker kann nicht so richtig einordnen, wie es am gestrigen Abend gelaufen ist. Es gab eine Zeit, da er seine Fähigkeit, sowohl Situationen als auch Menschen einzuschätzen, als eine seiner größten, wenn nicht *die* größte Stärke erachtete. So ist es nicht mehr. Er kann sich kaum selbst spüren. Fühlt sich nach acht Monaten Einsamkeit mal gewichtslos, mal schwerfällig wie ein Mammut.

Karoline und Nabiha mochten einander, so viel ist sicher. Allerdings war der erhobene Zeigefinger in Nabihas Worten deutlich zu merken gewesen. Inzwischen kennt er ihre Haltung zu dem Milieu, in dem sie aufgewachsen ist, so gut, dass er ohne Schwierigkeiten heraushören konnte, wie sehr sie sich bemühte, ihre Verachtung und ihre Wut zu verbergen, um seine Tochter nicht zu verprellen.

Aber Karoline selbst? Was hat sie dabei empfunden, mit Nabihas Erfahrungen konfrontiert zu werden und ihren Rat zu hören? Er konnte es nicht beurteilen, als sie ins Bett ging.

Wenn sie sauer ist, weil er sich einmischt, könnte er es gut verstehen. Denn was soll sie schon tun? Die Situation ist nun mal, wie sie ist. Sie und Majid sind augenscheinlich glücklich miteinander und freuen sich darauf, Eltern zu werden. Majids Eltern freuen sich, ein Enkelkind zu bekommen, und er und Charlotte freuen sich natürlich auch.

Trotzdem hat er Angst. Vor irgendetwas Unbestimmtem. Aber was soll Karoline damit anfangen?

Um neun ist er mit Skakke und dem Ermittlungsleiter Anders Jensen in der alten Polizeistation am Marktplatz verabredet. Da Sonntag ist, fällt das Morgenbriefing in der Hauptdienststelle flach, und die Ermittler dürfen den Vormittag mit ihren Familien verbringen. Skakke möchte jedoch trotzdem gern die neuesten Erkenntnisse im Fall zusammentragen und hat angeboten, dass Jensen und er stattdessen nach Sandsted kommen können, um sich dort mit Juncker zu treffen.

Er ist früh dran und macht einen kleinen Umweg durch den Kildeparken. Nichts zeugt davon, dass hier vor weniger als einer Woche eine Leiche gefunden wurde. Kein weißes Zelt, kein rot-weißes Absperrband. Der Park ist menschenleer. Juncker setzt sich auf eine Bank unweit der Stelle, wo Ragner Stephansen gefunden wurde. Seit einigen Tagen nagt das unbestimmte Gefühl in ihm, irgendetwas am Tatort übersehen zu haben, ohne dass er sagen könnte, was das sein sollte. Es war in vielerlei Hinsicht ein sehr einfacher Tatort, und auch die Ergebnisse der Untersuchungen waren weiß Gott recht überschaubar.

Vielleicht hat er es nur geträumt. Er steht auf und geht zu der Stelle des Weges, wo die Leiche lag. Schon Montagmorgen, als er ankam, hatten sie aufgrund des nächtlichen Regens kaum Schuhabdrücke finden können. Seitdem hat es beinahe jede Nacht geregnet, und die einzigen Spuren, die im Kies zu sehen sind, sind die kleinen Rinnen und Erosionen, wo das Regenwasser auf seinem Weg zu den Gullys oder ins Gras Erde und Gestein weggeschwemmt hat. Er steht eine Weile da und ruft sich in Erinnerung, wie die Leiche platziert war und wie sie aussah. Aber ihm kommen keine neuen Erkenntnisse.

Knappe zehn Minuten später schließt er die Tür zur Polizeistation auf, und eine Viertelstunde darauf bimmelt das Glöckchen. Die drei Männer setzen sich an den runden Besprechungstisch.

»So«, beginnt Skakke. »Wie ist der Stand der Dinge? Anders, fängst du an?«

»Kann ich machen. Was die ›lettische Verbindung‹ angeht, gibt es eigentlich nichts groß zu berichten. Wie erwartet, ist es ein äußerst zähes Unterfangen, etwas Vernünftiges aus unseren Kollegen in Lettland herauszubekommen, daher wissen wir im Grunde nicht wirklich mehr als zu Beginn der Woche. Die Investmentbank wird so gut wie sicher als Waschmaschine benutzt, aber wir haben noch nichts gefunden, was darauf hinweist, dass es aus diesem Grund Unstimmigkeiten zwischen Stephansen und seinem Klienten gegeben hätte. Ich kann mir nur schwer vorstellen, dass er nicht gewusst hat, dass die in Dänemark investierten Gelder nicht ganz sauber waren. Juncker, das wurde dir auch durch den Sohn bestätigt, oder?«

»Na ja, ganz so deutlich hat Mads Stephansen es nicht ausgedrückt. Aber er meinte, er habe seinem Vater gegenüber zum Ausdruck gebracht, dass sie die Bank seiner Ansicht nach nicht als Klienten haben sollten. Bei allem, was man über die Geldströme in den baltischen Ländern weiß.«

»Okay.« Jensen wendet sich an seinen Chef. »Skakke,

wir haben darüber gesprochen, einen Mann nach Riga zu schicken.«

»Ja, aber ich denke, wir warten besser noch, bis wir etwas Konkreteres haben, ehe wir Ressourcen darauf verwenden. Juncker, gibt's sonst noch was über den Sohn, das wir wissen sollten?«

Juncker beugt sich auf seinem Stuhl vor.

»Er scheint kein sonderlich enges Verhältnis zu seinem Vater gehabt zu haben, allerdings auch kein schlechtes, ich sehe also kein richtiges Motiv. Was das Alibi angeht, sagt seine Frau, dass er gegen 23.30 Uhr im Bett gelegen habe und sie immer aufwache, wenn er nachts auf Toilette geht. Nicht gerade das weltbeste Alibi, er könnte sich ja trotz der Versicherungen seiner Frau hinausgeschlichen haben. Oder sie versucht, ihn zu decken. Wenn man ein bisschen kritisch ist, könnte man einwenden, dass ihre Beschreibung, wie die Nacht verlief, sehr präzise war – unter anderem wusste sie zu berichten, dass ihr Mann gegen fünf pinkeln gegangen sei. Aber noch mal, im Moment wüsste ich nicht, welches Motiv er gehabt haben sollte.«

»Was ist mit … Peter Johansen, hieß er so? Der, den wir unter Überwachung gestellt haben?«

»Die Überwachung hat bisher rein gar nichts ergeben«, antwortet Jensen. »Wir sind natürlich erst seit zwei Tagen an ihm dran, aber in dieser Zeit war er an seinem Arbeitsplatz in der Bank in Køge und hat ansonsten kaum einen Fuß vor die Tür gesetzt.«

»Er führt auch nach eigener Aussage ein ruhiges Leben«, sagt Juncker. »Dafür hat er Motive zur Genüge. Und ein schwaches Alibi. Er macht keinen Hehl daraus, dass er Ragner Stephansen nicht ausstehen konnte, und gibt ihm wohl praktisch die Schuld am Tod seiner Schwester. Außerdem ist er ein hervorragender Schütze und besitzt verschiedene Kleinkaliberwaffen, die wir zur Untersuchung geschickt haben …«

»Und deren Ergebnis habe ich vorliegen«, unterbricht ihn Jensen. »Keine von Peter Johansens Waffen ist die Mordwaffe, die können wir also schön weitersuchen.«

»Es war wohl auch kaum zu erwarten, dass er dafür die registrierten Waffen benutzen würde. Sonst noch was, Juncker?«, fragt Skakke missmutig.

»Wir haben außerdem mit Stephansens Privatsekretärin gesprochen. Davon habe ich dir erzählt, Anders. Sie war mehrere Jahre seine Geliebte, vor ein paar Wochen aber hat er das Verhältnis beendet, worüber sie recht verbittert ist. Hier wäre also auch ein Motiv.«

»Was ist mit der Ehefrau? Die du ja kennst, nicht wahr, Juncker?«

Juncker starrt Skakke wütend an. »Ich habe dir erklärt, wie mein Verhältnis zu Stephansen und seiner Frau aussah, und du hast entschieden, dass es kein Problem ist.«

»Ich habe nur immer noch meine Zweifel.«

»Entscheide dich. Wenn du meinst, dass ich befangen bin, zieh mich von dem Fall ab. Ansonsten lass das Thema fallen.«

»Okay, okay, nichts für ungut, Juncker. Wie schätzt du die Frau also ein? Steht sie unter Verdacht?«

Vollidiot, denkt Juncker. »Sie hat natürlich ganz klar ein Motiv, weil er ihr untreu war. Andererseits wusste sie seit Jahren von seiner Affäre, und es war ihr egal, sagt sie – was ihr Sohn bestätigt hat. Er wusste es ebenfalls. Warum also sollte Vera Stephansen ihn ausgerechnet jetzt umbringen, wo er das Verhältnis doch gerade beendet hatte?«

»Nein, das ergibt wenig Sinn. Könnte Geld ein Motiv gewesen sein? Immerhin hinterlässt er ein ansehnliches Vermögen, oder, Anders?«, fragt Skakke.

»Ja. Nach unserem bisherigen Stand war er mindestens dreißig Millionen schwer. Er hatte sein Geld offensichtlich sehr gewinnbringend angelegt. Dazu kommen das Haus sowie ein Sommerhaus in Tisvildeleje.«

»Ja, aber Vera Stephansen hat es zeit seines Lebens nie an etwas gefehlt«, schränkt Juncker ein. »Sie sagt, sie habe so gut wie immer bekommen, was sie wollte. Und wenn das Erbe ein Motiv war, gilt das wohl auch für die Kinder. Neben Mads gibt es eine Tochter, Louise, die mit ihrer Familie in Klampenborg wohnt, und ihr Alibi ist absolut wasserdicht. Stephansen hatte noch mehrere Jahre sicheren Verdienstes vor sich, die Kanzlei läuft schließlich glänzend, warum also einen Dukatenesel jetzt umbringen, statt zu warten und in, sagen wir mal fünf Jahren, ein noch größeres Erbe zu kassieren?«

»Es sei denn, man braucht dringend jetzt sofort Geld für irgendetwas, wovon wir nichts wissen«, wirft Jensen ein.

»Das kann natürlich sein«, stimmt Juncker zu.

»Mhm«, brummt Skakke. »Anders, setzt du ein paar Leute daran zu untersuchen, ob jemand unter den engsten Angehörigen Geldprobleme hatte? Drogen, Spielschulden, was auch immer.« Er lehnt sich zurück. »Noch was?«

»Ja«, sagt Jensen. »In Bezug auf die Mordwaffe hat sich herausgestellt, dass der Schützenverein eine Pistole vermisst, die ihnen zufolge im letzten Monat verschwunden ist. Eine Hämmerli Kaliber .22.«

»Na, das ist ja 'n Ding.« Skakke runzelt die Brauen. »Ich dachte, die Vereine hätten die Kontrollen verschärft, nachdem der Kollege in Albertslund mit einer Clubwaffe erschossen wurde. Wann war das noch mal?«

»Dezember letzten Jahres, soweit ich mich erinnere. Ja, das dachte ich auch, aber es hapert offenbar immer noch«, konstatiert Jensen.

Skakke steht auf und geht zu einem der großen Ladenfenster. Eine Weile blickt er stumm auf den Marktplatz,
der verlassen daliegt.

»Was machen wir? Die Medien sitzen uns allmählich
ziemlich im Nacken. Ragner war ja kein Unbekannter in
dieser Gegend.«

Nein, er war ein reiches Arschloch, denkt Juncker.

»Kannst du nicht Mørk auf die Journalisten ansetzen? Er
ist brillant darin, sie in Schach zu halten.«

Jonas Mørk, Chef der Hauptdienststelle in Næstved, ist
mit seinen vierzig Jahren der jüngste Leiter einer Polizei-
direktion. Junckers Meinung nach ist er ein ausgesprochen
wortgewandter und gut ausgebildeter Speichellecker,
der herzlich wenig von richtiger Polizeiarbeit versteht.
Er zweifelt daher keine Sekunde daran, dass Mørk es bis
ganz an die Spitze der dänischen Polizei schaffen wird.
Doch als Juncker im Dezember bei dem Doppelmord an
den Larsens nicht weiterkam, war Mørk derjenige, der die
Presse auf Abstand hielt und ihm die nötige Ruhe bei den
Ermittlungen verschaffte. Und das machte er gut, muss
Juncker widerstrebend zugeben. Mørk besitzt die Gabe,
mit vielen Worten absolut nichts zu sagen. Das ist denn
auch das Positivste, was Juncker über den Chefpolizei-
inspektor zu sagen hat.

»Das werde ich tun. Aber«, Skakke kratzt sich am Kopf,
»wie kommen wir weiter?«

Tja, diesbezüglich ein paar Vorschläge zu machen wäre
so eines der Dinge, für die du bezahlt wirst, denkt Juncker.

»Indem wir unsere Arbeit machen.« Er steht auf. »Die
eitrigen Geschwüre finden. Und sie ausdrücken.«

Kapitel 27

Signe hat das Bedürfnis, vor dem Briefing ihre Gedanken zu ordnen, daher hat sie die Tür zu ihrem Büro geschlossen. Die Plastiktütchen mit der Hülse und dem Zettel befinden sich nun beim NKC, dem Nationalen Kriminaltechnischen Center in Ejby, und dort bleiben sie, bis sie von den Technikern untersucht worden sind. Anschließend werden sie zur Mordkommission auf Teglholmen gebracht und dort zusammen mit dem übrigen Beweismaterial des Falles in der Asservatenkammer hinterlegt.

Der Kriminaltechniker, der bei der Obduktion dabei war, hat sowohl die Hülse als auch den Zettel fotografiert. Die Bilder hat er an Signe geschickt, drei Stück sind es. Eines, welches die Hülse zeigt, bevor sie geöffnet wurde. Eines, auf dem die geöffnete Hülse und das zusammengerollte Stück Papier zu sehen sind. Und eines, das den aufgefalteten Zettel abbildet, sodass Charlottes Handynummer deutlich zu lesen ist.

Letzteres darf um Himmels willen nicht vor allen anderen auf dem Großbildschirm gezeigt werden. Denn dann fliegt ihr Bluff auf.

Während des Briefings wird sie Kristian Jokumsen, ihren Kollegen aus der Mordkommission und ebenfalls anwesend bei der Obduktion, bitten, die Bilder von der Plastikhülse und dem Zettel zu zeigen. Sie schaltet ihren Computer ein und schickt ihm eine Mail mit den beiden

Fotos im Anhang. Nicht jedoch das Foto, auf dem die Telefonnummer zu sehen ist.

Sie hat gerade auf Senden geklickt, als krachend die Tür auffliegt.

»Bist du so weit, Kristiansen?«

Eines schönen Tages wird Merlin es nicht schaffen, rechtzeitig die Klinke herunterzudrücken, bevor er die Tür eintritt, und dann zerschmettert er einen Türrahmen.

»Jep, kann losgehen.«

Das Briefing wird in einem der Großraumbüros abgehalten, die sich im selben Stock wie ihr Büro befinden. Das Geplauder zwischen den vierzehn Anwesenden verstummt, als Merlin und Signe hereinkommen.

»Guten Morgen«, grüßt sie in die Runde.

Auch wenn Merlin den höchsten Rang innehat, leitet Signe als Ermittlungsleiterin die Besprechung. Tatsächlich steht nirgends geschrieben, dass der Chef der Abteilung für Gewaltkriminalität an Briefings teilnehmen soll, doch Merlin tut es oft, besonders zu Beginn einer Ermittlung und besonders bei Mordfällen.

»Versuchen wir, es kurz zu halten. Kann jemand berichten, wie es mit der Identifizierung der Leiche läuft? Ja, Rasmus?«

»Es gibt nichts groß zu erzählen, und nach wie vor wird niemand vermisst, der auf die Beschreibung des Geköpften passt. Wir haben uns außerdem unter unseren Informanten aus dem Bandenmilieu umgehört, aber auch dort vermisst man offenbar keinen – hier gelten natürlich die üblichen Vorbehalte, was den Wahrheitsgehalt der Aussagen aus diesen Kreisen angeht. Mehr gibt es momentan nicht zu sagen.«

»Danke. Irgendwas Neues aus Ejby?« Signe nickt dem anwesenden Kriminaltechniker zu, der zu ihrer Erleichterung ein anderer ist als der, der bei der Obduktion dabei war.

»Nein, nicht wirklich. Wir haben ja ein paar Haare und anderes DNA-Material auf der Leiche gefunden und zur Analyse geschickt. Es wird, wie ihr wisst, zwei, wenn nicht drei Wochen dauern, bis wir etwas von der Abteilung für Forensische Genetik hören. Es sei denn, ihr wollt blechen?«

Es besteht die Möglichkeit, sich an der Schlange vorbeizuzahlen und eine Eil-DNA-Analyse vornehmen zu lassen, die binnen vierundzwanzig Stunden erfolgt, doch dieser Spaß kostet denn auch zwischen achtzig- und hunderttausend Kronen. Signe hat in ihrer Zeit bei der Mordkommission nur bei einem einzigen Fall erlebt, dass eine solche Eilanalyse gemacht wurde.

Sie schaut zu Merlin. »Wollen wir das?«

Er schüttelt den Kopf. »Nein, wollen wir nicht.«

»Okay. Dann wäre da die Obduktion. Bei der war ich dabei, und hier haben sich ja tatsächlich ein paar interessante Dinge ergeben.« Signe zieht ein Notizbuch aus ihrer Tasche. »Den Obduktionsbericht habe ich noch nicht bekommen, aber«, sie blättert, »was die Statur des Opfers angeht, schätzt Markman, dass der Mann um die eins achtundneunzig groß war und etwa hundertzwanzig Kilo gewogen hat. Außerdem ist er, wie es aussieht, rothaarig oder zumindest rotblond. An äußeren Verletzungen waren da *nur* der fehlende Kopf und die Knieschüsse. Was man natürlich als schlimm genug bezeichnen kann. Abgesehen davon, dass der Kopf naheliegenderweise nicht untersucht werden konnte, war er kerngesund. Am interessantesten«, Signe schaut in die Runde ihrer Kollegen, »war allerdings, was wir in seinem Magen gefunden haben. Kristian, zeigst du mal eben die Bilder?«

Kristian Jokumsen nickt und fummelt einen Moment an seinem Laptop herum. Mit einer Fernbedienung schaltet er den großen Bildschirm an der Wand ein, und wenige Sekunden darauf erscheint das Foto mit der Hülse.

»Diesen kleinen Kameraden hier hatte das Opfer verschluckt«, erklärt Signe. »Wann genau, wissen wir nicht, da sich das Teil aber noch in seinem Magen befand, vermutlich kurz, bevor er getötet wurde. Es lässt sich öffnen, und darin lag«, sie nickt Kristian Jokumsen zu, der zu dem Bild mit der geöffneten Hülse und dem zusammengerollten Zettel weiterklickt, »das hier.«

Sie schaut zum Bildschirm und anschließend auf ihre Notizen.

»Auf dem Zettel standen acht Ziffern, die naheliegendste Vermutung wäre, dass es sich um eine Telefonnummer handelt. 35368221.« Signe bemerkt, dass praktisch alle am Tisch die Nummer notieren, und wiederholt die Ziffernfolge. »Ich habe die Nummer gestern mehrfach angerufen, ohne durchzukommen. Außerdem habe ich versucht, die verschiedenen Telefongesellschaften anzutreiben, damit sie mithelfen herauszufinden, wessen Nummer es ist. Es ist vermutlich leichter, zum amerikanischen Präsidenten ins Weiße Haus durchgestellt zu werden, als an einem Samstag einen Mitarbeiter einer Telefongesellschaft zu erwischen. Aber heute Morgen hat sich dann etwas getan. Als ich versucht habe, die Nummer anzurufen, wurde ich zu einem Anrufbeantworter umgestellt, der mir mitteilte, dass ich bei der Ausländerbehörde gelandet sei.«

»Der Ausländerbehörde?«, wiederholt Merlin verblüfft.

»Jep. Es ist nicht die Hauptrufnummer der Behörde, die lautet nämlich 35366600, es muss also die Direktdurchwahl zu einem der Büros sein.«

»Hm. Eigenartig«, brummt Merlin.

»Ja, wirklich eigenartig«, sagt Signe. »Als Erstes müssen wir natürlich herausfinden, zu wem die Nummer gehört. Lise und Kristian, kümmert ihr euch darum? Wenn ihr es habt, setzen wir noch ein paar Leute mehr dran.«

Die beiden nicken. Signe schaut in die Runde.

»Hat sonst noch jemand was? Falls nicht, machen wir hier Schluss.«

Sie bleibt sitzen, während die anderen aufstehen. Atmet tief durch. Es scheint geklappt zu haben. Alle haben die falsche Nummer aufgeschrieben, und diese wird nun geprüft werden. Diese Nummer steht auch auf dem Zettel, den Signe bei den Kriminaltechnikern in Ejby abgegeben hat. Der einzige Hinweis auf Charlottes Nummer ist das eine Foto von der Obduktion, und das Risiko, dass jemand es anschauen und sich wundern wird, ist verschwindend gering. Zumindest bis ein eventuelles Gerichtsverfahren vorbereitet wird, und das kann Monate, wenn nicht ein halbes Jahr dauern. Darum kann sie sich also später noch kümmern. Alles zu seiner Zeit.

Kristian Jokumsen packt seinen Laptop zusammen. Er und Signe sind die Letzten im Raum.

»Komisch«, meint er.

»Was ist komisch?«

»Dass du die Nummer gestern mehrmals angerufen hast, ohne dass etwas passiert ist, und sich dann erst heute Morgen der Anrufbeantworter der Ausländerbehörde gemeldet hat.«

Signes Puls beschleunigt sich. »Ja, das ist seltsam. Aber was soll's, ist auch egal. Das Wichtigste ist, dass wir jetzt etwas haben, womit wir arbeiten können, oder?«

»Ja, wahrscheinlich.«

Signe steht auf. Ihn sollte sie wohl besser im Auge behalten.

Kapitel 28

Charlotte starrt wütend auf die Teller mit eingetrockneten Essensresten und schmutzigem Besteck, die gebrauchten Gläser und Kaffeebecher im Redaktionsraum der Investigativgruppe. Das sollen die verdammt noch mal selbst wegräumen, sie hat keine Lust, die Mutter für ihre jüngeren Kollegen zu spielen.

Erschöpft lässt sie sich auf ihren Stuhl fallen, lehnt sich zurück und legt die Beine auf den Schreibtisch. So wie jetzt ging es ihr noch nie, was wohl eigentlich nicht groß verwunderlich ist. Erst erfährt sie am Freitag, dass sie Großmutter wird, und dann am Samstag, dass ihre Quelle umgebracht wurde. Enthauptet. Und als wäre das alles nicht heftig genug, ist das ganze Gefühlschaos garniert mit einem solchen Hangover, dass sie viele Jahre zurückspulen muss, um sich an einen vergleichbaren Kater zu erinnern.

Als sie und Signe sich gestern Nachmittag im Café in der Ryesgade trennten, blieb sie sitzen. Hatte überhaupt kein Verlangen, nach Hause zu gehen, wo nichts als leere und dunkle Zimmer auf sie warteten. Sie spürte dasselbe Kribbeln in den Füßen, wie wenn sie in einem Hochhaus zu nah an den Fenstern steht oder auf einen Balkon hinaustritt, der höher als der zweite Stock gelegen ist.

Also bestellte sie einen Dark 'n Stormy und kippte ihn

beinahe in einem Zug runter. Anschließend noch einen. Sie spürte, wie die Angst und das Zittern ihrer Hände allmählich nachließen und sich ein Gefühl von Ruhe in ihrem Körper ausbreitete, als würde sie jemand von Kopf bis Fuß straff in eine Wolldecke einwickeln.

Sie merkte, dass sie hungrig war; außer einem Körnerbrötchen zum Frühstück hatte sie den ganzen Tag nichts gegessen. Also bezahlte sie für den Kaffee sowie die Drinks und ging zur fünfzig Meter weiter gelegenen Kellerbar der Mikrobrauerei, wo man einen recht anständigen Burger und ein gutes Glas Bier bekommen konnte.

»Welches darf's 'n sein?«, fragte der Barkeeper, der aussah wie Jim Morrison mit Vollbart.

Charlotte studierte eine halbe Minute lang die Tafel. Eine ellenlange Liste mit Bieren, die Namen trugen wie *Juicy Lucy*, *Your Mother Should Know* oder *Slow Comfortable Screw Up Against The Bar* – ein Stout.

»Schmeckt euer Stout nach Teer?«, erkundigte sie sich.

»Als würde man an einem alten Schoner lecken.«

»Das ist vielleicht ein bisschen viel für meinen Geschmack. Vielleicht lieber ein IPA?«

»Dann würde ich ein *Hopsalong Cassidy* empfehlen. Wie groß?«

»Das Größte, das ihr habt.«

»So isses recht!« Jim Morrison lächelte sie an.

Sie überlegte, ob sie sich an die Bar setzen und mit ihm flirten sollte, ließ den Gedanken aber fallen. Sie war nicht betrunken genug, um den zu seinen Gunsten ausfallenden Altersunterschied von wahrscheinlich guten fünfundzwanzig Jahren zu ignorieren, außerdem hatte der Mann zu arbeiten. Sie bestellte noch etwas zu essen und nahm ihr Glas mit zu einem Tisch in dem halb leeren Lokal.

Der Burger schmeckte hervorragend, und sie stopfte ihn

in sich hinein, während sie über ihren nächsten Zug nachdachte. Ihr wurde klar, dass sie keinen Schimmer hatte, wo man dieser Tage hinging, wenn man sich die Kante geben wollte. Schließlich nahm sie ein Taxi in die Innenstadt zu einer teenagerfreien Kneipe, wo man zu ihrem großen Erstaunen rauchen durfte. Sie qualmte zehn Zigaretten und ließ sich in Gesellschaft eines ehemaligen Kollegen, auf den sie zufällig stieß, mit Starkbier und Bitterlikör volllaufen. Er war in der letzten Kündigungsrunde der Zeitung rausgeflogen. Laut eigener Aussage, weil die dänische Tagespresse keinen Platz mehr für kreative, talentierte und anarchistische Freibeuter wie ihn hatte. In Wirklichkeit aber, wie Charlotte wusste, weil er versoffen und unfähig war. Eine Stunde lang ließ sie sein gelalltes Volltrunkengelaber über sich ergehen, doch als seine feuchten Lippen und der ungepflegte graue Vollbart mit gelben Nikotinflecken in den Mundwinkeln ihrem Gesicht bedenklich nahe kamen und der Raum noch dazu begann, sich wie ein wildes Karussell zu drehen, sah sie ein, dass sie besser nach Hause gehen sollte.

Dem kurzen Anfall von Vernunft ging die Luft aus, als sie in ihrer Küche stand und das starke Bedürfnis verspürte, eine Flasche Weißwein zu öffnen. Sie schenkte sich ein ausgewachsenes Glas ein, warf Pink Floyds *Wish You Were Here* in den CD-Player und drehte auf, sodass Junckers alte, sehr große und sehr hässliche Boxen nur so bebten.

War sie in den Garten gegangen, während sie *Shine On You Crazy Diamond* grölte? Ja, vermutlich hatte sie das getan. Zumindest kann sie sich an eine Frauenstimme erinnern, die »Mach leise und halt gefälligst die Klappe!« gerufen hatte, und an ihre Replik: »Halt doch selber die Klappe!«

Danach ist alles dunkel.

Heute Morgen wachte sie schweißgebadet auf und eilte direkt ins Bad, wo sie sich übergab. Das dämpfte die Übelkeit immerhin so weit, dass sie in der Lage war, sich anzuziehen und hinunter zu ihrem Fahrrad zu schleppen.

In der Redaktion herrschte die übliche ruhige Sonntagsstimmung. Sie merkte, dass es ihr erneut hochkommen würde, wenn sie den Aufzug nahm, also stieg sie stattdessen die Treppe hoch in den Fünften, wo sich der Raum der Investigativgruppe befindet. Als sie oben ankam, pochte ihr Herz so heftig, dass sie ernsthaft fürchtete, es würde zerspringen.

Nun hat die Übelkeit Gesellschaft von einem fiesen Kopfschmerz bekommen. Nie – nie! – wieder Alkohol, schwört sie sich und versucht, sich unter Kontrolle zu bekommen. Und ihre Story. Oder besser gesagt: die traurigen Überreste ihrer Story. Denn wie zur Hölle sollen sie und Signe weitermachen, wenn sie nicht einmal wissen, wer die geköpfte Leiche war, ihr Informant?

Sie nimmt die Beine vom Tisch, schaltet den Computer ein, geht auf das Online-Medienarchiv Infomedia und gibt die Suchworte ›Mord‹ und ›Kongelunden‹ ein. Die Datenbank liefert vierundfünfzig Artikel über den Mord, doch bei Weitem die meisten sind von der Nachrichtenagentur Ritzau. Sie hat drei verschiedene, allerdings auch recht gleichlautende Artikel über den Fall publiziert, welche in mehreren Zeitungen des Landes erschienen sind, darunter auch ihrer eigenen. Tatsächlich haben nur die Boulevardblätter eigene Beiträge verfasst. Was inzwischen das typische Bild bei dieser Art Krimistoff ist. Es gehört nicht zu den Dingen, auf die die großen Tageszeitungen sonderlich viel Energie verwenden.

Ganz richtig geht nirgends hervor, dass der Mann enthauptet und ihm in die Knie geschossen wurde. Überhaupt sind die Informationen spärlich, davon abgesehen, dass die Polizei in so ziemlich jeder Hinsicht im Dunkeln tappt und weder weiß, wer der Mann ist, weshalb er umgebracht wurde und natürlich wer den Mord begangen hat. Die Polizei gehe verschiedenen Theorien nach, erklärt der Chef der Kopenhagener Abteilung für Gewaltkriminalität, Erik Merlin, der weder be- noch entkräften möchte, ob der Mord nach Einschätzung der Polizei in Verbindung mit dem Bandenkrieg steht. Keiner der Journalisten hat anscheinend die im Grunde doch recht relevante Frage gestellt: *Wie* wurde der Mann getötet? Alle haben sich offenbar mit Merlins Angabe, die Leiche sei ›übel zugerichtet‹, abspeisen lassen.

Sie hört Schritte draußen im Gang.

»Huch, Charlotte, du hier?« Mikkel trägt ein kurzärmeliges Hawaiihemd und Shorts und hat eine schwarze Ray-Ban Wayfarer auf dem Kopf sitzen.

Sie hat nicht die Energie zum Antworten und nickt bloß.

»Was machst du?«, fragt er.

»Das, wozu du mich neulich aufgefordert hast. Ich versuche, ein paar Storys auszugraben.«

»Sehr gut. Das brauchen wir.«

Wenn er wieder anfängt rumzuheulen, dass von oben so viel Druck auf ihn ausgeübt wird, erbricht sie sich über ihm. Gott weiß, ob er nah genug steht, um ihre Alkoholausdünstungen wahrzunehmen? Sie sind so krass, dass sie sie selber riechen kann.

Mikkel geht zu seinem Schreibtisch und holt einen flachen Stapel Papiere. »Übrigens, die hast du vergessen, am Drucker abzuholen.« Er legt sie vor Charlotte.

Sie schaut darauf. Es sind einige der Artikel über den Terroranschlag, die sie neulich gelesen hat. Mist.

»Ich dachte, du arbeitest an etwas, das in Zusammenhang mit der Ausgleichsregelung steht?«

»Ich bin durchaus in der Lage, an zwei oder mehr Storys gleichzeitig zu arbeiten. Du etwa nicht?«

Er lächelt. »Doch, das kriege ich gerade noch hin. Aber der Terroranschlag im Dezember?« Er deutet auf die Papiere. »Wonach suchst du?«

Charlotte flucht innerlich darüber, dass ihr Gehirn in Superzeitlupe arbeitet. Sie räuspert sich.

»Ja, also, ähm, du weißt doch, dieser Terrorist, der dänische Konvertit, Simon Spangstrup, er ist ja im Krankenhaus gestorben. Auf der Intensivstation. Nachdem es hieß, er sei stabil und außer Lebensgefahr. Ich habe einen Tipp von einem Bekannten erhalten, der Arzt ist und sagt, dass es ungewöhnlich viele solcher Fälle in dänischen Krankenhäusern gibt. Das wollte ich etwas genauer unter die Lupe nehmen.«

Eigentlich eine ziemlich gute Notlüge, die sie da spontan zusammengestrickt hat, denkt sie. Mikkel nickt nachdenklich.

»Klingt gut. Aber diese Artikel hier«, er weist auf den Stapel, »die drehen sich ja nicht um Simon Spangstrups Tod, sondern allesamt um den Anschlag auf dem Nytorv, oder?«

»Schon, aber … kennst du das nicht, wenn man so recherchiert, stößt man auf alles Mögliche, und da habe ich plötzlich gemerkt, wie wenig ich mich nur noch an das erinnere, was damals passiert ist, und … weißt du was, ich hatte sogar total vergessen, die Artikel ausgedruckt zu haben.«

»Hm.« Mikkel klingt skeptisch. »Jetzt mal ehrlich, Charlotte, hast du einen Tipp über den Terroranschlag bekommen?«

»Was, nein, natürlich habe ich …«

»Arbeitet dein Mann nicht bei der Polizei? Und war er nicht an den Ermittlungsarbeiten beteiligt?«

Charlotte starrt ihn wütend an. »Ja, und weiter? Willst du damit andeuten, dass er mir einen Tipp gegeben hat?«

»Na ja, das …«

»Denn falls dem so wäre, möchte ich dich darauf hinweisen, dass es höchst unrechtmäßig wäre. Martin hat mir niemals etwas über seine Arbeit erzählt, was nicht bereits öffentlich bekannt gewesen wäre.«

Das stimmt nicht ganz. Aber fast.

»Na dann. Aber Charlotte, nur damit es keine Missverständnisse gibt, in der Investigativgruppe teilen wir unsere Informationen miteinander. Und wir entscheiden gemeinsam, welchen Storys wir nachgehen. Da sind wir uns einig, oder?«

»Natürlich.« Sie ist nah dran, wegen seines bevormundenden Gehabes zu explodieren, beherrscht sich aber und zeigt stattdessen auf den Besprechungstisch. »Das ist echt ekelhaft. Ist es zu viel verlangt, dass ihr eure dreckigen Teller mit in die Kantine nehmt?«

Verblüfft wie ein kleiner Junge, der von seiner Mutter ausgeschimpft wird, reißt Mikkel die Augen auf. Er öffnet den Mund, um etwas zu erwidern, bringt jedoch keinen Ton heraus.

»Was?!«, herrscht sie ihn an.

Auf Mikkels Hals breiten sich rote Flecken aus.

»Nichts«, sagt er und setzt sich an seinen Schreibtisch.

Kapitel 29

Die Tür vom Wohnzimmer zum Arbeitszimmer des Vaters steht offen. Er bleibt stehen und spürt, wie sich sein Herzschlag beschleunigt. Sein Verstand weiß, dass Karoline die Tür geöffnet hat. Wer sonst hätte es tun sollen? Doch es ist, als ob sein Körper die Verbindung zum Gehirn gekappt und auf eigene Faust beschlossen hätte, dass es der Geist des Vaters ist, der sein Unwesen treibt.

»Papa? Ich bin hier drinnen!«, ruft Karoline.

Er atmet tief durch und sammelt sich. Dann geht er ins Zimmer. Karoline hat beide Fenster geöffnet. Dennoch riecht es stickig und abgestanden. Seine Tochter sitzt auf der mit schwarzem Leder bezogenen Couch, die im Lauf der Jahre speckig geworden ist. Sie blättert in einem Aktenordner, neben ihr liegen vier weitere.

»Hallo«, sagt sie und lächelt ihm zu. »Ich habe mal den Anfang gemacht. Ist doch okay, oder?«

Eigentlich glaubt er nicht, dass es das ist. Er fühlt sich überhaupt nicht bereit, die Hinterlassenschaften seines Vaters zu obduzieren.

»Ja, natürlich. Das ist … toll«, sagt er und schaut sich ratlos um.

»Hier ist jede Menge Zeug. Alte Zeitungsartikel. Hunderte Briefe. Alte Pässe. Soldatenpapiere. Notizen und Entwürfe für Reden, die er im Laufe der Jahre gehalten hat, und das sind viele. Zu Familienfesten und Geburtstagen von Freunden. Und in allen möglichen beruflichen Zusammenhängen. Stimmt es, dass er in einen sogenannten Anwaltsbeirat gewählt wurde?«

»Ja. Ich glaube, er war sogar mehrere Jahre Vorsitzender.«

Die gesamte Wand hinter dem Schreibtisch wird von einem weißen Bücherregal eingenommen. Eine der Abteilungen steht voller juristischer Fachbücher, neben reinen Gesetzestexten auch die Kommentare. Mehrere Regalmeter mit den typisch gelben Einbänden von *Karnovs Gesetzessammlung,* die das gesamte dänische Recht umfassen. Das übrige Regal ist mit Belletristik vollgestopft.

Abgesehen von dem sonnigen, aber auch eisig kalten Januartag vor sieben Monaten, als er sich zum ersten Mal in seinem Leben auf den Bürosessel hinter dem Schreibtisch setzte, den Arzt anrief und ihn über den Tod des Vaters informierte, kann er sich nicht entsinnen, sich jemals so nah an dem Regal befunden zu haben wie jetzt. Wenn er als Junge bei seltenen Gelegenheiten die Erlaubnis erhielt, das Arbeitszimmer zu betreten, wurde er in der Regel aufs Sofa dirigiert, und von dort aus nahm er das Regal nie als etwas wahr, das aus einzelnen und selbstständigen Elementen bestand, sondern mehr als eine gemusterte Fläche. Wie ein impressionistisches Gemälde oder eine Patchworkdecke.

Mehrere der Bücher sind abgegriffen. Der Rücken von Dostojewskis *Schuld und Sühne* ist aufgerissen und klafft auseinander. Juncker fährt mit dem Zeigefinger entlang des Risses. Daneben steht *Der Idiot.* Ebenfalls halb in Fetzen. Dann Tolstoi, Scholochow, Pasternak, Tschechows Novellen. *Die Buddenbrooks. Sieben phantastische Geschichten. Moby Dick.* Mehrere Bücher von Mark Twain. Das *Dekameron. Auf der Suche nach der verlorenen Zeit,* in sieben

Bänden. *Ulysses*, eindeutig gelesen. Und die Dänen. Pontoppidan, Bang, Paludan, Kirk und Scherfig. Gedichtsammlungen. Von Tom Kristensen. Morten Nielsen. Inge Eriksen. Hunderte von Büchern. Meisterwerk um Meisterwerk um Meisterwerk.

Juncker fühlt sich schwach, seine Beine zittern. Er will sich nicht auf den Bürostuhl setzen, also geht er zur anderen Seite des Schreibtisches und lässt sich in einen alten, abgewetzten Ohrensessel plumpsen, der zwischen den beiden Fenstern steht.

»Schlappschwanz«, flüstert Mogens Junckersen in seinem Ohr. Juncker schüttelt den Kopf. Karoline schaut auf.

»Was?«

»Nichts. Gar nichts.«

Es fällt ihm ungeheuer schwer, den himmelweiten Unterschied, die abgrundtiefe Diskrepanz zwischen dem Bild von seinem Vater als großkotziger, eiskalter und gefühlloser Tyrann mit dem eines belesenen und gebildeten Mannes zu vereinbaren, das ihn von den Rückentiteln der Bücher in dem prall gefüllten Regal anspringt.

»Es macht dich immer noch nicht neugierig, wenn du das alles hier siehst? All seine Erinnerungen?« Karoline hat den Ordner weggelegt.

Juncker denkt über die Frage nach. »Nicht so richtig. Ich hatte nie die große …«

»Ja, das hast du schon gesagt, aber ich kapiere es einfach nicht«, sagt sie. »Wenn du sterben würdest, wäre ich vollkommen verrückt danach, mehr über dich zu erfahren. Weil ich finde, dass ich viel zu wenig über dich weiß.«

»Ach ja?«

»Ich weiß zum Beispiel nicht, wie dein Verhältnis zu deinem Vater war. Das hast du mir nie erzählt. Oder überhaupt darüber gesprochen.«

»Nein, das stimmt wohl.«

Er steht auf und geht zurück zum Regal. Ihm ist etwas eingefallen. Eine Erinnerung aus seinem achten oder neunten Lebensjahr. Er sucht nach einem Buch. Lederner Einband, wenn er sich recht entsinnt, mit Titel und Verfassernamen in goldenen Lettern. Nach ein paar Minuten entdeckt er es, zieht das Buch aus dem Regal und liest die ersten Zeilen.

Dunkler Tannenwald lag finster zu beiden Seiten des zugefrorenen Wasserlaufs. Der Wind hatte unlängst die weiße Frostdecke von den Bäumen gestreift, und sie sahen aus, als drängten sie sich im schwindenden Tageslicht schwarz und unheimlich aneinander. Tiefe Stille beherrschte die Landschaft. Eine Landschaft voller Trostlosigkeit, ohne Leben, ohne Bewegung, so einsam und kalt, dass man ihre Atmosphäre nicht einmal traurig nennen konnte. Ein Hauch von Gelächter lag über allem, doch ein Gelächter, das schrecklicher war als jede Schwermut – ein Gelächter so freudlos wie das Lächeln der Sphinx, eisig wie der Frost und an die grimmige Härte der Unfehlbarkeit gemahnend. Es war die herrische, nicht mitteilbare Weisheit der Ewigkeit, die sich über die Nutzlosigkeit des Lebens und seine Mühen lustig machte. Es war die Wildnis, die ungezähmte, kaltherzige Wildnis des Nordens.

Juncker hatte sich mit Händen und Füßen gewehrt. Gefleht und gebettelt, verschont zu werden und stattdessen zu seinen Spielkameraden auf die Straße zu dürfen, doch der Vater war unerbittlich gewesen. Eine halbe Stunde Vorlesen nach dem Abendessen, erst dann durfte er nach draußen und spielen, bis er ins Bett musste. Die ersten paar Male war Juncker so erbittert gewesen, dass er kaum eine Silbe aus Jack Londons *Wolfsblut* aufnahm.

Allmählich jedoch war ihm die Erzählung über den wilden Hund aus der kanadischen Wildnis, der sich an die Menschen gewöhnt und zahm wird, unter die Haut gekrochen, und als der Vater das Buch zum letzten Mal zuschlug und zurück an seinen Platz stellte, spürte Juncker ein Gefühl von Traurigkeit darüber, dass diese fantastische Reise nun vorbei war. Jetzt stellt er selbst den Roman an exakt dieselbe Stelle im Regal wie sein Vater vor mehr als einem halben Jahrhundert und spürt dabei dieselbe Traurigkeit. Darüber, dass etwas vorbei ist.

»Warum hattest du eigentlich so ein schlechtes Verhältnis zu ihm? Was hat er getan?«, fragt Karoline.

Juncker setzt sich wieder in den Sessel. »Es war, als ob ich in seinen Augen niemals etwas richtig machte. Und als mein großer Bruder starb, wurde es nur noch schlimmer.«

»Wie alt war dein Bruder, als er starb?«

»Sechzehn.«

»Und du?«

»Drei Jahre jünger.«

Am liebsten würde er den Mund halten. Seine Gefühle da drinnen halten, wo sie unter Kontrolle sind. Doch er hat auch das Gefühl, seiner Tochter etwas schuldig zu sein. Vielleicht bloß eine Erklärung.

»Ich hatte immer das Gefühl, dass er mich überhaupt nicht sah. Dass seine Arbeit wichtiger war.«

Karoline lächelt.

»Was?«, fragt er.

»Ach, nichts.« Sie zeigt auf einen grauen Aktenschrank, der neben der Couch steht. »Was ist da drin?«

»Keine Ahnung. Du kannst ja nachsehen.«

»Er ist verschlossen. Ich habe in den Schreibtischschubladen nach dem Schlüssel gesucht, aber da war er nicht.«

»Er ist bestimmt hier irgendwo.«

»Ja. Kannst du nicht schauen, ob du ihn findest, dann koche ich eine Kanne Tee? Willst du auch eine Tasse?«

»Nein, danke.«

»Okay.« In der Tür wendet sie sich um. »Sag mal, hast du eigentlich nie daran gedacht, Opa umzubringen?«

Er schüttelt den Kopf, sagt jedoch nichts.

Kapitel 30

Victor ist der beste Liebhaber, den sie je gehabt hat.

Signe liegt vollkommen ermattet auf dem Doppelbett, während er im Bad ist. Sie hört das Wasser laufen und weiß, dass er erst gepinkelt hat und jetzt seinen Schwanz wäscht. Das tut er immer, es ist schon fast ein Ritual, wenn sie gevögelt haben. Als ob er allzeit sauber, poliert und bereit sein will, sich frisch ans Werk zu machen. Oder genauer gesagt *mit* einem frischen, denkt sie und kichert in sich hinein.

Sie hat überlegt, ob sie ihm sagen soll, dass es nicht nötig ist, jedenfalls nicht um ihretwillen. Es macht ihr nichts aus, wenn er nach Schweiß und Sperma und nach ihr riecht. Ganz im Gegenteil sogar. Aber sie hat nichts gesagt, denn sie weiß, dass er sich nicht um ihret-, sondern um seiner selbst willen wäscht. Inzwischen kennt sie ihn gut genug, um zu wissen, wie er ist. Er muss sich sauber fühlen. Immer.

Das ist vielleicht das Einzige, was sie ein klein wenig an ihm stört. Wo sie ein Kreuzchen in der Minusspalte setzen würde: Victor ist so verdammt makellos. Er ist attraktiv. Klug. Rechtschaffen. Freundlich. Rücksichtsvoll und angenehm im Umgang. So fucking perfekt, dass es fast zu viel des Guten ist. Dass es zu viel des Guten *wäre*, wenn sie eine dauerhafte Beziehung hätten.

Aber das haben sie ja nicht.

Ihr und Niels' Sexleben war gut gewesen, bis zu der Nacht, als dieses Schwein sie vergewaltigt hat. Vielleicht nicht so irrsinnig-ekstatisch und hemmungslos wie mit Victor, aber gut. So gut, dass sie sich nie nach etwas anderem gesehnt hatte.

Doch nach der Vergewaltigung fühlte sie sich jedes Mal schmutzig und ekelhaft, wenn Niels einen Versuch unternahm, mit ihr intim zu werden – was mit der Zeit immer seltener geschah. Vor einem halben Jahr dann schien es, als ob sich die Dinge allmählich veränderten. Sie konnte wieder mit ihrem Mann ins Bett gehen, ohne dass ihr speiübel wurde. Und seit sie die Affäre mit Victor angefangen hat, ist der Sex mit Niels tatsächlich besser geworden, auch wenn er nie wieder die einstigen Höhen erreicht hat. Und auch wenn es nicht bedeutet, dass ihr Zusammenleben dadurch nennenswert heiterer geworden wäre. Es wirkt immer noch, findet sie, verbraucht und glanzlos.

Sie begreift nicht richtig, was mit ihr los ist. Ihr Leben ist aus der Bahn geraten.

Nach der Episode im Wald bei Sandsted im Januar, als sie buchstäblich Millimeter vom Tod entfernt gewesen war, bestand Merlin darauf, dass sie mit einem Polizeipsychologen sprach. Damit hatte sie gerechnet. Wenn man im Dienst derart dramatische Ereignisse erlebt, dass dadurch möglicherweise ein Trauma ausgelöst wird, wird erwartet, dass man sich der Sache ›auf professionelle Weise‹ annimmt. Selbst von den abgebrühtesten Bullen, die im Laufe ihrer Karriere schon alles gesehen haben und die sich stets auf ihre eigene Art mit den Nachwehen solcher Ereignisse auseinandersetzen, selbst von ihnen wird verlangt, das Erlebte in einer Nachbesprechung, einem Debriefing, mit einem Psychologen aufzuarbeiten.

Signe war also klar, dass sie nicht darum herumkommen

würde. Sie spielte mit und hasste die Sitzungen. Zu Anfang. Doch dann geschah etwas.

Die Psychologin war eine Frau um die sechzig und, zu Signes Überraschung, sehr sympathisch und angenehm zurückhaltend. Sie hatte offensichtlich nicht vor, Signe in eine bestimmte Richtung zu pressen, und so plätscherte das Gespräch in den ersten beiden Sitzungen einfach so dahin, ein wenig hierhin, ein wenig dorthin, als hätten sie alle Zeit der Welt und nicht nur die für den Termin vorgesehenen fünfundvierzig Minuten.

Beim dritten Mal begrüßten sie sich und nahmen wie üblich einander gegenüber Platz. Die Psychologin lehnte sich zurück, die Beine übereinandergeschlagen, und betrachtete Signe. Wortlos. So saßen sie schweigend da, und auch wenn es sicher nur wenige Minuten waren, erschien es Signe wie eine Ewigkeit.

Dabei meinte sie durchaus durchschauen zu können, worum es ging, was die Psychologin von ihr wollte: den Anfang zu machen. Also tat sie genau das.

»Es läuft nicht so gut zu Hause, mit Niels und mir«, sagte sie. Ihrer Einschätzung nach eine relativ ungefährliche Eröffnung, dergleichen hatte die Psychologin sicher schon etliche Male gehört. Denn welches Paar hatte nicht ab und an Probleme zu Hause?

Die Psychologin nickte und fragte: »Ist es in Ordnung, wenn wir etwas näher darauf eingehen?«, und Signe erwiderte: »Nichts dagegen.«

»Gut. Ich konnte nicht umhin zu bemerken, dass Sie gerade lange gewartet haben, bevor Sie etwas gesagt haben. Wie war es, eigenständig vorlegen zu müssen? Welches Gefühl …«

»Es war unangenehm, finde ich.«

»Unangenehm inwiefern?«

»So als ob es plötzlich meine Verantwortung wäre.«

»Was war Ihre Verantwortung?«

»Na ja, das hier. Dass etwas gesagt wurde.«

»Okay. Und das war nicht schön? Die Verantwortung zu haben?«

»Nein.«

Worauf will sie hinaus?, fragte sich Signe.

In den drei letzten Sitzungen sprachen sie ausschließlich über ihre Ehe. Signe musste zu ihrem großen Erstaunen feststellen, dass es guttat, ihre Gedanken und Sorgen mit jemandem zu teilen. Nicht dass die Psychologin konkrete Anweisungen parat hatte, wie Signe die Situation verbessern konnte. Aber wenn sie sich gegenüber der Psychologin auf den Sessel setzte, fühlte es sich an, als beträte sie eine Art Zufluchtsort. Als würde sich die Saite, die unaufhörlich in ihr vibrierte, ein winziges Stückchen entspannen und die Verantwortung von ihren Schultern genommen.

Fünf Minuten vor Ende der siebten und letzten Sitzung tat sie etwas, das sie seither erfolglos zu verstehen versucht hat.

Es war mal wieder eine dieser ziemlich langen Pausen entstanden, die offenbar zu den bevorzugten Arbeitsmitteln der Psychologin gehörten. Auf einmal brach Signe das Schweigen und sagte – praktisch ins Blaue hinein, mehr zu sich selbst als an die Psychologin gerichtet: »Ich wurde vergewaltigt. Von einem Kollegen. Vor zweieinhalb Jahren.«

Die Psychologin nickte nur und schwieg ansonsten weiter, während Signe dasaß und sich fragte, was sie da gerade einem anderen Menschen erzählt hatte.

Allerdings ohne es zu bereuen.

Dann war die Zeit um, die Psychologin stand auf und reichte Signe die Hand.

»Ich bin froh, dass Sie dazu gekommen sind, es mir zu erzählen. Fürs Erste vielen Dank. Sie wissen, wo Sie mich finden können.«

Auf der Türschwelle drehte Signe sich noch einmal um. »Sie haben in jedem Fall Schweigepflicht, oder?«

»Ich unterstehe der Schweigepflicht«, versicherte ihr die Psychologin.

Das ist nun mehrere Monate her, Signe hat die Psychologin seither nicht wiedergesehen und weiß auch nicht, ob sie ihr je wieder begegnen wird. Aber sie bereut immer noch nicht, es ihr erzählt zu haben, denn in gewisser Weise gibt es ihr das Gefühl, irgendwo da draußen eine heimliche Verbündete zu haben. Und das zu wissen, tut gut.

Victor kommt aus dem Bad. Frisch gewaschen und nur in Pants.

»Wie spät ist es?«, fragt er.

»Keine Ahnung. Fast vier, glaube ich. Hast du was vor?«

»Ja. Ich werde mit zwei Freunden zum Spiel ins Parken gehen. Kopenhagen gegen Odense.«

»Und davor und danach ein paar Bier trinken, nehme ich an?«

»Richtig getippt, Kristiansen. Du bist nicht umsonst Ermittlerin. Was ist mit dir, hast du Pläne?«

»Ja, ja, beim PET sollte man sein. Ich werde derweil zu meiner ganz gewöhnlichen Ermittlungsarbeit zurückkehren. Wir haben ja einen Mordfall zu untersuchen. Was ein Mord ist, wissen Sie noch, oder, Herr Geheimdienstler?«

Er lacht. »Ja, ich erinnere mich schwach. Ist es die Sache draußen in Kongelunden?«

»Die Leiche wurde in Kongelunden gefunden. Umgebracht wurde er woanders. Wo, wissen wir nicht.«

Sie steigt aus dem Bett und beginnt, sich anzuziehen.

Auf einmal spürt sie das Gewicht der Last, die sie da mit sich herumschleppt. Wie es sie aufreibt, dass sie niemanden hat, mit dem sie diese ungeheure Geschichte teilen kann. Niemanden, mit dem sie über das Wahnsinnige und Grenzüberschreitende sprechen kann, das sie getan hat. Juncker ist weit weg, und selbst wenn er zurück in Kopenhagen wäre, ist sie nicht sicher, ob er mit ihr den Weg betreten hätte, den sie nun eingeschlagen hat. Dagegen bezweifelt sie keine Sekunde, dass sie mit ihm darüber hätte sprechen können, ohne dass es an fremde Ohren gelangt wäre.

So ist es auch mit Victor. Sie vertraut ihm. Dennoch zögert sie, ihm von ihrem Verdacht und davon, was sie getan hat, zu erzählen. Von ihrer Vermutung, dass der enthauptete Mann ein Whistleblower war. Und dass sie ihre Kollegen getäuscht hat. Dass sie mitten dabei ist, etwas unfassbar Illegales zu tun.

Sie geht zu ihm, nimmt seinen Kopf in beide Hände und küsst ihn auf den Mund. »Ich mach mich jetzt auf den Weg, Victor. Wir sehen uns bald, ja?«

Er lächelt und küsst sie auf die Stirn. »Na, das will ich doch hoffen.«

Auf dem Weg die Treppe hinunter fühlt sie sich einerseits leicht ums Herz, andererseits niedergedrückt vom schlechten Gewissen. Als sie sich ins Auto setzt, ist sie vor allem sauer auf sich selbst.

Das alte Fischerhaus am Skovshoved-Yachthafen in Charlottenlund ist, wie alle Häuser dieser Gegend, umfassend renoviert und extrem gepflegt. Auf dem kurzen Weg vom Auto bis zum Haus überkommt Signe dasselbe schizophrene Gefühl, das immer in ihr hochsteigt, wenn sie sich in den wohlhabenden Vororten im Norden Kopenhagens bewegt. Auf der einen Seite Bewunderung und Erstaunen darüber, wie hübsch und ordentlich hier alles ist. Die Patriziervillen. Die von Architektenhand entworfenen Häuser. Die praktisch totale Abwesenheit von todlangweiligem, sozialem Wohnungsbau. Die teuren Autos. Der durchdringende Gestank nach Geld. Sehr viel Geld.

Und auf der anderen Seite der instinktive Zorn des Mädchens aus dem Betondschungel im Westen der Stadt über die ungleiche Verteilung der Güter. Die Lust, all die silbernen Löffel, mit denen die Privilegierten geboren werden, zu packen und sie ihnen so weit ins Maul zu stopfen, dass sie daran ersticken. Der Drang, sich auf eine Kiste zu stellen und über den gesamten Strandvejen und die nähere Umgebung hinauszubrüllen: »Eines schönen Tages klatschen wir euch gegen die Wand, ihr reichen Schweine!«

Vibeke und Svend Bech-Olesen steht noch immer auf dem Türschild. Svend Bech-Olesen – der Mann vom FE, der im Ørstedsparken tot aufgefunden wurde, nur wenige Minuten, nachdem sie sich in der Tiefgarage nicht weit von dort entfernt von einem Mann getrennt hatte, dessen Gesicht sie niemals zu sehen bekam. Sie klopft dreimal mit dem Messingtürklopfer. Wenige Sekunden darauf öffnet eine Frau.

»Vibeke Bech-Olesen?«, fragt Signe.

»Das bin ich. Und Sie müssen Signe Kristiansen sein. Kommen Sie rein.«

Die Frau dürfte Mitte fünfzig sein, sieht aber jünger aus. Sie wirkt freundlich, allerdings auch etwas reserviert und auf der Hut.

Vibeke Bech-Olesen geht voran ins Wohnzimmer. Signe nimmt auf einem Zweisitzer Platz, die Frau auf einem Sessel auf der anderen Seite des Couchtisches.

»Was kann ich also für Sie tun?«

Signe hat am Telefon nichts darüber gesagt, weshalb sie mit ihr sprechen will. Doch wenn die Frau nicht schwer von Begriff ist, wovon Signe ausgeht, muss sie ziemlich schnell erraten haben, in welche Richtung die Fragen gehen werden.

»Darf ich Ihnen zunächst mein Beileid für Ihren Verlust ausdrücken.«

Vibeke Bech-Olesen neigt leicht den Kopf, sagt jedoch nichts.

»Es geht darum, dass ich gern einige Umstände in Bezug auf den Tod Ihres Mannes bekräftigt haben möchte«, fährt Signe fort und bemüht sich um einen Tonfall, der andeutet, dass es reine Routine ist, einige Kleinigkeiten, die geklärt werden müssen, weiter nichts.

Die Frau blickt sie ausdruckslos an.

»Umstände? Welche Umstände?«

»Ihr Mann verstarb ja sehr plötzlich.«

»Ja ...?«

»An Herzversagen?«

»Richtig. So stand es im Obduktionsbericht. Darauf hat die Polizei wohl Zugriff, oder?«

»Ja, haben wir. Gab es«, Signe wägt ihre Worte ab, »gab es irgendwelche Hinweise darauf, dass Ihr Mann gefährdet war, so früh zu sterben? Er war erst sechsundfünfzig, oder?«

Vibeke Bech-Olesen runzelt die Brauen. »Im Obduktionsbericht hieß es, das Herz meines Mannes sei leicht vergrößert gewesen und die Koronararterien etwas verkalkt, was eine plausible Todesursache sei«, erklärt sie kühl.

»Ich habe ja nur ein Foto von ihm gesehen, aber darauf sah er schlank aus. Für mich wirkte er gut in Form.«

»Er ging drei, vier Mal die Woche laufen. Hatte vier Marathonläufe durchgeführt, die letzten drei Monate vor seinem Tod. Er war praktisch nicht einen Tag krankgeschrieben, aber für Herzversagen kann man anscheinend auch genetisch prädisponiert sein, hat mir einer der Ärzte gesagt.« Ihre Augen werden schmal. »Sie sagen, Sie haben ein Foto von ihm gesehen. Wieso eigentlich, wenn ich fragen darf?«

Signe überlegt. Sie weiß, wie Bech-Olesens nächste Frage lauten wird: Weshalb interessiert sich die Kopenhagener Polizei so für einen Todesfall, der angeblich eine völlig natürliche Ursache hatte? Und Signe vermutet ganz richtig.

»Bevor ich mehr sage, möchte ich eine Erklärung. Warum stellen Sie überhaupt diese Fragen?«

»Ich verstehe, dass Sie sich wundern. Aber es geschieht allein aus dem Grund, weil … wir hatten Probleme mit einigen Servern und möchten nur sichergehen, dass wir die richtigen Informationen vorliegen haben. Das ist alles.«

»Von welcher Abteilung kommen Sie?

»Ich bin von der Abteilung für Gewaltkriminalität.«

»Gewaltkriminalität? Also die Mordkommission?«

»Ja, so hieß sie bis vor einigen Jahren.«

»Und was hat die Mordkommission mit dem Tod meines Mannes zu tun?«

»Quasi gar nichts. Aber wenn jemand tot aufgefunden wird, wie es bei Ihrem Mann geschah, und sich die Todesursache nicht unmittelbar feststellen lässt, werden wir ebenfalls hinzugezogen. Im Falle Ihres Mannes allerdings nur für sehr kurze Zeit, da sich bei der Obduktion nichts Verdächtiges feststellen ließ.«

Mist, Mist, Mist, denkt Signe. Sie steht mit dem Rücken zur Wand. Wie soll sie jetzt weiterkommen und Antworten auf die letzten Fragen bekommen? Die wichtigsten

Fragen? Es macht ganz offensichtlich nicht den Anschein, als ob Vibeke Bech-Olesen ihr die Erklärung abgekauft hätte. Aber es bleibt ihr nichts anderes übrig, als einen letzten Vorstoß zu wagen und zu hoffen, dass die Frau nicht vollkommen dichtmacht.

»Ich hätte noch ein paar Fragen, wenn es in Ordnung ist?«

Die Witwe zuckt mit den Achseln.

»Wurde im Rahmen der Obduktion eine forensisch-toxikologische Untersuchung durchgeführt? Sprich, wurde geprüft, ob er Drogen im Körper hatte?«

»Nein, nicht soweit ich mich entsinne. Wieso auch? Wollen Sie andeuten, mein Mann habe Drogen konsumiert, oder wie soll ich das verstehen?«

»Nein, nein, nein, keineswegs. Ganz und gar nicht. Aber wie war er in den Tagen vor seinem Tod? Ist Ihnen etwas an seinem Verhalten aufgefallen? Wirkte er gestresst?«

»Nein. Um Weihnachten herum gab es einige dringende Dinge auf der Arbeit. Aber so war es häufig, und er sprach nie darüber. Überhaupt war Svend stets darauf bedacht, keinerlei Details bezüglich seiner Arbeit beim FE preiszugeben, weder mir noch sonst jemandem gegenüber. Er war äußerst loyal und pflichtbewusst.«

»Ich bin Ihnen wirklich sehr dankbar, dass Sie meine Fragen beantworten.«

»Deren Relevanz ich ehrlich gesagt immer noch nicht sehe.«

»Es hat wie gesagt einzig und allein den Grund, sicherzustellen, dass wir die richtigen Informationen bekommen haben. Hatten Sie außer mir noch von anderen Besuch? Ich meine, von der Polizei? Oder vom Arbeitsplatz Ihres Mannes?«

»Ja. Direkt nach Svends Tod, ich glaube, gleich am

nächsten Tag, genau weiß ich es nicht mehr, waren zwei Männer vom FE hier. Der eine stellte sich als Sicherheitsoffizier vor, er war in Zivil. Der andere trug Uniform.«

»Was wollten sie?«

»Der Sicherheitsoffizier meinte, sie wollten Dokumente sichern, die eventuell der Geheimhaltung unterliegen.«

»Haben sie etwas mitgenommen?«

»Svends Laptop. Und ein paar Ordner mit Papieren.«

»Das war alles?«

»Ja. Der Laptop und die Ordner befanden sich in seinem Arbeitszimmer, und ich war die ganze Zeit anwesend, während sie hier waren.«

»Was ist mit seinem Diensthandy?«

»Das trug er bei sich, als er starb.«

Vibeke Bech-Olesen wirft einen Blick auf ihre Armbanduhr und schaut Signe ungeduldig an.

Signe räuspert sich. »Nur noch eine allerletzte Frage, dann sind Sie mich los. Wie war es noch mal, hatte Ihr Mann eine Erd- oder eine Feuerbestattung?«

Als sie die Frage ausgesprochen hat, geschieht irgendetwas in Vibeke Bech-Olesens Blick. Die Frage ist so weit davon entfernt, mit ›Serverproblemen‹ oder ›Routinefragen‹ begründet werden zu können, wie nur irgend möglich. Und nicht zuletzt im Licht ihrer vorherigen Skepsis erwartet Signe eigentlich, dass die Frau nun endgültig die Schotten dichtmacht und sie hinauswirft. Aber sie tut es nicht.

»Svend wollte eingeäschert werden. Das hatten wir vor vielen Jahren so besprochen. Also habe ich mich natürlich an diesen Wunsch gehalten.«

»Danke.« Signe steht auf. »Das war alles. Sie haben mir sehr geholfen.«

Da werden sich wohl einige Leute freuen, dass es keine Leiche zum Exhumieren gibt, um post mortem eine toxikologische Untersuchung durchzuführen, denkt sie, als sie wieder im Auto sitzt. Denn auch wenn sie von der Witwe nichts erfahren hat, was sie nicht schon vorher wusste, ist sie sicherer denn je: Svend Bech-Olesen wurde ermordet. Vergiftet mit irgendeiner Substanz.

Montag, 7. August

Kapitel 31

»Hast du nie daran gedacht, ihn umzubringen?«

Karolines Frage geistert ihm den ganzen Morgen im Kopf herum. Gemischt mit ihrer Skepsis von neulich, als sie anfing zu fragen, wie ihr Großvater gestorben und ob er rein körperlich nicht eigentlich noch recht gesund gewesen sei.

Seine Tochter hat sich entwickelt, seit sie zum letzten Mal ernsthaft Zeit miteinander verbracht haben. Das ist allerdings auch, er überlegt, mehrere Jahre her. Er kann sich kaum erinnern, wann er zuletzt ein Gespräch mit ihr geführt hat, das über höfliches Geplänkel hinausging. Small Talk an den Festtagen oder wenn sie mal am Wochenende bei ihren Eltern vorbeigeschaut hat und ein paar Stunden oder maximal einen Tag hängen blieb.

Doch nachdem sie nun seit mehreren Tagen zusammen sind, hat er, wann immer sie ihn ansieht, dasselbe Gefühl, wie wenn Charlotte es tut: dass er durchsichtig ist. Dass sie direkt in ihn hineinblicken kann und all seine kleinen Manöver, um von sich selbst abzulenken, seine Ironie und seine Besserwisserei durchschaut.

Weiß Karoline, was mit ihrem Großvater geschehen ist? Ist sie irgendwie dahintergekommen? Jedenfalls ist ihr der Gedanke gekommen, das ist offensichtlich. Und, Himmel, wäre es eine Befreiung, es mit jemandem teilen zu können und dem Geist seines Vaters den Garaus zu machen.

Denn das ist das Einzige, was ihm übrig bleibt: ihn ans Freie zu zerren und im offenen Kampf niederzuringen. Aber nicht zusammen mit Karoline. Das kann er nicht. Es wäre nicht richtig, seiner Tochter diese Last auf die Schultern zu legen. Das Wissen, dass ihr Vater ein Mörder ist. Auch wenn er wetten möchte, dass sie die darin liegende Ironie schätzen würde: Der Mordermittler, der selbst zum Mörder wurde.

Und schon gar nicht jetzt. Mit einer laufenden Ermittlung hier und einer tickenden Zeitbombe namens Signe in Kopenhagen. Oder wohl eher zwei tickenden Zeitbomben, denn er ist todsicher, dass Charlotte seinen Versuch, die Sache mit den E-Mails von Bent Larsens Computer kleinzureden und jede Kenntnis davon abzustreiten, durchschaut hat, als sie neulich bei ihm war. Sie kennt ihn zu gut, und er war noch nie geschickt darin, sie anzulügen. Jedenfalls nicht auf überzeugende Weise. Er ist sich außerdem ziemlich sicher, dass sie sich anschließend an Signe gewandt hat. Charlotte weiß, dass sie beide beim Endspiel mit dabei waren, als die Terroristen eingekreist und unschädlich gemacht wurden. Charlotte weiß auch, dass Signe ihm von allen Kollegen am nächsten steht, und seine Frau hat sich garantiert ausgerechnet, dass alles, was er in dieser Sache weiß, auch Signe bekannt ist.

Er hat nie mit Signe darüber gesprochen, was im Januar geschehen ist. Er war in Sandsted, sie in Kopenhagen.

Damals empfand er eine heftige Abscheu gegenüber der ganzen Affäre. Dass jemand derart fatal versagen konnte. Dass neunzehn unschuldige Menschen ihr Leben verlieren konnten und niemand dafür zur Rechenschaft gezogen wurde, weil eine glasklare Warnung ignoriert worden war. Aber er hat es beiseitegeschoben. Sich selber eingeredet, dass er aus seiner jetzigen Position heraus ohnehin nichts tun kann.

Außerdem hat er ganz schlicht und ergreifend Schiss.

Die Begegnung mit der grauhaarigen Frau und ihren beiden Gorillas, und dann Svend Bech-Olesens verdächtiger Tod ... Er ist sich sicher, dass Signe recht hat: Der Mann vom FE wurde umgebracht, weil er mit ihr in Kontakt getreten war. Weil er seinen Mund nicht gehalten hat.

Juncker war ein halbes Menschenleben bei der Kopenhagener Polizei. Er hat mehrfach erlebt, wie Fehler gemacht wurden, von denen die Öffentlichkeit niemals erfuhr. Kollegen, die pfuschten, entweder weil sie Hohlköpfe waren oder private Probleme hatten, und deren Versagen unter den Teppich gekehrt wurde. Das Gleiche kommt ganz sicher auch bei den Geheimdiensten vor. Natürlich sollte es das nicht geben, doch in den meisten Fällen handelt es sich um Lappalien. Im Gegensatz zu dieser Sache. Solch ein Machtbewusstsein, solch eine Arroganz und Brutalität, wie er sie hier erlebt hat – noch nie ist ihm etwas Vergleichbares untergekommen.

Signe hat unter Garantie genauso wie er Bammel vor den Konsequenzen, die es haben würde, in diesem Sumpf aufzuräumen, aber sie ist einfach nur hitzköpfiger. Und mutiger. Gott bewahre, Signe und Charlotte als Zweiergespann? Das ist, als würde man einem entgleisten Expresszug zuschauen, der auf einen Abgrund zurast.

Beim Gedanken daran läuft es ihm kalt den Rücken hinunter, und er überlegt, ob er Signe anrufen und abklären soll, ob er mit seiner Vermutung richtigliegt. Oder sollte er vielleicht sogar nach Kopenhagen fahren und ein paar Worte mit ihr und Charlotte wechseln?

Er biegt in den Stationsvej ein. Nabiha lebt in einer kleinen Wohnung in einem gepflegten dunkelblauen Haus. Sie steht auf der Straße und wartet.

»Hattest du einen schönen Sonntag?«, fragt sie, als sie sich angeschnallt hat.

»Tja …«

»Ich habe Kristoffer besucht.«

»Aha?« Ist heute der Tag, an dem wir alle Gespenster aus dem Schrank holen?, fragt er sich. »Ich dachte, er wäre bei seinen Eltern in Jütland?«

»Er war in Kopenhagen, um seine Freundin zu besuchen.«

»Wie geht es ihm?«

»Nicht so toll. Die Sache macht ihm echt zu schaffen. Er rastet wegen jeder Kleinigkeit aus. Und wenn er nicht wütend ist, ist er down.«

Irgendwie kann er sich Kristoffer weder so richtig wütend noch traurig vorstellen. »Er ist immer noch in Behandlung, oder?«

»Ja, er geht einmal die Woche zum Psychologen. Außerdem steht er mit einem Veteranenzentrum in Silkeborg in Verbindung. Es tut ihm gut, dort hinzugehen, meint er.«

Juncker sieht aus dem Augenwinkel, dass sie ihn beobachtet. »Was?«

»Es ist schon eine Weile her, dass du ihn besucht hast, oder?«

»Ja.«

»Vielleicht solltest du bald mal …«

»Ich weiß.«

»Gut. Ich habe etwas herausgefunden«, wechselt Nabiha das Thema. »Ich meine, im Fall.«

»Was?«, fragt Juncker und hört selbst, wie verdrossen er klingt. Er macht einen neuen Versuch. »Lass hören.« Schon etwas besser.

»Ich bin gestern noch mal auf die Wache, als ich von Kopenhagen zurückkam. Im Zug war mir eingefallen, dass meiner Erinnerung nach keiner Peter Johansens Waffenzulassungen überprüft hat. Und so war es tatsächlich.«

»Oha. Das ist aber ein ziemlicher Fauxpas.«

»Ja. Da wurde nämlich etwas übersehen.«

»Erzähl.«

»Wir haben seine Waffen ja mitgenommen. Drei Pistolen und ein Gewehr. Er hatte für alle vier die Erlaubnis, so weit so gut also.«

»Und weiter?«

»Tja, da wäre nur das Problem, dass er eine weitere zugelassene Pistole besitzt.«

»Zusätzlich zu den drei?«

»Korrekt.«

»Interessant.«

Juncker überlegt, ob er ihr einen Rüffel erteilen soll, weil sie diese Erkenntnis nicht direkt mit dem Team geteilt, nicht sofort den Ermittlungsleiter angerufen hat. Oder ihn. Er betrachtet sie aus dem Augenwinkel. Sie lächelt. Nein. Nicht jetzt. Diesen Erfolg soll sie ruhig genießen.

»Gute Arbeit, Nabiha.«

»Danke«, sagt sie leise.

Kapitel 32

»Die Intensivabteilung?«, fragt Signe die Frau hinter der Scheibe an der Pforte des Rigshospitals.

»Aufgang 3, 3. Stock. Dort lang. Und es heißt *Intensivtherapiestation*, wenn man ganz genau sein will«, sagt sie mit einem freundlichen Lächeln.

»Soll mir recht sein«, erwidert Signe und lächelt zurück. Intensivtherapiestation? Klingt ein bisschen nach Häkeln und Stoffdruck im Pflegeheim.

Der Chefarzt und Leiter der Station, Bertel Zachariasen, war vor Begeisterung nicht gerade an die Decke gesprungen, als sie ihn am Morgen anrief und fragte, ob sie später vorbeikommen und ihm ein paar Fragen stellen dürfe.

»Ich habe eigentlich keine Zeit. Worum geht's?«

»Darüber möchte ich ungern am Telefon sprechen. Aber es wäre wirklich toll, wenn es heute noch klappen würde.«

»Hm«, brummte er. »Dann um Viertel nach neun. Schaffen Sie das?«

Eine Dreiviertelstunde später steht sie am Empfang der Station. Fünf Minuten vergehen, bevor der Chefarzt auftaucht, ein großer, etwas gebeugter Mann mit dunklen Locken und rahmenloser Brille.

»Tut mir leid«, sagt er mit tiefer, Achtung heischender Stimme. »Ich musste noch etwas fertig machen. Wir implementieren gerade ein neues System, das den ganzen

Laden angeblich in der Hälfte der Zeit steuern können soll. Wenn es denn jemals funktioniert. Momentan raubt es uns Unmengen an Zeit, allein die … Aber das ist ja nicht Ihr Problem. Gehen wir in mein Büro.«

Das Büro des Stationsleiters ist bescheiden. Zusätzlich zu seinem Schreibtisch ist ein Besprechungstisch hineingequetscht, der an einem guten Tag fünf Personen Platz bietet. Auf dem Tisch stehen eine Thermoskanne und vier Tassen.

»Möchten Sie Kaffee?«, fragt er in einem Tonfall, der in Signes Ohren wie eine versteckte Warnung klingt.

»Nein, danke, ich hatte eben schon.«

»Okay. Also, was kann ich für Sie tun?«

»Es geht darum, was am sechsten Januar gegen dreiundzwanzig Uhr geschah. Als Simon Spangstrup hier auf Ihrer Station starb.«

Wie Svend Bech-Olesens Witwe sieht auch der Chefarzt zu gleichen Teilen überrascht und wachsam aus.

»Ja? Was ist damit? Wir haben schon alles erzählt. Mehrfach sogar. Sowohl der Polizei als auch dem PET und allen möglichen anderen.«

»Das weiß ich. Wir wollen nur ganz sicher sein, was ein paar Details betrifft, ehe wir den Fall endgültig abschließen. Es geht vorrangig darum, was direkt nach Spangstrups Ableben geschah. Waren Sie dabei?«

»Nein, war ich nicht, aber ich wurde am nächsten Tag ausführlich vom diensthabenden Arzt informiert.«

»Wie lange lag Simon Spangstrup hier auf der Station?«

»Knapp zwei Tage, soweit ich mich erinnere. Er war von der Uniklinik in Køge, wo man ihn stabilisiert hatte, hierher ins Traumazentrum des Rigshospitals verlegt worden, wo er dann operiert wurde.«

»Er wurde natürlich bewacht, richtig?«

»Allerdings. Sowohl an den Eingängen zur Station als auch an der Tür zu seinem Zimmer standen Wachposten.«

»Wussten Sie, wer die Beamten waren? Ich weiß, dass wir, also die Kopenhagener Polizei, Leute hier hatten ...«

»Ja, und dann waren es noch einige vom PET, wie mir gesagt wurde.«

»Sonst noch wer?«

Er überlegt. »Nicht, dass ich wüsste.«

»Wissen Sie, was mit der Leiche geschah, nachdem Spangstrup für tot erklärt worden war?«

»Ja, sie wurde zum Rechtsmedizinischen Institut gebracht, wo eine Leichenschau durchgeführt wurde. Nehme ich jedenfalls an. So läuft es normalerweise, wenn jemand hier auf der Station stirbt und wir nicht ganz genau wissen, wie es dazu kam.«

»Wurde eine Obduktion durchgeführt?«

»Auch davon gehe ich mit ziemlicher Sicherheit aus. Es würde mich wundern, wenn nicht.«

»Wissen Sie, wer die Leiche zur Rechtsmedizin überführt hat?«

»Das können zwei Transporteure, es kann aber auch die Polizei gewesen sein. Wenn jemand unerwartet stirbt, wie bei Simon Spangstrup der Fall, melden wir es immer der Polizei. Das war diesmal nicht nötig, da sie ja bereits zahlreich vor Ort war.«

Signe macht sich Notizen auf ihrem Block. »Okay. Ist es normal, dass Patienten, die als stabil gelten, plötzlich auf einer Intensivstation sterben?«

»Das kommt vor. Die Patienten, die hier liegen, sind schließlich schwerkrank oder -verletzt.«

»Wurde Ihnen jemals eine Todesursache vom Rechtsmedizinischen Institut mitgeteilt?«

»Er hatte einen Herzstillstand, und daran kann man bekanntlich sterben.«

Signe lächelt. »Ja, das ist mir klar.«

»Wenn man so schwer verwundet ist, wie er es war, braucht es manchmal nicht viel, damit sich der Zustand kritisch entwickelt. Vergessen Sie nicht, dass er mehrere Kugeln in Arme und Beine und zwei in den Thorax bekommen hatte, außerdem war er stark unterkühlt und hatte jede Menge Blut verloren. Wenn Sie mich fragen, hat er überhaupt nur so lange überlebt, weil er in physischer Hinsicht ein Prachtexemplar war.«

»Aber haben Sie eine Erklärung bekommen, ob irgendetwas Bestimmtes den Herzstillstand hervorgerufen hat?«

»Nein. Aber so ist es in der Regel. Wir erfahren grundsätzlich nicht, was die Todesursache war. Manchmal gelingt es uns trotzdem, den Rechtsmedizinern ein bisschen was zu entlocken. Man weiß ja nie, vielleicht können wir etwas lernen. Aber in diesem Fall hat es nicht geklappt.«

»Hat es Sie und Ihre Mitarbeiter gewundert, dass er auf diese Weise gestorben ist?«

»Hm, ja, wahrscheinlich schon. Auf der Station wurde durchaus über den Fall gesprochen, schließlich hatten wir es nicht kommen sehen. Aber noch mal: Solche Dinge passieren.«

»Okay. Hat irgendjemand einen Fehler gemacht?«

»Wir haben natürlich alles gründlich untersucht, jedoch nichts dergleichen feststellen können.«

»Also nichts, was auf ein Foulspiel hinweist?«

»Wie meinen Sie das?«

»Dass jemand versucht hat, ihm das Leben zu nehmen, während er hier lag.«

Jetzt ist Bertel Zachariasens Wachsamkeit offenkundig.

»Wollen Sie damit andeuten, dass einer unserer Ärzte oder Krankenpfleger ihn ermordet haben soll?«

»Ich will gar nichts andeuten, ich versuche nur, mir ein möglichst genaues Bild davon zu machen, was genau geschehen ist.« Sie wechselt die Spur. »Wie sieht es mit der Anzahl des Personals im Verhältnis dazu aus, einen Patienten im Auge zu behalten, der unter Terrorverdacht steht?«

»Es gibt eine Krankenschwester, die ganz nah am einzelnen Patienten ist. Und immer zwei diensthabende Ärzte, die jeweils für die Hälfte der vierundzwanzig Betten hier auf der Station verantwortlich sind. Spangstrup lag in einem Einzelzimmer, und in diesem Fall sitzt die Krankenschwester an einem Tisch direkt im Zimmer.«

»Wäre es möglich, mit der Krankenschwester zu sprechen, die die Verantwortung für Simon Spangstrup hatte?«

»Falls der oder die Betreffende heute Dienst hat, ja. Ich muss kurz nachschauen, wer es war, daran erinnere ich mich nicht aus dem Stegreif. Und ich muss mir sicher sein können, dass der- oder diejenige nicht plötzlich als Beschuldigter verhört wird.«

»Ich kann Ihnen garantieren, dass das nicht passieren wird.«

»Gut. Denn wir hatten schon einmal Probleme damit, dass Mitarbeiter in die Bredouille gerieten, weil sie mit der Polizei gesprochen hatten«, sagt er, bevor er aufsteht und auf den Gang hinausgeht.

Zehn Minuten später kommt er in Begleitung einer Frau zurück, die Signe auf um die fünfunddreißig schätzt. Sie ist einen halben Kopf kleiner als sie selbst und strahlt die ruhige und freundliche Selbstsicherheit aus, die Signe schon an etlichen Krankenschwestern gesehen hat.

Augenscheinlich ist sie nötig, um mit der Bedingung klarzukommen, dass man im Laufe eines Arbeitstages niemals weiß, wann man womöglich das Leben eines anderen Menschen in Händen hält.

Die Frau heißt Rada Balesic und bedeutet Signe, ihr in die Küche zu folgen. Signe tischt ihr in etwa die gleiche Story wie dem Chefarzt auf, was den Grund ihres Anliegens betrifft.

Die Krankenschwester nickt. »In Ordnung. Schießen Sie los.«

»Können Sie mir erzählen, was geschah, bevor Simon Spangstrup einen Herzstillstand erlitt?«

»Eigentlich nicht viel. Seine Werte sahen gut aus, nichts deutete darauf hin, dass sich sein Zustand verschlechtern könnte.«

»Worauf achtet man, wenn man einen Patienten überwacht?«

»Viele verschiedene Dinge. Herzrhythmus, Puls und Sauerstoffsättigung des Blutes unter anderem. Alles sah gut aus.«

»Und Sie waren permanent dort?«

»So gut wie. Eine Viertelstunde bevor sein Herz stehen blieb, war ich auf der Toilette und anschließend hier in der Küche, um mir eine Tasse Kaffee zu holen.«

»Wie lange waren Sie weg?«

»Fünf, sechs Minuten, höchstens.«

»Ist es normal, dass Sie einen Patienten zwischendurch allein lassen?«

»Ja, wenn der Betreffende stabil ist. Aber nur für wenige Minuten.«

»Wie viele Polizisten saßen vor dem Zimmer im Gang?«

»Zwei, soweit ich mich entsinne.«

»Uniformiert?«

»Nein, sie waren in Zivil. Aber an den Eingängen zur Station standen Uniformierte. Überhaupt schwirrten alle möglichen Arten von Polizisten ums Zimmer herum. Das heißt, ich nehme an, dass es sich um Polizisten gehandelt hat, da sie ja wie gesagt nicht alle uniformiert waren.«

»Irgendjemand, der Ihnen besonders aufgefallen ist?«

Die Krankenschwester denkt nach. »Da war eine grauhaarige Frau in Begleitung von zwei Männern, die aussahen, als kämen sie aus einem Agentenfilm. Diese drei haben sich ein wenig von den anderen abgehoben. Die Frau war elegant gekleidet, mit dunkler Hose und Blazer. Businessmäßig, wenn Sie verstehen, was ich meine. Eine attraktive Frau. Ungefähr in Ihrem Alter, vielleicht etwas älter. Um die fünfzig, würde ich sagen.« Sie lächelt. »Jetzt habe ich Sie hoffentlich nicht beleidigt?«

»Keine Sorge, dazu braucht es mehr. War die Frau auch in dem Zeitraum da, als Sie auf der Toilette waren?«

»Das weiß ich nicht mehr. Oder doch, jetzt wo Sie es erwähnen, tatsächlich habe ich sie auf dem Gang gesehen, als ich zur Toilette ging. Ich erinnere mich daran, weil ich beinahe mit ihr zusammengestoßen wäre. Sie kennen das sicher, wenn beide hin und her tänzeln, weil keiner sicher ist, in welche Richtung er ausweichen soll.«

»Okay. Sie kamen also zurück, und was passierte dann?«

»Es vergingen fünf Minuten, vielleicht etwas mehr, dann ertönte der Alarm, der losgeht, wenn ein Patient einen Herzstillstand hat. Ich dachte natürlich: Was ist denn jetzt los?«

»Sie waren überrascht?«

»Ja, ziemlich sogar. Es hatte keinerlei Anzeichen dafür gegeben, dass so etwas passieren könnte.«

»Und dann?«

»Dann habe ich den diensthabenden Arzt hinzugerufen. Keine halbe Minute später war er mit einer weiteren Krankenschwester da. Nach zwei Minuten kam das CPR-Team, ein spezielles Team, das hier im Rigshospital für den Fall eines Herzstillstands immer in Bereitschaft ist, und hat übernommen. Sie bekamen sein Herz sogar wieder in Gang, aber dann blieb es erneut stehen, und dieses Mal war nichts zu machen. Nach einer halben Stunde stellten sie die Wiederbelebungsversuche ein.«

»Und dann wurde er zum Rechtsmedizinischen Institut gebracht, richtig?«

»Ja. Das ist das übliche Prozedere.«

»Wissen Sie noch, wer, wie soll ich sagen, mit dem Bett losgerollt ist?«

»Ja, das waren just diese Frau und die beiden Männer, also die Elegante und die zwei Agententypen.«

Signe macht sich ein paar Notizen auf ihrem Block. Dann steckt sie den Kugelschreiber weg. Rada Balesic macht Anstalten aufzustehen.

»Wenn das alles war, sollte ich jetzt besser ...«

»Eine Frage hätte ich noch. Und Sie dürfen mich nicht missverstehen, aber ... ist es möglich, einen Menschen in Simon Spangstrups Situation zu töten, ohne dass es entdeckt wird?«

Die Krankenschwester schaut Signe überrascht an. »Ich verstehe nicht ganz ...«

»Das kann ich nachvollziehen, und eigentlich sind es ja auch zwei Fragen, die ich stelle. Erstens, ob jemand unbemerkt das Zimmer betreten könnte? Und zweitens, ob es möglich wäre, na ja, beispielsweise einen Patienten zu vergiften, damit der Betreffende einen Herzstillstand erleidet, ohne dass es entdeckt wird?«

»Wie schon gesagt, habe ich den Patienten für einige

Minuten allein gelassen, aber vor der Tür saßen ja zwei Beamte und hielten Wache. Falls sich also jemand in diesem Zeitfenster im Zimmer befand, dann geschah es mit Erlaubnis der beiden Polizisten. Aber das können Sie sie doch sicher fragen.«

Signe nickt, denkt aber gleichzeitig: Nein, kann ich eben nicht.

Rada Balesic macht ein besorgtes Gesicht. »Riskiere ich, angezeigt zu werden, weil ich etwas falsch gemacht habe?«

»Nein, nein, überhaupt nicht.« Signe lächelt beruhigend. »Wir verdächtigen weder Sie noch sonst jemanden unter den Mitarbeitern, Sie können also ganz beruhigt sein. Sagen Sie, das Zimmer, in dem Simon Spangstrup lag, hat es noch weitere Türen als die zum Gang?«

»Ja, eine Schiebetür zu einem vergleichbaren Einzelzimmer nebenan.«

»Lag dort zu diesem Zeitpunkt jemand?«

»Nein. Die Polizei hatte darum gebeten, dass der Patient, der dort lag, in ein anderes Zimmer verlegt wurde.«

»Theoretisch hätte man also von dort aus zu Spangstrup gelangen können, ohne an den beiden Wachmännern vorbeizumüssen?«

»Schon, aber die Tür zu dem anderen Einzelzimmer ist höchstens fünf, sechs Meter von dort, wo sie saßen, entfernt. Hätten Sie es nicht bemerkt, wenn jemand versucht hätte, sich auf diese Weise hineinzuschleichen?«

»Doch, da haben Sie sicher recht. Und in Bezug auf meine Frage, ob es möglich wäre, einen Patienten zu vergiften, ohne dass die tatsächliche Todesursache entdeckt wird?«

»Das ist durchaus machbar. Sie brauchen ja bloß an diese Geschichte aus Nykøbing Falster zu denken. Dort wurde eine Krankenschwester vor ein paar Monaten verurteilt wegen ... waren es vier Morde?«

»Ich glaube vier Mordversuche, so lautete es letztlich im Urteil des Landgerichts«, sagt Signe.

»Ah, okay. Tja, da hat sie ja nichts anderes getan, als den Patienten Morphium und Stelosid direkt in den Körper zu injizieren. Und das hat keiner gemerkt. Jedenfalls nicht sofort. Eine größere Dosis Kaliumchlorid wäre auch eine Möglichkeit. Und wenn jemand etwas in Spangstrups Infusion gespritzt hätte, was dazu führte, dass er einen Herzstillstand erlitt, hätten wir es nicht entdeckt. Ich meine, was genau ihn hervorgerufen hat. Wir reagieren nur auf den Herzstillstand selbst. Aber im Rahmen der Autopsie wurde doch sicher auch eine umfassende forensisch-toxikologische Untersuchung durchgeführt, da wäre man bestimmt darauf gestoßen, wenn er tatsächlich vergiftet worden wäre.«

»Ja, wahrscheinlich schon. So, jetzt möchte ich Sie wirklich nicht länger aufhalten. Danke, dass Sie sich die Zeit genommen haben.«

»Gern geschehen.«

Auf dem Gang stößt sie auf Bertel Zachariasen.

»Danke für Ihre Hilfe. Jetzt habe ich alles«, sagt Signe.

»Und wie gesagt, es ist reine Routine, damit wir den Fall ordentlich abschließen können.«

»Das ist gut. Hätten Sie aber noch einen Moment? Ich möchte Sie gern ein paar Dinge fragen.«

Was kommt denn jetzt?, denkt Signe.

Der Chefarzt führt sie zurück in sein Büro. Er setzt sich hinter den Schreibtisch, während Signe stehen bleibt.

»Sie müssen entschuldigen, mein Namensgedächtnis ist nicht das beste. Wie heißen Sie noch gleich?«

»Signe Kristiansen. Ich leite eine der Mordsektionen der Kopenhagener Abteilung für Gewaltkriminalität.«

Bertel Zachariasen notiert etwas auf einem gelben Zettel. »Übrigens, das hätte ich Sie vorhin schon fragen sollen, aber haben Sie einen Ausweis?«

»Natürlich.« Signe zeigt dem Arzt ihre ID-Karte.

»Gut zu wissen, mit wem man gesprochen hat, nicht wahr?«, sagt er.

»Absolut. All das hier, haben Sie das schon mal jemandem erzählt? Außer mir, meine ich?«

»Nein. Es hat keiner gefragt. Ich habe mich nur zum rein Medizinischen geäußert. Im Übrigen wurde ich – und das gilt für alle auf der Station, die während Simon Spangstrups Behandlung anwesend waren – nochmals ausdrücklich auf unsere Schweigepflicht hingewiesen. Das Ganze war sehr psst-psst.« Er mustert Signe scharf. »Ich habe hoffentlich nichts Ungesetzliches getan, indem ich mit Ihnen gesprochen habe?«

»Ganz bestimmt nicht.«

Kapitel 33

Skakke ist beim Morgenbriefing dabei, und auch wenn Juncker einsieht, dass es sinnvoll ist, wenn der Chef den Ermittlungen folgt, nervt ihn die Anwesenheit des Mannes. Er hat das Gefühl, dass Skakke ihn beobachtet und darauf lauert, ihn bei irgendeinem Regelverstoß zu ertappen.

»Wollen wir loslegen?«, fragt Anders Jensen. »Wer fängt an? Wirtschaftskriminalität? Wollt ihr? Die lettische Verbindung?«

»Können wir machen.« Carsten Larsen richtet sich auf seinem Stuhl auf. »Und es ist schnell überstanden, wir haben nämlich nichts Neues zu erzählen. Jetzt war natürlich Wochenende, aber man muss schon sagen, dass es verflucht schwer ist, irgendetwas Vernünftiges aus unseren Kollegen in Riga über die Aktivitäten der Latvia Invest herauszubekommen. Auch in den Fallakten der Kanzlei sowie in der Kommunikation zwischen Ragner Stephansen und den Letten sind wir auf keinerlei Hinweise gestoßen, dass er sich ernsthaft mit seinen Klienten überworfen haben könnte. Um es kurz zu machen: Wenn wir jemanden von der Latvia Invest mit dem Mord in Verbindung bringen wollen, müssten wir wohl irgendwo einen Täter mit lettischen Verbindungen herzaubern. Denn so einen haben wir nicht zufällig im Ärmel versteckt, oder?«

»Nein, damit können wir leider nicht dienen«, sagt Jensen. »Heißt das also, wir sollten diesen Teil der Ermittlungen eurer Meinung nach besser begraben?«

»Dafür ist es wahrscheinlich zu früh. Wir kämpfen weiter damit, uns einen Überblick über die Geldströme von Lettland hierher zu verschaffen. Es ist irre kompliziert und involviert dermaßen viele Gesellschaften, ihr glaubt es nicht. Vielleicht schaffen wir es letztlich zu beweisen, dass tatsächlich Geldwäsche betrieben wurde. Aber dann im nächsten Schritt zu beweisen, dass Ragner Stephansen davon wusste und nicht bloß einen Verdacht hegte; dass er drohte, gegen sie vorzugehen und damit ein paar Gangstern derart auf die Füße trat, dass sie ihn aus dem Weg räumten, was ja unsere These ist ... das ist ein hübsches Stück Arbeit.«

»Ja, klingt definitiv nach einer Sisyphusaufgabe. Was die Umweltspur angeht, kann ich berichten, dass wir eine der Drohmails nachverfolgt haben, die Stephansen erhielt, nachdem er den Umweltprozess gegen diesen Grafen oder Baron oder weiß der Kuckuck, welchen Titel er hat, scheitern ließ. Die Absenderin ist eine junge Frau, die in Vesterbro in Kopenhagen wohnt und Mitglied bei Greenpeace und irgendeinem lokalen Umweltausschuss ist. Sie hat ein Alibi, weil sie sich zum Tatzeitpunkt bei ihren Eltern in Kerteminde befand. Das haben uns die Eltern wie auch Nachbarn bestätigt. Wir arbeiten weiter daran, die übrigen Drohungen, die der Tote erhalten hat, zu lokalisieren. Juncker, wo stehen wir in Bezug auf die anderen Spuren?«

»Erst mal wüsste ich gern, ob wir den Durchsuchungsbeschluss für eine Hausdurchsuchung bei Peter Johansen bekommen haben?«, fragt Juncker.

»Haben wir.«

»Gut. Nabiha ist da nämlich auf etwas Interessantes

gestoßen. Sie hat Peter Johansens Waffenzulassungen geprüft ...«

»Wieso wurde das nicht schon früher gemacht?«, geht Skakke dazwischen. »Direkt nachdem wir seine Waffen beschlagnahmt haben zum Beispiel?«

Juncker zuckt mit den Achseln. »Gute Frage. Und wir können uns jetzt natürlich Asche aufs Haupt streuen und uns in Selbstzerknirschung üben, falls du das möchtest. Oder wir sehen zu, dass wir weiterkommen.«

Skakke grunzt mürrisch und winkt ab. »Gut. Wir machen weiter. Nabiha, was haben Sie gefunden?«

Sie rutscht auf ihrem Stuhl vor. »Wir haben bei Peter Johansen drei Pistolen und ein Gewehr beschlagnahmt, alle Kaliber .22. Keine davon ist die Tatwaffe. Aber dann habe ich seine Waffenzulassungen gecheckt, und siehe da, er besitzt eine weitere Waffe, die er nicht bei uns abgeliefert hat. Eine Pistole. Auch Kaliber .22. Eine Browning.«

»Gut gemacht, Nabiha«, sagt Jensen. »Dass wir die auf ihn zugelassenen Waffen nicht gleich geprüft haben, nehme ich auf meine Kappe.«

Damit schulde ich dir was, denkt Juncker.

»Dann lasst uns jetzt so schnell wie möglich diese Durchsuchung durchführen«, fährt Jensen fort. »Juncker und Nabiha, das regelt ihr, oder? Braucht ihr Unterstützung?«

»Es ist kein Riesenhaus, aber wenn noch zwei Leute mitkommen können, brauchen wir nicht den ganzen Tag darauf zu verwenden.«

»Alles klar. Sonst noch was?«

»Wir sind dabei, die finanziellen Verhältnisse von Stephansens engsten Angehörigen zu untersuchen. Bei seinem Tod erben Frau und Kinder eine hübsche Millionensumme. Die Leute von der Wirtschaftskriminalität kümmern sich darum. Carsten, kannst du diesbezüglich schon etwas sagen?«

»Die privaten Finanzen von Mads und seiner Frau sehen grundsolide aus. Sie haben ihr Haus gekauft, als die Preise sehr niedrig standen, und verdienen beide gut, auf den ersten Blick versteckt sich hier also kein Motiv. Der Ehemann der Tochter ist vor einigen Jahren Konkurs gegangen, hat sich aber, soweit wir sehen können, wieder berappelt. Hier blinken dementsprechend auch keine Alarmleuchten.«

»Prima. Dann lasst uns loslegen.«

Peter Johansen war an seinem Arbeitsplatz in der Bank in Køge. Juncker hat ihn gebeten, nach Hause zu kommen und erklärt, dass ein Durchsuchungsbeschluss vorliegt. Eine gute Dreiviertelstunde später biegt Johansen in die Einfahrt vor seinem Haus ein, wo die vier Ermittler bereits auf ihn warten.

»Wenn ihr beide euch den ersten Stock vornehmt, machen Nabiha und ich uns hier unten an die Arbeit«, sagt Juncker zu seinen Kollegen.

»Wonach suchen wir?«, fragt der eine.

»Primär nach einer Pistole mit Kaliber .22, einer Browning. Gibt es einen Dachboden?«, fragt er Peter Johansen.

»Ja, da ist eine Klappe mit einer Leiter zum Runterziehen.«

»Das kriegen wir schon hin«, meint der Beamte und steigt mit seinem Kollegen die Treppe hoch.

Juncker wendet sich an Peter Johansen. »Tja, wissen Sie, uns ist aufgefallen, dass Sie die Erlaubnis für eine weitere Pistole besitzen, die Sie uns nicht ausgehändigt haben. Können Sie das erklären?«

Peter Johansen schaut aus dem Fenster, als er antwortet.

»Die hatte ich vergessen. Sie wurde vor drei Wochen bei einem Einbruch gestohlen.«

»Wir werden sie also nicht finden, wenn wir jetzt das gesamte Haus durchsuchen?«

»Nein, werden Sie nicht.«

»Haben Sie den Einbruch bei der Polizei gemeldet? Darauf sind wir gar nicht gestoßen.«

Peter Johansen geht zum Esstisch und setzt sich. »Nein, ich habe ihn nicht gemeldet.«

»Und warum nicht, wenn ich fragen darf?«

»Weil«, er schaut zu Juncker hoch. »Weil ich etwas getan hatte, was ich nicht darf.«

»Ich glaube, das müssen Sie mir erklären.«

»Vor ein paar Wochen habe ich abends meine Waffen sauber gemacht. Ich habe ja eine Werkstatt draußen im Schuppen, und dort hängt auch mein Waffenschrank. Das Ganze ist natürlich vorschriftsmäßig mit den entsprechenden Schlössern gesichert, wie ich bestimmt schon erklärt habe. Ich hatte also meine Browning auseinandergenommen, aber dann war es schon so spät geworden, und ich ließ sie auf dem Tisch liegen, als ich ins Bett ging. Am nächsten Tag dachte ich nicht mehr daran und fuhr übers Wochenende zu Freunden nach Kopenhagen, und als ich Sonntagnachmittag zurückkam, war jemand im Schuppen gewesen und hatte die Pistole gestohlen.«

»Und sonst wurde nichts gestohlen?«

»Nein. Jedenfalls ist mir sonst nichts aufgefallen, was ich vermisse.«

»Können Sie uns die Werkstatt zeigen?«

Peter Johansen steht auf, und Juncker und Nabiha folgen ihm nach draußen. Der Schuppen schließt an einen Carport an. Er öffnet die Tür und tritt hinein. Juncker bleibt auf der Schwelle stehen und studiert Rahmen und Tür.

»Ich kann keine Spuren eines Einbruchs entdecken. Wie kam der Dieb hinein?«

Peter Johansen senkt den Blick. »Tja, das ist es ja eben, die Tür war unverschlossen. Ich hatte vergessen abzuschließen, bevor ich fuhr.«

»Sie hatten also eine Pistole in einem Raum liegen, wo jeder fröhlich hineinmarschieren und sie klauen konnte, während Sie verreist waren?«

Der Mann macht ein zerknirschtes Gesicht. »Ja.«

»Und das ist also passiert, sagen Sie? Jemand hat sie genommen?«

»Ja. Jedenfalls ist die Pistole verschwunden.«

»Das erklärt allerdings nicht, warum Sie den Diebstahl nicht gemeldet haben.«

»Ich darf doch keine Waffe offen herumliegen lassen, und dann auch noch in einem Raum, der unverschlossen ist. Das ist verboten.«

»Mag sein, aber es ist genauso verboten, einen Waffendiebstahl nicht zu melden.«

»Ja, natürlich. Aber … ich hatte Angst, dass ich meine Waffenerlaubnis verlieren und aus dem Schützenverein ausgeschlossen werden würde, und das könnte ich nicht …« Er schaut Juncker an. »Das Schießen ist mein halbes Leben.«

Es dauert drei Stunden, das Haus zu durchsuchen, aber sie finden nichts. Weder die Pistole noch irgendetwas sonst, was Peter Johansen mit dem Mord in Verbindung bringen würde. Wie zum Beispiel den Rucksack, den ein Zeuge auf dem Rücken der Person gesehen hat, die kurz nach dem vermutlichen Tatzeitpunkt aus dem Park kam.

»Glaubst du, er ist es?«, fragt Nabiha im Auto auf der Fahrt zurück nach Næstved.

»Hm«, Juncker überlegt einen Moment. »Er könnte es sehr gut gewesen sein. Jedenfalls deutet vieles in seine Richtung. Er hat ein starkes Motiv. Hat Stephansen bedroht. Kein Alibi, das von jemandem bezeugt werden könnte. Und jetzt das mit der Pistole.«

»Also haben wir genug, um ihn als Beschuldigten festzunehmen?«

»Ich würde schon sagen. Ich bespreche das kurz mit Anders, Skakke und dem Staatsanwalt, sobald wir zurück sind.«

Kapitel 34

Der Königliche Garten ist schwarz vor Menschen. Charlotte kann sich nicht entscheiden, ob das gut oder schlecht ist. Einerseits lässt sich bei all den Leuten unmöglich feststellen, ob sie beobachtet wird. Andererseits ist so gut wie ausgeschlossen, dass jemand auf die Idee kommen könnte, ihr hier vor den Augen hunderter Zeugen etwas anzutun.

Als junge, frischgebackene Journalistin arbeitete sie bei einer seeländischen Regionalzeitung. Das war damals, als selbst die kleineren Tageszeitungen noch fachlich qualifizierte Mitarbeiter hatten, und sie war dem Kriminalreporter der Zeitung, einem alten Hasen, an die Seite gestellt worden, um eine Artikelserie über die Ausbeutung thailändischer Prostituierter in hiesigen Bordellen zu schreiben. Die Bordelle wurden von den Hells Angels kontrolliert, die es gar nicht gern sahen, dass zwei Journalisten aufdringliche Fragen zu ihren Geschäftsmethoden stellten.

Die Rocker waren klug genug, Charlotte und ihrem Kollegen nicht offen zu drohen, doch auf einmal tauchten steroidstrotzende Typen mit Rückenaufnähern auf den Lederjacken auf, wenn sie durch die örtliche Fußgängerzone schlenderte. Oder Hells-Angels-Mitglieder rollten zufällig auf ihren Harleys an dem Haus vorbei, in dem sie wohnte, wenn sie aus der Tür ging, um sich auf den Weg zur Arbeit zu machen.

Sie kann sich noch gut daran erinnern, wie nervös und angespannt sie in den Wochen war, als sie und ihr Kollege an den Artikeln arbeiteten, sowie anschließend während der Zeit, als die Serie in der Zeitung erschien. Ihre Schultern waren dauerverspannt, und sie wachte nachts zehnmal schweißgebadet auf.

Genau so fühlt sie sich jetzt. Nur dass sie nicht weiß, nach wem sie Ausschau hält, als sie den Park betritt und versucht, das Gewimmel auf den Rasenflächen und Kieswegen nach verdächtigen Personen abzuscannen.

Sie hat mit Signe vereinbart, sich im Königlichen Garten von Schloss Rosenborg zu treffen, genauer gesagt im Rosengarten, der ganz in der Nähe des Wassergrabens liegt. Hier, in der gepflegten symmetrischen Anlage, mit Rosenbeeten, umsäumt von penibel gestutzten Buchsbaumbüschen und versteckt ein wenig abseits hinter Hecken, die den Garten vom restlichen Park trennen, ist man etwas ungestörter als auf den Grünflächen und Wegen. Signe ist noch nicht aufgetaucht, und Charlotte setzt sich auf eine Bank. Sie spürt, dass ihr Herz schneller schlägt als normal, und obwohl heute wieder eine mörderische Hitze herrscht, fühlt sich ihre Haut etwas klamm an. Ein bisschen wie am Tag, bevor eine Grippe ausbricht.

Aber sie wird nicht krank. Sie ist nur nervös und muss die ganze Zeit krampfhaft versuchen, das Bild einer geköpften Leiche mit zerschossenen Knien aus ihrem Kopf zu vertreiben.

Sie entdeckt Signe. Alle Bänke im Rosengarten sind besetzt. Signe bleibt einen Moment stehen und schaut sich um, ehe sie auf Charlotte zukommt. Sie nimmt neben ihr Platz, lehnt sich zurück und streckt die Beine aus. Ihre Windjacke ist hochgezogen. Wie kann sie bei dieser Hitze bloß eine Jacke tragen? Aber dann entdeckt Charlotte die Ausbeulung unter ihrer linken Achselhöhle.

»Ich dachte, es wäre gut, wenn wir uns treffen, um mal zusammenzufassen, wo wir stehen, und zu überlegen, wie wir weiterkommen. Im Moment stecken wir nämlich fest«, beginnt Signe.

»Klingt nach einer guten Idee.«

»Ich habe mit Svend Bech-Olesens Witwe gesprochen. Und mit dem Leiter der Intensivabteilung am Rigshospital sowie der Krankenschwester, die Simon Spangstrup überwacht hat.«

»Und, hast du was rausgefunden?«

»Teils, teils. Die Witwe hat im Grunde nur bestätigt, dass ihr Mann vollkommen unerwartet gestorben ist. Trotzdem hatte ich am Ende unseres Gesprächs das Gefühl, als ob … Ich habe gefragt, ob er begraben oder eingeäschert wurde, und als sie sagte, er sei auf eigenen Wunsch hin verbrannt worden, war es, als ob irgendwas mit ihr geschah. Vielleicht bilde ich es mir auch nur ein, aber ich hatte den Eindruck, dass ihr irgendein Gedanke kam. Vielleicht, dass sie jetzt, wo er eingeäschert ist, niemals herausfinden wird, ob an seinem Tod nicht doch etwas faul war.« Sie blinzelt in die Sonne. »Aber wie gesagt, das kann auch nur Wunschdenken von mir sein. Wenn der Ehepartner so plötzlich stirbt, werden sich wohl die meisten darüber wundern. Vor allem wenn der Tote so verhältnismäßig jung und gut in Form war wie in Svend Bech-Olesens Fall.«

»Was haben sie auf der Intensivstation gesagt?«

»Im Gegensatz zur Witwe so einiges. Der Leiter der Abteilung war nicht dabei, als Spangstrup starb, das meiste, was er erzählt hat, stammte also aus zweiter Hand, aber er hat bestätigt, dass man sich auf der Station über seinen Tod gewundert habe. Und die Krankenschwester, die die Aufsicht über ihn hatte, sie hat etwas ziemlich Interessantes berichtet: Zwischendurch hat sie Spangstrup einmal für etwa fünf Minuten allein gelassen, um aufs Klo zu gehen. Nur wenige Minuten nach ihrer Rückkehr blieb sein Herz stehen. Sie hat auch erzählt, dass es auf der Station – oder zumindest in der Nähe des Einzelzimmers, in dem Spangstrup lag – vor Polizisten in Uniform und Zivil sowie allen möglichen anderen Typen nur so gewimmelt hätte. Drei Personen waren ihr besonders aufgefallen: eine elegante grauhaarige Frau, ›businessmäßig‹, meinte sie, und zwei Männer, die aussahen, als wären sie aus einem Agentenfilm gesprungen. Und weißt du was? Das klingt exakt wie die Beschreibung der Frau und der beiden Männer, die im Januar bei Juncker in Sandsted aufgetaucht sind und von ihm verlangt haben, ihnen Bent Larsens Computer auszuhändigen.«

»Bent wer?«, fragt Charlotte und denkt, dass ihr Gefühl sie nicht getrogen hat. Martin hat ihr etwas verheimlicht. Sie konnte es ihm ansehen, als sie ihm die Kopien der beiden E-Mails zeigte.

Signe klärt sie über die Verbindung zwischen Bent Larsen sowie seinem Führungsoffizier Svend Bech-Olesen auf und schildert, was an dem Abend geschah, als die grauhaarige Frau und die beiden Männer Juncker einen Besuch abstatteten. »Ich wüsste zu gern, wer diese Frau ist«, schließt sie.

»Und für wen sie arbeitet«, fügt Charlotte an.

»Ja, verdammt. Außerdem müssen wir rauskriegen, wer K beim FE ist. Der, mit dem sbo – Svend Bech-Olesen – mailt, kurz bevor die Bombe explodiert. Der mit der E-Mail-Adresse, die mit hec beginnt, könnte Henrik Christoffersen sein …«

»Der Chef des FE?«

»Jep.«

Die beiden Frauen schweigen.

»Der Chef des FE«, wiederholt Charlotte. »Ich fass es nicht.«

»Ja. Es sind große Jungs, mit denen wir uns da anlegen.«

»Irre, wenn man sich vorstellt, dass der Chef eines dänischen Geheimdienstes in Liquidierungen verwickelt sein soll.«

»Das wissen wir ja nicht. Noch nicht. Wir wissen lediglich oder sind davon überzeugt, dass drei Menschen – Svend Bech-Olesen, Simon Spangstrup und der Whistleblower – ermordet wurden, weil sie allesamt darüber Bescheid wussten, dass die Warnung vor dem Terroranschlag ignoriert wurde.« Sie kramt in ihrer Tasche, holt eine Sonnenbrille heraus und setzt sie auf. »So irre es uns auch erscheinen mag, dass Leute ermordet werden, weil sie etwas wissen, was die Grundfesten des Staates erschüttern kann. Und es ist bestimmt nicht das erste Mal in der Geschichte der Geheimdienste, dass so etwas passiert.«

»Stimmt. Aber in Dänemark?«

Signe lächelt schief. »Ja, uns gefällt natürlich der Gedanke vom kleinen, unbefleckten Paradies inmitten einer bösen, bösen Welt … Aber wir werden ja sehen. Hast du eigentlich einem deiner Kollegen von der Sache erzählt?«

»Nein. Mikkel, mein Chef, hat mitgekriegt, dass ich den Terroranschlag recherchiert habe. Aber ich habe ihm eine Lüge aufgetischt.«

»Die er dir abgekauft hat?«

Charlotte zögert. »Da bin ich nicht ganz sicher. Aber er weiß nicht, worum es in Wahrheit geht. Das weiß keiner bei der Zeitung.«

»Und so sollte es fürs Erste wohl besser bleiben. Wenn wir zwei also in dieser Sache zusammenarbeiten wollen …«

Signe verstummt. Charlotte schaut sie neugierig an. Die Polizistin macht ein Gesicht, als kaue sie auf einer Zitrone. Als würde ihr allein die Möglichkeit einer Zusammenarbeit mit einer Journalistin ganz und gar nicht schmecken. Sie schluckt und fährt fort: »Dann müssen wir uns vollkommen einig sein, dass ich bestimme. Weder schreibst du darüber, noch sprichst du mit deinen Kollegen, ehe ich das Okay gebe.«

»Einverstanden. Wenn du mir im Gegenzug versprichst, dass es einzig und allein meine Story ist.«

»Natürlich.« Signe steht auf.

»Was jetzt?«, fragt Charlotte.

»Ich bin ja schließlich Ermittlungsleiterin in einem Mordfall, wo dem Opfer der Kopf fehlt. Also werde ich versuchen herauszufinden, wer der Tote war. Mal sehen, vielleicht vermisst ihn ja früher oder später jemand.«

Charlotte bleibt noch eine Weile sitzen, nachdem Signe gegangen ist. Sie legt die Beine hoch und ignoriert, dass sich die Armlehne in ihren Rücken bohrt. Auf der Bank neben ihr sitzt eng umschlungen ein junges Paar. Sie schaut sich um und kann niemanden außer gänzlich unschuldig aussehende Menschen sehen, die den anscheinend endlosen Sommer genießen. Der Anblick ist derselbe, als sie aufsteht und über die weitläufigen Grünflächen auf den Ausgang des Parks am Staatlichen Museum für Kunst zusteuert. Von hier aus ist es nur ein knapper Kilometer bis nach Hause. Auf dem Weg schaut sie sich mehrfach über die Schulter, entdeckt aber niemanden, der verdächtig aussieht. Allerdings, wiederholt sie für sich selbst, während sie gleichzeitig versucht, ihre

Paranoia zu dämpfen: Sie weiß ja auch nicht, nach wem sie Ausschau halten soll.

Sie beschleunigt das Tempo und joggt die letzten paar hundert Meter bis zu ihrem Haus. Dort angekommen öffnet sie das alte, knirschende Gartentor und zieht ihren Schlüsselbund aus der Tasche. Als sie den Schlüssel gerade ins Schloss gesteckt hat, hört sie ein Geräusch. Es ist nicht mehr als ein Rascheln von drüben hinter den Mülltonnen. Doch sie ist sicher, dass da etwas ist. Oder jemand.

Sie erstarrt. Und plötzlich wird ihr kalt.

Kapitel 35

Skakke und Anders Jensen haben mit dem Staatsanwalt gesprochen und grünes Licht bekommen. Sie haben genug, um Peter Johansen festzunehmen.

»Holt ihr ihn von der Arbeit?«, fragt Jensen.

»Ich glaube nicht, dass er zurück zur Arbeit gefahren ist«, antwortet Juncker. »Das hätte sich kaum gelohnt. Aber falls er doch wieder hin ist, warten wir einfach, bis er nach Hause kommt.«

»Und darauf willst du es ankommen lassen?« Skakke macht ein skeptisches Gesicht. So wie er es einen erstaunlich großen Teil der Zeit über tut, denkt Juncker.

»Ja, darauf lasse ich's ankommen. Er ist nicht der Typ, der abhaut.«

Skakke zuckt mit den Schultern. »Falls doch, ist es dein Problem.«

Juncker hat das Gefühl, dass es dem Chef eigentlich ganz recht wäre, wenn Johansen verschwände. Dann könnte er Juncker nämlich etwas Konkretes ankreiden, eine Fehleinschätzung zum Beispiel.

»Ja, das werde ich dann wohl ausbügeln müssen. Wollen wir, Nabiha?«

Beim Haus des Verdächtigen angekommen, steht dessen Auto wie erwartet in der Einfahrt. Juncker klopft an. Ein paar Sekunden vergehen, dann wird die Tür geöffnet. Johansen sieht aus, als ob er sie beide erwartet hätte.

»Sie sind hier, um mich festzunehmen«, sagt er mehr feststellend als fragend.

»Ja. Peter Johansen, es ist …« Juncker zieht sein Handy aus der Tasche. »15.47 Uhr, und Sie werden hiermit festgenommen, da Sie im Verdacht stehen, Ragner Stephansen getötet zu haben. Sie haben das Recht, aber nicht die Pflicht, eine Aussage zu machen. Sie haben das Recht auf einen Verteidiger, und wenn Sie selbst keinen wählen möchten, wird Ihnen einer gestellt.«

Johansen schaut auf den Boden. »Ich packe eben ein paar Sachen zusammen«, sagt er und geht die Treppe zum ersten Stock hinauf.

Nabiha wirft Juncker einen Blick zu. Er nickt, und sie folgt Johansen nach oben. Fünf Minuten später ist er bereit.

Sie verlassen das Haus, und Johansen schließt die Tür hinter sich ab.

»Ich war es nicht«, sagt er zu Juncker.

Auf der Hauptdienststelle nimmt Juncker den Verhafteten mit in sein Büro. Er bedeutet ihm, sich an den kleinen Besprechungstisch zu setzen.

»Nabiha, kurz auf ein Wort«, sagt er und geht auf den Gang. Nabiha folgt ihm, und Juncker schließt die Tür hinter ihnen.

»Ich vernehme ihn allein.«

Nabihas Augen werden kohlrabenschwarz. »Warum das?«

»Es hat nichts mit dir zu tun. Aber ich denke, dass er eher etwas sagen wird, wenn nur ich im Raum bin.«

Nabiha macht auf dem Absatz kehrt und marschiert den Gang hinunter in ihr eigenes Büro. Juncker kann an ihrem Rücken erkennen, dass sie tödlich beleidigt ist, aber daran kann er jetzt nichts ändern. Er geht zurück und nimmt Johansen gegenüber Platz.

»Ihnen wird Mord gemäß Strafgesetz Paragraf 237 vorgeworfen. Und wie bereits gesagt, Sie sind nicht verpflichtet auszusagen. Möchten Sie es dennoch tun?«

Er zuckt mit den Achseln. »Ich habe nichts dagegen.«

»Wir haben zwei Möglichkeiten. Sie können sofort einen Verteidiger bekommen; falls Sie einen bestimmten im Sinn haben, rufen wir den Betreffenden an, falls nicht, bestellen wir den Pflichtverteidiger, der heute Dienst hat. Wir können es aber auch so machen: Wir beide unterhalten uns, ohne dass ich es aufnehme, und dann entscheiden Sie, was davon in den Bericht kommt.«

»Lassen Sie uns einfach reden. Ich habe ja schon gesagt, dass ich ihn nicht umgebracht habe.«

Eine Stunde lang reden sie über Gott und die Welt, wobei Juncker Peter Johansen das Tempo bestimmen lässt. Sie sprechen über seine Arbeit, darüber, wie es ist, in Sandsted geboren und aufgewachsen zu sein, über die unglückliche Situation seiner Schwester und deren tragischen Tod sowie über seine Liebe zum Schießsport und die große Hoffnung, bei der Olympiade dabei sein zu dürfen.

»Apropos Schießen, wir haben Ihren Verein kontaktiert«, bemerkt Juncker. »Der Vorsitzende hat uns gesagt, er glaube keinesfalls, dass Sie aus dem Verein ausgeschlossen worden wären, weil Sie eine Pistole offen in Ihrem Schuppen haben liegen lassen. Natürlich war das ziemlich schlampig, und dass die Pistole Ihrer Aussage nach gestohlen wurde, macht es umso schlimmer. Aber wie mir der Vorsitzende sagte, sind Sie stets ein mustergültiges Mitglied des Vereins gewesen und hätten daher vermutlich bloß eine Verwarnung und einen Rüffel bekommen. Er hielt es außerdem für unwahrscheinlich, dass man Ihnen die Waffenerlaubnis entzogen hätte, solange der Verein Ihnen weiterhin grünes Licht geben würde.« Juncker beugt sich vor und schaut dem Mann in die Augen. »Warum also haben Sie den Diebstahl nicht der Polizei gemeldet?«

»Das habe ich doch schon erklärt. Ich dachte, man würde mich aus dem Verein werfen. Davon war ich vollkommen überzeugt. Und ich konnte ja schlecht nachfragen, ob meine Sorge begründet war, ohne mich zu verraten, oder?«

Juncker versucht, nach den anderen Umständen zu fragen, unter anderem nach Johansens schwachem Alibi und seinem Motiv, doch nach einer weiteren Stunde ist er so schlau wie zuvor. Das Alibi ist und bleibt, was es ist, und der Mann hält daran fest, dass er unschuldig sei und seine Browning gestohlen wurde. Zum Schluss gibt Juncker auf.

»Ich glaube, wir kommen hier nicht weiter. Sie werden jetzt in die Haftanstalt gefahren und morgen dem Richter vorgeführt, der über den Antrag auf Untersuchungshaft entscheidet. Ich weiß nicht genau, wann, aber in jedem Fall vor 15.47 Uhr.«

Juncker greift zum Telefon und ordert einen Streifenwagen. Dann bringt er Johansen nach unten zum Parkplatz, wo er ihm Handschellen anlegt und ihm auf die Rückbank hilft. Als der Wagen losfährt, begegnet Juncker Johansens Blick. Selbst nachdem er nun mehrere Stunden mit ihm gesprochen hat, kann er ihn nicht ergründen.

Zurück in seinem Büro wartet Nabiha bereits auf ihn.

»Und, was aus ihm rausbekommen, das du nicht erfahren hättest, wenn ich mit dabei gewesen wäre?«, fragt sie schnippisch.

Er zuckt mit den Achseln. »Das lässt sich nicht sagen. Vielleicht.«

»Wo ist er jetzt?«

»Auf dem Weg in die U-Haft.«

»Man wird echt nicht so leicht schlau aus ihm. Es macht den Eindruck, als ob alles Licht in ihm erloschen wäre. Als ob ihm scheißegal wäre, was passiert.«

»Stimmt«, meint Juncker. »Allerdings ist das keine ungewöhnliche Reaktion bei Menschen, die noch nie mit der Polizei und dem Rechtssystem in Berührung gekommen sind. Es ist eine ziemlich heftige Erfahrung, eingesperrt zu werden, weil Leute wie wir behaupten, man hätte einen anderen Menschen getötet.«

»Auch wenn man es tatsächlich getan hat?«

»Ja. Der Gedanke, in eine Zelle eingesperrt zu werden und nicht selber bestimmen zu können, wann man sie verlässt – das ist verdammt erschreckend für jeden, der diese Erfahrung noch nie gemacht hat. Und oftmals auch für die, die schon mal eingesessen haben.«

Kapitel 36

Charlotte tritt von der Stufe herunter und weicht die wenigen Meter bis zum eisernen Gartentor zurück. Ihr Herz hämmert, und sie ist kurz davor, auf die Straße zu stürzen, hinaus aus dem Vorgarten und in die Nähe anderer Menschen. Ganz sicher sitzen etliche Leute vor ihren Häusern und genießen die späte Nachmittagssonne. Doch dann beginnt ihr Hirn wieder zu funktionieren.

»Hallo. Ist da jemand?«, fragt sie mit leiser, beinahe flüsternder Stimme und der rechten Hand auf dem Tor. Dann räuspert sie sich und wiederholt, nun etwas lauter: »Hallo?«

Etwas bewegt sich hinter der grünen Mülltonne. Bestimmt nur eine Katze, versucht sie sich selbst zu beruhigen und schämt sich bereits über ihre panikartige Reaktion. Doch da kommt auf einmal ein Kopf zum Vorschein, gefolgt von einem Oberkörper. Langsam steht die Gestalt auf. Ein Mädchen, erkennt Charlotte. Es bewegt sich zögerlich hinter der Mülltonne hervor, und nun muss Charlotte sich selbst korrigieren. Es ist kein Mädchen, sondern eine junge Frau. Nicht sonderlich groß und sehr dünn. Das schmale Gesicht ist von schweren hellblonden Dreadlocks umrahmt, die Haut ist milchweiß, mit einem Gürtel aus Sommersprossen über der Nase, von Jochbein zu Jochbein. Sie trägt ein verwaschenes grünes T-Shirt und eine zerschlissene Jeans, die über den Knien abgeschnitten ist, und auf dem Rücken hat sie einen schwarzen Rucksack, der schwer aussieht.

Essstörung, geht es Charlotte durch den Kopf.

»Sind Sie Charlotte?«, fragt die Frau. »Charlotte Junckersen?« Ihre Stimme ist dünn und klingt angespannt.

»Ja, die bin ich.«

Die Augen der Frau sind weit aufgerissen und die Pupillen riesig. Mein Gott, hat die eine Angst, denkt Charlotte. Oder sie ist auf Drogen.

»Darf ich bitte mit reinkommen?«

Charlotte geht zurück zur Tür, den Schlüssel ausgestreckt in der Hand. »Wer sind Sie?«

»Ich bin seine Freundin.«

Charlotte dreht sich zu ihr um. »Seine Freundin?«

»Ja.«

Charlotte nickt langsam, während ihr allmählich aufgeht, von wem die Frau spricht. »Okay«, sagt sie dann, steckt den Schlüssel ins Schloss, öffnet die Tür und tritt zur Seite. Die Frau wirft ihr einen dankbaren Blick zu und huscht ins Haus. Charlotte zeigt auf die Tür zur Wohnküche. Die Frau geht hinein, und Charlotte folgt ihr.

»Wollen Sie sich nicht setzen?«

Die Frau schüttelt den Kopf und legt den Rucksack auf den Tisch, schaut sich um und entdeckt die Tür zum Hintergarten. Sie geht darauf zu und bedeutet Charlotte, ihr zu folgen. Dann öffnet sie die Tür, und die beiden treten nach draußen.

»Ist es okay, wenn ich kurz *sweepe*?«

»Wenn Sie kurz *was* machen?«

»Sweepe. Checke, ob Sie überwacht werden.«

Charlotte runzelt die Stirn und spürt erneut eine nervöse Unruhe in sich aufsteigen. »Äh, ja. Aber glauben Sie wirklich, dass …«

»Ist Ihnen aufgefallen, ob irgendetwas hier in der Küche anders steht als sonst? Irgendwie anders aussieht?«

Charlotte starrt sie verblüfft an. Vor wenigen Sekunden wirkte die Frau noch abgehetzt, erschöpft, beinahe konfus. Jetzt ist sie vollkommen fokussiert.

»Äh, nein. Wieso?«

»Es muss nichts Offensichtliches sein, bloß eine Kleinigkeit. Ein winziges Loch oder eine Ausbeulung in der Wand, die Sie vorher noch nie bemerkt haben, ein Kissen, das anders liegt als in Ihrer Erinnerung? Irgendetwas, das Sie stutzig gemacht hat, vielleicht auch nur unterbewusst? Nicht nur hier in der Küche, sondern im ganzen Haus?«

Charlotte denkt nach. »Nein«, sagt sie dann. »Mir ist nichts aufgefallen, was anders wäre als sonst. Allerdings war ich ja auch nicht gerade auf der Hut.«

Die junge Frau lächelt freudlos. »Dann wäre es wohl gut, wenn Sie damit anfangen.«

Sie gehen wieder nach drinnen. Die Frau holt ein Schächtelchen aus ihrem Rucksack und öffnet es. Dann nimmt sie ein kleines Teil heraus, das aussieht wie ein moderner Autoschlüssel.

»Könnten Sie Ihren Router und Ihr Handy ausschalten? Und Ihr Tablet, falls Sie eins haben? Alles, was am WLAN hängt.«

Zwanzig Minuten später sind sämtliche elektronischen Geräte im Haus überprüft. Computer, die beiden Fernseher, ein alter Drucker und ein Navi, das sie und Juncker vor fünf Jahren gekauft haben, als sie eine dreiwöchige Reise durch die Normandie und die Bretagne machten. Die Frau setzt sich an den Tisch, nun wieder mit einem erschöpften und verlorenen Ausdruck.

»Alles clean«, sagt sie.

»Gut. Sagen Sie, wie heißen Sie eigentlich?«

»Veronika.«

»Veronika … und wie weiter?«

Sie schaut Charlotte fast flehentlich an. »Reicht nicht vorläufig Veronika?«

»Doch, klar, von mir aus gern.« Charlotte betrachtet prüfend Vorläufig-Veronikas Körper und Glieder. Sie sieht aus wie das Opfer einer Hungersnot. »Wollen Sie etwas essen? Und trinken?«, fragt sie.

Veronika nickt.

»Soll ich Ihnen ein paar Brote schmieren? Ich habe Salami und Leberpastete.«

»Ich bin Veganerin.«

Natürlich ist sie das. »Ich habe auch ein paar Tomaten und eine Gurke. Was wollen Sie trinken? Cola? Milch? Ach so, nein …«

»Wasser reicht.«

Charlotte stellt den Teller mit Essen und eine Karaffe kaltes Wasser vor der Frau auf den Tisch. Sie schenkt sich ein und leert das Glas in einem Zug. Isst zwei Cherrytomaten und ein Stück Gurke und beißt vorsichtig von einer Scheibe Roggenbrot ab.

»Sie haben Alex entführt. Er ist verschwunden«, nuschelt sie mit vollem Mund.

»Alex?«

»Ja. Mein Freund. Eigentlich heißt er Alexander. Alexander Hansen.«

»Okay. Und was macht Alex?«

»Er arbeitet beim FE.«

Charlottes Herzschlag beschleunigt sich. »Als was?«

»Er ist Systemadministrator. Das bedeutet, dass er Zugriff auf so ziemlich alles hat, was auf den Servern des FE liegt.«

»Okay. Und er ist verschwunden, sagen Sie.«

»Ja, ich habe ihn seit Donnerstag nicht mehr erreicht.«

»Aber könnte er nicht einfach bei Freunden sein?«

»Das glaube ich nicht. Und selbst wenn er es wäre, würde er an sein Handy gehen. Er nimmt immer ab, wenn ich ihn anrufe.«

»Seid ihr zusammen?«

»Nein, wir sind Freunde. Gute Freunde.«

»Und wenn er bei seiner Familie ist?«

»Er ist Einzelkind, und seine Eltern sind tot. Mit dem Rest der Familie hat er keinen Kontakt. Und noch mal, er würde rangehen, wenn ich anrufe.«

Charlotte schaut auf die Uhr. Fast halb sechs. Sie steht auf, öffnet den Kühlschrank und nimmt eine Flasche Weißwein heraus. »Möchten Sie auch ein Glas?«

»Nein, danke.«

»Lassen Sie mich raten.« Charlotte lächelt. »Sie trinken keinen Alkohol.«

Der verschreckte Ausdruck in Veronikas Gesicht weicht, und für den Bruchteil einer Sekunde erwidert sie das Lächeln. »Doch, tue ich. Nur nicht gerade jetzt.«

»Okay«, sagt Charlotte und setzt sich wieder. »Alex … Er ist der Mann, der mich kontaktiert und mir Informationen über den Terroranschlag gegeben hat, stimmt's?«

»Ja.«

»Wissen Sie, welche Informationen er mir gegeben hat?«

»Nein, ich habe das Material nicht gesehen, und er hat mir nicht gesagt, worum genau es geht. Aber er hat mir erzählt, wie er all dem auf die Spur gekommen ist.«

»Und zwar wie?«

»Er hat einen Brief bekommen. Von einem Kollegen beim FE namens Svend Bech-Olesen. Alex und Svend kannten einander, seit Alex klein war. Svend und Alex'

Vater waren damals gemeinsam als UNO-Soldaten im Einsatz, in Kroatien, glaube ich, das war Mitte der Neunziger. Alex war fünf oder sechs, als sein Vater starb, und Svend wurde zu einer Art Stiefvater für ihn. Ich glaube, Svend hat auch ein paar Strippen gezogen, damit Alex die Stelle beim FE bekam.«

»Moment«, Charlotte runzelt die Stirn. »Hat Svend Bech-Olesen selbst Alex den Brief gegeben?«

»Nein, seine Frau. Vor zwei Wochen. Sie fand ihn, als sie im Arbeitszimmer ihres Mannes aufräumte. Svend starb am …«

»Ersten Januar.«

Veronika nickt. »In dem Brief, der auf den achtundzwanzigsten Dezember letzten Jahres datiert war, stand, dass falls ihm, also Svend, etwas passieren sollte, dann solle Alex Svends Postfach vom dreiundzwanzigsten und vierundzwanzigsten Dezember checken. Und anschließend eine bestimmte Journalistin kontaktieren. Sie sei mit einem der Ermittler verheiratet, der mit dem Terroranschlag befasst war. Also dich.«

»Und dann ist Sven tatsächlich etwas zugestoßen.«

Charlotte zieht ein Päckchen Zigaretten aus der Tasche, greift einen Aschenbecher und ein Feuerzeug, geht zur Terrassentür und öffnet sie. Sie steckt sich eine Zigarette an, nimmt einen tiefen Zug und bläst den Rauch durch die Türöffnung. »Nur damit ich es richtig verstehe: Sie haben die Mails aus Svend Bech-Olesens Postfach nicht gesehen, richtig?«

»Nein. Ich weiß nur, dass sie mit dem Terroranschlag auf dem Nytorv zu tun haben, das ist alles.«

»Was hat Alex Ihnen dann gesagt?«

»Dasselbe, was Svend Alex geschrieben hatte, nämlich dass ich Sie kontaktieren soll, falls ihm etwas passiert.

Und ich bin sicher, dass Alex etwas passiert ist. Deswegen sitze ich hier.«

Charlotte nimmt noch einen Zug und drückt die Zigarette aus, ehe sie zurückgeht und sich Veronika gegenüber an den Tisch setzt.

»Mir geht die Frage nicht aus dem Kopf, warum Alex getan hat, was er getan hat«, sagt sie. »Ich nehme an, der FE passt verdammt gut auf, dass keiner seiner Angestellten Informationen herausschmuggelt. Ihr Freund ist also ein enormes Risiko eingegangen. Denken Sie nur mal an … wie hieß er noch mal, dieser Major, der zum Whistleblower wurde? Er war auch beim FE tätig.«

»Frank Grevil«, antwortet Veronika.

»Eben der. Er kam hinter Gitter, und sein Leben wurde praktisch zerstört. Und die Informationen, die er geleakt hatte, waren ja, soweit ich mich erinnere, Peanuts im Vergleich zu dem hier.«

Eine Weile sitzt Veronika schweigend da. Isst noch eine Tomate und spült mit etwas Wasser nach. Dann reißt sie ein Stück Küchenkrepp ab und tupft sich mit sorgfältigen Bewegungen den Mund ab.

»Als Alex erkannt hat, dass Svend ermordet worden war, weil er nicht einsehen wollte, ein paar Idioten zu decken, die Scheiße gebaut hatten, war er irre wütend und traurig. Für Alex ist es unerträglich, wenn die Dinge nicht ordentlich ablaufen. Man soll sich anständig verhalten, die Wahrheit sagen und sich entschuldigen, wenn man einen Fehler gemacht hat, und ansonsten die Schläge einstecken, die man verdient hat. Lügen und Dinge verschleiern und all so was, das kann er gar nicht ab.«

Da muss es ganz schön hart sein, bei einem Geheimdienst zu arbeiten, denkt Charlotte.

»Und Sie sollten also Kontakt mit mir aufnehmen,

hat Alex Ihnen aufgetragen. Warum, wenn ich fragen darf?«

»Um Ihnen zu helfen.«

»Wobei?«

»Die Wahrheit herauszufinden. Ist es nicht das, was Sie versuchen?«

»Doch, schon. Nur, äh, verstehen Sie mich nicht falsch, aber wie können Sie mir helfen? Was können Sie?«

»Ich kenne mich mit Computern und Netzwerken und solchem Kram aus.«

»Ja, das sehe ich. Heißt das, Sie sind eine Hackerin?«

Veronika lächelt. »Ja, das ist wohl die allgemeine Stellenbezeichnung für meine Arbeit. Im Alltag nenne ich mich zwar IT-Beraterin, aber Hackerin … meinetwegen können Sie mich ruhig so nennen.«

»Und da dachte ich, Hacker seien übergewichtige, bleiche junge Typen mit Pickeln und Schlabberklamotten und einer Anderthalb-Liter-Flasche Cola, die am Mund festgeschraubt scheint.«

»Ja, das ist das allgemeine Vorurteil.«

»Und IT-Berater habe ich mir immer als junge Männer in schneeweißen Hemden und maßgeschneiderten Anzügen vorgestellt.«

»Tja, die Welt steht kopf«, sagt Veronika.

Anscheinend ist sie so ein Lisbeth-Salander-Typ, denkt sich Charlotte. Bloß dass Veronika der schwedischen Romanfigur kein bisschen gleicht. Tatsächlich sieht sie herzlich wenig abgebrüht aus. Charlotte steht wieder auf, greift nach dem Aschenbecher, entscheidet sich jedoch um und beginnt stattdessen, in der Küche auf und ab zu gehen.

»Sie haben vorhin gesagt: ›Sie haben Alex entführt.‹ Wer sind *sie*?«

Veronika zuckt mit den Achseln. »Ich weiß nicht.«

»Der FE?«

Sie schüttelt den Kopf. »Keine Ahnung. Aber es fällt mir schwer zu glauben, dass der Geheimdienst seine Finger nicht mit im Spiel haben sollte, finden Sie nicht?«

Charlotte schaut sie einige Sekunden an. »Ja.« Sie tritt ans Fenster und blickt in den Garten. »Wieso haben Sie als Allererstes ... wie haben Sie es noch mal genannt? *Gesweept?*«

»Weil ich dachte, es sei gut zu wissen, ob Sie hier beobachtet werden?«

»Hier? Was meinen Sie mit ›hier‹? Haben Sie ... werde ich abgehört? Auf dem Handy?«

»Nicht, als ich es zuletzt gecheckt habe.«

»Was meinen Sie damit?«

»Das, was ich sage. Ich habe gestern gecheckt, ob Sie abgehört werden. Und Ihr Mann. Und das war nicht der Fall. Jedenfalls habe ich keine Anzeichen dafür finden können, und wenn ich es nicht kann, kann es keiner.«

Wie sie es sagt, klingt es nicht nach falscher Bescheidenheit, stellt Charlotte fest. Was gut ist. So wie es auch gut ist, daran erinnert zu werden, dass man jemanden nicht anhand seines Äußeren beurteilen soll.

Sie reibt sich mit der Hand über die Stirn. »Ich glaube, es ist Alex' Leiche, die sie da draußen in Kongelunden gefunden haben«, sagt sie dann mit leiser Stimme.

»Das fürchte ich auch. Es ist ein sehr großer Mann, der vermutlich rote Haare hat ...«

»Was meinen Sie mit vermutlich? Wissen Sie irgendwas?«

»Das, äh, also ... der Leiche fehlt der Kopf. Die beiden Male, die wir uns getroffen haben, trug Alex einen Hut, aber ich konnte trotzdem sehen, dass er rothaarig war. Das war er, oder? Und ziemlich groß?«

Veronika starrt mit leerem Blick in die Luft. »Die haben ihm den Kopf abgeschnitten?« Tränen laufen ihr über die Wangen. »Ja«, sagt sie dann mit belegter Stimme. »Er war groß und rothaarig.«

Charlotte lässt unerwähnt, dass Alex auch in die Knie geschossen wurde, dieses Detail braucht Veronika nicht zu kennen. Jedenfalls vorerst nicht.

»Wie haben diese Leute eigentlich entdeckt, dass er Informationen hinausgeschmuggelt hat?«

»Tja, das habe ich mich auch gefragt«, antwortet Veronika. »Er war extrem vorsichtig und kannte die Systeme in- und auswendig. Er wusste, dass sie es entdecken würden, wenn er irgendetwas weiterleitete oder kopierte, während er auf den Servern war, weil alles, was ein Systemadministrator tut, geloggt wird. Also hat er ein altes Handy mit hineingeschmuggelt, Fotos von seinem Bildschirm mit den beiden Mails gemacht, die er Ihnen zeigen wollte, und dann das Handy wieder mit nach draußen geschmuggelt. Und natürlich hat er die Bilder an einem Ort gemacht, wo es keine Überwachungskameras gab. Er wusste ja, wo die Kameras installiert sind.«

»Himmel, klingt wie aus einem alten Spionagefilm. Bildschirme auf diese Weise abzufotografieren«, sagt Charlotte.

»Ja. Aber im Zuge dessen, dass die Überwachung von allem und jedem immer umfangreicher wird, erweisen sich die guten alten Methoden häufig als die besten.« Sie denkt eine Weile nach. »Daher kann ich es mir nicht anders erklären, als dass er entdeckt wurde, weil man *Sie* überwacht hat.« Sie schaut Charlotte an.

»Mich? Warum in aller Welt sollten sie mich überwacht haben?«

»Weil man Sie als Sicherheitsrisiko betrachtet.«

»Das verstehe ich nicht.«

»Ach, kommen Sie, Charlotte. Sie sind mit einem Polizisten verheiratet, der bei den Ermittlungen zu den Geschehnissen um Weihnachten und Neujahr dabei war. Und Sie sind Journalistin, oder? Jemand, der davon lebt, in dieser Art Angelegenheiten herumzuwühlen. Das lässt sich wohl schon fast als Sicherheitsrisiko, wie es im Buche steht, bezeichnen, jedenfalls aus der Perspektive eines Geheimdienstes.«

»Sie wollen mir also sagen, diese Leute haben nur deshalb herausgefunden, dass Alex Informationen leakte, weil er sich mit mir getroffen hat?«

»Eine bessere Erklärung fällt mir nicht ein. *Sie* wurden beschattet, und auf Alex wurden diese Leute erst aufmerksam, als sie ihn mit Ihnen zusammen sahen.«

Charlotte starrt Veronika an. Alex wollte sich zunächst gar nicht mit ihr treffen und ließ sich nur darauf ein, weil sie ihn dazu drängte. Ganz allmählich erschließt sich ihr die Bedeutung dessen, was Veronika da sagt.

Alex' Tod könnte ihre Schuld sein.

Ihre Schuld.

Dienstag, 8. August

Kapitel 37

Irgendetwas brummt. Sein Unterbewusstsein registriert das Geräusch, doch sein restliches Selbst versucht, es zu ignorieren. Es hält an. Klingt wie eine Wespe, stur und beharrlich. Juncker wälzt sich herum, streckt im Halbschlaf den Arm aus und tastet nach seinem Handy auf dem Nachttisch. Anruf von unbekannter Nummer. Er nimmt alle Konzentration zusammen, um das grüne Hörersymbol zu treffen.

»Juncker«, krächzt er.

»Guten Morgen. Hier Tønnesen aus der Næstveder Haftanstalt. Tut mir leid, Sie so früh zu stören, aber wir haben gerade Ihren Häftling mit Blaulicht und Sirene losgeschickt. Er hat versucht, sich in seiner Zelle zu erhängen.«

Seinen Häftling? Junckers Gehirn befindet sich noch immer im Schlafmodus. Seinen Häftling? Ach so, ja, Peter Johansen, oh verflucht. Juncker setzt sich im Bett auf.

»Wie schlimm ist es? Schwebt er in Lebensgefahr?«

»Ich habe noch nichts vom Krankenhaus gehört, aber er war bei Bewusstsein, als sie mit ihm abgefahren sind, ich könnte mir also vorstellen, dass er überlebt. Ob er Verletzungen davongetragen hat, werden wir hören, wenn sie sich melden.«

Juncker atmet tief durch. Verdammter Mist.

»Ich bin mir vollkommen sicher, dass er die Absicht

hatte, sich umzubringen«, fährt Tønnesen fort. »Er hatte ein Lampenkabel abgerissen und ein Ende um die Türklinke gebunden, das andere um seinen Hals. Dann hat er sich sitzend gegen die Tür gelehnt und hinuntersinken lassen. Wir hatten ja keine Ahnung, dass er selbstmordgefährdet sein könnte, als ihr gestern mit ihm kamt. Er wirkte niedergeschlagen, aber das sind schließlich die meisten, wenn sie in eine Zelle gesperrt werden. Gestern Abend schien er dann allerdings okay, und nachdem er gegessen hatte, bat er mich um etwas zu lesen, was ich ihm auch gegeben habe – irgendeinen schwedischen Krimi.«

»Ich bin sicher, dass man Ihnen nichts zur Last legen kann«, beruhigt ihn Juncker. »Ich hätte Peter Johansen auch nicht als suizidal eingeschätzt. Wie wurde es entdeckt?«

»Reiner Zufall. Ein Kollege kam gerade an der Zelle vorbei und hörte Geräusche. Irgendwas, das gegen die Tür schlug. Sicher die Zuckungen des Mannes. Zum Glück gelang es Søren, die Tür aufzudrücken und das Kabel zu lockern. Und wie gesagt, anscheinend gerade noch rechtzeitig.«

Juncker hat schon ein paar Mal erlebt, dass Häftlinge in Fällen, an denen er beteiligt war, versuchten, sich das Leben zu nehmen. Bei einem von ihnen handelte es sich um einen Rockerpräsidenten, der in Verbindung mit Hasch-Handel in der Kopenhagener Freistadt Christiania festgenommen worden war. Er hatte sich auf dieselbe Weise aufgehängt, wie Peter Johansen es versucht hat. Der Rocker aber war gestorben.

Jedes Mal hat Juncker sich gefragt, ob er etwas übersehen haben könnte. Etwas, das die Alarmglocken hätte schrillen lassen sollen. Auch jetzt stellt er sich diese Frage, ohne jedoch zu einer Antwort zu gelangen. Er schaut auf sein Handy. 06.17 Uhr. Er kann ebenso gut aufstehen und zur Arbeit fahren.

Der Gedanke durchzuckt ihn, als er auf dem Weg nach Næstved an der Autobahnauffahrt vorbeikommt. Er fährt an die Seite, sitzt eine Minute lang da und durchdenkt die Idee. Dann wendet er den Wagen und nimmt die Auffahrt Richtung Kopenhagen.

Die richterliche Vernehmung ist für neun Uhr anberaumt und wird stattfinden, obwohl Johansen im Krankenhaus liegt. Er wird *in absentia* vorgeführt werden, wie es heißt. Der Großteil des Vormittags wird also damit vergehen, auf den Beschluss zu warten, und selbst wenn es damit endet, dass der Beschuldigte in U-Haft kommt, werden sie ihn heute ganz sicher nicht mehr vernehmen dürfen, und morgen wohl auch kaum. Im Augenblick steht mit anderen Worten nichts Dringendes an.

Obwohl viele noch immer im Sommerurlaub sind, herrscht dichter Verkehr, und die Fahrt dauert eine Viertelstunde länger als gewöhnlich. In Valby hält er bei einer Tankstelle, um Anders Jensen anzurufen und Bescheid zu geben, dass er noch etwas erledigen muss und erst in ein paar Stunden auftauchen wird. Anschließend wählt er Charlottes Nummer. Sie nimmt beim ersten Klingeln ab.

»Guten Morgen, Großmutter.«

»Großmutter? Na dann guten Morgen, Großvater«, erwidert sie.

Er meint, ein Lächeln in ihrer Stimme zu hören, und spürt ein warmes Gefühl durch seinen Körper strömen. »Glückwunsch …« Er will gerade sagen »uns beiden«, beißt sich aber auf die Zunge. Es ist zu intim. »… zu unserer Tochter«, sagt er stattdessen.

»Gleichfalls. Ja, es ist echt Wahnsinn. Ich musste heulen, als ich es erfahren habe.«

»Das hat Karoline erzählt. Ich offen gestanden auch. Fast.«

»Ha, ha. *Big boys don't cry*, Martin.«

»Stimmt, tun wir nicht. Aber Charlotte, deswegen rufe ich nicht an. Ich wollte fragen, ob ich kurz vorbeikommen darf?«

Am anderen Ende der Leitung wird es kurz still. »Warum?«

»Weil ich gern etwas mit dir besprechen würde. Außerdem dachte ich, dass … ich meine, unsere Tochter ist schwanger, und da … ich möchte einfach gern …« Er sucht nach den richtigen Worten, findet sie aber nicht. Wieder herrscht Schweigen am anderen Ende. Die Freude weicht aus seinem Körper, während die eingesperrte Bitterkeit, die seit Monaten an ihm zehrt, langsam an ihren Platz zurückkehrt.

»Martin, das ist keine so gute Idee.«

»Warum nicht?«

»Äh … gerade passt es einfach schlecht. Ich muss … ich habe zu tun. Ich bin schon auf dem Sprung.«

Der Gedanke trifft ihn wie ein Faustschlag: Sie hat einen Mann im Haus. Charlotte hat einen anderen.

Er lehnt sich zurück und schließt die Augen. Beißt die Zähne so fest zusammen, dass die Kiefermuskeln zittern.

»Martin? Bist du noch dran?«

Er drückt auf das rote Hörersymbol.

Eine Dreiviertelstunde später biegt er auf den Parkplatz der Hauptdienststelle ein. Auf dem Gang vor seinem Büro stößt er auf Anders Jensen.

»Huch, ich dachte, du kämst später?«, stutzt der Ermittlungsleiter.

»Hab mich umentschieden.« Juncker öffnet die Tür.

»Der Richter hat achtundzwanzig Tage U-Haft für Johansen angeordnet«, fährt Jensen fort.

»Gut.«

Juncker schließt die Tür hinter sich. Er öffnet das Fenster und setzt sich an den Schreibtisch. Starrt mit leerem Blick in die Luft. Sein Handy klingelt. Es ist Karoline.

»Hi, Papa«, sagt sie. »Du, ich habe den Schlüssel für den Aktenschrank gefunden, den wir neulich gesucht haben. Ich dachte mir, dass er irgendwo in Opas Arbeitszimmer liegen müsste, er hatte ja bestimmt keine Lust, jedes Mal in ein anderes Zimmer zu gehen, um den Schlüssel zu holen, wenn er den Schrank aufschließen wollte.«

»Und wo war er?«

»Weißt du noch, wie du mir mal erzählt hast, Opas Lieblingsmusik sei sein Klavierkonzert von Beethoven gewesen?«

»Ja, sein fünftes. Das ›Kaiserkonzert‹, wie es auch genannt wird. Er hat es andauernd gehört.«

»Genau. Und da lag der Schlüssel. In der Schallplattenhülle.«

Juncker ist einigermaßen beeindruckt. »Gut gedacht, Karoline.«

»Das habe ich geerbt. Mein Vater ist ein recht guter Ermittler.«

Er lächelt. »Recht guter, soso. Und, was ist im Schrank?«

»Da liegen ein paar alte Fallordner, die ich mir noch nicht angeschaut habe.«

»Sonst nichts?«

»Doch. Da sind auch Tagebücher.«

»Tagebücher?! Also Tagebücher, die … die er geschrieben hat?«

»Ja. Und zwar ganz schön viele. Ich habe sie nicht gezählt, aber es sind bestimmt über hundert. Mit jeweils etwa zweihundert Seiten. Solche schwarzen Notizbücher im A5-Format. Sie sind eng beschrieben und reichen etwa vierzig, fünfzig Jahre zurück, soweit ich sehen kann. Aufzeichnungen über alles Mögliche.«

Juncker schweigt.

»Er hat allen Ernstes Logbuch über sein Erwachsenenleben geführt. Ist doch irre, oder?«, meint sie.

Irre? Ja. Und erschreckend.

Kapitel 38

Charlotte weiß es sehr wohl. Die vernünftige, die rationale Entscheidung wäre, in die Redaktion zu fahren, mit Chefredakteur Magnus Thesander zu sprechen und ihm reinen Wein einzuschenken: dass sie sich dorthin hinausgewagt hat, wo sie keinen Boden mehr unter den Füßen spürt und tödliche Strömungen in der Tiefe einen Menschen im Handumdrehen für immer verschwinden lassen können.

Aber das wird nicht geschehen, denn sie weiß, wie Thesander reagieren würde. Entweder er würde darauf bestehen, die gesamte Investigativgruppe auf die Story anzusetzen – und zwar ›mit vollem Karacho‹, wie er es auszudrücken pflegt –, und dann wäre sie gezwungen, sich den anderen anzupassen und Mikkels Anweisungen zu fügen. Damit wäre es ruckzuck nicht mehr ihre Story, sondern die der ganzen Gruppe. Oder aber der Chefredakteur würde sie ganz einfach von der Story abziehen, da sie sich auf offensichtlichem Kollisionskurs mit den grundlegenden Prinzipien des Faches befindet, was die Frage angeht, wann ein Journalist befangen ist. Dies ist unter anderem der Fall, wenn ein nahestehender Angehöriger eine Rolle in der Story spielt, und auch wenn Martin und sie getrennt leben und in den letzten Monaten nur sporadisch Kontakt hatten, werden die Kreuzritter der Ethik – von denen es einige bei der Zeitung gibt – der

Ansicht sein, dass sie beide sich immer noch nahestehen und Martin unbestreitbar in den Fall verwickelt ist.

Womit sie genau genommen auch recht hätten.

Sie schenkt sich eine Tasse Kaffee ein. Das Telefonat mit Martin steckt ihr immer noch in den Knochen. Veronika schläft oben im Gästezimmer. Charlotte lässt den Blick durch die Küche schweifen. Sie liebt diesen Raum. Es ist bald zwanzig Jahre her, dass sie und Martin das Haus renoviert und die Küche vom ersten Stock nach unten ins Erdgeschoss verlegt haben. Inzwischen wäre dringend mal wieder eine größere Überholung nötig, aber auch wenn Martin und sie während des letzten Jahres mehrmals darauf zu sprechen gekommen sind, sperrt sich irgendetwas in Charlotte dagegen. Denn in den Spritzern und Flecken an den nicht länger weißen Wänden steckt ihr ganzes Leben. Es ist in die Ritzen des zerschlissenen Holzfußbodens gesickert. Im Geiste hört sie Summen und Gespräche von tausenden Mahlzeiten – im Alltag gemeinsam mit den Kindern und Martin um den Tisch, aber auch bei Weihnachts-, Oster- und Geburtstagsessen mit Verwandten und Freunden.

Sie hebt die Tasse. Versucht, sie still zu halten, doch als sie auf den schwarzen Kaffee darin schaut, ist die Oberfläche leicht gekräuselt. Ihr kommt dieser amerikanische Film in den Sinn, mit Jane Fonda und Michael Douglas, *Das China-Syndrom*, so heißt er, die Szene, in der sie in einem Atomkraftwerk sind und auf einmal realisieren, wie etwas ganz und gar nicht stimmt, weil die Oberfläche einer Tasse Kaffee vibriert: Das Kraftwerk steht kurz vor einer Kernschmelze.

Hier stimmt gelinde gesagt auch etwas ganz und gar nicht. Und hoffentlich steht sie nicht auch kurz vor der Kernschmelze. Es nagt schon seit ein paar Tagen an ihr, aber sie hat es zurückgehalten. Jetzt lässt sie dem Gefühl freien Lauf. Sie ist wütend auf Signe und Martin. In den Gesprächen mit den beiden ist ihr allmählich klar geworden, dass sie jede Menge über den Versuch, die Ereignisse vor und nach dem Terroranschlag zu vertuschen, gewusst haben. Doch anscheinend haben sie einfach den Schwanz eingezogen und gekuscht. Ihr Wissen für sich behalten. Warum bloß? Ist das dieser beschissene Korpsgeist, mit dem die Leute bei Polizei und Militär andauernd prahlen? Die Notwendigkeit, gegenüber all diesen naiven Idioten zusammenzustehen, die nicht die leiseste Vorstellung davon haben, wer der Feind ist? Oder sind Signe und Martin wie ihre Vorgesetzten der Meinung, dass die Bevölkerung gewisse Dinge besser nicht wissen sollte?

Am liebsten würde sie auf direktem Weg nach Sandsted fahren, ihrem Mann das alles ins Gesicht schleudern und ihn fragen, wie es ihm damit geht, dass sein Schweigen mindestens einem Menschen das Leben gekostet hat.

Sie zieht eine Zigarette aus dem Päckchen und will sie schon anstecken, während sie noch am Tisch sitzt. Schließlich ist es verdammt noch mal ihre Küche, sie bestimmt selbst, wo sie raucht. Dann fällt ihr jedoch ein, dass sie den Gestank nach Zigarettenrauch hasst und es bereuen wird, wenn sie das nächste Mal von draußen aus der frischen Luft ins Haus kommt. Also nimmt sie Aschenbecher und Feuerzeug mit in den Garten und setzt sich an den Tisch.

Signe hat dasselbe gewusst wie Martin und ebenfalls den Mund gehalten, aber wenigstens hat sie ihre Meinung geändert und genug davon gehabt. Charlotte zieht den Rauch tief in die Lungen und spürt, wie das Nikotin ihre Wut lindert. Für sie ist es schön einfach, die Heilige zu spielen und darauf zu pochen, dass die Wahrheit um jeden Preis ans Licht muss. Aber die beiden haben sicher gewusst, welchen Preis es kosten kann, wenn man plaudert. Sie haben aus Angst geschwiegen.

Sie geht in die Küche. Es ist elf Uhr. Jetzt fühlt sie sich etwas ruhiger. Sie nimmt eine Rolle braunes Klebeband, beißt ein kleines Stück ab, klappt ihren Laptop auf und klebt die Kameralinse zu. Dann geht sie hinaus auf die Straße und späht nach beiden Seiten. Wie gewöhnlich sind alle Parkplätze belegt. Alles sieht aus wie immer, und sie weiß nicht, wonach sie eigentlich Ausschau hält. Es ist ja nicht so, als hätte sie alle Autos im Kopf, die normalerweise hier parken, sodass sie bemerken würde, wenn ein fremdes darunter wäre. Jetzt hör schon auf, denkt sie und geht zurück in die Küche. Sie hört Schritte auf der Treppe, und kurz darauf taucht Veronika in der Türöffnung auf. Sie sieht genauso fertig aus wie gestern Abend.

»Kaffee?«, fragt Charlotte.

»Nein, danke.«

Veronika setzt sich an denselben Platz wie gestern.

»Dann Tee?«

»Gern. Haben Sie grünen?«

Charlotte zuckt mit den Achseln. »Keine Ahnung, welche Farbe er hat. Es ist Tee.« Sie kann sich nicht erinnern, wann sie zum letzten Mal Tee getrunken hat. »Als Alex obduziert wurde …« Sie schaut zu der jungen Frau. »Ist es okay, wenn wir darüber sprechen?«

Veronika nickt.

»Gut. Bei der Obduktion fand man eine kleine Plastikhülse in seinem Magen, die er verschluckt hatte. Darin lag ein Zettel mit meiner Handynummer. Ich habe mich gefragt, warum das nötig war. Ich verstehe natürlich, dass er mich im Notfall erreichen können und gleichzeitig dafür sorgen wollte, mich zu schützen, indem er die Hülse mit der Nummer verschluckte, falls ihn womöglich jemand erwischt. Aber nach allem, was Sie mir über ihn erzählt haben, dass er IT-Experte war und das alles, da begreife ich nicht, warum er die Nummer nicht einfach auswendig gelernt hat.«

»Er war lausig darin, sich Zahlen zu merken«, antwortet Veronika.

»Als IT-Experte?«

»Ja. Telefonnummern hat er ständig verwechselt. Bei Geburtstagen kam er auch immer durcheinander. Hat Tag und Monat vertauscht. Dabei hatte er eigentlich ein Talent für Zahlen, aber nur für bestimmte Arten.«

Signe hatte also recht. »Aber hätte er nicht einfach den Zettel verschlucken können? Warum eine Plastikhülse?«

»Ich könnte kein Papier runterschlucken. Es würde mir leichterfallen, wenn es so ein kleines, glattes Plastikteil wäre. Aber vielleicht wollte er ja, dass man, falls ihm etwas zustoßen sollte – also, falls er ermordet würde –, Ihre Nummer *findet*. Werden nicht alle, die ermordet werden, obduziert?«

»Doch.« An diese Möglichkeit hat Signe auch gedacht. »Hatten Sie gestern den Verdacht, dass Sie beschattet werden?«

»Nein. Sonst wäre ich nicht gekommen.«

»Aber falls sie mich beobachtet haben, lässt sich wohl kaum ausschließen, dass sie Sie entdeckt haben, als Sie sich dem Haus näherten.«

»Ich habe sehr gut aufgepasst, auch bevor ich mich hinter den Mülltonnen versteckt habe. Ich habe keinen gesehen.«

Wenn es Profis sind, entdeckt man sie wohl auch nicht, denkt Charlotte.

»Gut. Ich denke, Sie sollten trotzdem vorläufig im Haus

bleiben. Und unter keinen Umständen die Tür öffnen, wenn ich nicht hier bin. Halten Sie sich möglichst im ersten Stock und weg von den Fenstern.«

»Wenn mich jemand schnappen will, kann er doch einfach einbrechen?«

»Einbrechen? Hier? Ich glaube, es ist einfacher, unbemerkt zum Tresor der Nationalbank zu gelangen, als hier in der Nachbarschaft am helllichten Tag in ein Haus einzubrechen. Ehrlich gesagt hat es mich ziemlich überrascht, dass Sie gar niemand gefragt hat, was Sie auf meinem Grundstück machen. Wir sind ziemlich neugierig in diesem Viertel.«

Sie muss mit Signe sprechen. Doch auch wenn ihr Handy laut Veronika nicht überwacht wird – oder zumindest nicht überwacht wurde, als die junge Hackerin es vorgestern überprüfte –, scheint es ihr dennoch eine Nummer zu riskant, Signe von ihrem eigenen Handy aus anzurufen. Sie geht nach oben und öffnet eine der Schubladen in einer großen Kommode. Darin liegt ein Wust aus allen möglichen Kabeln, Ladegeräten und elektronischem Krimskrams, den sie und Juncker eigentlich schon längst mal hätten aussortieren müssen. Sie kramt in der Schublade. Irgendwo in dem Durcheinander muss ihr altes Handy liegen, sie ist sicher, dass sie es nicht weggeworfen hat, um es für den Notfall als Ersatz zu haben, und tatsächlich, zum Schluss findet sie es. Sie geht zurück in die Küche und schaltet ihr Handy aus. Jetzt muss sie bloß noch eine Prepaidkarte für das alte kaufen.

Sie überlegt, ob sie das Haus durch die Vordertür verlassen soll. Obwohl ihr nichts Ungewöhnliches auf der Straße aufgefallen ist und auch Veronika gestern, als sie kam, niemand Verdächtigen bemerkt hat, bedeutet das nicht, dass sie nicht beobachtet werden.

»Ich muss ein paar Dinge erledigen«, sagt sie zu Veronika. »Wie gesagt, am besten, Sie gehen nach oben und bleiben dort. Und machen Sie keinem die Tür auf.«

»Wann sind Sie zurück?«

»Gegen Nachmittag, denke ich. Haben Sie ein Handy?«

»Ja, aber das ist aus. Ich habe es seit zwei Tagen nicht mehr eingeschaltet.«

»Ich besorge Ihnen ein neues. Und eine Prepaidkarte.«

»Gute Idee.«

»Und ich bezahle bar.«

»Auch eine gute Idee.«

»Ich verschwinde durch die Terrassentür. Bis später«, sagt Charlotte und geht in den Garten. Dort rückt sie einen Stuhl an den etwa zwei Meter hohen Lattenzaun, der ihr Grundstück von dem der nach hinten hin angrenzenden Nachbarn trennt, und steigt auf den Stuhl. Drüben lebt ein junges Paar. Sie kennt die beiden ganz gut, vor ein paar Wochen haben sie ein Baby bekommen, und die Frau, Amanda, ist in Elternzeit. Charlotte betet, dass sie zu Hause ist. Und dass es ihr überhaupt gelingt, über den Zaun zu kraxeln. Erst wirft sie ihre Tasche auf die andere Seite. Dann klammert sie sich mit beiden Händen oben am Zaun fest und stemmt sich hoch. Sie stöhnt vor Anstrengung, schafft es aber, sich mit durchgedrückten Armen in der Luft zu halten. Shit, bin ich schlecht in Form, denkt sie und versucht, ihr rechtes Bein über den Zaun zu schwingen. Es klappt, doch sie ist nah dran, die Balance zu verlieren und zu den Nachbarn hinüberzufallen. Sie kann den Sturz gerade noch bremsen und legt den Oberkörper auf dem Zaun ab, der ihr in den Bauch und die eine Brust schneidet. Wenn sie jetzt jemand sieht – was höchstwahrscheinlich der Fall ist –, muss er glauben, sie sei übergeschnappt.

Sie hört eine Terrassentür aufgehen, und eine verblüffte Stimme fragt: »Charlotte? Was um Himmels willen machst du da?«

»Amanda«, stöhnt sie. »Gut, dass du da bist. Kannst du bitte schnell einen Stuhl herstellen, damit ich runterklettern kann?«

»Äh, natürlich.«

Zum Preis von einem Kratzer am Bauch und unter Aufbietung ihrer letzten Kräfte gelingt das Projekt.

»Uff. Danke, Amanda. Weißt du, ich ...« Sie sucht nach einer Erklärung, die in den Ohren eines normalen Menschen wenigstens einigermaßen Sinn ergibt, und zu dieser Kategorie zählt *nicht*, dass man vielleicht von einem streng geheimen Mördertrupp beschattet wird. »Ich erkläre dir ein andermal, worum es geht. Jetzt wäre ich einfach nur sehr dankbar, wenn ich durch eure Haustür gehen dürfte.«

Amanda starrt sie an, als wäre sie eine Außerirdische. »Ähm, klar. Kein Problem.«

Charlotte stakst ins Haus und durch Amandas Küche. Im Flur zieht sie ein altes graues Halstuch aus ihrer Tasche. Erstmals in ihrem Leben bereut sie ihre knallroten Haare – nicht unbedingt die geeignetste Farbe, wenn man sich unbemerkt in der Öffentlichkeit bewegen will. Da kann sie auch gleich mit einem Blaulicht um den Kopf geschnallt durch die Gegend laufen. Also wickelt sie sich das Tuch um den Kopf, stopft ein paar Locken unter den Stoff und öffnet die Haustür.

»Danke, Amanda, wie gesagt, bei Gelegenheit erkläre ich ...«

»Es ist doch nichts mit Juncker?« Amanda macht ein besorgtes Gesicht.

»Mit Martin?« Erst begreift Charlotte nicht, worauf ihre

Nachbarin hinauswill, doch dann versteht sie. Amanda glaubt, Juncker würde sie stalken. Sie lächelt beruhigend. »Nein, nein, es hat nichts mit ihm zu tun. Überhaupt nichts. Na dann, wir sehen uns.«

Sie holt tief Luft und tritt in den Vorgarten.

Kapitel 39

Signe ist keine einsame Wölfin. Nicht der Typ, der am liebsten allein arbeitet, ohne Einmischung von Kollegen. Für sie ist es wichtig, jemanden zu haben, mit dem sie die Dinge durchdiskutieren kann. Einen Sparringspartner. Das fehlt ihr dieser Tage. Dabei kann sie sich nicht entsinnen, jemals ein so starkes Bedürfnis wie jetzt gehabt zu haben, sich mit einer anderen Person zu besprechen.

Unter normalen Umständen würde sie sich Juncker anvertrauen. Oder Merlin. Oder allen beiden. Aber Merlin ... ausgeschlossen. Nach dem, was sie getan hat – einen Beweis manipuliert und überhaupt ein doppeltes Spiel mit ihren Kollegen gespielt –, ist es völlig undenkbar, dass Merlin nicht damit reagieren würde, sie auf der Stelle zu suspendieren und außerdem der Unabhängigen Polizeibeschwerdestelle zu melden, damit sie eine Untersuchung einleitet. Auch wenn sie jede Wette eingeht, dass es ihm ebenso wenig schmeckt wie ihr, mit seinem Wissen zum Schweigen verdonnert zu sein. Aber es würde ihn schlicht und ergreifend die Stellung kosten, würde er ihr gegenüber nicht hart durchgreifen.

Und Juncker? Es ist bald ein Jahr her, dass sie das letzte Mal richtig eng zusammengearbeitet haben, und wäre er der Mann, den sie früher gekannt hat, wäre sie keine Sekunde im Zweifel: Er würde sie unterstützen. Doch obwohl ihr Kontakt in den letzten Monaten nur sehr sporadisch gewesen ist, hat sie dennoch spüren können, dass er sich verändert hat. Irgendetwas ist mit ihm da draußen in Sandsted geschehen. Wo er im Übrigen gerade alle Hände voll mit einem Mordfall zu tun hat, soweit sie weiß. Und diese Angelegenheit ist nichts, was man mal eben am Telefon bequatscht. Hierüber wagt sie mit niemandem zu sprechen, wenn sie demjenigen dabei nicht in die Augen sehen kann.

Aber was ist mit Victor? Vertraut sie ihm nicht? Sie horcht in sich hinein. Doch, sie glaubt eigentlich schon.

Sie schiebt ein paar Stapel Papiere auf ihrem Schreibtisch hin und her. Wie lange kann sie dieses Spiel am Laufen halten? Sollte der Kriminaltechniker, der die Fotos von der Hülse und dem Zettel gemacht hat, aus irgendeinem Grund auf die Idee kommen, einen zweiten Blick auf die Bilder zu werfen, besteht ein hohes Risiko, dass er entdeckt, was sie getan hat. Dann wäre sie geliefert. Und zwar so was von.

Die Morgenbesprechungen der letzten zwei Tage sind kurz ausgefallen. Die einzige Spur, der die Ermittler nachgehen können, ist die falsche, die Signe gelegt hat. Sie haben schnell herausgefunden, dass es sich bei der Nummer der Ausländerbehörde auf dem Zettel um die Direktdurchwahl zur Büroleiterin des 3. Asylbüros handelt. Ihr Name ist Merete Klargaard, eine vierundvierzigjährige Juristin mit einer derart blütenweißen Weste, dass sie in ihrem ganzen Leben nicht mal ein Knöllchen wegen Radfahrens ohne Licht bekommen hat. Signe ist peinlich bewusst, dass die letzten zwei Tage ein Albtraum für die Frau gewesen sein müssen, die mit einem Ingenieur verheiratet ist und zwei Jungs im Teenageralter hat. Mehrmals wurde die Arme in den Vernehmungsraum geführt, wo sie wiederholte, was sie bereits den beiden Polizeibeamten gesagt hatte, als die sie Sonntagnachmittag bei ihr zu Hause in Valby abholten: dass sie beim besten Willen nicht erklären könne, warum ihre Büronummer im Magen einer geköpften Leiche gefunden wurde.

Die Ermittler haben Merete Klargaards gesamtes Leben umgestülpt, ohne auch nur den geringsten Anhaltspunkt dafür zu finden, dass die Frau Dreck am Stecken haben könnte. Ebenso wenig ist es gelungen, durch Vernehmungen der Familie sowie von Freunden und Verwandten eine Verbindung zwischen der Bürochefin und einem fast zwei Meter großen, rothaarigen Mann herzustellen, auf den die Personenbeschreibung der geköpften Leiche passen würde.

»Eine Juristin in einem Asylbüro? Könnte es was mit Menschenhandel zu tun haben?«, hatte Signe gestern bei der Besprechung mit einem bitteren Geschmack im Mund vorgeschlagen und von ganzem Herzen gehofft, dass sie eines Tages die Gelegenheit bekommen würde, sich gegenüber der Büroleiterin zu erklären und um Entschuldigung zu bitten.

Ihre Kollegen hatten sie mit leeren Blicken angestarrt.

»Menschenhandel? Und wo soll da bitte der Zusammenhang sein?«, fragte Merlin skeptisch.

»Ja, was weiß ich. War ja nur ein Gedanke«, murmelte Signe, und damit war diese Theorie wieder vom Tisch. »Aber es könnte doch auch sein, dass die acht Ziffern gar keine Telefonnummer sind, sondern etwas ganz anderes.«

»Wie zum Beispiel?«, knurrte Merlin.

»Im Prinzip könnte es ja alles Mögliche sein. Ein Code für ein Bankschließfach. Oder einen Tresor.«

»Und falls dem so ist, wie sollen wir dann weiterkommen?«

»Wie wär's, wenn wir eine Pressemitteilung rausgeben,

in der wir die Bevölkerung um Hilfe dabei bitten herauszufinden, worum es sich bei den acht Ziffern handeln könnte?«, schlug sie vor.

Merlin schaute wieder skeptisch drein. »Das muss ich mir erst mal durch den Kopf gehen lassen.«

Auch das Briefing heute Morgen hat keine Fortschritte gebracht. Die Büroleiterin ist nun zurück an ihrem Arbeitsplatz, nachdem man ihr gesagt hat, dass sie in keiner Weise verdächtigt wird. Signe steht auf und geht los, um sich einen Kaffee zu holen. Ihr Handy piept. Eine Nachricht von Charlotte.

13.37 Uhr Wir müssen uns treffen. Nicht auf Teglholmen

Signe antwortet direkt.

13.38 Uhr OK. Mozarts Bodega im Mozartsvej, 15 Uhr
13.39 Uhr Passt. Hast du ein altes Handy?
13.39 Uhr Nein
13.40 Uhr Kauf dir ein billiges. Und eine Prepaidkarte.
13.40 Uhr ??
13.41 Uhr Erklär's dir später

Vielleicht vermutet Charlotte, dass sie abgehört wird. Gut, dass sie nicht am Telefon über die Sache gesprochen haben.

Der Barkeeper im Mozarts Bodega sieht aus wie immer – mit seiner schwarzen Gabardinehose, dem weißen Hemd, dicker Goldkette und pomadisiertem, zurückgekämmtem Haar. Ein Mann, der nicht nur im falschen Jahrzehnt, sondern im falschen Jahrhundert gelandet ist.

Signe schaut sich um. Sie entdeckt einen einzigen Gast, der an der Bar hockt und so tief versunken in seinen Rausch scheint, dass er wohl nicht mal bemerken würde, wenn eine Handgranate in der Bar explodiert.

Der Barkeeper erkennt sie wieder. »Lang her, meine Dame«, sagt er und lächelt freundlich. Sie kommt ab und an in die Kneipe, um sich mit Leuten zu treffen, die aus dem ein oder anderen Grund keine Lust haben, auf einem Polizeirevier gesichtet zu werden.

»Tja, wohl wahr.«

»Das Übliche für die Dame?«

»Ja, bitte. Zweimal Sprudel mit …«

»Eis und Zitrone. Das ganze Paket.«

»Genau. Wenn schon, denn sch…«

»So ist es, meine Dame. So ist es.«

Signe setzt sich an einen der hinteren Tische. Zwei Minuten später kommt Charlotte mit einem Tuch um den Kopf und einer großen Sonnenbrille herein. Sie nimmt Platz, schaut sich um und nimmt die Brille ab.

»Kaum zu glauben, dass man tatsächlich noch solche Orte finden kann.«

»Ja, aber viele sind nicht mehr übrig.« Sie legt den Kopf schief und mustert Charlotte. »Warum hast du ein Kopftuch auf?«

Charlotte holt tief Luft. »Könnte sein, dass ich beschattet werde. Und falls ja, dachte ich, meine roten Haare …«

»Warum glaubst du, dass du beschattet wirst?«

Charlotte schaut zum Barkeeper. »Entschuldigung, darf man hier rauchen?«

Er ist dabei, ein Bierglas zu polieren, und hält es gegen das Licht. »Gute Frau, hier dürfen Sie rauchen, bis Sie rausgetragen werden.«

Und das dürfte im Laufe der Jahre wohl mit so einigen

passiert sein, denkt Signe. Charlotte steckt sich eine Zigarette an. Signe bemerkt, dass ihre Hand leicht zittert.

Charlotte dreht den Kopf, um den Rauch nicht in Signes Richtung zu blasen.

»Ich habe gestern Besuch bekommen«, sagt sie.

»Von wem?«

»Der guten Freundin meiner Quelle.«

Signe rutscht auf ihrem Stuhl vor. »Der Freundin des Ermordeten?«

»Ja. Eine junge Frau. Veronika heißt sie.«

»Okay. Wow. Was weiß sie?«

Charlotte erzählt, wie Veronika das Haus auf Überwachung gescannt hat. »Sie ist Hackerin. Und Alex – so hieß er – hatte sie gebeten, mich zu kontaktieren, falls ihm etwas zustoßen sollte. Um mir zu helfen. Da sie mehrere Tage nichts von ihm gehört hatte, nahm sie an, dass etwas nicht stimmte.«

»Alex? Wie weiter? Weißt du das?«

»Ja. Alexander Hansen. Er hat beim FE gearbeitet, als Systemadministrator. Laut Veronika stand er Svend Bech-Olesen sehr nahe. Und als Systemadministrator hatte Alex offenbar Zugriff auf alle Server.«

Signe nickt. Sie hatte damit gerechnet, dass der geköpfte Mann ein Insider war. Ein Edward-Snowden-Typ. Jemand von außen könnte nicht an all den Wachhunden vorbei in die Systeme gelangen und Informationen herausschmuggeln, ohne entdeckt zu werden. Die Zeiten, zu denen das möglich war, sind vorbei. Zumindest behaupten das die Geheimdienste, wenn sie gefragt werden.

»Hat diese Veronika gesagt, ob sie eine Vermutung hat, wieso Alex aufgeflogen ist?«

»Ja.« Charlotte senkt den Blick. »Sie glaubt, ich habe sie

auf seine Spur geführt. Zumindest sieht sie es als Möglichkeit.«

»*Du*? Wie das?«

»Weil sie mich beschattet haben könnten. Und womöglich auf Alex aufmerksam wurden, als ich mich mit ihm in Nordhavn getroffen habe. Falls das stimmt ...« Sie schluckt. »Ich war diejenige, die auf ein Treffen bestanden hat. Alex wollte es erst nicht, aber ich habe darauf gedrängt, weil ich wissen wollte, wer er ist.« Charlotte treten Tränen in die Augen. »Also ist es meine Schuld, dass sie ihn erwischt haben. Ich bin schuld an seinem Tod.«

Signe beugt sich über den Tisch und drückt Charlottes Hand. »Hey, ganz ruhig.« Sie überlegt einen Moment. »Es ist doch gar nicht sicher, dass du beschattet wurdest. Veronika weiß es nicht mit Sicherheit, oder? Sie glaubt es nur. Alex könnte genauso gut auf andere Weise aufgeflogen sein. Vielleicht wurde er von einer Überwachungskamera erwischt, was weiß ich. Also mach dir deshalb keine Vorwürfe. Und warum solltest du überhaupt beschattet worden sein?«

»Weil ich mit Martin verheiratet und Journalistin bin. Veronika meint, dass man mich bei allem, was Martin weiß, als Sicherheitsrisiko betrachtet.«

Das ergibt durchaus Sinn, denkt Signe. Und womöglich wird sie selbst ebenfalls beschattet.

»Aber hattest du das Gefühl, dass dir jemand gefolgt ist, als du hierhergefahren bist?«

»Nein. Allerdings habe ich auch versucht, na ja, die entsprechenden Vorsichtsmaßnahmen zu ergreifen. Ich bin über den Zaun zu den Nachbarn rübergeklettert und durch ihr Haus nach draußen, ich kam also auf einer anderen Straße raus als unserer. Dann bin ich zu Fuß zur Zeitung gelaufen, durch den Haupteingang ins Gebäude gegangen und durch einen Hinterausgang, den kaum jemand benutzt, wieder hinaus. Hierher habe ich ein Taxi genommen. Außerdem hatte ich natürlich das Kopftuch auf.«

»Meine Herren. Du bist ja der reinste James Bond.« Signe lächelt. »Da müssen sie ganz schön ausgekocht sein, wenn sie mithalten wollen. Auch weil sie wahrscheinlich nicht unbegrenzt Ressourcen für eine solche Aufgabe haben, könnte ich mir vorstellen. Aber pass auf: Wenn du gleich gehst, bestellen wir dir ein Taxi. Ist der Fahrer, der dich hergebracht hat, über den Sjælør Boulevard gefahren?«

»Ich glaube schon.«

»Gut. Dann sag dem Fahrer, dass er dich nach Hause fahren soll, doch statt gleich in den Sjælør Boulevard einzubiegen, bitte ihn, einen Umweg an der Bar vorbei den Mozartsvej entlang zu machen. Derweil bleibe ich hier und beobachte, ob dir jemand folgt, wenn du mit dem Taxi losfährst. Das mit den Handys …«

»Ja, ich dachte, es wäre besser, wenn wir nicht über unsere normalen Handys kommunizieren.«

»Gute Idee. Ich kaufe mir ein billiges und eine Prepaidkarte. Und dann halten wir darüber Kontakt. Primär per Nachricht. Wir rufen uns nur an, wenn es absolut notwendig ist.« Signe steht auf und wendet sich an den Barkeeper: »Würden Sie uns ein Taxi bestellen?«

»Ein Taxi? Aber selbstverständlich, meine Dame.«

Charlotte bleibt sitzen. »Ich habe vorhin mit Martin gesprochen. Er hat angerufen.«

»Okay? Was wollte er?«

»Mich sehen. Er war nach Kopenhagen gefahren. Als er mich angerufen hat, war er gerade in Valby.«

»Was hast du ihm gesagt?«

»Ehrlich gesagt bin ich ein bisschen in Panik geraten.

Ich war mir nicht sicher, wie er reagieren würde, wenn er herausfände, dass Veronika im Haus ist. Also habe ich gesagt, ich hätte keine Zeit und dass er nicht kommen soll.«

»Wie hat er reagiert?«

»Er war enttäuscht, glaube ich. Auch weil er natürlich gern mit mir über Karoline sprechen wollte.«

»Warum, was ist mit ihr?«

»Ach so, das weißt du ja noch gar nicht. Sie ist schwanger.«

»Oh wow, Glückwunsch. Das ist ja toll. Ihr zwei als Großeltern.«

»Ja, es ist großartig. Und irgendwie irre, dass es inmitten dieses ganzen Chaos passiert. Wir können es gar nicht richtig feiern. Im Moment jedenfalls nicht.«

»Kann ich gut verstehen. Es muss wirklich merkwürdig sein.«

Vielleicht sollte sie doch mit Juncker sprechen und ihm erzählen, was sie und Charlotte am Laufen haben. Vielleicht ist er bereits selbst darauf gekommen.

Zwei Minuten später ist das Taxi da. Signe überlegt, ob sie Charlotte etwas Aufmunterndes mit auf den Weg geben soll, lässt es aber bleiben.

»Am besten sagst du Veronika, dass sie sich im Haus halten und nicht in die Nähe der Fenster gehen soll. Nur zur Sicherheit.«

»Habe ich schon.«

Nachdem das Taxi mit Charlotte abgefahren ist, bleibt Signe noch eine halbe Minute stehen und späht durchs Fenster auf die Straße. Aber es kommt kein weiteres Auto vorbei. Der Barkeeper schaut sie neugierig an.

»Probleme?«

»Nichts, was ich nicht regeln könnte.«

»Das glaube ich gern, meine Dame.«

Signe setzt sich wieder an den Tisch. Sie ruft Victor an.

»Wo bist du?«, fragt sie.

»Im Büro in Søborg.«

»Was meinst du, wann du Feierabend hast?«

»Gegen sechs. Warum?«

»Ich würde gern mit dir reden. Ist es okay, wenn ich heute Abend vorbeischaue?«

»Na klar. Ich freue mich, dich zu sehen.«

»Ich mich auch.«

Kapitel 40

Soweit er sich erinnert, neigt sich der Karton zu Hause in der Küche dem Ende zu, und er will nicht, dass ihm der Wein ausgeht. Nicht jetzt. Nicht nach diesem Tag, der einen Knoten in seinem Inneren hinterlassen hat, der sich nur lösen wird, wenn er in irgendeiner Art von Alkohol versenkt wird. Gleichzeitig ermahnt er sich, schließlich will er sich nicht vor den Augen seiner Tochter betrinken. Betrinken nicht, aber gerne leicht betäuben. Den Schmerz dämpfen.

Sein südafrikanischer Favorit ist im Angebot. Drei Kartons für vierhundert Kronen, das sind über hundert Kronen gespart, dumm, wenn man sich das entgehen lässt. Juncker stellt drei Kartons in den Einkaufskorb und packt ein Pfund Kaffee und sechs Rollen Klopapier dazu, weil der Wein allein im Korb irgendwie etwas … erbärmlich wirkt. Er nimmt noch ein Glas Pesto und eine Packung Spirelli. Damit keiner auf die Idee kommt, er würde nicht ordentlich essen, sondern nur saufen.

Wenn das hier überstanden ist, heißt es Abstinenz. Für mindestens einen Monat.

Aber recht betrachtet, besteht keine Aussicht, dass ›das hier‹ bald überstanden sein wird. Weder das Exil in Sandsted noch die Albträume oder die Trennung von Charlotte. Es wäre illusorisch zu glauben, all das könnte in überschaubarer Zukunft vorübergehen.

»Karoline?«, ruft er, als er den Flur betritt.

»Im Arbeitszimmer.«

Er geht in die Küche und stellt die zwei Tüten auf die Anrichte. Dann schenkt er sich ein Glas Wein ein und geht zu seiner Tochter. Sie sitzt auf der Couch, und neben ihr, in sieben Stapeln, liegen die schwarzen Notizbücher.

»Wie weit gehen sie zurück?«

»Juli '56, soweit ich sehen kann.«

Er setzt sich auf den Sessel. Das sind zwei Jahre vor seiner Geburt.

»Wusstest du wirklich nicht, dass er Tagebuch geschrieben hat?«

»Nein, davon hatte ich keine Ahnung.«

»Glaubst du, Oma hat es gewusst?«

Juncker zuckt mit den Achseln. »Ich weiß nicht. Jedenfalls hat sie es mir gegenüber nie erwähnt.«

Karoline betrachtet die Stapel. »Er muss richtig viel Zeit darauf verwandt haben.«

»Ja. Das erklärt zum Teil, warum er sich so oft hier drinnen eingebunkert hat.«

Karoline greift nach einem der Notizbücher und blättert ein wenig darin. »Eigentlich sind es keine richtigen Tagebücher, es ist nicht so, dass er systematisch darüber schreibt, was er Tag für Tag gemacht hat. Es sind eher verschiedene Betrachtungen, und manche davon sind echt toll. Es zeigt eine völlig andere Seite von ihm als die, die er vor uns gezeigt hat. Er schreibt über alles Mögliche. Das Wetter. Konzerte, auf denen er war. Und über seine Familie. Auch über seine Arbeit. Er reflektiert darüber, wie es ist, in einer Kleinstadt wie Sandsted Anwalt zu sein. Über die Kleinlichkeiten und den Provinzialismus. Einige Stellen sind ziemlich witzig. Es ist, als ob ich seine Stimme hören könnte, wenn ich es lese.«

Danke für die Warnung, denkt Juncker.

Schlappschwanz.

»Er schreibt auch über die Liebe zu Oma. Und zu euch, seinen Kindern.«

»Aha.«

»Es gibt auch eine Menge Passagen, wo er über sich selbst reflektiert und die Art, wie er anderen gegenüber auftritt. Dass er sich, eigentlich ohne es zu wollen, so gut wie jedes Mal laut und großkotzig gebärdet, obwohl er sich selbst als völlig anderen Menschen sieht. ›Und wieder eine Abendgesellschaft, die ich Riesenhornochse von vorn bis hinten tyrannisiert habe‹, schreibt er an einer Stelle. Ein anderes Mal nennt er sich selbst ›Januskopf‹. Was war das noch mal?«

»Janus ist ein Gott in der römischen Mythologie. Er wird mit zwei Köpfen abgebildet, die jeweils zu einer Seite zeigen. Der Januskopf symbolisiert also, wie soll ich es ausdrücken, dass ein Mensch entgegengesetzte Eigenschaften in sich vereinen kann. Dass man zwei Gesichter haben kann.«

»Das passt ja sehr gut dazu, wie er sich anscheinend selbst wahrgenommen hat.« Sie schaut ihren Vater an. »Hast du nicht Lust mitzulesen?«

Nein, denkt er. »Tja … warum nicht.«

»Aber erst musst du dir Mut antrinken?«

Ja, denkt er. »Was meinst du?«

»Was ich sage.«

Er entscheidet, die Bemerkung zu ignorieren, stellt das Glas auf dem Tischchen neben dem Sessel ab und geht hinüber zur Couch.

»Welcher Stapel ist der erste?«

Karoline zeigt darauf. Er nimmt das oberste Buch und setzt sich wieder in den Sessel. Leert sein Glas und lehnt sich zurück. Wovor hat er eigentlich solche Angst? Dem Bild, das er von seinem Vater hat, ein paar Nuancen hinzuzufügen, was kann das groß schaden? Wo liegt das Problem?

Das Problem ist, wird ihm allmählich klar, dass es nicht allein darum geht, wer sein Vater war, sondern auch darum, wer er selbst ist. Ein Großteil seiner Identität – als Sohn, als Ehemann, als Vater und sicher auch als Kollege – gründet auf der Erzählung vom tyrannischen Vater und dem unterjochten Sohn, der sich losriss und allen Widrigkeiten zum Trotz ein vollständiger Mensch wurde. Zwar mit Macken, aber trotzdem. Wenn diese Erzählung nun auseinandergerissen wird …

Er schlägt das schwarze Buch auf.

Kapitel 41

Charlotte überlegt, ob sie noch mal den Weg von hinten, durch Amandas Haus und den Garten und über den Zaun zu ihr rüber nehmen soll, verwirft den Gedanken aber. Veronika hat die Terrassentür hinter ihr abgeschlossen, als sie vor ein paar Stunden gegangen ist, und die Tür lässt sich nur von innen öffnen. Vielleicht schläft Veronika, und sie würde sich wahrscheinlich zu Tode erschrecken, wenn auf einmal jemand gegen die Tür hämmert. Davon abgesehen: Wenn diese Typen sie und das Haus tatsächlich beobachten, finden sie garantiert so oder so heraus, wo sie sich befindet. *And so what?*, denkt sie in einem plötzlichen Anfall von Trotz. Außerdem hat Signe vielleicht recht: Es ist überhaupt nicht gesagt, dass sie beschattet wird. Veronika könnte sich irren.

Als sie von der Øster Farimagsgade kommend um die Ecke biegt, sieht sie, dass heute eines der gemeinschaftlichen Nachbarschaftsessen stattfindet, und obwohl es ein gewöhnlicher Dienstag ist, herrscht bereits ausgelassene Stimmung und ein beträchtlicher Lärmpegel an den Tischen und Bänken. Je mehr Leute, desto weniger Risiko besteht, dass irgendjemand etwas versucht.

Sie schließt die Tür hinter sich und ruft: »Veronika, ich bin's, Charlotte.« Sie legt ihre Tasche und eine Tüte auf den Küchentisch und ruft erneut: »Veronika.«

Abgesehen von den Geräuschen, die von draußen

hereindringen, herrscht vollkommene Stille im Haus. Sie geht durch den Flur und die Treppe hinauf. Ruft erneut. Sie spürt ein nervöses Ziehen im Magen. Es kann unmöglich jemand im Haus gewesen sein, während sie weg war. Die Haustür war ja abgeschlossen. Sie vergewissert sich, dass das Bad leer ist, und nimmt die Treppe zum zweiten Stock mit zwei Stufen auf einmal. Jetzt ist sie wirklich nervös. »Veronika, verdammt«, sagt sie halblaut und öffnet die Tür zum Gästezimmer, Karolines altem Zimmer, in dem Martin die letzten Wochen geschlafen hat, bevor er nach Sandsted zog. Leer. Auch das kleinere der beiden alten Kinderzimmer, das damals Kaspar gehörte, ist leer. Die Tür zum Schlafzimmer steht offen. »Veronika.« Jetzt flüstert sie fast.

Das Bett ist ungemacht, ihre Decke liegt halb auf dem Boden. Sie macht einen Schritt ins Zimmer hinein und stockt. Zwischen Wand und Bett sieht sie ein Stück von einem Fuß, unbeweglich. Oh nein, denkt sie und erstarrt, nein, nein, nein. Einige Sekunden kann sie sich nicht von der Stelle rühren, doch dann zwingt sie sich vorwärts. Und bleibt wieder stehen. Ein schwacher Laut. Sie beugt sich vor.

Veronika liegt auf dem Boden und starrt sie mit angstvoll geweiteten Augen an.

»Veronika, ich bin's nur, Charlotte«, sagt sie und streckt den Arm aus.

Die junge Frau reagiert nicht.

»Sind Sie okay?«

Irgendetwas scheint sich zu lösen, Veronika schließt die Augen und streckt eine Hand aus. Charlotte ergreift sie und zieht die zierliche Frau vorsichtig hoch.

»Kommen Sie, gehen wir nach unten.«

Veronika setzt sich an den Esstisch. Charlotte zieht die Gardinen vor die beiden Fenster zur Straße und öffnet die Terrassentür.

»Haben Sie Hunger?«

Veronika nickt. Charlotte nimmt die Tüte vom Esstisch und holt Plastikschachteln mit Pesto und Hummus sowie Brot und Salat heraus. Dann deckt sie Teller und Besteck und setzt sich zu Veronika an den Tisch.

»Was ist passiert?«, fragt Charlotte.

Veronika löffelt Hummus auf ihren Teller. »Ich glaube, sie waren hier«, sagt sie.

»Wer?«

»Sie.«

»Warum glauben Sie das?«

Sie zuckt mit den Achseln. »Da war ein Auto, das direkt vor dem Haus gehalten hat.«

»Und was getan hat?«

»Nichts. Es hielt nur. Ein paar Minuten.«

»Aber warum glauben Sie, dass es diese Leute waren?«

Veronika steht auf. »Ich muss schnell was von oben holen.«

Eine Minute später legt sie ihren Laptop, ein Instrument mit Handgriff und einem kleinen Display sowie eine schwarze Box mit einer Antenne auf den Tisch.

»Was ist das?«, fragt Charlotte und zeigt auf die Box.

»Wenn ein Access Point in der Nähe ist …«

»Ein was?«

»Ein Access Point. Das ist ein Gerät, das dich mit einem drahtlosen Netzwerk verbindet. Und wenn man die Antenne dieser Box hier in Richtung eines Access Points hält, dann kann man … wie erkläre ich es am besten … an das Passwort des Netzwerks gelangen. Man *crackt* das Passwort, wie es heißt.«

»Und das da?«

»Das ist eine Wärmebildkamera.«

»Okay.« Charlotte fühlt sich auf einmal sehr alt.

»Ich war oben im Wohnzimmer, als ich hörte, wie draußen ein Wagen hielt. Es war ein grauer Lieferwagen. So einer, wie ihn Handwerker benutzen.«

»Und Sie glauben nicht, dass es vielleicht ein Handwerkerauto *war*? Hier in der Straße werkelt ständig jemand herum.«

Veronika zuckt mit den Achseln. »Auf den Seiten waren weder Firmenname noch Logo aufgedruckt. Und als ich die Wärmebildkamera auf das Auto gehalten habe, konnte ich sehen, dass außer dem Fahrer noch drei weitere Leute im Wagen waren. Es war auch ein Access Point darin, und wie viele Handwerkerwagen haben so was? Ich habe es geschafft, das Passwort des Netzwerks zu cracken, hatte aber nicht genügend Zeit, auf das Netzwerk zuzugreifen, bevor der Wagen losfuhr.«

»Und wozu hätten Sie es nutzen können, wenn es geklappt hätte?«

»Dann hätte ich natürlich das Netzwerk hacken können. Herausfinden, wer es benutzt, und auf ihre Handys, Tablets und Computer zugreifen.«

Mit der legt man sich besser nicht an, denkt Charlotte.

»Aber dann habe ich eine Attacke bekommen«, fährt Veronika fort.

»Eine Attacke?«

»Eine Panikattacke. Das passiert manchmal. Wenn ich unter starkem Stress stehe.«

»Deshalb lagen Sie im Schlafzimmer auf dem Boden?«

Sie nickt.

»Nehmen Sie Medikamente?«

»Das habe ich versucht. Aber ich will kein Leben leben, in dem ich Medikamente nehmen muss, um zu existieren. Ich meditiere jeden Morgen. Das hat geholfen.«

»Aber Sie bekommen immer noch Panikattacken?«

»Ja. Aber jetzt kann ich damit umgehen.«

Charlotte lehnt sich zurück und betrachtet Veronika einen Moment lang schweigend.

»Wer sind Sie eigentlich?«, fragt sie dann.

»Was meinen Sie?«

»Woher kommen Sie? Was ist Ihr Hintergrund?«

»Ich bin in einem Kollektiv in der Nørrebrogade aufgewachsen. Meine Eltern haben sich in der Antifaschistischen Aktion kennengelernt. Mein Vater war einer von denen, die bei den Unruhen in Nørrebro am 18. Mai '93 verletzt wurden, Sie wissen schon, nach dem Referendum über die Ausnahmeregelungen für die dänische EU-Mitgliedschaft. Bei den Straßenkämpfen mit der Polizei wurde ihm in die Schulter geschossen. Meine Mutter musste für fünf Monate ins Gefängnis, weil sie mit Pflastersteinen nach den Bullen geworfen hatte. Ich kam anderthalb Jahre später zur Welt. Meine Eltern hatten schon vor meiner Geburt beschlossen, dass ich Veronika heißen sollte. Der Name bedeutet ›das wahre Bild‹.«

»Irgendwie überrascht mich das nicht. Ich meine, dass Sie diesen Hintergrund haben«, meint Charlotte.

»Warum?« Veronika mustert sie kühl. »So wie ich aussehe, oder wie? Was meinen Sie?«

Ups, denkt Charlotte. »Ich wollte Sie nicht beleidigen. Erzählen Sie weiter.«

»Okay. Vielleicht kennen Sie meinen Vater? Er wurde nämlich Journalist. Steffen Matzen heißt er.«

»Der Name sagt mir was, aber ich kenne ihn nicht persönlich. Er war viele Jahre beim Dänischen Rundfunk, oder?«

»Ja. Lange Zeit war er richtiggehend besessen zu ergründen, was in Wahrheit am 18. Mai geschah. Wie es so weit kommen konnte, dass die Polizei auf zivile Demonstranten schoss.«

Vielleicht weil ein paar ziemlich gewaltbereite Jugendliche die Polizisten mit Pflastersteinen beschmissen, sodass es ein Wunder ist, dass keiner umkam, denkt Charlotte, enthält sich jedoch eines Kommentars.

»Er kam in Kontakt mit einigen Journalisten des DR und war unter anderem daran beteiligt aufzudecken, dass die Polizei die Anordnung erhalten hatte, ›auf die Beine zu schießen‹. Mein Vater endete vollkommen desillusioniert, als die Kommission, die die Ereignisse untersuchen sollte, die Polizisten freisprach. Aber so läuft der Hase eben, stimmt's? Die Macht spricht sich immer selbst frei.«

»Das kommt vor«, räumt Charlotte ein. »Relativ oft, um genau zu sein. Aber wie in aller Welt sind Sie als Computerexpertin geendet? Das lag ja nicht gerade auf der Hand, wenn man an Ihren Hintergrund denkt.«

»Als ich zehn oder elf war, öffnete ein Computerladen im Keller des Gebäudes, in dem unser Kollektiv lag. Der Eigentümer, Jens hieß er, hatte einen Schäferhund und ein Frettchen, und jeden Nachmittag sind wir mit den Tieren auf dem Assistenzfriedhof spazieren gegangen. Anschließend saß ich stundenlang bei ihm im Keller. Erst habe ich Jens nur über die Schulter geschaut. Als sich dann herausstellte, dass ich recht gut mit Zahlen und Systemen umgehen konnte und mir das Programmieren leichtfiel, richtete er einen seiner alten PCs für mich ein, und dann saß ich da und experimentierte damit herum. Jens hat mir alles beigebracht, was er übers Programmieren wusste, und das war nicht wenig.«

»Und jetzt haben Sie Ihr eigenes Unternehmen?«

»Ja, und ich bin in verschiedenen Gruppen aktiv, die für Meinungsfreiheit und gegen Überwachung kämpfen und den Kampf gegen den Machtmissbrauch von Konzernen, Regierungen und Behörden unterstützen. Sie kennen *Anonymous*, oder?«

»Ja, die kenne sogar ich«, bestätigt Charlotte.

»Ich habe außerdem einen Abschluss in Informatik von der Copenhagen Business School. Meine Eltern waren nicht begeistert, aber das hatten natürlich nicht sie zu entscheiden.«

»Woher kennen Sie Alex?«

»Wir haben uns auf einer IT-Konferenz getroffen, vor … ich glaube, drei Jahre ist es her. Er war auch Informatiker. Und wir haben uns sofort verstanden, obwohl wir so verschieden waren. Ich mit meinem Hintergrund und er, der aus einer bürgerlichen Familie kam, wo der Vater Soldat und die Mutter Mitglied des Stadtrats für die Konservativen war. Man könnte fast sagen, wir waren komplementär, Alex und ich. Er war alles, was ich nicht war, und umgekehrt.«

»Aber ihr wart nie zusammen?«

»Nie. Also … ich stehe nicht auf Männer. Und obwohl er nie mit mir darüber gesprochen hat, habe ich den Verdacht, dass Alex nicht auf Frauen stand. Na ja, jedenfalls haben wir unsere eigene Firma zusammen aufgezogen, wo wir primär Unternehmen und Institutionen dabei halfen, sich gegen Hackerangriffe zu schützen. Dazu haben wir uns ganz einfach bei unseren Kunden eingehackt, um ihnen zu zeigen, wo die Schwachstellen ihrer Systeme lagen. Damit lässt sich ziemlich gut Geld machen. Als Alex sich dann für die Stelle beim FE bewarb und sie auch bekam, habe ich allein weitergemacht.«

»Aber mir erschließt sich nicht ganz, wieso der FE einen Hackertyp wie Alex überhaupt eingestellt hat. Ist das nicht, als würde man sich den Feind ins Haus einladen?«

»Jede Menge Unternehmen, sowohl private wie auch öffentliche, sind längst auf den Trichter gekommen, dass die einzige Möglichkeit, sich gegen Eindringlinge zu schützen, darin besteht, Leute wie uns einzustellen. Der FE hat mehrere ehemalige Hacker auf der Gehaltsliste.«

Veronika verstummt. Ihr dürrer Körper sackt zusammen, sie senkt den Kopf und starrt auf ihre Hände, die auf der Tischplatte liegen. Eine Träne tropft auf ihren Handrücken.

»Ich kann nicht begreifen, dass er tot ist«, sagt sie leise.

Charlotte beugt sich über den Tisch. Veronika hebt den Kopf und begegnet Charlottes Blick. Ihre Augen wirken unnatürlich rot in dem bleichen, mageren Gesicht. Dann schaut sie weg, und als sie den Blick wenige Sekunden später erneut Charlotte zuwendet, hat sich der Ausdruck in ihren Augen verändert.

»Es sind Schweine«, sagt sie, und ihre Stimme ist eiskalt vor Wut. »Wir ficken sie.«

Charlotte nickt. Jawoll, denkt sie. *Go get'em, girl.*

Kapitel 42

Signe joggt zur Haustür und drückt auf die Klingel zum Apartment im zweiten Stock links. Das Schloss summt, sie drückt die Tür auf und eilt die Treppe hinauf. Die Wohnungstür ist angelehnt. Victor steht in der Küche und bereitet das Abendessen zu. Denn so ist er auch. Sollte sie selbst jemals allein leben, würde sie unter Garantie in einem bodenlosen Sumpf aus Fertiggerichten und Take-away versinken. Aber nicht Victor. Er besteht darauf, jeden Abend zu kochen, wenn er zu Hause ist. Selbst wenn er allein ist.

»Hey, Signe. Magst du was mitessen?«

»Es riecht gut, aber nein, danke. Ich muss gleich heim.«

Sie geht zu ihm und schmiegt sich an seinen Rücken. Er dreht sich lächelnd um, legt den Kochlöffel weg, fasst sie um die Taille und küsst sie. Es fühlt sich an, als ginge ein Stromschlag durch ihren Unterleib, und sie muss sich beherrschen, um ihm nicht die Kleider vom Leib zu reißen und ihn ins Schlafzimmer zu ziehen.

Aber es geht nicht. Nicht jetzt. Außerdem geistert ihr viel zu viel durch den Kopf, als dass es richtig gut werden könnte. Also windet sie sich aus seiner Umarmung, und er lächelt wieder. Ein weiterer Punkt auf der allmählich ziemlich langen Liste über Victors Vortrefflichkeiten: Er ist selten eingeschnappt.

Sie greift seine Hand und zieht ihn zum Sofa. Victor

setzt sich ans eine Ende, sie ans andere, außer Reichweite. Er lehnt sich zurück und legt einen Arm auf die Sofalehne.

»Du hast gesagt, du willst etwas mit mir besprechen?«

»Ja.« Sie schaut ihn an. »Es geht nicht mehr.«

Er furcht die Brauen, auf einmal sieht er tieftraurig aus, und ihr wird klar, dass er sie missverstanden hat. »Nein, nein, das meine ich nicht.« Sie lächelt. »Wobei *das* auch nicht weitergehen kann, das, was zwischen uns läuft.«

»Okay, aber was ist es dann? Was geht nicht mehr?«

Ihr Herz pocht. Wenn sie Victor erzählt, was bei ihr los ist, rückt das Ganze in eine neue Phase. Dann riskiert sie, die Kontrolle über das Geschehen zu verlieren.

Als ob sie die jemals gehabt hätte.

»Ich kann nicht länger die Hände in den Schoß legen, bei all dem, was ich weiß.«

Stillschweigend zusehen. Vielleicht eine ebenso pathetische Möglichkeit, es auszudrücken. Nach Monaten des Haderns und Zweifelns ist ihr klar geworden, wie sehr es ihr zugesetzt hat, ihren natürlichen Drang unterdrücken zu müssen, dagegen zu protestieren, wenn sich jemand seiner Verantwortung entzieht.

»Das heißt, eigentlich müsste ich sagen: Bei all dem, was *wir* wissen. Denn ich bin ja nicht allein, oder, Victor?«

Er schaut weg. »Das stimmt. Aber hat sich in der Sache etwas Neues getan?«

»Mehrere Dinge. Charlotte Junckersen, du weißt schon, Junckers Frau, die Journalistin, sie wurde vor einer Woche von einem Mann kontaktiert, der im Besitz von Material war, das vom FE stammte. Darunter die beiden Mails, von denen ich euch vor der Aktion im Januar erzählt habe und die bezeugen, dass der FE bezüglich des Terroranschlags gewarnt wurde. Der Mann wollte natürlich, dass Charlotte in der Zeitung darüber schreibt, wozu sie auch bereit war. Sie haben sich zweimal getroffen und hatten ein drittes Treffen vereinbart, aber er ist nie aufgetaucht. Das war am Donnerstag.« Signe steht auf. »Ist es okay, wenn ich die Balkontür öffne? Ich gehe ein vor Hitze.«

»Na klar. Wobei ich glaube, dass es draußen heißer ist.« Sie öffnet die Tür und setzt sich wieder aufs Sofa. Ihre Wangen glühen.

»Am nächsten Tag, also Freitag, wurde dann die kopflose Leiche eines Mannes in Kongelunden gefunden. In diesem Mord leite ich, wie du weißt, die Ermittlungen. Offiziell haben wir die Leiche noch nicht identifiziert, aber ich weiß, dass der Tote Charlottes Quelle war.«

Victor sieht sie überrascht an. »Wie kannst du das wissen?«

»Bei der Obduktion haben wir eine kleine Plastikhülse in seinem Magen gefunden. Darin lag ein zusammengerollter Zettel, auf dem Charlottes Handynummer stand.«

»Was?« Victor starrt sie mit halb geöffnetem Mund an. Signe nickt.

»Okay.« Er schweigt einige Sekunden. »Also wisst ihr, dass eine Verbindung zwischen dem Toten und Charlotte besteht?«

»Ich weiß es.«

»Was meinst du damit, *du* weißt es?« Victor schaut sie verständnislos an.

Ihr Mund ist trocken. »Wenn herausgekommen wäre, dass der Tote und Charlotte in Kontakt standen, wäre ziemlich schnell klar, dass irgendeine Verbindung zwischen dem Opfer und dem Terrorfall besteht. Und du weißt ebenso gut wie ich und alle anderen, was dann passieren würde: Die Sache würde noch mehr vertuscht als ohnehin schon, und keiner würde zur Rechenschaft gezogen.«

»Okay? Und? Was heißt das, was hast du getan?«

Sie holt tief Luft. »Ich habe den Zettel mit Charlottes Nummer gegen einen anderen Zettel mit einer anderen Telefonnummer getauscht.«

Victor reißt die Augen auf und rückt zur äußersten Kante des Sofas vor. »Du hast *was*!?«

Sie nickt. Er starrt mit einem Ausdruck in die Luft, als könne er nicht fassen, was er da gerade gehört hat. Dann wendet er den Blick wieder Signe zu.

»Du hast dein Team bewusst auf eine falsche Fährte geführt?«

Sie nickt wieder.

»Beweismaterial gefälscht?«

»Ja.«

Victor steht auf und geht auf den Balkon. Signe folgt ihm, verharrt jedoch in der Tür. Er steht mit dem Rücken zu ihr gewandt und hat beide Hände ums Geländer geballt, sodass die Knöchel weiß hervortreten.

»Mein Gott, du spinnst ja«, sagt er.

Ihre Augen füllen sich mit Tränen, und sie beißt die Zähne zusammen. Wenn er sie jetzt im Stich lässt …

»Was hast du vor?«, fragt er.

»Die Sache aufklären. Herausfinden, wer für die Morde an Svend Bech-Olesen, dem Mann aus Kongelunden, und Simon Spangstrup verantwortlich ist. Herausfinden, was zur Hölle da beim FE passiert ist, und das darf ich nicht, wenn sie die Verbindung zwischen dem geköpften Mann und Charlotte entdecken.«

»Simon Spangstrup auch?«

»Ja, da gehe ich jede Wette ein. Ich habe mit der Witwe von Svend Bech-Olesen und dem Leiter der Intensivstation im Rigshospital gesprochen. Die Witwe hat es nicht direkt gesagt, aber ich konnte ihr anmerken, dass irgendetwas in Verbindung mit dem Ableben ihres Mannes an ihr nagt. Und vom Chefarzt auf der Intensiv habe ich erfahren, wie vollkommen überraschend Spangstrups Tod für alle kam, da sie sicher waren, seinen Zustand unter Kontrolle zu haben. Außerdem hat mir die Spangstrup zugeteilte Krankenschwester erzählt, ihr seien eine grauhaarige Frau und zwei Agententypen in der Nähe seines Zimmers aufgefallen, und dass sie es waren, die ihn nach seinem Tod wegbrachten. Ich weiß nicht mehr, ob du es damals mitbekommen hast, aber es war just eine grauhaarige Frau in Begleitung von zwei Gorillas, die Juncker kurz nach Neujahr zwang, ihr seinen Laptop auszuhändigen, auf dem sich die Dokumentation für die Warnung vor dem Anschlag befand.«

Sie versucht, Victor in die Augen zu sehen, doch er weicht ihrem Blick aus.

»Wie gesagt weiß ich außerdem, wer der kopflose Mann ist. Er heißt Alexander Hansen und war als Systemadministrator beim FE angestellt. Er ist ein waschechter Whistleblower.«

»Woher weißt du das?«

»Charlotte wurde von seiner Freundin aufgesucht. Sie ist Hackerin und will uns dabei helfen, dieser Sache auf den Grund zu gehen.«

Victor schüttelt den Kopf. »Du weißt genauso gut wie ich, was hier auf dem Spiel steht.«

»Ja, das weiß ich.«

»Signe, die Sache ist gefährlich.«

»Ich will dir mal was sagen, Victor. Ich habe mein Leben riskiert, um diese zwei Terroristen in Sandsted zu erwischen. Ich war nur Millimeter davon entfernt, da draußen im Wald zu sterben. Soll ich die Typen, die den Anschlag hätten vereiteln und neunzehn unschuldigen Menschen das Leben retten können, wenn sie nur ihren Scheißjob gemacht hätten, einfach so davonkommen lassen?«

Er antwortet nicht.

»Hilfst du mir?«, fragt sie.

Er schließt die Augen und reibt sich die Stirn. Eine lange Weile schweigt er. Viel zu lange. Dann endlich schaut er sie an.

»Du weißt selbst, dass auch wenn du die Sache tatsächlich aufklärst, es noch lange nicht bedeutet, dass der Rest der Welt es auch erfährt. So oder so setzt du deine Karriere aufs Spiel. Denn selbst wenn es dir gelingt, ans Licht zu bringen, was geschehen ist, wirst du in den Augen vieler Vorgesetzter immer diejenige bleiben, die sich einem klaren Befehl widersetzt und das Ansehen der Polizei gefährdet hat.«

»Das ist mir alles klar. Aber stehst du hinter mir?« Sie bemüht sich, nicht flehend zu klingen.

Er legt den Kopf in den Nacken. Eine Minute lang sagt er nichts. Dann schüttelt er langsam den Kopf.

»Ich bin ein Idiot. Aber ja. Ich weiß nicht, ob ich dir direkt helfen kann. Aber ich werde den Mund halten.«

Sie hat Lust, sich ihm an den Hals zu werfen, begnügt sich jedoch damit, zu lächeln und zu nicken.

»Weiß Juncker eigentlich Bescheid?«, fragt er.

»Charlotte war vor einigen Tagen in Sandsted. Das war direkt, nachdem Alexander Hansen sie zum ersten Mal kontaktiert hatte. Sie hat Juncker gefragt, ob er wüsste, dass etwas vertuscht wurde. Das hat er abgestritten.«

»Endlich ein vernünftiger Mensch«, erwidert Victor. »Signe, weißt du noch, was ich im Januar zu dir gesagt habe, als du herausgefunden hattest, dass Svend Bech-Olesen möglicherweise liquidiert wurde?«

»Nein, nicht so richtig.«

»Okay, dann wiederhole ich es noch mal: Sei vorsichtig.«

Kapitel 43

Es liegt auf seinem Schoß. Die Nummer vier in der Reihe der väterlichen Logbücher. Das, in dem die Aufzeichnungen vom Mai 1958 enthalten sind. Dem Monat seiner Geburt.

Juncker ringt mit sich, um den Mut aufzubringen, das Büchlein aufzuschlagen und zu dem entsprechenden Datum vorzublättern. Er legt es auf den kleinen Tisch neben dem Sessel und steht auf. Ist schon auf dem Weg zum Weinkarton, besinnt sich jedoch und tritt stattdessen ans Fenster, wo er hinaus in den Garten blickt, der von der untergehenden Sonne in ein rötliches Licht getaucht wird. Er ist sicher, dass Karoline ihn beobachtet, kann ihren Blick fast im Rücken spüren. Doch sie sagt nichts, wofür er dankbar ist. Ein paar Minuten lang versucht er, sich zu sammeln. Dann geht er zurück und setzt sich, nimmt das Notizbuch in die Hand und blättert zum 14. Mai.

Die Handschrift des Vaters ist schön geschwungen und charakteristisch, aber auch leicht lesbar. Bis sie, wie die meisten anderen Fähigkeiten des Mannes, in seinen letzten Lebensjahren nachließ. Mogens Junckersen schrieb stets mit einem Füller, und allein schon die Seiten zu betrachten, ohne die Worte zu lesen, ist ein ästhetischer Genuss – wie japanische oder arabische Kalligrafie, denkt Juncker, dessen eigene Handschrift ein hoffnungsloses

Gekrakel und praktisch unleserlich für alle außer ihn selbst ist. Und manchmal auch für ihn selbst.

Juncker wurde zu Hause geboren. Früh am Morgen, wie ihm seine Mutter erzählt hat. Aus den Aufzeichnungen geht nicht hervor, wann der Vater sich hinsetzte und über die Geburt seines Sohnes schrieb, doch vermutlich im Laufe des Tages.

Ella und der Kleine schlafen. Meine geliebte Frau, mein geliebter Sohn. Fräulein Larsson, die Hebamme, ist gegangen, nachdem sie sich vergewissert hatte, dass alles in bester Ordnung ist, und sie mit mir eine Zigarre geraucht und ein Glas Portwein getrunken hatte. Nun sitze ich hier, Peter ist bei Onkel und Tante, und Stille hat sich über unser Heim gelegt. Wem soll ich danken für all dies Glück, das mir zuteil wird? Ich, der ich keinen Gott habe, an wen soll ich mich wenden mit meiner Dankbarkeit? Außer an dich, liebste Ella, und dich, meinen bereits innig geliebten Sohn, Peters sehnlich erwarteten kleinen Bruder. Möge ich die Kraft finden, der Vater zu sein, den meine Söhne verdienen. Und der Ehemann, den meine Frau verdient. Ich flüstere ein neunfaches »Lebe hoch« für dich, kleiner neuer Mensch. Willkommen auf der Welt, mein Sohn.

Juncker starrt wie hypnotisiert auf die Worte. Behutsam streicht er mit der Fingerspitze über die Seite. An drei Stellen sieht es aus, als seien Wassertropfen auf das Blatt gefallen, das Papier ist ein winziges bisschen gewölbt und die Tinte in kleinen sternförmigen Flecken zusammengelaufen. Juncker wird klar, dass der Vater geweint hat. Vor Freude darüber, dass er auf die Welt gekommen ist. Er. Martin Junckersen.

Zuerst kann er das Gefühl nicht identifizieren. Dann erkennt er, dass es schlechtes Gewissen ist. Schuld. Als hätte er einen Ort betreten, an dem er nicht willkommen ist, und einen Text gelesen, der nicht für seine Augen bestimmt war. Dieses Gefühl währt allerdings nicht lang, ehe sich etwas anderes aufdrängt, zunächst zaghaft, dann immer heftiger. Wut. Er könnte schlicht und ergreifend heulen, so wütend ist er. Denn wenn sein Vater ehrlich gemeint hat, was er an diesem Tag vor neunundfünfzig Jahren schrieb – und das hat er, davon zeugen seine Worte und die eingetrockneten Tränen –, warum musste es dann so enden? Warum konnte er seine Liebe ihm gegenüber nicht zeigen?

Juncker legt das Notizbuch auf den kleinen Tisch.

»Was hast du gelesen?«, fragt Karoline.

»Den Eintrag an dem Tag, an dem ich geboren wurde.«

»Was schreibt er?«

»Er schreibt … tja, was schreibt er?« Die Worte bleiben ihm im Hals stecken. »Kannst du es nicht selbst lesen?«

»Doch, klar kann ich das. Aber willst du es nicht einfach schnell erzählen? Er war glücklich, oder?«

Juncker sieht sie flehend an. Sie lacht.

»Okay, okay. Dann lese ich es eben selbst. Gibst du es mir rüber?«

Karoline sitzt mit untergeschlagenen Beinen auf der Couch. Juncker steht auf und reicht ihr das Notizbuch.

»Wie geht es dir eigentlich?«, fragt er.

»Du meinst, mit dem hier?« Sie tätschelt sich den Bauch. »Mir ist schlecht, wenn ich morgens aufwache, aber nach einer Stunde geht es meistens vorüber. Davon abgesehen geht's mir gut.«

»Schön. Du musst sagen, wenn ich etwas für dich tun kann.«

»Was meinst du?«

»Na ja, falls irgendetwas sein sollte. Soll ich Licht machen?«

Sie schaut ihn lächelnd an. »Ja, gern.«

Er setzt sich wieder, verschränkt die Hände im Nacken und betrachtet seine Tochter, während sie liest. Juncker hat sich selbst gegenüber immer versichert, dass er ein besserer Vater gewesen ist, als sein eigener Vater es war. Jedenfalls als er es für ihn war. Und für seine jüngere Schwester Lillian. Mit Peter ist es eine andere Sache.

Aber vielleicht stimmt es gar nicht.

Karoline schaut auf. »Es ist schön. Etwas schwülstig, aber schön.«

Juncker nickt. »Mir ging es sehr ähnlich, als ihr beide, du und Kaspar, geboren wurdet.«

Sie klappt das Buch zu. »Das hast du nie erzählt. Hast du es irgendwo aufgeschrieben? So wie dein Vater? Werden wir einen Stapel schwarzer Notizbücher finden, wenn wir eines Tages deine Hinterlassenschaften durchsehen?«

»Haha, nein, garantiert nicht.« Er wird ernst. »Karoline, hattest du jemals das Gefühl, dass ich …«

Sie unterbricht ihn. »Stopp, Papa. Wenn du jetzt darin herumstochern willst, ob du als Vater liebevoll und fürsorglich genug warst, lass es. Das will ich mir echt nicht geben.«

»Okay. Ich musste nur daran denken, wie ich neulich meinte, dass ich oft das Gefühl hatte, meinem Vater sei die Arbeit wichtiger gewesen als ich …«

»Ja, und falls du wissen willst, ob ich manchmal fand, dass du und Mama viel zu viel gearbeitet habt, und es häufig genervt hat, dass ihr phasenweise nicht sonderlich präsent wart, dann lautet die Antwort ja. Und so denkt Kaspar unter Garantie auch. Aber was soll ich sagen, so seid ihr halt. Im Guten wie im Schlechten. Und davon werde ich bestimmt nicht mein Leben bestimmen lassen.

Falls du also vorhast, den restlichen Abend hier zu hocken und sentimental zu sein, gehe ich ins Bett. Bloß dass …«

»Was?«

»Bloß dass ich am Verhungern bin, und ich habe nichts eingekauft. Kriegt man hier irgendwo eine anständige Pizza?«

»Es gibt eine Pizzeria am Marktplatz. Ich weiß nur nicht, ob sie gut ist.«

»Sollen wir es probieren? Kannst du anrufen und bestellen? Ich möchte eine mit Kartoffeln, Zwiebeln und Rosmarin. Kein Bacon. Aber Chili und Knoblauch.«

»Hm, ich weiß nicht, ob sie so eine auf der Karte haben.«

»Ach, bestimmt. Sonst kann man sie doch bitten, eine zu machen.«

Den restlichen Abend bringen sie damit zu, mit den Händen Pizza zu essen und in den Tagebüchern zu lesen. Die meiste Zeit im Stillen, hin und wieder zitiert jedoch auch einer von ihnen laut eine Passage. Karoline trinkt Wasser, Juncker Rotwein. Aber er hält sich zurück. Es wird spät, bis sie zu Bett gehen. Juncker mit dem deutlichen Gefühl, dass er eine Tochter hat, die klüger ist als er selbst. Und dass das Gespenst nicht in seinen Träumen erscheinen wird. Nicht in dieser Nacht.

Mittwoch, 9. August

Kapitel 44

Es ist kurz vor acht, als Signe die Tür zu ihrem Büro öffnet. Zum ersten Mal seit Ewigkeiten ist sie nicht um vier Uhr aufgewacht, sondern erst um kurz vor sechs, und sie fühlt sich erstaunlich ausgeruht.

Als sie gestern Abend nach dem Besuch bei Victor nach Hause kam, hatte Niels ihr etwas vom Abendessen aufgehoben. Keines der Kinder war zu Hause. Sie setzte sich an den kleinen Esstisch in der Küche und bemühte sich, ihr schlechtes Gewissen auszublenden, während er die Reste eines vegetarischen Nudelgerichts für sie aufwärmte. Sie versuchte, seine Laune zu sondieren, und kam zu dem Ergebnis, dass sie wohl einigermaßen normal war, sprich latent passiv-aggressiv. Nachdem er ihr eine Portion auf den Teller geschöpft und hingestellt hatte, setzte er sich ebenfalls an den Tisch. Mit dem Rücken zur Wand, sein Gesicht von ihr abgewandt.

»Mhm, schmeckt lecker«, sagte sie mit dem Mund voller Pasta.

Er brummte etwas, das wie »Gut« klang.

Nach einer Minute Schweigen wandte er sich ihr zu, legte die Unterarme auf den Tisch, die Hände übereinander, und beugte sich vor. *Was kommt jetzt?*, dachte sie.

»Signe, es gibt da etwas, was ich mich frage. Schon eine ganze Weile.«

»Und zwar?«

»Was ist das mit dir und diesem Troels Mikkelsen?«

Ihr Herz setzte einen Schlag aus, und sie schaufelte sich schnell einen Löffel Spirelli in den Mund, um Zeit zu gewinnen, beugte den Kopf tief über den Teller und kaute.

»Was meinst du?«, nuschelte sie.

»Ich finde nur … also, kurz nach Neujahr, als wir uns mit ihm in der Cocktailbar getroffen haben, weil ich ihm dafür danken wollte, dein Leben gerettet zu haben … weißt du noch?«

Ob sie es noch wusste? Sie nickte.

»Da hatte ich so ein Gefühl, als ob da irgendetwas zwischen euch wäre, was ich nicht richtig einordnen kann. Du warst so wahnsinnig steif und reserviert ihm gegenüber. Und seitdem habe ich mich gefragt, ob da vielleicht etwas zwischen euch läuft?«

»Wie, zwischen uns läuft?«

»Na ja, ob ihr eine Affäre habt?«

Sie spürte Erleichterung durch ihren Körper strömen. Für eine Handvoll schreckstarrer Sekunden hatte sie geglaubt, er sei dahintergekommen, worum es in Wahrheit geht. Dass der Moment, den sie seit bald drei Jahren voller Angst erwartet – der Moment, in dem Niels durchschaut, was ihr an jenem Abend nach der Weihnachtsfeier widerfahren ist –, nun gekommen wäre. Aber so war es glücklicherweise nicht. Vielmehr hatte er sogar ein hübsches Stück danebengetroffen.

Sie lächelte.

»Niels, im Ernst jetzt. Ich? Eine Affäre mit Troels Mikkelsen? Weißt du, die Sache ist, dass ich ihn nicht besonders gut leiden kann. Um es freundlich auszudrücken. Genauer gesagt kann ich ihn nicht ausstehen. Er ist ein verdammt guter Ermittler, aber dermaßen selbstgefällig und aufgeblasen, dass ich kotzen möchte. Ich habe ja die letzten Wochen mit ihm zusammengearbeitet – das habe ich dir erzählt, oder?«

Niels nickte.

»Wenn du also irgendetwas gemerkt hast, dann dass ich genervt war, weil ich mit einem Kollegen zusammenarbeiten musste, den ich nicht abkann. Auch wenn er mir das Leben gerettet hat. Also, Niels, ich habe und hatte keine Affäre mit Troels Mikkelsen«, sagte sie und dachte, dass es ja schließlich stimmte. Allerdings kam sie nicht umhin zu denken, dass es, wenn es halbe Wahrheiten gibt, auch halbe Lügen geben muss.

»Okay, dann bin ich beruhigt.« Er griff ihre Hand. »Aber da ist noch etwas … wir haben nie richtig darüber gesprochen, aber, wir zwei hatten doch früher ziemlich guten Sex, oder?«

Sie nickte, erwiderte jedoch nichts. Spürte erneute Unruhe in sich aufsteigen. Worauf wollte er jetzt hinaus?

»Das haben wir nicht mehr, Signe. Um es mal freiheraus zu sagen. Was zur Hölle ist mit uns passiert?«

Jetzt kommt er doch, dachte sie verzweifelt. Der Moment. Und sie wusste nicht, was sie sagen sollte, um ihn zu stoppen.

»Ich habe versucht zurückzudenken, um zu sehen, ob ich den Punkt finden kann, an dem es anfing schiefzulaufen. Und so wie ich es erinnere, muss um Neujahr vor zweieinhalb Jahren irgendetwas passiert sein. Stimmt das?«

Stopp, Niels! Stopp! Aber er fuhr fort.

»Es tut mir leid, dass ich es nicht schon früher angesprochen habe. Das war feige von mir. Aber ich glaube, ich hatte Angst, mit dir darüber zu sprechen, dass du keine große Lust mehr auf mich hast. Ich hatte ganz einfach Schiss, du würdest sagen, dass du mich nicht mehr liebst.«

Ihr erster Impuls war, es herunterzuspielen. Zu sagen, dass er sich irrte. Dass seine Sorge aus der Luft gegriffen war. Nichts sich verändert hatte. Aber das wäre praktisch dasselbe gewesen wie zuzugeben, dass etwas geschehen war und sie bloß nicht vorhatte, ihn einzuweihen. Denn es war so himmelschreiend offensichtlich, *dass* etwas passiert war. Dass sich ihre Beziehung dramatisch verändert *hatte*.

»Ich habe auch darüber nachgedacht. Und du hast recht, irgendetwas hat sich verändert. Aber ich glaube nicht, dass es mit einem konkreten Ereignis zu tun hat«, log sie. »Ich denke, es sind mehrere Dinge. Wir zwei sind schon so viele Jahre zusammen, und wir wären schließlich nicht das erste Paar, das erlebt, wie die Beziehung mit der Zeit etwas abflacht, oder? Ich gebe auch gern zu, dass ich zu viel arbeite. Das werde ich versuchen zu ändern. Außerdem …«

»Ja?«

»Außerdem glaube ich, dass ich in die Wechseljahre komme.«

»In die Wechseljahre? Ganz ehrlich, Signe, du bist erst zweiundvierzig.«

»Bald dreiundvierzig. Aber bei manchen Frauen passiert es früher als bei anderen. So ungewöhnlich ist das nicht. Ich habe im Internet recherchiert. Vielleicht sollte ich Hormontabletten nehmen.«

»Hm. Ich erinnere es bloß so, als ob es sich von einer Woche auf die andere verändert hätte. Als ob du irgendetwas erlebt hättest, was dich traurig gemacht hat.«

Sie stand auf und ging zu ihm hinüber, nahm sein Gesicht in beide Hände und schaute ihm in die Augen. »Niels. Ich habe keine Affäre. Und mir ist nichts passiert, was mich traurig gemacht oder deprimiert hat oder so. Ich muss mich einfach zusammenreißen und wieder mehr in die Beziehung investieren. Wir müssen beide mehr investieren.«

Eine Lüge, die in weißer Weste daherkommt, kann so dreckig werden, dass man sie nicht länger guten Gewissens als weiß bezeichnen kann.

Der restliche Abend verlief in friedlicher Eintracht, die Kinder kamen nach Hause und verzogen sich schnurstracks mit ihren jeweiligen iPads auf ihre Zimmer, während Niels und sie einen todlangweiligen norwegischen Spielfilm schauten. Anschließend gingen sie ins Bett, und sie war heilfroh, zuvor nicht mit Victor geschlafen zu haben, denn das hätte ihre Lügen und ihren Verrat in gewisser Weise noch schmutziger gemacht als ohnehin schon der Fall.

Acht Stunden später setzt sie sich an ihren Schreibtisch auf Teglholmen, schaltet den Computer ein und checkt ihr Postfach: Wieder einmal erinnert der Vertrauensmann seine Kollegen in einer E-Mail daran, sich zeitnah Hilfe zu suchen, falls man Anzeichen psychischer Belastung spürt, beispielsweise in Folge gewaltsamer Erlebnisse.

Die Morgenbesprechung in einer halben Stunde wird vermutlich der gestrigen gleichen – die ungewöhnlich kurz war, da sie sich bezüglich des Mannes aus Kongelunden nicht vom Fleck gerührt hatten und auch keiner wusste, wie sie weiterkommen sollten. Sie ist ziemlich sicher, dass nun jemand vorschlagen wird, die Öffentlichkeit bei der Identifizierung des Mannes um Hilfe zu bitten. Auch wenn das bedeutet, dass man dann nicht umhinkommen wird, den fehlenden Kopf zu erwähnen, und man nur eine verhältnismäßig kurzgefasste Personenbeschreibung herausgeben kann. Es lässt sich nicht ausschließen, dass jemand auf die Suchmeldung reagiert, so viele Rothaarige von fast zwei Metern Körpergröße gibt es schließlich nicht in Dänemark. Sollte der Mann anschließend als Alexander Hansen, Angestellter beim FE, identifiziert werden, muss sie sich etwas einfallen lassen. Zumindest ist es unwahrscheinlich, dass es vor Ablauf der nächsten zwei Tage geschieht, darum wird sie sich also kümmern, wenn es so weit ist. Bis dahin kann viel passieren.

Sie könnte das Süppchen auch am Köcheln halten, indem sie ein paar Ermittler nach Amager schickt, um ein weiteres Mal bei den Häusern und Höfen in der Nähe von Kongelunden nachzuhören, ob jemand letzte Woche in der Nacht zwischen Donnerstag und Freitag etwas Verdächtiges bemerkt hat. Das haben sie zwar bereits getan, allerdings wäre es nicht ungewöhnlich, wenn sie es erneut versuchen würden, zumal angesichts der Tatsache, dass es an anderweitigen Vorschlägen mangelt.

Sie lehnt sich zurück und legt die Beine auf den Tisch. Noch nie hat sie dieses Gefühl gehabt: nicht zu wissen, wen sie jagt. Und ob sie selbst gejagt wird.

Wissen diese Leute, dass sie Kontakt mit Charlotte hat?

Falls sie Junckers Frau tatsächlich beobachtet haben, ist ihnen sicher nicht entgangen, dass Signe sich mit Charlotte getroffen hat, sowohl bei ihr zu Hause als auch im Café in Nørrebro. Andererseits, falls sie es wissen, hätten sie dann nicht längst versucht, sie aufzuhalten? Denn wenn es so weit hinaufreicht, wie es den Anschein macht, können sie vermutlich jeden stoppen, wenn sie nur wollen. Und dann wäre sie sicher längst ins Büro des Polizeidirektors bestellt worden, um Rede und Antwort zu stehen, und anschließend zunächst suspendiert und dann wahrscheinlich gefeuert und hinter Schloss und Riegel gesteckt worden. Das ist nicht passiert. Noch nicht.

Aber warum haben sie nichts gegen Charlotte unternommen? Vielleicht haben sie Angst, wie viel sie ihren Kollegen von der Zeitung erzählt hat. Eine einzelne Journalistin zum Schweigen zu bringen ist nicht dasselbe, wie eine ganze Redaktion mundtot zu machen.

Wie auch immer, Charlotte und sie haben alle Hände voll zu tun. So viel steht fest. Und Teufel noch mal, was würde sie geben, um herauszukriegen, wer diese grauhaarige Frau und ihre Entourage ist. Ein Trupp Müllmänner, der aufräumen soll, wenn das System so richtig Scheiße baut? Unter der Kontrolle von jemandem, der anscheinend meint, dass alles erlaubt ist, solange es um die ›nationale Sicherheit‹ geht, und der offenkundig der Überzeugung ist, der Zweck heilige alle Mittel? Sogar Killerkommandos?

Sie schüttelt den Kopf. Was geschieht nur mit diesem Land?

Es ist kurz vor halb. Draußen auf dem Gang hört sie Merlins eilige Schritte, also schwingt sie die Beine vom Tisch und steht auf.

Kapitel 45

»Wir müssen mehr über Peter Johansen wissen. Sein Leben. Seinen Hintergrund.«

Juncker schwitzt aus allen Poren, daher zieht er sein Jackett aus, hängt es über die Stuhllehne und öffnet die alte Ladentür. Ein schwülwarmer Luftstoß schlägt ihm ins Gesicht, er schließt die Tür wieder und setzt sich zurück an den Tisch.

»Darum kümmere ich mich«, sagt Nabiha, die nicht im Geringsten unter der Hitze zu leiden scheint, obwohl sie untadelig in schwarzen Blazer, weiße Bluse und schwarze Hose gekleidet ist. »Wie geht es ihm?«

Auf einmal trifft es Juncker, wie ein verspäteter Blitz, ein Echo des gestrigen Abends. Er hat seit drei, wenn nicht gar vier Monaten nicht mehr mit seinem Sohn gesprochen und ebenso lang kaum an ihn gedacht. Er sackt auf seinem Stuhl zusammen, starrt durch das Ladenfenster auf den menschenleeren Marktplatz. Vier Monate. Dein eigener Sohn. Was stimmt bloß nicht mit dir, Mann?

»Hallo? Jemand zu Hause?« Nabiha wedelt mit der Hand vor seinem Gesicht herum.

»Was? Oh, tut mir leid. Ich musste an etwas denken.«

»Das mit dem Fall zu tun hat?«

»Nein. Etwas … anderes. Was hast du gefragt?«

»Wie es Peter Johansen geht?«

»Laut Krankenhaus den Umständen entsprechend gut,

und er wird voraussichtlich keine bleibenden Schäden davontragen. Zumindest keine physischen. Fasst du noch mal kurz zusammen, was wir über ihn wissen?«

»Er ist siebenunddreißig und hat keine Freundin, soweit ich herausfinden konnte.«

»Ist er schwul?«

»Falls er es ist, hat er sich jedenfalls nicht geoutet. Aber er kann sich ja durchaus dafür entschieden haben, allein zu leben und keine Freundin zu haben, ohne notwendigerweise schwul zu sein, oder?«

»Absolut.«

»Seine Eltern wohnen auch hier in Sandsted. Es nimmt sie natürlich schwer mit, dass wir ihren Sohn des Mordes beschuldigen, und jetzt nach Peters Selbstmordversuch geht es ihnen wahrscheinlich noch schlechter. Ihnen zufolge hat er nur wenige Freunde, und die, die er hat, kennt er aus dem Schützenclub. Überhaupt verwendet er den Großteil seiner Freizeit aufs Schießen, was er ja auch hervorragend beherrscht. Ich habe mit dem Filialleiter der Bank in Køge gesprochen, wo er arbeitet, und der beschreibt ihn als tüchtigen und pflichtbewussten Angestellten, der praktisch keine Fehlzeiten hat. Einen ›geschätzten Mitarbeiter‹ nennt er ihn.«

»Gut. Du gräbst einfach weiter. Sprich mit seinen Freunden aus dem Verein und ehemaligen Mitschülern. Schau, ob du ein paar von seinen früheren Lehrern aus der Schule aufstöbern kannst.«

»Okay. Wonach suche ich?«

»Er scheint eine vollkommen blütenweiße Weste zu haben, aber die hat keiner. Versuch, die Flecken zu finden.«

»Was hast du vor?«

»Mit Vera Stephansen sprechen.«

Nabiha hebt die Augenbraue. »Schon wieder?«

»Ja. Wir wissen zu wenig über den Teil von Stephansens Leben, der nicht mit der Kanzlei zu tun hat.« Er steht auf und zieht sein Handy aus der Tasche. »Ich gehe kurz an die frische Luft.«

Draußen setzt er sich auf eine Bank im Schatten von vier großen, in Form geschnittenen Linden in der Mitte des Platzes. Als Erstes ruft er Vera an und verabredet mit ihr, dass er um drei zu ihr kommt. Dann wählt er eine Nummer, die er in den letzten Tagen mehrfach kurz davor war anzurufen. Nach dem dritten Klingeln wird abgehoben.

»Juncker! Wie geht's?« Signe klingt überrascht, aber auch froh, meint er heraushören zu können.

»Tja … ich stecke in den Ermittlungen zu einem Mordfall.«

»Das weiß ich, aber meine Frage war eigentlich nicht auf deine Arbeit bezogen. Ich meinte eher, wie es dir persönlich geht.«

»Na ja, mir geht es so …«

»Wie ich höre, wirst du Großvater. Glückwunsch, Juncker.«

»Danke.«

»Bist du nicht glücklich?«

»Glücklich? Doch … ich freue mich auf jeden Fall. Darüber. Aber woher weißt du das überhaupt?«

»Von …«

»Hat Charlotte es dir erzählt?«

»Äh, ja.«

»Du hast nämlich mit ihr gesprochen, oder was?«

»Du, ich muss kurz was erledigen. Kannst du in fünf Minuten noch mal anrufen?«

Sie legt auf. Juncker starrt perplex auf sein Telefon.

Eine Minute darauf kommt eine SMS.

Leih dir irgendwo ein Handy und ruf die 27263753 an.

Was ist denn jetzt los?, denkt er und geht zurück auf die Wache. Nabiha sitzt noch immer am Besprechungstisch.

»Kann ich mir kurz dein Handy leihen?«

»Ist deins kaputt?«

»Nein.« Er streckt die Hand aus. Sie zuckt mit den Achseln und reicht ihm ihr Handy. Wieder bei der Bank, ruft er mit Nabihas Mobiltelefon die Nummer an. Signe nimmt augenblicklich ab.

»Was zur Hölle ist los?«, fragt er.

»Es ist ein bisschen kompliziert. Aber es wäre möglich, dass unsere Handys abgehört werden.«

»Wovon redest du?«

»Ich bin nicht hundertprozentig sicher, habe aber den Verdacht.«

»Aha. Aber warum hast du überhaupt mit Charlotte gesprochen?«

»Ach, komm schon, Juncker, du hast doch auch mit deiner Frau gesprochen und weißt, was los ist, oder?«

»Ja. Und ich habe ihr gesagt, dass es da nichts zu holen gibt. Und das hättest du ihr ebenfalls sagen sollen. Das ist keine Angelegenheit, in der eine Journalistin herumstochern sollte. Du weißt genauso gut wie ich, wie gefährlich es ist. Was auf dem Spiel steht.«

»Sie hat so viel von ihrer Quelle erfahren, dass weder du noch ich sie aufhalten können. Im Übrigen habe ich nicht vor, länger den Kopf einzuziehen.«

»Aber Charlotte hat keine Ahnung ...«

»Sie ist eine erwachsene Frau, Juncker, und doch, sie weiß, wie riskant die Sache ist.«

Nein, tut sie nicht, denkt er. Und selbst wenn sie es wüsste ... er kennt sie.

Kapitel 46

Ehe Signe die Pforte zu dem gefliesten Gärtchen vor Charlottes und Junckers Haus öffnet, wirft sie einen Blick die schmale Straße hinunter, die nun menschenleer daliegt. Wie gewöhnlich stehen die Autos Stoßstange an Stoßstange. Eines der Fahrzeuge zieht ihre Aufmerksamkeit auf sich, ohne dass sie einen genauen Grund dafür benennen könnte. Ein Bauchgefühl. Es ist ein unauffälliger grauer Mercedes-Lieferwagen mit dänischem Kennzeichen, der etwa fünfzig Meter weiter parkt, direkt vor einer Fahrbahnschwelle. Es könnte durchaus ein Handwerkerwagen sein, bloß dass weder ein Firmenname noch ein Logo auf den Seiten aufgedruckt ist. Sie geht langsam darauf zu. Beim Näherkommen sieht sie, dass Fahrer- und Beifahrersitz leer sind. Ein Metallgitter hinter dem Fahrersitz trennt die Fahrerkabine vom Lastraum ab, dahinter ist ein schwarzer Vorhang in der gesamten Breite des Wagens vorgezogen.

Signe geht um das Fahrzeug herum. Schaut durchs Seitenfenster der Fahrerseite in die Kabine. Keine To-go-Becher, keine Colaflaschen, keine Apfelgehäuse oder alte Bananenschalen, keine leeren Verpackungen. Wenn das ein Handwerkerauto ist, ist es entweder nagelneu oder gehört einem Exoten von Handwerker, der hinter sich aufräumt. Sie bückt sich und studiert die Reifen. Sie sind ziemlich breit. Ungefähr so breit wie die Reifenspuren auf dem Waldweg in Kongelunden, konstatiert sie und spürt, wie Adrenalin durch ihren Körper gepumpt wird. Sie geht zur Rückseite des Autos und bleibt vor der Hecktür stehen. Schaut sich um. Noch immer kein Mensch zu sehen. Sie steckt die rechte Hand unter ihre Jacke und fasst den Griff ihrer Pistole im Schulterholster, ohne sie jedoch zu ziehen. Mit dem Daumen spannt sie den Hahn und legt den Zeigefinger an den Abzugsbügel. Dann greift sie mit der anderen Hand den Türgriff und drückt zu. Abgeschlossen.

Sie geht zur Seitentür und versucht es mit dem Türgriff dort, immer noch bereit, die Pistole zu ziehen. Auch diese Tür ist wie nicht anders erwartet verschlossen. Sie schaut sich ein weiteres Mal um und legt das Ohr an die Seite des Fahrzeugs. Kein Laut. Sie nimmt die Hand vom Griff der Pistole, geht weiter die Straße entlang und vergewissert sich, dass alle geparkten Autos leer sind. Beinahe an der hinter den Kartoffelreihen verlaufenden Øster Søgade und dem Sortedams-See angelangt, der gemeinsam mit Peblinge-See und Sankt-Jørgens-See wie ein Gürtel die Kopenhagener Innenstadt umgibt, macht sie kehrt und geht an dem grauen Wagen vorbei zurück zum Haus.

Sie klopft an. Nach zehn Sekunden hört sie ein leises Rascheln hinter der Tür, die jedoch nicht geöffnet wird.

»Ich bin's, Signe«, wispert sie.

Charlotte lässt sie herein.

»Wo ist Veronika?«

»Sie schläft.«

»Wir sollten sie hier wegbringen. Ich weiß nicht, ob du oder Veronika beschattet wurdet, oder vielleicht auch ich, aber es wäre gut, wenn wir sie an irgendeinem Ort unterbringen könnten, wo wir sicher sein können, dass niemand weiß, wo sie ist.«

Charlotte nickt.

»Hast du sie gefragt, was sie braucht, um arbeiten zu können?«, fragt Signe.

»Ja. Eine stabile 4G-Verbindung, mehr nicht. Sie hat alle Ausrüstung, die sie benötigt, und trifft die entsprechenden Sicherheitsvorkehrungen, sagt sie. Keine Ahnung, wie sie es macht und welche Möglichkeiten sie hat. Was diese Dinge anbelangt, verstehe ich nur Bahnhof.«

»Geht mir ähnlich.«

»Aber wo bringen wir sie hin? Ich habe keine richtige Möglichkeit. Du?«

»Ja, ich wüsste da was. Meine Schwester und ihr Mann haben ein Schrebergartenhaus. Sie sind mit ihren Kindern im Urlaub in Griechenland und kommen erst in fünf Tagen wieder, soweit ich weiß.«

»Und du hast einen Schlüssel?«

»Ich weiß, wo einer hängt.«

»Wo ist es?«

»In Glostrup, an der Grenze zu Ballerup. Es gibt mehrere Schrebergartenvereine in dieser Gegend.«

»Wird sie dort nicht Aufsehen erregen? Die Häuser in solchen Gärten liegen ziemlich nah beieinander, oder?«

»Ja, aber ich glaube nicht, dass sich jemand wundern wird. Meine Schwester und ihr Mann haben das Haus schon etliche Male an verschiedene Freunde verliehen. Außerdem steht es eher für sich allein am Ende eines Weges und hat nur zu einer Seite hin Nachbarn. Man ist dort also ziemlich ungestört.«

»Okay, klingt gut. Ich gehe sie eben wecken.«

Zehn Minuten später erscheint Veronika in der Tür, blass und verschlafen. Sie hat sich ein viel zu großes T-Shirt von Charlotte geliehen.

Sie sieht total verloren aus, denkt Signe. Wie jemand,

der nach Jahren im Untergrund ins grelle Tageslicht gestiegen ist. Veronika setzt sich Signe gegenüber und schaut sie mit einem Blick an, von dem Signe nicht sagen kann, ob er verächtlich oder ängstlich ist. Vielleicht ein bisschen von beidem. Signe reicht ihr die Hand. Die junge Frau zögert, ergreift sie dann aber doch. Mit einem verblüffend festen Händedruck, wie Signe feststellt.

»Hallo, Veronika. Ich bin Signe.«

Veronika nickt. »Weiß ich. Sie sind die von der Bullerei, oder?«

»Jep.«

»Hm.«

Signe rückt ihren Stuhl ein Stück zurück und streckt die Beine aus.

»Veronika, wir haben darüber gesprochen, Sie an einen anderen Ort zu bringen, wo Sie ungestört arbeiten können. Wir wissen nicht, ob jemand ahnt, dass Sie hier sind, aber es gibt keinen Grund zu riskieren, dass plötzlich jemand auftaucht. Ist das okay für Sie?«

Veronika schaut zu Charlotte. »Wenn Sie beide meinen, dann ... mir ist es recht.«

»Gut. Jetzt passt auf: Als ich vorhin kam, bin ich ein Stück die Straße hoch- und runtergelaufen, um zu sehen, ob jemand das Haus beobachtet. Soweit ich sehen konnte, war das nicht der Fall, aber ein Stück entfernt steht ein Lieferwagen ...«

»Welche Farbe?«, unterbricht Veronika sie mit dünner Stimme.

»Grau.«

»Das ist er«, sagt sie tonlos.

»Was meinen Sie?«

»Gestern hielt für ein paar Minuten ein grauer Lieferwagen vor dem Haus, während Veronika allein war«, erklärt Charlotte. »Mithilfe ihrer Ausrüstung konnte sie sehen, dass sich ein Access Point im Wagen befand, also ein drahtloses Netzwerk. Ich weiß nicht mehr, wie man es nennt, was du gemacht hast, Veronika …«

»Ich habe ihr Netzwerk *gecrackt*.«

»Okay«, sagt Signe. »Auf den Vordersitzen des Lieferwagens saß keiner. Ob jemand im Lastraum war, konnte ich nicht sehen, die Türen waren verschlossen. Aber wir gehen kein Risiko ein. Charlotte, wo steht dein Auto?«

»Direkt vor dem Haus.«

»Gut. Ich habe um die Ecke in der Øster Farimagsgade geparkt. Wir machen es folgendermaßen: Wir gehen geschlossen nach draußen. Charlotte, du steigst in dein Auto und lässt den Motor an, Veronika und ich laufen zu meinem. Falls der Lieferwagen – oder ein anderes Auto in der Straße – Anstalten macht, uns zu folgen, fährst du vor und blockierst die Fahrbahn, okay? Wenn jemand aussteigt und auf dich zukommt, drückst du auf die Hupe, bis sämtliche Anwohner aus ihren Häusern gerannt kommen, um zu sehen, was los ist. Könnt ihr mir folgen?«

Veronika und Charlotte nicken.

»Wir haben jetzt alle drei Handys mit Prepaidkarten. Die benutzen wir, um uns zu schreiben. Anrufe nur im äußersten Notfall und keinerlei Form von Kontakt über unsere regulären Handys, meines schalte ich jetzt sicherheitshalber aus. Veronika, lauf hoch und hol deine Sachen. Wir können genauso gut sofort losfahren.«

Fünf Minuten später stehen alle drei im Vorgarten. Ein Busch verdeckt die Sicht auf den Lieferwagen. Signe streckt vorsichtig den Kopf vor, doch das grelle Sonnenlicht reflektiert in der Frontscheibe des Wagens, sodass sie nicht erkennen kann, ob nun jemand darin sitzt.

»Alles klar. Seid ihr bereit? Los geht's.«

Sie tritt als Erste auf den Bürgersteig, Veronika folgt dichtauf. Signe läuft so schnell sie kann, ohne zu rennen, dennoch hält Veronika mit ihr Schritt. Ein Motor wird gezündet. Sie schaut sich um und erhascht einen Blick auf den Lieferwagen, der gerade anfährt. Dann beginnt sie zu rennen.

»Los, Veronika, lauf!«

Sie biegen um die Ecke, es fehlen noch etwa zwanzig Meter bis zu ihrem Auto.

»Der dunkelblaue da«, ruft sie und kreuzt den Radweg, wo sie ums Haar mit einem älteren Herrn auf dem Fahrrad zusammenprallt.

»He, passen Sie doch auf!«, schimpft er.

»Tut mir leid«, ruft sie zurück und drückt auf den Autoschlüssel, den sie beim Laufen bereits in der Hand gehalten hat. Sie reißt die Tür auf, Veronika, die ein Stück zurückgefallen ist, tut es ihr wenige Augenblicke später gleich. Vorsichtig stellt die junge Frau ihren Rucksack in den Fußraum der Beifahrerseite und springt ins Auto. Signe lässt den Motor an, wirft einen schnellen Blick in den Rückspiegel und lenkt den Wagen auf die Fahrbahn. Sie gibt Gas, fährt an der Kreuzung am Sølvtorvet über Gelb und setzt den Weg mit achtzig Stundenkilometern am Botanischen Garten und dem alten Kreiskrankenhaus vorbei fort. Sie hat Glück, erwischt eine grüne Welle und dankt den himmlischen Mächten, dass keine Stoßzeit ist. Im Rückspiegel ist kein grauer Lieferwagen zu sehen. Die Ampel an der Kreuzung zur Gyldenløvesgade ist rot. Sie fährt auf die Rechtsabbiegerspur und hält. Trommelt ungeduldig mit dem Zeigefinger aufs Lenkrad und spürt, wie die Schweißflecken unter den Achseln und am Rücken größer werden. Noch immer kein grauer Lieferwagen im Rückspiegel.

Da entschließt sie sich um. Wenn sie rechts abbiegt, kommt sie zur großen Kreuzung zwischen Peblinge-See und Sankt-Jørgens-See, und falls der Lieferwagen rückwärts bis zur Øster Søgade gefahren ist, weil Charlotte den Weg versperrt hat, besteht das Risiko, dass sie links in die Øster Søgade abgebogen und am Sortedams-See und dem Peblinge-See entlanggefahren sind, und dann würden sie ebenfalls diese Kreuzung erreichen. Auch wenn sie womöglich nicht wissen, welches Auto sie fährt, will sie das Risiko lieber nicht eingehen, also setzt sie den Blinker nach links, lässt das Seitenfenster herunter und streckt den Arm hinaus.

Die Ampel wechselt auf Grün, und wundersamerweise lässt es ein freundlich gesinnter Autofahrer zu, dass sie sich in die Schlange der Geradeausfahrenden einfädeln kann. Signe bedankt sich mit erhobenem Daumen und fährt bis zum S-Bahnhof Vesterport, an dem sie rechts in den Gammel Kongevej einbiegt.

In Vanløse fährt sie eine ruhige Straße mit Wohnhäusern entlang und hält dann am Rand. Sie ist ziemlich sicher, dass ihnen niemand folgt.

»Ich glaube, es hat geklappt«, sagt sie.

Veronika hat die Hände in den Schoß gepresst. »Wo wollen wir eigentlich hin?«

»Ach Gott, das habe ich Ihnen ja noch gar nicht gesagt. Meine Schwester hat ein Haus in einem Schrebergarten, nicht weit von hier. Da sind Sie ungestört.«

Sie warten noch fünf Minuten, und nachdem in dieser Zeit kein einziges Auto in die Straße eingebogen ist, hat Signe völlige Gewissheit. Eine halbe Stunde später – nach einem Zwischenstopp im Supermarkt, wo sie eingekauft haben, damit Veronika die nächsten Tage zurechtkommt – fährt Signe auf den Parkplatz des

Schrebergartenvereins, der direkt gegenüber dem Häuschen liegt. Es ist in die Jahre gekommen, doch gut in Schuss, da ihr Schwager ein leidenschaftlicher Heimwerker ist. Signe holt den Schlüssel von einem Haken unter dem Schutzdach der Terrasse. Drinnen herrscht eine Bullenhitze, daher lässt sie die Haustür offen stehen und öffnet auch die doppelflügelige Terrassentür sperrangelweit, um durchzulüften.

»Es gibt ein Doppelbett und ein Stockbett in einem separaten Zimmer für die Kinder. Sie können sich aussuchen, wo Sie schlafen wollen. In der Kommode im Schlafzimmer sind Handtücher, und bedienen Sie sich einfach an Kaffee, Tee und allem, was es sonst in der Küche gibt.«

Veronika tritt auf die Terrasse, die auf eine große Grünfläche mit einem kleinen See blickt.

»Bin ich hier sicher?« Sie schaut Signe an.

»Ja, sind Sie. Ihr Handy ist aus, oder? Ihr normales, meine ich?«

»Natürlich. Schon seit Tagen.«

»Falls einer der Nachbarn kommt und wissen will, wer Sie sind – das kann durchaus passieren, wenn jemand sieht, dass Licht brennt und das Auto meiner Schwester nicht da ist –, dann sagen Sie einfach, dass Sie mit ihr befreundet sind und das Haus geliehen haben, während sie im Urlaub ist. Meine Schwester heißt Lisa, und ihr Mann Jakob.«

»Alles klar.«

»Ein Stück weiter die Straße runter gibt es einen kleinen Gemischtwarenladen. Aber am besten bleiben Sie einfach hier. Schicken Sie uns eine Nachricht, wenn wir Ihnen etwas zu essen mitbringen sollen, okay?«

»Mache ich.«

»Haben Sie mit Charlotte besprochen, was wir herausfinden sollen, bevor Sie anfangen können, im Dreck zu wühlen?«

»Ja. Charlotte hat erzählt, dass in den E-Mails, die Alex ihr gegeben hat, verschiedene Abkürzungen von Namen auftauchen. Wenn ihr rauskriegen könnt, welche Namen sich hinter den Abkürzungen verbergen, kann ich loslegen.«

»Wir sind ziemlich sicher, dass ›hec‹ zu Henrik Christoffersen, dem Leiter des FE, gehört. Und dass ›sbo‹ für Svend Bech-Olesen steht, ebenfalls ein Mitarbeiter des FE. Wir versuchen, mehr herauszufinden. Übrigens gibt es hier WLAN. Das Passwort hängt an der Pinnwand in der Küche.«

»Super. Auch wenn ich ziemlich schnell selbst herausfinden kann, wie das Passwort lautet.«

»Ach ja, stimmt, hatte ich ganz vergessen. Gut, ich glaube, dann werde ich mal zurück in die Stadt fahren. Sobald es etwas Neues gibt, melden wir uns.«

»Okay.« Veronika steht in der Mitte des Wohnzimmers, und auf einmal findet Signe, dass sie noch zerbrechlicher aussieht als zu Hause bei Charlotte.

»Haben Sie Angst, hier allein zu sein?«

Veronika schüttelt den Kopf.

»Dann ist gut.«

»Passen Sie auf sich auf«, sagt Veronika.

Signe bleibt in der Tür stehen und wendet sich um. Die junge Frau sieht aus wie ein entkräftetes Vogeljunges. Wenn jemand auf sich aufpassen muss, dann ja wohl sie, denkt Signe, aber das wäre in der gegenwärtigen Situation eine ganz falsche Botschaft. Sie lächelt ihr zu.

»Werde ich.«

Der Verkehr hat zugenommen, aber glücklicherweise fährt sie in die richtige Richtung, nämlich in die Stadt hinein. In der Gegenrichtung staut es sich, soweit das Auge reicht. Auf dem Roskildevej schaltet sie ihr Handy ein. Sie hat sechs entgangene Anrufe, davon vier von Merlin. Und eine Nachricht von ihm auf der Mailbox.

»Ich muss mit dir reden. Auf Teglholmen. Jetzt sofort!«

Kapitel 47

Vera Stephansen wirkt häufig abwesend, findet Juncker. Auf dieselbe Art wie Menschen, die sich mit Musik, einem Hörbuch oder einem Podcast in den Ohren durch die Öffentlichkeit bewegen.

Doch dann kann sie von einem Moment auf den anderen, ohne jede Vorwarnung, aufleuchten. Wie die Landescheinwerfer eines Flugzeugs – grell, intensiv, gleißend –, und derart intim gegenwärtig sein, dass sich unwillkürlich ein warmes Gefühl in seinem Unterleib ausbreitet.

Juncker hat schon überlegt, ob sie vielleicht des Öfteren heimlich einen zwitschert. Doch es gibt keinerlei äußere Anzeichen, die darauf hindeuten. Kein Torkeln, kein Lallen, keine Fahne, kein Geruch nach Pfefferminzbonbons. Ganz im Gegenteil, sie duftet nach Sommermorgen und Blumenwiese, ist ihm aufgefallen, als er nah bei ihr gestanden hat. Außerdem war sie, wenn er es genau bedenkt, auch schon so, als sie als Jugendliche miteinander gingen. Woanders. Und dann plötzlich ganz nah.

Bei seinem letzten Besuch sah Vera müde aus. Das ist heute nicht der Fall. Als sie die blaue Haustür öffnet, begrüßt sie ihn mit einem strahlenden Lächeln.

»Juncker! Schön, dich zu sehen.«

Er will gerade »gleichfalls« sagen, denkt aber, dass es zu sehr nach Vergnügen klingen würde, zu jovial, und er hat keine Lust, auch noch Wasser auf Skakkes Befangenheitsmühle zu gießen – selbst wenn sein Chef gar nicht hier ist. Also begnügt er sich mit einem formellen »Guten Tag, Vera.«

Wie gewöhnlich ist sie barfuß. Sie geht voran ins Wohnzimmer, und Juncker versucht, ohne allzu großen Erfolg, nicht auf ihren Hintern zu starren, der vor ihm hin und her wiegt – keineswegs übertrieben, sondern eher diskret selbstbewusst.

»Wollen wir uns nicht einfach hierhin setzen?«

»Ist mir recht.«

Wie bei seinem ersten Besuch, als Juncker kam, um Vera die Nachricht vom Tod ihres Mannes zu überbringen, nehmen sie jeweils am entgegengesetzten Ende der schwarzen Ledercouch Platz.

»Wie kann ich dir helfen?«, fragt sie.

»Ich muss mehr über den Teil von Ragners Leben wissen, der nichts mit seiner Arbeit zu tun hatte, damit ich mir ein Bild davon machen kann, was für ein Mensch er war. Und bei dieser Gelegenheit würde ich auch gern etwas mehr über euer gemeinsames Leben hören. Wir haben ja einen jungen Mann, Peter Johansen, wegen des Verdachts, den Mord begangen zu haben, für vier Wochen in Untersuchungshaft genommen. Aber er hat versucht, Selbstmord zu begehen, und liegt nun auf der psychiatrischen Abteilung.«

Sie schaut Juncker mit einem Blick an, der hart und bar jedes Mitgefühls ist.

»Das ist natürlich tragisch, aber wenn tatsächlich er derjenige ist, der meinen Mann umgebracht hat, kann ich nicht behaupten, dass es mich allzu sehr berührt.«

»Das ist verständlich. Ich möchte natürlich gern herausfinden, ob es eine Verbindung zwischen Peter Johansen und Ragner gibt, die mir nicht bekannt ist. Vielleicht kannst du mir dabei helfen.«

»Das bezweifle ich ehrlich gesagt.«

»Wir werden sehen. Aber um mit dir und Ragner zu beginnen ... ihr kamt wann zusammen?«

»Wir haben uns verlobt, als ich vierundzwanzig war, das war 1982, und kurz darauf läuteten die Hochzeitsglocken.«

»Was hast du damals noch mal gemacht?«

»Ich habe Literaturwissenschaften studiert, das Studium dann aber abgebrochen, als wir geheiratet haben.« Sie zieht die Beine aufs Sofa. »Und um es freiheraus zu sagen, habe ich seitdem keine großen Taten vollbracht. Ja, ich habe den Haushalt bestellt, wie es so schön heißt, allerdings mit fleißiger Unterstützung von diversen Au-pairs und Putzhilfen. Na ja, und dann hatte ich eine Zeit lang ein kleines Geschäft hier in Sandsted, in der Fußgängerzone, wo ich Gebrauchskunst, Design und anderen Nippes verkauft habe, bis Ragner es leid wurde, weiter Geld in dieses Fass ohne Boden zu schütten.« Sie lächelt. »Man könnte sagen, mein Dasein glich so sehr der Parodie auf das Leben einer Statusfrau, dass man es kaum glauben möchte.« Ihr Lächeln verblasst. »Das soll jetzt nicht klingen, als würde ich mein Leben mit Ragner bereuen. Ich konnte tun, was mir beliebte, und das habe ich auch getan. Ich kann mich nicht beklagen.«

»Kennst du Peter Johansen, den Mann, den wir festgenommen haben?«

»Nein, aber ich weiß, wer er ist. Sandsted ist eine kleine Stadt, und die Leute reden. Aber ich kenne ihn nicht persönlich und habe nie mit ihm gesprochen. Ich habe nur gehört, dass er Mitglied des Schützenvereins und anscheinend auch ein recht guter Schütze ist.«

»Das stimmt. Woher weißt du das?«

Vera überlegt kurz. »Puh, von wem habe ich das noch gleich gehört? War es eine der Kassiererinnen im Supermarkt? Ich glaube, ja.«

»Weißt du, ob Ragner ihn kannte? Persönlich?«

»Nein, keine Ahnung. Aber warum hätte er ihn kennen sollen?«

»Wir wissen, dass Peter Johansen sehr wütend auf deinen Mann war, weil der eine Anklage gegen Peter Johansens Schwager wegen schwerer Körperverletzung gegenüber Peters Schwester vereitelt hatte. Die Schwester beging anschließend Selbstmord.«

»Richtig, ich erinnere mich an den Fall, ich hatte nur vergessen, dass es Peter Johansens Schwester war. Sehr unglücklich, das Ganze.«

»Ja, und wie gesagt macht Johansen keinen Hehl daraus, dass er Ragner gehasst hat. Neben allem anderem auch deshalb, weil Ragner ihm gegenüber sehr arrogant auftrat.«

»Das fanden viele. Also, dass Ragner arrogant war.«

»Aber dir ist nicht bekannt, dass es eine andere Verbindung zwischen Ragner und Johansen gab als den eingestellten Prozess wegen Körperverletzung und den Selbstmord der Schwester?«

»Nein. Was sollte das sein?«

Juncker zuckt mit den Achseln. »Keine Ahnung. Aber erzähl mir mehr über dein und Ragners Leben. Du hast neulich gesagt, dass ihr nicht mehr miteinander geschlafen habt. Wart ihr davon abgesehen viel zusammen?«

»Nein, auch nicht mehr. Er hat sehr viel gearbeitet, und ich bin häufig in unser Sommerhaus gefahren oder war anderweitig auf Reisen.«

»Allein?«

»Meistens mit Freundinnen. Ein paar Mal allein.«

»Du wusstest, dass Ragner ein Verhältnis mit seiner Sekretärin hatte. Was war mit dir selbst? Hattest du einen Geliebten?«

»Möchtest du gerne wissen, ob ich eine Affäre mit einem jungen, sportlichen Mann hatte? Einem wie Peter Johansen? Oder vielleicht sogar mit ihm?«

»Hattest du?«

»Nein, Juncker. Wie schon gesagt, ich habe noch nie mit dem Mann gesprochen, und auch wenn man durchaus eine Affäre haben kann, bei der es sich ausschließlich um Sex dreht, lässt sich wohl kaum vermeiden, miteinander zu reden, oder?«

»Du hattest auch kein Verhältnis mit einem Mann in deinem Alter?«

Sie schaut ihm in die Augen und lächelt. »Nein, ich hatte keine festen Beziehungen zu älteren Männern. Oder überhaupt irgendwelchen Männern. Aber lag da ein Angebot in deiner Frage, Juncker?«

Er räuspert sich. »Und Ragner … wenn er nicht in der Kanzlei oder mit seiner Geliebten zusammen war?«

»Dann spielte er Golf. Hier oder im Ausland.«

»Seine Auslandsreisen, geschahen die immer rein zum Vergnügen, oder hatten sie manchmal auch einen geschäftlichen Hintergrund?«

»Das kam durchaus vor. Er nahm fast immer seine Golftasche mit, wenn er auf Geschäftsreise fuhr. Er hatte einige Verbindungen im Ausland.«

»Weißt du noch, wann er das letzte Mal verreist war?«

»Nein, aber das kann ich nachschauen.« Sie steht auf, geht in die Küche und kommt mit ihrem Handy zurück. »Das war im Mai. 16. bis 25. Mai. Nach Málaga, wenn ich mich recht entsinne. Meistens fuhr er an die Costa del Sol. Die Golfplätze dort gehören zu den besten der Welt.«

»Weißt du, ob er seine Reisen über eine Reisegesellschaft oder eigenhändig gebucht hat?«

»Das hat er selbst gemacht. Heutzutage ist das ja so einfach.«

»Weißt du auch, welches Suchportal er benutzt hat?«

»Ich glaube, Momondo. Aber ihr habt ja seinen Laptop, da müsstet ihr das doch sehen können.«

»Schon, aber unseren Leuten ist es noch nicht gelungen, das Passwort zu knacken. Normalerweise schaffen sie das im Handumdrehen, er muss also ein ziemlich effektives verwendet haben. Also Momondo, sagst du?«

»Ja.« Sie schaut auf ihre Armbanduhr. »Was sagst du zu einem Drink, Juncker? Können wir uns das nicht erlauben? Es ist fast vier, da hast du doch sicher bald Feierabend. Und wir sind erwachsene Menschen, nicht wahr?«

Er überdenkt das Angebot. Es ist verlockend, denn vielleicht erzählt sie ihm etwas mehr, wenn sie die Deckung nur ein klitzekleines bisschen fallen lässt. Eigentlich glaubt er nicht, dass sie groß etwas verbirgt. Aber man kann nie wissen.

»Tja, warum nicht? Klingt gut.«

»Gin Tonic?«

»Gern.«

Sie steht auf und geht erneut in die Küche. Ein paar Minuten später kommt sie mit zwei großzügig bemessenen Drinks in den Händen zurück. Sie reicht Juncker ein Glas und setzt sich neben ihn aufs Sofa.

»Cheers, Juncker. Auf die alten Tage.«

Sie stoßen an und trinken. Er spürt ihre Hand federzart über die Innenseite seines Oberschenkels streichen. Und sein Glied richtet sich auf wie ein dressierter Seelöwe.

Kapitel 48

Signe fährt auf den Parkplatz eines Hochhauses in Frederiksberg. Sie schaltet den Motor ab, lehnt sich auf dem Sitz zurück und versucht, die Schultern zu entspannen. Merlin ist wütend, das hat sie seiner Nachricht deutlich anhören können. Irgendetwas muss passiert sein, irgendjemand muss ihm etwas erzählt haben. Für einen kurzen Moment erwägt sie, seine Order zu ignorieren und ihn nicht zurückzurufen, aber das geht natürlich nicht.

Sie seufzt und wählt seine Nummer. Merlin nimmt augenblicklich ab.

»Was zur Hölle treibst du, Kristiansen?«, blafft er, ehe sie auch nur einen Mucks von sich geben kann.

»Was meinst du? Also, ich arbeite natürlich an den Ermittlungen im …«

»Kannst du mir bitte erklären, warum ich heute von einem Chefarzt der Intensivstation des Rigshospitals angerufen wurde, der wissen wollte, warum die Leiterin einer Mordsektion der Kopenhagener Polizei auf einmal auftaucht und anfängt, ihm und seinen Mitarbeitern eine Reihe von Fragen bezüglich der Umstände von Simon Spangstrups Tod zu stellen? Hast du eine gute Erklärung dafür, Kristiansen?«

»Na ja, äh …«

»Dir und allen anderen Beteiligten wurde unmissverständlich zu verstehen gegeben, dass alles, was mit dem

Terroranschlag zu tun hat, in den Zuständigkeitsbereich des PET fällt. Es ist nicht länger unsere Angelegenheit, und zwar schon seit Beginn des Jahres nicht mehr. Ich frage dich also nochmals: Warum hast du dich mit Fragen, die den Anschlag betreffen, an die Intensivstation gewandt?«

Sie holt tief Luft. »Weil, Merlin, ich es total zum Kotzen finde, verschweigen zu sollen, dass jemand ganz oben im System Scheiße gebaut hat, sodass neunzehn Menschen sterben mussten.«

»Weißt du was, Kristiansen, das kannst du so beschissen finden, wie du willst, es ändert nichts an der Tatsache, dass du die unmissverständliche Anweisung erhalten hast, dich da verdammt noch mal rauszuhalten, und diese Anweisung hast du gefälligst zu befolgen.«

»Aber was, wenn es da einen Zusammenhang gibt?«

»Zwischen was?«

»Na ja, zwischen dem Fall, in dem wir gerade ermitteln, und der Vertuschung des anderen Falls? Was, wenn die Leiche aus Kongelunden irgendwie mit dem Terroranschlag in Verbindung steht?«

Stille am anderen Ende der Leitung.

»Kristiansen, das kannst du nur wissen, wenn du Informationen über die kopflose Leiche hast, die wir nicht haben. Ist das so?«

Scheiße. Warum kann sie bloß nie ihre riesige Klappe halten?

»Signe, wenn du etwas über den Mann aus Kongelunden weißt, musst du es mir sagen.«

Sie denkt einen Augenblick nach. »Es war nur so ein Gedanke. Glaub mir, ich weiß nichts, was ihr anderen nicht auch wisst.«

»Hm.«

Er klingt nicht gerade, als ob er ihr die Erklärung abkaufen würde. Elender Mist aber auch, dass er sie so gut kennt.

»Wenn du Informationen zurückhältst oder in irgendeiner anderen Weise die Aufklärung dieses Falls behinderst, wirst du nicht nur suspendiert. Du wirst der Beschwerdestelle gemeldet, und dann fliegst du. Das ist dir klar, oder?«

»Ja, natürlich.«

»Und was den Terrorfall angeht, kannst du dieses Gespräch als eine offizielle Verwarnung betrachten, die du auch noch schriftlich erhalten wirst. Was auch immer du also treibst, du hörst augenblicklich damit auf. Verstanden?«

Er wartet ihre Antwort nicht ab, sondern legt auf.

Super gelaufen, hast du ja prima gemacht, denkt sie und schüttelt den Kopf über sich selbst. Aber was hätte sie sagen sollen? Nein, natürlich hätte sie die mögliche Verbindung zwischen Alex und dem Terrorfall nicht erwähnen sollen. Aber im Grunde war es wohl zu erwarten gewesen, dass der Chefarzt sich an Merlin wenden würde, das hatte sie deutlich spüren können, als sie sich von ihm verabschiedete. Und mit dem, was Charlotte und nun auch Veronika wissen, gibt es keinen Weg zurück. Sie ist gezwungen, bis zum bitteren Ende weiterzumachen. Sie lässt den Wagen an, fährt vom Parkplatz und zurück auf den Roskildevej.

Kapitel 49

Nabiha sitzt vor ihrem Laptop. Sie schaut auf, als Juncker hereinkommt, und mustert ihn mit einem amüsierten Ausdruck in den Augen.

»Du bist ganz schön rot im Gesicht. War es hart, mit deiner Exfreundin zu reden?«, fragt sie.

Er übergeht die Frage. »Nur den kurzen Weg bei dieser Hitze zu gehen ...«

»Und, hat sie was Interessantes gesagt?«

»Nicht wirklich. Ich habe sie nach Stephansens Reisen gefragt, von denen es offenbar eine ganze Menge gab, primär zum Golfen und bevorzugt an die spanische Costa del Sol. Er hat alles über Momondo gebucht, nimmst du Kontakt mit ihnen auf, damit wir herausfinden können, wann und wohin er gereist ist?«

»Mache ich. Soll ich nicht auch versuchen herauszufinden, ob Peter Johansen Reisen übers Internet gebucht hat, und falls ja, ob es eine Überschneidung mit Stephansens Reisen gibt? Es ist weit hergeholt, aber man weiß ja nie.«

»Gute Idee«, sagt Juncker und denkt, dass er selbst darauf hätte kommen sollen.

»Worüber hast du sonst noch mit ihr gesprochen?«

»Über ihre und Stephansens Beziehung zu Johansen. Welche laut Vera nicht-existent war. Sie kannte seinen Namen, hat aber nach eigener Aussage noch nie ein Wort mit ihm gewechselt. Und ihr war auch keine Verbindung zwischen ihrem Mann und Johansen bekannt. Abgesehen von der Sache mit Johansens Schwager.«

»Hm.« Nabiha runzelt die Brauen. »Das ist komisch. Ich habe mit einem von Peter Johansens Freunden aus dem Schützenverein gesprochen, der zu Schulzeiten in die Klasse unter ihm ging. Außerdem habe ich mit Johansens ehemaligem Klassenlehrer geredet, und sie sagen beide, dass er mit Mads Stephansen befreundet war. Genauer gesagt waren sie beste Freunde, jedenfalls einige Jahre lang.«

»Interessant. Das ergibt ja auch Sinn. Natürlich haben sie sich gekannt, sie sind beide siebenunddreißig und hier in der Stadt geboren und aufgewachsen. Also beste Freunde sogar, sagst du?«

»Jep. Ganz schön merkwürdig, wenn Mads' Mutter tatsächlich nie mit ihm gesprochen haben sollte, findest du nicht?«

»Allerdings. Ich muss noch mal mit ihr reden.«

Kapitel 50

Charlotte hat alles genau so gemacht, wie Signe es ihr aufgetragen hatte. Als der graue Lieferwagen losrollte und auf sie zukam, fuhr sie vor und versperrte den Weg. Der Wagen blieb in etwa zwanzig Meter Entfernung stehen und setzte nach einem kurzen Augenblick zurück. Mit klopfendem Herzen stieg Charlotte aus, um einen Blick auf den Fahrer des Wagens zu erhaschen, doch er war zu weit weg, als dass sie einen detaillierten Eindruck hätte bekommen können. Sie begann zu laufen, woraufhin der Fahrer beschleunigte, und sie musste aufgeben und sich damit begnügen, dem Fahrzeug mit dem Blick zu folgen, bis es am Sortedams-See um die Ecke bog. Zu versuchen, so nah heranzukommen, war vielleicht nicht die cleverste Idee, aber sie erkannte immerhin, dass es sich bei dem Fahrer des Wagens aller Wahrscheinlichkeit nach um einen Mann handelte. Fraglich nur, was zum Teufel ihr diese Information nützen sollte.

Sie kehrte zu ihrem Auto zurück, manövrierte es wieder in die Parklücke und ging ins Haus. Eins stand nun jedenfalls zweifelsfrei fest: Jemand beobachtete sie aufs Schärfste. Sie befahl sich selbst, Ruhe zu bewahren. Ging nach oben und bezog das Bett frisch, in dem Veronika geschlafen hatte, räumte einige Stapel mit alten Zeitungen und Magazinen hin und her und kam zu dem Schluss, dass im ganzen Haus dringend mal wieder Ordnung gemacht werden musste. Sie hievte den Staubsauger aus dem Schrank, steckte den Stecker in die Steckdose und schaltete das Gerät ein, ehe ihr aufging, dass es völlig schwachsinnig war, was sie da tat. Es war viel zu riskant, hierzubleiben. Denn wenn es Signe tatsächlich gelungen war, die Typen abzuschütteln, war es wohl am wahrscheinlichsten, dass sie hierher zurückkehrten.

Sie musste hinaus unter Leute. Oder in die Redaktion. Es war auch schon bald zwei Tage her, seit sie sich zuletzt auf der Arbeit hatte blicken lassen, daher schien es in jedem Fall eine gute Idee, sich dort mal wieder zu zeigen.

Sie griff ihre Tasche und eilte nach draußen. Unterwegs blieb sie zweimal stehen, schob ihr Rad auf den Gehweg und schaute über die Schulter, um zu sehen, ob da noch andere Radfahrer waren, die das Gleiche taten.

Auf dem Weg in die Redaktion begegnete sie Mikkel auf der Treppe. Er sah müde und niedergeschlagen aus und glich in keiner Weise jemandem, der erst vor wenigen Tagen nach drei Wochen Ferien zurück auf die Arbeit gekommen war.

»Hi, Charlotte. Long time, no see.«

»Ja. Ich habe die letzten Tage von zu Hause aus gearbeitet. Hatte ich dir das nicht gesagt?«

»Nee, Nicht, dass ich wüsste. Es ist völlig okay, aber nächste Woche müssen wir echt einen Zahn zulegen. Dann sind alle zurück aus dem Urlaub, und wir geben Vollgas, ja?«

»Auf jeden Fall.«

»Bist du an was dran?«

»Es ist immer noch diese Sache, von der ich dir erzählt habe, mit den vielen plötzlichen Todesfällen auf der Intensivstation. Ich habe mit mehreren Quellen gesprochen, und es könnte gut sein, dass sich da eine gute

Story verbirgt«, log sie. »Aber davon erzähle ich nächste Woche mehr.«

Jetzt ist Charlotte allein im Redaktionsraum der Investigativgruppe. Sie öffnet ein Fenster und stellt zufrieden fest, dass jemand die dreckigen Teller und das Besteck weggeräumt hat. Dann schaltet sie ihren Computer ein, tippt zunächst ›Forsvarets Efterretningstjeneste‹ und dann ›Organisation‹ in das Suchfeld und drückt auf Enter. Sie klickt das oberste Suchergebnis an, und ein Diagramm erscheint auf dem Bildschirm. Na, denkt sie, sehr geheim ist das ja nicht gerade. Der FE fungiert zugleich als militärischer sowie als Auslandsnachrichtendienst und gliedert sich, wie das Diagramm zeigt, in sechs Sektoren. Der erste nennt sich ›Operationen und Informationsgewinnung‹, und ihr fällt ein, dass sie mal gehört hat, dass der FE seine Führungsoffiziere als ›Operateure‹ bezeichnet – diejenigen also, die in Verbindung mit den Quellen oder den V-Männern stehen, oder wie sie auch heißen. Das also muss Svend Bech-Olesen gewesen sein: ein Operateur. Die Sektoren sind wiederum in Abteilungen untergliedert, von denen eine ›Physische Informationsgewinnung‹ heißt. Sie ist zuständig für die Informationsbeschaffung durch menschliche Quellen, auch ›Human Intelligence‹ genannt, liest sie. Ob Svend Bech-Olesen dort gearbeitet hat? Falls ja, wäre das Naheliegendste, dass es sich bei der Person, an die er sich am 22. Dezember mit der Warnung vor einem möglicherweise bevorstehenden Terroranschlag wandte, um seinen direkten Vorgesetzten handelte – also den Sektorleiter. Sie versucht einige Minuten, den Namen im Internet zu finden, doch ohne Erfolg. Was nun?

Sie hat eine Idee, sucht die Nummer des FE auf der Homepage heraus und ruft sie von ihrem Telefon aus der Redaktion an.

»Forsvarets Efterretningstjeneste«, meldet sich eine Männerstimme.

»Guten Tag, mein Name ist Karin Jensen. Ich soll eine Mail an den Leiter des Sektors Operationen und Informationsgewinnung schreiben, aber ich habe vergessen, wie er heißt. Hätten Sie vielleicht einen Namen für mich?«

»Er heißt Kristian Stendtler, aber er ist zurzeit im Urlaub. Rasmus Pedersen vertritt ihn in seiner Abwesenheit als Sektorleiter.«

»Rasmus Pedersen, sagen Sie? Könnten Sie mir seine E-Mail-Adresse geben?«

»Wenn Sie eine E-Mail an unsere Hauptmailadresse schicken, sorge ich dafür, dass sie an ihn weitergeleitet wird.«

»Alles klar, vielen Dank.«

Sie legt auf. Tagelang hat sie gegrübelt, wie sie herausfinden kann, an wen Svend Bech-Olesen sich gewandt hat, und jetzt hat es sie gerade mal eine Viertelstunde und ein paar Klicks auf dem Computer gekostet, an einen Namen zu gelangen. Und ihr Bauchgefühl sagt ihr, dass es der richtige ist.

Charlotte schaut auf den Namen, den sie auf dem Block vor sich notiert hat, und lächelt. Guten Tag, Sektorleiter Kristian Stendtler. Schön, Sie kennenzulernen. Oder sollen wir Sie lieber nur ›K‹ nennen? Und wetten, dass Sie auf unbestimmte Zeit vom Dienst freigestellt sind?

Sie nimmt ihr Prepaidhandy aus der Tasche und schickt eine Nachricht an Signe.

Kapitel 51

Hätte Signe es nicht schon vorher gewusst, ist es ihr nun nach dem Gespräch mit Merlin jedenfalls eindeutig klar: Der Faden, an dem sie hängt, ist spinnwebsdünn.

Sie hat einen Riesenrespekt vor Merlin. Ihr Chef war schon etliche Male sauer auf sie – und sie auf ihn. Aber sie hat nie daran gezweifelt, dass er sie schätzt, sowohl professionell wie auch menschlich. Daher schmerzt es, ihn so wütend zu wissen. Und so enttäuscht.

Allerdings ist sie ebenso enttäuscht von Merlin. Und Juncker. Und im Übrigen auch von sich selbst. Weil sie alle miteinander den Schwanz eingezogen und so lange geschwiegen haben.

Als sie nach Hause kommt, ist niemand da. Niels macht anscheinend Überstunden, und Lasse und Anne sind sicher bei Freunden. Sie geht direkt ins Wohnzimmer, wirft ihre Jacke auf den Couchtisch, nimmt das Schulterholster mit der Pistole ab, lässt sich aufs Sofa fallen und schließt die Augen. Das Adrenalin pumpt noch immer durch ihren Körper. Sie weiß von Vernehmungen von Verdächtigen, die das Gefühl hatten, unter Überwachung zu stehen, wie stressig es ist. Nicht zu wissen, ob es sich bei Menschen, die man zufällig auf der Straße trifft oder die im nachfolgenden Auto sitzen, in Wahrheit um Beschatter handelt. Ständig auf der Hut zu sein. Sich andauernd über die Schulter zu schauen.

Jetzt muss sie selbst die bittere Medizin schlucken.

Sie döst ein und schwebt eine unruhige Stunde lang im Grenzland zwischen Wachen und Schlafen. Als sie wieder zu sich kommt, schweißgebadet und mit papptrockenem Mund, hat sie das unangenehme Gefühl, dass Niels hinter ihre Affäre mit Victor gekommen ist. Sie muss geträumt haben, kann sich jedoch nicht daran erinnern. Dann geht sie ins Schlafzimmer und schlüpft in ein frisches T-Shirt. Zurück im Wohnzimmer setzt sie sich wieder auf die Couch, nimmt die Pistole aus dem Holster und vergewissert sich, dass das Magazin mit den maximal dreizehn Patronen gefüllt ist und dass sich eine Patrone in der Kammer befindet. Dann steckt sie die Pistole zurück ins Holster. Das Handy mit der Prepaidkarte, das auf dem Tisch liegt, vibriert. Eine Nachricht von Charlotte.

16.34 Uhr K könnte der Sektorleiter des FE, Kristian Stendtler, sein. Er hat Urlaub.

Signe antwortet mit einem *Sehr gut!!* und steht auf. Sie könnte die Nachricht natürlich einfach an Veronika weiterleiten, doch auch wenn es erst wenige Stunden her ist, seit sie die junge Frau im Schrebergartenhaus untergebracht hat, beschließt sie, erneut hinauszufahren. Ihr ist nicht ganz wohl beim Gedanken, dass Veronika ganz allein dort ist, und sie will sich gern mit eigenen Augen vergewissern, dass sie okay ist. Dass alles okay ist. Sie steht auf, zieht das Schulterholster an und schlüpft in ihre Jacke. Schaltet ihr Diensthandy aus und steckt es zusammen mit dem anderen Telefon in die Tasche.

Ihr Auto ist an der Straße geparkt. Sie schaut sich nach beiden Seiten um, alles sieht normal aus, das einzige Auto in der Straße außer ihrem eigenen ist ein schwarzer Renault Megane, dessen Besitzer sie kennt.

Unterwegs biegt sie zweimal ab und nimmt einen Umweg statt der direkten Route. Beide Male durch Wohngebiete mit praktisch null Verkehr, wo sie langsam herumfährt und außerdem fünf Minuten lang hält, bis sie absolut sicher ist, dass niemand ihr folgt.

Sie parkt den Wagen hundert Meter vom Haus entfernt. Statt geradewegs darauf zuzugehen, nimmt sie einen Pfad einige Häuserreihen weiter weg. Sie kommt an einem anderen Parkplatz vorbei, auf dem fünf Autos stehen – kein grauer Lieferwagen, allesamt Kleinwagen und Fahrzeuge der Mittelklasse älteren Datums. Sie wendet sich nach rechts, betritt eine große Grünfläche, die an Lisas Haus grenzt, und geht an der Hecke entlang, bis sie die weiße Gartenpforte erreicht. Sie ist sich sicher. In der Gegend ums Haus herum ist nichts Auffälliges zu sehen. Keine Autos, die herausstechen. Okay, doch, ein paar Plätze neben ihrem eigenen steht ein weißer Bentley im Wert von mehreren Millionen Kronen. Der gehört einem Rocker, der hier ein Schrebergartenhaus besitzt, hat Lisa erzählt. Jedes Mal, wenn sie den Schlitten sieht, kotzt es sie an, dass ein Mitglied einer kriminellen Bande unbehelligt hier herumkurven und sich auf diese Weise aufblasen kann.

Signe klopft an die Tür und drückt die Klinke herunter. Es ist abgeschlossen.

Sie klopft erneut und sagt halblaut: »Veronika, ich bin's, Signe.« Ein Moment vergeht, dann wird die Tür geöffnet. Erleichtert atmet sie auf und folgt Veronika ins Wohnzimmer.

»Ich wollte nur schauen, wie es Ihnen geht«, sagt Signe.

»Es ist alles okay. Ich halte mich nur drinnen auf.«

»Gut. Nur für den Fall der Fälle«, sagt sie und fügt schnell hinzu: »Wobei ich nicht glaube, dass jemand Notiz davon nimmt, dass Sie hier sind.«

»Die Nachbarn schon. Einer von ihnen hat vor einer Stunde angeklopft. Er wollte nur nachsehen, wer im Haus ist. Ich habe gesagt, dass ich das Haus von Ihrer Schwester und Ihrem Schwager kurzzeitig gemietet habe. Lisa und Jakob hießen sie, richtig?«

»Genau. Das war sicher Kurt. Graues Stoppelhaar, Schnurrbart und ein ziemlicher Schrank?«

»Das kommt hin. Er war nett, und eigentlich ist es beruhigend zu wissen, dass er aufpasst.«

»Ja, das tun sie hier in der Regel. Sie brauchen keine Angst zu haben ... also davor, dass jemand Sie findet.«

»Habe ich auch nicht.«

»Ich habe einen Namen für Sie. Charlotte hat herausgefunden, dass es sich bei ›K‹ möglicherweise um einen Mitarbeiter des FE namens Kristian Stendtler handelt. Ich hätte natürlich auch einfach eine Nachricht mit dem Namen schicken können, aber ...«

»Nein, hätten Sie nicht.« Veronika lächelt verlegen. »Mir ist das Handy ins Klo gefallen.«

»Oh nein, Mist. Das ist mir auch schon mehrfach passiert.«

»Aber mir noch nie. Zum Glück war es nicht eingeschaltet, also sollte es überleben.«

»Als es mir das letzte Mal passiert ist, meinte einer meiner Kollegen, man solle das Handy in eine Packung Reis legen, dann würde die Feuchtigkeit herausgesaugt. Ich weiß nicht, ob es wirklich daran lag, aber es funktionierte dann jedenfalls wieder.«

»Ja, ich habe auch schon gehört, dass das helfen soll, deshalb habe ich es in eine Schale mit Reis gelegt, den ich in der Küche in einer schwarzen Dose gefunden habe, und sie in die Sonne gestellt. So ist es hoffentlich bald wieder einsatzbereit.«

»Wir werden ja sehen. Sonst müssen wir Ihnen morgen ein neues kaufen.«

»Also, Kristian Stendtler, sagen Sie?«

»Ja. Was haben Sie vor?«

»Als Erstes mal seine Handynummer oder -nummern und seine Adresse herausfinden. Und versuchen, einen Blick in die Systeme des FE zu werfen und zu schauen, was er für ein Typ ist. Seine Personalakte könnte zum Beispiel interessant sein.«

Signe macht ein skeptisches Gesicht. »Kommen Sie wirklich an solche Informationen? Vom FE?«

»Davon gehe ich stark aus.«

»Ohne dass sie es mitkriegen?«

»Klar. Falls sie irgendwann entdecken, dass jemand bei ihnen herumgeschnüffelt hat, können sie die Systeme natürlich herunterfahren. Aber es wird sie sehr viel Zeit kosten dahinterzukommen, was passiert ist. Lange genug, dass ich längst über alle Berge bin.«

»Hm. Klingt ja sehr beruhigend. Ich meine, in Bezug auf unser aller Datensicherheit.«

»Tja, darauf würde ich mich an Ihrer Stelle nicht allzu sehr verlassen.«

»Nein, scheint mir auch so.«

»Haben Sie noch weitere Namen für mich?«

»Keine anderen als die, die ich Ihnen schon genannt habe: Svend Bech-Olesen und Henrik Christoffersen.«

»Okay. Ich werde erst mal danach suchen, ob die drei miteinander kommuniziert haben. Mails und vielleicht auch Telefongespräche, falls wir Glück haben.«

»Am interessantesten für uns ist der Chef, Henrik

Christoffersen. Wenn Sie herausfinden können, mit wem er in der Zeit nach dem Anschlag Kontakt hatte ...«

»Mache ich.«

»Super. Dann fahre ich mal wieder.« Wie schon vor einigen Stunden, als sie Veronika hier allein gelassen hat, denkt Signe, wie verletzlich die junge Frau doch wirkt. »Wir sehen uns morgen irgendwann. Und Sie haben alles, was Sie brauchen?«

»Ich komme klar.«

Auf dem Parkplatz schaut sich Signe erneut nach allen Seiten um und stellt fest, dass alles normal und friedlich aussieht. Sie schickt eine Nachricht an Charlotte: *Wir sind dran. Ich komme zu dir.*

Kapitel 52

Juncker ist schon fast bei Stephansens Villa, als Karoline anruft.

»Wann kommst du nach Hause?«

»In einer halben Stunde, denke ich. Warum?«

»Weil ich auf etwas Interessantes in einem der Notizbücher gestoßen bin.«

»Okay, und zwar?«

»Das erzähle ich dir, wenn du heimkommst. Soll ich Abendessen machen?«

Das Angebot nimmt Juncker dankend an. Und freut sich im Stillen über die Verbesserung seiner Lebensqualität, die Karolines Anwesenheit mit sich gebracht hat: eine anständige Mahlzeit am Tag, und das obendrein in angenehmer Gesellschaft. Gleichzeitig fragt er sich, wann sie wohl abreist. In den Alltag und ihr normales Leben zurückkehrt. Na, vielleicht sollte er sich einfach freuen, dass seine Tochter es so lange mit ihm aushält.

Er parkt den Wagen auf dem gepflasterten Platz vor dem weißen Haus und klopft zum zweiten Mal heute an die dunkelblaue Tür. Vera macht ein verdutztes Gesicht, als sie die Tür öffnet und sieht, wer davorsteht. Dann lächelt sie auf eine Weise, bei der Juncker nicht sagen kann, ob es ein ironisches oder ein freundliches Lächeln ist.

»Das ging aber schnell. Hat da vielleicht jemand etwas bereut?«, fragt sie, und nun besteht kein Zweifel mehr, dass ihr Tonfall angesäuert ist. Sie hat ihm die Zurückweisung vorhin, als er ihre Hand weggenommen und gegangen ist, nicht verziehen.

»Wir haben etwas erfahren, was mit dem, was du uns gesagt hast, ein bisschen kollidiert.«

»Aha. Willst du reinkommen?« Ohne eine Antwort abzuwarten, macht sie kehrt und geht ins Wohnzimmer. Sie setzt sich wieder auf die Couch, Juncker aber wählt diesmal einen der Stühle auf der anderen Seite des Couchtisches.

»Wir haben mit einem von Peter Johansens Freunden aus dem Schützenverein gesprochen, der Johansen schon zu Schulzeiten kannte, sowie mit seinem ehemaligen Klassenlehrer. Beide sagen, dass er und Mads als Jungen befreundet waren.«

Vera wendet den Blick ab und schaut aus dem Fenster.

»Genau genommen waren die beiden den Aussagen zufolge jahrelang beste Freunde. Was ja nicht so gut mit dem harmoniert, was du mir erzählt hast, nämlich dass du nie mit Peter Johansen geredet hättest und nicht weißt, wer er ist. Es wirkt offen gestanden nicht sehr überzeugend, dass du nie mit dem besten Freund deines Sohnes gesprochen haben willst.«

Sie blickt immer noch in den Garten. Juncker hat das Gefühl, dass sie sich, seit er sie vorhin verlassen hat, mindestens noch zwei, drei weitere Gin Tonics genehmigt hat, allerdings ohne dadurch sonderlich betrunken zu wirken.

»Ach Gott, stimmt ja«, sagt sie und wendet den Blick wieder Juncker zu. »Ich kam gar nicht auf den Gedanken, dass Peter Johansen *dieser* Peter sein könnte, also Mads' Freund von damals. Aber jetzt, wo du es sagst, weiß ich wieder, dass er und Mads viel zusammen waren, auch bei uns. Damals wohnten wir ja noch nicht hier, sondern drüben am Sportstadion.« Sie winkelt ein Bein unter sich an. »Es ist wirklich schon viele Jahre her, aber soweit ich mich erinnere, ebbte der Kontakt ab, als sie etwa dreizehn, vierzehn waren. Wahrscheinlich habe ich es deshalb vergessen und Mads' Kindheitsfreund nicht mit einem erwachsenen Mann in Verbindung gebracht.«

Juncker mustert sie skeptisch. »Fällt dir sonst noch etwas zu Peter Johansen ein, jetzt, wo wir deine Erinnerung ein wenig aufgefrischt haben?«

»Nein, Juncker, sonst fällt mir nichts ein«, erwidert sie kühl. »Und wenn du keine weiteren Fragen hast ... ich bekomme in Kürze Besuch von einer Freundin.«

Wie üblich vermag er nicht zu deuten, woran er bei ihr ist. Und ob er ihr glauben kann. Aber warum sollte sie in Bezug auf Mads' und Peters Freundschaft lügen?

Sein Handy klingelt im selben Moment, als er den Motor anlässt.

»Ja, Nabiha?«

»Ich habe mit Momondo gesprochen. Erst wollten sie nicht so recht, aber dann haben sie doch untersucht, welche Reisen Ragner Stephansen über ihr Suchportal gebucht hat. Wie erwartet waren es viele nach Málaga, aber auch nach Barcelona und verschiedene andere Ziele am Mittelmeer, Nizza zum Beispiel. Einzelne Reisen gingen auch nach New York und Los Angeles. Und dann sind da noch mehrere Reisen nach Neu-Delhi, von Málaga aus. Er war ziemlich viel unterwegs, muss man sagen.«

»Warte mal kurz. Also Reisen, wo er erst nach Málaga und von dort aus weiter nach Neu-Delhi geflogen ist?«

»Ja.«

»Keine Flüge von Kopenhagen nach Neu-Delhi?«

»Nope.«

»Interessant. Wir sehen uns morgen früh.«

Karoline sitzt im Arbeitszimmer auf ihrem Stammplatz auf der Couch und liest in einem der Notizbücher. Sie schaut auf.

»Hallo, Papa.«

»Warst du heute überhaupt vor der Tür?«, fragt Juncker und versucht, nicht allzu väterlich zu klingen.

»Nee. Wieso?«

»Ich dachte nur ... das gute Wetter ... der Sonnenschein«, sagt er und klingt so was von väterlich.

»Ich studiere ja wohl lieber meine merkwürdige Familie, als draußen in der Sonne zu braten. Ist das etwa ein Problem für dich?«

»Nein, nein, überhaupt nicht. Und du langweilst dich gar nicht? Du bist ja jetzt schon ein paar Tage hier.«

»Versuchst du mir durch die Blume zu sagen, dass ich verschwinden soll?«

»Nein, um Gottes willen.« Juncker rudert mit voller Kraft zurück. »Ich finde es schön, dass du hier bist. Ich dachte nur, na ja, Sandsted, hier passiert ja nicht eben viel.«

»Das passt mir gut. Ich brauche ein bisschen Zeit für mich allein. Davon abgesehen war ich immer gern in Omas und Opas Haus. Ich habe so viele gute Erinnerungen von hier.«

Du Glückliche, denkt Juncker.

»Hast du Hunger?«, fragt Karoline.

»Was steht heute auf dem Speiseplan?«

»Ratatouille. Ich muss nur noch den Reis kochen.«

»Klingt ... lecker. Aber wegen mir kann es ruhig noch etwas warten, ich bin nicht am Verhungern. Du hast gesagt, du hättest etwas Spannendes gefunden?«

Sie steht auf und nimmt ein Notizbuch, das auf dem Schreibtisch liegt.

»Von wann ist es?«, fragt Juncker.

Karoline schlägt die erste Seite auf. »Der erste Eintrag ist vom, lass mich mal sehen, 15. April 1999.« Sie blättert vor bis zu einem gelben Klebezettel. »Aber das, was ich dir zeigen wollte, ist nicht datiert. Und es ist ziemlich kurz. Soll ich vorlesen?«

»Gern.«

»Also gut. Opa schreibt: ›Schrecklich. Musste heute Schockierendes erfahren. Ragner ist verdorbener, als ich gedacht hätte. Aber ich kann nichts tun, ohne dass alles zusammenstürzt. Vergib mir.‹«

Juncker streckt die Hand aus. »Darf ich mal?«

Karoline reicht ihm das Notizbuch.

»Hast du irgendeine Idee, auf was Opa sich da bezieht?«, fragt sie.

»Hm«, murmelt er.

Kapitel 53

Signe klopft an, tritt zwei Schritte zurück und schaut an der Fassade hinauf. Eines der Fenster im zweiten Stock ist nur angelehnt.

»Charlotte«, ruft sie. Und ein weiteres Mal. Keine Reaktion. Sie geht ans Fenster und späht in die Küche. Die Tür zum Garten hinter dem Haus ist ebenfalls angelehnt. Licht brennt keines, allerdings ist die Sonne auch noch nicht untergegangen, und es ist immer noch hell. Sie klopft erneut an die Tür, härter diesmal. Dann setzt sie sich auf die Treppenstufe, zieht das Prepaidhandy aus der Tasche und schreibt eine Nachricht.

Wo bist du?

Sie schaltet ihr Diensthandy ein. Fünf entgangene Anrufe von Merlin. Und eine Nachricht auf der Mailbox. Ihr Herz pocht, während sie die Nachricht abhört.

»Wir müssen reden. Sofort. Es ist mir ernst, Kristiansen. Anscheinend hast du meine Ansage nicht verstanden, also muss ich dich suspendieren. Komm her und gib deinen Ausweis und deine Waffe ab.«

Fuck. Sie schaltet das Handy aus und checkt auf dem anderen, ob Charlotte geantwortet hat, auch wenn sie genau weiß, dass es vergebens ist, weil das Gerät keinen Pieps von sich gegeben hat.

Wo zur Hölle ist Charlotte?

Vielleicht in der Redaktion. Vielleicht sitzt sie ruhig und

gelassen an ihrem Arbeitsplatz und hat einfach nicht gehört, dass sie eine Nachricht bekommen hat. Signe kennt ihre Durchwahl nicht, und als sie die Nummer der Zeitung googeln will, fällt ihr ein, dass sie mit der billigen Prepaidkarte keine mobilen Daten hat. Und wenn sie ihr Diensthandy benutzt, kann sie womöglich geortet werden. Wobei sie es ja gerade eingeschaltet hat, um die Mailbox abzuhören. Vollidiotin, schimpft sie sich selbst. Vielleicht wäre es schlauer, den Standort zu wechseln. Sie geht zum Auto zurück.

Eine Viertelstunde lang fährt sie planlos umher. Die Stadt summt vor Leben. Die Wetterpropheten haben für nächste Woche einen Umschwung vorhergesagt, in Kürze wird der Spätsommer allmählich in den Herbst übergehen, und allem Anschein nach sind sämtliche Kopenhagener aus ihren Häusern und Wohnungen geströmt, um die letzte Energie aus der Abendsonne zu saugen. Sie beschließt, zur *Morgentidende* zu fahren und nachzusehen, ob Charlotte dort ist.

An der Pforte ist niemand. Sie entdeckt eine Ausgabe der heutigen Zeitung und blättert zur Seite mit dem Impressum. Dann ruft sie in der Redaktion an und bekommt einen Mann in die Leitung, der sie auf ihre Bitte hin zu Charlotte durchstellt. Es klingelt zehnmal.

»Charlotte Junckersen scheint nicht an ihrem Platz zu sein. Kann ich ihr etwas ausrichten?«

»Wenn sie auftaucht, sagen Sie ihr bitte, dass sie sich so schnell wie möglich bei Signe melden soll.«

»Mache ich. Schönen Abend noch.«

Signe bleibt vor der Pforte stehen und starrt durch die großen Fenster nach drinnen. ›Schönen Abend noch.‹ Wovon zur Hölle redet der Mann, dieser Abend ist auf bestem Wege, zum schlimmsten Abend seit Menschengedenken zu werden, wenigstens für sie. Ein pochender Kopfschmerz lauert auf den großen Durchbruch. Sie massiert sich die Stirn und lässt den Kopf vorsichtig kreisen, erst in die eine, dann in die andere Richtung. Anschließend fasst sie sich mit der rechten Hand in den Nacken, knetet die verspannte Muskulatur mit Daumen und Zeigefinger und stöhnt vor Schmerz. Der Nacken ist steif wie ein Brett und schmerzt wie ein Eitergeschwür.

Sie nimmt ihr Handy und ruft Victor an.

»Was ist das für eine Nummer, von der du anrufst?«, fragt er.

»Ach, nur ein anderes Telefon. Wo bist du?«

»Zu Hause.«

»Kann ich kommen?«

»Na klar.«

»Bin in einer Viertelstunde da.«

Auf dem Weg zum Auto bleibt sie vor mehreren Schaufenstern stehen und tut, als würde sie die Auslage betrachten, während sie aus den Augenwinkeln versucht zu beobachten, ob zufällig noch andere auf dieselbe Idee gekommen sind. Aber da ist niemand. Falls sie beschattet wird, dann muss es jemand sein, der nicht nur besser, sondern wesentlich besser hierin ist als sie – und sie weiß, dass sie eine der Besten ist.

Signe steigt ins Auto und will gerade losfahren, wird jedoch von einem Gedanken zurückgehalten, der ihr nun schon seit einer Stunde durch den Kopf geistert.

Sie lehnt sich zurück und nimmt die Hände vom Lenkrad. Merlin muss irgendetwas erfahren haben. Aber was? Könnte Svend Bech-Olesens Witwe ihren Chef kontaktiert haben, so wie bereits der Leiter der Intensivabteilung? Das wäre natürlich möglich, aber sie hat sich ja mit Vibeke Bech-Olesen getroffen, *bevor* sie mit dem Chefarzt sprach, daher würde Merlin es wohl kaum als verschärfenden Umstand betrachten, da er sie schließlich erst danach verwarnt hat.

Wer weiß von ihrem eigenmächtigen Handeln und steht gleichzeitig in Kontakt zu Merlin? Niemand. Niemand, außer …

Es fühlt sich an wie ein Tritt in die Magengrube. Sie krümmt sich zusammen, kann kaum atmen und wird von einem heftigen Brechreiz gepackt. Sie öffnet die Tür, beugt sich hinaus und übergibt sich. Ein junges Pärchen bleibt stehen und starrt sie verblüfft an.

»Sind Sie okay?«, fragt der Mann.

»Ja«, keucht Signe. Sie nimmt eine zusammengeknüllte Serviette, die im Becherhalter zwischen den Vordersitzen liegt, und wischt sich den Mund ab.

»Sind Sie …«

»Ich bin nicht betrunken, falls Sie das denken. Mir ist nur plötzlich schlecht geworden«, sagt sie und schließt die Tür. Das Pärchen geht weiter. Im Seitenspiegel sieht sie, dass sie ein weiteres Mal stehen bleiben und zurückschielen. Aber dann setzen sie ihren Weg fort und verschwinden um eine Ecke.

Sie krampft die Hände ums Lenkrad. Kämpft mit den Tränen. Auf einmal hat sie das Gefühl, als ob Juncker neben ihr sitzen würde. Die Vision ist so lebensecht, dass sie unwillkürlich die Hand ausstreckt, um seinen Arm zu berühren und sich seiner Anwesenheit zu versichern. Er wendet ihr das Gesicht zu, schaut ihr in die Augen und nickt. Dann ist er wieder weg. Sie beißt die Zähne zusammen und holt ein paar Mal tief Luft, ehe sie den Gang einlegt und losfährt.

Bis nach Sluseholmen sind es zehn Minuten, und als sie wie gewohnt ein paar hundert Meter entfernt von Victors

Wohnung ihr Auto parkt, hat sie keinerlei Erinnerung an die Fahrt, sie weiß nicht mal mehr, welchen Weg sie genommen hat. Sie steigt aus und kommt sich vor wie ein ferngesteuerter Roboter, während ihr Ermittler-Ich routinemäßig die nähere Umgebung nach Fahrzeugen abscannt, die einem zivilen Polizeiauto gleichen könnten. Das Ermittler-Ich meldet freie Bahn, sie schließt das Auto ab und geht los. An der Haustür drückt sie auf die Klingel zu seiner Wohnung, hört seine Stimme »Komm rein« sagen und das Schloss summen. Wie in Trance drückt sie die Tür auf und steigt langsam die Treppe hinauf.

Die Wohnungstür steht angelehnt, sie drückt sie auf und tritt ein. »Hier draußen«, hört sie ihn rufen und geht zur offenen Balkontür.

Er sitzt im Freien und liest ein Buch. Als er sie entdeckt, legt er es zur Seite, nimmt die Sonnenbrille ab, blinzelt in die untergehende Sonne und lächelt ihr zu.

»Hi, Süße«, sagt er, und sie hört an seiner Stimme, dass er sich freut, sie zu sehen. Das heißt … sie hat gedacht, sie könnte es hören. Sie bleibt stehen.

»Was hast du getan?«, sagt sie und zwingt sich, ihre Stimme kühl und ungerührt zu halten.

»Getan? Was meinst du?«, fragt er, noch immer lächelnd.

»Hast du mich bei Merlin verpfiffen?«

Sie sieht, wie sein Lächeln verblasst, so als würde eine unsichtbare Hand die Stärke an einem ebenso unsichtbaren Regler herunterdrehen, bis kein Lächeln mehr da ist. Er steht auf, weicht ihrem Blick aus und drückt sich an ihr vorbei durch die Tür nach drinnen. Er geht in die Küche, füllt ein Glas mit Leitungswasser, trinkt einen Schluck und stellt das Glas auf die Anrichte. Dann sieht er ihr in die Augen, noch immer schweigend.

»Hast du den Befehl bekommen, mein Liebhaber zu werden? Haben Sie dich angewiesen, mich zu vögeln, damit du ein Auge auf mich haben konntest? War es so?«

»Signe, Herrgott!« Victor macht einen Schritt auf sie zu, doch sie stoppt ihn mit einer Handbewegung.

»Du elender Scheißkerl«, sagt sie und kann weder ihre Stimme länger unter Kontrolle halten noch verhindern, dass sich ihre Augen mit Tränen füllen.

»Signe, es ist doch nur zu deinem Besten. Worauf du dich da eingelassen hast, ist lebensgefährlich. Jemand muss ...«

»Halt die Klappe!«, sagt sie und geht auf die Wohnungstür zu.

»Signe, stopp. Ich kann nicht zulassen ... ich muss dich zurückhalten.«

Sie bleibt stehen und dreht sich langsam um. Dann führt sie ihre Hand unter die halb offene Jacke und zieht ihre Pistole. Sie schaut sich um und sieht, dass Victors Handy auf dem Esstisch liegt. Sie nimmt es, geht zur Anrichte und steckt es in das dreiviertel volle Wasserglas.

»Signe, was zur Hölle tust du?«

»Weißt du was, ich an deiner Stelle würde nicht versuchen, mich zurückzuhalten.«

In der Tür zum Flur dreht sie sich um. Sie hält die Pistole mit gestrecktem Arm auf den Boden gerichtet und blickt ihn einige Sekunden lang an.

»Mach's gut, Victor.«

Sie steckt die Waffe zurück ins Holster und läuft die Treppe hinunter, hinaus auf die Straße und zu ihrem Auto. Auch wenn sie gerade schlecht Verstärkung ordern und eine Fahndung ausrufen kann, bleibt ihr nicht viel Zeit. Am liebsten würde sie das Gaspedal durchdrücken, um so schnell wie möglich hier wegzukommen, doch das

Dümmste in ihrer jetzigen Situation wäre, Aufmerksamkeit auf sich zu ziehen, daher zwingt sie sich, ihr Tempo dem übrigen Verkehr anzupassen. In Kalvebod-Brygge, einem Geschäftsdistrikt in Vesterbro nahe dem Südhafen, hält sie auf dem Parkplatz eines großen Hotels, das ebenso hässlich und deprimierend ist wie die übrigen Bauten in dieser Gegend, die zu den reizlosesten Flecken Kopenhagens zählt.

Noch immer keine Antwort von Charlotte. Sie versucht, ihre Angst zu ignorieren, aber vergeblich.

Wenn ihr etwas passiert ist …

Sie weiß nicht, wohin mit sich selbst. Auf keinen Fall kann sie sich auf Teglholmen oder auch nur in der Nähe der Halbinsel blicken lassen. Wenn sie ihren Kollegen in die Arme läuft, wird man ihr Ausweis und Waffe abnehmen, und dann ist alles vorbei. Nach Hause kann sie auch nicht, das ist einer der Orte, an dem sie garantiert nach ihr Ausschau halten. Sie nimmt das Prepaidhandy und ruft ihren Mann an.

»Wer ist da?«, meldet er sich.

»Ich bin's, Signe.«

»Signe! Wo bist du? Warum rufst du nicht von deinem eigenen Handy aus an?«

Dieselbe Frage, die Victor gestellt hat. Sie bekommt einen bitteren Beigeschmack im Mund.

»Niels, ich erkläre dir alles, sobald das hier überstanden ist.«

»Sobald was überstanden ist?«

»Das kann ich dir jetzt nicht erzählen. Es ist wahnsinnig kompliziert.«

»Signe, wir müssen richtig miteinander reden. So kann es nicht weitergehen.«

»Ich weiß, Niels, ich weiß. Und ich verspreche dir, dass du eine Erklärung bekommst.«

»Merlin hat vor zwei Stunden angerufen und gefragt, ob ich wüsste, wo du steckst.«

»Was hast du ihm gesagt?«

»Was hätte ich ihm sagen sollen, außer der Wahrheit? Dass ich keine Ahnung habe. Signe, du hast dich doch nicht mit Merlin überworfen, oder?«

»Niels, ich kann nicht … Hör mal, ich komme heute Nacht nicht nach Hause, ich muss ein paar Dinge regeln. Sag den Kindern, dass sie sich keine Sorgen machen sollen.«

»Und was soll ich mir selbst sagen?«

»Niels, vertrau mir. Das hier ist sicher bald …« Bald was?, fragt sie sich und schafft es nicht, den Satz auf sinnvolle Weise zu beenden. »Falls Merlin oder sonst jemand anruft und fragt, ob ich mich gemeldet habe, sag nein, okay?«

»Du bittest mich also, deinen Chef anzulügen?«

»Ich muss jetzt Schluss machen. Bitte, tu es einfach, ja? Ich rufe dich morgen an.«

Es gibt nur einen Ort, wo sie jetzt hinkann. Bevor sie vom Parkplatz fährt, hält sie zu beiden Seiten nach Streifenwagen Ausschau, doch es ist keiner zu sehen. Bis zur Schrebergartensiedlung sind es zwanzig Minuten. Sie gibt Veronika per Nachricht Bescheid, dass sie auf dem Weg ist, und hofft, dass ihr Handy nach dem kleinen Ausflug ins Klo wieder einsatzbereit ist, damit sie nicht zu Tode erschrickt, wenn gleich jemand unangemeldet anklopft.

Veronika öffnet völlig gelassen die Tür.

»Also funktioniert das Handy wieder?«, fragt Signe.

»Jep. Anscheinend ist was dran an der Sache mit dem Reis.«

Sie gehen ins Wohnzimmer. Signe spürt, dass sie mental auf dünnem Eis steht, das jeden Moment brechen könnte. »Und?«, fragt sie. »Hatten Sie Glück?«

»Glück?« Veronika schnaubt. »Mit Glück hat das nichts zu tun.«

»Nein, tut mir leid, so war es nicht gemeint. Aber hatten Sie ...«

»Ja, ich habe ein paar Dinge gefunden. Unter anderem Stendtlers Personalakte, über die wir ja gesprochen hatten.«

»Es ist mir echt ein Rätsel, wie Sie da drangekommen sind.«

Veronika grinst. »Das war eigentlich gar nicht so schwer. Vor allem, wenn sich die Gegenpartei so dumm anstellt.«

»Wer? Der FE?«

»Ja. Als ich zum letzten Mal mit Alex gesprochen habe, bevor er ...« Sie schweigt einen Moment. »Als er mir sagte, ich solle Charlotte kontaktieren, falls ihm etwas zustoßen sollte, hat er mir auch seine Passwörter für die Systeme des FE gegeben. Keiner von uns beiden hat damit gerechnet, dass ich sie würde verwenden können, da wir natürlich davon ausgingen, dass der FE sämtliche Konten von Alex sperren würde, sobald ihnen der Verdacht käme, dass etwas faul ist. Das haben sie auch versucht, aber eine winzige Katzenklappe haben sie trotzdem offen gelassen, und durch die bin ich geschlüpft. Sie hatten etwas bei seinem Remote-Zugriff übersehen. Ein winziges Schlupfloch, aber groß genug für mich.«

»Remote-Zugriff?«

»Ja, den hat er benutzt, um sich mit den Systemen zu verbinden, wenn er außer Haus war. Solche Volltrottel«, sagt sie mit Verachtung in der Stimme.

»Okay. Sie haben also Stendtlers Akte gefunden?«

»Jep.«

»Haben Sie sie sich angeschaut?«

»Jep.«

»Und etwas Interessantes entdeckt?«

Veronika lehnt sich zurück.

»Ich bin keine Expertin in Geheimdienstarbeit, aber mit Sicherheit kenne ich mich ganz gut aus. Und soweit ich sehen kann, ist Kristian Stendtler praktisch die personifizierte Definition einer tickenden Zeitbombe.«

Donnerstag, 10. August

Kapitel 54

Juncker setzt sich an den Schreibtisch. Die Bemerkung des Vaters in dem schwarzen Notizbuch geht ihm nicht aus dem Kopf.

Ragner ist verdorbener, als ich gedacht hätte.

Wenn man bedenkt, wie viel Schlechtes über Ragner zu sagen war, muss sein Vater – den man wirklich nicht als dünnhäutig bezeichnen konnte – wirklich erschüttert gewesen sein. Juncker hat das Gefühl, vor einem Puzzle zu stehen, bei dem einige der Teilchen auf einen kunterbunt gemusterten Teppich gefallen sind. Ruhelos schaut er zu Nabiha, die mit verschränkten Armen gegen eines der alten Bücherregale gelehnt steht.

»Wollen wir kurz zusammenfassen, wo wir stehen?«, fragt er.

»Klar, gern.« Nabiha zieht einen Stuhl heraus.

»Erst mal Peter Johansen«, beginnt Juncker. »Er hatte ein starkes Motiv, Ragner zu töten, sein Alibi kann keiner bestätigen, er ist ein hervorragender Schütze mit einfachem Zugang zu Waffen, und außerdem hat er eine miserable Erklärung für seine verschwundene Pistole, die vom selben Kaliber ist wie die Tatwaffe.«

»Und sein Selbstmordversuch? In welche Richtung deutet der? Schuldig oder nicht schuldig?«

»In keine der beiden Richtungen notwendigerweise. Auch wenn man natürlich argumentieren kann, dass es den Tatverdacht gegen ihn erhärtet. Womöglich weiß er, dass er nach Stand der Dinge zu mehreren Jahren Gefängnis verurteilt werden wird und er das nicht durchstehen würde. Dazu käme dann noch die soziale Stigmatisierung und all das.«

»Aber warum nicht erst abwarten, wie der Prozess ausgeht? Wäre doch möglich, dass er freigesprochen wird, oder? So viel haben wir auch nicht gegen ihn in der Hand. Außerdem könnte er hoffen, mit einer relativ milden Strafe davonzukommen.«

»Wenn er wegen Mordes verurteilt wird, landet er unter allen Umständen sehr lange Zeit hinter schwedischen Gardinen, komme, was wolle«, erwidert Juncker.

»Okay, aber er könnte doch trotzdem erst mal das Urteil abwarten, und sich dann immer noch das Leben nehmen, falls es wirklich hart ausfällt, oder? Um es mal brutal auf den Punkt zu bringen.«

»Genau das sage ich ja. Der Selbstmordversuch deutet in keine bestimmte Richtung, was die Schuldfrage angeht.«

»Na schön. Dann wissen wir noch, dass Johansen und Mads Stephansen als Kinder befreundet waren, die Freundschaft aber auseinanderging, als sie in die Pubertät kamen«, fährt Nabiha fort.

»Ja. Und wir wissen, dass Ragner Stephansen nach Meinung vieler ein arroganter Mistkerl war – was sich prima mit meinem eigenen Eindruck von ihm deckt. Er und Vera lebten jeweils für sich, auch wenn sie unter einem Dach wohnten. Neben seiner Tätigkeit für die Kanzlei spielte er leidenschaftlich Golf und reiste häufig nach Spanien, um dort seinem Hobby nachzugehen. Außerdem ist er von dort mehrfach nach Indien weitergereist.«

»Spielt man Golf in Indien?«, fragt sie.

»Heutzutage wird praktisch überall in der Welt Golf gespielt, und in einem Land wie Indien, wo es eine ganze
Menge stinkreicher Leute gibt, finden sich unter Garantie einige ultraluxuriöse Plätze und Clubs. Es ist also absolut möglich, dass er nach Neu-Delhi geflogen ist, um
dort Golf zu spielen. Bloß ...«

»Bloß was?«

»Das erklärt nicht, wieso er nicht direkt nach Indien ge-
jettet ist. Warum erst nach Málaga und von dort aus weiter?«

»Hatte er Klienten, die mit Indien zu tun hatten?«

»Soweit ich weiß, nicht.«

»Was macht man sonst in Indien?«

»Haufenweise Leute fahren als Touristen nach Indien.
Viele andere machen dort Geschäfte. Alles Mögliche.
Dann gibt es Leute, die nach Indien reisen, um zu medi-
tieren, Yoga zu machen oder weiß der Kuckuck was noch.
Es gibt sogar erfolgreiche und knallharte Geschäftsleute,
die dort irgendwelche Gurus aufsuchen.«

Und dann, denkt Juncker, gibt es noch Menschen,
oder genauer gesagt Männer, die nur aus einem ganz bestimmten Grund nach Indien fahren.

»Hast du mit Anders Jensen gesprochen?«, fragt Nabiha.

»Ja, heute Morgen. Es ist okay, wenn wir die Morgenbesprechung ausfallen lassen, wir sollen einfach weiter
der Johansen-Spur nachgehen, meinte er.« Juncker steht
auf und geht zur Tür.

»Wo willst du hin?«

Er wendet sich um. »Ich muss nur schnell was abklären,
dauert nicht lang.«

Nabiha starrt ihn an. »Hat es was mit Vera Stephansen
zu tun?«

Juncker öffnet die Tür. »Bin bald zurück.«

»Wäre es nicht besser, wenn ich mitkomme?«

»Bis gleich.«

Diesmal bittet sie ihn nicht herein.

»Was willst du jetzt?«, fragt sie und bleibt in der Türöffnung stehen.

»Es ist noch etwas anderes aufgetaucht«, sagt er.

»Und zwar?«

»Darf ich reinkommen?«

Einen Moment glaubt er sicher, dass sie ihm die Tür vor der Nase zuschlagen wird. Doch dann dreht sie sich wortlos um, geht nach drinnen und setzt sich auf einen Barhocker am Tresen, der Wohnbereich und Küche trennt. Juncker folgt ihr, bleibt jedoch stehen. Er legt das schwarze Notizbuch auf den Tresen.

»Also, worum geht's?«, fragt sie.

»Mein Vater hat den Großteil seines Erwachsenenlebens Tagebuch geführt. Meine Tochter Karoline, die momentan bei mir zu Besuch ist, hat sie vor einigen Tagen in seinem Arbeitszimmer gefunden. Es sind viele. Über hundert. Alle so wie dieses hier.«

»Aha, und?«

»Mein Vater hat über Gott und die Welt geschrieben. Über seine Familie und Dinge, die er erlebt hat. Betrachtungen über das Leben … alles Mögliche.«

Vera sieht aus, als langweile sie sich zu Tode.

»Dieses hier«, Juncker hält das Notizbuch in die Höhe, »deckt einen Teil des Jahres 1999 ab. Über Ragner steht so gut wie nichts in den Büchern. Aber von den wenigen Stellen, die wir bislang gefunden haben, sticht eine Aufzeichnung aus dem April jenes Jahres heraus.« Juncker schlägt die Seite mit dem gelben Notizzettel auf und liest vor: »›Schrecklich. Musste heute Schockierendes erfahren. Ragner ist verdorbener, als ich gedacht hätte. Aber ich kann nichts tun, ohne dass alles zusammenstürzt. Vergib mir.‹«

Er klappt das Tagebuch zu und schaut Vera an, die den Stuhl ein Stück gedreht hat, sodass sie nun mit der Seite zu ihm gewandt dasitzt. Sie schweigt, als habe sie nicht gehört, was er soeben gesagt hat.

»Vera, was hat mein Vater über Ragner erfahren, das offenbar solchen Ekel in ihm auslöst und ihn dazu bringt, deinen Mann als verdorbener zu bezeichnen, als er gedacht hätte?«

Sie schüttelt den Kopf. »Keine Ahnung. Ich weiß nicht, worauf dein Vater da anspielt«, sagt sie mit gepresster Stimme.

»Wir haben noch etwas herausgefunden. Nämlich dass dein Mann mehrfach von Málaga nach Neu-Delhi gereist ist. Wusstest du das?«

Sie schweigt.

»Keine der Reisen ging direkt von Kopenhagen aus. Er flog jedes Mal zuerst von Dänemark nach Málaga und anschließend von dort aus weiter nach Neu-Delhi. Hast du eine Erklärung für dieses Reisemuster?«

Erneut schüttelt sie den Kopf.

»Man könnte fast meinen, er wollte, dass die Leute denken, er sei in Spanien, während er in Wirklichkeit in Indien war, nicht?«

Vera zuckt mit den Achseln.

»Wenn man nun seine teils heimlichen Reisen nach Neu-Delhi damit in Zusammenhang bringt, dass mein Vater 1999 etwas über ihn erfuhr, was ihn anekelte, drängt sich ein ganz bestimmter Verdacht auf, finde ich. Nämlich dass dein Mann pädophil war. War Ragner pädophil, Vera?«

Sie schaut ihn an, und in ihrem Blick steht etwas geschrieben, das Juncker nicht einordnen kann. Verachtung vielleicht. Oder Schmerz. Wut.

»Er wäre jedenfalls nicht der erste dänische Pädophile, der just nach Indien fährt, um seine Gelüste zu befriedigen«, fährt Juncker fort.

Vera hat ihr Gesicht wieder abgewandt, hält die Hände im Schoß und starrt mit leerem Blick in die Luft.

»Jetzt hör mir mal zu. Ich bin recht sicher, dass ich mit meinem Verdacht richtigliege. Und ich bin ebenso sicher, dass du Kenntnis von seinen Neigungen hattest. Also würde ich vorschlagen, du erzählst mir, was du weißt.«

»Ich habe keinen Schimmer, wovon du redest. Und ich finde, du solltest jetzt gehen. Sofort.«

Juncker rührt sich nicht.

»Ob ich schwerwiegende Beweise dafür finden werde, dass du wusstest, was Ragner trieb, lässt sich zum gegenwärtigen Zeitpunkt schwer sagen. Daher weiß ich auch nicht, ob es ausreichen wird, damit du verurteilt wirst. Aber ich kann dir versprechen, dass ich etwas finden werde, was dich belastet. Genauso wie ich dir versprechen kann, dass ich dich, wenn du jetzt nicht kooperierst, auf die Wache schleifen und persönlich dafür sorgen werde, dass du – egal zu welchem Schluss die Staatsanwaltschaft später kommt – geschmäht und durch den Dreck gezogen wirst, nicht nur in den regionalen, sondern auch in den landesweiten Medien. Ich an deiner Stelle würde also ganz schnell auspacken und beten, dass es reicht, damit ich dich davonkommen lasse.«

»Das tust du nicht. Nicht mit mir.«

Er schaut ihr in die Augen.

»Wenn du das tust, bist du ein Schwein. Ein ebensolches Schwein wie …«

»Wie Ragner? Oder wie du selbst?«

Sie starrt ihn an, und er kann in ihrem Blick lesen, dass sie ihn gerade hasst, doch es ist ihm vollkommen egal. Sie steht auf, geht um den Tresen herum in die Küche, öffnet einen Schrank und holt ein Wasserglas heraus. Dann nimmt sie eine Flasche Gin, die auf der Anrichte steht, füllt das Glas zur Hälfte, leert es in einem Zug, kommt zurück und setzt sich wieder auf den Barhocker. Eine Minute lang hockt sie zusammengesunken und mit hängenden Schultern da. Dann strafft sie den Rücken und streicht sich eine Locke aus der Stirn.

»Er hat einen Fehler begangen«, sagt sie. »Es war ein banales Versehen, das ihn auffliegen ließ. Er war Mitglied in einem pädophilen Netzwerk, und eines Tages kopierte er unbeabsichtigt die E-Mail-Adresse deines Vaters in eine Mail an das Netzwerk, die angehängte Fotos von kleinen Jungen enthielt. Zu diesem Zeitpunkt ahnte ich von alldem nichts, daher war es ein furchtbarer Schock für mich, als dein Vater Ragner und mich mit den Bildern konfrontierte.«

»Wie hast du reagiert?«

»Tja, wie habe ich reagiert? Mit unserem intimen Zusammenleben war es natürlich vorbei, von einem Tag auf den anderen. Wir schliefen fortan in getrennten Schlafzimmern. Und er versprach, aufzuhören mit … mit Jungen.«

»Aber du hast ihn nicht verlassen?«

»Nein, offensichtlich nicht, aber als Mensch war er für mich gestorben.«

»Aber wie konntest du es ertragen …«

»Die Rücksicht auf Mads und Louise wog am schwersten. Sie sollten nicht durch eine Scheidung gezerrt werden. An mein eigenes Wohl habe ich natürlich auch gedacht. Ragner sorgte dafür, dass seine Familie ein angenehmes Leben führte, es mangelte uns an nichts. Außerdem konnte er ja durchaus sehr charmant sein, wenn er wollte.«

Ja, denkt Juncker, wenn man in der Lage ist zu ignorieren, dass er kleine Jungen missbrauchte. Dann vielleicht schon.

»Er hat versprochen aufzuhören, sagst du. Tat er das also, damals, 1999?«

»Ja, da bin ich ziemlich sicher. Auf jeden Fall eine Zeit lang. Und auf jeden Fall in Dänemark. Ich habe ihm gesagt, dass er, wenn er unbedingt seine Lust befriedigen muss, es unter keinen Umständen hier im Land tun soll, sondern weit weg.«

Ein heftiges Unbehagen wallt in Juncker auf. »Also hat er Indien gewählt, um Kindern dort Leid anzutun. Und das hat dich nicht gejuckt? Weil es weit weg war, oder was?«

»Weißt du, Juncker, wir akzeptieren so viel Elend, wenn es nur ausreichend weit weg geschieht.« Sie beugt sich vor und deutet auf sein Hemd. »Dein Hemd kann zum Beispiel in Indien oder Bangladesch von Kindern genäht worden sein, die unter sklavenähnlichen Bedingungen für einen elenden Lohn schuften, während die Fabrikbesitzer das große Geld machen. Juckt *dich* das? Hast du überhaupt mal darüber nachgedacht?« Sie lehnt sich zurück und wartet seine Antwort nicht ab. »Falls du Mitleid mit den Kindern verspürst, ist es offenkundig nicht groß genug, dass es dich davon abgehalten hätte, das Hemd zu kaufen.«

Juncker muss sich schwer beherrschen, um seine Wut

zurückzuhalten. »Das ist nicht dasselbe«, sagt er mit gepresster Stimme. »Du kannst diese Dinge nicht miteinander vergleichen.«

»Nein? Na, wenn du das sagst.«

Eine Weile schweigen sie. Vera mustert ihn mit verschränkten Armen.

»Das Verhältnis zu seiner Privatsekretärin …?«, fragt Juncker.

»Ja, und die anderen Affären, die er im Laufe der Zeit hatte … Einerseits dienten sie, glaube ich, als eine Art Tarnung. Weshalb er sich auch keine allzu große Mühe gab, sie geheim zu halten. Auf der anderen Seite hat es ihm keine Probleme bereitet, mit Frauen ins Bett zu gehen. Er schlief ja auch mit mir, bevor …« Sie verstummt. Dann fährt sie fort: »Ich denke, das mit den Jungen war so eine Art, wie soll ich sagen, eine Art exotisches Gewürz für ihn.«

Juncker presst die Kiefer aufeinander und ballt die Fäuste. »Vor ein paar Tagen, als meine Kollegin und ich mit dir gesprochen haben, da hast du ihn, wenn ich mich recht entsinne, ›einen guten Mann‹ und ›deinen besten Freund‹ genannt. Du hast uns angelogen, stimmt's?«

Sie zuckt mit den Schultern. »Nein, ich denke, das kann man nicht sagen. Denn es traf schließlich zu. In gewisser Weise. Jedenfalls phasenweise. Juncker, einem erfahrenen Mann wie dir brauche ich wohl kaum zu erzählen, dass das Leben selten schwarz-weiß ist. Das gilt auch für Menschen. Den weitaus größten Teil der Zeit sind wir graue Wesen. Diffus. Ambivalent. Wir alle tragen das Gute und das Böse in uns.«

Er schaut sie an. Hält die Hände vor sich, als wolle er etwas Furchteinflößendes daran hindern, ihm zu nahe zu kommen. »Danke, das reicht.« Er muss hier weg. Jetzt sofort. »Ich finde selbst zur Tür.«

Abgesehen von dem hintergründigen Surren der Klima-anlage und dem schmatzenden Geräusch seiner Sohlen auf dem hellen Fliesenboden ist das Haus still wie ein Mausoleum.

Kapitel 55

Ihr Kopf hämmert, als sei ein äußerst diensteifriger Beton-arbeiter dabei, einen Pfeiler durch ihre Schädeldecke und in die breiige Masse ihres Hirns zu treiben. Sie schlägt die Augen auf und hat keinen Schimmer, wo sie ist. Sie liegt auf dem Rücken und blinzelt verwirrt auf eine Reihe schmaler Bretter über ihrem Kopf, die sie beim besten Willen nicht zuordnen kann. Langsam dämmert ihr, dass sie in der unteren Koje eines Hochbettes liegt und auf den Lattenrost des darüber liegenden Bettes starrt, und ab da fügt sich alles Übrige Schlag auf Schlag. Sie befindet sich im Schrebergartenhaus. Und sie hat einen Kater. Die Konsequenz davon, dass Veronika und sie gestern Abend eine ganze Flasche Wein und den viel zu großen Teil einer Flasche Calvados geleert haben.

Oh Scheiße.

Signe kämpft sich in eine sitzende Position, schwingt die Beine aus dem Bett und knallt mit dem Kopf gegen den Balken über ihr. Sie stöhnt und flucht über ihre Tollpatschigkeit, während sie sich schwankend aufrichtet. Alles dreht sich, und sie muss sich mit beiden Händen an der Wand abstützen, um nicht zu stürzen. So bleibt sie eine Weile stehen, bis der Schwindel allmählich nachlässt und ihr Körper in die Gänge kommt. Ihr Rock liegt auf dem Boden, sie bückt sich vorsichtig, klaubt ihn auf und schlüpft hinein. Dann geht sie ins Wohnzimmer.

Veronika sitzt mit ihrem Laptop am Esstisch.

»Morgen«, krächzt Signe heiser.

»Guten Morgen.«

Trotz ihrer zierlichen Gestalt macht Veronika nicht den Eindruck, als habe der gestrige Abend nennenswerte Spuren hinterlassen, stellt Signe neidisch fest. »Wie spät ist es eigentlich?«

Veronika schaut auf den Bildschirm. »Fünf vor neun.«

»Oh Mann«, murmelt Signe, die sich nicht erinnern kann, wann sie zuletzt so lange geschlafen hat. »Woran sitzt du gerade?«

Veronika schiebt den Laptop zur Seite.

»Ich habe herausgefunden, dass Kristian Stendtler in Helsinge wohnt. Außerdem kenne ich seine Handynummer. Oder besser gesagt Handy*nummern*, er hat nämlich zwei Handys, ein privates und ein dienstliches. In seiner Personalakte ist zu sehen, dass er nebst vielen anderen Lastern einen hohen Verbrauch an Prostituierten hat und bevorzugt zwei bestimmte Bordelle frequentiert. Eines liegt außerhalb von Hillerød, das andere in der Nähe von Frederiksværk.«

»Was hast du jetzt vor?«

»Sehen, ob ich Stendtler dazu bringen kann, auf einen kleinen Trick hereinzufallen.«

»Wie das?«

»Ich werde ihn mit einer Nachricht *spoofen*, die einen Link enthält, den er anklicken soll. Wenn er das tut, bin ich in seinem Handy, und dann kann ich sehen, wo er am 22. und 23. Dezember letzten Jahres war.«

»Ist er dumm genug, darauf reinzufallen?«

»Er wird denken, die Nachricht käme von einer Nummer, die er kennt, also, ja.«

»Was willst du ihm schreiben?«

»Ich habe herausgefunden, dass beim FE im September eine Mitarbeiterfeier stattfindet, zu der sich die Angestellten anmelden sollen. Ich schicke ihm eine Nachricht, die aussieht, als käme sie vom Vorsitzenden des Festkomitees, mit einem Link, über den er sich anmelden soll.«

»Und das wird er nicht durchschauen?«

»Theoretisch wäre das möglich, aber dafür müsste er ganz schön auf Zack sein. Denn die Nachricht, die ich ihm schicke, wird nicht als Fälschung zu erkennen sein. Was hast du jetzt vor?«

Signe denkt nach. »Als Erstes will ich herausfinden, wo Charlotte ist. Ich versuche es bei ihr zu Hause, und wenn sie da nicht ist, fahre ich noch mal zur Zeitung.«

»Hast du ihr eine Nachricht geschickt?«

»Heute Morgen noch nicht. Ich habe ihr gestern Abend geschrieben, bevor ich ins Bett bin. Sie hat immer noch nicht geantwortet. Könnte natürlich sein, dass irgendetwas mit dem Handy nicht stimmt. Oder es ist ihr ins Klo gefallen. Das kann ja bekanntlich passieren.«

»Stimmt.« Veronika lächelt. »Ist es eine gute Idee, in deinem eigenen Auto herumzufahren, wenn deine Kollegen nach dir suchen?«

»Nein, wahrscheinlich nicht.«

»Wie willst du es also machen? Kannst du dir eins leihen?«

»Vielleicht. Ich weiß, dass Kurt – das war der, der den Kopf hereingesteckt hat, um zu sehen, wer du bist – einen alten Ford Fiesta hat. Ihn werde ich mal fragen«, sagt sie und steht auf. »Brauchst du irgendetwas?«

»Nein. Ich habe alles. Wann kommst du zurück?«

»Heute Nachmittag oder Abend, denke ich. Ich kann ja auch sonst eigentlich nirgends hin.«

Signe kennt Kurt und seine Frau von einigen Straßenfesten in der Schrebergartensiedlung sowie Grillabenden im Garten ihrer Schwester, davon abgesehen hat sie nie viel mit ihnen zu tun gehabt. Dennoch ist er die Hilfsbereitschaft in Person.

»Klar darfst du die alte Kiste leihen. Wenn du dich traust, sie zu fahren. Hier draußen benutzen wir sie ja nie, hier fahren wir mit dem Rad«, sagt Kurt, denn so ist Kurt eben, wie Signe von Lisa weiß. Er stellt keine Fragen. Er hilft einfach. Signe liebt solche Menschen. Eine aussterbende Art.

Den ersten Kilometer legt der betagte Ford, der nicht den Eindruck macht, als käme er bedenkenlos durch die nächste Hauptuntersuchung, etwas stotternd zurück, doch als er sich erst warm gefahren hat, läuft er eigentlich ganz manierlich.

Signe hat Charlotte eine Nachricht geschickt, doch noch immer keine Antwort erhalten. Und schon als sie von der Øster Søgade kommend in ihre Straße einbiegt, weiß sie, dass Charlotte nicht da ist. Sie spürt es. Es macht auch keiner auf, als sie anklopft. Durchs Fenster sieht sie, dass die Tür zum Garten immer noch angelehnt ist. Ihr kommt ein Gedanke, und sie geht ums Haus herum in die dahinter liegende Parallelstraße. Vor dem Haus, das ihrer Einschätzung nach an Charlottes und Junckers grenzen müsste, macht sie halt und klingelt. Eine junge Frau mit einem Baby auf dem Arm öffnet.

»Guten Tag, mein Name ist Signe Kristiansen von der Kopenhagener Polizei.« Sie zieht ihren Ausweis aus der Innentasche ihrer Jacke und zeigt ihn der Frau. »Ist das Haus hinter Ihrem das von Charlotte Junckersen?«

Die Frau macht ein verdutztes Gesicht. »Äh, ja. Unsere Hintergärten grenzen aneinander.«

»Hören Sie, ich muss dringend mit Charlotte wegen eines Falles sprechen, an dem ich gerade arbeite. Sie hilft mir mit einigen Informationen. Anscheinend ist sie nicht zu Hause, jedenfalls macht sie nicht auf, und auf der Arbeit ist sie auch nicht. Durchs Fenster kann ich sehen, dass ihre Terrassentür angelehnt ist, daher wollte ich fragen, ob ich eventuell über Ihren Zaun zu ihr nach drüben klettern dürfte? Ich will nur sichergehen, dass ihr nichts passiert ist.«

Im Gesicht der Frau steht geschrieben, dass die Welt in ihren Augen nun offensichtlich vollkommen den Verstand verloren hat. Völlig übergeschnappt ist.

»Ja, machen Sie ruhig. Vor gerade mal zwei Tagen kam Charlotte aus der anderen Richtung geklettert.«

»Ich weiß«, sagt Signe. »Also ist es in Ordnung, wenn ich auch ...«

Die Frau zuckt mit den Schultern. »Tja, warum nicht?« Sie wendet sich um und führt Signe durch die Küche in den kleinen Hintergarten.

»Darf ich mir einen Ihrer Gartenstühle leihen?«

»Natürlich.«

Signe steigt auf den Stuhl und schaut über den Zaun. Auf der anderen Seite steht der Stuhl, den Charlotte als Podest benutzt hat, also verwendet Signe ihn nun gleichermaßen und kommt relativ mühelos drüben an.

»Ich gehe dann durch Charlottes Haustür nach draußen. Vielen Dank für die Hilfe«, sagt sie zu der Nachbarin.

»Kein Problem.«

Auf der Arbeitsplatte neben der Spüle stehen ein Weinglas und eine Kaffeetasse, doch es ist nichts Ungewöhnliches zu sehen. Sie geht in den Flur und die Treppe hinauf. Im ersten Stock ist ein Badezimmer, das weiß sie, weil sie es mal benutzt hat, und ein Wohnzimmer, in dem sie vorher noch nie gewesen ist. Beide Räume sind leer. Die Treppe knarzt, als sie in den zweiten Stock geht. Von draußen dringt schwach das Summen der Stadt an ihr Ohr, ansonsten ist kein Laut zu hören. Im zweiten Stock befinden sich drei Zimmer, die Signe ebenfalls noch nie betreten hat. Sie öffnet die Türen zu den beiden kleineren Zimmern und anschließend die zum Schlafzimmer. Das Doppelbett ist ungemacht. Signe kommt sich vor wie eine Einbrecherin, es ist ein merkwürdiges Gefühl, in Junckers altem Schlafzimmer zu stehen und auf das Bett zu schauen, in dem er neben seiner Frau geschlafen und mit ihr Sex gehabt hat.

Wo zur Hölle ist Charlotte?, denkt sie mit zunehmender Unruhe. Sie geht nach unten in die Küche, nimmt ihre Tasche, die sie auf dem Esstisch abgestellt hat, und verlässt das Haus durch die Vordertür. Vorn an der Øster Farimagsgade, wo sie das Auto geparkt hat, sieht sie sich um. Kein grauer Lieferwagen. Keine Streifenwagen. So schnell sie kann, ohne zu rennen, läuft sie zum Wagen und steigt ein.

Die zerschlissenen Sitze des alten Ford sind selten unbequem. Was einst Polsterung und Federn waren, ist zu einer hubbeligen Fläche zusammengedrückt, die ungefähr dem Weichheitsgrad einer Spanplatte entspricht. Dennoch fühlt sich Signe hier im Fahrzeug wohl und vor allen Dingen sicher. Jedenfalls spürbar sicherer, als wenn sie sich im Freien bewegen würde. Sie atmet ein paar Mal tief in den Bauch ein und versucht, vor dem Ausatmen die Luft möglichst lange zu halten. Kurz überlegt sie, ob sie zur Zeitung fahren soll, kommt jedoch zu dem Schluss, dass es Zeitverschwendung ist.

Denn Charlotte ist dort nicht. Sie ist verschwunden.

Kapitel 56

Die zierliche Empfangsdame mit dem Eichhörnchengesicht begleitet Juncker zu Mads Stephansens Büro. Er sitzt hinter seinem Schreibtisch, der von aufgeschlagenen Büchern, Dokumenten und einem DIN-A4-Block bedeckt ist, steht jedoch auf, als Juncker durch die Tür tritt.

»Na, macht ihr Fortschritte?«, fragt er, nachdem sie sich gesetzt haben, und fährt, ohne eine Antwort abzuwarten, fort: »Ja, ich weiß natürlich, dass Peter in Untersuchungshaft genommen wurde.«

»Du weißt sicher auch, dass er versucht hat, sich das Leben zu nehmen?«

»Ja, das habe ich gehört. Furchtbar. Wie …?«

»Er hat versucht, sich in seiner Zelle zu erhängen. Zum Glück wurde es von einem Beamten entdeckt, der zufällig an der Zelle vorbeikam und Geräusche von drinnen hörte.«

»Wie geht es ihm?«

»Er liegt jetzt auf der psychiatrischen Abteilung. Mein letzter Stand ist, dass er sich auf dem Weg der Besserung befindet. Ich hatte seither noch keine Gelegenheit, ihn zu vernehmen, aber vielleicht bekomme ich in den nächsten Tagen die Möglichkeit.«

»Also wird er keine bleibenden Schäden davontragen?«

»So wie es aussieht, nicht. Jedenfalls keine körperlichen.«

»Ein Glück, das erleichtert mich ungemein.«

»Ja, das denke ich mir.« Juncker macht eine kurze Pause.

»Denn er ist ja dein Freund, richtig?«, fragt er dann.

Mads Stephansen hat mit gesenktem Kopf dagesessen und auf seine Hände geblickt, die gefaltet auf dem Tisch liegen. Jetzt schaut er auf.

»Freund?«

»Ja. Ihr beide seid Freunde, ist es nicht so?«

»Wir *waren* Freunde. Als Kinder.«

»Aber jetzt nicht mehr?«

»Nein, das würde ich nicht sagen.«

»Wie würdest du eure Beziehung dann beschreiben?«

»Wir sehen uns ab und zu. Unterhalten uns, wenn wir uns auf der Straße treffen. Ein paar Mal haben wir ein Bier zusammen getrunken. Aber Freundschaft würde ich es nicht nennen.«

»Okay. Gab es einen bestimmten Grund, weshalb eure Freundschaft auseinanderging? Ist irgendetwas Konkretes passiert? Habt ihr euch gestritten?«

»Nein, nicht soweit ich mich erinnere. Es ist einfach abgeebbt. Wir haben uns wohl auseinandergelebt, denke ich.«

»Und weißt du noch, wann das geschah? So etwa?«

»Als wir zwölf, dreizehn waren, glaube ich.«

»Das heißt, als ihr in die Pubertät kamt?«

»Ja, so um den Dreh.«

Juncker fängt seinen Blick und hält ihn fest.

»Mads, wusstest du, dass dein Vater pädophil war?«, fragt er.

Die Frage hängt in der Luft. Juncker sieht an Mads' Adamsapfel, dass er schluckt. Er öffnet den Mund, doch es kommt kein Laut über seine Lippen. Wenn das gespielt ist, macht er es wirklich geschickt, denkt Juncker.

»Ist das ein schlechter Scherz?«, fragt Mads schließlich. Juncker schüttelt den Kopf. »Nein, leider nicht.«

»Wer behauptet, mein Vater sei pädophil gewesen?«

»Deine Mutter.«

»Meine Mutter?!«

»Ja. Sie sagt, sie habe es seit 1999 gewusst.«

»Das kann ich einfach nicht glauben. Dass sie es gewusst haben soll, ohne … Und mein Vater pädophil? Nie im Leben.«

»Wir wissen, dass dein Vater heimlich mehrere Reisen nach Neu-Delhi in Indien unternommen hat. Wir haben noch nicht herausgefunden, was er dort gemacht hat. Aber es ist ja leider bekannt, dass Indien eines der Länder ist, in denen Pädophile relativ ungestört ihre Gelüste ausleben können.«

Mads steht auf, tritt ans Fenster und blickt hinaus.

»Ich kann gut verstehen, dass du schockiert bist«, sagt Juncker. »Aber ich möchte gern auf Peter und den Umstand, dass eure Freundschaft abflachte, zurückkommen. Mit dem, was ich dir nun über deinen Vater erzählt habe, kannst du dir dann vorstellen, wenn du zurückdenkst, dass er sich zu irgendeinem Zeitpunkt an Peter vergriffen hat? Und dass dies der Grund dafür gewesen sein könnte, dass Peter den Kontakt zu eurer Familie mied? Und damit auch zu dir?«

Mads dreht sich um und setzt sich auf die Fensterbank.

»Wie sollte ich mir das vorstellen können, wenn ich beim besten Willen nicht glauben kann, dass …«

»Denn wenn es so war«, unterbricht Juncker ihn, »wenn sich dein Vater tatsächlich an Peter vergriffen hat, als er etwa zwölf, dreizehn war, dann muss man ja sagen, dass es ihm ein noch stärkeres Motiv gibt, ihn umzubringen, als er es ohnehin schon hatte, nicht?«

»Weißt du was, ich kann dazu gerade gar nichts sagen. Hast du sonst noch Fragen? Falls nicht, wäre ich jetzt gern allein.«

Juncker steht auf. »Das kann ich verstehen, aber ich werde dich mit Sicherheit erneut behelligen. Für den Moment lassen wir es gut sein.«

Auf dem Weg zur Tür wirft er einen Blick über die Schulter und sieht, wie Mads Stephansen mit verschränkten Armen vor dem Fenster steht und reglos durch die Scheibe starrt.

Juncker ist schon fast am Marktplatz und bei der alten Polizeistation, als er beschließt, einen Umweg zu machen, und in eine Seitenstraße zur Fußgängerzone biegt.

Irgendetwas in Bezug auf seine Untersuchung des Tatortes nagt noch immer an ihm, und der Gedanke, etwas Wichtiges übersehen zu haben, lässt ihn einfach nicht los.

Verteilt auf der Grasfläche liegen die Leute auf Decken und sonnen sich. Im Schatten eines der Kastanienbäume sind zwei Migrantenfamilien dabei, ein dem Anschein nach größeres Geburtstags- oder Grillfest vorzubereiten. Um die Grills und Campingtische herum sind kleine Dänemarkflaggen ins Gras gesteckt. Nicht alle Integrationsversuche sind also für die Katz, stellt er fest und setzt sich auf die Bank, die dem Ort, wo die Leiche vor zehn Tagen gefunden wurde, am nächsten steht. Ein weiteres Mal versucht er im Kopf, die Lage der Leiche und deren Zustand, so wie sie sie letzten Montag aufgefunden haben, zu rekonstruieren.

Das unnatürlich gebeugte Kniegelenk – Hauptargument dafür, dass die Leiche nicht bewegt worden, sondern Ragner Stephansen an Ort und Stelle getötet und umgefallen war. Denn warum sollte sich jemand die Mühe machen, das Bein in dieser Position anzuwinkeln? Die Lage der Arme und Hände – der eine auf dem Bauch, der andere in einem Winkel von circa dreißig Grad neben dem Körper auf dem Kiesweg. Die beiden Einschusslöcher – eines in der rechten Schläfe, das andere in der Stirn, so exakt über der Nase, dass der Schuss vermutlich von einem Profi oder zumindest einem fähigen Schützen abgegeben wurde.

Juncker hat den Kriminaltechniker, der Ragner Stephansens Leiche fotografiert hat, gebeten, ihm eine Auswahl der Bilder zu schicken. Er zieht sein Handy aus der Tasche und öffnet die Mail mit den angehängten Fotos vom Tatort, klickt eines an, bei dem der Fotograf bei den Füßen der Leiche gestanden hat, und geht zu der Stelle des Weges, wo Ragner Stephansen lag. Dort hält er das Handy mit dem Foto ausgestreckt vor sich und versucht, den Körper in seiner Vorstellung erneut auf den Weg zu projizieren. Er schließt die Augen, und nun steht der Mann vor ihm, quicklebendig, sonnengebräunt, mit dem halb langen, zurückgekämmten stahlgrauen Haar, in beiger Hose, schwarzem Polohemd und Bootsschuhen. Ist er entspannt und lächelt, weil er die Person, die vor ihm steht, kennt und daher auch nichts befürchtet? Oder ist er verängstigt? Weiß er, was ihn erwartet? Juncker hebt den rechten Arm, er hält eine imaginäre Browning Kaliber .22 in der Hand. Hat Stephansen nun Angst? Oder ist er nur verblüfft? Skeptisch? Der Täter zielt. Und drückt ab. Ein trockener Knall, nichts, was weithin hörbar wäre. Der Schuss sitzt, Treffer mitten in die Stirn. Der Kopf wird zurückgeworfen, als das Projektil auf die Innenseite der rückwärtigen Schädelwand trifft, die Beine geben nach, Stephansen kippt um. Liegt mit weit aufgerissenen Augen, die zum Himmel starren, auf dem Rücken. Unter

Krämpfen, heftigen Krämpfen. Einen Moment lang blickt der Täter auf den zuckenden Körper im Kies. Dann tritt er zwei Schritte vor und bückt sich, um mit Schuss Nummer zwei Stephansens Leben ein für allemal zu beenden. Streckt den Arm aus und …

Halt. Moment.

Juncker richtet sich auf. Was zum …?

Er dreht den Kopf. Im Gras, einige Meter von ihm entfernt, steht ein kleiner schwarzhaariger Junge, sieben oder acht Jahre vielleicht, bekleidet nur mit einer kurzen blauen Hose, der Oberkörper ist nackt, und starrt ihn an.

»Was machst du da?«, fragt er.

»Ich spiele«, antwortet Juncker.

»Was spielst du?«

»Polizist.«

Der Junge nickt nachdenklich, als würde er überlegen, ob sich das, was er soeben gesehen hat – ein erwachsener Mann, der in einem öffentlichen Park mit geschlossenen Augen mitten auf dem Weg steht und eine merkwürdige Pantomime aufführt –, mit seiner Vorstellung vom normalen Gebaren eines dänischen Polizisten vereinbaren lässt. Juncker zwinkert ihm zu. Der Junge lächelt und läuft zurück zu seiner Familie unter dem Kastanienbaum.

Juncker setzt sich wieder auf die Bank. Die Leiche lag auf dem Rücken. Ein Schuss ging rechts in die Schläfe und war mit hoher Wahrscheinlichkeit der zweite Schuss. Wenn also das Bewegungsmuster des Täters im Übrigen dem entsprach, was Juncker gerade rekonstruiert hat – und da ist er sich beinahe hundertprozentig sicher –, dann muss der Täter in einem Punkt aus der Menge herausstechen.

Er steht auf. Wie konnte er das nur übersehen?

»Du verlierst die Kontrolle«, murmelt er.

Nabiha hat Brötchen gekauft, die in einer braunen Papiertüte auf dem Besprechungstisch liegen.

»Hast du Hunger?«, fragt sie.

Sonderlich großen hat er zwar nicht, ermahnt sich jedoch, dass er daran denken muss, etwas zu essen, auch zum Frühstück.

»Ein halbes würde ich nehmen.«

Sie steht auf, geht in den Hinterraum und kommt mit einem Schneidebrett, Brotmesser, Buttermesser und Butter wieder. Sie setzt sich, nimmt das Brotmesser in die linke Hand und schneidet ein Körnerbrötchen auf.

Juncker registriert – ohne sich dessen allzu bewusst zu sein, denn es ist nichts Neues für ihn –, dass Nabiha Linkshänderin ist. Er sieht es. Und sieht es dennoch nicht. Bis auf einmal etwas Klick macht.

Vor ein paar Tagen nämlich hat er einen anderen Menschen mit der linken Hand Brot aufschneiden sehen. Und vor einer Viertelstunde hat er im Park gestanden und sich erschlossen, was er schon längst hätte wissen müssen: dass Ragner Stephansens Mörder nach allem zu urteilen Linkshänder ist. Und das ist Peter Johansen nicht. Juncker hat ihn das Vernehmungsprotokoll unterschreiben sehen, bevor er in die U-Haft gebracht wurde, und es wäre ihm aufgefallen, wenn er mit links unterschrieben hätte.

»Was ist los, Juncker? Hast du einen Alien gesehen?«

Nabiha lächelt und reicht ihm die Butter und das Messer.

»Was? Nein. Nein, mir ist etwas klar geworden.«

»Hat es mit dem Fall zu tun?«

»Ja. Ich weiß, wer der …«

Nabihas Handy klingelt. Sie schaut aufs Display und runzelt die Brauen.

»Hier ist Nabiha Khalid … Signe? … Na klar weiß ich noch, wer Sie sind … Ja, er sitzt neben mir. Moment.«

Nabiha reicht ihm das Handy über den Tisch, und er nimmt es verwundert entgegen. Er hört Signe am anderen Ende der Leitung Luft holen, sie atmet schnell, als wäre sie außer Puste.

»Signe, ist etwas passiert?« Er hat ein ungutes Gefühl. »Signe?«

»Charlotte ist verschwunden.«

Juncker hört die Worte, kann sie jedoch in keinen sinnvollen Zusammenhang setzen.

»Verschwunden? Was meinst du mit verschwunden?«

»Ich weiß nicht, wo sie ist. Sie ist weg. Wir hatten ausgemacht, die ganze Zeit eng in Kontakt zu bleiben, und jetzt habe ich seit … ja, seit gestern Nachmittag nichts mehr von ihr gehört.«

»Hast du geschaut, ob …«

»Ich war natürlich bei euch zu Hause. Dort ist sie nicht. Sie ist auch nicht auf der Arbeit und antwortet nicht auf meine Nachrichten.«

Juncker spürt eine heftige Wut in sich aufsteigen. Zunächst auf Charlotte, dann aber auch auf Signe. Verflucht noch mal, was hat er ihnen die ganze Zeit gesagt? Dass sie die Finger weit weg von dieser verdammten Sache halten sollen. Schnell aber verwandelt sich der Zorn in Angst. Sein Mund ist trocken. Konzentrier dich, denkt er und atmet ein paar Mal tief durch, um die Kontrolle über seinen Körper zurückzuerlangen, der gespannt ist wie eine Feder.

»Juncker …« In ihrer Stimme schwingt etwas mit, das er noch nie bei ihr gehört hat. Etwas beinahe Flehentliches. Es klingt so gar nicht nach Signe. »Juncker, ich weiß einfach nicht …«

Wenn sie Charlotte umgebracht haben … Nein. Stopp. Das ist natürlich nicht passiert. Er schließt die Augen.

»Wo bist du jetzt?«

»Ich halte gegenüber dem Haupteingang der *Morgentidende.*«

»Weiß Merlin etwas davon?«

»Nur dass ich mich nicht an seine Anordnung gehalten habe. Er hat mich suspendiert.«

»Also hast du deinen Ausweis nicht? Und deine Waffe?«

»Doch. Er hat gesagt, ich soll aufs Revier kommen und sie abgeben, aber ich habe mich weg von Teglholmen gehalten.«

»Okay.« Er denkt einige Sekunden nach. »Fährst du mit deinem eigenen Auto?«

»Nein, ich habe eines geliehen.«

»Ist dein Handy an? Also dein Diensthandy?«

»Nein.«

»Gut. Hör zu, fahr irgendwohin, wo das Risiko gering ist, einem Streifenwagen zu begegnen. Irgendwo auf Refshaleøen zum Beispiel, der Halbinsel mit dem alten Industriegebiet. Es gibt da eine asphaltierte Fläche bei den großen Hallen der ehemaligen Werft, wo auch immer dieses Heavy-Metal-Festival stattfindet. Fahr da hin. Und bleib im Wagen. Ich komme, so schnell ich kann. Was für ein Auto fährst du?«

»Einen alten Fiesta. Rot.«

»Ich finde dich. Ich muss mich nur eben um etwas kümmern, aber das ist schnell erledigt. Also in spätestens anderthalb Stunden.«

»Okay. Und, Juncker?«

»Ja?«

»Wenn Charlotte etwas passiert ist …«

»Ich bin sicher, es geht ihr gut.« Seine Stimme ist hart. »Bis gleich.«

Er reicht Nabiha das Handy. Sie schaut ihn fragend an.

»Nabiha, ich muss nach Kopenhagen.«

»Ja, das habe ich mitgekriegt. Was ist los?«

Er schüttelt den Kopf. »Es ist besser, wenn du nichts weißt. Ich erzähle dir alles, wenn es vorbei ist. Bald.«

»Aber was ist mit unserem Fall? Du hast gesagt, du wüsstest, wer der Täter ist. Dass dir etwas klar geworden sei.«

»Ja. Ich glaube, es ist Mads Stephansen.«

»Er? Und da bist du sicher?« Nabiha macht ein skeptisches Gesicht.

Er nickt. »Als wir vor ein paar Tagen bei ihm und seiner Frau zu Hause waren, weißt du noch, wie er das Brot für uns aufgeschnitten hat? Er hat mit links geschnitten. Ich habe nicht weiter darüber nachgedacht, bis mir klar wurde, dass der Mörder mit hoher Wahrscheinlichkeit Linkshänder ist. Und das ist Peter Johansen nicht.«

»Woher weißt du, dass der Schuldige Linkshänder ist?«

»Der aufgesetzte Schläfenschuss war auf Stephansens rechter Schädelseite. Wäre der Täter Rechtshänder, hätte er in die linke Seite geschossen.«

»Aber sollten wir Mads Stephansen dann nicht sofort vernehmen?«

Natürlich sollten sie das tun. Ihn vernehmen und womöglich Anklage erheben. Falls sie ausreichend Grundlage dafür haben. Denn auch wenn sich Juncker seiner Sache absolut sicher ist, steht sie auf reichlich wackeligen Beinen. Erstens hat Mads ein Alibi, und solange seine Frau an ihrer Aussage festhält, lässt sich daran nicht groß rütteln. Zweitens haben sie bisher keinen Beweis dafür, dass Mads ein Motiv hatte, seinen Vater umzubringen. Es ist also keineswegs gesagt, dass die Staatsanwaltschaft Junckers Linkshänder-Theorie als ausreichend erachten wird, um Anklage zu erheben. Sie brauchen mit anderen Worten ein Geständnis, und so wie die Dinge stehen, gibt es nur eine einzige Person, die ein solches erwirken kann. Weder Nabiha, noch Anders Jensen, sondern niemand außer ihm selbst.

Und dazu hat er nicht die Möglichkeit. Nicht jetzt.

»Nein. Wir warten, bis ich zurück bin. Mads geht nirgendwohin«, sagt Juncker und betet im Stillen, dass er recht hat. »Aber Nabiha, behalt ihn im Auge.«

»Was soll ich tun, wenn er versucht, sich aus dem Staub zu machen? Ich habe ja nicht mal ein Auto hier, mit dem ich ihm folgen könnte.«

»Er hat keinen Grund zu vermuten, dass wir ihn verdächtigen, und wir haben ihn ja gebeten, in der Stadt zu bleiben und uns zu informieren, falls er doch wegfahren sollte.«

»Schon, aber was, wenn er trotzdem …«

»Das wird er nicht.« Juncker hat Bauchschmerzen, denn Nabiha hat recht. Es ist eine heikle Situation, und wenn etwas schiefgeht, ist Nabiha diejenige, die es ausbaden muss. Aber es lässt sich nicht ändern.

»Was soll ich sagen, wenn Anders Jensen nach dir fragt? Oder Skakke?«

»Dann sag, dass ich schnell nach Kopenhagen musste, um etwas zu erledigen. Etwas Wichtiges. Und dass ich bald zurück bin.«

»Und bist du auch wirklich bald zurück?«, fragt sie.

Juncker antwortet nicht, sondern steht auf. »Meine Pistole liegt in Næstved. Leihst du mir deine?«

Sie blickt ihn einen Moment lang stumm an. Dann schiebt sie die Hand unter ihre Jacke, nimmt das Holster ab, das mit einem Clip an ihrem Gürtel festgemacht ist, und legt es auf den Tisch.

»Ist das Magazin gefüllt?«

»Ja.« Er steckt das Holster an seinen Gürtel. Steht einen Moment mit hängenden Armen da. Dann geht er um den Tisch herum, legt ihr die Hand auf die Schulter und drückt kurz zu.

Nabiha schaut ihn verblüfft an.

Kapitel 57

Der schwarze Volvo rollt langsam über den Platz. In etwa fünfzig Metern Entfernung blinkt er zweimal mit den Vorderlichtern, woraufhin sie den Arm aus dem Seitenfenster hält und winkt. Juncker fährt neben den Fiesta. Signe steigt aus und setzt sich neben ihn auf den Beifahrersitz.

Sie hat ihn das letzte Mal Anfang Januar getroffen. Während sie darauf gewartet hat, dass er auftaucht, hat sie darüber nachgedacht, wie es wohl sein würde, ihn nach so langer Zeit wiederzusehen. Schon als sie gemeinsam die zwei Terroristen verfolgten, fühlte es sich ein wenig steif an, und da waren gerade mal anderthalb Monate vergangen. Jetzt sind es acht, und sie weiß, dass er wütend auf sie ist. Er braucht nichts zu sagen, sie hat es bereits am Handy gehört. Und jetzt kann sie es beinahe physisch spüren.

Eine Weile sitzen sie schweigend nebeneinander und schauen durch die Frontscheibe. Sie schielt zu ihm hinüber. Er sieht um einiges älter aus als beim letzten Mal, findet sie. Oder vielleicht eher verbrauchter. Merkwürdig, denkt sie, eigentlich hat sie Juncker für den Typ gehalten, der durchaus damit klarkäme, allein zu leben. Der vollkommen zufrieden mit der Gesellschaft seiner eigenen begabten Person wäre. Doch den Anschein macht es nicht. Wobei es natürlich zum Teil den Umständen geschuldet ist. Dass seine Frau ihn verlassen hat und er nun in der Provinz wohnt, im Haus, in dem sein Vater all die Jahre residiert hat und wo nun dessen Geist aus Wänden, Böden, Decken und Möbeln wabert. Außerdem ist es wahrscheinlich nicht gerade spaßig für Juncker, unter Skakke zu arbeiten, den er, wie sie weiß, für einen Trottel hält.

Aber Mann, ist sie froh, ihn zu sehen.

»Moment kurz«, sagt er und öffnet die Tür. »Ich muss nur eben …«

Er verschwindet hinter einem rostigen Container. Nach mehreren Minuten taucht er auf und steigt wieder ins Auto.

»Das hat ja gedauert«, bemerkt sie. »Warst du …«

»Erzähl, was passiert ist«, unterbricht er sie, wendet ihr das Gesicht zu und schaut sie an. »Alles.«

Zwischendurch stellt er einige Fragen, davon abgesehen aber berichtet sie zwanzig Minuten ohne Pause. Davon, wie sie von Charlotte kontaktiert wurde. Von ihrem Widerwillen dagegen, mit ihrem Wissen zum Schweigen verdonnert zu sein. Von Alex, dem Whistleblower. Von ihren Gesprächen mit Svend Bech-Olesens Witwe sowie dem Chefarzt und der Krankenschwester auf der Intensivabteilung des Rigshospitals. Von Veronikas Auftauchen und dem grauen Lieferwagen. Von Merlins Wut über ihr eigenmächtiges Handeln.

Ihre Affäre mit Victor und dessen Verrat aber lässt sie unerwähnt.

»Und jetzt ist Charlotte also verschwunden. Seit gestern Nachmittag?«, fragt Juncker.

Sie nickt. »Zumindest habe ich da zum letzten Mal von ihr gehört. Und wie schon am Telefon gesagt, ist sie nicht zu Hause.«

»Warst du im Haus?«

»Ja. Und sie ist auch nicht auf der Arbeit. Könnte sie zu Besuch bei Freunden oder Verwandten sein?«, fragt sie.

Juncker schüttelt den Kopf. »Das ist undenkbar. Wenn Charlotte an einer Sache wie dieser hier arbeitet, ist sie vollkommen …« Er sucht nach dem richtigen Wort. »Getrieben. Da käme sie nicht im Traum auf die Idee wegzufahren. Oder überhaupt freizumachen.«

»Nein, den Eindruck hatte ich auch nicht von ihr. Aber was zur Hölle ist passiert? Wer sind diese Typen in dem grauen Lieferwagen? Wer sind sie, Juncker? Das können doch keine Mitarbeiter des FE sein, oder? Die herumrennen und Leute killen – selbst wenn diese Leute etwas getan haben, was dem System nicht gefällt?«

»Das wäre schon überraschend.«

Sie starrt ihn ungläubig an. »Überraschend? Es wäre vollkommen irre. Juncker, die drei, die im Januar bei dir zu Hause in Sandsted aufgetaucht sind und Bent Larsens Laptop konfisziert haben …«

»Es waren eine Frau und zwei Männer.«

»Ja. Sie war grauhaarig und stilvoll gekleidet, eine elegante Frau, hast du doch gesagt, oder?«

»Richtig. Und die beiden Männer sahen aus wie irgendwelche Kommandosoldaten à la Navy Seals oder Fremdenlegionäre, so was in der Art.«

»Genau so hat die Krankenschwester auf der Intensiv die drei Personen beschrieben, die Simon Spangstrups Leiche abtransportiert haben.«

»Hm. Das hilft uns jetzt bloß nicht weiter. Selbst wenn wir annehmen, dass sie Charlotte gekidnappt haben«, Juncker bricht mitten im Satz ab und blickt in die Ferne, »nützt es uns nichts, wenn wir nicht wissen, wo sie sind. Oder wo sie ist.«

»Was sollen wir also machen?«

»Das Einzige, was wir tun können, ist, zum Schrebergartenhaus deiner Schwester zu fahren und zu sehen, was
die junge Frau – hieß sie Veronika? – herausgefunden hat.
Dann schauen wir weiter.«

»Okay. Lass uns fahren.«

Etwas mehr als eine halbe Stunde später biegen sie in das
Sträßchen in der Schrebergartensiedlung ein, an das Lisas
Haus grenzt. Die dort installierten Fahrbahnschwellen folgen so dicht aufeinander und sind so hoch, dass kein Zweifel darüber besteht, dass der Verein es mit dem Tempo-
limit von zwanzig Stundenkilometern todernst meint.

»Stopp, Juncker!«, ruft Signe auf einmal.

Er bremst. »Was?«

»Da vorn! Ein grauer Lieferwagen. Scheiße! Er sieht
genauso aus wie der, der in eurer Straße stand und versucht hat, mich zu verfolgen, als ich mit Veronika los-
gefahren bin.«

Juncker fährt an die Seite. Signes Herz hämmert. Wenn
sie es sind, wie haben sie herausgefunden, wo sich Veronika aufhält? Ist ihr doch jemand auf einer ihrer Fahrten
hierher gefolgt? Nein! Sie ist absolut sicher, dass sie nicht
beschattet wurde, das hätte sie bemerkt, bei all den Ma-
növern, die sie unterwegs veranstaltet hat. Es sei denn, sie
waren wirklich viele. Vier, fünf Autos, mindestens.

Aber vielleicht ist es ihnen trotz allem gelungen, Veronikas Handy zu orten. Nein, unmöglich. So schnell lässt sich
ein Handy mit Prepaidkarte nicht lokalisieren.

Irgendetwas stimmt nicht. Irgendetwas übersieht sie.

»Was machen wir?«, fragt sie und fühlt sich vollkommen machtlos. »Wir können schlecht einfach hineinmarschieren, wenn wir keine Ahnung haben, mit wie vielen Leuten wir es zu tun haben und wie sie bewaffnet

sind. Wir müssen davon ausgehen, dass Veronika noch im Haus ist, und wir wissen ja nicht, ob sie … Fuck, wir können nichts tun, außer darauf zu warten, dass sie rauskommen, oder?«

Juncker schweigt. Kratzt sich am Kopf. Dann steigt er aus. Signe folgt ihm. Er geht zur Rückseite des Wagens, öffnet die Kofferraumklappe und zieht eine Aluminiumkiste hervor, öffnet sie, kramt einen Moment darin herum und holt dann ein kleines, rundes schwarzes Teil heraus. Einen GPS-Tracker.

»Kommen wir nah genug an den Lieferwagen heran, um ihn anzubringen?«, fragt er.

Signe schaut sich um. Auf ihrer Seite der Straße, gegenüber den Schrebergärten, stehen einige niedrige weiße Gebäude, die als Werkstätten und Garagen dienen. Sie sind von einer Grasfläche umgeben, die weiter vorn, kurz vor dem Parkplatz gegenüber dem Haus der Schwester, an ein Wäldchen mit Büschen und hohen Bäumen grenzt. Soweit sie von hier aus sehen kann, parkt der Lieferwagen mit der Nase direkt zu den Büschen.

»Her damit«, sagt sie.

Signe läuft übers Gras zur Rückseite der weißen Häuser und in deren Schutz weiter bis zu dem Wäldchen. Bevor sie die Bäume erreicht, muss sie über einen tiefen Graben springen. Sie rutscht ab, erwischt jedoch gerade noch einen Ast, an dem sie sich festhalten und so den Sturz bremsen kann. Sie zieht sich in Sicherheit, findet wieder Halt und schlägt sich ins Unterholz, das sehr viel dichter ist, als sie erwartet hätte. Die Zweige schnalzen ihr ins Gesicht und hinterlassen brennende Kratzer auf der Haut. Sie flucht.

Mehrere Male strauchelt sie, als sie mit den bloßen Beinen in dornigen Fangarmen von Brombeer- und Himbeergestrüpp hängen bleibt. Doch sie kämpft sich weiter, bis sie beim Parkplatz ankommt, und betet, dass niemand im Wagen ist. Von hier sind es noch höchstens fünfzehn Meter bis zum Grundstück ihrer Schwester, das von einer hohen Hecke umgeben ist. Sie ist jetzt so nah am Auto, dass sie es berühren kann, wenn sie den Arm ausstreckt. Sie geht in die Hocke und sammelt sich. Streicht sich mit dem Zeigefinger über die Wange. Am Finger ist Blut. Sie schaut nach links und rechts, um sicherzugehen, dass keine Passanten in ihre Richtung kommen, zieht dann den GPS-Tracker aus der Tasche und geht auf alle viere, um das letzte Stück bis zur Vorderseite des Autos zu krabbeln.

Da hört sie, wie jemand die Gartenpforte öffnet.

Sie erstarrt. Steckt die Hand unter die Jacke und greift nach der Pistole. Auf der asphaltierten Straße nähern sich Schritte. Der Wagen wird mit der Fernbedienung entriegelt, und ein lautes Klicken ertönt. Die Schritte sind jetzt auf Höhe des Wagens. Sie kauert sich zusammen, macht sich so klein wie möglich und zieht vorsichtig die Pistole aus dem Holster. Wenn die Person bis ganz zur Vordertür kommt, wird der- oder diejenige sie auf jeden Fall sehen. Sie legt den Zeigefinger an den Abzug.

Die Schritte verharren. Sie hört, wie der Griff der Seitentür heruntergedrückt und die Tür aufgeschoben wird. Einen Moment lang hantiert jemand im Inneren des Wagens, dann wird die Tür wieder zugeschoben. Die Schritte entfernen sich, und die Gartenpforte wird geschlossen. Dann Stille.

Abgesehen von ihrem hämmernden Puls, der in den Ohren pocht.

Sie atmet tief durch, steckt die Pistole zurück ins Holster, legt sich mit der Wange fast auf den Boden und schaut unter das Auto. Im Halbdunkel kann sie nicht viel erkennen, ihre Augen stellen sich nur langsam vom grellen Sonnenlicht um. Sie streckt die Hand aus, um nach einer ebenen Fläche an der Wagenunterseite zu suchen, nimmt den magnetischen Tracker und befestigt ihn mit einem leisen *Klonk*. Dann schaut sie sich nach beiden Seiten um, richtet sich ein Stück auf und kehrt in geduckter Haltung durchs Gebüsch und über das Gras zu Junckers Auto zurück.

Er ist in der Zwischenzeit wieder eingestiegen.

»Das hätten wir. Was jetzt?«, fragt sie, als sie neben ihm sitzt. In jeder anderen Situation würden sie haufenweise Kollegen und die Antiterroreinheit als Verstärkung ordern. Aber das hier ist keine normale Situation.

»Wir müssen warten, bis sie rauskommen«, sagt Juncker. »Was auch immer sie da drinnen tun, werden sie wohl nicht ewig bleiben, und wenn sie dann losfahren, folgen wir ihnen. Das ist auch unsere beste Chance, um herauszufinden, wo …« Er bricht mitten im Satz ab, presst die Hände ums Lenkrad und starrt unbeweglich geradeaus, doch sie weiß ohnehin, was er sagen wollte. Wenn sie Glück haben, führt der Tracker sie zu Charlotte. Signe schließt die Augen. O Gott, lass sie am Leben sein. Und lass Veronika am Leben sein.

»Aber wir können hier nicht einfach sitzen und warten. Sie werden an uns vorbeifahren, und wahrscheinlich wissen sie, wie wir aussehen. Ganz davon abgesehen, dass es auffällt, wenn zwei Leute an einem Ort wie diesem in einem Auto hocken und Löcher in die Luft starren«, sagt Signe.

»Was schlägst du also vor?«

»Lass uns hinter den weißen Gebäuden warten. Von dort können wir hören, wenn sie aus dem Haus kommen.«

»Okay, machen wir es so.«

Sie steigen aus und eilen übers Gras bis zur Ecke des Hauses, das Lisas am nächsten steht. Von hier aus sind es noch ungefähr fünfzig Meter.

Es vergehen knapp fünf Minuten, dann hören sie, wie eine Tür geöffnet und kurz darauf wieder geschlossen wird. Signe reckt vorsichtig den Kopf vor. Einige Zweige von den Bäumen hängen herunter und behindern teilweise die Sicht, dennoch kann sie drei Männer und eine Frau, grauhaarig, in einem schwarzen Kostüm, auf den Lieferwagen zugehen sehen. Signe schaut zu Juncker. Er nickt bestätigend: Sie ist es. Die Frau trägt einen Rucksack in der Hand. Signe erkennt ihn. Es ist Veronikas.

Die vier steigen ein, der Wagen fährt los und verschwindet außer Sichtweite. Signe und Juncker warten zwei Minuten, ehe sie sich dem Haus nähern. Juncker geht voran, zieht Nabihas Pistole und spannt den Hahn, Signe tut es ihm gleich. Er wirft ihr einen fragenden Blick zu, sie nickt und geht voraus auf die Haustür zu. Sie ist geschlossen, wurde jedoch aufgebrochen, wie es an den deutlichen Spuren an Rahmen und Einfassung zu erkennen ist. Es sieht aus, als sei es eine relativ einfache Aufgabe gewesen, schließlich handelt es sich lediglich um die Tür eines Schrebergartenhauses. Signe drückt die Klinke mit der linken Hand herunter, hält die Pistole dann im beidhändigen Anschlag und stupst die Tür mit dem Fuß auf. Sie betritt den Flur, bleibt stehen und lauscht. Es ist vollkommen still. Sie geht weiter auf die Tür zum Wohnzimmer zu. Und erstarrt.

Veronika sitzt mitten im Raum auf einem der Esstischstühle. Ihre Arme sind hinter der Rückenlehne mit silbergrauem Klebeband zusammengebunden, ihr Oberkörper ist, ebenfalls mit Klebeband, an den Stuhl gefesselt. Der Kopf ist nach vorn gefallen, und die hellen Rastalocken hängen wie ein dicker Vorhang vor ihrem Gesicht. Die Brustpartie des weißen T-Shirts und die Vorderseite ihres Rockes sind von Blut durchtränkt. Es sieht ganz frisch aus und hat begonnen, auf den Boden zu tropfen.

Signe hat das Gefühl, sich in einem Traum zu befinden. Einem surrealen Albtraum, wo alles verzerrt ist, schrill und auf groteske Weise missgestaltet, eine Welt, die wehtut und unerträglich ist. Sie versucht zu fokussieren, hat jedoch das Gefühl, als würde ihr Sichtfeld verschwimmen, und sie begreift nicht, was los ist, bis ihr klar wird, dass ihr Tränen den Blick verschleiern und die Wangen hinablaufen.

Signe hält sich die linke Hand vor die Augen und schluchzt. Sie spürt Junckers Hand auf ihrer Schulter, ehe er an ihr vorbei zu Veronika geht. Er schiebt ihr Haar zur Seite und drückt einen Finger gegen ihren Hals, versetzt ihn versuchsweise ein Stück, fängt dann aber Signes Blick auf und schüttelt den Kopf.

»Haben sie sie erschossen?«, schluchzt sie und wischt sich mit dem Handrücken über die Augen.

»Ja.«

»Wie?«

Juncker beugt sich über die Leiche der jungen Frau. »Mit einem Nackenschuss.« Er geht um den Stuhl herum, setzt sich in die Hocke und schiebt Veronikas Locken zur Seite. »Die Austrittswunde ist vorn an der Kehle. Ihr Gesicht ist unversehrt. Vermutlich war sie auf der Stelle tot. Es tut mir leid, Signe.«

Signe nickt und denkt, dass es eine kranke, kranke Welt ist, in der man noch froh sein muss, dass eine junge Frau zwar getötet, ihr aber zumindest nicht ins Gesicht geschossen wurde.

»Warum?« Sie schaut Juncker an.

Er antwortet nicht.

»Warum konnten sie sich nicht einfach damit zufriedengeben, ihren Laptop mitzunehmen?«

»Signe, ich weiß es nicht. Ich weiß nicht, wie sie denken. Vielleicht wollen sie uns anderen ausdrücklich zu verstehen geben, dass das, was Alex und Veronika getan haben, mit der härtest denkbaren Strafe geahndet wird.«

»Sie sind keinen Deut besser als Terroristen.« Sie steckt die Pistole ins Holster. »Es *sind* verfluchte Terroristen.«

Signe schaut sich nach Veronikas Laptop und der externen Festplatte um, ohne sie jedoch zu entdecken. Juncker errät ihre Gedanken. »Sie haben natürlich all ihre Ausrüstung mitgenommen, zu diesem Zweck sind sie schließlich gekommen.«

»Ja, die Sachen waren garantiert in dem Rucksack, den die grauhaarige Frau getragen hat.« Signe steht noch immer in der Türöffnung. Das Haus ist ein Tatort, und es wäre dumm, mehr als nötig darin herumzutrampeln.

»Aber es würde mich wundern, wenn …«

»Was?« Juncker schaut sie fragend an.

»Sonderlich gut habe ich Veronika ja nicht gekannt. Aber es würde mich wirklich wundern, wenn sie keine Kopie von dem, was sie gefunden hat, versteckt hätte. Also eine zusätzliche Kopie neben der externen Festplatte, auf der sie pausenlos Backups zur Sicherheit erstellt hat. Sie war clever.«

Signe schaut sich um. Es macht nicht den Eindruck, als hätten sie nach mehr gesucht als nach dem, was sie ohnehin bereits hatten. Auch wenn es schwer zu erkennen ist, da das Haus – wie immer – ziemlich unordentlich ist. Oder was heißt unordentlich. Ihre Schwester ist eine Sammlerin, und auf sämtlichen freien Flächen stehen Figuren, Döschen, Vasen, Schalen und anderer Nippes.

Spurensicherung. Jedenfalls nicht in diesem Fall. Außerdem wissen wir, wer sie getötet hat. Wir wissen nur nicht, wer sie sind.«

Er zieht sein Handy aus der Tasche und öffnet die Tracking-App.

»Dagegen wissen wir, *wo* sie sind. Gerade fahren sie die Vejlands Allé entlang, weit sind sie also noch nicht gekommen. Der Berufsverkehr muss sie aufgehalten haben.«

Signe schaut auf die Uhr auf dem Armaturenbrett.

»Die Stoßzeit ist noch nicht vorbei, das Vergnügen werden wir also auch noch haben. Was machen wir mit dem USB-Stick? Wir wollen doch sehen, was Veronika für uns gefunden hat.«

»Ja, wir brauchen einen Computer.«

»Zu mir können wir nicht. Hast du noch den Schlüssel zu eurem Haus?«

Juncker nickt.

»Gibt es da einen Computer?«

»Charlotte hat einen Desktop-PC, aber für den kenne ich das Passwort nicht. Allerdings müsste mein alter PC noch im Gästezimmer stehen. Jedenfalls hat Charlotte nichts davon gesagt, dass sie ihn entsorgt hätte, und das hätte sie wohl trotz allem erwähnt.«

»Okay, sollen wir hinfahren?«

»Nein. Erst müssen wir die vier unschädlich machen. Oder wie viele es auch sind. Und Charlotte finden. Die Informationen auf dem Stick laufen uns nicht weg.«

Kapitel 58

Signes Vorhersage bewahrheitet sich. Der Berufsverkehr ist noch lange nicht vorbei, und den Großteil der Zeit auf der Ringroute 3 und der E20 fahren sie im Stop-and-go, bis sie nach fast einer Dreiviertelstunde auf der Insel Amager ankommen.

»Wo sind sie jetzt?«, fragt Juncker, als sie gerade auf Höhe des Konferenzzentrums Bella Center sind.

Sein Handy liegt auf Signes Schoß. Sie schaut aufs Display.

»Sieht aus, als hielten sie in einer Seitenstraße zum Kongelundsvej. Ähm, Frieslandsvej heißt sie.« Sie schaut auf. »Das ist gar nicht weit von dort, wo Alex gefunden wurde.«

Juncker überlegt, ob er Nabiha anrufen soll, um zu hören, wie es bei ihr läuft. Ob sie mit Anders Jensen oder Skakke gesprochen hat. Aber er verwirft den Gedanken. Denn es gibt keinen Grund außer dem Bedürfnis, sein schlechtes Gewissen zu beruhigen, weil er sie im Stich gelassen hat. Falls sie in der Klemme steckt, kann er jetzt ohnehin nichts tun, um ihr zu helfen. Nicht vor morgen.

Nach zwanzigminütiger Fahrt Richtung Süden der Insel biegen sie in den Frieslandsvej ein, der nicht viel mehr als drei Meter breit und voller Schlaglöcher ist. Ein paar vereinzelte Häuser stehen entlang der Straße, getrennt durch Felder und kleinere Waldstücke. Juncker fährt so langsam, wie es gerade noch geht, ohne auffällig zu wirken. Allerdings ist weit und breit keine Menschenseele zu sehen, und die Gegend erinnert eher an Sandsted denn an die unmittelbare Umgebung Kopenhagens. Es fällt schwer, sich vorzustellen, dass es von hier nur etwas mehr als zehn Kilometer bis zum Rathausplatz in der Innenstadt sind.

»Wie nah sind wir?«, fragt er.

»Nah. Ich würde wetten, es ist gleich da vorne links.«

Der Frieslandsvej besteht aus einer kleineren Ansammlung von Gebäuden. Der Straße am nächsten steht ein weiß gekalktes Haus, das aussieht wie das Wohnhaus auf einem alten Gehöft. Dahinter, um einen Hofplatz herum, sind ein altes Stallgebäude und ein ebenfalls weiß gekalktes Hühnerhaus zu sehen. Noch weiter hinten ragt ein gewölbtes Gebäude auf, das mit rostigen Metallplatten verkleidet ist und an einen Hangar erinnert.

Einfahrt und Hofplatz sind gekiest. Der Rasen vor dem Wohnhaus scheint seit Wochen nicht gemäht worden zu sein. Beide spähen auf den Hofplatz, können jedoch nichts außer einem weißen Pkw erkennen. Jetzt sind sie an der Einfahrt vorbei, Juncker richtet den Blick wieder auf die Fahrbahn, da ruft Signe auf einmal: »He! Da ist er!«

Juncker ist mit dem Fuß schon fast auf der Bremse, besinnt sich aber gerade noch rechtzeitig und fährt mit derselben Geschwindigkeit weiter.

»Ich habe ein Teil des Hecks gesehen. Er steht hinter dem Hühnerhaus.«

Knappe hundert Meter weiter biegt Juncker in eine kleine Seitenstraße ein, wo er den Wagen am Rand parkt. Sie steigen aus.

»Lass uns versuchen, so nah heranzukommen wie möglich«, sagt er. »Die ersten fünfzig Meter können wir auf der Straße gehen, danach bewegen wir uns im Schutz der

Bäume. Fandest du nicht auch, es sah aus wie eine Obst-
plantage?«

»Absolut.«

Sie nähern sich, bis sie etwas weiter vorn die Häuser erkennen können. Juncker springt über den Straßengraben
und verschwindet zwischen einer Reihe von Apfel-
bäumen, Signe folgt ihm. Sie zieht die Pistole.

»Sieht aus, als ob die Bäume bis vor zum Rasen ziemlich
dicht stünden. Lass uns erst mal versuchen, bis zur vor-
dersten Reihe der Bäume zu gelangen«, flüstert Juncker
und denkt, dass er auf die Frage, wie sie dort weiter vorgehen sollen, keine Antwort parat hat.

Sie bewegen sich auf das Haus zu, langsam, in einem
Abstand von fünf Metern zueinander. Zwischen der
Apfelplantage und der Rasenfläche liegt ein etwa zehn
Meter breiter Gürtel aus hohen Buchen- und Ahorn-
bäumen. Signe und Juncker gehen jeweils hinter einem
Baum in Deckung. Juncker streckt vorsichtig den Kopf
vor. Kein Zeichen von Leben im Haus. Alle Fenster sind
geschlossen.

Er macht zwei Türen aus, die Haustür und eine weitere,
die sicher zu einem Hauswirtschaftsraum führt. Außerdem ist ihm vorhin beim Vorbeifahren eine Terrassentür
auf der entgegengesetzten Seite des Hauses aufgefallen.
Sie könnten also tatsächlich alle Türen bewachen – so weit,
so gut. Das Problem ist nur, dass es praktisch Selbstmord
wäre, das Haus mit nur zwei Mann zu stürmen, wenn sich
da drinnen mindestens vier höchstwahrscheinlich schwer
bewaffnete Gegner befinden.

Bleibt ihnen überhaupt eine andere Wahl, als Merlin anzurufen, um Verstärkung zu bitten und die Stellung zu
halten, bis die Antiterroreinheit anrückt, damit diesem
Wahnsinn hier ein Ende gesetzt werden kann? Auch wenn

das bedeutet, dass die Geheimdienste die Sache ein weiteres Mal unter ihren schmuddeligen Teppich kehren und Signe und Charlotte, und im Übrigen auch er selbst, sich ein für alle Mal abschminken können, die Wahrheit ans Licht zu bringen?

Er versucht, die Situation zu durchdenken. Wenn Charlotte da drinnen ist, werden sie seine Frau garantiert als Schutzschild benutzen, und sollten sie in die Ecke gedrängt werden, werden sie kaum zögern, sie zu töten. Bei ihrem Modus Operandi. Falls sie sich hingegen *nicht* im Haus befindet, ist wohl kaum damit zu rechnen, dass sie ihm erzählen, wohin sie sie gebracht haben, damit man sie finden kann, solange sie noch am Leben ist.

Er schließt die Augen und lehnt die Stirn gegen den Buchenstamm, der glatt und kühl ist. Dann hört er ein Geräusch. Eine Klinke wird heruntergedrückt, kurz darauf öffnet sich knirschend eine Tür. Und er hört eine Stimme, eine Frauenstimme.

Juncker schaut zu Signe. Ihre Blicke begegnen sich. Sie nickt. Er hält die Pistole mit gestreckten Armen schräg vom Körper weg.

Die grauhaarige Frau tritt auf den Hofplatz. Sie trippelt mit ihren hochhackigen Schuhen über den Kies und zieht einen dunkelblauen Trolley hinter sich her. Der Koffer holpert über die Steine, sie zerrt mit einer gereizten Bewegung am Handgriff und hindert ihn nur mit Mühe am Umkippen. Ein Mann erscheint auf dem Treppenabsatz. Er ist nicht sonderlich groß, jedoch kräftig und muskulös. Juncker identifiziert ihn als einen der drei, die aus dem Schrebergartenhaus gekommen und in den grauen Lieferwagen gestiegen sind. Der Mann schließt die Haustür hinter sich ab und folgt der Frau, die auf den weißen Pkw zusteuert.

Juncker atmet tief durch. Dann macht er einen Schritt zur Seite. Noch in der Bewegung schießt ihm durch den Kopf, dass es schlauer gewesen wäre, die Pistole mit nur einer Hand zu halten, dann hätte er wenigstens teilweise im Schutz des Buchenstammes bleiben können. Doch es ist zu spät, sich umzuentscheiden. Davon abgesehen ist er kein ausreichend guter Schütze, um aus diesem Abstand einhändig zu treffen.

»Polizei! Stehen bleiben!«, brüllt er.

Die beiden Gestalten erstarren. Juncker beobachtet ihre Hände.

»Hände hoch! SOFORT!« Seine Stimme bricht, er ist es nicht gewohnt, laut zu werden. Es ist Ewigkeiten her, dass er jemandem einen Befehl zugerufen hat, das letzte Mal wahrscheinlich Simon Spangstrup inmitten eines Schneesturms auf einer Straße außerhalb Sandsteds. Es kratzt im Hals, und er muss husten.

Die Frau lässt den Koffer los. Mit einem knirschenden Geräusch fällt er auf den Kies. Dann hebt sie langsam beide Hände. Ihre Nägel sind blutrot lackiert. Der Mann sieht aus, als sei er mitten im Schritt zu Eis erstarrt, mit jeweils einem Arm vor- beziehungsweise zurückgestreckt.

Was dann passiert, geht so schnell, dass Juncker nichts wahrnimmt. Oder besser gesagt, seine Augen registrieren das Geschehen, doch sein Gehirn hat keine Zeit, den Sinneseindruck zu irgendeiner Art von Gedanken, geschweige denn einer Handlung zu verarbeiten. Der Mann wirft sich nach vorn, dreht sich dabei gleichzeitig um seine Längsachse, und noch im Fallen materialisiert sich eine Pistole in seiner rechten Hand. Ehe es ihm aber gelingt, die Waffe auf Juncker und Signe zu richten, pflügt ein Neun-Millimeter-Projektil durch seine linke Brust und tritt durch das Schulterblatt wieder aus.

Dann feuert Juncker, doch er ist nicht sicher, ob er trifft. Der Mann landet bäuchlings auf der Erde, er klatscht mit dem Kopf auf die Steinchen und verliert die Pistole, die beim Kontakt mit dem Untergrund einen Salto mortale schlägt und einen halben Meter von der rechten Hand des Mannes entfernt liegen bleibt.

Signe marschiert über den Rasen.

»Danke«, sagt er und folgt ihr.

»Gern geschehen«, antwortet sie und ruft der grauhaarigen Frau zu: »Auf den Bauch legen!« Die Frau zögert. »SOFORT, verdammt, oder ich schieße!«

Die Frau geht vorsichtig auf dem Kies in die Knie, es schmerzt, das ist deutlich an ihren steifen, abrupten Bewegungen zu sehen, als sich die Steinchen in ihre Haut bohren. Sie stützt sich mit den Händen ab und senkt den Oberkörper auf die Erde.

»Arme seitlich ausstrecken«, kommandiert Signe.

Die Frau gehorcht.

Juncker hat die Pistole des Mannes eingesammelt und eingesteckt. Er bückt sich und durchsucht den Verletzten, der bei Bewusstsein ist, jedoch keinen Mucks von sich gibt. Als er mit der Rückseite des Mannes fertig ist, packt er ihn am Arm, dreht ihn auf den Rücken und wiederholt die Prozedur auf der Vorderseite. Ein einziges Mal entweicht dem Verletzten dabei ein ersticktes Grunzen, aber das war's auch. Juncker zieht den Kapuzenpullover des Mannes zur Seite und schiebt das hellgraue T-Shirt hoch. Die Schusswunde blutet zwar, doch das Blut schießt nicht heraus. Er dreht den Oberkörper auf die Seite und untersucht die Austrittswunde. In etwa das Gleiche, stellt er fest. Dann geht er zu der Frau auf dem Boden.

Sie hebt den Kopf, so gut es geht.

»Martin Junckersen. So sehen wir uns wieder«, sagt sie

mit einem Lächeln. »Unter etwas anderen Umständen als letztes Mal, muss man sagen.«

Juncker starrt sie an, ohne etwas zu erwidern. Dann setzt er sich vor ihrem Gesicht in die Hocke.

»Sind noch mehr im Haus?«

»Nein«, antwortet sie. »Falls ja, wären Sie beide jetzt bereits tot.«

»Soll ich trotzdem nachsehen?«, fragt Signe.

Allein ins Haus zu gehen ist gelinde gesagt nicht ideal, aber ihnen bleibt keine andere Wahl.

»Tu das. Ist meine Frau hier?«, fragt er an die Grauhaarige gerichtet.

»Ihre Frau? Nein, ist sie nicht.«

Sie spricht fehlerfrei Dänisch, jedoch mit einem schwachen Akzent, den er nicht einordnen kann.

»Wo ist sie dann?«

»Tja, wo mag sie wohl sein?«

Er richtet die Pistole auf sie. Ihr Lächeln wird breiter.

»Ach, Martin, finden Sie nicht, das ist eine Nummer zu primitiv? Glauben Sie ernsthaft, so kommen Sie weiter?«

»Sagen Sie mir, wo sie ist, oder ich bringe Sie um.«

»Das wäre ehrlich gesagt das Dümmste, was Sie überhaupt tun könnten. Die todsichere Methode, um niemals zu erfahren, wo sich Ihre Frau befindet. Jedenfalls nicht, ehe es zu spät ist.«

Juncker schaut zu dem verwundeten Mann hinüber. Die Frau folgt seinem Blick.

»Aus ihm bekommen Sie keinen Ton heraus. Und wenn Sie ihn in kleine Stücke hacken. Außerdem weiß er nicht, wo sie ist.« Ihr Lächeln ist verschwunden. »Es gibt nur einen einzigen Weg, wie Sie es herausfinden können.«

»Und der wäre?«

»Als Allererstes müssen Sie mich aufstehen lassen. Es ist ziemlich unangenehm, auf diesen Steinen zu liegen.«

»Sind Sie bewaffnet?«

»Nein, ich bin auf dem Weg zum Flughafen, und die Sicherheitskontrolle hat bekanntlich ein angestrengtes Verhältnis zu Passagieren, die versuchen, Waffen mit an Bord zu nehmen.«

»Schön, dann stehen Sie auf.« Juncker wendet sich an Signe, die gerade wieder aus dem Haus kommt. »Signe, kannst du kurz …«

Signe geht zu der Frau und durchsucht sie. Als sie fertig ist, nickt sie Juncker zu.

»Sie haben gesagt, Sie seien ›auf dem Weg zum Flughafen‹. Sie meinten wohl, Sie *waren* auf dem Weg zum Flughafen.«

»Nein, ich glaube, ich habe mich vollkommen korrekt ausgedrückt.«

»Wie meinen Sie das?«

Die Frau schaut unmutig an ihrem schwarzen Blazer und der Hose hinab, die gesprenkelt mit kleinen weißen Abdrücken von den Steinen sind. Sie versucht, das Kostüm mit der Hand sauber zu bürsten.

»Jetzt hören Sie mal zu. Der einzige Weg für Sie – und ich meine wirklich der einzige – ist, mich gehen zu lassen. Im Gegenzug verspreche ich, dass ich Ihnen, sobald ich in meinem Flieger sitze und er die Startbahn entlangrollt, eine Nachricht mit der Adresse schicken werde, wo Sie Ihre Frau finden können.«

Juncker schnaubt. »Und warum, bitte schön, sollte ich Ihnen glauben? Einer dreckigen Massenmörderin, die …«

»Na, na, Martin, passen Sie auf, dass Ihnen nicht die Pferde durchgehen«, unterbricht sie ihn lächelnd. »Es fällt Ihnen vielleicht schwer, zu begreifen, aber wir beide spielen in diesem Spiel im selben Team. So oder so gilt jedenfalls, dass Sie, wenn Sie mich jetzt nicht gehen lassen, nicht erfahren werden, wo Ihre Frau sich befindet. Und wenn Sie die gesamte dänische Polizei nach ihr suchen lassen, Sie finden Charlotte nicht rechtzeitig. Sie ist jetzt seit gestern Abend ohne Wasser. Bei dieser Hitze hält sie allerhöchstens noch fünf, sechs Tage durch, was schon großzügig gerechnet ist … und ganz sicher nicht genügend Zeit, um sie zu finden.« Sie lächelt erneut. »Es liegt bei Ihnen.«

Langsam sickert die Erkenntnis zu Juncker durch, dass die Frau recht hat. Dass er vor einer Wahl steht, wie er sie noch nie in seinem Leben hat treffen müssen: entweder eine Kriminelle, eine kaltblütige Mörderin, entkommen zu lassen, oder aber einen Menschen zu verlieren, den er innig liebt. Binnen weniger Sekunden realisiert er, dass er an einem Scheideweg steht und es ihn, egal in welche Richtung er geht, für den Rest seines Lebens definieren wird. Allerdings ist ihm ebenso klar, dass die Wahl ganz einfach ist. Sein Blick wandert zu Signe, die ein paar Meter weiter steht, die Pistole auf den verwundeten Mann am Boden gerichtet. Er kann ihrer Miene nicht entnehmen, was sie denkt. Im Übrigen ist es auch völlig gleichgültig, er braucht ihren Segen nicht. Es ist einzig und allein seine Entscheidung.

»Schön«, sagt er und schaut der Frau in die Augen. Er tritt einen Schritt näher an sie heran. Würde er den Arm ausstrecken, könnte er sie berühren. Er hält ihren Blick fest. Eigentlich sollte er sie hassen, glühend hassen, doch er fühlt nichts außer Kälte.

Er steht so nah, dass er ihr Parfüm riechen und das feine Netz aus Fältchen um ihren Mund und die großen Augen herum sehen kann, graue Augen, beinahe von derselben

Farbe wie ihr Haar, mit einem lebhaften und intelligenten Ausdruck. Eine äußerst anziehende Frau, denkt er. Eigenartig und verstörend, dass das Böse so hübsch verpackt sein kann.

»Wenn Sie lügen«, sagt er mit leiser Stimme, »schwöre ich, dass ich herausfinden werde, wer Sie sind, und dann spüre ich Sie auf, ganz egal, wo Sie sich auf der Welt verstecken. Und dann töte ich Sie. Und Ihre Familie, falls Sie eine haben.«

Die Frau nickt langsam. »Das ist nur fair«, sagt sie. »Wenn ich Ihnen eine Nachricht schicken soll, brauche ich Ihre Nummer.«

Juncker gibt sie ihr, und sie speichert sie in ihrem Handy ab.

»Also verschwinden Sie«, sagt er. »Hauen Sie ab.«

»Auf Wiedersehen, Martin Junckersen. Sie hören von mir.« Die Frau dreht sich um und geht zu dem weißen Auto.

Juncker hält an einer Bushaltestelle im Kongelundsvej und ruft Merlin an.

»Juncker?« Merlin klingt überrascht. »Was gibt's?«

»Hör zu. In einem Haus im Frieslandsvej draußen auf Amager liegt ein Mann im Flur. Er trägt Handschellen, und die Beine sind gefesselt. Außerdem hat er eine Schusswunde in der linken Brust, meiner Einschätzung nach besteht keine unmittelbare Gefahr, dass er stirbt, aber es sollte wohl besser nicht allzu viel Zeit vergehen, bis er behandelt wird. Schickst du einen Rettungswagen und einen Trupp Leute her? Für den Anfang können sie ihn wegen der Beihilfe zum Mord an dem geköpften Mann aus Kongelunden festnehmen. Bei dem Toten handelt es sich übrigens um Alexander Hansen, einen ehemaligen Mitarbeiter des FE.«

Am anderen Ende der Leitung ist es mucksmäuschenstill.

»Ich verstehe nicht ganz ...«, sagt Merlin nach einigen
Sekunden.

»Ich habe jetzt keine Zeit für Erklärungen, aber ich
werde ...«

»Wer hat den Mann angeschossen?«

»Signe. Er hat eine Pistole auf uns gerichtet, und wir
haben beide geschossen. Ihr Schuss saß. Ich habe seine
Waffe.«

»Wo ist Signe?«

»Sie sitzt hier neben mir. Und noch was: Du musst die
Wache in Albertslund anrufen und Bescheid geben, dass
sie zu einem Schrebergartenhaus in ... Signe, wie lautet
die Adresse?«

»Rosmarinvænget 7.«

»Dass sie zum Schrebergartenhaus im Rosmarinvænget
7 fahren sollen, dort befindet sich die Leiche einer jungen
Frau namens Veronika ... ihren Nachnamen kennen wir
nicht, oder?«

Signe schüttelt den Kopf.

»Für diesen Mord – sie wurde mit einem Schuss in den
Nacken liquidiert – könnt ihr den verwundeten Mann
ebenfalls getrost der Beihilfe bezichtigen.«

»Juncker, was zur Hölle treibt ihr?«

»Etwas, das wir schon längst hätten tun sollen. Was das
Haus im Frieslandsvej angeht, weiß ich nicht, welche Haus-
nummer es ist. Sag den Kollegen, sie sollen vom Kongelundsvej kommend nach rechts in den Frieslandsvej ab-
biegen, dann ist es das letzte Haus auf der linken Seite. Es
ist nicht zu verfehlen, die Straße ist eine Sackgasse.«

»Juncker, ihr müsst sofort nach Teglholmen kommen,
damit wir diese Sache regeln können.«

»Das werden wir auch, aber erst müssen wir uns um ein paar Dinge kümmern.«

»Juncker, verflucht, das geht einfach …«

Juncker drückt Merlin weg und steckt das Handy in die Jackentasche.

»Merlin ist sauer«, sagt er.

»I know. Glaubst du, wir fliegen?«

Er lehnt den Kopf gegen die Seitenscheibe und ist gleichzeitig todmüde und außer sich vor Angst beim Gedanken daran, Charlotte womöglich niemals lebend wiederzusehen.

»Es dürfte schwer sein, zwei Ermittler gleichzeitig zu feuern, weil sie ihren Job machen. Das würde ein ziemlich schlechtes Bild in der Presse abgeben. Aber irgendetwas Raffiniertes wird ihnen schon einfallen. Bestimmt zaubern sie zwei ausgezeichnete Stellenausschreibungen aus dem Hut, als Leiter von Fundbüros oder so.«

»Ja, ganz sicher.« Signe schaut ihn an. »Glaubst du dieser Grauhaarigen? Dass sie dir sagt, wo Charlotte ist?«

»Ich hatte keine Wahl, oder? Was hättest du getan?«

Signe überlegt. »Natürlich dasselbe.«

»Was denkst du darüber, dass ich sie habe laufen lassen?«

»Dieselbe Antwort. Wie sollte ich Anne und Lasse je wieder in die Augen schauen, wenn ich Niels' Leben geopfert hätte, um irgendeinen Verbrecher zu schnappen?«

»Egal, was der- oder diejenige getan hätte?«

Signe denkt einen Augenblick nach.

»Ja«, sagt sie dann.

Juncker wirft einen Blick in den Rückspiegel. Ein Bus nähert sich der Haltestelle und blinkt.

»Lass uns fahren und sehen, was auf diesem USB-Stick ist«, sagt er und lässt den Motor an.

Kapitel 59

Er ist seit Dezember nicht mehr im Haus gewesen, und es fühlt sich zu gleichen Teilen nah und intim, aber auch merkwürdig fern an – als betrete man die Kulisse eines Theaterstücks, in dem man früher einmal die Hauptrolle gespielt hat. Es riecht wie immer. Nach Zuhause. Aber irgendetwas fehlt auch, und er braucht einen Moment, bis er begreift, was es ist.

Er ist es, der fehlt. Juncker gehört hier nicht mehr hin.

Der alte PC steht nach wie vor im Gästezimmer oben im zweiten Stock. Er setzt sich, schaltet ihn ein und merkt, dass er das Passwort vergessen hat. Aber normalerweise verwendet er nur drei verschiedene, und als er sie ausprobiert, stellt sich Nummer zwei als das richtige heraus. Dann steckt er den USB-Stick in den Anschluss, während Signe einen Hocker heranzieht und sich neben ihn setzt.

Auf dem Stick liegen fünf Ordner mit den Titeln ›hec‹, ›krs‹, ›Ortung Handy‹, ›Personalakte krs‹ und ›sbo‹.

Sie gehen der Reihe nach vor. Juncker klickt auf ›hec‹. Der Ordner enthält an die fünfundzwanzig E-Mails an und von FE-Chef Henrik Christoffersen, datiert auf den 22., 23. und 24. Dezember. Das Gleiche gilt für die Ordner, die Svend Bech-Olesens und Kristian Stendtlers Initialen tragen. In ›Personalakte krs‹ befinden sich über fünfzig Briefe und Memos.

›Ortung Handy‹ enthält vier Screenshots.

»Er ist echt drauf reingefallen«, sagt Signe.

»Reingefallen worauf?«

»Veronika wollte versuchen, Kristian Stendtler mittels eines Tricks dazu zu bringen, einen Link anzuklicken, den sie ihm geschickt hat. Offenbar hat er das getan und ihr damit den Weg in sein Handy geöffnet, sodass sie auf seine Ortungsdienste zugreifen und sehen konnte, wo er überall war. Sie hat versucht, mir zu erklären, was genau sie gemacht hat, aber ich weiß es nicht mehr.«

»Nicht zu glauben, dass es ernsthaft Leute gibt, die auf diese Betrugsmasche reinfallen. Und dann auch noch jemand vom FE.«

»Tja, Veronika meinte, so, wie sie es gemacht hat, müsse man wirklich auf Zack sein, um zu durchschauen, dass die Nachricht gefaked war.«

Eine halbe Stunde lang sitzen sie vor dem Computer und lesen die Dokumente, die sowohl E-Mail-Wechsel innerhalb des FE als auch mit unter anderem den Staatssekretären des Verteidigungs- und Justizministeriums enthalten. Und das Gesamtbild ist eindeutig: Kristian Stendtler stellt aufgrund seines ausschweifenden Lebens seit mehreren Jahren ein erhebliches Sicherheitsrisiko dar. Insbesondere seit seiner Scheidung vor fünf Jahren sind sein Alkohol- und Kokainkonsum sowie seine Besuche bei Prostituierten dramatisch gestiegen. Bevorzugt hat er ein bestimmtes Bordell in der Nähe von Hillerød frequentiert.

›Der Ort ist berühmt – oder wohl eher berüchtigt – für sein Angebot an jungen Frauen primär thailändischer und philippinischer Herkunft‹, lesen Signe und Juncker in einem der vielen Memos, die aufzeigen, welch ein enormes Sicherheitsrisiko Kristian Stendtler ausgemacht hat.

»Ich werd nicht mehr«, murmelt Juncker. »Wie zur Hölle konnte er seine Stellung behalten? Warum wurde er nicht schon längst gefeuert?«

Die Screenshots von Kristian Stendtlers Handy zeigen, dass er sich am 22. Dezember ab etwa zehn Uhr abends bis zur Mittagszeit des 23. Dezember in seinem Lieblingsbordell aufgehalten hat. Aus einer E-Mail an den FE-Chef Henrik Christoffersen geht hervor, Stendtler wäre dermaßen auf Koks und Alkohol gewesen, dass er einschlief, nachdem er Svend Bech-Olesens Nachricht über den bevorstehenden Terroranschlag am Vorweihnachtstag um zwölf Uhr erhalten hatte.

»Bingo. Da ist er«, ruft Signe aufgeregt, als sie die E-Mail fertig gelesen haben. »Der Beweis dafür, dass der PET unterrichtet worden ist, wir hingegen nicht. Darauf wollte Svend Bech-Olesen, dass wir Jagd machen.«

Juncker nickt. »Ja. Der Beweis, dass die Person, die die Polizei hätte warnen sollen, geschlafen hat, ganz schlicht und ergreifend. Und im Übrigen gar nicht erst in der Verantwortung hätte stehen dürfen.«

Sie lesen weiter, finden aber nichts, was erklärt, weshalb Stendtler nicht schon längst gefeuert wurde.

»Diese Frage muss Henrik Christoffersen beantworten«, meint Signe.

»Ja, mal sehen«, sagt Juncker.

Die Entscheidung, dass alles vertuscht werden soll, begründet Christoffersen in einer Mail an den Staatssekretär des Justizministeriums:

›Es sind schreckliche Dinge geschehen, und es ist natürlich eine Tragödie. Aber der einzige Effekt, den es haben würde, die Wahrheit ans Licht zu bringen, wäre eine Schwächung des Vertrauens der Bevölkerung in uns, die den Terrorismus bekämpfen – zum alleinigen Vorteil derer, die uns schaden wollen. Das darf um keinen Preis geschehen.‹

Sie schweigen eine Weile.

»Wie ist Veronika an all das rangekommen? War sie hochintelligent?«, fragt Juncker.

»Möglich wär's. Kommuniziert der FE in einer Situation wie dieser nicht über sichere Netzwerke?«

»Das denke ich doch. Soweit ich weiß, haben sie vier verschiedene Sicherheitsniveaus: ›dienstlich‹, ›vertraulich‹, ›geheim‹ und ›streng geheim‹. Ich vermute, der Großteil dieses Materials ist als ›vertraulich‹ klassifiziert, manches davon vielleicht sogar als ›geheim‹. Also wie ist ihr das gelungen?« Er schüttelt den Kopf. »Sie muss wirklich ordentlich was auf dem Kasten gehabt haben.«

Signe steht auf und beginnt, rastlos in dem kleinen Zimmer auf und ab zu gehen. »Glaubst du, sie hat gewusst, dass es sie das Leben kosten könnte?«

»Keine Ahnung«, sagt Juncker. »Ich habe sie ja nicht kennengelernt. Aber meinst du nicht, sie hatte eine ziemlich genaue Vorstellung davon, wie gefährlich die Sache war? Schließlich wurde ihr Freund ermordet, weil er versucht hat, die Vertuschung des FE aufzudecken. Und das hat sie nicht aufgehalten.«

Signe setzt sich aufs Bett. Juncker öffnet die obere Schublade in einem kleinen Rollcontainer unter dem Tisch, kramt einen Moment darin, fischt einen weiteren USB-Stick heraus und kopiert die Ordner von Veronika auf den neuen Stick.

»Lass uns runter in die Küche gehen«, sagt er.

Sie setzen sich an den Esstisch. Juncker steckt einen USB-Stick in seine Jackentasche und legt den anderen auf den Tisch.

»Was machen wir jetzt?«, fragt Signe.

Juncker antwortet nicht, sondern checkt sein Handy, obwohl er weiß, dass es sinnlos ist, da das Gerät weder gepiepst noch vibriert hat. Und wie erwartet: Es ist noch keine Nachricht von der Frau gekommen. Er versucht, nicht an Charlotte zu denken, nimmt stattdessen den USB-Stick vom Tisch, steht auf und geht zum Herd. Er bückt sich leicht, nimmt den Filter der Dunstabzugshaube ab, legt den Stick auf die Oberseite des Filters und steckt diesen wieder an seinen Platz.

»Was wir jetzt wissen, reicht das nicht, um Henrik Christoffersen in die Enge zu treiben?« Signe steht ebenfalls auf.

»Es belastet ihn jedenfalls stark, um es mal milde auszudrücken. Das Problem ist nur, dass das Material, soweit ich es beurteilen kann, nicht auf legale Weise beschafft worden ist. Daher kann ich mir gut vorstellen, dass die Staatsanwaltschaft es als nicht verwendbar einstuft. Jedenfalls vorerst. Davon abgesehen wissen wir beide sehr genau, was passiert, wenn wir jetzt einfach auf Teglholmen aufkreuzen und unseren Chefs das Material zeigen, oder?«

Sie nickt. »Aber warum gehen wir nicht einfach durch die Vordertür?«

»Was meinst du?«

»Warum nehmen wir Christoffersen nicht fest und bringen ihn zur Vernehmung nach Teglholmen? Das würde doch ganz sicher so viel Aufruhr erzeugen, dass sie nicht einfach tun können, als wäre nichts geschehen.«

Juncker denkt nach. Ja, warum eigentlich nicht?

»Mit welchem Verdacht sollen wir die Festnahme begründen?«, fragt er.

»Wie wär's für den Anfang mit Beihilfe zum Mord?«

»Hm. Schon möglich, dass in dem Material etwas versteckt ist, was in diese Richtung deutet, aber was wir bis jetzt gesehen haben, stützt in keiner Weise, dass Christoffersen eine Verbindung zu der grauhaarigen Frau und ihren beiden Gorillas gehabt haben könnte.«

»Was dann?«

Juncker nimmt sein Handy und googelt ›Amtsmissbrauch‹ und ›Strafgesetz‹.

»Hier«, sagt er und liest vor: »Paragraf 157 Strafgesetzbuch: ›Macht sich eine Person, die im öffentlichen Dienst tätig ist oder ein Amt innehat, der schweren oder wiederholten Versäumnis oder Nachlässigkeit in Bezug auf die Ausübung des Dienstes oder des Amtes oder aber einer Verletzung der Pflichten, die mit dem Dienst oder dem Amt einhergehen, schuldig, so ist der Betreffende mit einer Geldbuße oder einer Freiheitsstrafe von bis zu vier Monaten zu bestrafen. Wird der Verstoß von einer Person in einer Führungsposition begangen, kann die Freiheitsstrafe auf bis zu einem Jahr verlängert werden.‹«

»Ein Jahr?« Signe schnaubt. »Das ist doch nicht genug für diesen Dreckskerl. Da ist er ja nach sieben, acht Monaten wieder draußen, aber wahrscheinlich kommt er noch mit Bewährung davon.«

»Erst mal müssen wir ihn festnehmen. Wenn wir es jetzt vor den Augen der Öffentlichkeit tun, können sie es unmöglich unter den Tisch kehren. Ganz abgesehen davon, dass die Kacke richtig dampfen wird, wenn Charlotte anfängt, darüber zu schrei…« Er wendet sich ab und steht einen Moment mit dem Rücken zu Signe gekehrt da. Dann geht er zur Tür. »Wollen wir?«

»Ja. Meinst du, er ist im Kastell?«

Juncker schaut auf die Uhr auf seinem Handy. »Hoffen wir's mal.«

»Henrik Christoffersen? Sein Büro ist drüben im Südlichen Magazin, das Gebäude direkt gegenüber.« Der Wachmann des FE zeigt aus dem Fenster. »Erst nach rechts, und dann am Ende des Gebäudes nach links. Weiße Tür, schräg gegenüber der Kirche. Warten Sie einfach draußen, seine Sekretärin kommt runter.«

Der FE hat einen Teil seiner Büros im Kastell von Kopenhagen, einer bemerkenswert gut erhaltenen Festungsanlage aus dem siebzehnten Jahrhundert. Sie wird noch immer vom Militär genutzt, ist mit ihren Grünflächen und Wassergräben, die die Festung in Form eines fünfzackigen Sterns umgeben, jedoch auch ein beliebtes Ausflugsziel.

Signe und Juncker gehen an den rot gestrichenen Gebäuden im Herzen der Anlage entlang und auf den großen Platz vor der hübschen gelben Kirche zu. Keiner der beiden spricht ein Wort. Sie biegen um die Ecke und bleiben vor der weißen Tür stehen. ›Bitte schließen Sie die Tür hinter sich‹, steht auf einem Schildchen auf der ansonsten vollkommen anonymen Tür. Am Giebel, in etwa drei, vier Metern Höhe, hängt eine Überwachungskamera.

»Hier?«, fragt Signe.

»Ich glaube schon.«

Einen Augenblick später geht die Tür auf. Eine kurzhaarige Frau in den Fünfzigern, in einem ärmellosen, geblümten Sommerkleid, kommt heraus.

»Was kann ich für Sie tun?«, fragt sie mit einer Stimme, die vor Effizienz nur so strotzt.

Signe und Juncker zücken beide ihren Ausweis.

»Polizeikommissar Martin Junckersen und Polizeikommissarin Signe Kristiansen, von der Kopenhagener Polizei. Wir möchten mit Henrik Christoffersen sprechen.«

»Worum geht es, wenn ich fragen darf? Henrik Christoffersen sitzt gerade in einer Besprechung.«

»Das kann ich Ihnen nicht sagen, aber es ist sehr wichtig. Würden Sie ihn also bitte holen«, sagt Juncker.

Die Frau mustert zunächst Juncker, dann Signe mit einem kühlen, reservierten Blick.

»Warten Sie hier«, sagt sie und verschwindet hinter der Tür.

Fünf Minuten später öffnet sich die Tür erneut. Juncker hat Henrik Christoffersen noch nie persönlich getroffen, nur im Fernsehen gesehen, und der Chef des FE ist um einiges kleiner, als er ihn sich vorgestellt hätte. Das gilt ganz eindeutig nicht für sein Ego, und eben an Christoffersens selbstsicherer, beinahe arroganter Ausstrahlung dürfte es liegen, dass man ihn als großen Mann einschätzt, selbst wenn man ihn auf der Mattscheibe nur von der Brust an aufwärts sieht. Er ist schlank, das weiße Hemd ist am Hals aufgeknöpft, und die Ärmel sind hochgekrempelt. Das Haar ist kurz geschnitten, und er trägt eine rahmenlose Brille. Die Sekretärin kommt ebenfalls zurück und stellt sich in die geöffnete Tür. Juncker stellt erneut sich selbst und Signe vor.

»Was wollen Sie? Ich sitze in einer wichtigen Besprechung und habe keine Zeit …«

»Henrik Christoffersen, es ist …« Juncker schaut zunächst auf die Uhr an der kleinen, eleganten Kirchturmspitze des Kastells und wirft anschließend zur Kontrolle einen Blick auf sein Handy. »17.25 Uhr und Sie sind hiermit wegen des Verdachts auf Amtsmissbrauch festgenommen. Sie haben das Recht, aber nicht die Pflicht, eine Aussage zu machen. Sie haben das Recht auf einen Verteidiger, und wenn Sie selbst keinen wählen möchten, wird Ihnen einer gestellt.«

Falls der Chef des FE überrascht ist, verbirgt er es gut. Er schaut Juncker mit einem Ausdruck an, der bar jeder

Gefühlsregung ist. Einen kurzen Moment fragt sich Juncker, ob der Mann überhaupt gehört hat, was er gesagt hat.

Dann nimmt Henrik Christoffersen seine Brille ab, hält sie gegen den dunkelblauen Nachmittagshimmel, holt ein Taschentuch hervor, haucht auf die Gläser und beginnt, sie zu putzen, akribisch, mit langsamen, sorgfältigen Bewegungen. Als hätten sie ihm einen Streich gespielt. Als hätten Fettflecken auf dem Glas die Wirklichkeit zu einer merkwürdigen Fantasterei verzerrt, in der verhältnismäßig rangniedere Beamte an einem ganz gewöhnlichen Donnerstagnachmittag daherspaziert kommen und ihn festnehmen. Ihn. Den Chef des Auslands- und Militärgeheimdienstes.

Er setzt die Brille wieder auf und schaut Juncker an. Und vielleicht bewirken die frisch geputzten Gläser, dass er die Dinge wieder im rechten Licht sieht. Dass die Welt wieder einigermaßen normal ausschaut. Er grinst.

»Das ist ein Scherz, oder?«

Juncker kann kein passenderes Wort für den Ausdruck in Christoffersens Augen finden als ›verschmitzt‹.

»Das ist, wie meine Kinder sagen würden, ein *joke*, stimmt's?«

Juncker blickt ihn ausdruckslos an. »Nein, es ist kein Witz. Ich muss Sie also bitten mitzukommen.«

Das Grinsen des FE-Chefs verblasst. »Hören Sie, worum geht es hier eigentlich?«

»Das werden Sie schon noch rechtzeitig erfahren. Jetzt kommen Sie erst mal mit.«

»Und wenn ich mich weigere?«

»Dann müssen wir die nötige Gewalt anwenden, um Sie mitzunehmen.«

Henrik Christoffersens Miene ist wieder bar jeder Regung. »Mein Jackett, mein Handy und meine Tasche sind oben im Büro. Die Sachen brauche ich.«

»Natürlich. Ihre Sekretärin kann sie für Sie holen. Sie bleiben hier«, sagt Juncker.

Der Mann sieht ihn mit zusammengekniffenen Augen an. Dann nickt er der Sekretärin zu, die hineingeht und die Tür hinter sich schließt. Nach einer Minute erscheinen zwei Soldaten an der Ecke des Südlichen Magazins. Der eine trägt eine dunkelblaue Offiziersuniform der Marine, der andere den grünen flecktarngemusterten Feldanzug des Heeres. Er hat ein Automatikgewehr über der rechten Schulter hängen. Als sie sich den dreien nähern, nimmt er mit einer schnellen Bewegung das Gewehr von der Schulter und lädt durch.

Die Soldaten bleiben zwei Meter von ihnen entfernt stehen. Der Mann mit dem Gewehr hält die Waffe mit dem Lauf auf den Boden vor Signe und Juncker gerichtet. Aus dem Augenwinkel sieht Juncker, dass Signe langsam die Hand unter ihre Jacke steckt und sie dort lässt.

»Gibt's ein Problem, Chef?«, fragt der Marineoffizier. »Können wir etwas für Sie tun?«

Henrik Christoffersen schaut von Juncker zu Signe.

»Nichts, womit ich nicht allein zurechtkäme, Carstensen. Gehen Sie beide ruhig zurück.«

Einige Sekunden stehen die fünf Personen regungslos wie Wachsfiguren in einer Ausstellung. Dann nickt der Marineoffizier.

»Wie Sie wollen, Chef«, sagt er, macht kehrt und geht zurück in die Richtung, aus der er gekommen ist. Der Soldat folgt ihm, und die beiden verschwinden um die Ecke.

Die weiße Tür öffnet sich, und die Sekretärin kommt heraus. Sie reicht Christoffersen Tasche und Jackett.

»Das Handy liegt in der Tasche. Soll ich irgendetwas tun?«

»Informieren Sie den Staatssekretär.«

»Jawohl. Sonst noch jemanden?«

»Erst mal nicht, danke, Ulla. Gehen Sie ruhig nach oben.« Er wendet sich an Juncker. »Bringen wir es hinter uns?«

»Gern. Kommen Sie mit.«

»Legen Sie mir keine Handschellen an?«, fragt er säuerlich.

»Nicht, wenn Sie freiwillig mitkommen.« Henrik Christoffersen geht los, bleibt jedoch nach wenigen Schritten stehen.

»Gerechterweise möchte ich Ihnen die Gelegenheit geben, Ihre Entscheidung zu überdenken. Wenn Sie jetzt gehen, vergessen wir, dass diese Sache jemals geschehen ist.«

»Wir brauchen nichts zu überdenken«, erwidert Juncker.

»Und Sie sind sich bewusst, dass Sie den größten Fehler Ihres Lebens machen?«

Juncker fasst den Mann sanft am Oberarm. »Wir werden sehen.«

Signe und Juncker haben es ohne Zwischenfälle in die Mordkommission geschafft, Henrik Christoffersen in einen Vernehmungsraum gesetzt und einen Kollegen hinzugerufen, um vor der Tür Wache zu halten. Nun sind sie auf dem Weg zu Signes Büro, als ein Stück weiter den Gang hinunter Merlins Tür von innen aufgerissen wird. Er macht zwei Schritte auf den Gang, ehe er sie entdeckt und abrupt stehen bleibt.

»Kristiansen! Juncker! Mein Büro! Sofort!«

Juncker schließt die Tür hinter ihnen. Merlin hat sich

hinter seinen Schreibtisch gesetzt, Signe und Juncker ziehen jeweils einen Stuhl für sich heran. Merlin verschränkt die Arme vor der Brust und betrachtet sie kühl.

»Ist es zu viel verlangt, dass ihr mich in eure Aktionen einweiht?«, fragt er leise.

Juncker blickt seinen ehemaligen Chef einige Sekunden lang an. »Na ja, nein, das ist wohl …«

»Stimmt es, was ich höre«, unterbricht ihn Merlin, »dass der Chef des FE in einem unserer Vernehmungsräume sitzt? Und dass *ihr* ihn dort hingebracht habt?«

»Das ist absolut richtig. Wir haben ihn festgenommen.«

»Warum?«

»Er wird des schweren Amtsmissbrauchs verdächtigt.«

»Und diesen Verdacht könnt ihr natürlich untermauern, stimmt's?«

Juncker zieht den USB-Stick aus seiner Jackentasche und legt ihn vor Merlin auf den Tisch. »Schau dir an, was darauf ist. Am besten fängst du mit dem Ordner namens ›hec‹ an.«

»Jetzt?«

»Das wäre gut.«

»Aber völlig egal, was auf dem Stick liegt: Wir haben verdammt noch mal strikten Befehl von oberster Stelle erhalten, diese Sache nicht anzurühren. Ich habe dir, Signe, mehrfach die Anordnung gegeben, deine Nase da rauszuhalten. Aber du hast«, Merlin funkelt sie wütend an, »du hast mich angelogen.«

»Was hätte ich denn sonst tun sollen?«

»Vielleicht einfach das, was ich dir befohlen habe?«

»Aber das konnte ich ja eben nicht. Lies selbst, Merlin.«

Er seufzt, steckt den Stick in seinen Computer und beginnt zu lesen. Nach zehn Minuten blickt er Signe und Juncker über den Schreibtisch hinweg an.

»Wo habt ihr das her?«

»Wir haben es von …« Signe schaut Juncker an, der ihr zunickt. »Veronika heißt sie. Die ermordete Frau im Schrebergartenhaus, von der Juncker dir am Telefon erzählt hat.«

»Veronika weiter? Ach nein, das wisst ihr ja nicht, stimmt's?«

»Nein.«

»Und jetzt vermute ich einfach mal, dass sie nicht auf legale Weise an das Material gekommen ist?«

»Sie ist Hackerin.«

»Ach was, wirklich?« Merlin schüttelt resigniert den Kopf. »Dann wisst ihr ja beide, dass wir es höchstwahrscheinlich nicht benutzen können.«

»Schon. Aber wir können es doch als Hintergrund verwenden, um Henrik Christoffersen mit einem Haufen Fragen zu löchern, oder?«, entgegnet Signe.

Merlin lehnt sich zurück. »Vielleicht. Haben noch andere außer euch gesehen, was auf dem Stick liegt?«

»Nein«, sagt Juncker und denkt, dass dies – jedenfalls bis auf Weiteres – auch völlig der Wahrheit entspricht.

»Es gibt also keine weiteren Kopien dieses Materials?«

Das habe ich nicht gesagt, denkt Juncker, lässt Merlins Frage unbeantwortet und reagiert stattdessen mit einer Gegenfrage: »Was ist mit dem Verletzten vom Frieslandsvej?«

»Er liegt vermutlich auf dem OP-Tisch im Rigshospital. Im Traumazentrum. Mein letzter Stand ist, dass er überleben wird.«

»Wir werden sehen«, murmelt Signe.

»Haben wir herausgefunden, wer er ist?«, fragt Juncker.

»Er trug einen belgischen Pass bei sich, dem zufolge er Jan Claasen heißt. Was wisst ihr über ihn?«

»Er war einer der vier Personen, von denen wir gesehen haben, wie sie das Schrebergartenhaus verließen, in dem Veronika ermordet wurde. Also wäre es wohl eine gute Idee, eine DNA-Probe von ihm zu nehmen. Außerdem ist anzunehmen, dass er auch in den Mord an dem Mann, der in Kongelunden gefunden wurde, verwickelt ist«, antwortet Juncker.

»Und auf der Leiche wurde recht viel DNA-Material gefunden«, wirft Signe ein.

»Wer zur Hölle sind diese Typen?«

»Wir wissen es nicht«, sagt Juncker. »Aber bei einer der Personen, die wir aus dem Haus haben herauskommen sehen, handelt es sich um dieselbe Frau, die mich im Januar in Sandsted aufgesucht und verlangt hat, dass ich ihr Bent Larsens Laptop aushändige. Wir können ja Henrik Christoffersen fragen, ob er eine Ahnung hat, wer einen beim FE angestellten Whistleblower und eine Hackerin ermordet haben könnte, die beide etwas aufzudecken drohten, was Henrik Christoffersen gern geheim halten wollte.« Er zuckt mit den Achseln. »Die Müllmänner des Deep State. Oder vielleicht eher das Killerkommando.«

»Unfassbar.« Merlin schüttelt den Kopf. »Das klingt wie etwas aus irgendeinem diktatorischen Staat. Iran. Oder Russland. Aber hier in Dänemark …«

Junckers Handy vibriert. Er zieht es aus der Tasche und klickt die Nachricht an. Sie enthält zwei Wörter und eine Zahl.

Industrivej 88, Hedehusene.

Er lehnt sich zurück und schließt die Augen. Doch die Erleichterung schwindet rasch, denn selbst wenn sich Charlotte tatsächlich an dieser Adresse befindet, ist nicht sicher, dass sie sie am Leben gelassen haben.

»Was ist los, Juncker?« Merlin runzelt die Brauen.

»Charlotte wurde gestern gekidnappt. Ich habe gerade die Adresse erhalten, wo sie gefangen gehalten wird.«

»Charlotte, entführt? Von wem?« Der Chef sieht aus, als habe er bald die Grenze dessen erreicht, was er an schockierenden Informationen verkraften kann.

»Von denselben Leuten.«

»Ist sie auch in die Sache verwickelt?«

»Ja«, sagt Signe. »Charlotte war diejenige, die den ersten Tipp vom Whistleblower erhalten hat ...«

»Also hast du mit ihr zusammengearbeitet? Mit einer Journalistin?«, unterbricht Merlin sie ungläubig.

»Ich habe es ja nicht aus Spaß an der Freude getan, sondern weil es keine andere Möglichkeit gab, oder?«

Er antwortet nicht, sondern wendet sich an Juncker. »Also, was machen wir in Bezug auf Charlotte?«

»Ein Team der Antiterroreinheit mobilisieren, denke ich. Klärst du das, Merlin, dann fahre ich zu ihnen nach Søborg?«

»Okay, ich brauche nur die Adresse des Ortes, an dem sich Charlotte befindet.«

»Soll ich mitkommen?«, fragt Signe.

»Du bleibst hier«, erwidert Merlin. »Juncker, von wem hast du eigentlich den Tipp, wo sich deine Frau aufhält?«

Juncker steht auf. »Für den Augenblick ist es wohl am besten, wenn du das nicht weißt.«

Kapitel 60

Henrik Christoffersen bleibt sitzen, als Signe und Merlin in den Vernehmungsraum kommen, während der Mann neben ihm aufsteht und ihnen beiden die Hand reicht. Ein sehr fester Händedruck, bemerkt Signe.

»Laurits Holt«, präsentiert er sich. »Ich bin Henrik Christoffersens Anwalt.«

Sein dunkelblauer Anzug stinkt nach teurem Maßschneider. Signe späht vergebens nach einer Strähne oder bloß ein paar Härchen in der Kurzhaarfrisur des Mannes, die nicht sitzen, wie sie sollen.

Signe und Merlin nehmen Henrik Christoffersen und Laurits Holt gegenüber Platz. Merlin macht den Anfang. »Mein Name ist Erik Merlin, stellvertretender Polizeiinspektor, und das ist Polizeikommissarin Signe Kristiansen. Henrik Christoffersen, damit alles seine Richtigkeit hat, muss ich nochmals wiederholen, was Ihnen bereits gesagt wurde, nämlich dass Sie das Recht, aber nicht die Pflicht haben, eine Aussage zu machen. Außerdem möchte ich …«

»Tut mir leid«, unterbricht ihn der Anwalt. »Ich wüsste gern, weshalb mein Klient überhaupt hier ist. Soweit ich verstanden habe, wird er des Amtsmissbrauchs verdächtigt. In welcher Weise genau, meinen Sie, soll Henrik Christoffersen sein Amt missbraucht haben?«

Merlin wirft Signe einen Blick zu und lehnt sich auf seinem Stuhl zurück. Sie schaut zunächst in ihre Unterlagen und dann zum Anwalt.

»Am 22. Dezember letzten Jahres wandte sich der Operateur des FE an seinen direkten Vorgesetzten, den Sektorleiter, da eine Quelle ihn darüber informiert hatte, dass am nächsten Tag um die Mittagszeit ein Terroranschlag in Kopenhagen verübt werden sollte. Der Sektorleiter hätte natürlich die Polizei und den PET darüber unterrichten müssen, dann hätte die Polizei ihre Einheiten in erhöhte Bereitschaft versetzen und die entsprechenden Maßnahmen ergreifen können, um den Anschlag zu verhindern, der bekanntlich neunzehn Menschen das Leben gekostet hat. Das ist aber nicht passiert, und wir haben Grund zu der Annahme, dass sich der betreffende Vorgesetzte zum Zeitpunkt, als er die Mitteilung erhielt, in einem Bordell in der Nähe von Hillerød befand und so zugedröhnt von Drogen und Alkohol war, dass er in einen tiefen Schlaf fiel und erst am nächsten Tag aufwachte, als es bereits zu spät für eine Warnung vor dem Anschlag war.«

Laurits Holt räuspert sich und wendet sich an Merlin. »Was hat das mit meinem Klienten zu tun?«

»Dazu kommen wir jetzt«, antwortet Signe. Der Anwalt dreht ihr erneut den Kopf zu und schaut sie mit einem Ausdruck milden Erstaunens an, als wundere es ihn, dass noch immer sie das Wort hat.

»Wir haben außerdem Grund zu der Annahme, dass der betreffende Sektorleiter bereits seit Jahren Probleme mit Substanzmissbrauch erheblichen Ausmaßes hat und daher intern in mehreren Fällen als Sicherheitsrisiko für den FE eingestuft wurde. Und er scheint nur deshalb nicht schon längst gefeuert worden zu sein, weil die höchste Führungsebene des FE aus Gründen, die uns nicht bekannt sind, eine schützende Hand über ihn gehalten hat. Und die höchste Führungsebene des FE«, Signe faltet die Hände über dem kleinen Stapel Papiere, den sie vor sich auf dem Tisch liegen hat, und fängt den Blick des FE-Chefs, »das sind ja nicht zuletzt Sie, Henrik Christoffersen.«

Er richtet den Blick auf einen Punkt an der Wand, etwa einen Meter über Signes Kopf. Dann zieht er sein Taschentuch hervor, nimmt die Brille ab und beginnt erneut, sie zu putzen. Ja, putz du nur, denkt sie und beugt sich vor.

»Henrik Christoffersen, warum wurde der Sektorleiter nicht schon längst gefeuert?«

Der Anwalt winkt ab. »Dazu verweigert mein Klient die Aussage. Und dann wüsste ich gern, ob diese Anschuldigungen – oder Andeutungen, sollte ich wohl eher sagen – in irgendeiner Weise substanziiert werden können? Und ob mein Klient als Beschuldigter gilt?«

»Bis auf Weiteres wird Ihr Klient nicht beschuldigt, er wird aber mit den Rechten eines Beschuldigten vernommen«, sagt Merlin. »Wir wollten ihn über unseren Verdacht unterrichten und ihm die Möglichkeit geben, unsere Fragen zu beantworten.«

»Von dieser Möglichkeit wünscht er keinen Gebrauch zu machen, ich denke daher, dass wir hier fertig sind.« Laurits Holt steht auf.

Signe räuspert sich. »Moment, eine Frage habe ich noch.«

Der Anwalt verharrt einen Moment wie festgefroren in halb aufrechter Stellung. Dann setzt er sich wieder.

»Die Leiche des geköpften Mannes, die vor einigen Tagen in Kongelunden gefunden wurde, haben wir als Alexander Hansen identifiziert. Er war einer Ihrer Mitarbeiter, Christoffersen, er arbeitete als Systemadministrator beim FE. Haben Sie eine Ahnung, weshalb Alexander Hansen ermordet wurde? Kann es in Verbindung mit der Arbeit stehen, die er für Sie ausgeführt hat? Könnte jemand ein Interesse daran gehabt haben, ihn zum Schweigen zu bringen?«

Merlin schielt zu Signe. Henrik Christoffersen starrt erneut auf den Punkt über ihrem Kopf, während sein Anwalt heftig den Kopf schüttelt.

»Hierzu verweigert mein Klient ebenfalls die Aussage. Sonst noch etwas?«

Signe begleitet die beiden Männer nach draußen. Nachdem sie sich verabschiedet haben – keiner der beiden gibt ihr die Hand –, geht sie nach oben zu Merlins Büro. Die Tür steht offen. Er sitzt am Schreibtisch und liest die Ausdrucke von Veronikas Material.

Signe setzt sich. »Warum beschuldigen wir ihn nicht?«, fragt sie.

»Weil wir unsere Beschuldigungen momentan nicht … wie hat der Anwalt es ausgedrückt … ›substanziieren‹ wollen. Was Veronika und Alexander getan haben, war ja im Prinzip illegal. Daher ist es höchst zweifelhaft, ob wir das Material überhaupt verwenden können. Und eine Polizeibeamtin – nämlich du – hat sie dabei unterstützt, das belastende Material auf ungesetzliche Weise zu beschaffen. Das sollten wir vorerst wohl auch besser nicht erwähnen. Falls überhaupt jemals. Lass uns erst mal abwarten, was die nächsten Tage bringen. Sollten die Medien anfangen, sich für diese Sache zu interessieren … Ich weiß natürlich nichts, aber falls zum Beispiel Charlotte irgendetwas ausgegraben hat und anfängt, darüber in der *Morgentidende* zu schreiben, dann …«

Ja, wenn sie noch am Leben ist, denkt Signe. »Hast du etwas von weiter oben gehört?«

»Was glaubst du wohl? Vom Staatssekretär des Verteidigungsministeriums. Vom Polizeidirektor. Und von den persönlichen Referenten sowohl des Verteidigungs- als auch des Justizministers. In dieser Reihenfolge.«

»Was hast du ihnen gesagt?«

»Dass wir in dieser Angelegenheit absolut vorschriftsgemäß vorgehen. Dass wir einen Tipp erhalten haben, dem wir nachgegangen sind. Daher hätte ich jetzt auch gern, dass du mir alles erzählst, was du weißt und was du selbst unternommen hast.«

»Alles?«

»Ja, Signe. *Alles*.«

»Ich dachte, Victor hätte dir schon alles erzählt«, sagt sie und versucht, nicht sarkastisch zu klingen.

Merlin schüttelt den Kopf. »Tatsächlich hat er nicht sehr viel gesagt, außer dass du angefangen hättest, in dieser Sache zu graben.«

Sie braucht über eine halbe Stunde, bis sie ihm das meiste erzählt hat. Aber nicht alles. Während ihres Berichts realisiert sie, dass Victor in seinem Gespräch mit Merlin offenbar nichts von der Sache mit dem manipulierten Beweismaterial im Alexander-Hansen-Fall erwähnt hat. Ihr ist nicht ganz klar, weshalb, aber vielleicht ist Victor doch nicht so ein Riesenarschloch, wie sie gedacht hat. Jedenfalls lässt sie es ebenfalls unerwähnt. Es wäre wohl, schätzt sie, ein bisschen arg harte Kost für ihn, wo er ohnehin schon eine ganze Kolonie von Kröten schlucken musste, wenn man an ihr und Junckers Auftreten in den letzten Tagen denkt.

Außerdem hatte ihre Manipulation keinen direkten Einfluss auf die Aufklärung des Falles. Das Fälschen des Zettels diente einzig und allein dem Zweck, zu verhindern, dass Charlotte in die Sache hineingezogen würde.

»Bin ich immer noch suspendiert?«, fragt sie.

»Ja. Ich kann deine Suspendierung nicht einfach auf-heben, ehe du nicht vernommen wurdest und ich genau weiß, was passiert ist. Und selbst wenn du gute Gründe für dein Handeln gehabt haben magst, hast du dich meh-reren unmissverständlichen Befehlen widersetzt.«

»Aber ist es kein Problem, dass ich gemeinsam mit dir an einer Vernehmung teilgenommen habe, während ich suspendiert war?«

»Doch, ist es. Aber das ist dann mein Problem.«

Kapitel 61

Das Tor ist mit einer dicken Eisenkette und einem Vorhängeschloss gesichert. Der Gruppenführer der Antiterroreinheit, der sich Juncker als Hans Peter vorgestellt hat, beauftragt einen seiner Männer, einen Bolzenschneider zu holen und das Schloss aufzutrennen.

Die Gebäude im Industrivej 88 sind wie die meisten anderen in der Gegend älteren Datums. Umgeben von einem großen, asphaltierten Platz steht ein niedriges gelb geklinkertes Bürogebäude, an dessen Rückseite eine große graue und fensterlose Betonhalle angrenzt. *Thormod-Augustesens-Maschinenfabrik* steht auf einem Schild an der grauen Wand. Am Stacheldrahtzaun, der das Grundstück umgibt, hängen mehrere Zu-verkaufen-Schilder, und auch neben der Tür zum Bürogebäude steckt ein Pflock mit einem entsprechenden Schild in einem mit Grünbelag überzogenen Blumenkübel.

Hans Peter untersucht die Gebäude mit einem Apparat, wie ihn Juncker noch nie zuvor gesehen hat.

»Sieht nicht aus, als ob da drinnen jemand ist. Jedenfalls niemand, der …« Er lässt den Satz unbeendet. Aber Juncker ist sich schmerzlich bewusst, was er meint: Niemand, der am Leben ist.

»Besteht Grund zu der Annahme, dass das Gebäude vermint sein könnte? Dass wir in Stolperdrähte und dergleichen laufen?«

»Nein«, sagt Juncker. »Ich glaube, das brauchen wir nicht zu befürchten.«

»Und wir suchen nach nur einem Menschen, einer Frau?«

»Ja.«

»Alles klar. Legen wir los.«

Einer der Männer drückt die Türklinke des Bürogebäudes herunter. Sie ist unverschlossen, und das Team rückt mit dem Gruppenführer an letzter Stelle vor. Wenige Sekunden später ruft er nach Juncker. Der erste Raum ist ein Windfang, etwa zwei Meter breit und doppelt so lang. Links und rechts geht je eine Tür ab. Die zehn Mann der Antiterroreinheit, in grünen Uniformen, schusssicheren Westen, mit Nachtsichtgeräten an den Helmen und allesamt bewaffnet mit Sig-Sauer-Maschinenpistolen, splitten sich auf. Juncker folgt den fünfen, die nach links gehen, in einen großen, offenen Raum. In der Mitte stehen vier alte Schreibtische und zwei schwarze metallene Aktenschränke. An der Längswand gegenüber den Fenstern zur Straße befindet sich eine Tür zur Fabrikhalle. Einer der Polizisten öffnet sie und steckt den Kopf hinein. »Clear!«, ruft er einige Sekunden darauf und betritt die Halle. Juncker und die anderen folgen ihm. Draußen geht allmählich die Sonne unter, und das wenige Licht dringt durch die schmutzigen Oberlichter in der Decke. Juncker braucht einen Moment, bis sich seine Augen an das Halbdunkel gewöhnt haben. Bei einem der beiden Tore der Halle steht ein alter Gabelstapler und daneben etwas, das aussieht wie zwei ausgediente Drehbänke. Juncker geht zurück und durch den Windfang hinüber in die andere Hälfte des Bürogebäudes, das aus einem langen Gang, einer Teeküche und sechs kleinen Büroräumen besteht. »Clear!«, klingt es in regelmäßigen Abständen, während sich die Beamten den Gang entlangbewegen und melden, dass die Räume menschenleer sind.

»Hier«, ruft einer aus dem letzten Büro, und Junckers Herz setzt einen Schlag aus. Er eilt zur Tür und bleibt auf der Schwelle stehen. Direkt dahinter führt links eine Wendeltreppe in die Tiefe.

»Anscheinend gibt es auch einen Keller«, sagt einer der Polizisten und schaltet die Lampe an seinem Helm ein. »Ich rufe, wenn die Bahn frei ist.«

Die Treppe knarzt und ächzt, als zunächst einer und dann ein zweiter Polizist in der Finsternis verschwindet. Juncker hört ihre Schritte, doch dann verklingt das Geräusch, und es wird vollkommen still. Er holt tief Luft, um seine Unruhe in Schach zu halten.

Ein lautes Krachen ertönt, als würde eine Tür eingetreten.

»Kommt runter! Beeilt euch!«, ruft es aus der Dunkelheit.

Juncker greift das Geländer und nimmt die Stufen so schnell er kann, ohne zu fallen. Als er unten ankommt, sieht er die Hand vor Augen nicht und muss warten, bis einer der anderen Polizisten die Treppe herunterkommt.

»Lassen Sie mich vorgehen.« Juncker erkennt Hans Peters Stimme. Der Lichtkegel der Lampe an der Waffe des Gruppenleiters fällt auf eine geöffnete Tür. Sie durchqueren den nächsten Kellerraum, der ebenfalls leer ist. Es riecht feucht, und Juncker wird gewahr, wie kühl es hier im Verhältnis zu den Temperaturen oben in den Büros ist, die den halben Tag in der Sonne gebacken haben.

»Jackpot«, ruft einer aus dem Raum hinter der zertrümmerten Tür. Juncker bleibt auf der Schwelle stehen. Im Licht der Lampen an den Helmen der anderen kann er die Kontur einer Gestalt erahnen, die auf dem Boden liegt. Reglos. Viel zu reglos. Sein Herz hämmert.

Einer der Polizisten kniet neben ihr. Juncker tritt einen Schritt näher heran, und im selben Moment, als er sieht, dass Charlottes Augen geöffnet sind und in das grelle weiße Licht blinzeln, sagt der Mann die vier Worte, die zu hören Juncker sehnlichst erhofft hat, seit Signe ihm vom Verschwinden seiner Frau erzählt hat.

»Sie ist am Leben.«

Seine Beine knicken ein, er greift in der Dunkelheit nach irgendeinem Halt, doch da ist nichts, und er stürzt beinahe. Im letzten Moment gewinnt er die Balance zurück und tritt ganz zu Charlotte heran.

Ihre Beine sind mit Klebeband gefesselt, ihre Hände ebenfalls. Auch der Mund ist zugeklebt, doch derjenige, der es getan hat, war immerhin barmherzig genug, kleine Löcher in das Klebeband zu pieksen, sodass sie nicht gezwungen war, ausschließlich durch die Nase zu atmen. Der Polizist zieht ein Messer hervor und schneidet ihre Arme und Beine frei. Dann zieht er ihr behutsam das Klebeband vom Mund.

»Au, verflucht«, krächzt Charlotte mit heiserer Stimme.

Juncker bückt sich und streichelt ihr über die Stirn.

»Ich stinke nach Urin«, sagt sie dann.

»Ja, tust du. Aber das macht nichts.« Er lächelt sie an.

»Leuchten Sie mir doch nicht direkt ins Gesicht«, knurrt sie, und Juncker denkt, dass seine Frau auf den ersten Eindruck ganz klingt wie sie selbst.

»Wie geht es dir?«, fragt er.

»Also, es ging mir schon besser. Aber mir fehlt nichts, ich bin unverletzt. Ich habe nur einen Bärenhunger. Und Durst. Habt ihr Wasser?«

Der Beamte, der neben ihr kniet, greift in seinen Rucksack und holt einen dünnen Schlauch heraus. »Hier«, sagt er und reicht ihn ihr. Eine halbe Minute trinkt sie gierig.

»Wollen wir versuchen, sie auf die Beine zu bekommen?«, fragt Hans Peter.

Juncker greift Charlotte unter die Arme und zieht sie hoch. Sie ist etwas wackelig auf den Beinen, und er hält sie fest. Die ersten Schritte sind unsicher, dann beschleunigt sie das Tempo.

»Du kannst jetzt loslassen«, sagt sie zu Juncker; als er ihrem Wunsch jedoch nachkommt, strauchelt sie sofort. Er kann sie gerade noch auffangen, und sie gehen auf die schmale Wendeltreppe zu.

»Schaffst du es allein?«, fragt er.

»Ich glaube schon.« Sie greift das Geländer und beginnt den Aufstieg. Es geht langsam, doch sie gelangt aus eigener Kraft nach oben.

»Unser Arzt wird Sie kurz untersuchen«, sagt Hans Peter.

»Warum? Mir fehlt nichts.«

Sie geht los, und er greift sie am Arm.

»Nur zur Sicherheit. Wir brauchen auch Ihre Kleidung, damit wir eventuell vorhandenes DNA-Material sichern können.«

Charlotte starrt den Polizisten an. Juncker kann ihr ansehen, dass sie protestieren will, doch dann lenkt sie ein. »Na schön.«

Charlotte folgt dem Arzt in eines der kleinen Büros. Fünf Minuten später kommt er heraus.

»Physisch ist alles in Ordnung. Ob sie psychisch daran zu knabbern haben wird, kann ich so auf die Schnelle nicht sagen. Aber es wäre merkwürdig, wenn nicht …« Der Arzt wendet sich Juncker zu. »Sie ist Ihre Frau, richtig?«

Juncker nickt.

»Sie wirkt ziemlich robust, rein mental, meine ich.«

»Ist sie auch«, nickt Juncker. Und Weltmeisterin darin zu verbergen, wie es ihr wirklich geht, fügt er in Gedanken hinzu. Tatsächlich sogar besser als er selbst, und das will einiges sagen. »Was macht sie jetzt?«

»Sie legt gerade ihre Kleidung ab und wechselt in einen Schutzanzug.«

Charlotte kommt in dem weißen Anzug aus dem Büro. Juncker und sie gehen nach draußen auf den Platz vor dem Bürogebäude.

»Was ist eigentlich passiert? Ich meine mit dem Fall? Mit dem FE?«

»Signe und ich haben vor ein paar Stunden Henrik Christoffersen festgenommen. Wahrscheinlich wird er gerade von Signe und Merlin vernommen, falls sie nicht schon fertig sind«, antwortet Juncker.

»Nicht dein Ernst.«

Hans Peter kommt zu ihnen. »Wir müssen kurz eine taktische Vernehmung mit Ihnen durchführen.«

»Eine was?«

»Wir müssen wissen, was passiert ist. Wie viele sie waren. Wie sie aussahen. Solche Dinge.«

»Ich habe nichts gesehen. Wirklich, überhaupt nichts. Und ich habe jetzt keine Zeit, hier herumzustehen und mit Ihnen zu plauschen.«

»Du kannst mit mir nach Teglholmen fahren und mir erzählen, was geschehen ist«, sagt Juncker.

»Vergiss es. Ich fahre nicht nach Teglholmen. Nicht jetzt jedenfalls. Das muss bis morgen warten.«

»Wohin willst du dann?«

»Was glaubst du wohl? Zur Zeitung natürlich. Am besten, du fährst mich erst kurz nach Hause, damit ich duschen und mich umziehen kann. Wenn Henrik Christoffersen festgenommen wurde, kann die Story jeden Augenblick explodieren. Und *ich* will die Erste sein«, erklärt sie mit Nachdruck. »Es ist *meine* Story.«

»Ja«, sagt Juncker und legt ihr die Hand auf die Schulter. »Es ist deine Story.«

»Schön«, sagt Hans Peter. »Aber dann liegt es in Ihrer Verantwortung, Juncker, dass sie ordentlich vernommen wird. Dasselbe gilt für das Debriefing.«

Im Auto erzählt Juncker Charlotte im Detail von den Ereignissen des heutigen Tages.

»Was ist mit Veronika?«, fragt sie.

Er zögert einen Moment. »Veronika ist tot. Sie haben sie im Schrebergartenhaus erschossen. Signe und ich haben sie gefunden.«

Erst sagt sie nichts. Aus dem Augenwinkel sieht er, dass sie sich die Tränen wegtupft. »Armes Mädchen«, hört er sie dann schluchzen. »Armes, armes Mädchen.«

Juncker reicht ihr eine Serviette, die im Becherhalter zwischen den Sitzen gelegen hat.

»Diese dreckigen Schweine. Wenn sie entwischen …«

»Einen von ihnen haben wir. Er entwischt nicht.«

»Aber die anderen?«

»Die sind vermutlich über alle Berge. Wir müssen sehen, inwieweit wir sie aufspüren können.« Er schielt zu ihr hinüber. »Was ist eigentlich passiert?«

»Was meinst du?«

»Wie wurdest du entführt?«

»Es war auf dem Heimweg von der Zeitung. Welcher Tag ist heute?«

»Donnerstag.«

»Dann war es gestern Abend. Als ich losfahren wollte, habe ich gemerkt, dass mein Fahrrad einen Platten hat.

Also habe ich es bei einem Radladen in der Nähe abgegeben und bin zu Fuß weiter.« Eine Weile schweigt sie mit gerunzelter Stirn. »Vielleicht war es kein Zufall, das mit dem Platten. Vielleicht hatte jemand den Reifen aufgestochen. Na ja, jedenfalls war ich auf dem Weg nach Hause. Dann, in einem der kleinen Sträßchen in der Innenstadt, zwischen Købmagergade und Gothersgade, den Straßennamen weiß ich nicht mehr, stand da ein Lieferwagen – er war weiß, nicht grau, sonst wäre er mir aufgefallen –, der an mir vorbeifuhr und an der Seite anhielt. Ich habe nicht richtig Notiz davon genommen, aber gerade, als ich vorbeiging, öffnete sich auf einmal die Seitentür, und ehe ich mich's versah, wurde ich von zwei Männern in den Wagen gezerrt, die Tür wurde zugeknallt, ich bekam einen Lappen mit irgendeiner Substanz auf Mund und Nase gedrückt … und dann war ich weg.«

»Äther?«

»Kann sein. Ich kenne den Geruch nicht, ich bin noch nie mit Äther betäubt worden.« Sie schaudert. »Es war, als wäre ich in irgendeinen Agentenfilm geraten.«

»Kannst du die Typen beschreiben, die dich in den Wagen gezerrt haben?«

»Nein, ich weiß nichts, außer dass es mit Sicherheit Männer waren. Sie waren irre stark. Ich habe natürlich versucht, mich zu wehren, aber es war völlig zwecklos.«

»War sonst noch jemand im Auto?«

»Ich glaube schon, bin mir aber nicht sicher. Es war stockdunkel.«

»Und was ist dann passiert?«

»Dann bin ich in dem Keller aufgewacht, wo ihr mich gefunden habt. Und dort lag ich …«

»Gute vierundzwanzig Stunden«, sagt Juncker. »Also hat keiner versucht …?«

»Mir etwas zu tun? Nein, überhaupt nicht. Sag mal, wie habt ihr mich überhaupt gefunden?«

»Eine von ihnen, eine Frau, hat mir gesagt, wo du bist. Im Austausch gegen freies Geleit.«

Charlotte nickt langsam. »Das war ich also. Ihre Versicherung.« Sie blickt ihn nachdenklich an. »Das heißt, du hast eine Verbrecherin laufen lassen, um mich zu …«

»Du hast Hunger, stimmt's?«, unterbricht Juncker sie.

Er hält bei einer Pizzeria und kauft zwei Stück Pizza, die Charlotte während der restlichen Fahrt bis zu den Kartoffelreihen in sich hineinstopft. Wundersamerweise gibt es einen freien Parkplatz direkt vor dem Haus. Juncker wartet in der Küche, während Charlotte duscht und sich umzieht. Er geht zur Dunstabzugshaube, montiert den Filter ab, nimmt den USB-Stick und legt ihn auf den Tisch. Fünf Minuten später kommt Charlotte mit einem Handtuch um den Kopf gewickelt herein. Er zeigt auf den Stick.

»Was ist das?«, fragt sie.

»Eine Bombe unter Henrik Christoffersens Stuhl.«

»Die ich detonieren lassen kann? In der Zeitung?«

»Das ist deine Entscheidung. Ich weiß nichts davon.«

Kurz starrt sie ihn überrascht an. Dann lächelt sie und steckt den Stick in ihre Tasche.

Kapitel 62

Es war absolut schrecklich, doch Signe hatte darauf bestanden, dass sie diejenige sein musste, die es tat. Ungeachtet der Suspendierung war es ihre Aufgabe, Veronikas Eltern mitzuteilen, dass ihr einziges Kind ermordet worden war. Das sollten sie nicht von irgendeinem beliebigen Kollegen erfahren, der keine Ahnung von den näheren Umständen hatte.

Erst glaubten sie ihr nicht. Doch als ihnen langsam klar wurde, dass sie die Wahrheit sagte, brach die Mutter zusammen.

»Warum?«, fragte Veronikas Vater, nachdem er eine Minute mit dem Rücken zu ihnen gewandt am Fenster gestanden und hinausgestarrt hatte. Die Tränen liefen ihm über die Wangen, als er zurückkam, sich neben seine Frau aufs Sofa setzte und sie in den Arm nahm.

Signe erzählte so viel, wie es ihr mit Rücksicht auf die Ermittlungen möglich war: Veronika sei in die Aufdeckung einer äußerst schmutzigen Affäre in einer öffentlichen Behörde verwickelt gewesen, und jemand habe sie um jeden Preis stoppen wollen.

»Welche öffentliche Behörde?«, wollte der Vater wissen. Signe antwortete, dass sie ihnen dazu im Augenblick leider keine Auskunft geben könne, versprach jedoch, sie umgehend zu informieren, sobald es möglich sei, mehr preiszugeben.

»Ich weiß, dass es kein Trost ist und meine Worte Ihnen gerade nichts bedeuten. Aber Sie sollen dennoch wissen, dass Ihre Tochter einer der mutigsten Menschen war, die ich je gekannt habe«, sagte Signe.

Sie fragte den Vater, ob sie jemanden anrufen solle. Er gab ihr die Nummer von einem ihrer besten Freunde sowie von seiner Schwester, die in der Nähe wohnte. Signe rief beide an und ging nicht, ehe sie gekommen waren. Auf dem Weg die Treppe von der Wohnung im dritten Stock hinunter kämpfte sie selbst mit den Tränen. Es ist immer eine schreckliche Aufgabe, Angehörigen sagen zu müssen, dass ein geliebter Mensch ums Leben gekommen ist. Aber das hier … das hier war besonders schmerzhaft.

Nun fährt sie mit einer bleiernen Traurigkeit im Körper Richtung Autobahn. Auf dem Weg zu einem Ort, den aufzusuchen niemand sie gebeten hat, an dem jedoch ein Mensch lebt, den sie treffen, dem sie in die Augen schauen muss. Sie hat die Adresse in Google Maps eingegeben, und eine halbe Stunde später biegt sie in eine ruhige Reihenhausstraße im nordseeländischen Helsinge ein.

Sie parkt vor einer ungeschnittenen Hecke. Durch die Blätter kann sie das Licht hinter den Fenstern des Hauses schimmern sehen. Sie steigt aus und geht über einen unebenen Fliesenweg durch den Garten, der einer Wildnis gleicht. Sie drückt auf die Klingel, doch es macht nicht den Eindruck, als würde sie funktionieren. Also klopft sie dreimal an die Haustür. Drinnen nähern sich schleppende Schritte.

Der Mann, der die Tür öffnet, trägt eine versiffte Jogginghose und ein ebenso dreckiges graues T-Shirt. Er ist unrasiert, und das halblange Haar glänzt fettig.

»Kristian Stendtler?«, fragt sie.

Er starrt sie an. »Wer sind Sie?«

»Mein Name ist Signe Kristiansen, ich bin Polizeikommissarin von der Kopenhagener Polizei.«

Stendtler kneift die Augen zusammen; in einem Versuch, den Blick zu fokussieren, nimmt Signe an.

»Und was wollen Sie?«

Sie kann ihn riechen, ein ekelerregend süßlicher Gestank nach Schweiß, Urin und schlechtem Atem geht von ihm aus. »Ich würde gern mit Ihnen reden. Darf ich reinkommen?«

»Worüber wollen Sie mit mir reden?«

»Ich will Sie nicht vernehmen. Ich bin ganz und gar informell hier. Ich will nur gern über ein paar Dinge mit Ihnen sprechen.«

Das stimmt eigentlich nicht. Im Grunde schert es sie wenig, was Kristian Stendtler zu seiner Verteidigung zu sagen hat. Sie möchte einfach nur mit eigenen Augen sehen, wie man es überlebt, die Last der Schuld am Tod von neunzehn Menschen auf seinen Schultern zu tragen. Bloß weil man herumgehurt hat und komplett zugeballert mit Koks und Alk war, statt den Job zu machen, für den man bezahlt wird, wurde sechs Kindern die Chance geraubt, aufzuwachsen, sich zu verlieben, eine Familie zu gründen, selbst Kinder zu bekommen, alt zu werden und eines natürlichen Todes zu sterben.

Während sie dem Mann gegenübersteht, wird ihr allmählich klar, dass man es nicht überlebt. Man geht selbst daran zugrunde. Verrottet langsam von innen, bis nichts außer einer stinkenden, leeren Hülle übrig ist.

»Wer hat Sie geschickt?«, fragt Stendtler.

»Niemand.«

In einer hässlichen Parodie eines Lächelns entblößt der Mann zwei Reihen gelber Zähne, die aussehen, als hätten sie seit Wochen keinen Kontakt mehr mit einer Zahnbürste gehabt.

»Wissen Sie was, ich glaube nicht, dass ich Lust habe, mit Ihnen zu reden.«

Signe zuckt mit den Achseln. »Wie gesagt, das ist Ihre Entscheidung. Dieses Mal jedenfalls.«

Er legt die Hand auf die Klinke und macht Anstalten, die Tür zu schließen.

Signe stellt einen Fuß dazwischen.

»Nur eine einzige Frage. In welcher Beziehung stehen Sie eigentlich zu Henrik Christoffersen? Sind Sie beide befreundet?«

Irgendein Funke glüht in den wässrigen roten Suchti-Augen auf. Feindseligkeit. Hass.

»Das geht Sie einen Scheißdreck an.«

»Haben Sie etwas gegen ihn in der Hand? Weil er so lange seine Hand über Sie und Ihre widerlichen Ausschweifungen gehalten hat?«

»Hau ab, du Schlampe!«, brüllt er und knallt die Tür zu.

Einen Augenblick steht sie reglos da und starrt auf die geschlossene Tür. Vor wenigen Minuten war sie wütend. Auch traurig, aber vor allen Dingen wütend. Jetzt ist sie nur noch traurig.

Lange Zeit war sie sich absolut sicher, dass es bei dieser Sache um etwas Großes gehen musste. Dass etwas Wichtiges auf dem Spiel stand. Etwas so Wichtiges, dass man bereit war zu töten, um es zu schützen. Die nationale Sicherheit, etwas in der Art. Doch jetzt begreift sie, dass nichts weiter dahintersteckt als das, was ihr gerade Angesicht zu Angesicht gegenübergestanden hat: Das erbärmliche Wrack eines Menschen, der versagt hat. Und eine rücksichtslose Macht, die diesen Menschen gedeckt hat, weil sie nicht in der Lage ist, gegenüber denen, die sie beschützen soll, zu ihrer eigenen Fehlbarkeit zu stehen.

So unendlich viel Trauer und Leid.

Auf einmal spürt Signe eine heftige Sehnsucht nach ihrer Familie.

Kapitel 63

Charlotte ist erleichtert, als sie sieht, dass Janus Holm die Verantwortung für die morgige Ausgabe der Zeitung hat. Er ist routiniert und gelassen, hat das Ganze schon unzählige Male gemacht und trifft stets die richtigen Entscheidungen. Sie geht zu seinem Platz mitten im Hauptredaktionsraum, wo er vor seinem Computer sitzt und etwas auf dem Bildschirm liest. Er schaut auf.

»Charlotte, schöne Frau. Was machst du hier noch so spät?«

Sie zieht einen Bürostuhl neben seinen. »Ich habe eine gute Story.«

Er lächelt. »Es ist ein bisschen spät, meine Liebe, falls du ans morgige Blatt denkst. Ist der Artikel schon geschrieben?«

Sie schüttelt den Kopf.

»Okay. Aber es ist eine gute Story, sagst du? Wie gut?«

»Gut«, sagt sie. »Wie in richtig, richtig gut.«

Er rollt ein Stück mit dem Stuhl zurück, wippt mit der Rückenlehne nach hinten, schwingt die Beine auf den Schreibtisch und beginnt, an einem Bleistift zu kauen.

»Lass hören«, sagt er.

Als Charlottes Redestrom nach einer Viertelstunde versiegt, sitzt der Nachrichtenredakteur eine Weile lang schweigend da und studiert eingehend das nun angeknabberte Schreibwerkzeug.

»Heißt der Chef des FE nicht Henrik Christoffersen?«

»Genau.«

»Mit ihm habe ich ein paar Mal gesprochen, als ich selbst noch geschrieben habe. Ein unangenehmer Typ. Was hast du über ihn? Hat er Dreck am Stecken?«

»Ich weiß, wie er dafür gesorgt hat, dass sowohl Mitarbeiter der Polizei als auch des PET mundtot gemacht wurden. Zudem hat er vertuscht, dass der Terroranschlag hätte verhindert werden können.«

Janus legt die Überreste des Bleistifts auf den Tisch. »Und das kannst du belegen?«

»Ich habe E-Mail-Wechsel zwischen Christoffersen und einer Reihe von hochrangigen Angestellten. Außerdem Kopien von Memos und anderem Material aus der Personalakte des verantwortlichen Mitarbeiters, die dokumentieren, dass Kristian Stendtler – ebenfalls ein Mitarbeiter des FE – aufgrund seines Konsums von Alkohol, Drogen und Prostituierten über Jahre hinweg ein erhebliches Sicherheitsrisiko dargestellt hat, ohne dass die Leitung des FE einschritt. Er hätte den Terroranschlag verhindern können, war aber zu high dafür.«

»Und jetzt frage ich einfach mal neugierig, Charlotte: Wie zum Teufel bist du an dieses Material gekommen?«

»Erst über einen Whistleblower, der beim FE tätig war. Und dann über eine Hackerin. Beide wurden übrigens ermordet.«

»Bitte was?« Janus richtet sich derart jäh auf, dass er beinahe vom Stuhl kippt. »Ermordet?«

»Ganz genau. Die kopflose Leiche, die vor einigen Tagen in Kongelunden gefunden wurde, war der Whistleblower. Die Hackerin wurde heute erschossen in einem Schrebergartenhaus aufgefunden. Ich glaube, die Polizei hat es noch nicht öffentlich gemacht.«

»Wer zur Hölle hat die beiden ermordet? Doch nicht der FE?«

Charlotte zuckt mit den Achseln. »Keine Ahnung.«

Er lehnt sich zurück. Blickt sie schweigend an. »Haben wir die Story für uns?«, fragt er dann.

»Ja, von den anderen Medien ist noch keiner dran. Aber Henrik Christoffersen war heute Nachmittag zur Vernehmung auf dem Revier, und im gesamten System klingeln die Alarmglocken, daher werden sie so sicher wie das Amen in der Kirche versuchen, Damage Control zu betreiben. Wir dürfen also nicht auf der Story hocken bleiben, sie muss so schnell wie irgend möglich ins Netz.«

»Okay.« Er greift die Kante der Tischplatte und zieht sich mit dem Stuhl näher an den Tisch, nimmt den Hörer seines Festnetztelefons ab und wählt eine Nummer.

»Thesander, hier ist Janus«, sagt er. »Du bist hoffentlich noch nicht im Bett? Gut. Pass auf. Charlotte ist gerade gekommen. Sie hat eine total irre Story, die … Nein, es hat nicht bis morgen Zeit. Sie fußt auf geheimen Informationen … Was sagst du? Ja, soweit ich es beurteilen kann, ist es eine Affäre, die den Chef des FE die Stellung kosten könnte, mindestens. Hacking spielt auch eine Rolle und ein Whistleblower vom FE, daher würde es mich nicht wundern, wenn bald jemand mit einer Unterlassungsverfügung angerannt käme … Super, bis gleich.«

Zwanzig Minuten später tritt Chefredakteur Magnus Thesander in den Redaktionsraum. Er kommt direkt zu Charlotte, die an dem großen runden Besprechungstisch sitzt und das Material von Junckers USB-Stick liest. Thesander bittet sie in sein Büro.

»Erzähl«, sagt er, als er die Tür hinter ihnen geschlossen hat und sie sich gesetzt haben.

Der Chefredakteur erhält eine etwas längere Version als

Janus Holm, allerdings lässt Charlotte ihre Entführung dabei unter den Tisch fallen. Wüsste Thesander davon, würde er verlangen, dass sie sich auf der Stelle vom Scheitel bis zur Sohle durchchecken lässt. Außerdem würde er darauf bestehen, dass sie unmöglich direkt an die Arbeit gehen kann, nachdem sie eine ganze Nacht und einen Tag gefesselt in einem dunklen Keller gelegen hat, ohne zu wissen, ob sie jemals wieder lebend herauskommt. Zu Thesanders Qualitäten zählt nämlich, dass ihm das Wohl seiner Mitarbeiter ehrlich am Herzen liegt. Aber Charlotte würde den Aufstand proben, wenn er sie jetzt nach Hause schicken würde.

»Ist das das Material von der Hackerin und dem Whistleblower?«, fragt er und deutet auf den Stapel Papiere, den Charlotte in sein Büro mitgenommen und vor sich auf den Tisch gelegt hat.

Nachdem er die Unterlagen fünf Minuten lang durchgeblättert hat, lehnt er sich auf seinem Stuhl zurück. »Meine Fresse, solche Volltrottel«, murmelt er und schaut Charlotte an. »Du bist sicher, dass das Material echt ist?«

»Hundertpro. Ich bin mir außerdem sehr sicher, dass insgesamt vier Menschen wegen dieser Sache ermordet wurden. Zwei davon Mitarbeiter des FE. Wäre das passiert, wenn es Fake wäre?«

»Wohl kaum.«

»Thesander, du zögerst doch nicht, die Story zu bringen, oder?«

Er denkt nach. Eine quälende Ewigkeit, findet Charlotte.

»Ich bezweifle sehr stark, dass wir das Material rein juristisch betrachtet verwenden dürfen«, sagt er schließlich. »Oder besser gesagt: Ich bin mir ziemlich sicher, dass wir es nicht verwenden dürfen. Aber ... scheiße, da gibt's wohl nichts groß zu überlegen, oder?«

Charlotte lächelt. »Nein, sehe ich auch so. Und du musst nicht erst den Justiziar anrufen?«

»Nee, ich sehe keinen Grund, ihn in die Sache mit reinzuziehen. Wir bringen die Story. Soll mich die Geschäftsleitung eben rausschmeißen, wenn sie unzufrieden sind.«

»Super.« Sie steht auf. »Dann lege ich mal los. Vielleicht wäre es auch schlau, wenn du und Janus einen Plan machen würdet, wie wir das Ganze abfeuern. Eigentlich können wir die ersten Artikel ja gleich schon morgen früh online bringen, oder?«

»Ja. Haha, unsere Konkurrenten werden alle Hände voll zu tun haben, sobald sie es sehen. Übrigens, Charlotte, ich werde Mikkel als Verstärkung ins Boot holen.«

»Warum das?« Sie versucht, ihren Tonfall neutral zu halten, doch es gelingt nicht.

»Entspann dich, Charlotte. Er wird die Story nicht übernehmen, aber du brauchst jemanden, der die ganze Laufarbeit erledigt. Unter anderem müssen zwei Minister sowie der Ministerpräsident persönlich angerufen und um einen Kommentar gebeten werden, und wenn sie nicht an ihre Telefone gehen, müssen wir ihnen zu Hause einen Besuch abstatten, selbst wenn es mitten in der Nacht wird. Und dazu hast du wohl kaum Zeit, oder?«

Er hat recht. Sie kann nicht alles allein schaffen. Und überhaupt, verliert sie denn etwas dadurch?

Es ist, als würde er ihre Gedanken lesen.

»Keine Sorge. Egal mit wem du zusammenarbeitest, *du* hast die Story eingebracht. Du und kein anderer.«

Sie sucht sich einen Platz in der Nähe von Janus Holm und macht sich ans Schreiben. Sie beginnt, so wie sie es meistens tut, mit der Überschrift. Jahre der Erfahrung haben sie gelehrt, dass in aller Regel der Story selbst noch der richtige Dreh fehlt, wenn man sich schon mit der Überschrift schwertut.

Diese hier schreibt sich wie von allein:

Skandal: FE hätte Terroranschlag auf dem Nytorv verhindern können

Eine Weile studiert sie die Überschrift. Sie ist lang und könnte definitiv etwas reißerischer sein, aber das überlässt sie ruhigen Gewissens dem Morgenteam. So oder so wird der Artikel etliche Klicks im Morgentraffic der Onlinezeitung bekommen.

Mikkel erscheint. Er grüßt etwas reserviert, stellt sich neben sie und liest auf ihrem Bildschirm mit.

»So, damit hast du dich also in der letzten Zeit beschäftigt?«

»Ja.«

»Hm.«

Übertreib's bloß nicht mit dem Lob, denkt Charlotte.

»Gute Story«, sagt er dann.

»Danke.« Meint er das wirklich ernst? Oder ist er beleidigt? Sie schielt zu ihm rüber. Er sieht ein klein wenig eingeschnappt aus, andererseits tut er das aber fast immer.

»Ich werde euch noch erzählen, warum ich euch nicht in die Sache einweihen konnte. Aber dafür ist später noch Zeit, jetzt müssen wir uns ranhalten und die ersten Artikel schreiben.«

»Einverstanden. Thesander hat mir schon ein bisschen was erzählt. Aber kannst du mir schnell ein paar mehr Details geben, damit ich wenigstens einigermaßen qualifizierte Fragen stellen kann?«

»Na klar.«

Zehn Minuten später ist seine etwas distanzierte Haltung in beinahe überschwängliche Begeisterung umgeschlagen.

»Heilige Scheiße, Charlotte, das ist ja total abgefahren.« Seine Wangen glühen. »Womit soll ich anfangen? Kommentare von den Ministern einholen? Und vom Chef des FE?«

»Wenn du das schaffst, wär's super.«

»Na, logisch.«

Nicht gerade die beneidenswerteste Aufgabe, Ministern einen Kommentar zu einer ausgesprochen beschissenen Affäre entlocken zu sollen, und das auch noch, wenn es auf Mitternacht zugeht. Aber eins muss sie ihm lassen: Lange nachtragend ist er nicht.

»Also, ich glaube zwar nicht, dass ich sonderlich viel aus ihnen rausbekomme ...«

»Nein, sehr wahrscheinlich werden sie nichts sagen außer ›Kein Kommentar‹. Für den Augenblick reicht das aber völlig. Erst mal sollen sie nur die Botschaft erhalten, morgen bohren wir dann weiter nach. Irgendwann müssen sie die Hosen runterlassen.«

Freitag, 11. August

Kapitel 64

Sie braucht vier Stunden, um die beiden Artikel zu schreiben, die morgen als erste Welle losbrechen sollen. Nummer zwei erhält die Überschrift:

FE-Chef hielt die Hand über kokainabhängigen Angestellten, der auf Terroralarm pfiff

Klingt vielleicht ein bisschen nach Boulevardzeitung, aber auch darum soll sich das Morgenteam kümmern, falls sie es für nötig befinden.

»Können wir dokumentieren, dass er kokainabhängig war?«, fragt Mikkel.

Charlotte nickt. »Das geht sowohl aus seiner Personalakte als auch aus mehreren Mails von Christoffersen hervor.«

Um halb fünf braucht sie dringend frische Luft und fragt Mikkel und Janus, ob sie auch einen Kaffee vom 7-Eleven an der Ecke wollen. Zu ihrem eigenen Erstaunen ist sie trotz der Umstände ziemlich fit und munter. Zur Abwechslung hat es diese Nacht mal nicht geregnet, und es ist der schönste Morgen, den sie seit Langem erlebt. Auf der anderen Seite ist es aber auch schon lange her, dass sie zu dieser Uhrzeit noch wach war. Sie überquert den kleinen Platz in der Kopenhagener Innenstadt, wo die *Morgentidende* ansässig ist, seit die Zeitung vor über einhundert Jahren gegründet wurde, und setzt sich auf eine der Bänke unter einer großen Kastanie.

Sie kann sich nicht entsinnen, jemals in ihrem Leben eine wahnwitzigere Zeit erlebt zu haben als in den letzten zehn Tagen. Sie sehnt sich danach, ihre Tochter in den Arm zu nehmen, sie auf die Augen zu küssen und ihr übers Haar zu streichen. Gleichzeitig kann sie nicht aufhören, daran zu denken, welch eine Angst Veronika und Alexander gehabt haben müssen, als ihnen klar wurde, dass sie sterben würden. Und daran, welch eine Angst sie selbst hatte, als sie da unten im Keller lag. Auch wenn sie dem Arzt anschließend etwas anderes gesagt hat. Ihre Gefühle fließen zusammen, und ihre Augen füllen sich mit Tränen. Sie lässt ihnen freien Lauf. Beugt sich vor, birgt das Gesicht in den Händen und schluchzt.

Ein älterer Säufer bleibt vor der Bank stehen und betrachtet sie mit übertrieben gerunzelten Augenbrauen.

»Naaaa, was'n los, Schwester, biste traurig? Soll Papa dich trösten?«, brabbelt er, wobei ihm Speichel aus dem Mund spritzt, während er vergebens versucht, auch nur ein paar Sekunden auf demselben Fleck stehen zu bleiben.

Charlotte tupft sich die Tränen weg und lächelt ihn an. »Danke für das Angebot. Aber ich bin eigentlich nicht nur traurig. Ich bin auch sehr froh.«

Auf dem Gesicht des Schnapsbruders erscheint ein breites Lächeln.

»Das is die richtige Einstellung. Alles Schlechte hat auch sein Gutes. Ich wünsche Ihnen einen gesegneten Morgen. Und nun auf zu neuen Schlachten.« Er lupft einen imaginären Hut und schlingert weiter.

»Ihnen auch einen schönen Morgen«, flüstert Charlotte und folgt dem torkelnden Mann mit dem Blick, bis er um eine Ecke verschwindet. Dann steht sie auf und geht hinüber zum Laden.

Sie hat keine Ahnung, wie es möglich ist, nach allem, was sie in den letzten Tagen durchgemacht hat. Aber auf einmal fühlt sie sich leicht wie eine Feder.

Bis spät in den Abend hat Juncker in Merlins Büro gesessen und mit seinem ehemaligen Chef besprochen, wie sie in den Mordermittlungen bezüglich Veronikas und Alexanders Tod weiter vorgehen sollten. Juncker erzählte Merlin, dass er die grauhaarige Frau hatte laufen lassen, damit die ihm im Gegenzug verriet, wo er Charlotte finden konnte.

Merlin starrte ihn lange an, ohne ein Wort zu sagen.

»Du hast also der Person freies Geleit gewährt, die wir als eine der Hauptverdächtigen in mindestens zwei, möglicherweise vier Mordfällen ansehen müssen, falls Simon Spangstrup und Svend Bech-Olesen tatsächlich ermordet wurden? Was man wohl nicht ausschließen kann.«

Juncker zuckte mit den Schultern. »Was hätte ich tun sollen? Es war die einzige Chance, Charlotte lebend zu finden. Denn du glaubst ja wohl selbst nicht, dass wir jemals auf einen Kellerraum in einem alten Industriegebäude in Hedehusene gestoßen wären, wo dem Anschein nach seit Monaten kein Mensch mehr einen Fuß hingesetzt hat. Oder?«

Merlin schüttelte den Kopf. »Nein. Die Chancen waren jedenfalls minimal.«

»Also verstehst du, warum ich es getan habe? Warum ich sie habe laufen lassen?«

»Ja. Ich verstehe es.«

Dann erkundigte sich Juncker nach dem Mann, den Signe und er drüben auf Amager unschädlich gemacht hatten, und Merlin erzählte, dass man ihn operiert habe und die OP den Ärzten im Rigshospital zufolge zufriedenstellend verlaufen, er jedoch noch nicht aus der Narkose erwacht sei.

»Haben unsere Leute etwas aus ihm rausgekriegt, bevor er in die Klinik gefahren wurde?«

»Keinen Piep. Kaum auch nur ein Stöhnen, als die Sanitäter ihn auf die Trage hoben.«

»Wer er wohl ist? Und die anderen? Hast du eine Idee?«
Merlin stand auf und schloss die Tür.

»Ich habe bei ein, zwei Anlässen Kollegen aus der Führungsebene über ein Gerücht sprechen hören, das seit ... ja, tatsächlich seit dem 11. September floriert. Angeblich existiert da so eine Gruppe, die aktiviert werden kann, wenn es um Aufgaben geht, die zu schmutzig sind, als dass PET oder FE sich die Finger damit besudeln würden. Ich dachte natürlich, es seien nichts weiter als Scheißhausparolen, in die Welt gesetzt von Leuten, die zu viele Filme und Serien gesehen haben. Deshalb, ich weiß nicht so recht ...«

»Jedenfalls haben wir einen Verdächtigen. Hast du überlegt, für eine Eil-DNA-Analyse des Materials zu bezahlen, das wir auf Alexanders Leiche und im Schrebergartenhaus gefunden haben?«

»Ja, habe ich. Ich kann mir gut vorstellen, dass man uns Druck machen wird, in diesem Fall schnelle Resultate vorzuweisen«, antwortete Merlin.

»Er hatte einen belgischen Pass, richtig?«

»Ja. Angeblich heißt er Jan Claasen.«

»Hm. Ich würde wetten, der Mann existiert nicht«, sagte Juncker. »Wenn ihr anfangt, in Belgien oder sonstwo auf der Welt nach seiner Identität zu suchen, wird es in einer Sackgasse enden. Er existiert nicht. Dasselbe gilt für unsere grauhaarige Freundin und ihre beiden Gorillas.« Juncker verlor sich einen Moment in Gedanken. »Vor vielen Jahren, als ich noch bei der Schutzpolizei war, haben zwei Beamte einen Obdachlosen im Bahngelände hinter dem Himmelsexpress aufgesammelt, du weißt schon, diese Obdachlosenunterkunft in der Vasbygade. Wie sich herausstellte, hatte er keine dänische Personennummer. Er war irgendwo drüben in Westjütland geboren und in einem Kinderheim aufgewachsen. Als Erwachsener fiel er dann aus dem System. Er hatte nie eine feste Adresse gehabt und war nirgends registriert. In den Augen des offiziellen Dänemarks existierte der Mann schlicht und ergreifend nicht.« Er schaute Merlin an. »Schon klar, das hier ist natürlich etwas anderes. Ich will damit nur sagen, dass ein Mensch durchaus verschwinden kann. Oder nichtexistent sein.«

»Hast du eine Ahnung, wieso FE-Chef Christoffersen Kristian Stendtler geschützt hat? Warum ist der Kerl nicht schon längst geflogen?«

»Tja, das habe ich mich natürlich auch gefragt. Ich habe vorhin mit einem ehemaligen Kollegen gesprochen, der mehrere Jahre beim FE war; er hat gute Verbindungen und weiß, was vor sich geht. Er meinte, Christoffersen und Stendtler seien alte Freunde aus Kindheitstagen, anscheinend waren sie zusammen jagen und haben diesen ganzen Old-Boys-Network-Kram gemacht. Meinem Ex-Kollegen zufolge hat man sich auch intern im FE des Öfteren gewundert, wie viele Leben Stendtler eigentlich hat, wenn man bedenkt, in was er alles verwickelt war. ›The Comeback Kid‹ wurde er genannt.«

»Wir reden also von guter alter Vetternwirtschaft?«

»Sieht so aus, ja.«

»Man könnte es vielleicht gerade noch verstehen, wenn Christoffersen seinen Busenfreund irgendeinen Bürojob hätte machen lassen, wo er keinen Schaden anrichten konnte. Aber dass er eine operative Funktion innehatte, wo es richtig heikel wird, wenn man seine Arbeit nicht macht ...« Merlin schüttelte den Kopf. »Das kann doch nicht wahr sein.«

»Tja, ist es aber leider.«

»Könnte noch mehr dahinterstecken? Ich meine, könnte Stendtler etwas gegen Christoffersen in der Hand gehabt haben, womit er ihn erpresste?«

Juncker zuckte mit den Schultern. »Wer weiß. Schon möglich. Vielleicht kommt es jetzt ja ans Licht ...«

Einen Augenblick lang schwiegen die beiden Männer.

»Oder auch nicht«, sagte Juncker dann.

Um kurz nach Mitternacht verabschiedete er sich von Merlin und machte sich auf den Weg zurück nach Sandsted. Eineinviertel Stunden später schloss er die Haustür auf. Karoline war bereits schlafen gegangen. Er legte sich mit der Erwartung ins Bett, nach den Ereignissen des letzten Tages wohl kaum einschlafen zu können.

Doch als ihn der Nachttischwecker nun um sieben Uhr weckt, muss er konstatieren, dass er sich geirrt hat. Ab dem Moment, da er den Kopf aufs Kissen gelegt hat, weiß er nichts mehr.

Er zieht sich an und genießt, dass er ausnahmsweise mal weder Übelkeit verspürt noch eine Matschbirne hat und sich in Anbetracht der Umstände überhaupt erstaunlich fit fühlt. Vorsichtig, um seine Tochter nicht zu wecken, schließt er die Tür hinter sich, steigt ins Auto und schickt Nabiha eine Nachricht. *8 Uhr auf der Wache.*

Die Luft in dem ehemaligen Ladenraum ist stickig, daher lässt er die Tür zum Marktplatz offen stehen. Im Hinterraum setzt er Kaffee in der Maschine auf, schenkt sich, als er durchgelaufen ist, eine Tasse ein und nimmt sie mit zum Besprechungstisch. Er hat zwei entgangene

Anrufe von Skakke und vier von Anders Jensen auf dem Handy, alle von gestern. Er ruft Jensen an.

»Juncker!? Wo zur Hölle bist du?«

»In Sandsted.«

»Wo warst du? Ich meine, ich weiß, dass du in Kopenhagen warst, das hat Nabiha erzählt. Aber was hast du gemacht? Und wieso bist du nicht ans Telefon gegangen? Du kannst doch nicht einfach mitten in einer Ermittlung abhauen.«

Juncker seufzt.

»Das hätte ich auch nicht getan, wenn es nicht absolut notwendig gewesen wäre, und ich verspreche, ich werde dir noch erzählen, wieso. Aber sollten wir uns jetzt nicht erst mal auf den Fall konzentrieren?«

Jensen schweigt. »Okay«, sagt er dann. »Wo stehen wir?«

»Ragner Stephansen war pädophil.«

»Was?«

»Ja. Das bestätigt seine Frau.«

»Du meine Scheiße.«

Das kannst du laut sagen, denkt Juncker. »Ich bin also ziemlich sicher, dass Peter Johansen, der als Junge mit Mads Stephansen befreundet und regelmäßig bei ihm zu Hause war, von Ragner Stephansen missbraucht wurde.«

»Meine Güte. Das würde Johansen ja ein weiteres Motiv geben, den Mann getötet zu haben. Nicht nur verhöhnt Stephansen ihn in Zusammenhang mit dem Fall der Schwester, er hat ihn, falls es sich tatsächlich als wahr herausstellt, auch als Kind missbraucht. Nicht zu fassen, was für ein Widerling.«

»Allerdings«, sagt Juncker. »Es gibt da bloß ein Aber. Ich bin ziemlich sicher, dass Stephansens Mörder Linkshänder war.«

»Wie kommst du darauf?«

Juncker schildert seine Theorie in Bezug auf den Schuss in die rechte Schläfe. »Und Peter Johansen ist Rechtshänder«, schließt er.

»Okay. Wir haben also gar nichts? Stehen wir wieder am Anfang?« Jensen klingt enttäuscht.

»Mads Stephansen ist Linkshänder.«

»Der Sohn? Bist du sicher?«

»Ganz sicher.«

»Aber welches Motiv hätte er, seinen Vater zu töten?«

»Es ist nur eine Vermutung, aber was, wenn ...«

»Wenn was?«, Jensen unterbricht sich selbst. »Ah, natürlich.«

»Ich wollte ihn jetzt zur Vernehmung abholen, Nabiha nehme ich mit«, sagt Juncker.

»Gute Idee. Denn mit allem Respekt für deine Theorie, einem Richter wird der Umstand, dass Mads Stephansen Linkshänder ist, wohl kaum reichen, um ihn in U-Haft zu nehmen. Mit dieser Eigenschaft ist er schließlich nicht allein auf der Welt. Wir brauchen mit anderen Worten ein Geständnis, Juncker.«

Fünf Minuten später taucht Nabiha auf.

»Lief's gut in Kopenhagen? Hast du alles regeln können?«

Juncker nickt.

»Irgendetwas, was du mit mir teilen möchtest?«

Er lächelt. »Gern. Nur nicht gerade jetzt. Es ist eine sehr lange Geschichte, und wir müssen Mads Stephansen zur Vernehmung abholen.«

»Machen wir es hier?«

Juncker überlegt kurz. »Nein. Wir nehmen ihn mit nach Næstved.«

Mads Stephansen wirkt nicht sonderlich überrascht, sie zu sehen, als er die Tür öffnet. Auch nicht, als Juncker ihn bittet, sie mit aufs Revier zu begleiten.

Die Fahrt legen sie schweigend zurück. Mads sitzt auf der Rückbank und starrt aus dem Fenster. Er sieht müde aus, findet Juncker. Als sie die Hauptdienststelle erreicht haben, organisiert Nabiha ihnen einen freien Vernehmungsraum. Mads setzt sich auf eine Seite des Tisches, Juncker und Nabiha nehmen ihm gegenüber Platz. Nabiha schaltet den Voice Recorder auf ihrem Handy ein.

»Es ist Freitag, der 11. August, 09.07 Uhr. Vernehmung von Mads Stephansen. Anwesend sind Polizeiassistentin Nabiha Khalid und …«

»Polizeikommissar Martin Junckersen. Mads, du bist weder festgenommen, noch wirst du beschuldigt, aber du wirst dennoch mit den Rechten eines Beschuldigten vernommen. Das bedeutet, dass du das Recht, aber nicht die Pflicht hast, eine Aussage zu machen. Du hast außerdem das Recht, die Vernehmung im Beisein eines Anwalts durchzuführen, falls du dies wünschst.«

»Brauche ich einen Anwalt?«

»Das musst du selbst entscheiden. Du kannst die Vernehmung jederzeit abbrechen und nach deinem Anwalt verlangen.«

»Einverstanden.«

»Wie war es für dich zu erfahren, dass dein Vater pädophil war?«, fragt Juncker.

»Das ist eine ziemlich merkwürdige Frage. Was glaubst du wohl, wie es war?«

»Denn es stimmt doch, dass du überhaupt nichts davon wusstest, richtig? Dass dein Vater diese Neigung besaß?«

Mads schaut auf die Tischplatte und nickt.

»Könntest du mit Rücksicht auf die Aufnahme bitte …«

»Ja, das stimmt«, sagt er leise.

»Okay.« Juncker blättert in seinen Unterlagen. »Sag mal, wie geht es dir eigentlich damit zu wissen, dass Peter Johansen in U-Haft sitzt, weil er des Mordes an deinem Vater verdächtigt wird?«

»Schlecht geht es mir damit.«

»Weil er dein Freund ist? Oder vielleicht eher dein Freund war? Oder wie?«

»Ja.«

»Glaubst du, er ist der Schuldige?«

Mads schaut Juncker in die Augen. »Nein, das glaube ich nicht.«

»Vieles deutet allerdings darauf hin, dass er es getan hat. Er hat keine Erklärung für den Verbleib einer seiner Pistolen, deren Kaliber mit dem der Mordwaffe übereinstimmt. Keiner kann sein Alibi für den Tatzeitpunkt bekräftigen. Und er hat ein starkes Motiv, da dein Vater die Klage gegen den gewalttätigen Mann der Schwester abweisen ließ, was wiederum höchstwahrscheinlich mit ein Grund für ihren Selbstmord war. Sollte sich nun auch noch herausstellen, dass dein Vater ihn missbraucht hat, als er, ich meine, als *ihr* Kinder wart ...«

»Du kannst nicht wissen, ob mein Vater das getan hat.«

»Das stimmt. Aber kannst du das Gegenteil wissen? Weißt du mit Sicherheit, dass dein Vater Peter *nicht* missbraucht hat?«

Zehn, fünfzehn Sekunden herrscht vollkommene Stille im Raum. Dann schüttelt Mads den Kopf.

»Mads, du musst es laut sagen.«

»Nein. Das weiß ich nicht.«

»Doch selbst wenn Peter tatsächlich missbraucht wurde, so glaubst du nicht, dass er deinen Vater umgebracht hat. Verstehe ich das richtig?«

»Ja.«

»Aber wieso glaubst du es nicht? Er hat doch ein wirklich starkes Motiv, sich zu rächen.«

»Peter könnte niemals jemanden umbringen. Er ist der friedfertigste Mensch, den ich kenne. Der Gedanke, er könnte jemanden erschießen, ist völlig absurd.«

»Nichtsdestotrotz weisen so viele Indizien auf ihn, dass er mit großer Wahrscheinlichkeit für den Mord verurteilt werden wird, sollte es zu einem Prozess kommen. Und so wie die Dinge stehen, wird es das unter Garantie.«

Mads schweigt.

»Warum hat er versucht, sich das Leben zu nehmen, was glaubst du?«

»Keine Ahnung.«

»Könnte er es getan haben, weil er etwas weiß, was er nicht laut sagen kann? Etwas, womit zu leben er nicht ertragen würde?«

»Können wir eine kurze Pause machen?«, fragt Nabiha.

Juncker wirft ihr einen verwunderten Blick zu. »Äh, ja, natürlich. Fünf Minuten.« Er steht auf. »Willst du hierbleiben, Mads? Oder lieber etwas frische Luft schnappen? Wir haben einen geschlossenen Hof.«

»Ich bleibe hier. Aber ich hätte gern ein Glas Wasser.«

»Alles klar.«

Nabiha und Juncker gehen in Junckers Büro.

»Warum zur Hölle spielst du nicht einfach die Karte, dass der Mörder Linkshänder ist und Mads Stephansen auch?«, fragt Nabiha.

»Das wäre nicht sehr clever.«

»Wieso nicht?«

»Weil es das Gleiche wäre, wie zu sagen, dass Peter Johansen nicht der Schuldige sein kann. Und im Augenblick ist unsere beste Chance auf ein Geständnis von Mads sein schlechtes Gewissen, weil Peter Gefahr läuft, wegen etwas verurteilt zu werden, das er nicht getan hat. Das heißt, Mads muss glauben, dass wir mehr oder weniger beweisen können, Peter wäre der Mörder. Und selbst wenn der Umstand, dass der Mörder Linkshänder ist, auf Mads als Täter deutet, so ist er schlau genug zu wissen – außerdem ist er selbst Anwalt –, dass das höchstwahrscheinlich nicht für eine U-Haft ausreicht. Schließlich gibt es einige Linkshänder. Dich zum Beispiel. Und auch wenn es nicht das beste der Welt ist, Mads hat ein Alibi. Was ihm fehlt, soweit uns bekannt, ist ein Motiv, seinen Vater umzubringen.«

Sie kehren in den Vernehmungsraum zurück, und Nabiha schaltet den Voice Recorder ein. »Die Vernehmung von Mads Stephansen wird fortgesetzt. Anwesend sind weiterhin Martin Junckersen und Nabiha Khalid.«

»Mads, du hast vorhin gesagt, dass ...«

Mads hebt die Hand.

»Ja?«, fragt Juncker.

»Peter hat meinen Vater nicht umgebracht. Ich war es.«

Es ist totenstill im Raum.

»Okay«, sagt Juncker. »Du gestehst also, deinen Vater umgebracht zu haben?«

»Ja.«

»Möchtest du uns erzählen, weshalb du es getan hast?«

»Aber nur *off the record*.« Er deutet auf das Handy.

Juncker nickt Nabiha zu, die den Recorder ausschaltet. Mads birgt sein Gesicht in den Händen. Nabiha beugt sich vor und drückt seinen Arm.

»Nehmen Sie sich die Zeit, die Sie brauchen«, sagt sie.

Er nickt und holt tief Luft.

»Es fing an, als Peter und ich ungefähr elf waren. An den Wochenenden nahm mein Vater uns mit auf Ausflüge, meistens in unser Sommerhaus in Tisvildeleje, manchmal haben wir aber auch im Wald gezeltet. Wir haben geangelt und mit Pfeil und Bogen geschossen, die wir selbst gebaut hatten, und Peter und ich fanden meinen Vater absolut großartig. Ab und zu durften wir von seinem Bier probieren, und wenn er rauchte, ließ er uns auch ein paar Mal ziehen. Es schmeckte furchtbar, aber darum ging es ja nicht. Er hat uns dazu gebracht, uns wie kleine Männer zu fühlen, und wir haben es geliebt. Wir gingen nackt schwimmen, und irgendwie schien es völlig natürlich, wenn wir nach dem Baden ohne Kleidung, nur mit einem Handtuch um die Hüften gewickelt, zusammensaßen und über Gott und die Welt redeten. Als wären wir Erwachsene und einander ebenbürtig. Eines Abends dann, wir saßen im Wohnzimmer des Sommerhauses am Kaminfeuer, kamen wir auf Mädchen zu sprechen, und ich weiß noch, wie mein Vater fragte – so ganz nebenbei, als sprächen Männer eben über solche Dinge –, ob unsere Pimmel manchmal steif würden. Uns war es natürlich ein bisschen, hm, unangenehm und peinlich, aber er meinte, das bräuchte es nicht zu sein, es sei ganz natürlich. Dann wollte er wissen, ob wir onanierten, und ich weiß nicht mehr, was wir geantwortet haben, aber er sagte jedenfalls, er könne uns beibringen, wie man es macht. Und dann …«

Mads schließt für einen Moment die Augen. Dann greift er nach dem Wasserglas, gibt es jedoch auf, es zum Mund zu führen.

»Ich glaube, ich schaffe das nicht. Jedenfalls nicht jetzt.«

»Das ist vollkommen in Ordnung«, sagt Juncker. »Du entscheidest selbst, wie detailliert du uns davon erzählen möchtest. Aber kannst du bestätigen, dass dein Vater sowohl dich als auch Peter sexuell missbraucht hat?«

Er nickt. »Ja.«

»Kannst du auch sagen, wie lange es ging?«

»Nicht genau. Aber in meiner Erinnerung lief das eine ganze Weile. Ein Jahr. Vielleicht länger.«

»War das der Grund, weshalb die Freundschaft zwischen dir und Peter auseinanderging? Denn so war es, nicht wahr?«

»Ja. Das heißt, ich weiß nicht, ob unsere Freundschaft tatsächlich auseinanderging, aber die Verwandlung unserer Ausflüge von etwas Fantastischem hin zu etwas, dessen wir uns schämten und das wir im Grunde nicht verstanden, warf einen Schatten darüber. Ich glaube, wenn wir uns trafen, erinnerten wir uns gegenseitig zu sehr an etwas wirklich Unbehagliches.«

»Du hast es nie jemandem erzählt?«

»Nein. Und Peter auch nicht, soweit ich weiß. Mein Vater hatte uns eingebläut, dass wir es unter keinen Umständen weitererzählen dürften. Und dass er uns, falls wir es täten, würde bestrafen müssen. Daher endete es als unser böses Geheimnis, das Peter und mich verband, und von dem niemand außer uns und meinem Vater wusste. Auch meine Mutter nicht.«

»Aber warum haben Sie Ihren Vater umgebracht? Warum haben Sie ihn nicht einfach angezeigt?«, fragt Nabiha.

Er lacht kurz und trocken.

»Können Sie sich vorstellen, dass ich mich in einen Gerichtssaal stelle und meinen Vater einer solchen Sache beschuldige? Für die es nicht den Hauch eines Beweises gibt? Meinen Vater? Den großen Anwalt Ragner Stephansen? Oder dass Peter es täte? Das würde nie geschehen. Niemals.«

»Aber wenn ihr ihn angezeigt hättet, wäre doch gegen ihn ermittelt worden, und dabei wäre man ganz sicher auf seine Indienreisen und alles mögliche andere gestoßen, womit sich die Anschuldigungen hätten stützen lassen.«

Mads schüttelt den Kopf. »Dazu wäre es niemals gekommen, das weiß ich.« Er versucht es erneut mit dem Wasserglas, und diesmal geht es besser. Er leert es in einem Zug.

»Aber warum ausgerechnet jetzt? Warum sollte dein Vater letzten Sonntag sterben? War irgendetwas passiert?«, fragt Juncker.

Mads schweigt lange, antwortet dann aber doch. »Vor etwa drei Wochen, es war ein Samstagnachmittag, waren Line, Aksel und ich zu Besuch bei meinen Eltern, abends wollten wir grillen. Mein Vater und Aksel alberten am Pool herum, wir anderen waren in der Küche und haben das Essen vorbereitet. Ich mixte Gin Tonics und ging auf die Terrasse, um meinem Vater einen Drink zu bringen. Er saß am Poolrand, während Aksel im Wasser planschte, und ich konnte deutlich die Beule in seiner Badehose erkennen. Er sah, dass ich es bemerkt hatte, doch statt sich zu schämen und zu versuchen, es zu verstecken, lächelte er mich nur an ... so ein verschwörerisches Lächeln, als ginge es um eine einvernehmliche Angelegenheit unter Männern.«

Er atmet laut aus.

»Ich weiß nicht, vielleicht hatte ich nicht völlig verdrängt, was er Peter und mir damals angetan hat, aber auf jeden Fall hatte ich es in irgendeinen entlegenen Winkel meines Bewusstseins geschoben. Mehrfach habe ich mich gefragt, ob es überhaupt wirklich geschehen ist oder nur ein böser Traum war, und irgendwann habe ich es beinahe geglaubt. Aber als ich ihn dort am Pool sah, wurde mir mit einem Schlag vollkommen bewusst, dass es kein

Traum, sondern tatsächlich passiert war. Und schlimmer noch: dass es auch Aksel so ergehen konnte, wenn ich nichts unternahm.«

»Hättest du nicht einfach dafür sorgen können, dass dein Sohn niemals mit ihm allein ist?«, fragt Juncker.

»Wie hätte ich das bewerkstelligen sollen? Hätten wir wegziehen sollen?«

»Also hast du beschlossen, ihn umzubringen?«

»Ja.« Mads Stephansen schaut Juncker an. »Findest du, er hatte verdient zu leben?«

Juncker antwortet nicht.

»Und du hast die Entscheidung allein getroffen? Du hast nicht mit Peter darüber gesprochen?«

»Nein. Ich habe es geplant und ausgeführt. Allein.«

»Aber die Pistole?«

»Das ist die einzige Beteiligung von Peter an der Sache. Er hat mir die Waffe gegeben.«

»Und er hat nicht gefragt, wofür du sie brauchst?«

»Nein.«

»Und du hast es ihm nicht gesagt?«

»Nein.«

»Glaubst du, er wusste, was du vorhattest, als er dir die Waffe gab?«

»Das musst du ihn selbst fragen.«

»Und wo ist die Waffe jetzt?«

»Ich habe sie ein paar Kilometer außerhalb von Sandsted im Wald vergraben. Ich kann euch die Stelle zeigen. Falls ich sie wiederfinde.«

»Woher wusstest du, dass dein Vater zu dieser späten Stunde im Park sein würde?«, fragt Juncker.

»Ich hatte mich dort mit ihm verabredet. Wir haben Sonntagabend ja mehrfach wegen eines Falles telefoniert, an dem ich arbeitete, und ich fragte ihn, ob wir uns nicht treffen und alles klären könnten. Ich sagte, ich bräuchte etwas frische Luft.«

»Okay.« Juncker bittet Nabiha, den Voice Recorder wieder einzuschalten, und steht auf. »Mads Stephansen, du bist festgenommen, da du des Mordes an deinem Vater, Ragner Stephansen, beschuldigt wirst. Du bist nicht verpflichtet, eine Aussage zu machen, und hast das Recht auf einen Verteidiger. Jetzt werden wir deine Erklärung und dein Geständnis niederschreiben. Vorerst gehen wir nicht auf dein Motiv für den Mord ein, darauf können wir später zurückkommen. Dann unterschreibst du die Erklärung, natürlich nur, wenn du sie anerkennst, und anschließend wirst du in die Haftanstalt hier in Næstved gebracht. Innerhalb von vierundzwanzig Stunden wirst du einem Richter vorgeführt.«

Mads schaut Juncker an. »Du wusstest, dass ich es war, oder?«

Juncker zuckt mit den Achseln. »Ich hatte einen Verdacht, als ich gestern Morgen mit dir sprach. Später im Laufe des Tages bekam ich dann Gewissheit.«

»Wie das?«

»Ich habe den gesamten Verlauf jenes Sonntagabends noch mal in Gedanken rekonstruiert, und dabei wurde mir klar, dass der Mörder Linkshänder sein muss. Das trifft auf Peter Johansen nicht zu, sehr wohl aber auf dich.«

»Elementar, lieber Watson.« Mads Stephansen lächelt freudlos.

»Ja, so elementar, dass ich es längst hätte sehen sollen.«

Juncker lässt einen Kollegen vor dem Vernehmungsraum Wache halten, während sie Mads Stephansens Geständnis und seine Erklärung niederschreiben.

»Wir nehmen jetzt erst mal überhaupt keine Details zu den Übergriffen des Vaters auf, richtig?«, fragt Nabiha.

»Nein, wie ich Mads gesagt habe, warten wir damit. Er muss selbst entscheiden, wie detailliert es sein soll. Wenn er unterschrieben hat, sorgst du dann dafür, dass er in die U-Haft gefahren wird?«

»Mache ich. Wo willst du hin?«

»Es gibt da jemanden, mit dem ich reden muss.«

»Ja, vermutlich.« Sie schweigt einen Moment. »Was glaubst du, wie hart wird seine Strafe?«

»Schwer zu sagen. Aber er wird unter Garantie einen hübschen Rabatt bekommen angesichts dessen, was sein Vater ihm und Peter angetan hat. Ich schätze, er bekommt acht Jahre. Und dann ist er nach sechs wieder draußen. So was in der Richtung.«

»Das ist immer noch eine ziemlich lange Zeit seines Lebens. Sein Sohn wird so gut wie erwachsen sein, wenn er rauskommt. Weil er dieses Schwein umgebracht hat.«

»Ja«, sagt Juncker. »Aber Mord ist Mord. Und man darf nun mal keine anderen Menschen töten. Auch nicht, wenn es Schweine sind.«

Als Vera die Tür öffnet und sieht, dass er es ist, dreht sie sich bloß wortlos um und geht ins Wohnzimmer. Auf dem Weg macht sie einen Abstecher beim Tresen vorbei, der das Wohnzimmer von der Küche trennt, nimmt ein bereits gefülltes Glas Weißwein und geht anschließend zu der schwarzen Ledercouch, wo sie im Laufe der letzten Tage nun bereits mehrmals gesessen haben. Sie mustert ihn mit diesem unergründlichen sphinxartigen Ausdruck in den Augen, den er nie zu lesen vermocht hat – weder damals, als sie jung und ein Paar waren, noch heute.

Er macht sich nicht die Mühe, es in schöne Worte zu packen.

»Mads hat gestanden, seinen Vater getötet zu haben, der ihn und Peter Johansen, als die Jungen elf, zwölf Jahre alt waren, über einen längeren Zeitraum systematisch missbraucht hat.«

Veras Miene ist vollkommen ausdruckslos. Nichts lässt erkennen, dass sie seine Worte gehört hat. Vielleicht hat sie sie nicht begriffen.

Er hat das Messer hineingestochen, nun dreht er es in der Wunde herum.

»Was hast du noch gleich über Ragner gesagt, als ich letztes Mal hier war? Dass er durchaus charmant sein konnte, wenn er wollte. So hast du es doch formuliert, nicht? Als einen der Gründe, weshalb du deinen Mann nie der Polizei gemeldet und seinen Missbrauch kleiner Jungen gebremst hast? Willst du weiterhin an dieser Charakterisierung festhalten, oder …?«

Er weiß es natürlich. Es ist unprofessionell, sie zu verhöhnen, aber er kann nicht anders. Er sieht, wie sie um Fassung ringt.

»Was du sagst, stimmt nicht, Juncker. Du lügst.«

Der Ausdruck in ihren Augen ist noch immer überlegen, distanziert, ironisch wie immer. Doch wie ein Deich, der unter dem gewaltigen Druck einer Sturmflut zusammenbricht, so verändert sich alles binnen weniger Sekunden. Auf einmal steht ihr die Angst deutlich ins Gesicht geschrieben. Sie springt auf und stößt dabei gegen den Couchtisch, das Weinglas kippt um, und der Inhalt ergießt sich über die Tischplatte. Sie bemerkt es nicht und macht einen Schritt auf ihn zu. Für einen kurzen Moment glaubt Juncker, dass sie auf ihn losgehen wird, sie gleicht einem wild gewordenen Raubtier, das in die Ecke gedrängt wurde.

»Du lügst. Du hast kein Recht, so etwas zu mir zu

sagen«, ruft sie mit heiserer Stimme. Es ist das erste Mal, dass er sie laut werden hört.

»Nein, Vera, es ist die Wahrheit. Mads hat sein Geständnis unterschrieben, er sitzt jetzt in der Næstveder Haftanstalt. Morgen Vormittag wird er dem Richter vorgeführt und vermutlich für vier Wochen in Untersuchungshaft genommen.«

Sie setzt sich wieder und starrt mit leerem Blick in die Luft. Juncker steht auf.

»Kann ich mit ihm sprechen?«

»Im Augenblick nicht.«

»Du hast gesagt, Ragner hätte Mads missbraucht. Und Peter auch. Wie …?«

Juncker schüttelt den Kopf. »Dein Sohn muss entscheiden, wie viel er dir erzählen möchte, das musst du ihn also selbst fragen. Ich könnte mir vorstellen, dass er auch einige Fragen an dich hat. Mach's gut, Vera.«

Er ist schon fast an der Tür.

»Juncker?«

Er dreht sich um. »Ja?«

»Interessiert es dich gar nicht, warum dein Vater Ragner nie der Polizei gemeldet hat?«

Sie steht auf und kommt zu ihm, tritt so nah an ihn heran, dass ihm ihr Duft in die Nase dringt. Sommermorgen und Blumenwiese.

»Was weißt du darüber?«, fragt er.

»Einiges. Wollen wir uns nicht wieder setzen?«

»Danke, ich ziehe es vor, hier stehen zu bleiben.«

Sie stellt sich mit leicht gespreizten Beinen und verschränkten Armen vor ihn.

»Ich habe dir erzählt, wie Ragner versehentlich einige Bilder an deinen Vater geschickt und dieser ihn daraufhin konfrontiert hat. Dein Vater war bereit, mit seinem Wissen zur Polizei zu gehen, natürlich fand er Ragners Treiben abscheulich. Doch dann zeigte sich, dass Ragner ein Ass im Ärmel hatte. Du erinnerst dich sicher noch daran, was geschah, als dein großer Bruder damals von einem Betrunkenen totgefahren wurde, einem Klempner aus dem Ort? Oder besser gesagt, was in der Zeit nach seinem Tod geschah?«

Juncker nickt. »Mir wurde erzählt, mein Vater habe all seine Verbindungen und seinen Einfluss hier in der Stadt genutzt, um das Unternehmen und überhaupt das gesamte Leben des Klempners zu zerstören, bis dieser sich schließlich erhängt hat. Nachdem er bankrottgegangen und seine Frau ihn verlassen hatte.«

»Ja, das ist die offizielle Version, bloß entspricht die nicht ganz der Wahrheit. Es stimmt zwar, dem Klempner ging es schlecht, aber Selbstmord ... Selbstmord hat er nicht begangen.«

»Was meinst du? Wie war es dann?«

»Er wurde ermordet.«

»Was? Von wem?«

»Von Ragners Vater, also meinem Schwiegervater. Ich weiß nicht, ob du dich an ihn erinnerst, er hieß Torsten Stephansen und war Maurer hier in Sandsted. Ein ausgezeichneter Handwerker, aber kein Auge fürs Finanzielle, sodass er ständig Schulden hatte. Als dein Vater es leid wurde, darauf zu warten, dass der Klempner sich das Leben nähme, beschloss er, der Sache ein wenig nachzuhelfen. Mogens dachte natürlich nicht daran, sich selbst die Finger schmutzig zu machen, indem er einen anderen Menschen tötete, daher wandte er sich an meinen Schwiegervater, dem ein gewisser Ruf als Haudrauf anhing. Dein Vater bot ihm eine größere Summe, ich glaube, es waren hunderttausend Kronen, und das war damals in den Siebzigern eine hübsche Stange Geld, wenn er den Klempner umbrachte und es nach Selbstmord aussehen ließ. Mein Schwiegervater führte den Auftrag aus, und das offenbar so überzeugend, dass die Polizei nie Verdacht schöpfte. Oder vielleicht hatte dein Vater sie ebenfalls in der Tasche, wer weiß?«

Das kann nicht stimmen, denkt Juncker. »Woher willst du das wissen?«

»Ganz dumm war mein Schwiegervater auch wieder nicht und hat sich gegenüber deinem Vater rückversichert. Mithilfe eines versteckten Mikrofons nahm er das Gespräch auf, in dem dein Vater und er den Deal eingingen. Als mein Schwiegervater einige Jahre später im Sterben lag – er litt an Lungenkrebs –, gab er Ragner das Tonband mit der heimlichen Aufnahme. Als dein Vater Ragner dann mit der Polizei drohte, tja, da brauchte der ihm bloß das Band vorzuspielen, und schon verging deinem Vater die Lust, Ragner anzuzeigen.«

Das also hatte sein Vater gemeint, denkt Juncker. Als er schrieb, er könne Ragner nicht aufhalten, ohne dass alles zusammenstürzte.

»Du siehst, Juncker, wie es so schön heißt: Jede Familie hat ihre Geheimnisse. Dein Vater hat den Klempner vielleicht nicht selbst umgebracht. Aber er hat einen Auftragsmörder engagiert. Ist das nicht ebenso strafbar, wie eigenhändig einen Mord zu begehen? Das müssten Sie doch wissen, Herr Polizeikommissar.«

Sie hat die Fassung zurückgewonnen und wieder zu ihrem wahren Selbst gefunden. Er erträgt es nicht, auch nur eine Minute länger in diesem Haus zu bleiben.

»Juncker«, ruft sie, als er bei der blauen Tür angekommen ist, doch diesmal wendet er sich nicht um.

Kapitel 65

Es war nach Mitternacht, als sie endlich ins Bett kam. Trotzdem ist sie um fünf nach vier aufgewacht. Als sie die Augen aufschlug, wusste sie nicht, wo sie war, bis ihr klar wurde, dass sie zu Hause im Bett lag und bloß den Arm auszustrecken brauchte, um Niels zu berühren, der leise schnarchend neben ihr schlief.

Sie lag auf dem Rücken und starrte ins Halbdunkel, die Sonne würde erst in anderthalb Stunden aufgehen, und das Gefühl kam schleichend, auch wenn sie sich nach Kräften mühte, es fernzuhalten, und sie wusste, dass sie es niemals wieder loswerden, sondern bis zu ihrem Tod mit sich tragen würde.

Alles andere im Zusammenhang mit diesem schrecklichen Fall würde mit der Zeit verblassen, wie die Erinnerungen an die vielen anderen gewaltsamen Fälle, an denen sie im Laufe der Jahre gearbeitet hat. Nicht aber das Bild von Veronika, wie sie mitten im Wohnzimmer von Lisas Schrebergartenhaus auf dem Stuhl saß.

Ihr war sehr wohl bewusst, weshalb sie so fühlte. Auch Alex hatte einen gewaltsamen Tod erlitten. Auch er hatte den höchsten Preis gezahlt, um auf derselben Seite zu kämpfen wie sie. Doch sie hätte in keiner Weise verhindern können, dass diese Leute ihn umbrachten. Sie trägt keine Mitschuld an seinem Tod. Sehr wohl aber an Veronikas.

Sie bereut selten etwas, das sie getan oder auch nicht

getan hat. Doch nun bereut sie aus tiefstem Herzen, dass sie ihr Auto nicht nach einem GPS-Tracker abgesucht hat, ehe sie zu Veronika fuhr. Es war unprofessionell. Unverzeihlich. Hätte sie es getan, hätte sie wie die fähige Ermittlerin gehandelt, für die sie sich hält, wäre die junge Frau jetzt vermutlich noch am Leben und ihre Eltern nicht gebrochen vor Trauer. So einfach ist es.

Sie stand auf und ging in die Küche. Nahm das Schneidebrett und das hyperscharfe Santokumesser und wollte bereits ihr übliches Ritual einleiten, mit dem Zeigefinger über die Klinge zu gleiten und dabei gerade so viel Druck auszuüben, dass das Messer nicht ins Fleisch schnitt, als sie sich einen Ruck gab. *Komm schon, lass das, ermahnte sie sich selbst, das ist doch kindisch. Es gibt genügend Gefahren da draußen, da braucht man nicht auch noch künstlich welche dazuzuerfinden, nur um zu spüren, dass man am Leben ist. Reiß dich zusammen, Schwester.*

Sie öffnete den Küchenschrank mit Nüssen und getrockneten Früchten, woraufhin eine Wolke aus Motten aufstob und ihr um den Kopf schwirrte, und sie fluchte lautstark darüber, dass mal wieder jemand die Packungen nicht ordentlich verschlossen hatte, wie sie es ihrer Familie bestimmt schon tausend Mal eingeschärft hat.

Mit hitzigen Bewegungen verübte sie ein größeres Massaker an den Insekten und griff anschließend zum Messer – nur um zu merken, dass sie jetzt beim besten Willen nicht in der Lage war, ein Müsli zusammenzustellen.

Also kochte sie Kaffee und setzte sich mit einer Tasse an den Esstisch. Sie musste an Victor denken und wunderte sich, wie schnell ihr Zorn verraucht war. Sie hatte ihm mitnichten verziehen und war auch nicht sicher, ob sie das jemals tun würde. Einen Freund zu verraten steht weit, wenn nicht ganz oben auf ihrer Liste von Dingen, die man niemals tut. Doch sie spürte auch eine Erleichterung darüber, keine weiteren Kräfte auf die Frage verwenden zu müssen, wie sie ihr Verhältnis beenden sollte. Dieses Problem hatte er für sie gelöst.

Am Abend zuvor hatte sie Merlin gefragt, wie lange sie voraussichtlich suspendiert bleiben würde, woraufhin er meinte, zwei Wochen, mindestens. Und dass es wohl, wenigstens um des Anscheins willen, am besten wäre, wenn sie ihren Schreibtisch freiräumen würde.

Sie kam zu dem Schluss, dass sie es ebenso gut hinter sich bringen konnte, ehe ihre Kollegen erschienen. Wenn sie auf eines keine Lust hatte, dann, mit allen möglichen Fragen darüber gelöchert zu werden, was passiert war, welche Rolle sie in dem Ganzen gespielt hatte und weshalb sie suspendiert worden war.

Also zog sie sich an und schrieb Niels einen Zettel, dass sie da sein würde, wenn er heute Nachmittag von der Arbeit käme. Doch als sie gerade auf dem Weg zur Tür hinaus war, erschien er in der Küche. Sie hatte ihn nicht aufstehen gehört. »Gott, schon so spät«, wunderte sie sich.

»Ich bin früher aufgewacht«, erklärte er, schenkte sich eine Tasse Kaffee ein und setzte sich an den Tisch. »Die Zeitung?«

»Hab sie noch nicht geholt.«

»Okay, dann mache ich das.«

Sie setzte sich ihm gegenüber. »Wollen wir heute Abend was essen gehen? Du, die Kinder und ich?«

Sie konnte das Echo ihrer eigenen Stimme von vor elf Tagen hören. Derselbe Ort. Derselbe Vorschlag. Und mehr oder weniger dieselbe Reaktion von Niels.

»Können wir schon, aber ...«

»Ich weiß. Du brauchst nichts zu sagen, Niels. Denn diesmal gibt es kein ›Aber‹.«

Er hob eine Braue. Sie kennt niemanden sonst, der mit so minimaler Mimik derart große Skepsis und Missfallen ausdrücken kann wie ihr Mann.

»Ich gehe nicht arbeiten«, sagte sie. »Tagsüber nicht und auch nicht am Abend. Und wenn in ganz Nørrebro ein offener Bandenkrieg ausbricht oder ein Massenmörder in der Fußgängerzone Amok läuft.«

»Wie das?«

»Ich wurde nach Hause geschickt. Suspendiert.«

»Du wurdest was?! Warum?«

Sie überlegte, wie viel sie ihm erklären sollte, und entschied sich für das notdürftigste Modell.

»Ich habe mich nicht an Anweisungen gehalten.«

»Okay. Warum nicht?«

»Weil ich nicht konnte.«

»Wirst du gefeuert?«

»Könnte schon sein. Aber ich glaube nicht. Merlin unterstützt mich.«

Jedenfalls bis auf Weiteres, fügte sie in Gedanken hinzu.

»Hm, na gut, dann lass uns heute Abend essen gehen. Das Thai-Restaurant im Jyllingevej? Das lieben die Kinder.«

»Jep. Reservierst du einen Tisch?«

Sie stand auf, gab ihm einen Kuss auf den Mund, und er versuchte nicht, das Gesicht wegzudrehen.

Wie erhofft, ist noch keiner ihrer Kollegen aufgetaucht. Die ersten werden voraussichtlich in einer Stunde eintrudeln, sie hat also reichlich Zeit, ihr Büro zu räumen.

Sie hat eine blaue IKEA-Tüte für ihre persönlichen Dinge mitgenommen, deren Anzahl allerdings überschaubar ist. Und einen schwarzen Müllbeutel für alles, das wegkann, was im Gegensatz dazu recht viel ist und praktisch ausschließlich Papier, da sie die wenig nachhaltige Angewohnheit hat, alles Mögliche auszudrucken.

Sie macht sich an die Arbeit, und irgendwann ist sie bei der unteren Schreibtischschublade angelangt.

Sie nimmt die grüne Geldkassette mit den benutzten Plastikbechern und den Tütchen mit Troels Mikkelsens Haaren und Schuppen heraus und stellt sie auf die Schreibtischunterlage, wippt mit der Stuhllehne zurück und legt die Beine hoch.

In den letzten Tagen hat sie nicht an ihn gedacht. Tatsächlich kein einziges Mal, außer als Niels sie auf ihn angesprochen hat. Sie horcht in sich hinein, doch im Augenblick fühlt sie keinen Hass. Ist er verschwunden?, fragt sie sich etwas verwundert. Von einer Woche auf die andere?

Oder hat er nur zeitweise auf dem Seitenstreifen geparkt, weil sie Wichtigeres im Kopf hatte?

Sie verschränkt die Hände im Nacken und legt den Kopf auf die Kante der Rückenlehne.

Blaue Tüte? Schwarze Tüte?

Nach fünf Minuten steht sie auf. Sie hat keinen Zweifel mehr. Nicht den geringsten. Sie nimmt die grüne Metallkassette und steckt sie in die IKEA-Tüte.

Kapitel 66

Karoline sitzt auf ihrem Stammplatz auf der Couch im Arbeitszimmer, drei Kissen hinter dem Rücken aufgetürmt und umgeben von kleinen Stapeln schwarzer Notizbücher.

Sie hebt den Blick und lächelt.

Juncker bleibt vor der Tür stehen. Am liebsten würde er sich neben sie setzen und sie in den Arm nehmen. Aber er lässt es bleiben, denn sonst bestünde die Gefahr, dass er anfängt zu heulen. Das wäre peinlich über alle Maßen, und Karoline hätte keine Ahnung, wie sie sich verhalten soll. Also geht er stattdessen zum Sessel und nimmt dort Platz.

»Bist du fertig?«

Sie hat ihn gebeten, sie noch heute Abend nach Kopenhagen zu fahren. Charlotte möchte ihre Tochter sehen und Karoline ihre Mutter.

»Ja, hab schon gepackt.«

Er schaut sie an. »Wie fühlst du dich?«

»Mir geht es gut. Morgens muss ich mich ein paar Mal übergeben, aber wenn es überstanden ist, geht es sehr viel besser.«

»Bist du mit allen Notizbüchern durch?«

»Ja. Was hast du eigentlich mit ihnen vor?«

Juncker zuckt mit den Achseln. »Darüber habe ich noch gar nicht nachgedacht.«

»Willst du sie wegwerfen?«

»Hm, ich weiß nicht ...«

»Das darfst du nicht! Sonst will ich sie haben.«

»Okay, okay. Ich werde sie nicht wegwerfen. Und dann überlege ich mir, ob ich sie selbst behalte.«

»Super.« Karoline macht Anstalten aufzustehen.

»Ich habe mich etwas gefragt«, beginnt er.

»Hm?«

»Was hat mein Vater eigentlich geschrieben, als mein Bruder damals gestorben ist?«

Sie lehnt sich in die Kissen zurück. »Nichts.«

»Wie meinst du das?«

»Er hat gar nichts geschrieben. Peter wurde im November 1970 totgefahren, richtig?«

»Ja.«

»Am 16. November hört Opa ganz einfach auf zu schreiben. Es vergehen zwei Jahre, bis er wieder anfängt. Anscheinend war er so verzweifelt vor Trauer, dass er nicht konnte. Erinnerst du dich noch an diese Zeit? Daran, wie er war?«

»In gewisser Weise verschwand er, als Peter starb. Für mich, meine ich. So wie ich mich entsinne, hat er jahrelang so gut wie gar nicht mit mir gesprochen. Aber vielleicht habe ich es falsch in Erinnerung. Allmählich frage ich mich ...« Juncker fährt sich mit der Hand über die Stirn.

»Aber er fing wieder an zu schreiben?«

»Ja, und zwar in einem neuen Notizbuch, obwohl in dem alten noch fünfzig Seiten leer waren. Als ob er für sich selbst markieren wollte, dass nun eine neue Phase seines Lebens begann.«

Da hatte er nämlich den Klempner umbringen lassen und den Tod seines Sohnes gerächt. Juncker überlegt, ob er es seiner Tochter erzählen soll. Dass ihr Großvater, den sie immer geliebt und zu dem sie stets ein gutes Verhältnis gehabt hat, wenn auch kein Mörder im eigentlichen Sinne, so doch praktisch einer war. Aber warum soll er sie eigentlich nicht einweihen? Gibt es in dieser Familie nicht schon genug Geheimnisse?

Als er die Geschichte erzählt hat – auch, dass Ragner Stephansen pädophil war und sein Sohn ihn umgebracht hat –, schweigen Vater und Tochter eine Weile gemeinsam. Dann rutscht Karoline nach vorn auf die Couchkante.

»Merkwürdiger Gedanke«, meint sie. »Dass wir in der Familie einen … na ja, keinen richtigen Mörder haben, aber doch fast, oder?«

Juncker steht auf. »Ja, es ist merkwürdig.«

»Ändert das eigentlich deine Sicht auf Opa?«

Er denkt nach. »Nein, ich glaube nicht. Ich habe ihn ja immer schon für einen Tyrannen gehalten. Und dass der Tyrann sich als Auftraggeber an einem Mord erweist … im Grunde überrascht es mich nicht.«

»Auch nicht im Lichte all dessen, was wir in seinen Notizbüchern gelesen haben? Wo sich auch eine andere, weichere Seite von ihm zeigt?«

»Ich weiß nicht. Aber es macht das Ganze jedenfalls noch rätselhafter.«

»Allerdings.« Karoline steht ebenfalls auf. »Es kann viele Gründe dafür geben, einem anderen Menschen das Leben zu nehmen, was, Papa?«

Er schielt zu ihr hinüber, und sie begegnet seinem Blick. Dann schaut er weg und geht zur Tür. »Ja, kann es. Woll'n wir?«

Auf der Fahrt nach Kopenhagen spricht keiner von ihnen ein Wort. Sie haben Glück und finden einen Parkplatz in der Straße.

Er trägt die Tasche seiner Tochter, Karoline geht zügig, und er fällt leicht zurück. Sie eilt die letzten Schritte durch den Garten, drückt die Klinke der Haustür herunter und klopft, da sie verschlossen ist, ungeduldig an. Juncker bleibt am Tor stehen, als Charlotte die Tür öffnet und Mutter und Tochter sich in die Arme fallen. Charlotte nimmt Karolines Kopf in beide Hände. »Mein Schatz«, sagt sie leise und küsst ihre Tochter auf die Stirn. Dann tritt sie zur Seite, damit Karoline hereinkommen kann. Sie macht eine einladende Armbewegung in Junckers Richtung.

Er zögert, geht dann jedoch zu ihr hinüber und reicht ihr Karolines Tasche. Einige Sekunden stehen sie sich gegenüber, und ihr Blick begegnet sich. Juncker verlagert unruhig das Gewicht und weiß nicht, wie er sich verhalten soll.

»Ich habe gerade einen Anruf aus der Redaktion bekommen«, sagt sie. »Henrik Christoffersen ist zurückgetreten, und Gerüchten zufolge wird der Staatssekretär des Verteidigungsministeriums noch heute seinem Beispiel folgen. Also muss ich zur Arbeit. Später.«

Juncker ballt die Faust. Jetzt sind sie dran. Endlich.

»Das ist toll, Charlotte. Glückwunsch.«

»Danke.«

»Einen der Leute an der Spitze mit den Morden in Verbindung zu bringen, das wird sicher schwer.«

»Ja. Aber das ist unser Job, nicht?«, meint sie.

Er lächelt und nickt. Sie dreht sich um und verschwindet ins Haus, sodass er ihr Gesicht nicht sehen kann. Ob sie auch lächelt?

Einen Augenblick steht Juncker regungslos da. Dann geht er das kurze Stück durch den Vorgarten hinaus auf den Gehsteig und schließt das Törchen hinter sich. Er wendet sich in Richtung des Wagens, bleibt jedoch stehen und wirft einen Blick zurück über die Schulter. Sie hat die Tür nicht geschlossen.

Von drinnen aus der Küche hört er Charlotte und Karoline lachen.

DANK

An Hans Petter Hougen, Jens Møller Jensen, Kim Kliver, Niels Overmark, Sammy S. Engelbrecht, Christian Dinesen, Jan Bonde, Kristina Olsson, Jesper Friis und Sanne Bræstrup Kirstein dafür, dass ihr uns aus eurem Spezialwissen habt schöpfen lassen, wann immer wir um Rat gebeten haben.

An Jesper Stein, Lotte Thorsen, Jon Faber, Tina Ellekjær und Finn Nielsen für eure gründliche Lektüre und eure Verbesserungsvorschläge.

An euch, die Mitarbeiter des Politikens Forlag, die ihr tagaus, tagein schuftet, um unsere Bücher an den Leser zu bringen. Wir sind in den besten und sichersten Händen der Verlagswelt.

Ein ganz besonderer Dank gilt dir, unserem großartigen Lektor Anders Wilhelm Knudsen, für deinen Enthusiasmus, deinen Einfallsreichtum und dein stets kompetentes Lektorat.

Leseprobe
aus
»Blutland«

von Kim Faber und Janni Pedersen

Erscheinungstermin: Mai 2022
im Blanvalet Verlag.

Kapitel 1

Er schlägt die Augen auf und weiß nicht, wo er ist. Oder wo er war, als er das Bewusstsein verlor. Sein Mund ist trocken, ihm ist übel, und sein Kopf fühlt sich an, als stecke er in einer Schraubzwinge.

Er ist unruhig und hat Angst.

Irgendjemand wimmert, und er dreht den Kopf, aber ein Vorhang ist um die drei für ihn sichtbaren Seiten des Bettes gezogen, sodass er nichts sieht außer dem Stoff, der im Halbdunkel grau und steril erscheint.

Er schaut an sich herab. Die Decke reicht nur bis zum Bauchnabel, trotzdem hat er nicht das Gefühl zu frieren. Es fällt ihm schwer, seinen Körper zu spüren.

Auf seiner Brust kleben Elektroden, und als er den linken Arm hebt, sieht er, dass ein kleines Plastikteil an seinem Zeigefinger steckt und eine graublaue Manschette um seinen Oberarm gewickelt ist.

Plötzlich fällt ihm alles wieder ein, und er wird von einer unangenehmen Wirklichkeit direkt in eine andere geschleudert.

Er steckt die Hand unter die Decke und tastet nach seinem Glied, doch zum ersten Mal in sechzig Jahren kommt es ihm nicht wie ein Teil von ihm vor. Es ist zu einem Fremdkörper geworden.

Ein Plastikschlauch führt in seine Harnröhre. Er will die Decke anheben, um nachzusehen, was sie mit ihm gemacht haben, hält jedoch inne. Er traut sich nicht und zieht die Hand zurück. Obwohl er die Zähne aufeinanderpresst und sich dagegen wehrt, laufen ihm Tränen über die Wangen.

Krankenhäuser sind unbekanntes Terrain. Er war noch nie zuvor ernstlich krank und verirrte sich im Großen und Ganzen höchstens mal in eine Klinik, um andere zu besuchen. Nur ein einziges Mal ist er bislang operiert worden, und das ist über fünfzig Jahre her.

Er schließt die Augen und sieht sich selbst allein in einem langen Gang mit hellgrün gestrichenen Wänden und schwarz-weißem Terrazoboden auf einer harten, dunkelbraunen Bank sitzen. Er trägt ein weißes Hemd, das bis zu den Knien geht. Seine Füße baumeln in der Luft, die Beine schwingen nervös vor und zurück. Eine Nonne in einem langen grauen Gewand kommt auf ihn zu. Das kalte Licht der Deckenleuchten spiegelt sich in ihrer randlosen Brille, daher kann er nicht erkennen, ob der Ausdruck in ihren Augen freundlich ist, aber er hofft darauf. »So, jetzt bist du an der Reihe«, sagt sie. Er rutscht von der Bank, steht auf zitternden Beinen. Sie nimmt ihn an der Hand, ihre ist kühl und trocken. Sanft, aber bestimmt führt die Nonne ihn zu einer Tür und öffnet sie. Starr blickt er ins Halbdunkel. »Mama«, flüstert er und tritt ins Zimmer.

Er schaut sich um und erblickt eine zweite Nonne, die mitten im Raum in einem grellen Lichtkegel auf einem Stuhl sitzt. Sie trägt eine dunkelgrüne Gummischürze, er kann sich schon denken, wieso sie sie anhat, und kämpft mit den Tränen, als er durch den Raum zu ihr geführt wird. Das Gesicht der Nonne ist eine bleiche Maske mit großen Augen und schmalen, zusammengekniffenen Lippen. Schweigend fasst sie ihn um die Taille, hebt ihn auf ihren Schoß und zieht ihn nach hinten. Er versucht sich zu wehren, stemmt verzweifelt die Hände gegen das kühle, glatte Gummi um ihre Hüfte und die Oberschenkel, doch die Nonne, deren Atem nach Eukalyptusbonbon riecht, verstärkt bloß den Griff.

Die zweite kommt dazu. »Du brauchst keine Angst zu haben, Kleiner«, sagt sie, »es geht schnell, ich wette, du schaffst es nicht mal, bis zwanzig zu zählen.« Dann beugt sie sich vor und drückt ihm eine Stoffmaske auf Nase und Mund. Sie ist mit einer beißend riechenden Flüssigkeit getränkt, und er hält die Luft an, bis er nicht mehr kann und die Ätherdämpfe in seine Lunge saugt. Eins, zwei, drei, vier, fünf, sechs, sieben ... zehn ... fünfzehn ...

Er schlägt die Augen auf. Die Sache war völlig banal damals – ein denkbar simpler chirurgischer Eingriff. Niemand stirbt, weil ihm die Mandeln und die Polypen entfernt werden. Aber die Angst des kleinen Jungen steckt noch immer in ihm.

Und diesmal ist es schlimmer.

Er dreht den Kopf und sieht aus dem Augenwinkel das Bedienpanel über dem Kopfteil des Bettes und die vielen Apparate mit leuchtenden Kurven und Zahlen, die seine Vitalfunktionen überwachen. Er beginnt zu zittern.

Es ist viel schlimmer.

Kapitel 2

Signe Kristiansen quetscht ihr Auto zwischen einen Streifenwagen und ein Lieferfahrzeug und stellt den Motor ab. Einen Moment lang bleibt sie mit den Händen am Steuer sitzen und starrt durch die Frontscheibe. Sie spürt immer noch das Gewicht seiner linken Hand auf der Schulter, das Gefühl von Ekel und die aufwallende Wut, die sie ums Haar die Fassung verlieren ließ. Seine diskrete Art, sie wissen zu lassen, dass sich im Laufe des einen Jahres, das sie der Abteilung für Gewaltkriminalität ferngewesen ist, nichts verändert hat. Dass ihrer beider kleines Geheimnis noch immer bewahrt ist.

Dass das Gesetz des Schweigens nach wie vor gilt.

Wie sie Troels Mikkelsen hasst.

Signe versucht, den Kopfschmerz zu ignorieren, der sich hinter ihrer Stirn bemerkbar macht. Sie öffnet das Handschuhfach, nimmt das Schild mit der Aufschrift POLIZEI heraus und legt es hinter die Windschutzscheibe. Dann steigt sie aus, schlägt die Tür zu und schnuppert einen Moment wie ein eifriger Jagdhund in der Luft. Augen und Kehle beginnen zu brennen, Reste des Tränengases hängen noch immer im feuchtkalten Novembernebel. Es ist kurz nach drei Uhr mittags, die Dunkelheit ist noch nicht hereingebrochen, aber das spielt zu dieser Jahreszeit ohnehin keine Rolle. Nacht oder Tag? So oder so fließt alles in Grautönen zusammen.

Sie schaut sich um. In der normalerweise recht ruhigen Straße von Nørrebro wimmelt es von Menschen, darunter Horden von Journalisten und Fotografen, die rastlos wie Hyänen auf der Suche nach jemandem umherstreifen, der etwas *gesehen* hat – oder zumindest eine *Meinung* dazu, was passiert ist. Signe hat vor einem gepflegten fünfstöckigen Gebäude geparkt. Sie schaut an der Fassade hinauf. Trotz der Kälte stehen viele Fenster weit offen, und die Bewohner haben neugierig die Köpfe herausgestreckt, um das Geschehen unten auf der Straße mitzuverfolgen. Auch wenn man, gelinde gesagt, in Nørrebro Tumult auf den Straßen gewohnt ist, arten die Dinge doch selten so aus wie bei den blutigen Ereignissen der letzten Stunde.

Signe öffnet den Kofferraum und nimmt eine Tüte mit weißem Schutzanzug, Mundschutz und Einwegüberzügen für die Schuhe heraus. Polizisten in voller Einsatzmontur stehen schweigend in Grüppchen zusammen, und fünfzig Meter weiter parken zwei Mannschaftswagen mit leuchtendem Blaulicht quer auf der Straße. Signe fröstelt und stößt einen leisen Fluch aus, schon jetzt merkt sie, dass die Windjacke, die sie heute Morgen über einen nicht sonderlich dicken Wollpulli gezogen hat, völlig unzureichend ist. Aber sie hat ja nicht ahnen können, dass ihr erster Tag zurück an ihrem alten Arbeitsplatz so enden würde.

Sie geht auf den Balders Plads zu und kommt an vier auf dem Bürgersteig stehenden Kollegen vorbei.

»Scheiße, Kristiansen.«

Eine hochgewachsene Gestalt tritt vor und zieht die Sturmhaube aus.

»Teis«, sagt sie und schlägt dem Beamten lächelnd auf die Schulter. Im letzten Jahr, während ihrer Versetzung zur Schutzpolizei, hat sie viele Stunden neben Teis Olsen im Streifenwagen gesessen.

»Na, schön, die Uniform wieder los zu sein?«, fragt er.

Sie zuckt mit den Schultern. »Tja ... schon, auf jeden Fall. Davon abgesehen, dass ich mir gerade den Arsch abfriere.«

»Das kann ich von mir nicht gerade behaupten. Wir hatten in der letzten Stunde ausreichend Bewegung.«

»Mann, ja, kann ich mir denken.«

»Aber was machst du hier?«

»Habt ihr gar nicht Bescheid bekommen? Einer ist an seinen Verletzungen gestorben. Höchstwahrscheinlich ein Neonazi, aber er ist noch nicht sicher identifiziert. Anscheinend wurde er mit einem Messer erstochen. Bei ein paar weiteren ist der Zustand kritisch.«

»Ja, den Sanis war anzusehen, dass es um mehrere der Verwundeten ziemlich schlecht stand.«

»Was war eigentlich los? Die Sache scheint ja total aus dem Ruder gelaufen zu sein.«

»Kann man so sagen. Also, wir waren hier, um Claes Sidenius zu schützen, diesen rechten Vollidioten. Er hatte ordnungsgemäß eine Demo angemeldet und im Voraus verkündet, öffentlich ein paar Korane abfackeln zu wollen. Deshalb waren wir mit dreißig Mann vor Ort, um sein verfassungsmäßiges Recht zu sichern, seinen geistigen Gülle-Ergüssen freien Lauf zu lassen – um es mal freiheraus zu sagen.«

»Dreißig? Hört sich von der Größenordnung doch eigentlich okay an.«

»Erst lief es auch gut. Jedenfalls weitgehend. Es gab natürlich eine Gegendemo ... Flüchtlingssympathisanten, Bandenmitglieder und Autonome, du weißt schon, und die hatten wir so weit auch im Griff. Bis ...«

Er schüttelt den Kopf.

»Bis was?«

»Bis auf einmal praktisch aus dem Nichts heraus an die drei Dutzend Neonazis vom Tagensvej anmarschiert kamen. Nicht lang, dann haben sich alle möglichen Schlägertypen und Bandenmitglieder aus der Gegend dazugesellt, und ruckzuck war Polen offen. Erst jetzt beruhigen sich die Leute so langsam wieder, von kleineren Keilereien in den Straßen mal abgesehen. Bis wir Feierabend machen können, dürfte es noch ein Weilchen dauern.«

»Weißt du, wo der Einsatzleiter ist?«

»Als ich seinen Wagen das letzte Mal gesehen habe, stand er ... also, wenn du auf den Balders Plads kommst, links, am Spielplatz vorbei und dann die Baldersgade runter.«

»Wer ist es?«

»Der Einsatzleiter? Damgaard.«

»Axel Damgaard, na, wenigstens etwas.«

»Auf jeden Fall. Na dann, wir sehen uns, Kristiansen.«

Ein Stück weiter zeigt Signe zwei Beamten, die die Leute zurückhalten, ihren Ausweis. Sie taucht unter dem rot-weiß-gestreiften Absperrband durch und geht Richtung Baldersgade. Die Bäume haben ihre Blätter abgeworfen, die nasse, bunte Schlitterbahnen auf den genoppten Betonplatten bilden. Axel Damgaard steht neben dem Einsatzleitwagen und spricht mit einem uniformierten Beamten. Signe hat schon etliche Male mit Damgaard zu tun gehabt. Er ist bei einer langen Reihe von Einsätzen auf der Straße dabei gewesen, behält stets den Überblick und greift nie zu schwererem Geschütz als notwendig.

»Signe Kristiansen! Zurück in Zivil!«, sagt er mit einem Lächeln, das Signe erwidert.

»Jepp. Ein neues Leben hat begonnen. Na ja, wobei, was heißt neu ...«

»Nein, an diesem Punkt warst du ja sozusagen schon mal. Und du bist natürlich wegen des Toten da.«

Sie nickt. »Scheint ja recht heftig gewesen zu sein.«

»Aber hallo.« Er nimmt seine Kappe ab, kratzt sich das spärliche Haar und setzt die Kappe wieder auf. »Es wird immer brutaler.«

»Und ihr musstet echt Tränengas einsetzen?«

»Ja. Selbst mit der nachrückenden Verstärkung hätten wir sie ohne das Gas wahrscheinlich nicht trennen können. Und dann hätte es ziemlich sicher noch mehr Tote gegeben.«

Signe reibt sich die Hände, um sie ein bisschen warm zu bekommen. »Wie konnten sich überhaupt so viele Nazis zusammenrotten, ohne dass wir es mitkriegen? Die sehen ja nicht eben aus wie eine Gruppe Kindergartenkinder.«

»Gute Frage. Hätten wir gewusst, dass sie im Anmarsch sind, hätten wir natürlich ganz anders reagiert.«

Sie dreht sich um und blickt über den Platz. »Wo wurde er abgestochen?«

»Da drüben auf der anderen Seite steht eine Tischtennisplatte.«

Signe tritt ein paar Schritte zur Seite.

»Siehst du sie?«

Sie nickt. »Mhm. Vollgesprüht mit Graffiti?«

»Genau. Da haben wir ihn gefunden. Eine riesige Blutlache, nicht zu übersehen.«

»Könntest du dafür sorgen, dass der Auffindeort abgesperrt wird?«

»Na klar, mach ich sofort.«

Am Platz gibt es eine Kaffeebar, in der Signe schon ein paar Mal gewesen ist. Tische und Bänke des Außenbereichs liegen umgeworfen über eine größere Fläche verteilt. Sie kann genauso gut hier anfangen, nach Zeugen der Messerstecherei zu fragen, und die Gelegenheit nutzen, um etwas Heißes zu trinken; doch sie bemüht sich vergeblich, weder die Gäste noch die Bedienung haben etwas gesehen, also kauft sie einen großen Latte-to-go und tritt wieder auf den Platz.

Allmählich wird es dunkel. Die Kriminaltechniker und Signes Kollegen aus der Abteilung für Gewaltkriminalität sind angekommen. Sie zieht ihre Schutzausrüstung über und geht hinüber zur Tischtennisplatte. Hinter der Absperrung sind zwei Techniker bereits mit der Spurensicherung beschäftigt. Signe grüßt die drei Ermittler.

»Wo kommst du denn her?«, fragt Geir Jensen, ein dürrer, humorloser Typ mit roten Haaren, der stets so aussieht, als sei er gerade aus einem Windkanal getreten. Er ist in Signes Alter, schon ewig in der Abteilung für Gewaltkriminalität, länger als Signe, und Leiter einer der drei Mordsektionen. Signe weiß nicht zu sagen, ob er fähig ist oder bloß geschickt darin, fähig zu wirken.

»Von der Kaffeebar da drüben. Ich wollte mich erkundigen, ob jemand etwas gesehen hat. Leider nein. Leitest du die Ermittlungen?«

Geir nickt. »Wir sollten wohl nicht damit rechnen, dass die Techniker allzu viel finden. Das Ganze hier ist garantiert ein Cocktail aus Blut und DNA-Material. Und soweit ich weiß, wurde keine Tatwaffe gefunden, wenn wir also ehrlich sind, dürfte unsere einzige Chance darin bestehen, jemanden aufzutreiben, der etwas gesehen hat.«

»Und dann brauchen wir außerdem so viel Glück, dass diejenigen, die eventuell etwas mitbekommen haben, uns auch davon erzählen möchten«, sagte Signe. »Auf die Bandenmitglieder sollten wir wohl besser keine großen Hoffnungen setzen, die würden sich lieber einen Arm ausreißen, als uns zu helfen – selbst wenn es dazu beitragen würde, ihre Todfeinde zu stürzen. Und dasselbe gilt in der Regel für die Autonomen und die Neonazis.«

»Stimmt, aber wir kennen ja das Spiel. Ich schlage vor, wir drehen eine Runde und klingeln bei allen Wohnungen, die zum Platz zeigen. Wer weiß, vielleicht haben wir Glück und jemand hat etwas gesehen.«

Kapitel 3

Signe probiert es bei vier Wohnungen, ehe sie im dritten Stock Erfolg hat.

»Ja, ich habe alles mitverfolgt, oder jedenfalls das meiste«, sagt der junge Mann, der die Tür öffnet. Sein Name ist Johan Garn.

»Perfekt. Darf ich reinkommen?«

»Na klar.«

Sie gehen ins Wohnzimmer, dessen Fenster zum Balders Plads ausgerichtet sind. Signe setzt sich auf ein zerschlissenes Sofa, Johan Garn an den Esstisch.

»Ich weiß nicht, ob Sie es mitbekommen haben, aber einer der Beteiligten wurde tödlich verletzt.«

»Ja, die Zeitungen haben online davon berichtet.«

»Er wurde tot bei der Tischtennisplatte aufgefunden, die ja von Ihrem Fenster aus recht gut zu sehen ist.«

»Genau, da wurde er auch abgestochen.«

»Das haben Sie gesehen?«

»Ja.«

»Können Sie mir erzählen, was genau passiert ist?«

»Kann ich machen. Aber wollen Sie es sich nicht lieber angucken?«

»Angucken?« Signe rutscht auf dem Sofa vor. »Haben Sie ...?«

»Ja, ich habe alles gefilmt.«

Sie steht auf, zieht einen Stuhl heran und setzt sich neben

ihn. Er klickt ein paar Mal auf seinem Laptop herum, dann dreht er das Display so, dass Signe mitschauen kann.

Die Bildqualität ist erstaunlich gut, und Signe schickt einen stillen Dank an den Gott, der für die rasend schnelle Entwicklung der Smartphone-Kameras gesorgt hat. Bei Minute zwei wird auf die Tischtennisplatte gezoomt, wo zwei Neonazis von gut zehn schwarzgekleideten Typen umringt werden. Die Nazis schlagen mit Baseball-schlägern um sich, und einer der beiden hält etwas in der linken Hand, das stark nach einem Messer aussieht. Ein Schwarzgekleideter packt den Nazi von hinten, schlägt ihm das Messer aus der Hand und hält ihn fest.

»Jetzt kommt es«, sagt Johan Garn.

Eine Gestalt tritt vor den Nazi, hebt den rechten Arm auf halbe Höhe, dann blitzt etwas auf und er sticht ihm dreimal schnell hintereinander in den Bauch. Für einen kurzen Moment scheint die Gruppe wie erstarrt. Dann wankt der Nazi drei Schritte nach vorn und fällt um.

Signes Wangen glühen. »Das Video müssen Sie mir sofort schicken«, sagte sie.

»Klar, kann ich machen. Nur … ich hatte überlegt, ob ich es nicht erst der Presse anbiete. Ein Freund von mir hat damals, als es wegen der Räumung des Jugendhauses im Jagtvej 69 zu den Krawallen kam, direkt nebendran gewohnt und gefilmt, wie sich die Polizei aus Helikoptern aufs Dach abgeseilt hat. Das Video hat er an die Presse verkauft und einen Sack voll Kohle damit verdient.«

Signe steht auf. »Vergessen Sie's. Ein Film, auf dem zu sehen ist, wie ein Mann getötet wird … das dürfen Sie nicht der Presse zuspielen. Damit verstoßen Sie gegen das Gesetz«, sagt sie, ist sich jedoch nicht ganz sicher, ob das so wirklich stimmt. Jedenfalls fällt ihr auf Anhieb kein Paragraf im Strafgesetzbuch ein, der es verbieten würde.

»Oh, na gut«, sagt Johan Garn kleinlaut. »Ich schicke es Ihnen sofort.«

Als Signe wieder unten auf dem Platz steht, ruft sie Geir Jensen an.

»Ich hab was«, sagt sie. »Ein Anwohner hat den Mord gefilmt. Praktisch aus der ersten Reihe.«

»Na, das klingt doch gut. Kann man den Täter erkennen?«

»Nicht so richtig. Man sieht genau, was passiert, aber der Typ hat die Kapuze auf und ein Tuch übers Kinn gezogen. Auf Anhieb lässt er sich also nicht identifizieren.«

»Hm«, sagt Geir Jensen enttäuscht. »Aber dann müssen wir das Video eben jemandem zeigen, der sich in der Szene auskennt, und hoffen, dass er ihn erkennt. Hast du eine Idee, an wen wir uns dafür wenden können? An die Kollegen von der organisierten Kriminalität?«

»Ja, vielleicht«, meint Signe. »Ich fahre nach Teglholmen.«

»Super. Dann machen wir derweil hier weiter.«

Kapitel 4

Als Signe gestern Morgen das unscheinbare Gebäude der Kopenhagener Polizei in der Teglholm Allé 4 betrat und die Treppe zur Abteilung für Gewaltkriminalität hinaufging, hatte sie gemischte Gefühle. Die vielen Stunden auf der Station Bellahøj und im Streifendienst haben ihr nochmals deutlich bewusst gemacht, was ihr ohnehin schon klar war: dass sie sich damals für eine Laufbahn bei der Polizei entschied, weil sie richtige Verbrechen aufklären wollte. Schwere Verbrechen, keine Ladendiebstähle und Verkehrsdelikte. Deshalb hatte sie sich darauf gefreut, an ihren alten Arbeitsplatz zurückzukehren. Und nicht zuletzt darauf, wieder mit Juncker und Erik Merlin zusammenzuarbeiten.

Gegraut hat es ihr hingegen vor den täglichen Begegnungen mit Troels Mikkelsen, dem Mann, der sie vor vier Jahren in einem Hotelzimmer vergewaltigt hat. Nur einem einzigen Menschen hat sie von diesem Verbrechen erzählt: der Psychologin, die das Debriefing mit ihr durchführte, nachdem Signe während der dramatischen Ermittlungen im Terroranschlag auf den Kopenhagener Weihnachtsmarkt im Dezember 2016 nur Millimeter am Tod vorbeigeschrammt ist. Niemand außer der Psychologin – und Troels Mikkelsen – weiß, was in jener Nacht in dem Hotelzimmer geschah.

Sie hatte gehofft, dass ein Jahr ohne die tägliche Konfrontation mit ihm ihren Hass auf ihn mildern könnte. Dass die Zeit auch diese Wunde heilen würde. Gestern ist sie ihm aus dem Weg gegangen, aber heute Morgen kam er auf sie zu, mit breitem Lächeln und wie gewöhnlich umgeben von einer Wolke Aramis; und als er seine Hand auf ihre Schulter legte, wurde ihr bewusst, dass nichts sich verändert hatte. Sie spürte eine so heftige Abscheu, dass es sie selbst erschreckte.

So kann es nicht weitergehen, dachte sie.

Ihre Versetzung zur Schutzpolizei vor einem Jahr war wenig überraschend gekommen. Sie hatte sich einem unmissverständlichen Befehl widersetzt und auf eigene Faust Ermittlungen angestellt, wer dafür verantwortlich war, dass der Terroranschlag auf den Nytorv nicht verhindert wurde, obwohl der militärische Geheimdienst zuvor eine Warnung erhalten hatte. Wer so vorgeht, handelt sich unweigerlich Ärger ein.

Glücklicherweise fiel die Disziplinarstrafe relativ milde aus, was sie ohne Zweifel ihrem Chef Merlin zu verdanken hat. Zusätzlich zu der Versetzung rutschte sie eine Stufe auf der Rangleiter hinunter, von der Polizeikommissarin zur Polizeiassistentin ersten Grades. Zu ihrer eigenen Überraschung hat es geschmerzt, dass die Königskrone auf ihrer Schulterklappe durch zwei Sterne ersetzt wurde, denn eigentlich hatte sie gedacht, solche Dinge seien ohne Bedeutung für sie. Aber so lernt man immer wieder etwas Neues über sich selbst, und es gab definitiv Schlimmeres.

Bevor sie vor einem Jahr die Abteilung für Gewaltkriminalität verlassen musste, hatte sie eine der drei Mordsektionen geleitet. Jetzt ist sie als einfache Ermittlerin zurück, was so gesehen auch völlig in Ordnung ist. Bloß ist sie wenig begeistert davon, einen Schreibtisch zugeteilt bekommen zu haben, der mitten in einer Bürolandschaft steht, während sie sich vormals ein Büro mit den beiden anderen Sektionsleitern teilte. Vorsichtig formuliert ist Signe Kristiansen alles andere als ein Fan von Großraumbüros. Der einzige Trost ist, dass sie neben Juncker sitzt – den sie noch gar nicht begrüßen konnte, weil er Überstunden abfeiert.

Sie nimmt eine Aufbewahrungsbox mit persönlichen Gegenständen vom Schreibtisch und stellt sie neben den Drehstuhl. Sie hat noch keine Zeit gehabt auszupacken. Die Box enthält einige Fotos von Niels und den Kindern sowie ein paar Bücher und Ordner, jedoch nicht die grüne Geldkassette mit Troels Mikkelsens Haaren und Schuppen sowie Einwegbechern, aus denen er getrunken hat – all das, was sie in den letzten Jahren gesammelt hat, wann immer sich die Gelegenheit bot. Die Geldkassette ist jetzt in ihrem Kleiderschrank zu Hause in Vanløse versteckt, hinter einem Stapel Pullis, die sie nie anzieht. In der Box liegt stattdessen ein Plastiktütchen mit mehreren von Troels Mikkelsen graumelierten Haaren. »Notfallreserve«, wie sie die Tüte getauft hat.

Sie öffnet ihr E-Mail-Fach, klickt auf den mitgesendeten Link, lädt Johan Garns Video herunter und spult vor. Sie schaut sich um. Vier Kollegen sitzen an ihren Schreibtischen. Signe hebt die Stimme.

»Kennt sich hier einer mit dem Bandenmilieu in der Gegend um Mjølnerparken aus?«

Ein junger Typ reckt die Hand.

»Ich. Warum?«

»Zeit, sich kurz was anzuschauen?«

Signe hat ihn noch nie gesehen, er muss einer der Neuen sein, die im letzten Jahr eingestellt wurden. Sie reicht ihm die Hand. »Ich bin Signe, ich glaube, wir kennen uns noch nicht.«

»Laust Larsen, freut mich.«

»Laust, schau dir das mal an.«

Er zieht einen Stuhl heran, und sie drückt auf *Play*. Eine gute Minute starren sie schweigend auf den Bildschirm. Laust richtet sich auf. Er ist mittelgroß, trägt Jeans, ein hellblaues Hemd und ein dunkelblaues Sakko, kurzes blondes Haar, die Haut rein und glattrasiert. Müsste Signe ihren jüngeren Kollegen spontan beschreiben, würde »langweilig« ganz knapp gegen »gut aussehend« gewinnen.

»Wahnsinn«, sagt er. »Das ist der Mord auf dem Balders Plads, oder?«

Sie nickt. »Erkennst du den Typ mit dem Messer zufällig?«

Er schüttelt langsam den Kopf. »Nein, nicht wirklich.«

»Kein bisschen bekannt?«

»Schwer zu sagen, die haben ja alle ihre Kapuzen hochgezogen. Ein paar von den anderen kenne ich, glaube ich, aber den Täter nicht. Man sieht ja auch kaum etwas von seinem Gesicht.«

»Nein, leider nicht.«

Er steht auf. »Es wäre wohl gut, wenn das Video nicht an die Öffentlichkeit gelangt. Man kann ja leicht erkennen, aus welcher Wohnung gefilmt wurde, und das könnte schnell problematisch für die Leute werden, die dort wohnen.«

»Das stimmt. Ich habe dem Mann, der das Video aufgenommen hat, auch gesagt, dass er es auf keinen Fall weiterschicken darf. Danke dir.«

»Gerne.« Damit geht Laust zurück an seinen Platz.

Signe nimmt ihr Handy und wählt eine Nummer, die sie schon lange nicht mehr gewählt hat.

Wenn Sie wissen möchten,
wie es weitergeht, lesen Sie
Kim Faber und Janni Pedersen Blutland
Ein Fall für Juncker & Kristiansen
ISBN 978-3-7645-0731-2
ISBN 978-3-641-25791-0 (E-Book)
Blanvalet Verlag